The Translation and Study of Chinese Literature in the English-Speaking World

主编 ◎ 曹顺庆

英语世界中外文学与艺术研究丛书

英语世界的弗吉尼亚·伍尔夫研究

吕雪瑞 ◎ 著

中国社会科学出版社

图书在版编目（CIP）数据

英语世界的弗吉尼亚·伍尔夫研究／吕雪瑞著 .—北京：中国社会科学出版社，2021.9

（英语世界中外文学与艺术研究丛书）

ISBN 978-7-5203-8151-2

Ⅰ.①英⋯ Ⅱ.①吕⋯ Ⅲ.①伍尔夫（Woolf，Virginia 1882—1941）—英语文学—文学研究 Ⅳ.①I561.065

中国版本图书馆 CIP 数据核字（2021）第 052639 号

出版人	赵剑英
责任编辑	任　明
责任校对	闫　萃
责任印制	郝美娜

出　　版	中国社会科学出版社
社　　址	北京鼓楼西大街甲 158 号
邮　　编	100720
网　　址	http：//www.csspw.cn
发 行 部	010-84083685
门 市 部	010-84029450
经　　销	新华书店及其他书店
印刷装订	北京君升印刷有限公司
版　　次	2021 年 9 月第 1 版
印　　次	2021 年 9 月第 1 次印刷

开　　本	710×1000　1/16
印　　张	25
插　　页	2
字　　数	423 千字
定　　价	148.00 元

凡购买中国社会科学出版社图书，如有质量问题请与本社营销中心联系调换

电话：010-84083683

版权所有　侵权必究

英语世界中外文学与艺术研究丛书　总序

本丛书是我主编的"英语世界中国文学的译介与研究丛书"之姊妹篇。前后两个系列丛书均有其特定的研究范围、研究对象与研究关键。本丛书的研究范围仍然锁定在"英语世界",这是因为英语是目前世界上使用最为广泛的语言,英语文化圈在目前世界文明生态中占据着极为重要的地位,通过英语世界的研究可观西方学术研究之概貌。研究对象则由上一丛书的"中国文学"拓展至"中外文学与艺术",一方面继上一丛书使命,继续梳理英语世界中国文学的译介与研究,查缺补漏;另一方面,通过研究英语世界外国文学与艺术研究成果,向国内学界引介英语世界最新研究成果与研究方法,促进中西对话与文明互鉴。丛书研究的关键就在于清晰把握英语世界中外文学与艺术的研究规律与模式,具体涉及研究脉络梳理、研究方法提炼、研究对象定位、研究特征总结等方面。

学术的发展与创新并非是闭门造车的结果,而是需要不断进行跨文化对话、相互影响与相互汲取养分,借异质文明因子以激活本民族、本文明中的文化、文论与文学因子,从而创造出文化新质,在真正意义上实现文明互鉴。目前,我已指导了50多部英语世界研究的博士论文,绝大多数研究生毕业后从事高校科研与教学工作,并以此研究方向申请到国家社科基金项目11项,出版了不少令人瞩目的研究成果。事实证明,英语世界研究是一个大有可为的研究领域。

之所以说这是一个大有可为的研究领域,还有一个更为重要的原因是,英语世界研究之研究有助于中国文论话语体系的建设。为什么这么说呢?自1996年我正式提出中国文论"失语症"以来,便带领研究生围绕"如何构建中国文论话语体系"这一解决"失语症"的关键举措展开研究，逐渐衍变为四个方面的学术研究领域：一是围绕文论"失语症"本身进行话语建构的内涵与意义阐释；二是研究中国文化经典在英语世界、法语世界、德语世界以及"一带一路"沿线国家中的多语种译介与传播研究，深入跟踪文化经典面向全球的译介、误读、变异、话语权、形象、文化软实力等的学术动向，并结合英语世界外国文学研究最新动态，促进国内理论体系建设；三是基于前两者的研究成果，提出了"比较文学变异学"创新理论，开创了中西文学交流与对话的系统性、延续性特色研究领域，为中国文论话语体系建设做出了重要贡献；四是不断推动比较文学学科理论与中国学派建设。而英语世界中外文学与艺术的研究是我们进行中国文论话语体系研究与建设的关键一环。倘若没有追踪英语世界中国文学与艺术的译介与研究，我们就不会发现跨文化传播中的误读、形象扭曲、译介失落、文化过滤等传播与接受现象，就不会有中国比较文学新学术话语——变异学的诞生；倘若没有梳理英语世界外国文学与艺术的研究，我们就不会发现相对于国内研究而言的新材料、新方法与新视域，就不会反过来促进国内研究；倘若我们没有进行英语世界研究，我们就不会去深入探究中华文化海外传播的接受问题、中西文学与艺术研究的比较问题、中国文论话语建设的他者视域问题，等等。

  本丛书是当前国内学界较为系统地深入研究英语世界中外文学与艺术研究的学术实践，内容包括英语世界中国古代诗话研究、英语世界中国山水画研究、英语世界莎士比亚研究、英语世界弗吉利亚·伍尔夫研究等。从研究思路来看，这些研究首先历时性梳理英语世界研究之脉络，或分时间段分析研究历程、特点与难点，或以专题研究形式深入剖析各个专题的研究特征。难能可贵的是，这些研究并未局限于英语世界研究学术史的梳理，而是以此为基础，从跨文明角度审视中国文学与艺术的海外传播，并从文明互鉴与对话的角度，结合英语世界研究状况，或进行中西比较，或对国内研究方法进行重估，其旨归均在于促进国内理论体系的完善。从研究方法来看，这些研究综合运用了比较文学、传播学、译介学、文化研究以及我近几年提出来的中国比较文学研究新话语——比较文学变异学理论，一方面基于学术史的研究，总结中华文化海外传播的路径与规律，为我国中国传统优秀文化海外传播战略提供可行性参照；另一方面清晰地勾勒出英语世界外国文学与艺术研究历程，为国内相关研究提供新材料与新视域。

"士不可以不弘毅，任重而道远。"中国文论话语体系建设仍需长期的推动与实践。发扬和传播本土优秀文学研究成果乃中国文学真正走进世界文学的秉要执本之举。与此同时，中国文学研究成果也要加强与异质文明之间的交流与对话，甚至通过变异和"他国化"互相吸收优秀文明成果，形成文学和文论的互补、互助，不断促进文学创新、文化创新。我们不仅要从西方文学宝库中"拿来"优秀作品和文学理论，更要主动"送去"我国优秀文化与文学瑰宝，在一"拿"一"送"的双向对话与互动过程中，从中总结并发扬文化发展与创新的规律，从而在世界范围内扩大我国文化影响力，从而提升我国软实力。这是我们当前正在做的，也是今后我们将长期从事的事业。

曹顺庆
2021年4月于四川大学

序

英国女作家弗吉尼亚·伍尔夫是一位文学大师，一位传奇人物，也是西方女性主义批评的先驱。在英语世界，伍尔夫生前就获得了广泛关注，逝世后的七十余年，关于她的作品、生平、思想和文学理论的研究更是蔚为大观，且随着新资料的发掘和不同批评理论的更迭而日新月异。在国内，对伍尔夫的引介可以追溯到1928年徐志摩的演讲，20世纪30年代，伍尔夫的部分短篇作品获得了译介。但这次接受止步于40年代末，直至80年代初，中国的伍尔夫研究才重新焕发了生机。伍尔夫的大量小说和散文作品被翻译成中文，对她的小说和女性主义思想的研究也在逐年增加。伍尔夫在中国已是耳熟能详的作家，有关她的研究论文和论著也层出不穷。如今研究她新意何在呢？纵观国内三十余年来的研究状况，虽然成果颇丰，但仍存在一些亟待解决的问题。

其一，国内对伍尔夫非小说类作品的研究不够深入，尤其是对伍尔夫的文学批评没有足够的认识。其二，国内对伍尔夫日记与书信的研究较为匮乏。早在1984年，国外就已经整理出版了伍尔夫的五卷本日记和六卷本书信，英语世界伍尔夫研究的推进很大程度上得益于这些资料的接连问世。而在国内迄今为止只有《伍尔芙日记选》和《维吉尼亚·吴尔夫文学书简》两个选译本问世。其三，国内对有关伍尔夫的传记研究不够重视，以至于在解读伍尔夫的作品时流于陈旧而刻板的印象。其四，国内对伍尔夫女性主义思想研究过于单一，80年代中国学者开始重新关注伍尔夫时，她在西方的经典作家地位已经确立。国内学界在西方盛赞她的女性主义热潮中一路跟进，却对她的女性主义思想中引起批判和争议的部分一笔略过。而这些异议正是全面了解伍尔夫女性主义思想不可或缺的部分，非常值得关注和讨论。同时西方女权主义批评家对伍尔夫本人政治性、社会性一面的深入挖掘也没有得到国内学界应有的重视。其五，90年代以来英语世界的伍尔夫研究已经拓展到文化研究、后殖民研究、女同性恋研究等多个领域，这正反映了伍尔夫作为一位经典作家所具有的前瞻性和跨时代的特征，仍然有待国内学者深入挖掘。

已有百余年伍尔夫研究史的英语世界，见证了伍尔夫从一位"二流作家"上升为一位经典作家的全部历程，然而中国的伍尔夫研究在20世纪80年代重新起航后，却没有关注英语世界早期伍尔夫研究的重要成果，对20世纪后半叶英语世界伍尔夫部分重要的研究成果也缺乏重视。基于对上述问题的反思，本书对英语世界的弗吉尼亚·伍尔夫研究进行了系统的归纳整理，并针对国内忽视的视角和热点进行讨论，以期弥补国内伍尔夫研究中的不足之处，并为国内的伍尔夫研究提供新的切入点。

本书由五个章节两条线索构成。第一条线索按历时的顺序展开，以伍尔夫在西方世界被确立为经典作家的20世纪70—80年代为界分为三章，用对比的方式展现了这三个阶段内英语世界伍尔夫研究状况及主要关注点。第一章梳理了20世纪初至60年代英语世界的伍尔夫研究概况。第二章着力探究20世纪70—80年代英语世界的伍尔夫研究状况。正是在这一时期，伍尔夫被尊奉为西方女权主义批评的先驱。第一节首先介绍了这一时期在英语世界大量涌现的伍尔夫研究的新资料。第二节多元发展的女性主义批评介绍了这一时期伍尔夫女性主义研究的发展状况，其中"政治性"伍尔夫的诞生和姐妹情谊的萌芽两部分引介了部分被国内忽视的研究者和研究成果。第三节介绍了这一时期其他批评理论与伍尔夫研究碰撞出的火花，尤以斯皮瓦克对伍尔夫小说《到灯塔去》的解构主义分析为例证。第四节集中考察这一时期极大地推动了伍尔夫形象和研究方法转变的两次论争。第一次是简·马库斯和昆汀·贝尔围绕伍尔夫是不是一位马克思主义者展开的论辩。第二次论辩则由两位女性主义批评家主导，争论的热点是伍尔夫雌雄同体的创作观。

第三章就20世纪90年代至今英语世界的伍尔夫研究情况展开考察。第一节介绍了90年代后文献研究方面取得的进展，以及学术界对伍尔夫散文随笔和短篇小说日益增长的研究兴趣。第二节、第三节则从后现代与后结构、文化研究、现代主义研究、后殖民研究、地理分析与新历史主义研究、女同性恋批评六个维度介绍了不同文学理论观照下的伍尔夫研究。

简·马库斯的后殖民批评力作《大英帝国统治下的〈海浪〉》在该章得到了详尽阐发。

第二条线索集中讨论国内仍未足够重视的伍尔夫研究的重要方面，即本书第四、五章的内容。第四章从方法论角度入手，分别从精神分析、社会历史批评、文献与传记研究和对抗式批评这四个常常被国内学者所忽视的视角解读伍尔夫其人其作。第一节主要研究伍尔夫与精神分析千丝万缕的联系。第二节着力考察社会历史批评角度下的伍尔夫研究。在伍尔夫生前，Q. D. 利维斯从阶级视角出发对其进行了猛烈的批判；70 年代后女性主义批评家又结合当时的社会历史语境，赋予了伍尔夫表达愤怒的权力；21 世纪伍尔夫作品中的民主意识重获关注，研究者从阶级敌人和愤怒女神的两极评价中发现了一条折中之路。这三种不同的社会历史批评模式在本节结合具体文本得到了分析。第三节将文献与传记研究作为考察对象，展现了伍尔夫手稿在英语世界的整理与研究状况，介绍了英语世界重要的传记成果，并探讨了国内伍尔夫译介可以继续深入发展的领域。第四节中哈罗德·布鲁姆对"憎恨学派"政治决定论的批判得到了关注。布鲁姆重新将伍尔夫定义为一位唯美主义作家，这位批评巨匠对伍尔夫作品艺术价值的再思考值得今日的伍尔夫研究者深思。

第五章从比较的视野出发，通过英语世界的伍尔夫比较研究和笔者对中英伍尔夫研究的比较展开。第一节从英语世界对伍尔夫欧洲接受的研究入手，探究英语世界的研究者如何与欧洲学者合作考察伍尔夫在欧洲不同国家的接受情况。通过帕特里卡·劳伦斯的专著分析美国学者对伍尔夫中国接受的认识。此外，还关注了中国学者撰写的有关伍尔夫的英文专著以及海外华人学者对伍尔夫中国接受的研究。第二节中国与英语世界伍尔夫形象比较研究，对国内普遍认可的"美艳明敏"的"天使"伍尔夫形象在中国的体现及其成因进行了考察，在与英语世界伍尔夫"斗士"形象的对比中，分析文学误读与文化过滤如何影响了伍尔夫形象的中国接受。第三节中国与英语世界伍尔夫文学批评研究中，英语世界关于伍尔夫文学批评两种截然不同的态度首先得到了考察，马克·戈德曼关于伍尔夫文学批评"中庸之道"的解读第一次被系统地介绍给中国读者。通过分析伍尔夫式文学批评与中国传统文学批评的同与异，笔者考察了中国学界对印象式批评冷淡态度背后的成因，并在对伍尔夫式文学批评命运的再思考中探讨了理论建构与文学批评之间的关系。

中国的伍尔夫研究在当代蓬勃发展的过程中依然存在着研究范围过窄、重复研究过多、译介成果滞后等问题。为了更好地洞察中国伍尔夫研究中存在的问题，中国学者需要借助他者的眼光对自己的研究进行全新的审视。本书的目的不仅是梳理伍尔夫在英语世界的研究史，更希望通过比较研究的方法彰显中西之间的同与异。在研究过程中，本书将比较的理念贯穿始终，每一章都融入了中国与英语世界的研究状况比照，在行文中把重点放在国内尚未引起重视的批评作品和研究方法上。针对具体的批评文本展开了较为深入的阐发。他山之石，可以攻玉，希望文中对国内学界鲜有提及的新观点、新材料能够带给中国伍尔夫研究更多的新鲜气息。

目　　录

绪论 …………………………………………………………………… (1)
　第一节　研究缘起 ………………………………………………… (1)
　　一　谁是弗吉尼亚·伍尔夫 …………………………………… (1)
　　二　研究目的与意义 …………………………………………… (3)
　第二节　国内伍尔夫研究综述 …………………………………… (5)
　　一　20世纪初至40年代国内伍尔夫研究状况 ……………… (5)
　　二　20世纪50—60年代国内伍尔夫研究状况 ……………… (7)
　　三　20世纪70—80年代国内伍尔夫研究状况 ……………… (8)
　　四　20世纪90年代至今国内伍尔夫研究状况 ……………… (9)
第一章　20世纪初至60年代英语世界的伍尔夫研究 ………… (19)
　第一节　20世纪初至40年代英语世界的伍尔夫批评 ………… (20)
　　一　实验形式的改革家与缺乏道德感的唯美主义者 ……… (21)
　　二　威妮弗雷德·霍尔特比的创见与突破 ………………… (29)
　第二节　20世纪50—60年代英语世界的伍尔夫批评 ………… (39)
　　一　叙述研究、心理学与神话的交融 ……………………… (40)
　　二　大卫·戴希斯图解《达洛卫夫人》 …………………… (46)
第二章　20世纪70—80年代英语世界的伍尔夫研究 ………… (53)
　第一节　发现的年代：文献资料的丰硕收获 …………………… (55)
　第二节　多元发展的女性主义批评 ……………………………… (58)
　　一　"政治性"伍尔夫的诞生 ………………………………… (59)
　　二　雌雄同体观的系统解读 …………………………………… (62)
　　三　姐妹情谊的萌芽 …………………………………………… (64)

第三节　不断涌现的批评理论 …………………………………（68）
　　　一　现代主义与视觉艺术的争锋 ……………………………（68）
　　　二　地理空间的探索与解构主义批评的尝试 ………………（71）
　　第四节　20世纪70—80年代英语世界的两次论争 …………（74）
　　　一　马克思主义者之争：简·马库斯与昆汀·贝尔的论战 …（75）
　　　二　雌雄同体——"走向"与"遁入"：陶丽·莫伊对
　　　　　伊莱恩·肖瓦尔特的挑战 ………………………………（96）

第三章　20世纪90年代至今英语世界的伍尔夫研究 …………（109）
　　第一节　文献资料的发掘与研究焦点的转移 …………………（110）
　　第二节　英语世界关注的热点问题（一） ……………………（114）
　　　一　后现代与后结构理论观照下的伍尔夫 …………………（114）
　　　二　伍尔夫批评中的文化研究转向 …………………………（118）
　　　三　现代主义研究的重新崛起 ………………………………（120）
　　第三节　英语世界关注的热点问题（二） ……………………（125）
　　　一　帝国批判与后殖民的呼唤 ………………………………（126）
　　　二　地理分析与新历史主义研究 ……………………………（139）
　　　三　克洛伊喜欢奥莉维亚：伍尔夫的女同性恋批评 ………（145）

第四章　英语世界不同批评视角下的伍尔夫研究 ………………（154）
　　第一节　弗吉尼亚·伍尔夫与精神分析 ………………………（155）
　　　一　伍尔夫、布鲁姆斯伯里与弗洛伊德 ……………………（156）
　　　二　精神分析与伍尔夫的"疯癫" …………………………（158）
　　　三　伍尔夫作品的精神分析批评 ……………………………（161）
　　第二节　弗吉尼亚·伍尔夫与社会历史批评 …………………（166）
　　　一　"阶级敌人"伍尔夫 ……………………………………（167）
　　　二　"愤怒女神"伍尔夫 ……………………………………（177）
　　　三　伍尔夫——"民主的高雅之士" ………………………（188）
　　第三节　文献与传记研究 ………………………………………（197）
　　　一　手稿、作品版本的整理与研究 …………………………（197）
　　　二　传记中的伍尔夫 …………………………………………（206）
　　第四节　对抗式批评——"混乱时代"的弗吉尼亚·伍尔夫 …（216）
　　　一　"对抗式批评"与"憎恨学派" ………………………（217）
　　　二　"混乱时代"的唯美主义作家 …………………………（219）

第五章　比较视野下的伍尔夫研究 …………………………（223）
　第一节　英语世界的伍尔夫比较研究 …………………………（224）
　　一　伍尔夫的欧洲接受研究 ………………………………………（224）
　　二　丽莉·布瑞斯珂的"中国眼睛" ……………………………（233）
　　三　"走出去"的伍尔夫中国接受研究 …………………………（237）
　第二节　中国与英语世界的伍尔夫形象比较 …………………（244）
　　一　隐士、斗士、偶像：不断颠覆的伍尔夫形象 ………………（244）
　　二　"美艳明敏"伍尔夫：深入人心的中国"天使" ……………（250）
　　三　文学误读与文化过滤：伍尔夫形象的中国接受 ……………（257）
　第三节　中国与英语世界的伍尔夫文学批评研究 ……………（261）
　　一　印象式批评与"中庸之道" …………………………………（263）
　　二　伍尔夫批评随笔的中国接受 …………………………………（271）
　　三　伍尔夫式文学批评与中国传统文学批评的同与异 …………（273）
　　四　伍尔夫式文学批评命运的再思考 ……………………………（283）

结语 …………………………………………………………………（287）
附录 …………………………………………………………………（290）
　附录1：弗吉尼亚·伍尔夫著作目录及研究专著目录 ……………（290）
　附录2：弗吉尼亚·伍尔夫作品出版年表（中英对照）…………（326）
　附录3：弗吉尼亚·伍尔夫手稿分布地及主要英文传记 …………（330）
　附录4：弗吉尼亚·伍尔夫年谱 ……………………………………（335）
　附录5：本书重点论述的英语世界伍尔夫研究者概况
　　　　（1970—2017）………………………………………………（348）

参考文献 ……………………………………………………………（363）

绪　　论

第一节　研究缘起

一　谁是弗吉尼亚·伍尔夫

1938年，一位丹麦裔的美国学生伊丽莎白·尼尔森（Elizabeth Nielsen）连续两天拜访了弗吉尼亚·伍尔夫，想以她为题撰写自己的博士论文。然而尼尔森的选题并未通过，理由是这个选题太过现代，伍尔夫的父亲莱斯利·斯蒂芬成了替换的人选。2016年，当伍尔夫作为笔者的最终选题确定之时，"现代"早已不再是阻碍伍尔夫研究的因素。英语世界的伍尔夫研究正以迅猛的态势发展，国际伍尔夫学会、伍尔夫年会、伍尔夫专刊已经形成了较大规模的影响，伍尔夫作为现代主义作家和女性主义批评代表人物的经典地位早已确立。在国内，伍尔夫研究也在20世纪80年代后重新恢复了生机，并成为研究者选题的热点和中国女性作家欣赏的宠儿，那么笔者选择伍尔夫作为研究对象到底意义何在呢？

2016年，伍尔夫的自传文字《存在的瞬间》中译本终于和中国读者见面了，在序言中，译者详细地追溯了自己与伍尔夫的作品结下的不解之缘，及其对伍尔夫的基本印象："她对即将发生的战争充耳不闻，对生活的创伤不予理睬，她一直想对世界展露笑容。"[①] 译者心目中饱受世事摧残却遗世独立、超然物外的伍尔夫代表了当今部分国内伍尔夫研究者和读者对伍尔夫的态度和印象。20世纪80年代伍尔夫重新进入中国研究者的

[①] ［英］弗吉尼亚·伍尔夫：《存在的瞬间》，刘春芳、倪爱霞译，花城出版社2016年版，"译者序"第4页。

视野时,最受欢迎的研究对象依然集中于她的"生命三部曲"(《达洛卫夫人》《到灯塔去》《海浪》),尽管瞿世镜在1988年主编的《伍尔夫研究》前言中强调不能"把伍尔夫的功绩局限于意识流小说。因为在她的九部长篇小说中,典型的意识流小说也不过是寥寥可数的几部而已"①。伍尔夫作为一位意识流小说家的形象至今依然在中国读者的心目中根深蒂固。意识流作品中所体现出的对内在心理的关注,也让读者倾向于将伍尔夫视作一位生活在象牙塔中、对现实生活和政治活动毫无兴趣的"高雅之士"。在对80年代至今国内的伍尔夫研究进行通读的过程中,笔者发现国内学者最感兴趣的始终是伍尔夫的小说作品和创作技巧,90年代国内女性主义研究逐渐兴起时,对伍尔夫女性主义作品的评价也依然笼罩在意识流小说家的巨网之中,始终无法冲破纯净天使形象的禁锢。2000年,瞿世镜在《论小说与小说家》的增补版中补译了伍尔夫的女权作品《一间自己的房间》,然而瞿先生欣赏的是伍尔夫"活泼风趣、雄辩有力"②的风格,并将这部译作献给为家庭奉献一生的母亲,希望今日之中国能够尊重具有伟大母性的女性。含蓄而隐忍的《一间自己的房间》成为国内研究者关注的重点,而更为激进的《三枚旧金币》却始终没能获得国内研究者的青睐。

伍尔夫并不是一位单纯地醉心于艺术,远离社会生活的女作家,也不仅仅是一位小说家或《一间自己的房间》的作者。在自己的生活中,伍尔夫身体力行地参与了许多争取女性权益和劳动者权利的政治活动,③并撰写了一系列具有女权倾向的论文,成为英语世界70年代兴起的女性主义批评尊崇的先驱。同时她也是一位散文大家和文学批评家,在她的散文随笔中,伍尔夫展现出与小说截然不同的文风,用平实幽默的语言再现普通读者的喜好,并确立了自己不同于时代潮流的批评准则。此外,伍尔夫大量日记、书信、手稿和传记的不断问世,也使伍尔夫的形象变得更为多元。她既有敏感、细腻的一面,又有势利、世俗的一面。从伍尔夫生前至今百余年的时间内,英语世界关于她的争议推动了对伍尔夫形象的一次次重新审视,拓展了伍尔夫研究的领域和深度。伍尔夫真的只是"一株风中

---

① 瞿世镜:《伍尔夫研究》,上海文艺出版社1998年版,"前言"第7页。
② [英]弗吉尼亚·伍尔夫:《论小说与小说家》,上海译文出版社2000年版,第392页。
③ 在附录4伍尔夫年谱中,我们可以看到伍尔夫曾参加过妇女合作协会、工党年会、英国工人教育协会的诸项活动。

摇曳的绛珠草"①吗？随着对英语世界伍尔夫研究的逐步了解，笔者的这种疑惑日益加深。国内研究者心目中感性且柔弱的伍尔夫形象的真实性受到了质疑，伍尔夫研究中被忽视的部分逐渐浮出了水面。如果伍尔夫并不仅仅是一位敏感脆弱的女作家，那么究竟谁是弗吉尼亚·伍尔夫呢？

二 研究目的与意义

作为一名享誉世界的作家，早在1928年，弗吉尼亚·伍尔夫在中国就得到了介绍，1932年就出现了伍尔夫短篇小说的译作。但因意识流小说家的缘故，伍尔夫研究中断于40年代末，直至80年代初才得以恢复。80年代的中国研究者将目光集中于伍尔夫的意识流小说上，力图接续20世纪上半叶未能完成的现代主义小说研究，却并没有注意到英语世界的早期研究成果和20世纪70—80年代英语世界有关伍尔夫政治性与革命性的大讨论。当国内研究者囫囵吞枣地完成了自己的现代性启蒙后，又一股脑儿地横向移植了西方文学理论批评的成果，一举跨越了英语世界伍尔夫研究多年来积淀的成果，开始不假思索地接受现成的定义和阐释。

事实上，伍尔夫今日在英语世界的形象和地位并不是凭空产生的，当前英语世界的研究者在谈到伍尔夫的相关问题时，依然不会遗漏掉诸如E. M. 福斯特、Q. D. 利维斯、威妮弗雷德·霍尔特比、阿诺德·本内特、大卫·戴希斯等人的名字，如果没有Q. D. 利维斯对伍尔夫女权文本的猛烈抨击和E. M. 福斯特等人对伍尔夫女权主义的反感，就不会有70年代简·马库斯等批评家对伍尔夫女权主义思想的重新考证；如果没有E. M. 福斯特和本内特等人对伍尔夫小说能否塑造人物的质疑，就不会有之后对伍尔夫小说中叙述、视角、结构等方面的细致考察；如果没有本内特讥讽伍尔夫是"布鲁姆斯伯里的王后"，就不会有女性主义批评家对伍尔夫社会性和政治性的竭力强调。可以说没有这些早期研究者的奠基，就没有70年代对伍尔夫的重新"发现"。伍尔夫不是凭空出现的女权主义批评先驱，而是一直处在英语世界学术圈的关注范围内，并在诋毁与质疑中积蓄着力量。同样作为英语世界第一部批评专著，霍尔特比的《弗吉尼亚·伍尔夫：一部批评实录》已然蕴含了伍尔夫研究的诸多发展方向，直至今日

---

① [英]弗吉尼亚·伍尔夫：《存在的瞬间》，刘春芳、倪爱霞译，花城出版社2016年版，"译者序"第7页。

依然在英语世界不断获得再版。但国内并没有研究者认真地关注这些早期的研究成果，霍尔特比至今在国内不为人知。Q. D. 利维斯影响深远的《全国的毛毛虫团结起来！》也鲜有人提及，阿诺德·本内特只是因为伍尔夫的文论《本内特先生与布朗夫人》才略为人所识。

国内的研究者虽然在新时期重新占领了伍尔夫研究这片肥沃的土地，却没有深耕细作，而是从 20 世纪 30—40 年代国内的初期研究中撷取了意识流小说这颗果实，从英语世界 80 年代的研究成果中摘下了女权主义这朵鲜花，并结合中国读者的阅读和审美期待，将意识流小说远离政治现实、注重内心活动的一面发挥到极致，同时将《一间自己的房间》推崇为伍尔夫女权主义批评的权威文本，将雌雄同体的写作观转化为强调两性和谐的中和之举。由于对伍尔夫女权主义中政治性因素的剔除和过滤，意识流小说家和女权主义先驱的双重形象并行不悖地寓于伍尔夫优雅纯洁的固有形象之中。

国内伍尔夫研究不仅忽视了早期英语世界伍尔夫研究的成果，对 70 年代后英语世界的研究成果也没有进行深入细致的分析。早期伍尔夫研究中对其"政治绝缘体"的定位引发了 70—80 年代女性主义者的不满，为了"拯救"伍尔夫的声誉，英语世界的女性主义批评家从不同的角度论证伍尔夫的政治性，并极大地改变了伍尔夫的形象，影响了伍尔夫作品的解读方式，然而这次重要的转折并未引起中国研究者应有的重视。随着 90 年代文化研究的兴起，伍尔夫在英语世界早已走下了精英的神坛，成了民主的"高雅之士"和大众文化的偶像，伍尔夫研究也在不断扩大疆域。同时伍尔夫手稿、日记、书信等文献资料的不断问世也在推动着伍尔夫研究的不断深化。除小说和女权主义文论之外，伍尔夫的文学批评也得到了严肃的对待，有关她的随笔和短篇小说的研究也在继续跟进。相较于英语世界的研究状况，中国的伍尔夫研究则有些范围狭窄、基础薄弱，伍尔夫的形象也显得单一而僵化。

在国内，除了 1988 年瞿世镜先生编选的《伍尔夫研究》译介了部分英语世界早期伍尔夫研究的成果之外，至今尚无一本专著关注过英语世界伍尔夫研究的整体进程，仅有少量的综述性论文①简单概括了英语世界伍

---

① 这些论文包括王家湘：《二十世纪的吴尔夫评论》（1999 年）；高奋：《弗吉尼亚·伍尔夫短篇小说研究综述》（2012 年）；潘建：《国外近五年弗吉尼亚·伍尔夫研究述评》（2010 年）；张友燕：《弗吉尼亚·伍尔夫随笔国外研究综述》（2017 年）。

尔夫研究的基本情况。本书正是想要通过对英语世界伍尔夫研究的梳理，帮助中国研究者认识到国内伍尔夫研究中的缺失与不足，改变伍尔夫在国内研究者心目中的刻板印象。同时在对英语世界和中国学界伍尔夫研究的对比中彰显不同文明体系内的研究者在考察同一位作家时的相似之处与差异之区，以便今后的研究者能够更为深入地剖析伍尔夫在中国接受过程中的变异。

作为一位被哈罗德·布鲁姆列入《西方正典》的经典作家，弗吉尼亚·伍尔夫的影响力早已越过了英语世界的边界，在世界许多国家和地区得到了广泛的传播，伍尔夫的作品也成为世界文学的一部分。正如布鲁姆所言："在伍尔夫去世后的半个世纪里，女作家或文学批评家中没有一人可以与之比肩，尽管她们已经享有了她当年预言过的自由。"[①] 日本、法国、韩国和英国都成立了独立的伍尔夫协会，北美成立的弗吉尼亚·伍尔夫协会也在1996年举办的伍尔夫年会特别会议"伍尔夫国际讨论会"[②] 的感召下，在自己的协会名称前冠上了"国际"二字。中国的伍尔夫研究者也在努力推动自己的研究成果走出国门，期待着与英语世界的同行进行平等交流和对话。80年代初最早开始推动伍尔夫译介工作的瞿世镜先生之所以能够在国际伍尔夫研究领域产生影响，正是因为他十分了解英语世界伍尔夫研究的历史与发展脉络，清楚地意识到了国内伍尔夫研究中的不足与优势所在，不仅为学界提供了大量珍贵的翻译资料，也没有跟在西方理论之后亦步亦趋，而是确立了自己的学术增长点。中国的伍尔夫研究者需要通过英语世界的他者视角反观自己学术研究中的缺陷和优势，也需要通过了解他者，更好地实现与他者的沟通和互补。为国内学者提供一个他者的视角和比较的契机，促进中国的伍尔夫研究走出国门，正是本书的意义所在。

第二节 国内伍尔夫研究综述

一 20世纪初至40年代国内伍尔夫研究状况

1928年12月徐志摩在苏州女子中学举办了一场《关于女子》的讲

[①] 哈罗德·布鲁姆：《西方正典》，江宁康译，译林出版社2011年版，第360页。
[②] 参见 Nicola Luckhurst and Alice Staveley, "European Reception Studies", in *Palgrave Advances in Virginia Woolf Studies*, ed. Anna Snaith, New York, NY: Palgrave Macmillan, 2007, p.249。

演,首次介绍了弗吉尼亚·伍尔夫1928年10月剑桥演讲中有关女性问题的观点。① 中国的弗吉尼亚·伍尔夫译介与研究由此展开了征程。20世纪20—30年代,由于赵景深等人的推介,伍尔夫的意识流小说和文论在中国得到了初步的介绍。

伍尔夫的第一篇中译本作品是1932年叶公超翻译的《墙上的一点痕迹》。② 伍尔夫散文作品的译介在1934年展开,范存忠译述了《班乃脱先生与白朗夫人》,同年卞之琳发表了译作《论俄国小说》。1935年石璞翻译的《弗拉西》出版,这部伍尔夫用来缓解创作严肃小说紧张情绪的"假期作品"成为最早被中国读者接受和喜爱的小说。③ 在伍尔夫创作《弗拉希》这部作品时,几乎已经完成了大部分重要小说的创作(《达洛卫夫人》1925年出版;《到灯塔去》1927年问世;《海浪》1931年出版),然而这部1933年才在英国正式发行的自传体小说却后来居上,最快得到了中国翻译家的关注。石璞这位1936年后即任教于四川大学的女教授之所以对伍尔夫这部轻松明快的作品青眼有加,除译者的个人因素外,也与当时中国民众对外国作品普遍的接受程度有关。虽然伍尔夫小说中的意识流技巧已经得到了中国学者的认可和称赞,但对普通读者而言,这种跳跃的、缺乏生动人物和情节发展的小说依然难以卒读。而《弗拉希》却与伍尔夫最具代表性的意识流小说不同,和传统的中国小说一样有着较为完整的故事情节。此外通过一个动物的眼光来反观人物,不仅使文本显得稚拙而有趣,也非常符合中国读者的阅读期待。中国的明清小说和近代小说中有大量从动物的视角描写人生百态的作品,这样的小说形式对中国读者来说并不陌生。石璞在选择伍尔夫的作品进行翻译时显然考虑到了这些因素。1935年伍尔夫的外甥朱利安·贝尔来到国立武汉大学任教,他将伍尔夫《到灯塔去》的英文本介绍给中国学生,他与凌叔华之间的感情也促进了这位中国女作家的迅速成长,同时凌叔华与伍尔夫之间的锦书

---

① 参见杨莉馨《20世纪文坛上的英伦百合——弗吉尼亚·伍尔夫在中国》,人民出版社2009年版,第31—32页。

② 参见杨莉馨《20世纪文坛上的英伦百合——弗吉尼亚·伍尔夫在中国》,人民出版社2009年版,第14—15页。

③ 参见杨莉馨《20世纪文坛上的英伦百合——弗吉尼亚·伍尔夫在中国》,人民出版社2009年版,第16—22页。

往还建立起了真正意义上的横跨中西的对话。①

1941年2月26日伍尔夫投水自尽,一系列关于伍尔夫的传记类、回忆类的译文和文章在这一时期出现。1943年冯亦代翻译的《论现代英国小说——"材料主义"的倾向与前途》(今译《现代小说》)问世。1945年巴金主编的"中英文化协会文艺丛书"收录了谢庆尧译述的62页节译本《到灯塔去》。另一个重要译本是1947年王还翻译的《一间自己的屋子》。②徐志摩1928年提及的作品第一次获得了完整译介,伍尔夫作为一位"具有浓厚的女权倾向和女性意识的作家的特点第一次获得国人明确的定位"③。不过对伍尔夫女权主义的研究尚未展开,就因50年代的政治因素而宣告终结,直至90年代后中国掀起女性文化研究的热潮,《一间自己的房间》才重获关注。

这一时期国内对伍尔夫作品的研究只是简单停留在对伍尔夫意识流技巧(心理小说)的概括性认识上,大部分中国读者并没有机会接触到伍尔夫的英文作品,而是从译介者的解读中大致了解了伍尔夫的生平和创作理念。这些能够掌握外文文献的译介者们在当时亦属精英阶层,他们的关注点主要是伍尔夫新型的艺术技巧,而不像当时英国的许多批评家一样关注伍尔夫的政治历史观,从社会历史批评的角度来考察伍尔夫的作品。

二 20世纪50—60年代国内伍尔夫研究状况

随着无产阶级革命取得胜利,对作家政治态度和阶级立场的判断日益成为文学研究选择的标准。西方的现代主义文学成为没落、腐朽、反动的代名词,伍尔夫也和乔伊斯、普鲁斯特、T.S.艾略特一道,成了被批判的对象。这一时期极其稀少的伍尔夫研究都体现了批判与细读之间的矛盾冲突,"在批判文字本身的空泛与文本细读的精致与扎实之间构成了一种有趣的张力"④。

---

① 参见杨莉馨《20世纪文坛上的英伦百合——弗吉尼亚·伍尔夫在中国》,人民出版社2009年版,第68—73页。

② 参见杨莉馨《20世纪文坛上的英伦百合——弗吉尼亚·伍尔夫在中国》,人民出版社2009年版,第22—25页。

③ 参见杨莉馨《20世纪文坛上的英伦百合——弗吉尼亚·伍尔夫在中国》,人民出版社2009年版,第23页。

④ 参见杨莉馨《20世纪文坛上的英伦百合——弗吉尼亚·伍尔夫在中国》,人民出版社2009年版,第138页。

据杨莉馨考证，这一时期伍尔夫著作翻译的唯一收获是朱虹所译的《班奈特先生和布朗太太》，该译本被收入1962年的《现代英美资产阶级文艺理论文选》，主要供内部参考和批判所用，并未产生大的影响。① 当英语世界的批评家们开始逐渐摆脱阶级决定论的观点，开始深入细致地研究伍尔夫作品的形式结构和实验技巧时，她的小说却因脱离现实，"一味描写隐晦曲折的颓废意识"② 在中国成了反动文学。80年代新一代中国读者和批评家重新接触到伍尔夫的作品之时所感到的兴奋与震惊，③ 与这一时期伍尔夫研究的断裂不无关系。

三 20世纪70—80年代国内伍尔夫研究状况

伴随着改革开放的步伐，袁可嘉、陈焜的研究率先扭转了国内伍尔夫研究的沉寂局面，伍尔夫从一位不为人知的英国小说家逐渐转变为中国批评界关注的焦点和中国女作家仿效的对象、动力的源泉。1979—1989年中国的伍尔夫研究主要集中在形式主题和小说理论的解读上，作品介绍所占比重较大，研究队伍不够壮大。但这一时期出现了一些具有全局视界的优秀作品，为之后的伍尔夫研究奠定了良好的基础。④

80年代最重要的伍尔夫研究者是瞿世镜。1982年和1986年，他分别发表了《伍尔夫的〈到灯塔去〉》和《〈达罗威夫人〉的人物、主题、结构》，拉开了伍尔夫小说形式主题研究的序幕。这两篇建立在文本细读基础上的论文对伍尔夫小说的结构、主题、人物、艺术特征进行了较为深入的剖析。⑤ 自1983年起，瞿先生陆续在《文艺理论研究》上发表了21篇伍尔夫谈小说理论的译文，1986年，这些译文以《论小说与小说家》

---

① 参见杨莉馨《20世纪文坛上的英伦百合——弗吉尼亚·伍尔夫在中国》，人民出版社2009年版，第143页。

② 袁可嘉：《英美"意识流"小说述评》，载《文学研究集刊》第1册，人民文学出版社1964年版，第202页。转引自杨莉馨《20世纪文坛上的英伦百合——弗吉尼亚·伍尔夫在中国》，人民出版社2009年版，第139页。

③ 女作家徐坤回忆自己在20世纪90年代初第一次读到伍尔夫《一间自己的房间》时"一下子就被这个理论给镇住了"，感到"立刻天眼开开，从蒙昧之中被启蒙"（徐坤：《我的人生笔记》，时代文艺出版社2006年版，第202页）。事实上伍尔夫的这部作品在1947年就已经有了完整的译本。

④ 参见杨莉馨《20世纪文坛上的英伦百合——弗吉尼亚·伍尔夫在中国》，人民出版社2009年版，第147—156页。

⑤ 参见高奋《新中国六十年伍尔夫小说研究之考察与分析》，《浙江大学学报》2011年第5期。

为名结集出版，将伍尔夫重要的小说理论第一次较为完整地介绍给中国读者。1987年，瞿世镜发表了论文《伍尔夫·意识流·综合艺术》。在杨莉馨看来，瞿先生所作的比较研究建立在扎实的作品研读的基础上，而中国学术界并未在此后继续挖掘这种研究，这种情况至今仍未得到大的改变。[①] 1988年，瞿世镜主持选编了《伍尔夫研究》上下两册，精选了国外早期伍尔夫研究中的重要批评成果，这是第一本系统整理、翻译国外伍尔夫批评作品的专著，在很长时期内成为国内研究者了解国外研究情况的重要参考资料。同年，他还翻译了《到灯塔去》，使伍尔夫的这部名作第一次完整地与中国读者见面。1989年，瞿先生出版了国内第一部伍尔夫评传《意识流小说家伍尔夫》，对伍尔夫的生平、创作经历、文学理想、艺术追求等进行了生动的刻画，使伍尔夫在中国读者心目中的形象变得更为鲜活。

80年代也见证了中国女性主义的萌芽和兴起。1989年《上海文论》推出了国内第一个以"女权主义文学批评"为总标题的论文专辑，刊登了林树明的文章：《开拓者的艰难跋涉——弗·伍尔夫女权主义文学理论述评》。[②] 同年《外国文学评论》开设了"女性文学"专栏，其中王逢振的文章《既非妖女，亦非天使——略论美国女权主义文学批评》中介绍了伍尔夫女性主义文学的基本思想。玛丽·伊格尔顿主编的《女权主义文学理论》也在1989年由胡敏、林树明等翻译完成，该选本收入了伍尔夫的《一间自己的房间》的若干片段和《妇女的职业》一文，为中国的女性主义文学批评研究奠定了基础。1989年堪称中国女性主义批评发展的丰收年，正是在这样的背景下，王还在1947年翻译的《一间自己的屋子》由三联书店再版，这部在40年代末淹没在战争硝烟中的译本在新时期获得了前所未有的关注，成为众多中国女作家珍爱的励志之作和伍尔夫研究者关注的文本。[③]

四 20世纪90年代至今国内伍尔夫研究状况

90年代有两部重要译本问世，一部是1996年王正文、王开玉翻译的

---

① 参见杨莉馨《20世纪文坛上的英伦百合——弗吉尼亚·伍尔夫在中国》，人民出版社2009年版，第194页。

② 参见杨莉馨《20世纪文坛上的英伦百合——弗吉尼亚·伍尔夫在中国》，人民出版社2009年版，第277页。

③ 参见杨莉馨《20世纪文坛上的英伦百合——弗吉尼亚·伍尔夫在中国》，人民出版社2009年版，第272—277页。

《维吉妮亚·吴尔夫文学书简》，丛书主编程代熙先生在序言中指出："文学书简是作家为自己撰写的一部独特的文学传记；文学书简是研究作家最可靠的一手资料；文学书简是一座多彩多姿的人类艺术文化思想宝库。"① 这部译作从伍尔夫的上千封书信中选择了与伍尔夫的艺术创作有直接关联的信件，按照时间顺序从伍尔夫的书信中勾勒出了伍尔夫的创作过程，为国内的伍尔夫研究提供了宝贵的参考资料。

另一部是 1997 年由戴红珍、宋炳辉翻译的《伍尔芙日记选》，这部译本的诞生得益于瞿世镜的大力支持。他为译者提供了英文版的《一位作家的日记》，并对该书的翻译予以指导。这部译本从《一位作家的日记》中选译了部分内容，属于选本中的选本，为中国学者了解伍尔夫创作过程中的思想动态提供了有益的参照，成为许多伍尔夫研究者援引的对象。然而正如伦纳德在《一位作家的日记》序言中所说："以摘录形式出版日记或书信几乎总是个错误，尤其当被删内容的写作是作者不得不对生存的感受和荣誉所保持的一种戒备的注视时，这种错误会更加明显。被删的东西几乎总是歪曲或隐匿了书信或日记作者的真实性格和心灵创造，而这些真实细节也正是被学院派评述所一一抹平了，就像对付任何难看的褶皱一样。所以即便是最好的日记选本，也只能勾勒出作者歪斜或偏面的肖像轮廓。"② 伦纳德提醒读者注意："这本书中所选的仅仅是弗吉尼亚所有日记中很小的一部分……只有牢记这一点，才不至于从中歪曲地理解弗吉尼亚·伍尔芙的生活及其性格。"③ 而这也是该书的译者提醒读者注意的要点。遗憾的是，在老一辈的伍尔夫研究者推动下进行的书信和日记译介工作并未在之后得到进一步的重视，再无更完整的译本问世，中国读者至今难窥伍尔夫日记和书信的全貌。

伍尔夫散文随笔的翻译在 20 世纪 90 年代全面展开，1990 年李乃坤主持选编了《伍尔夫作品精粹》，收录了瞿世镜翻译的 9 篇随笔。1991 年《世纪文学》上刊登了伍尔夫的 5 篇散文：杨静远翻译的《笑的价值》《安达卢西亚的小客店》《夜行记》，刘炳善翻译的《威廉·赫兹利特》

---

① [英] 弗吉尼亚·伍尔夫：《维吉妮亚·吴尔夫文学书简》，王正文、王开玉等译，安徽文艺出版社 1996 年版，"编者序"第 2 页。
② [英] 弗吉尼亚·伍尔夫：《伍尔芙日记选》，戴红珍、宋炳辉译，百花文艺出版社 1997 年版，"序言"第 1—2 页。
③ [英] 弗吉尼亚·伍尔夫：《伍尔芙日记选》，戴红珍、宋炳辉译，百花文艺出版社 1997 年版，"序言"第 4 页。

《纽卡塞公爵夫人》。杨静远不仅是80年代第一位将伍尔夫的书信介绍给中国读者的专家,还将伍尔夫早期的散文作品译成中文。1993年《世界文学》刊登了杨静远重译的伍尔夫短篇小说《公爵夫人和珠宝商》《杂种狗"吉卜赛"》《遗物》,伍尔夫较少得到国人重视的晚期短篇小说也得到了关注。遗憾的是国内对伍尔夫短篇小说的翻译和研究并没有在杨静远的推动下走得更远,除2003年人民文学出版社发行的《吴尔夫文集》中收录的18篇短篇小说之外,至今尚未出现任何新的短篇小说的独立译本。

1994年刘炳善翻译的散文集《书与画像》出版,该书精选了伍尔夫的24篇散文,其中18篇是首次与中国读者见面。1996年孔小炯、黄梅合译的《伍尔芙随笔集》问世,该译本选择了31篇随笔进行翻译,在译序中强调了伍尔夫"常常会在她的散文中,有意无意地或直接或间接地透露她那强烈的女权主义观点"[①]的特色,并对伍尔夫"印象式的而不是分析性的批评"[②]方式大加赞扬。1998年,伍厚恺、王晓路翻译的《伍尔夫随笔》问世,1999年瞿世镜编选的《伍尔夫批评散文》出版发行。伍尔夫在其随笔中体现出的活泼、灵动的批评风格得到了中国学者的关注。

1993年吴钧燮翻译的《海浪》出版,1997年孙梁、苏美、瞿世镜翻译的《达洛卫夫人 到灯塔去》再版,同年谷启楠等人翻译的《达洛维太太 到灯塔去 海浪》出版。中国翻译家最为关注的小说还是伍尔夫的"生命三部曲"[③]。1994年《外国文艺》刊登了赵德明翻译的秘鲁作家巴尔加斯·略萨的长文《〈达洛卫夫人〉——平庸中紧张和豪华的生活》,这篇来自南美作家的评论为中国学者认识伍尔夫提供了一个独特的角度。这是继瞿世镜编选《伍尔夫研究》之后,国外的伍尔夫研究第二次被介绍给中国读者。1999年《外国文艺》刊登了另一篇国外伍尔夫研究的译文,由刘凯芳翻译的英国小说家、文论家马尔科姆·布雷德伯里的《弗吉尼亚·伍尔夫》。[④]

[①] [英]弗吉尼亚·伍尔夫:《伍尔芙随笔集》,孔小炯、黄梅译,海天出版社1996年版,"译序"第5页。
[②] [英]弗吉尼亚·伍尔夫:《伍尔芙随笔集》,孔小炯、黄梅译,海天出版社1996年版,"译序"第6页。
[③] 参见杨莉馨《20世纪文坛上的英伦百合——弗吉尼亚·伍尔夫在中国》,人民出版社2009年版,第206页。
[④] 参见杨莉馨《20世纪文坛上的英伦百合——弗吉尼亚·伍尔夫在中国》,人民出版社2009年版,第209—212页。

通过传记探索伍尔夫心理特征的著作也在这一时期有所发展。继1989年瞿世镜撰著的《意识流小说家伍尔夫》之踵武，1998年陆扬、李定清合著的《伍尔夫是怎样读书写作的》问世，围绕着读书与写作这两个问题，以时间为纲考察了伍尔夫的阅读状况和写作历程。1999年，伍厚恺撰著的《弗吉尼亚·伍尔夫：存在的瞬间》出版，书中用优美的笔触向我们展现了一位饱含深情、优雅风趣的女作家。

1995年在北京召开的世界妇女大会使女性主义和女性问题成为中国学术界关注的重心，"女性主义成为文论界的一门显学，并吸引了不少优秀的男性学者纷纷加盟"[①]。作为西方女性主义批评代表人物之一的伍尔夫也获得了极大关注。童燕萍的论文《路在何方——读弗吉尼亚·吴尔夫的〈一个自己的房间〉》提到了伍尔夫重要的女性主义创作观"双性同体"（童文称"阴阳合一"），为之后中国的女性主义诗学研究中有关"双性同体"（亦称"雌雄同体"）的讨论打开了大门。1996年林树明发表了《战争阴影下挣扎的弗·伍尔夫》，将伍尔夫的女性主义思想与她的战争观联系了起来，开始关注伍尔夫的和平主义思想与女权主义之间的内在关系。葛桂录的论文《边缘对中心的解构——伍尔夫〈到灯塔去〉的另一种阐释视角》，以女性主义的立场，将莉丽与拉姆齐夫人之间的关系，以及莉丽的心理发展解读为"边缘人形象不断地颠覆与解构以拉姆齐夫人为中心的话语霸权"[②]。中国学者开始尝试着使用解构主义女性主义的理论来分析伍尔夫的小说作品。马睿的论文《从伍尔夫到西苏的女性主义批评》认为伍尔夫"积极实践以文学的形式来写作批评文章，来进行理论表述，从而突破了理论话语的惯有形态"，实现了"在正统理论话语戒备森严的僵化文体中辟出一条蹊径"[③]的目的，中国学界对伍尔夫文论批评轻松、活泼的感性认识在女性主义理论的观照下开始生发出更为严肃的理性认识。伍尔夫在文论批评中使用的语言被阐释为"对19世纪末以来文学理论渐趋科学化、技术化的反拨"[④]。伍尔夫在文学批评中所使用的言说方式亦成为对以理论见长的父权文化堡垒的颠覆。

[①] 杨莉馨：《20世纪文坛上的英伦百合——弗吉尼亚·伍尔夫在中国》，人民出版社2009年版，第278页。

[②] 葛桂录：《边缘对中心的解构——伍尔夫〈到灯塔去〉的另一种阐释视角》，《当代外国文学》1997年第2期。

[③] 马睿：《从伍尔夫到西苏的女性主义批评》，《外国文学研究》1999年第3期。

[④] 马睿：《从伍尔夫到西苏的女性主义批评》，《外国文学研究》1999年第3期。

21世纪以来，伍尔夫作品的译介呈现出规模化、系统化的趋势，伍尔夫的各类著作被整体性推向市场。已有中译本的作品出现了新译，一些曾被忽视的作品也得以与中国读者见面。2000年上海译文出版社一举推出了"伍尔夫文集"5种，并于2009年再版，包括伍尔夫的生命三部曲《达洛卫夫人》（孙梁、苏美译）、《到灯塔去》（瞿世镜译）、《海浪》（曹元勇译），以及伍尔夫的随笔选集《论小说与小说家》（瞿世镜译）和传记体小说《爱犬富莱西》（方平译）。2001年，译林出版社推出了王家湘翻译的新版本的《达洛维夫人　到灯塔去　雅各布之屋》。2003年人民文学出版社推出了"吴尔夫文集"12种，囊括了伍尔夫的9部长篇小说和2辑《普通读者》中的随笔作品。2008年，唐嘉慧翻译的《弗勒希：一条狗的传记》出版发行，2011年这部作品出现了第5个译本：周丽华翻译的《阿弗小传》。这部在英语世界伍尔夫研究中几乎销声匿迹的作品，1935年由石璞第一次介绍给国人，在伍尔夫研究恢复后的1987年在报刊连载，并在21世纪短短十几年内就出现了3个译本，足以看出国内读者对伍尔夫这部"假期"[①]作品的喜爱。

　　伍尔夫随笔散文的译介工作也在同步进行。2000年国内出现了伍尔夫随笔的四个选本：上海译文出版社继1986年初版推出之后增补再版的《论小说与小说家》（瞿世镜译）；中国广播电视出版社推出的"世界文化名人文库"之一《伍尔夫散文》（刘炳善主编）；湖南文艺出版社出版的《吴尔夫经典散文选》（胡家峦主编，黄梅等译）；山东文艺出版社推出的《吴尔夫精选集》（黄梅编选）。2001年中国社会科学出版社推出了4卷本的《伍尔芙随笔全集》，收录了伍尔夫绝大多数的随笔作品。

　　对伍尔夫生平传记的翻译也在这一时期得到了发展，国内译者开始把目光转向有关伍尔夫的传记作品。2000年，林德尔·戈登撰著、伍厚恺翻译的传记作品《弗吉尼亚·伍尔夫：一个作家的生命历程》出版发行；2004年推出了约翰·雷门撰著、余光照翻译的《吴尔芙》；2005年，昆汀·贝尔撰著、萧易翻译的《伍尔夫传》的问世，为中国的伍尔夫研究者提供了宝贵的参考资料。2014年，王璐翻译的《伍尔夫》问世，这部传记的作者奈杰尔·尼科尔森是伍尔夫的亲密好友与同性恋人维塔·萨克

[①] 约翰·雷门在其传记《吴尔芙》中称伍尔夫在完成一部重要的、诗意的小说之后，紧接着可能会写一本她所谓的"假期"书，来放松她超凡想象工作所带来的压力。参见约翰·雷门《吴尔芙》，余光照译，百家出版社2004年版，第57页。

维尔—韦斯特的儿子。2016年刘春芳、倪爱霞翻译的《存在的瞬间》付梓。这部作品汇集了伍尔夫从未发表过的自传性作品，1976年珍妮·舒尔坎德编辑整理并出版了这些珍贵的文字，使读者看到了伍尔夫对自己生平经历和隐秘的情感世界的剖析。同年哈里斯著，高正哲、田慧翻译的《伍尔夫传》出版发行。这一时期中国学者传记著述以易晓明《优美与疯癫——弗吉尼亚·伍尔夫传》（2002年）为代表。

西方学术界对伍尔夫所属的布鲁姆斯伯里集团的兴趣也得到了中国译介者的关注。2006年出现了三本系列丛书：《隐秘的火焰：布鲁姆斯伯里文化圈》（昆汀·贝尔著，季进译）；《岁月与海浪：布鲁姆斯伯里文化圈人物群像》（S. P. 罗森鲍姆编著，徐冰译）；《回荡的沉默：布鲁姆斯伯里文化侧影》（S. P. 罗森鲍姆编著，杜争鸣、王杨译）。2008年，美国学者所著的《丽莉·布瑞斯珂的中国眼睛》一书由万江波、韦晓保、陈荣枝合作译出。该书以伍尔夫的外甥朱利安·贝尔与凌叔华之间的一段亲密情谊为纽带，考察了布鲁姆斯伯里集团的成员与徐志摩、萧乾等人之间的关系，对中英文学关系进行了翔实的比较研究。

新千年以来，中国的伍尔夫研究队伍也在不断壮大，更多的著作、硕博论文、专题论文大量涌现。其中最为重要的研究者之一，当属南京师范大学的杨莉馨。她于2002年完成了有关英美学派女性主义诗学研究的《西方女性主义文论》一书；2005年写就了《异域性与本土化：女性主义诗学在中国的流变与影响》，对西方和中国的女性主义诗学进行了独到的考察和深入的分析。在此基础上，杨莉馨在2009年完成了《20世纪文坛上的英伦百合——弗吉尼亚·伍尔夫在中国》一书。这部书从伍尔夫汉译与接受的视角切入，勾勒出伍尔夫在中国文坛近百年的研究历程。不仅全面概括了不同历史时期中国学术界对伍尔夫的介绍与分析，更从这种分析中展现了中西文化交流给中国学术界带来的巨大影响。文中大量引用了第一手的文献材料，为20世纪中外文化与文学关系史的总体研究提供了可资借鉴的参照。2012年杨莉馨的译作《文尼莎与弗吉尼亚》推出，这部小说是英国伍尔夫研究专家苏珊·塞勒斯的长篇小说处女作。该作以老年的文尼莎向已故的妹妹弗吉尼亚坦陈心迹的倒序形式展开，回顾了两姐妹一生中共同经历的重要事件。2014年杨莉馨翻译了桑德拉·吉尔伯特和苏珊·古芭合著的《阁楼上的疯女人：女性作家与19世纪文学想象》一书，这部在80年代就在英语世界饱受赞誉的女性主义批评著作终于和中国读者见面了。2015年杨莉馨的新作《伍尔夫小说美学与视觉艺术》考察了布鲁姆斯伯里集团成员在视觉艺术上的造诣对伍尔夫创作产生的影响。书中第八、九章特别关注了伍尔夫的姐姐文尼莎对伍尔夫创作生涯的影响，填补了国内在这方面研究的空白。瞿世镜在代序中说："1989年我就在《意识流小说家伍尔夫》的序言中表明我不过是一个普普通通的开拓者，我热切期待着青年学者的后续研究成果。不料这个等待的过程竟长达二十余年！"① 杨莉馨从综合艺术的角度考察伍尔夫的小说美学和文学理论，为中国的伍尔夫研究开创了新的切入视角。瞿世镜二十年一遇的感叹，也从侧面说明了当代中国伍尔夫研究中依然存在研究领域和研究范式僵化、重复的问题。

高奋2016年的专著《走向生命诗学——弗吉尼亚·伍尔夫的小说理论研究》，从渊源、内涵和价值三个方面系统阐释了伍尔夫的"生命诗学"，并运用了西方诗学和中国诗学的诸多范畴来观照伍尔夫的小说理论，是一部比较研究的力作。高奋关注到了国内较少有学者研究的伍尔夫的批评思想。在《批评，从观到悟的审美体验——论弗吉尼亚·伍尔夫的批评思想》一文中，她指出伍尔夫对文学批评的认识与现当代西方主导的批评理念不同，选择站在文学实践者的角度上，阐发"以普通读者为立场、以透视法为视角、以比较和评判为方法、以趣味为准绳的批评思想"，并将文学批评视为"一种从观到悟的审美过程""具有全景性、澄明性、超感官、超理性和重趣味等本质特征"②。高奋将伍尔夫的文学批评视作一种整体观照的批评法，为伍尔夫的文学批评研究提供了新的思路。

伍尔夫的女性主义思想在21世纪得到了更多的关注，有关伍尔夫双性同体理论和同性恋爱的研究也在这一时期展开。据笔者检索结果，2000—2017年，以"弗吉尼亚·伍尔夫 双性同体"为关键词的检索条目就有208条（2000年之前国内只有2篇论文讨论双性同体的问题），"双性同体"（或称雌雄同体）成为21世纪伍尔夫女性主义研究的热词，甚至在某种程度上成为伍尔夫女性主义思想的代名词。以"弗吉尼亚·伍尔夫 同性恋"为关键词的检索条目有40条（直接相关的仅10条，其中

---

① 杨莉馨：《伍尔夫小说美学与视觉艺术》，中国社会科学出版社2015年版，"代序"第2页。
② 高奋：《批评，从观到悟的审美体验——论弗吉尼亚·伍尔夫的批评思想》，《外国文学评论》2009年第3期。

潘建的研究最为深入），而在2000年之前这个话题在国内未被提及过。这一时期伍尔夫女性主义研究的论文迅速增加，从杨莉馨《20世纪文坛上的英伦百合——弗吉尼亚·伍尔夫在中国》一书中可以看到有关这一时期伍尔夫女性主义研究的状况，以及伍尔夫对中国女性作家群体产生影响的详尽介绍。①

2000—2017年，对伍尔夫进行专题研究的博士学位论文共17部，其中11部探讨伍尔夫的小说创作，2部探讨伍尔夫与女性主义之间的关系，另有4部分别从空间理论视域、布鲁姆斯伯里集团和伍尔夫的中国接受史的角度进行考察。从这些博士论文的选题可以看出，伍尔夫的小说依然是中国高校研究者关注的热点，运用某一理论对伍尔夫的作品进行具体分析仍然是当代研究的主流。

在对国内外伍尔夫研究进行总结的方面，2004年高奋、鲁彦发表的《近20年国内弗吉尼亚·伍尔夫研究述评》，从译介出版、总体研究和作品研究三个方面回顾了国内世纪之交期间伍尔夫的研究状况，指出"与伍尔夫作品翻译的繁荣形成鲜明对比的是伍尔夫研究资料翻译和引进的匮乏"②。提到国内学者"对伍尔夫的生平、思想、创作的系统研究专著数量不多"③ 这一现状。2011年高奋发表的《新中国六十年伍尔夫小说研究之考察与分析》，同样指出国内研究中"研究议题和观点的重复，不加消化的吸收"④ 等问题。同年杨莉馨发表的《20世纪以来伍尔夫汉译与研究述评》提到了国内在伍尔夫日记和书信翻译方面还十分不足的现状。⑤

早在1999年，王家湘就在《外国文学》上梳理了20世纪以来伍尔夫在西方的接受过程，因篇幅有限，文中提到的丰富内容都未展开。2010年潘建发表的《国外近五年弗吉尼亚·伍尔夫研究述评》则提供了国外2004—2008年的部分伍尔夫研究状况。2012年高奋的《弗吉尼亚·伍尔夫短篇小说研究综述》一文，介绍了几篇国外代表性的论文和四部著述的

---

① 参见杨莉馨《20世纪文坛上的英伦百合——弗吉尼亚·伍尔夫在中国》，人民出版社2009年版，第292—336页。
② 高奋、鲁彦：《近20年国内弗吉尼亚·伍尔夫研究述评》，《外国文学研究》2004年第5期。
③ 高奋、鲁彦：《近20年国内弗吉尼亚·伍尔夫研究述评》，《外国文学研究》2004年第5期。
④ 高奋：《新中国六十年伍尔夫小说研究之考察与分析》，《浙江大学学报》2011年第5期。
⑤ 参见杨莉馨《20世纪以来伍尔夫汉译与研究述评》，《南京师范大学文学院学报》2011年第2期。

概况。2016年高奋发表的《弗吉尼亚·伍尔夫小说理论近百年研究述评》，关注伍尔夫的小说理论在英美批评界研究的嬗变过程，介绍了一些重要的研究成果，但止步于综述。2017年张友燕的《弗吉尼亚·伍尔夫随笔国外研究综述》将伍尔夫的随笔研究划分为三个时期，介绍了相关的学术成果，亦停留在述而不评的阶段。

高奋、鲁彦、杨莉馨等人所提到的国内研究中存在的问题并没有得到解决。国内伍尔夫研究依然存在着重复研究和研究对象不均衡的问题。伍尔夫传记、书信、日记的相关译介和研究依然较为匮乏，英语世界的诸多研究成果亦没有得到中国研究者足够的重视。中国学界对百年来伍尔夫研究在英语世界发展的历程缺乏足够了解，在横向移植英语世界70年代后的研究成果时，缺乏对这些研究基点和来源的认识。伍尔夫的声誉在英语世界是否一直如此令人瞩目？英语世界伍尔夫研究经历过那些争议？英语世界的伍尔夫研究在关注什么问题？中国的伍尔夫研究译介是否足够充分？我们对这些问题都无法给出一个满意的回答。国内的伍尔夫研究在某种程度上还是处于自说自话的阶段，英语世界的研究成果进不来，中国的研究成果出不去。

早在1999年，钟吉娅就在《并非远离尘嚣——我看弗吉尼亚·伍尔夫》一文中指出："伍尔夫并非如有些评论家认为的那样，描写的只是她那个阶层狭窄的社会空间和社会生活。……她并非不食人间烟火。给人以脱离生活、违反常规的只是其作品的外在形式而非内涵。"[①] 并提到了伍尔夫在西方马克思主义理论家马尔库塞那里得到了怎样的褒扬，但多数国内研究者选择性地忽视了英美批评家所强调的伍尔夫更具政治性和革命性的一面。值得注意的是，2011年以来，已有研究者开始尝试用马克思主义女性主义的批评方法来阐释伍尔夫的作品。武术、刘静2011年发表的《伍尔夫的马克思主义女性主义——以〈一间自己的屋子〉为例》，就分析了伍尔夫在对待妇女与历史问题上所坚持的唯物主义史学观。同年刘文婷的论文《从〈到灯塔去〉看伍尔夫的马克思主义女性观》则将双性同体的理论与伍尔夫的小说《到灯塔去》结合在一起，分析了这一理论对马克思主义性别理论的丰富。2017年邱高、罗婷发表的《从马克思主义视角阐释伍尔夫的"天使"复归之路》，从"天使"一词的起源谈起，剖

---

① 钟吉娅:《并非远离尘嚣——我看弗吉尼亚·伍尔夫》,《西安外国语学院学报》1999年第3期。

析了伍尔夫"杀死天使"的原因和意图,阐释了伍尔夫的女性主义思想与马克思主义思想的契合之处。与国内伍尔夫小说研究成熟的发展态势相比,这些研究还稍显单薄,但至少预示了国内伍尔夫研究新的发展方向,值得给予更多的关注。

第一章

20 世纪初至 60 年代英语世界的伍尔夫研究

今日国内许多伍尔夫研究者都认为伍尔夫的作品自诞生之日起就得到了普遍赞誉，伍尔夫作为女性主义批评的先驱必定广受当时英国女性的欢迎和认可。事实上 20 世纪 60 年代前，英语世界的批评家们对伍尔夫的评价常常是暧昧不清的。当他们惊异于伍尔夫创造出的与传统小说截然不同的写作模式时，却一直在怀疑伍尔夫是否能够创造出真实而生动的人物形象（如 E. M. 福斯特、凯瑟琳·曼斯菲尔德），当争取妇女权力的组织者们向伍尔夫寻求帮助之时，则有女性批评家站出来指责伍尔夫生活在象牙塔中，根本不了解女性（如 Q. D. 利维斯），或是认为伍尔夫的女权主义思想影响了她的创作（布鲁姆斯伯里集团的男性成员）。这种态度一直持续到 20 世纪 70 年代女权主义第二次浪潮兴起，伍尔夫作为经典作家的地位得以确立之后才得到改观。在此之前伍尔夫的作品被许多批评家冠以远离现实、超然冷漠之名，伍尔夫本人也被塑造成不关心政治、势利而易怒的"高雅之士"。这种对伍尔夫的认知引发了 70 年代后一大批新兴的女性主义批评家的不满，激发了她们重塑伍尔夫形象和重新阐释伍尔夫作品的愿望。可以说没有这一时期对伍尔夫作品的"贬低"，就不会有 70 年代对伍尔夫作品的重新"发现"。这一时期许多批评家的观点奠定了日后伍尔夫研究的基础，1932 年问世的第一部英语世界伍尔夫研究专著《弗吉尼亚·伍尔夫：一部批评实录》几乎囊括了伍尔夫研究的各个方面，且独具慧眼地与当今的伍尔夫研究相应和。而以《细绎》为平台的批评家对伍尔夫作品的批判，也成为 70 年代后简·马库斯等人为伍尔夫的女性愤怒正名的缘起。

对伍尔夫所代表的阶级的敏感、对伍尔夫实验性文本的兴趣，共同构成了英语世界伍尔夫早期研究中两个关键问题——伍尔夫现代性的形式实验是否缺乏政治和道德的关联；伍尔夫的文本实验是否以崭新的方式抓住了现代社会存在的异质性和人类思维的流动性。[1] 本章将从这两个关键问题入手，梳理英语世界早期伍尔夫研究的状况，并结合具体的批评文本揭示这一时期伍尔夫研究的特征。鉴于英语世界前半叶的文学批评经历了由社会中心向文本中心的转向，早期伍尔夫研究也随之呈现出了不同的阶段特征，故笔者根据这一转变，以40年代为节点，将该时期的研究状况分为两个时段进行论述。

第一节　20世纪初至40年代英语世界的伍尔夫批评

英语世界的弗吉尼亚·伍尔夫研究伴随着她1915年3月25日第一部长篇小说《远航》的问世而起航。1915年4月，《泰晤士报文学增刊》上出现了第一篇对伍尔夫小说作品的匿名评论。1932年英语世界第一部有关伍尔夫的批评专著，威妮弗雷德·霍尔特比的《弗吉尼亚·伍尔夫：一部批评实录》问世。伍尔夫的小说作品在她生前就得到了广泛的传播和评价，伍尔夫本人也作为公众人物数次参加了BBC节目的录制。然而英语世界早期对伍尔夫的研究和接受与她今日在世界文坛上享有的声誉大相径庭，尽管她的晚期小说《岁月》位居美国《纽约时报》畅销书的榜首，但在内奥米·布莱克看来，战后时期堪称伍尔夫批评的"黑暗岁月"[2]。英国国内对伍尔夫的接受总是与她经济特权的问题相交织，对其作品阶级局限性的批判声不绝于耳。30—40年代，以利维斯夫妇为首，以《细绎》为平台的批评家，以及由温德姆·刘易斯为代表的旋涡主义者，对伍尔夫艺术上的精英主义发起了攻击。他们谴责布鲁姆斯伯里集团的作家和艺术家们没有爱国之心，延续了以佩特所代表的为艺术而艺术的唯美主义传统。在他们看来，艺术应该具有社会教育的功能，引导人们的行动或至少引导大众的观念。40年代伍尔夫的捍卫者大卫·戴希斯和约翰·格拉汉姆等人逐渐从社会批评转向了对伍尔夫作品的形式主义分析。他们赞扬伍

---

[1] 参见 Anna Snaith, *Palgrave Advances in Virginia Woolf Studies*, New York, NY: Palgrave Macmillan, 2007, p. 5。

[2] Naomi Black, *Virginia Woolf as Feminist*, Ithaca, NY: Cornell University Press, 2004, p. 150.

尔夫的创新风格,称赞伍尔夫试图抓住生命内在精神的努力。

对于伍尔夫的小说实验,与伍尔夫同时期的作家们也有完全相异的评判。T. S. 艾略特在向法国读者介绍伍尔夫时,将她的作品视作 D. H. 劳伦斯永远无法企及的完美的模式。作为伍尔夫的好友,E. M. 福斯特在伍尔夫去世后的里德讲座上质疑伍尔夫是否真的能够创造出人物、能够使她的人物充满活力。而他的这一质疑,正应和了 1932 年阿诺德·本内特在《小说衰退了吗?》中对伍尔夫牺牲小说中真实人物塑造的不满。本内特的批评对伍尔夫造成了持久的困扰,并激发她写出了著名的《本内特先生与布朗夫人》加以回击。伍尔夫的朋友与竞争对手凯瑟琳·曼斯菲尔德对伍尔夫的态度则显得有些暧昧不清,一方面她欣赏伍尔夫作品的优雅、精致;另一方面她也感到伍尔夫作品中的人物晦暗模糊,缺乏生命力。

一 实验形式的改革家与缺乏道德感的唯美主义者

根据罗宾·马宗达和艾伦·麦克劳林 1975 年出版的伍尔夫作品批评总集《弗吉尼亚·伍尔夫:批评遗产》①的梳理,她的作品在英语世界里一问世就得到了严肃批评的关注。她被视为一位融形式试验、印象主义和意识流写作于一身的革新者,被拿来与同时代的詹姆斯·乔伊斯、马塞尔·普鲁斯特和多罗茜·理查森等人进行比较。1915 年 4 月 1 日,《泰晤士报文学增刊》刊登了一篇对伍尔夫 1915 年出版的第一部小说作品《远航》的匿名评论。该评论者对《远航》的内容进行了概述,非常敏锐地从这部作品中发现了女权主义的踪迹,指出"这部作品也许会被打上机敏的、嘲弄的、影射的、微妙的、'现代的'标签,但这些术语并不能传达它的精神——这部小说从本质上说是女权主义的"②。评论者从伍尔夫的第一部小说中就捕捉到了女权主义的思想。

1915 年 4 月 8 日,E. M. 福斯特在《每日新闻与领导者》上也发表了一篇对《远航》的评论。在这篇名为《一位新小说家》的文章中,福斯特借书中人物之口对《远航》进行了总体的评价:这是一部毫无畏惧的女性作品,且这股勇气不是来自天真,而是源于教育。不过福斯特已经开

---

① Robin Majumdar and Allen McLaurin eds, *Virginia Woolf: The Critical Heritage*, London: Routledge, 1975.
② Eleanor McNees ed, *Virginia Woolf: Critical Assessments*, Vol. 3, Sussex: Helm Information Ltd., 1994, p. 3.

始质疑其小说中主要人物的真实性。在他看来,"她的主要人物不是生动鲜明的,他们没有什么错误,但是当她停止触碰这些人物时,他们也静止了。他们无法走出自己所属的句子,甚至有一种将要被阴影吞没的危险"①。在"作为冒险的生活"一节中,他反问:如果伍尔夫的小说人物并不生动,那么她的成功立于何地呢?虽然一些人并不认同伍尔夫第一部小说作品是成功的,但她的作品却给所有的有识之士留下了深刻的印象。福斯特认为这种印象主要源自伍尔夫自己对冒险强烈的信仰,并且深知这种冒险只能单独完成。

人类的关系不能取代冒险,因为一旦要接触事实他们就不会令人舒服,而一旦令人舒服的就必然不真实。这些人被创造出来是为了完成一项驶向孤独的航程……"生活才是关键",一个小说家用一种非常不同的方式写道:"发现的过程,永恒的持续的过程,而不是发现本身(才是生命的意义)。"伍尔夫夫人的眼界也许比不上陀思妥耶夫斯基,但是她和陀思妥耶夫斯基一样清楚地看到在效率终止的地方创造才真正开始,甚至更清楚地意识到我们的最高选择不是寓于灵与肉之间,而是停驻在稳固和运动之间。②

于福斯特而言,人物是小说创造中不可忽视的重要方面,也是可以量化一部小说成功与否的尺度。伍尔夫的小说虽然没有栩栩如生的人物,却给人带来了一种与以往小说截然不同的感受,给人留下了深刻的印象。从这一点上说,伍尔夫的第一部小说成功了。至于成功的原因,福斯特的表述却显得模糊不清。这种模棱两可的态度延续到了1941年他的里德讲座。

1915年4月24日《威斯敏斯特公报》上的匿名评论,也对伍尔夫的《远航》进行了评述。评论者认为这是一部才华横溢的作品,讲述的却不是一个传统意义上的故事。小说中的人物共同构成了一个缺乏背景的社会,他们的生命都只是头脑中概念的产物,是抽象的而非具象的,这一抽象世界既没有开始也没有结束,而是在真空中永恒地旋转。小说结尾女主人公雷切尔去世了,然而这个世界却依然没有停止其运作。在这位匿名评论家看来,精神的法则是检验伟大小说家的最高权威,要想客观评价《远

---

① E. M. Forster, "A New Novelist", in *Virginia Woolf*: *Critical Assessments*, Vol. 3, ed. Eleanor McNees, Sussex: Helm Information Ltd., 1994, p. 5.

② Eleanor McNees ed, *Virginia Woolf*: *Critical Assessments*, Vol. 3, Sussex: Helm Information Ltd., 1994, pp. 6–7.

航》，就必须把它放进崇高的标准中进行判定。1915年达科沃斯出版社出版了《远航》，在一个月内就出现了三篇对《远航》的评论，无疑说明了伍尔夫小说的魅力。三位评论家抓住了日后伴随伍尔夫出现的两个关键词：女权主义、精神与灵魂，在这部形式依然传统的小说中，看到了伍尔夫与其他同时代作家截然不同的关注点。我们从中可以寻觅到伍尔夫日后在其《本内特先生与布朗夫人》《现代小说》等批评文章中对描写人物内心和未曾言喻的精神世界的特殊关切，可以看出伍尔夫的创作和批评正是相辅相成的。

1919年，伍尔夫发表了《夜与日》，同年十月《泰晤士报文学增刊》上一篇未署名的评论称《夜与日》只是一个爱情故事，而这个不掺杂政治、战争和社会状况的故事看上去与当时关注时事的小说相距甚远。凯瑟琳·曼斯菲尔德于当年发表的评论同样认为伍尔夫所描述的那个简·奥斯汀时代才有的稳定祥和的氛围早已离他们远去，伍尔夫这种沿袭旧俗的小说创作既没有达到奥斯汀的水准，又于小说发展无甚进益。这种看法代表了当时大部分批评家的意见。

1922年《雅各布的房间》问世，伍尔夫的好友利顿·斯特雷奇写信告知伍尔夫他读罢此书的感受：这部小说更像一首长诗，小说中使用的叙述技巧令人惊讶。他询问伍尔夫："你是怎样略过了那些沉闷的部分又保留了足够的线索来穿起你的这串珍珠，我几乎无法理解。"[1] 斯特雷奇认为雅各布是以一种非凡的、原创的方式成功塑造出的人物，在雅各布的身上，他看到了伍尔夫哥哥索比的影子。同年弗雷斯特·里德则在《伍尔夫夫人的新小说》中称伍尔夫所谓的新技巧不过是一种省略的方法，如果让伍尔夫来描写一场重要的谈话，她会把人物放置在椅子中，告诉我们在人物说话前一只猫怎样走过了炉前地毯，一片叶子如何从窗前飘落，却对那最重要的谈话只字不提。在他看来，要想更好地去读《雅各布的房间》，就不要将其作为一部小说来读，而是把它作为一系列超然的印象和场景来阅读，而且一次不要读得太多。虽然这部小说描述了雅各布生活中的某些片段，但在里德看来伍尔夫对雅各布这个人物根本不在乎："他和书中其他人物都是为了达到目标的手段，这个目标不过是伍尔夫夫人自己对生活

---

[1] Lytton Strachey, "Letter to Virginia Woolf", in *Virginia Woolf: Critical Assessments*, Vol. 3, ed. Eleanor McNees, Sussex: Helm Information Ltd., 1994, p. 177.

反应的表达。"① 斯特雷奇和里德对伍尔夫实验性小说的不同态度反映了当时两类批评家的态度：一类倾向于对伍尔夫的技巧实验所带来的震撼和新奇感受进行赞扬；另一类则认为这是一种以牺牲人物塑造为代价的得不偿失的实验。

1925年伍尔夫完成了《达洛卫夫人》，理查德·休斯在当年5月发表的评论文章《伦敦生活的一天》中称：伍尔夫比她同时代的作家拥有更好的对形式的感觉，伍尔夫的写作在人们的脑海中留下深刻的印象不是由于它的生动，而是因为其连贯的形式，这种巧妙的形式超越了小说中单纯的生动形象。另一篇发表于同月《泰晤士报文学增刊》上的匿名评论《一位小说家的实验》，则将焦点集中于对伍尔夫技巧实验的研究上。作者认为伍尔夫《达洛卫夫人》中所使用的技巧在现代小说中并非独一无二，乔伊斯的《尤利西斯》就是她的先驱。不过伍尔夫的视野远离了当代小说中常见的灾难主题，发展出了一些属于自己的东西。在她的小说中，她将一位小说家的自由发挥到了极致，通过更为纯粹的视角来观察形式与生命。1925年6月约瑟夫·伍德克·鲁齐在《意识流》一文中也指出，伍尔夫就像高雅版本的乔伊斯，她记录人物意识流动的方式和乔伊斯的手法如出一辙。《达洛卫夫人》也和《尤利西斯》一样把小说中的时间集中于一天之内，讲故事的方式就是不断勾起人物对往昔的回忆。

当评论家因《达洛卫夫人》开始逐渐意识到伍尔夫这种小说实验的可行性时，1927年出版的《到灯塔去》则带给了他们更大的惊喜。连一向对伍尔夫不屑一顾的本内特也认为这部作品是令人喜爱的。这本小说发行的同年就出现了较多有分量的评论。1927年5月8日，玛丽·科勒姆在《纽约先驱论坛报》上发表《作为艺术家的女性》一文，敏锐地指出伍尔夫的现代性和乔伊斯的现代性并不是相同的。伍尔夫的现代性是从过去的传统中自然发展起来的，"她的一切都可以从过去已经出现的英语文学或英国思想中追溯到起源。她不会给人令人吃惊的焕然一新之感，也并不想在文学上做什么非常大胆的尝试……和当代三位最具现代性的小说家——乔伊斯、普鲁斯特和之后的乔治·摩尔的共同之处是，她的书属于

---

① Forrest Reid, "Mrs Woolf's New Novel", in *Virginia Woolf: Critical Assessments*, Vol. 3, ed. Eleanor McNees, Sussex: Helm Information Ltd., 1994, p. 183.

记忆的文学"①。科勒姆对《到灯塔去》中的章节进行了详尽的分析,将关注点放在伍尔夫笔下的女性上。她观察到伍尔夫笔下的女性都是知识分子,伍尔夫比所有在世的作家都更好地描绘了这一群迷人的女性,她们都神秘地陷入了对自身的思考之中。伍尔夫创造出了一种有教养的英国家庭的氛围,与美国家庭的气氛不同,她所描绘的是一种许多古老国家都拥有的家庭环境:每个人都是不同的分离的个体,每个人都有所保留,每个人都拥有只属于自己的幸福或不幸,他们的内心生活和自己的孤独都不会向他人敞开。所以拉姆齐夫人会在八个孩子环绕身边时习惯于对自己说:"我拿我自己的生活怎么办呢?"并且总是"在和她的老相识——生活相处时感到孤独"②。《到灯塔去》中古怪的塔斯利先生总是说女人不能写作、不能绘画,科勒姆称这种说法当然是错误的,然而女性却常常因这种说法而苦恼,因为文学历史上女性作家的确寥若晨星。女性总是存活在男性所提供的普遍经验中,很少成为伟大的艺术家,因而伍尔夫和她的作品就显得难能可贵。伍尔夫在小说中对"生活是什么"这一秘密的追寻和思考,引起了作为整体的人性的共鸣,必将获得不朽的声名。科勒姆站在与英国批评家不同的视角来思考伍尔夫的作品,在英国家庭和美国家庭的比较中发现了伍尔夫所具有的那种独属英国人的魅力,而这一点恰恰是英国批评家意识不到的。值得注意的是,早在1927年《到灯塔去》问世时,美国批评家就已经开始站在女性的角度上来分析伍尔夫的作品,充分肯定了伍尔夫的成就,并且非常敏锐地意识到伍尔夫与其他现代主义者的不同之处,看到了伍尔夫对传统的继承与发展。1992年彼得·布鲁克在《传统主义者的现代主义》一文中遥相呼应了科勒姆的观点。

  1927年5月26日《格拉斯哥先驱报》上刊登了一篇对《到灯塔去》的匿名评论《抒情小说》。评论者称如果一定要界定伍尔夫身份的话,她更应被看作是一位抒情诗人而不是小说家。她的新小说没有情节、风格闲散,缺乏散文中应有的坚定和结论,却接近诗歌,尤其是现代诗歌的韵律。5月28日查尔斯·沃克发表了《生活与小说中的文明人》,文中沃克提到了与科勒姆相似的观点,认为伍尔夫的血脉中融入了英国小说写作的

---

① Mary M. Colum, "Woman as Artist", in *Virginia Woolf: Critical Assessments*, Vol. 3, ed. Eleanor McNees, Sussex: Helm Information Ltd., 1994, p. 475.
② Mary M. Colum, "Woman as Artist", in *Virginia Woolf: Critical Assessments*, Vol. 3, ed. Eleanor McNees, Sussex: Helm Information Ltd., 1994, p. 478.

悠久传统,"她在狄更斯和简·奥斯汀思想的烛照下考虑自己的技巧——或者说发现了那些技巧"①,同时沃克指出伍尔夫也从《尤利西斯》的作者那里获益良多。他认为《到灯塔去》所讲述的就是几个人独自面对生活和死亡的故事,因为最终每个人都需要独自面对这一切。沃克认为伍尔夫在小说上取得的成就能够与勃朗特姐妹和奥斯汀比肩。6月2日埃德温·缪尔在《国民与雅典娜神庙》上对《到灯塔去》进行了评论。在他看来这部作品很难判断,他很欣赏"时光流逝"一章,认为只有具备伟大创造力的作家才能写出这种超越人类生命的普遍关怀的篇章,但怎样处理人物塑造却是伍尔夫没有完全解决的问题。同月康拉德·艾肯在《作为艺术作品的小说》中同样看到了伍尔夫的两面性,指出她既是一个现代的、激进的、具有原创性的实验者,同时也是一个老式的小说家。所谓现代不过是一种看待世界的态度,而在对语言的使用上,伍尔夫并不比奥斯汀更具现代性。可以看出,在对伍尔夫小说最早的评论中,批评家们已经认识到了伍尔夫所具有的革新与守旧的特质,只是在伍尔夫去世之后,批评家们更关注伍尔夫革新的一面,将伍尔夫与现代主义和女性主义紧密联系起来,而90年代后对伍尔夫保守性一面的重新挖掘才使她的形象得以重估。

  1931年出版的《海浪》在10月的《旗帜晚报》评论中被称为"一种全新的方式、一次大胆的尝试"②。杰拉德·布莱特认为《海浪》是伍尔夫追求其特殊技巧所能达到的逻辑极限。文中的六个人物以海为背景,用一种独白的方式言说,这些人物好像从时间中被提取出来,从日常生活的环境中脱颖而出,而他们所表达的都是伍尔夫的某一方面。③ 杰拉德·赛克斯则强调自我表达的欲望和真正的创造力的推动有着重要的区别。许多人一提到《海浪》的新形式,就将其与现代主义的小说不加区别的混在一起,特别是与乔伊斯的《尤利西斯》混在一起,这是非常不可取的做法。在他看来,《海浪》中的形式不是刻意为之的,而是不安、奇想和求新之欲的产物。并且伍尔夫所追求的这种新奇也不是与过去毫无关系,从

---

  ① Charles R. Walker, "Civilized People in Life and Fiction", in *Virginia Woolf: Critical Assessments*, Vol. 3, ed. Eleanor McNees, Sussex: Helm Information Ltd., 1994, p. 485.
  ② Edith Shackleton, "Review", *The Evening Standard*, 8 October 1931, p. 18.
  ③ Gerald Bullet, "Virginia Woolf Soliloquises", *The New Statesman and Nation*, 10 October 1931, p. 10.

《海浪》的句子中我们能够听到古老的韵律。伍尔夫对实验的兴趣混合了对过去的眷恋,因而她的现代主义不是构造在现代生活的基础上的,而是建立在经典环绕的寂静奢华的图书馆内。①

1932年,英国第一部伍尔夫研究专著,威妮弗雷德·霍尔特比的《弗吉尼亚·伍尔夫:一部批评实录》问世。1935年,露丝·格鲁伯发表了她的博士论文:《弗吉尼亚·伍尔夫研究》,这部作品全面分析了伍尔夫的女性主义美学和她具有强烈暗示性的写作风格。格鲁伯追踪了伍尔夫的学术影响及其与众多当代和历史上的文学与哲学文本之间的关联。此外,她还洞察到《奥兰多》和《一间自己的房间》中的女权政治思想,并为伍尔夫的其他散文和小说作品提供了深富启发性的导读。1937年伍尔夫的《岁月》问世,她的好友戴斯蒙德·麦卡锡在评论中称这部作品中的人物依然笼罩在一层光环之中,他们与这个世界没有建立什么积极的联系,更像是时间之流中的惊鸿一瞥。这样的作品虽然充满美感,但一定是社会历史批评家们所厌恶的类型。②这部向现实主义回归的作品诞生于人们对伍尔夫实验技巧的期望之时,因而没有在英国获得很高的赞誉。1941年伍尔夫的最后一部小说作品《幕间》在她去世后出版,伊丽莎白·鲍温指出这部小说中伍尔夫将情节和幻想融合了起来,《幕间》中的情节比她的任何一部小说都更富有组织性。作为她的遗作,读者希望从这部作品中找到一种终结的感觉,然而《幕间》却无法给我们提供一种总结和回顾,因为伍尔夫的每一次尝试都是崭新的。③

1942年,大卫·戴希斯的《弗吉尼亚·伍尔夫》对伍尔夫的象征主义和艺术技巧提供了敏锐的阅读,他认为伍尔夫"发展了一种小说模式,在这一模式中对体验的敏感的个人反应得以具体化并形成了一种在智性上令人兴奋、美学上令人满意的方式"④。40年代关于伍尔夫的最重要且影响最为深远的一本书,是德国人埃里希·奥尔巴赫的《模仿论:西方文学中所描绘的现实》。在这部里程碑式的巨著中,奥尔巴赫从视角、叙述声音、时间、内部和外部意识、认识论、碎片化等方面对伍尔夫的小说进行

---

① Gerald Sykes, "Modernism", *The Nation*, 133, 16 December 1931, pp. 674-675.
② Desmond MacCarthy, "The Ever-Rolling Stream", *The Sunday Times*, 9 May 1937, p. 8.
③ Elizabeth Bowen, "Between the Acts", *The New Statesman and Nation*, 22, 19 July 1941, pp. 63-64.
④ Anna Snaith, *Palgrave Advances in Virginia Woolf Studies*, New York, NY: Palgrave Macmillan, 2007, p. 5.

了详尽的分析。他认为伍尔夫的现代文学技巧为组织思想和语言提供了新的模式，和燕卜荪一样，他承认伍尔夫作为一个主要欧洲作家的成就，认为她已经获得了经典的位置。可以看出，伍尔夫早期的影响力早已跨越了英国，在欧洲大陆生根发芽。

与小说研究繁荣发展的态势不同，伍尔夫的大部分非小说类作品在早期并未引起太多关注。除《现代小说》和《本内特先生与布朗夫人》这两篇论文被当时批评家们看作是伍尔夫文学观点的总结，并因与本内特先生的笔战而引发关注之外，伍尔夫的大量批评作品都被当作一种随性而轻松的练笔。1925年出版的《普通读者》卷一在马修·约瑟夫森看来"不像是文学批评，更像是伍尔夫为笛福、乔叟、托马斯·布朗等人所作的人物小传"[1]。1932年问世的《普通读者》卷二的文章中"我们瞥见了伍尔夫小说的影子"[2]。至于1928年的《奥兰多》和1933年的《弗拉希》两部虚构的传记不过是迷人的假期作品，"可以像一个玩笑一样轻松对待"[3]。1940年发表的传记《罗杰·弗莱》也未引起过多的关注。

在早期英语世界伍尔夫研究者的眼中，伍尔夫是一位小说技巧的实验者和革新者，是一位富有诗意的小说家。面对伍尔夫身处"光环"中的人物和印象主义式的叙述方式，一系列的评论文章都纷纷对这一新的艺术形式进行赏析。在充分肯定伍尔夫创新才能的基础上，早期的伍尔夫研究对她与传统之间的关系始终保持着清醒的认识。批评家们没有将伍尔夫简单地列入"现代主义"的范畴，而是看到了伍尔夫与其他意识流小说家的不同之处，看到了她艺术探索的独特性与内省性，看到了她与文学传统之间无法割裂的联系，这一点是非常值得当代伍尔夫研究者们借鉴的。

伴随着伍尔夫声名鹊起，在早期伍尔夫研究中，对其作品的批判之声始终不绝于耳，这种批评在英国本土表现得更为猛烈和刻薄。哈罗德·尼科尔森在1931年11月18日的《听众》杂志上谈及伍尔夫的写作时指出：许多人认为现代主义的作品很无趣，是因为读者认为它们太艰深或令人不快。但他认为真正的原因在于现代主义作家和读者大众之间缺乏交流。现代主义的作品激起了一种不同寻常的情感，而英国的读者却对超出期待范

---

[1] Matthew Josephson, "Distinguished Essays", *The Saturday Review of Literature*, 4 July 1925, p. 872.
[2] Dilys Powell, "Virginia Woolf", *The Sunday Times*, 16 October 1932, p. 12.
[3] Anonymous Review, "Orlando", *TLS*, 11 October 1928, p. 729.

围的事物感到厌恶。他将伍尔夫形容成一位一不留神成了小说家的抒情诗人,认为伍尔夫是现代英语文学中一位伟大的文体家,她的技巧实验和詹姆斯·乔伊斯所运用的技巧一样大胆而重要。他呼吁英国人更多地关注伍尔夫,因为在彼时,伍尔夫在英国之外已经得到了高度的评价,在德国甚至是较为封闭的法国,人们都在谈论她、书写她,只有在英国,她的才能没有获得理应得到的重视。伍尔夫之所以没能在英国广获好评,和利维斯夫妇及其创办的《细绎》杂志有着千丝万缕的联系。简·戈德曼在剑桥导读中坦言,Q. D. 利维斯那篇声情并茂的《全国的毛毛虫团结起来!》使伍尔夫的声誉遭受了持久的损害。F. R. 利维斯在《〈到灯塔去〉之后》称伍尔夫作品中所谓的美感缺乏道德和行动的兴趣,让人觉得她与精致的唯美主义者别无二致。伍尔夫小说中情节的缺乏也成为 30 年代反对唯美主义的批评家攻讦的靶子。在戴希斯等人看来,值得赞美的特质成了《细绎》批评家 M. C. 布拉德布鲁克批评的基础。布拉德布鲁克认为伍尔夫小说中的人物难以把握,在她的小说《海浪》中"没有坚实的人物、没有明确的情境、没有情感的结构,有的仅仅是空虚的感觉"[①]。伍尔夫知道人们想什么、做什么却无法感同身受,一直用疏离的姿态保持冷静和客观,而这种优雅的冷漠恰恰证明了她缺乏行动的力量以及她自己大脑的苍白。

二 威妮弗雷德·霍尔特比的创见与突破

1931 年春,威妮弗雷德·霍尔特比开始写作一部关于伍尔夫的专著。虽然在这部作品发表之前,1932 年在法国已经出现了弗洛里斯·德拉特(Floris Delattre)关于伍尔夫的研究著作《弗吉尼亚·伍尔夫的心理学小说》,但在用英语写作的专著中,霍尔特比首开先河。

《弗吉尼亚·伍尔夫:一部批评实录》(下文简称《批评实录》)由九个章节组成,在第一章"作为弗吉尼亚·斯蒂芬的优势"中,霍尔特比对伍尔夫的生平进行了描述,这个简略的传记不仅提到了伍尔夫父亲的成就和交友,还找到了伍尔夫母亲 1883 年写的一本小书《病房笔记》。她将伍尔夫的写作天赋归功于其父母双方的资质。她抓住了伍尔夫艺术创作的过程并将其固定于伍尔夫的生活——尤其是童年生活中。她强调了伍

[①] M. C. Bradbrook, "Notes on the Style of Mrs Woolf", in *Virginia Woolf*: *Critical Assessments*, Vol. 1, ed. Eleanor McNees, Sussex: Helm Information Ltd., 1994, p. 200.

尔夫优越背景后的矛盾：博学的理性的父亲和感情充沛的有审美情趣的母亲；在伦敦被拘束的优雅的生活方式和在海边的无拘无束的日子；正规教育的缺失和对父亲图书室无限制进入的权利；与聪颖的男性相熟识和作为乔治时代英国女性的负担；对政治活动，尤其是选举权的争取，和为了保持艺术的中立而抵抗这些政治活动的诉求。正是这些矛盾构成了伍尔夫作品特殊的风格。霍尔特比认为伍尔夫写作中最值得称赞的特质就是直率。她没有被女性艺术家所遇到的不利状况所影响，尽管她精致、敏感且与世界的接触有限，但她在智识上是自由、直率和无畏的。也许是出于对伍尔夫的崇敬，霍尔特比的叙述略过了伍尔夫的疾病，把伍尔夫的成功归功于伦纳德的鼎力相助。

在霍尔特比看来，伍尔夫具有公共的经验和社会责任感，她对下等人具有近乎浪漫的感情。但她没有美化无知，像一些现代作家那样，认为文盲独占了美好生活的秘密。在伍尔夫为《我们所知的生活》所做的序言中，霍尔特比发现了这样一段话："做淑女要更好一些，淑女们想要莫扎特和爱因斯坦，她们渴望那些作为目的而非作为手段而存在的事物。"[①] 霍尔特比认为只有斯蒂芬的女儿会说出这样的话，因为很多上层阶级的淑女们经常渴望的东西，并不是那么纯粹。伍尔夫对文化有信心，这种信心不仅建立在她自己身上，也建立在她的读者身上，渗透在她的作品中。

在谈到伍尔夫的政治立场时，霍尔特比指出伍尔夫嫁给了伦纳德，因而不可避免地被政治世界所环绕，她对政治并不是无动于衷的。她认为伍尔夫意识到了选举权运动和妇女解放运动的重大意义，但是她对这些烦琐的事务感到厌烦，"她选择成为艺术家，关注事物的终极意义而非手段和方法"。[②] 霍尔特比在这里为伍尔夫对女权运动既参与又疏离的态度找到了原因：伍尔夫关注的是内在，她一次只能做好一件事情，参与选举权运动的具体事务让她不胜其扰，影响了她的创作。霍尔特比强调："她与政

[①] Winifred Holtby, *Virginia Woolf: A Critical Memoir*, London: Continuum UK, 2007, p.23. 注：伍尔夫为《我们所知的生活》所做的序言后被整理发表在《伍尔夫随笔全集》上，并由杨羽在2001年以《回忆劳动妇女协会》为题译出，但译文与霍尔特比所引用的版本存在出入，故笔者自行译出。杨羽的译文为："做个贵妇人却要优越得多；贵妇人不仅需要金钱与热水管道，而且需要莫扎特、塞尚与莎士比亚的作品。"（p.1011）

[②] Winifred Holtby, *Virginia Woolf: A Critical Memoir*, London: Continuum UK, 2007, p.32.

治世界的联系从未阻止她一心奉献真与美的决心。"①

论及伍尔夫的作品时,霍尔特比敏锐地指出伍尔夫的写作生涯是从对书籍和其他作者的评论开始的,她的批评先于她的创新。所以尽管伍尔夫的小说实验看上去非常的大胆和不同寻常,但她的想象是牢牢建立在对人类生活普遍经验的基础之上的。她梳理了1932年之前伍尔夫在英国的接受状况,发现1915年和1919年伍尔夫发表自己的前两部小说《远航》和《夜与日》时并没有引起广泛的关注,1919年她发表了《墙上的斑点》和《邱园》,并在两年后和其他文章结集成《星期一或星期二》,1922年又发表了《雅各布的房间》时才确立了她的声誉。在霍尔特比成书之时,整个有智识的英国读者群都开始讨论伍尔夫的作品,霍尔特比预测:伴随着接下来每部作品的诞生,伍尔夫将会声名日隆。

作为伍尔夫的同时代人,我们可以清楚地看出霍尔特比对伍尔夫的赞赏。与伍尔夫去世后出现的大部分传记不同,霍尔特比展现给读者的,是一个积极、乐观、对文学有信心、对生活有信仰的正面形象。同时伍尔夫也是一位为了追求艺术的真与美而与政治生活相对隔离的优雅女性。霍尔特比对伍尔夫家世、生活、人际关系、艺术创作等方面全面的介绍为之后伍尔夫传记的全面展开奠定了良好的基础。

《批评实录》的第二章"不寻常的读者"(The Uncommon Reader)巧妙化用了伍尔夫的批评文集《普通读者》(*The Common Reader*)的题目,既意指该章是对伍尔夫批评作品的评论,又暗指伍尔夫虽自称普通读者但实际上属于精英阶层的事实。这一章霍尔特比对伍尔夫的批评成就进行了分析,指出伍尔夫是以《泰晤士报文学增刊》评论家的身份登上作家的舞台的,因而在写作这本书时,还有许多人选择把伍尔夫看作一个批评家。虽然霍尔特比认为伍尔夫不能称作是学院派的批评家,但她认为伍尔夫的批评作品绝不是流于轻浮的应景之作。她强调虽然伍尔夫的批评笔触轻松,但她的目的却是十分严肃的,伍尔夫抛弃了那种武断的批评方式,这是源于她的谦虚和她的幽默感,而不是因为她缺乏严肃性。在霍尔特比看来,伍尔夫的批评除了真实的特质之外,还十分关注美感。对伍尔夫来说,形式是十分重要的,一个好的艺术作品,首先要做到真,其次要达到美。

---

① Winifred Holtby, *Virginia Woolf: A Critical Memoir*, London: Continuum UK, 2007, p. 33.

虽然霍尔特比意识到了伍尔夫对社会地位、高贵血统、皇室声誉非常敏感，在伍尔夫的作品中读到诸如"做上层阶级的女士或夫人是更好的选择"之类的话语，也明白她本人并不是一个抗拒阶级特权的革命者，但霍尔特比没有将伍尔夫的这种阶级优越感当作批判的对象，而是十分公允地指出作为一位身处精英阶层的批评家，伍尔夫并不是想要固定在这个圈子之内，而是想扩大这个圈子的范围，她欢迎新来者，也渴望变化。她对不同经验的汇集、障碍的打破、科技和社会习俗的革新都充满了兴趣。她相信文学是属于全体的，它的创造者们并不仅仅是为了标榜或表达自己的不平，而是想要参与进一个作者和读者都贡献力量的共同任务中。真正的生活，正如她在《一间自己的房间》中所说，是公共的生活，而不是一些分离的个体的生活。

与同时代一些仅从阶级视角来批判伍尔夫作品的人不同，霍尔特比认真反观了伍尔夫对待阶级的态度，在阶级决定论的众声喧哗中难能可贵地看到了伍尔夫的直率：她从未回避自己的阶层，也不假装自己同情某个阶层，而是抱着平和的心态，宽容地欢迎更多的人能够成为高雅之士，能够欣赏她所欣赏的事物。而利维斯夫人代表的广大受过教育却并非出身名门的女性，却以伍尔夫根本不懂她们的阶级为由，抱着对自己所在阶级的天然骄傲拒斥伍尔夫的作品。霍尔特比对伍尔夫阶级观的透彻审视虽然淹没在当时英国阶级决定论的话语之下而应和者甚寡，但她摆脱了阶级局限对伍尔夫与公众之间关系的解读却在21世纪初梅尔巴·古迪·基恩的《弗吉尼亚·伍尔夫，知识分子与公共领域》一书中得到了发展和更为学理化的阐释。这也从侧面证明了这部诞生于伍尔夫生前的批评作品所具有的前瞻性。

第三章"远航"对伍尔夫的第一部小说作品《远航》进行了解读，霍尔特比发现死亡是伍尔夫所有小说类作品中的主题（除了《夜与日》和《奥兰多》）。与伍尔夫后期的实验性作品不同，《远航》有着传统的情节结构，但在霍尔特比看来，伍尔夫是不喜欢情节的。她在谈到这部作品的情节时：："它的情节是非常平静的，没有冲突、没有戏剧性的场景……也没有误解、对抗或巧合来推进行动的发展。唯一具有恶意的就是死亡，而即使死亡也有其高贵之处。"[1] 霍尔特比认为伍尔夫的《远航》

---

[1] Winifred Holtby, *Virginia Woolf*: *A Critical Memoir*, London: Continuum UK, 2007, p.63.

作为一部遵循传统小说形式的作品,反映了伍尔夫是可以写好这一类的小说的。"《远航》中展现出的艺术家的冷静节制和尽善尽美给了她成为反叛者的权利,《远航》的成功证明了如果她选择传统的小说形式的话,她也完全能够胜任。"①

"伍尔夫不是简·奥斯汀"一章主要是对伍尔夫第二部小说作品《夜与日》的评价。通过与奥斯汀小说的对比,霍尔特比表达了对伍尔夫这部作品的失望。

她认为《夜与日》是对奥斯汀的失败模仿,伍尔夫失败并不是因为小说写得不好,而是因为奥斯汀并不是伍尔夫应该追随的大师。伍尔夫更擅长的技巧是实验性的而不是传统的。在奥斯汀的叙述世界里"她是门徒而非主宰,是追随者而不是规则的制定者"②。"《夜与日》与《傲慢与偏见》或《爱玛》相比并不那么完美,因为它的作者已经不能再不加鉴别地接受简·奥斯汀所属的世界了。"③

第五章"离开窗户"主要关注伍尔夫《星期一或星期二》里的早期实验性作品。霍尔特比抓住了伍尔夫作品的诗性特质,在她看来,伍尔夫想要在写作散文的同时享受诗人的自由。霍尔特比饶有兴味地观察伍尔夫是如何"尽情地将她的散文发挥到可以理解的极致",又是如何在某些时刻实验"丢弃描写、丢弃叙述、丢弃连接想法的关联句以寻求从内部写作散文的可能性"④。在她看来,伍尔夫已经走上了实验各种可能的写作方式并发掘属于自己的力量的阶段。

霍尔特比还运用影响研究的方法,试图证明伍尔夫的这种实验性尝试并不是对其他意识流小说家的模仿。她指出虽然伍尔夫使用的技巧乔伊斯也使用过,但是伍尔夫的《墙上的斑点》和《邱园》1919年就写出了,而《尤利西斯》则是在1922年发表的。尽管《尤利西斯》的部分章节在1922年之前已经在杂志上刊出,但是没有证据证明伍尔夫读过它们,并且根据德拉特的说法,伍尔夫直到1922年才读到普鲁斯特的作品。因此霍尔特比强调伍尔夫的思维模式和普鲁斯特或许有相似之处,但是她没有

---

① Winifred Holtby, *Virginia Woolf*: *A Critical Memoir*, London: Continuum UK, 2007, p. 80.
② Winifred Holtby, *Virginia Woolf*: *A Critical Memoir*, London: Continuum UK, 2007, p. 88.
③ Winifred Holtby, *Virginia Woolf*: *A Critical Memoir*, London: Continuum UK, 2007, p. 90.
④ Winifred Holtby, *Virginia Woolf*: *A Critical Memoir*, London: Continuum UK, 2007, pp. 99–100.

模仿普鲁斯特。至于人们普遍认为多罗茜·理查森是意识流小说开山之人的说法，霍尔特比并不同意。她认为意识流作为一种小说技巧早就出现了，多罗茜并没有创造这种意识流的技巧，而只是重新引入了这种创作方法。伍尔夫可能读过多罗茜的作品，她肯定也读过斯特恩的作品，但这并不能证明她就一定是在这些作家的影响下才使用了意识流的手法。在某些时刻，一些特殊的写作风格向不同的作家展现它们的形式，这些作家之间相互独立地沿着同样的路线开始创作他们的作品。

霍尔特比认为《邱园》中视角的转变就像电影中经常使用的技巧那样。在《邱园》中，"外部的人物以一种绝妙的清晰感出现又消失，我们几乎都能从这些词语中捕捉到画面"①。不过伍尔夫并不仅仅满足于用语言灵动地捕捉图像，电影放映机的技术仍有其局限性，而伍尔夫在之后更成熟的小说中则更像一个管弦乐队的指挥家：

> 感觉、思想、情绪、意志、记忆、幻想，对外在世界的影响、行动和交谈都在其中演奏着不同的乐器。伍尔夫夫人现在成了一个指挥家，她举起她的双臂，时而向想象招手，时而朝力量挥舞，时而唤起街道上一串交通的噪音，时而礼貌地询问有关糖果的事情。这些因素极其复杂又极富有暗示性。整个管弦乐队一旦开始演奏，就得跟上她的拍子，她必须要控制全局，她必须保持某种和谐与旋律，某种可理解的节奏和听众能够跟上的序列，不然的话音乐将会溶化为一串令人困惑而刺耳的声音。……在《雅各布的房间》里她使用的还是电影放映机的方法，在《达洛卫夫人》和《到灯塔去》中她已经开始指挥管弦乐队。②

这种转变，在霍尔特比看来是一种巨大的进步，伍尔夫获得了自由并将原有的笨拙的工具丢出了窗外。

在这段充满诗意的描写中，霍尔特比以伍尔夫所擅长的方式描述了对伍尔夫小说实验的看法，从早期电影镜头般的精彩瞬间到成熟期掌控整个管弦乐队的挥洒自如，她将伍尔夫的技巧转化为可视、可感、可听的具

---

① Winifred Holtby, *Virginia Woolf: A Critical Memoir*, London: Continuum UK, 2007, p. 111.
② Winifred Holtby, *Virginia Woolf: A Critical Memoir*, London: Continuum UK, 2007, pp. 99-114.

象，霍尔特比关于管弦乐队的比喻，也被之后的一些批评家所沿用，对伍尔夫作品与音乐创作关系的研究也从霍尔特比这里获益良多，作为英语世界的第一部研究专著，霍尔特比的许多创见都极具启发性。

在对伍尔夫的实验形式进行概述之后，霍尔特比在第六章介绍了伍尔夫第一部真正意义上的实验小说《雅各布的房间》中使用的类似电影放映机的技巧。在她看来，伍尔夫显然对描写外省的中产阶级家庭并不在行，在这部小说中，没有一个人物获得了真正的生命，然而伍尔夫却将诗学和电影技术结合了起来，并且达到了近乎完美的效果。霍尔特比也指出伍尔夫的早期小说实践虽有着绝妙的电影放映机的效果，却不如伍尔夫在《到灯塔去》中营造出的那种交响乐的效果那样精巧而微妙。在《雅各布的房间》里，伍尔夫的大部分描绘还属于视觉可见的表层感受，而在她之后的作品中，她将深入到神经、大脑、人物意识中进一步探索，并且把这些因素更加紧密地捆绑在一种整体的气氛中。

通过对《达洛卫夫人》和《到灯塔去》的分析，管弦乐效果的实验技巧在第七章中得以展开。在这两部作品中，形式和内容更紧密地联系在了一起，同时伍尔夫对时间特殊的意识也在小说试验中发挥了巨大的作用。霍尔特比认为伍尔夫的这两部作品中内容与形式的有机结合已经超出了一般意义上的联结关系，具有了形而上学的意味。在《达洛卫夫人》中，克拉丽莎和塞普蒂莫斯·沃伦·史密斯之间产生了联系，克拉丽莎觉得在某种程度上，塞普蒂莫斯的死亡也是她自己的死亡，他的耻辱也是她的耻辱，他的逃脱于她是一份礼物，这样的联合无疑是具有哲学意义的。这种超自然的联合正如传统的学院派哲学家认识到的那样，人与人之间互相约束，而所有创造物都归于上帝。这种联结同时也是一种心理学上的关联，就像许多现代维也纳的心理学家注意到的幼年和老年之间的联系使整个个体的生命成为"追忆似水年华"。尽管霍尔特比一直否定伍尔夫模仿了某个作家的创作技巧，但她认为伍尔夫深受当时盛行的弗洛伊德理论的影响，从《到灯塔去》中对人际关系的描绘可以清晰地看出精神分析的影子。

第八章"出租车上的两个人"源自《一间自己的房间》中伍尔夫所看到的男女两人钻进出租车这一意象。该章主要介绍了伍尔夫的传记性作品《奥兰多》和日后成为女权主义代表作的《一间自己的房间》。这两部书无疑都是令人不安的，因为它们都不是大家所期望伍尔夫写作的作品。

当一些批评家诟病伍尔夫的叛逆时，霍尔特比独具慧眼地从伍尔夫的作品中发现了她对文学的传承与延续的思考。不仅如此，伍尔夫还清醒地意识到现代作家同时从男性和女性作家的遗产中获益，"一个十足的男人或是女人都是致命的缺陷，一个人必须是具有男子气概的女人或者具有女性气质的男人"①。伍尔夫的这句话，在她的小说《奥兰多》中得到了进一步的印证。在《奥兰多》中，伍尔夫使她的主人公成了兼具男性和女性气质的人物，在霍尔特比看来，一旦深入人性的内部，"男人和女人之间是可以互相指导的。蕴藏在伍尔夫夫人内心的男性思维教会了她很多事情……伍尔夫夫人之所以敢于这么做，不仅因为她对年轻的男性进行了观察，更是由于她和他们拥有一些相同的想法。她体内的男性气概宣告了与她的亲属关系"②。对一个成熟的人来说，男性特征和女性特征并不是最重要的，重要的是多样性、整体性和理解力。至于身体的性别和心灵的性别是否一致则显得无足轻重。

20世纪初要求平等政治权利的女权主义者对伍尔夫双性同体思想并没有过多的兴趣，直到60年代之后，伍尔夫对雌雄同体的思考才逐渐得到了普遍的关注。1932年霍尔特比能够从《一间自己的房间》中看出伍尔夫超越当时女权诉求而对女性精神自由的追求，看出《一间自己的房间》和《奥兰多》之间存在紧密的联系，而不是仅仅将《奥兰多》视作一部游戏之作，并认真地考察了伍尔夫的雌雄同体的创作观，无疑是十分难能可贵的。

在霍尔特比写作这本专著期间，她对伍尔夫进行了一次访谈。在这次谈话中，伍尔夫四次向她提到了即将发表的《海浪》，并寄给她新书的样本，因而霍尔特比得以在其作品的最后一章对《海浪》进行评述。名为"海浪——之后呢？"的第九章当属最早对《海浪》进行评论的批评之一。霍尔特比认为这部小说是伍尔夫已完成的小说中最为精致、复杂，最具有纯粹艺术性的作品。《海浪》的构思不仅基于对情感自身的关注，更是以诗性的方式来统领全篇。在阅读中，人们能够感受到这部作品就是作为一个有机整体来进行设计的。小说中的每个人物，从外部来看读者对他们知之甚少，然而似乎从另一个方面又几乎了解有关他们的一切。在她看来，伍尔夫所关注的世界是英国小说家们很少涉及的。伍尔夫笔下的人物潜在

---

① Winifred Holtby, *Virginia Woolf: A Critical Memoir*, London: Continuum UK, 2007, p. 179.
② Winifred Holtby, *Virginia Woolf: A Critical Memoir*, London: Continuum UK, 2007, p. 182.

水底的洞穴之中，总是在一种如梦似幻的状态下，在奇异而微妙的记忆、经历、接触和想象中活动，而这一切形成了潜藏在我们表面想法之下的涓涓细流。霍尔特比在《海浪》中感受到了一种华兹华斯式的人类与非人类的生物形成一个整体的概念已经发展成为一种全新的启示方法——通过向艺术的索取，伍尔夫扩展了我们对现实理解的范围。将伍尔夫小说作品的韵律与自然万物运行的规律相结合，从伍尔夫作品的整体观中观照一切生灵之间所具有的互相联结的关系，在21世纪的今天已然成为生态批评所关注的对象。早在1932年霍尔特比就已经发现了伍尔夫作品中人与非人生命的结合所蕴含的巨大意义，这的确是令人惊叹的。

在伍尔夫作品诞生初期，同时代的批评家在比较伍尔夫与其他意识流小说家的异同之时，霍尔特比就已经认识到用意识流来概括伍尔夫的作品是非常不准确的，伍尔夫的创作实践具有更加深远的扩充生命广度与深度的意义。在她看来，伍尔夫是不应被任何流派、任何现代性的定义所囿的。她尊重传统、热爱真理、注重形式与美的关系，同时也没有受到某些现代派作家悲观思想的影响。尽管她作品中的主题总是与死亡相连，她对待死亡的态度却是从容而豁达的。1973年，詹姆斯·纳雷摩尔（James Naremore）在《没有自我的世界》中强调：意识流并不是伍尔夫最常使用的方法，意识流关注的是私人的、个体的思维，但沉浸在个体之中并非伍尔夫的终极兴趣与目的。纳雷摩尔指出伍尔夫对乔伊斯的不满正是由于乔伊斯过分沉迷于个体的自我之中，[1] 遥相应和了霍尔特比在1932年的观点。

虽然对伍尔夫作品中透露出的生活经验不足、写作范围有限、批评文章缺乏体系等问题颇有微词，霍尔特比还是欣赏甚至有些崇拜伍尔夫的。在伍尔夫生前，她就断定伍尔夫具有大师的潜质，她的作品经得住时间的考验，并极力纠正人们对伍尔夫的一些偏见。霍尔特比始终强调伍尔夫并不是一个挑剔的、势利的、神经脆弱的人，她具有敏锐的感受力和清晰的头脑，能够大胆无畏地挑战现有的规则。伍尔夫也不是一个否定和割裂传统的作家，她对传统作为一个整体对后继者们所具有的影响始终保持着清醒的认识。伍尔夫本人是一个追求真与美的作家，她对形式的关注源于她对于美本身特殊的敏感。伍尔夫绝不是一个厌世者，她对生命充满了热

---

[1] Anna Snaith, *Palgrave Advances in Virginia Woolf Studies*, New York, NY: Palgrave Macmillan, 2007, p. 21.

爱。在对伍尔夫生平经历、散文作品、小说作品的全面观照下，霍尔特比第一次完整地勾勒出了伍尔夫生动而鲜活的形象。

而伍尔夫本人对这本专著的态度却显得有些轻蔑和不坦率。伍尔夫在两人的访谈中四次向霍尔特比提到了即将发表的《海浪》，很显然她希望霍尔特比能将《海浪》纳入她的研究范围，在读到这部书的内容后，伍尔夫对霍尔特比在未出版前给予的评价表示感谢。但在伍尔夫日记和她与友人的书信中，她将霍尔特比形容成"一个和蔼可亲的傻瓜""一位热心而亲切的蠢人""可怜得吃惊的霍尔特比"①。伍尔夫在 1932 年 10 月 10 日的一封信中说她在读这部作品时"开怀大笑"，而到了 10 月 26 日却说自己从未读过这部作品。对霍尔特比本人，伍尔夫表示对这部作品很满意。但在 1936 年面对露丝·格鲁伯的著作时，她却说："可怜的霍尔特比小姐，写完这本书就去世了，她写了一本很好读，却是很不准确的书。"② 在写给埃塞尔·史密斯的信中，她说霍尔特比在这部书中"煞费苦心地清理了自己的困惑而没有摸清楚我的情况"③。

马里恩·肖（Marion Shaw）认为伍尔夫这种无礼的侮辱一方面是用伪装的不屑和轻率来掩饰她对第一部用英文写作的关于她的批评论著的焦虑，但同时也反映了她和霍尔特比之间在阶级、文化背景和美学观点上的巨大差异。她们之间的这种对比也是现代主义者和爱德华时代的人们总辩论的一部分。《岁月》被伦纳德看作是伍尔夫对那些批评她不能创造日常生活中真实人物的回应。1932 年伍尔夫开始创作《岁月》时，在她的内心深处有一种渴望或决心来证明这些针对她的批评是错误的。马里恩·肖认为霍尔特比的专著是一部勇敢的、有价值的作品，是 1932 年以来伍尔夫批评作品中值得尊敬的先驱之作。因为"并不是所有的后续之作都像这部作品一样公正、深思和观察敏锐，也没有都像这部作品一样不惧赞扬和指责。它越过了对艺术目的何在的探寻并抵达了伍尔夫困惑的要点"④。

马里恩·肖对英语世界这第一部批评专著的评价是中肯的。尽管伍尔夫本人在与友人的信件中曾表现出对霍尔特比研究的不屑一顾，事实上霍

---

① Winifred Holtby, *Virginia Woolf: A Critical Memoir*, London: Continuum UK, 2007, p. 8.
② Nigel Nicolson and Joanne Trautmann eds, *The Letters of Virginia Woolf*, London: Hogarth Press, 1975–1980, Vol. 6, p. 43.
③ Nigel Nicolson and Joanne Trautmann eds, *The Letters of Virginia Woolf*, London: Hogarth Press, 1975–1980, Vol. 6, p. 381.
④ Winifred Holtby, *Virginia Woolf: A Critical Memoir*, London: Continuum UK, 2007, p. 19.

尔特比与同时期许多站在不同的阶级立场上抨击伍尔夫作品的批评家相比，显得十分公允。霍尔特比本人与伍尔夫并不属于同一阶层，作为一位来自农场家庭的受过教育的女作家，霍尔特比对文学作品应当具有社会责任非常认同。她指出在她提前看到的《海浪》中，关于海的大量段落是没有必要的，《海浪》本身也不具有一部小说该有的社会责任意识。然而与同时期的批评家不同的是，霍尔特比没有站在唯阶级论的立场上否定伍尔夫作品的价值，且难能可贵地从伍尔夫最易招致非议的、对精英阶层的赞许中发现伍尔夫直率、坦荡的品质。从伍尔夫对公共图书馆开放的呼求和对普通读者看法的关注中发现她自由、民主的精神。这些观念都是在70年代之后伴随着伍尔夫的经典化才逐渐得到重视的。

不仅如此，霍尔特比在这部书中提到的伍尔夫研究的各个侧面基本囊括了之后伍尔夫研究中最为重要的方面：对伍尔夫生平经历及其影响的关注成为日后有关伍尔夫传记研究的滥觞；对伍尔夫小说作品艺术形式的关注成为叙述学研究的焦点；对伍尔夫散文作品中透露出的普通读者意识的关注成为读者反应批评研究的热点；对伍尔夫女权主义和双性同体思想的关注成为女权批评的先驱；对伍尔夫批评文论能否形成体系的关注成为至今依然争论不休的话题。霍尔特比在阅读伍尔夫的作品并查找与她相关的文献时，也受到了伍尔夫文风的影响。认为伍尔夫于批评理论无甚建树的霍尔特比，在这部批评实录中也展现出诗性的写作风格，在谈到伍尔夫的创作理念时反复强调的是对真与美的追求、对精神生活深度和广度的探求；在对伍尔夫生平的总结中一再提及伍尔夫对生命和真理的热爱；在对伍尔夫艺术技巧的评述中不乏洋溢着诗意的语句。从这个角度说，这部缺乏真正意义上的理论支撑的批评论著正以其独特的批评方式体现了对伍尔夫文学批评的致敬。

第二节　20世纪50—60年代英语世界的伍尔夫批评

20世纪50—60年代伍尔夫在中国是一位几乎无人问津的作家，她的作品与大部分英美现代主义文学一道成了反动、腐朽和没落的代名词，成了反映资产阶级精神空虚的实例。当英语世界的伍尔夫研究开始逐渐摆脱社会历史批评的局限，越来越多地从作品本身而非阶级对立的角度来分析伍尔夫的文本时，伍尔夫在中国却因阶级的缘故成了批判的对象。在中国

20余年的沉寂之时,英语世界的伍尔夫研究已经从伍尔夫小说文本的内部和外部出发进行了深入细致的研究。本节将对20世纪50—60年代英语世界伍尔夫研究所取得成果进行阐述,并以著名文学批评家大卫·戴希斯在《小说与现代世界》一书中论述伍尔夫的一章为例,展现这一时期的伍尔夫研究者如何通过文本细读来分析伍尔夫小说的形式结构,在充分肯定伍尔夫文学技巧创新的同时,又囿于对小说内容"真实性"和文学教化功能的强调,而将伍尔夫归为次要小说家的矛盾心态。

一 叙述研究、心理学与神话的交融

20世纪50年代英语世界的伍尔夫研究在詹姆斯·哈弗雷(James Hafley)和D.S.萨维奇(D.S.Savage)之间形成了反差。前者追随戴希斯和格拉汉姆的脚步,欣赏伍尔夫的实验性技巧;后者则悲叹伍尔夫的作品缺乏实践精神和社会意识。和萨维奇的观点类似,阿诺德·凯特尔(Arnold Kettle)在其《英国小说入门》中反问道:"从本内特小说中逃逸掉的生命难道不比有幸进入到伍尔夫小说中的生命更多吗?"[①] 从侧面表达了对本内特的支持。60年代的批评家则跟随戴希斯和哈弗雷的观点,继续推进对伍尔夫写作技巧的正面分析与评价,并坚持反对前几十年对伍尔夫的道德和社会批评。

早在1946年,约翰·霍利·罗伯茨(John Hawley Roberts)就在《达洛卫夫人》和《到灯塔去》重复的主题中发现了罗杰·弗莱所说的"有意味的形式"。在他看来伍尔夫的小说中存在着"超越了短暂个体生命的普遍的永恒秩序"[②]。1948年,沃伦·贝克(Warren Beck)则在为《幕间》的辩护中,将伍尔夫小说的形式模型与社会结构联系起来,将伍尔夫小说中的人物放置在一个更大的共同意识之中,将她的小说看作一个综合的象征。1949年约翰·格拉汉姆在《弗吉尼亚·伍尔夫小说中的时间》一文中对伍尔夫小说中的时间观念进行了形式主义的分析。他认为伍尔夫为了在小说中达到对人类自然天性的洞见,持续关注时间的问题,这种关

---

① Eleanor McNees ed, *Virginia Woolf: Critical Assessments*, Vol. 1, Sussex: Helm Information Ltd., 1994, p. 4.
② Anna Snaith, *Palgrave Advances in Virginia Woolf Studies*, New York, NY: Palgrave Macmillan, 2007, p. 18.

注强化了伍尔夫对记忆、变化和死亡的重视。① 霍尔特比在伍尔夫小说中发现的死亡主题在格拉汉姆的文章中得到了更具学理性的分析。

20世纪50—60年代的伍尔夫研究从奥尔巴赫的《模仿论》中获益良多，奥尔巴赫区分了西方现实主义的两种基型：荷马式（外化的、直接的、连续的、英雄的、不存在疑问的）与圣经式（暗示的、多层的、流动的、驯服的、需要不断阐释的）。他对《到灯塔去》其中一节的多视角和时间推移的详尽分析激发了一系列对伍尔夫叙述技巧的研究。罗伯特·汉弗莱（Robert Humphrey）的《现代小说中的意识流》（1954年），梅尔文·弗里德曼（Melvin J. Friedman）的《意识流》（1955年）和拉尔夫·弗莱德曼（Ralph Freedman）的《抒情小说》（1963年）都是这方面的代表之作。当批评家将视野从伍尔夫小说内容的局限性转移到对伍尔夫小说作品叙述方式的关注上时，一片新的研究天地应运而生。反对沙文主义的瓦尔特·艾伦在其影响广泛的著作《英国小说批评简史》中将伍尔夫式的"瞬间"归结为"短促的、急剧的女性狂喜的间隙，一般来说这些语句使用逗号已经足够，而伍尔夫却用一系列的分号来加强这种印象"②。1960年大卫·戴希斯在他影响深远的《小说与现代世界》第二版中增加了一章关于伍尔夫的内容，伍尔夫的风格使戴希斯转向了对她作品中时间、死亡、个性等更为宽广的主题的研究。他对《达洛卫夫人》小说结构的图解成为形式研究的典型案例。1961年杰弗里·哈特曼（Geoffrey Hartman）《弗吉尼亚的网》则将注意力集中在伍尔夫文本中的缺口、沉默和空位上，考察她为文本之间提供联系并互相转化的思路。哈特曼指出，空白的部分正如现象学或存在主义的虚空，小说的世界正需要这种诸如天降神迹般的、对想象的篡改行为来填补这空隙并确认其连贯性和存在。哈特曼指出了现实主义的、模仿性的情节（他将其与男性意志联系起来）与伍尔夫富有表现力的散文（他将其与女性想象联系起来）之间质的不同。在他看来，现实主义的情节使小说中存在的裂口被掩盖或是简单化了，这种情节依赖于读者对自然化的连贯序列的普遍假设。但伍尔夫的

---

① John Graham, "Time in the Novels of Virginia Woolf", *University of Toronto Quarterly*, 18 January 1949, pp. 186-201.

② Walter Allen, *The English Novel: A Short Critical History*, London: Phoenix House, 1954, p. 335.

小说寓于更为难懂的连贯性中，这种连贯必须要经过"精神的锻造"①。米歇尔·李斯卡则是最早使用语言学数据分析的方法来研究伍尔夫作品的批评家之一。李斯卡分析了《到灯塔去》中归属于不同人物和叙述者的句子结构、语言成分和意象群，不仅展示了小说中不同声音之间的修辞模式的关系，而且论证了人类时间和永恒自然之间的关系。李斯卡通过客观的数据分析来加强读者对伍尔夫语言敏感性的理解，并验证了伍尔夫的写作风格与诗歌之间的密切关系。②

这一时期的伍尔夫研究还致力于在伍尔夫的写作中建立一种整体的艺术模式，用哲学、心理分析、形式美学或神话学的理论来重新解读伍尔夫的作品。1953年第一篇运用弗洛伊德的理论对伍尔夫小说进行研究的论文发表在《文学与心理》期刊上。在这篇名为《弗洛伊德的象征主义与交流》的文章中，作者欧文·斯坦伯格认为伍尔夫对弗洛伊德的理论很熟悉，因为伍尔夫夫妇的霍加斯出版社参与出版了弗洛伊德的作品。在他看来，小说《达洛卫夫人》中彼得的折刀这个意象是伍尔夫对弗洛伊德象征理论的有意借鉴，是"未能使体系服从审美的一个绝好例证"③。斯坦伯格还赞扬伍尔夫在《到灯塔去》中对弗洛伊德阳具象征的成功运用。他声称伍尔夫在小说中将"弗洛伊德的象征物：一柱喷雾、一股喷泉、一个黄铜鸟嘴、一把短弯刀"和更为传统的"雨的意象、开花、生育力以及干旱和不育"融合到了一起。④ 这两种类型的象征互相强化，达成了完美的交融。伦纳德在给斯坦伯格的信中表达了对自己妻子小说中的象征是否有这些意图的强烈怀疑，他告诉斯坦伯格伍尔夫从未读过弗洛伊德的《梦的解析》。而关于伍尔夫何时读过弗洛伊德的作品又对弗洛伊德的理论了解多少，也成为批评界争论不休的话题。1954年，詹姆斯·哈弗雷在其著作《玻璃屋顶：作为小说家的弗吉尼亚·伍尔夫》中对伍尔夫的小说进行了详尽的分析，并从中辨认出了一种宇宙哲学的思想。哈弗雷征

---

① Anna Snaith, *Palgrave Advances in Virginia Woolf Studies*, New York, NY: Palgrave Macmillan, 2007, p. 23.
② 参见 Mitchell Leaska, *Virginia Woolf's Lighthouse: A Study in Critical Method*, London: Hogarth Press, 1970。
③ Erwin R. Steinberg, "Freudian Symbolism and Communication", *Literature and Psychology*, 3.2, 1953, p. 2.
④ Erwin R. Steinberg, "Freudian Symbolism and Communication", *Literature and Psychology*, 3.2, 1953, p. 4.

用了《海浪》中玻璃屋顶的形象，从小说人物内维尔听到的伦敦火车站的喧嚣声中发现了凝聚的时刻。他将伍尔夫对内在时间的表现与柏格森体验的真实联系起来，认为伍尔夫隐含的综合性超越了整体中的差异，形成了多元的整体。这一整体正与流动的生活本身相合。1956年，约瑟夫·布洛特纳对伍尔夫《到灯塔去》中神话模式的分析，选择从弗洛伊德、荣格和德墨忒尔—珀耳塞福涅神话中寻找契合之处。1962年，希夫·库玛（Shiv Kumar）的《柏格森与意识流小说》则分析了伍尔夫对柏格森哲学思想的理解和充分运用。[1]

20世纪50—60年代的伍尔夫研究深受英美新批评的影响，对伍尔夫作品的封闭式阅读使其在一定程度上摆脱了社会历史批评的局限。伍尔夫小说中的视角、重复的模式、韵律的振动以及对时间和结构非传统的处理都成为关注焦点。对伍尔夫小说的叙述分析与主题研究紧密结合了起来。值得注意的是，这一时期的批评家倾向于通过男性与女性之间的辩证关系来分析伍尔夫的小说，塑造了一个内向型的伍尔夫形象，赋予了她的小说新的哲学深度。这些研究突出了伍尔夫的作品在连贯的模式与不稳定的效果（由碎片化的结构加流动的叙述声音所构成）之间的张力。这一时期伍尔夫研究最重要的特点就是对文本细致入微的解读，这些批评中令人称羡的扎实而坚固的细节都建立在对文本语言的关注之上。[2]

这一时期对伍尔夫生活和作品的批评兴趣也因两部作品的问世而得到了进一步的推进。1953年，伍尔夫的丈夫伦纳德选取了伍尔夫日记中的部分内容，编辑出版了《一位作家的日记》，为伍尔夫研究提供了较为可观的一手资料。1962年法国批评家简·圭斯特（Jean Guiguest）的重要研究成果《弗吉尼亚·伍尔夫和她的作品》中就大量征引了伍尔夫日记中的内容，将心理传记的研究方法运用到对伍尔夫批评中。1954年，约翰斯通的《布鲁姆斯伯里集团》在正午出版社发行。约翰斯通对布鲁姆斯伯里集团进行了定义，他认为人们对于布鲁姆斯伯里集团的印象（如势利的、附庸风雅的、波西米亚式的）是不确切的。人们认为这个小团体里的艺术家们过着非常规的生活，是一群在象牙塔内读着难懂文章的面色苍白

---

[1] 参见 Jane Goldman, *The Cambridge Introduction to Virginia Woolf*, Shanghai: Shanghai Foreign Language Education Press, 2008, p. 129。

[2] 参见 Anna Snaith, *Palgrave Advances in Virginia Woolf Studies*, New York, NY: Palgrave Macmillan, 2007, pp. 23-24。

的艺术家。而事实上这个集团对小说、传记、艺术批评、英国绘画都做出了贡献，这个团体中的一些成员对经济和国际关系也做出了重要贡献。这本书就是探讨这一集团的文学贡献。约翰斯通对布鲁姆斯伯里集团的哲学观进行了详解，指出他们都受到了 G. E. 摩尔的影响，摩尔的著作《伦理学原理》决定了这个集团的成员对待生活的态度，并在相当大的程度上指导了他们的行动。这本书也是伍尔夫第一部小说《远航》中的一个人物海伦·安布罗斯读的书。约翰斯通认为布鲁姆斯伯里集团的成员不认为形式是被强加在内容之上的，形式既是内容不可分割的一部分，同时又包含了内容，所以他们的美学观很难形成一套系统的规则，他们为艺术家设置了很高的目标，却无法量化评价的尺度。

  约翰斯通在书中的第三部分对伍尔夫的小说叙述进行了探究。在他看来，《达洛卫夫人》是伍尔夫的艺术问题首次得到解决的一部作品。在这部作品中伍尔夫从小说中隐退，通过不同的视角来展示主角的形象。然而书中的塞普蒂莫斯不属于达洛卫夫人的圈子，所以很难获得全面的展示，因此作者本人不得不直接介入叙述他的历史，描述他精神疾病的发展过程。这种介入让人感到有些不适，约翰斯通认为这是这部作品结构上唯一的缺陷。他对伍尔夫在《达洛卫夫人》中把一天扩展到近乎一生的长度，而在《到灯塔去》中又把十年压缩到一天的结构安排大加赞赏。但对《岁月》中伍尔夫想要用空间来组织时间序列的尝试并不认同。他认为空间并不能像时间那样干净利落地把事件联系起来，《岁月》不是一个连贯的自治的整体。此外，约翰斯通还总结了伍尔夫、福斯特、斯特里奇三位作家文学创作中的相似点："对精神事物的尊重，相信灵魂的内在生活比外在行动或物质现实重要，崇尚个体，尊崇勇敢、宽容、诚实，希望人是完整的，并且既能感性又能理性地表达自己，热爱真与美。"[①] 约翰斯通认为摩尔的哲学观影响了布鲁姆斯伯里集团的成员，但比这一哲学观更重要的是隐藏在其后的剑桥人文精神。除此之外，罗杰·弗莱的美学和他对视觉艺术的欣赏也为这个集团增添了魅力。布鲁姆斯伯里集团试图要达到的是传播文明，他们在个体利益日渐被侵蚀的时代，保持着自身的主体性和独立性。布鲁姆斯伯里集团自诞生之日起就遭到了普遍的攻讦，这个被认为是高雅之士组成的小团体在本内特、利维斯夫妇和许多英国民众看来

---

① J. K. Johnstone, *The Bloomsbury Group*, New York, N. Y.: Octagon Books, 1978, p. 375.

生活在象牙塔中，不问世事、不知疾苦、不关心国家和民族的未来，陷在纯艺术的幻梦中自娱自乐。约翰斯通的这部作品开创了为布鲁姆斯伯里集团正名的先河，不仅系统介绍了这一集团的成员，还对他们的哲学观、美学观和艺术创作进行了详尽的分析，为之后的批评家更全面地探究伍尔夫的思想渊源奠定了基础。

这一时期的伍尔夫研究依然不乏对伍尔夫作品的批判之声，其中D. S. 萨维奇的批评最具有冲击力。在《枯萎的分支：现代小说的六种研究》一书中，萨维奇在评价伍尔夫的章节中开门见山地指出：把伍尔夫看作一个纯粹而简单的艺术家，在真空、敏感和精致的环境中从事艺术创作的传奇只不过是批评家溢美之词的产物。他要做的就是对这些流行的、怠惰的、不假思索就认定伍尔夫是传奇的奉承之作进行反思。在他看来，伍尔夫的小说是"贫乏的、无组织的、含糊不清的"[1]。然而在这种表面的印象式风格之下，潜藏着一种基本的理念来支撑伍尔夫这样的写作模式。他想通过揭开伍尔夫创作时的内在心理模式来推翻唯美主义的理论，告诉读者"没有一个艺术家的工作可以离开创作者的成见和信仰而独立存在"[2]。萨维奇将伍尔夫的小说分为三个阶段：早期阶段是传统的小说创作，由《远航》和《夜与日》两部作品组成；实验阶段摆脱了传统的模式，主要作品是《雅各的房间》《达洛卫夫人》和《到灯塔去》；最后一个阶段绝望的空虚和感知的消散日益增长，以《海浪》《岁月》和《幕间》为代表。他认为伍尔夫的早期作品已经表明她缺乏一个好的小说家所必备的条件："能够创造出生动真实的人物形象，且使这些生命处于一种既有趣又有意义的叙事模式中。"[3] 后期的实验作品则证实伍尔夫作品的中心并不是一些抽象的艺术原则，而是对人类生活中最原初、最主要的一件事——必要的信仰的关注。而伍尔夫虽然想要趋向信仰，却又无力做出符合信仰的决定性行动。因而她的小说沦为了对生活琐事被动地关注。她想从初级的感受力和知觉中寻找重大的意义，这样的尝试从一开始就是空想。伍尔夫之所以无法塑造出生动的人物，是因为她简单的一元论思想，

---

[1] D. S. Savage, "Virginia Woolf", in *Virginia Woolf: Critical Assessments*, Vol. 1, ed. Eleanor McNees, Sussex: Helm Information Ltd., 1994, p. 283.

[2] D. S. Savage, "Virginia Woolf", in *Virginia Woolf: Critical Assessments*, Vol. 1, ed. Eleanor McNees, Sussex: Helm Information Ltd., 1994, p. 284.

[3] D. S. Savage, "Virginia Woolf", in *Virginia Woolf: Critical Assessments*, Vol. 1, ed. Eleanor McNees, Sussex: Helm Information Ltd., 1994, p. 284.

一元论是伍尔夫基本的生活观,这种不严谨的、无效的观点使她的人物失去了内部斗争和发展的能力,成了虚幻的泡影。在萨维奇看来,除了《达洛卫夫人》因具有"有机结构"而成为伍尔夫最令人满意的作品之外,伍尔夫其余的作品都存在着明显的缺陷。伍尔夫在《现代小说》中提出的想要寻求的经久的、真实的生活却因她自己固有的一元论的思想和在信仰之间摇摆不定的弱点而难以为继。与30—40年代的批评家不同的是,在萨维奇的批评中出现了大量伍尔夫小说中的内容,对小说的批评也建立在对文本认真阅读的基础上,而前期的批评则更多地攻击伍尔夫的阶级地位和表达形式,却绝少提及文本内容。由此我们也能够窥见新批评所确立的文本阅读方式已经使个人兴趣驱使的印象式批评转变成一种对作品进行详尽分析的细致的诠释。

二 大卫·戴希斯图解《达洛卫夫人》

大卫·戴希斯是英国著名的现代文学专家,他影响深远的《小说与现代世界》成书于1939年,1960年戴希斯又对该书进行了修订。这本书中对伍尔夫小说作品,尤其是对《达洛卫夫人》深入细致的剖析改变了印象主义式的伍尔夫批评,对伍尔夫小说中的语言、句子结构、时间与人物安排等方面的分析也成为形式主义研究的范例和样本。戴希斯对伍尔夫小说中人称代词"某人"(one)的意义进行挖掘,对伍尔夫在一个段落开头常用的连词"因为"(for)所起到的意识转换的分析,对伍尔夫时间、死亡和个性三个主题的强调,对伍尔夫与乔伊斯、曼斯菲尔德等作家之间的比较研究,对《达洛卫夫人》中时间与人物交替转换的图解分析,都堪称经典。

戴希斯指出伍尔夫的作品是在抒情诗和小说之间摇摆的产物,她的小说为读者提供了洞察力和启发,然而这种启示却是稍纵即逝的、缺乏实体的、不稳固的。人们试图去捕捉她小说中的实体,而当人们觉得好像看到了一些脆弱的实体之前,它就消失得无影无踪了。作为一位批评家,戴希斯同样认为一部作品有责任为人物的真实性负责。《达洛卫夫人》中的女主人公生活在战后的世界中,不可能对这个已经发生巨大改变的世界无动于衷。这部作品将人物放置在伦敦却让其超脱了历史,使所有人物和环境都蒙上了一层迷雾,这难免让人怀疑作品的真实性。而在《到灯塔去》中,伍尔夫非常明智地将拉姆齐一家和他们的客人安排在苏格兰西部的小岛上，处身于一个与世隔绝的环境中，伍尔夫精巧的才智和抒情沉思的天分才得以充分的发挥。因而《到灯塔去》是一部比《达洛卫夫人》更好的作品。然而这部因缺乏真实感而略逊一筹的作品却引起了戴希斯极大的兴趣，他从伍尔夫所有小说作品中挑出这一部进行分析，并对这部小说中形式的精巧赞叹不已。

和乔伊斯的小说《尤利西斯》相同，《达洛卫夫人》同样选取了一位人物从清晨到深夜一天的生活作为小说的切入口。戴希斯认为《达洛卫夫人》整部小说由空间和时间两个因素构成，"我们要么在时间中保持静止，被引导着去注视在空间中发生的多样的但同时进行的事件，要么就在空间中保持静止并被允许暂时在一个个体的意识中前后游走"[1]。戴希斯建议读者将人物的个性作为一个维度，将时间作为另一个维度，这样就能够非常容易地区分小说中时间流动人物静止或人物静止时间流动的部分。因而"一方面我们在伦敦的街道上驻足并偷偷观察一系列处在同一时刻同一地点的人物的内心活动；另一方面我们又可以在一个人物的意识中停留，观察他自己记忆中的不同时刻"[2]。戴希斯用图表来解释这一过程（见图1-1）：

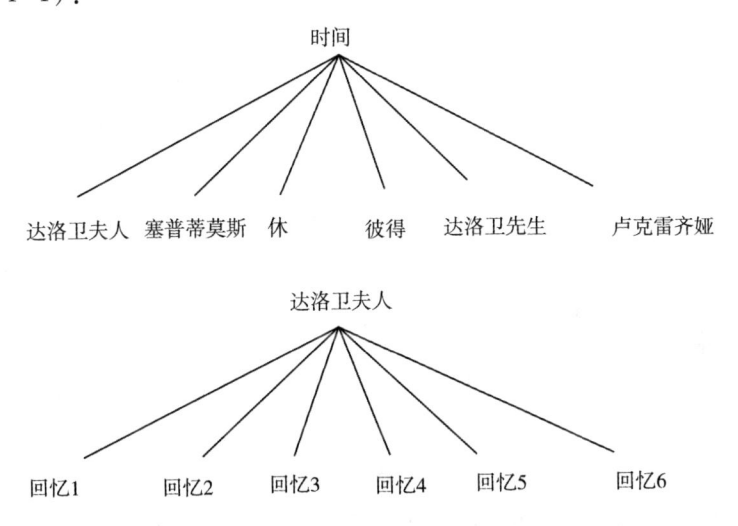

图1-1 《达洛卫夫人》中时间与人物两个维度的示意图

---

[1] David Daiches, "Virginia Woolf", in *Virginia Woolf: Critical Assessments*, Vol. 1, ed. Eleanor McNees, Sussex: Helm Information Ltd., 1994, p. 240.

[2] David Daiches, "Virginia Woolf", in *Virginia Woolf: Critical Assessments*, Vol. 1, ed. Eleanor McNees, Sussex: Helm Information Ltd., 1994, p. 240.

在第一种情形下，时间是一个统一的因素，除了全知全能的作者之外我们无法获知任何人的所思所想，这就使有意味的模式无法得以发挥。而当人物成为一个统一因素时，我们就可以通过回忆的方式寻求时间中的模式。戴希斯用 A，B，C 等代表人物，用 T 代表现在的时刻（依据小说中的行动），用 T1，T2，T3 等代表过去的时刻，这样他就用一张图勾勒出了《达洛卫夫人》整部小说的结构模式（见图 1-2）。

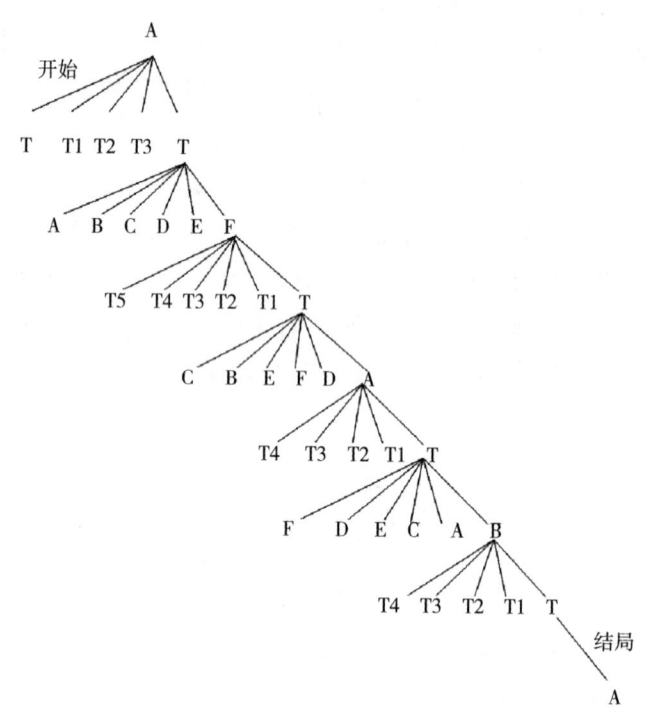

图 1-2　《达洛卫夫人》情节的示意图

由于涉及不同人物的意识，每一组中的时刻都是不同的，伍尔夫的小说也没有和图解所示的那种精确模式一样简单明确，然而戴希斯认为这一模式代表了《达洛卫夫人》总体的运行方式。小说中的情节以 ATFTATBTA 的线性方式推进，开端和结局则是主要人物在这一天中被描述的行动。显然图解中现在的时刻（T）并不是唯一的时刻，而可以是一天中陷入思考的任何一个时刻。在《达洛卫夫人》的这个图解中，现在的时刻随着图示每个阶段的改变从清晨进展到了夜晚。这条 ATFTATBTA 的情节线看似代表了依照时间顺序的行动推进，但戴希斯指出，事实上这条主线仅仅代表了思想和行动分散的碎片,并且未能带给一个真实的故事所需要的充足观点。伍尔夫在构建故事时所使用的这种方式在戴希斯看来正是偏离传统方法的一种举措。

除了用直观的图解来分析伍尔夫的叙述结构之外,戴希斯还十分敏感地注意到了伍尔夫与乔伊斯的另一个不同之处——对路标(明显的线索)的重视。当人们在时间上保持静止并迅速掠过不同人物的脑海中时,伍尔夫非常仔细地标出了那些时间点,使读者清楚地认识到将这些不同意识凝聚起来的要素。这也就是人们从故事的开始直到结束始终能够在书中听到伦敦打钟报时的原因。当我们在不同的个性中徘徊时,对时间的暗示使我们不必担心迷失,而当我们在一个人物的记忆中来回游走时,对说话者身份的不断提示又使我们免于迷失在其中。在戴西斯看来,伦敦上空每一次敲响的钟声都不是偶然的。他举出了小说中的一段细节:

"几点钟了,塞普蒂莫斯?"雷西娅又问,"几点了?"

他却自言自语,他显得惊慌失措。那陌生人肯定会注意到他的举动,他在盯着他俩呢。

"我会告诉你时间的,"塞普蒂莫斯带着神秘的微笑。缓慢而困倦地对穿灰衣服的死者说。他含笑坐在椅上,当下,钟声敲响了:一刻钟——十二点差一刻了。

彼得·沃尔什从他们身边走过,心想,年轻人就是这样嘛。[1]

在这一段中,读者从塞普蒂莫斯转向了彼得,大本钟的报时标志着这个转变。如果我们不至于迷失在各种人物不同的意识中,那是因为这些人物意识的转换和时间产生了撞击,而这种撞击是由敲响的钟声作为象征的。戴希斯发现在《达洛卫夫人》中几乎每过15分钟,时间都以打钟报时或其他的方式得到提醒。大部分情况下我们总是能够从书中的前一页或前几页中发现当前的时间。当我们要从一个人物的个性进入另一个人物的个性中时,时间会被清楚地提及。同样,当我们在一个人物的意识中来回游走时,人物的身份就成为统一的因素并不断得到强调。《达洛卫夫人》开场的几段就提供了一个典型的例证:

---

[1] [英]弗吉尼亚·伍尔夫:《达洛卫夫人》,孙梁、苏美译,上海译文出版社2007年版,第65页。

达洛卫夫人说她自己去买花。

因为露西已经有活儿干了：要脱下铰链，把门打开；伦珀尔梅厄公司要派人来了。况且，克拉丽莎·达洛卫思忖：多好的早晨啊——空气那么清新，仿佛为了让海滩上的孩子们享受似的。

多美好！多痛快！就像以前在布尔顿的时候，当她一下子推开落地窗，奔向户外，她总有这种感觉；此刻耳边依稀还能听到推窗时铰链发出轻微的吱吱声。那儿清晨的空气多新鲜，多宁静，当然比眼下的更为静谧：宛如波浪拍击，或如浪花轻拂；寒意袭人，而且（对她那样年方十八的姑娘来说）又显得气氛肃穆；当时她站在打开的窗口，仿佛预感到有些可怕的事即将发生……①

这些段落体现了间接想法和直接想法之间的折中，而在戴希斯看来这恰好反映了伍尔夫想要使统一的要素总是展现在读者脑海中的愿望。不过这也带了一些有趣的问题：陷入沉思中的"我"（I）成了一个介于"她"（传统小说中常用）和第一人称代词（真正的意识流小说家常用）之间的含混的代词。伍尔夫便经常求助于"某人"（one）这个不定代词来解决这一问题。小说中接下来的一个句子："至于住在威斯敏斯特——到现在有多少年了？超过20年了——会让（某）人觉得即使置身车水马龙的大街，或是在深夜中醒来，克拉丽莎都会感到一种特殊的寂静或肃穆的气氛。"② 该句中被抑制的"我"转向了"某人"，而为了强调克拉丽莎·达洛卫作为一个主体的统一性，作者接下来就直接使用了第三人称的"克拉丽莎"。同时戴希斯还注意到伍尔夫在书中对现在分词的频繁使用，这样持续的动作能够使读者确认思考者的身份并使其在进行一项新的行动时不会打断仍然在流淌的意识之流。而在一段的开始时经常使用"因为"（for）这个词（这个词是作者本人思考的连接词而非书中人物所想）的目的则是为了表明一段沉思的不同剖面之间含混的、虚假的逻辑关系。

在戴希斯看来，伍尔夫的小说中寻找不到坚实的人物形象，面对早期

---

① ［英］弗吉尼亚·伍尔夫：《达洛卫夫人》，孙梁、苏美译，上海译文出版社2007年版，第1页。

② David Daiches, "Virginia Woolf", in *Virginia Woolf: Critical Assessments*, Vol. 1, ed. Eleanor McNees, Sussex: Helm Information Ltd., 1994, p.243. 注：孙梁、苏美翻译的《达洛卫夫人》中文版中没有译出"某人"和"克拉丽莎"这两个词，故笔者根据英文原文译出。

诸多批评家对伍尔夫作品印象式的批评或赞扬，戴希斯转而去寻求"坚实"的形式，并由此来印证伍尔夫所达到的技巧上的高度，用一种更为严谨的方式审视了伍尔夫的小说技巧。对小说中的结构组织、语言风格和象征意义进行了缜密的评析，对伍尔夫的形式主义研究起到了积极的推进作用。值得注意的是，戴希斯本人虽然对伍尔夫的叙述技巧大为赞赏，但他却没有把形式上升到绝对化的高度，片面强调审美活动的独立性和艺术形式的绝对化。他认为在《达洛卫夫人》中，伍尔夫使用的技巧的确展现了她精练思索的成果，这样的技巧本身无疑是成功的，甚至可以说是精湛的。然而技巧仅仅是一种手段，她是否通过这种手段达到了想要的结果，依然存疑。戴希斯提出了这样的问题："这样的模式令人信服或者说能让人理解吗？如果可以的话，我们感受到它的真实性了吗？它符合人类经验的实际状况吗（而这才是检验所有艺术的最终标准）？"[①]

戴希斯的回答显然是否定的。书中的塞普蒂莫斯看起来像是一个经过提炼的人物，是因事件需要而毫无根据地创造出的对象。他所表示的是一种由事实和对事实的阐释构成的关系，而这一关系不过是作者态度遥远的体现。一旦书中的某一时刻这样的意义不存在了，整本书就成了一个空想的抽象的寓言，这个寓言可以意味着任何事情，也可以毫无意义。戴希斯认为这部作品的缺陷就在于其象征部分的比例远远超过了真实的部分，而象征本身却很容易沦为虚无。伍尔夫的小说主题总是与时间、死亡和个性相关，这样的主题本身是真实而重大的，但是伍尔夫作为一个20世纪的小说家在处理这些主题时却总是希望通过一幅图片来展示。无论这样的图画有多么的优雅和精致，对战后的伦敦社会来说，他们已经变得无关紧要和不切实际了。一些批评家提出的诗化小说的概念在戴希斯看来并不是为伍尔夫小说开脱的借口。他认为："抒情的情绪可以有很多的伪装形式，但是它的本质，和那些形而上学的情绪一样，是一种自我中心主义。自我中心可以是艺术中最伟大的优点，但那是建立在作者为他者说话基础上的权利，这一权利只能由历史决定而不能由个体说了算。"[②]

从戴希斯的观点中可以看出，他本人并不认同形式主义对待艺术作品

[①] David Daiches, "Virginia Woolf", in *Virginia Woolf: Critical Assessments*, Vol. 1, ed. Eleanor McNees, Sussex: Helm Information Ltd., 1994, p. 244.

[②] David Daiches, "Virginia Woolf", in *Virginia Woolf: Critical Assessments*, Vol. 1, ed. Eleanor McNees, Sussex: Helm Information Ltd., 1994, p. 245.

的态度。在他看来,这种建立在个体自我中心主义基础上的技巧探索即使达到了令人惊叹的精湛程度,也依然不能称之为伟大作品。伍尔夫的小说中关涉了许多重大的艺术主题,然而在对这些主题进行处理时,伍尔夫却遁入了自己内心的艺术世界中,对发生了巨大转变的外部世界毫不关注,这显然是令人失望的。他认为《达洛卫夫人》这部作品存在着形式与内容之间断裂的问题,而《到灯塔去》则是"次等小说取得的最大成功"[1]。尽管他随后补充道"一流的次等小说比许多二流的优等小说有价值得多"[2],但毕竟在他的眼中,伍尔夫的小说还称不上经典。戴希斯的观点综合了 E. M. 福斯特、阿诺德等人对伍尔夫小说人物塑造的质疑以及利维斯夫妇等人对伍尔夫小说中缺乏社会意识的批判。与前两类批评家不同,戴希斯认真研读了伍尔夫的作品,对她小说中的形式结构和语言问题进行了深入细致的剖析,在肯定伍尔夫技巧的同时也向读者明晰地展示了伍尔夫小说中不同于传统叙述结构的模式。这种建立在文本细读上的文学批评所体现出的是扎实的文本阅读与分析的功力,而这一点正是阿诺德、利维斯等人所缺乏的,也是当下许多伍尔夫研究者所忽视的方面。

---

[1] David Daiches, "Virginia Woolf", in *Virginia Woolf: Critical Assessments*, Vol. 1, ed. Eleanor McNees, Sussex: Helm Information Ltd., 1994, p. 245.

[2] David Daiches, "Virginia Woolf", in *Virginia Woolf: Critical Assessments*, Vol. 1, ed. Eleanor McNees, Sussex: Helm Information Ltd., 1994, p. 246.

第二章

20 世纪 70—80 年代英语世界的伍尔夫研究

20 世纪 70 年代之所以能够成为英语世界伍尔夫研究的分水岭，原因是多方面的。这一时期不仅见证了伍尔夫经典作家地位的确立，也使伍尔夫重新被女权主义者所认识，伍尔夫一跃成为西方女权主义的代言人。今日国内所认定的伍尔夫与女权主义之间牢不可破的联系，事实上是在这一时期由美国的批评家们所确立的。70 年代标志着伍尔夫研究一个革命性的时刻，通过将伍尔夫剥离布鲁姆斯伯里集团的小圈子，美国批评家们成功地将伍尔夫塑造成一个激进的女性主义者。美国的伍尔夫研究专家简·马库斯和伍尔夫的外甥昆汀·贝尔之间一场横跨大西洋的论战，更是将英美两国之间不同的批评观点揭示的淋漓尽致。昆汀·贝尔宣称："伍尔夫不可避免地归属于维多利亚时代的帝国、阶级和特权的圈子内。"简·马库斯则不容置疑地声称："她（伍尔夫）赞成对这个由帝国、阶级和特权所掌控的时代的彻底颠覆。"[1] 这种对伍尔夫大相径庭的理解预示着伍尔夫多元形象的生成。美国批评家们所认识的伍尔夫是许多早期英国读者所不认同的。在英国，伍尔夫总是与布鲁姆斯伯里集团这个精英的小圈子联系在一起，而伍尔夫本人所处的阶级往往成为其饱受诟病的原因。从伍尔夫晚年直到 20 世纪中期，她的声誉一直遭受着来自各方面的攻击。然而伴随着 60 年代女权主义运动对伍尔夫的重新发现和一系列伍尔夫的日记、书信及手稿的问世，英语世界的伍尔夫研究呈现出多元发展的态势。

20 世纪 70—80 年代英语世界的伍尔夫研究虽然从不同角度展开，但是关于伍尔夫的各类研究都与女性主义有着千丝万缕的联系。女性主义批

---

[1] Anna Snaith, *Palgrave Advances in Virginia Woolf Studies*, New York, NY: Palgrave Macmillan, 2007, p. 9.

评家对《一间自己的房间》《三枚旧金币》等与女权主义直接相关的文本进行了严肃而深刻的分析,他们坚持认为伍尔夫的女性主义思想是理解伍尔夫所有作品的关键,这种观点也改变了研究者对伍尔夫生平及其作品的认知立场。无论批评家是否同意这种女性主义批评的具体论述,都无法绕开女性主义来研究伍尔夫的生平和作品。正如贝丝·芮吉尔·多尔蒂(Beth Rigel Daugherty)所言:"他们以女性主义的假设为基础,依靠女性主义的策略,达到女性主义的目的。女性主义批评创造并支撑了我们今日所说的伍尔夫研究。"① 女性主义批评也呈现出了阶段性的特点,根据多尔蒂的归纳和总结,70年代的女性主义致力于重新确立经典序列,恢复并修正女性作家在文学史上的地位;80年代的女性主义批评则呈现出不断跨越边界的特点,各种形态的女性主义观念混合在一起,跨学科的妇女研究不断发展,英美女性主义批评与法国的女权理论交织在一起。80年代女权主义批评对物质环境和与其相伴的女性身体、女性性征、性别差异等问题的关注也催生了90年代女性主义批评对政治、历史和文化语境的聚焦。

70年代末期之前,伍尔夫在中国依然是一个被遗忘的名字。伴随着改革开放的步伐,国内的外国文学研究界也开始"打破唯阶级论和反映论是从的、违背文学规律的僵化研究格局"②。卞之琳、柳鸣九、朱虹等人都在期刊上表达了对重启西方现当代文学研究的高度关注。中国的伍尔夫研究也趁着这股热潮,在80年代后重新焕发了生机。不过这股热潮主要是集中在对伍尔夫现代主义小说作品的研究方面,对伍尔夫女权主义思想进行研究的作品较少。伍尔夫在当时更多地被看作一位小说家、文体家,而非女权主义者。

本章从70—80年代英语世界伍尔夫研究状况的考察入手,将重点集中于中国研究者所忽视的研究领域。这一时期围绕着伍尔夫是否是马克思主义者和伍尔夫雌雄同体观内涵的两次论争,从根本上改变了英语世界早期伍尔夫研究的领域和观念,并对此后的伍尔夫研究产生了深远的影响。然而国内学术界对简·马库斯和昆汀·贝尔关于伍尔夫政治性

---

① Anna Snaith, *Palgrave Advances in Virginia Woolf Studies*, New York, NY: Palgrave Macmillan, 2007, p. 102.

② 杨莉馨:《20世纪文坛上的英伦百合——弗吉尼亚·伍尔夫在中国》,人民出版社2009年版,第146页。

的论争几乎没有任何有分量的考察和分析，对于伊莱恩·肖瓦尔特和陶丽·莫伊关于雌雄同体的争议也只是泛泛而谈，并未进行深入的探讨。这两次深刻改变了伍尔夫形象、扩大了伍尔夫研究领域的论争将在本章第四节得到展现。

第一节　发现的年代：文献资料的丰硕收获

20世纪70—80年代英语世界伍尔夫研究的蓬勃发展与一系列文献资料的出现密不可分。女性主义批评家认为伍尔夫是一个重要的、经典的作家，需要对她的所有作品进行认真的审视，这一态度促成了伍尔夫的大量书信、日记、手稿、回忆录的问世，也催生了一大批有关伍尔夫的传记作品的诞生。70年代大量文献资料相继问世，伍尔夫一些未出版的文本也得到了相应的编辑整理。1972年，昆汀·贝尔的《伍尔夫传》为研究者了解伍尔夫的生平经历打开了大门，1975—1980年，奈杰尔·尼科尔森和乔安妮·陶德曼·班克斯（Joanne Trautmann Banks）编辑发行了伍尔夫六卷本的书信集。1973年，斯特拉·麦克尼科尔（Stella McNichol）出版了她重新编辑的《达洛卫夫人的宴会：短篇小说系列》。1976年是伍尔夫研究成果丰硕的一年，这一年珍妮·舒尔坎德出版了《存在的瞬间》一书（1985年又重新修订并扩充了新的内容），约翰·格拉汉姆（John Graham）发表了具有重要研究价值的复制抄本——伍尔夫《海浪》的两版亲笔手稿。舒尔坎德《存在的瞬间》中收集了在苏克塞斯大学僧舍文件中发现的伍尔夫从未发表过的自传作品《前尘旧事》，三篇来自"回忆俱乐部"的文章《海德公园门22号》《老布鲁姆斯伯里》《我势利吗?》以及《往事札记》。这些伍尔夫亲笔写就的回忆文章成为伍尔夫研究中不可或缺的引证资料。

格拉汉姆发现的两部手稿使研究者对伍尔夫产生敬畏之情的同时，也给伍尔夫的文学创作蒙上了一层令人难以捉摸的面纱。相较之下，1972年J. A. 拉文（J. A. Lavin）关于《到灯塔去》英国和美国版本的差异研究和E. F. 希尔兹（E. F. Shields）对《达洛卫夫人》英美版本差异的辨析则未能收获广泛的关注。1977年，米歇尔·李斯卡出版了《帕吉特家族：〈岁月〉中的小说随笔部分》，并在《纽约公共图书馆公报》上开设了一期关于《岁月》《帕吉特家族》和《三枚旧金币》的专号。① 专号中刊登了格雷丝·雷丁（Grace Radin）的《"两个巨块"：〈岁月〉终稿中被排除的插曲》。1979年，《公报》刊登了《远航》未发表版本的文献，同年布伦达·西尔弗在《二十世纪文学》上发表了伍尔夫的手稿《阿侬》和《读者》，苏珊·迪克（Susan Dick）在《加拿大英语研究》上探讨了伍尔夫创作的《到灯塔去》中"岁月流逝"一章的演变过程。②

对伍尔夫作品的编辑和整理在20世纪80年代继续推进，1977—1984年，安妮·奥利维尔·贝尔（Anne Olivier Bell）和安德鲁·麦克内利（Andrew McNeillie）合作编辑出版了五卷本的伍尔夫日记，1986年，麦克内利开始按照年代顺序编写伍尔夫的随笔全集，至1994年已经完成了四卷（1904—1928年）的编写工作。批评家们对伍尔夫手稿的研究也在同步进行。1980年，路易丝·德萨佛基于对《远航》数部草稿的研究写作了《弗吉尼亚·伍尔夫的第一次航行》。1981年，格雷丝·雷丁出版了《弗吉尼亚·伍尔夫的岁月：一部小说的演变》，在《帕吉特家族》相关手稿的基础上考察了《岁月》这部小说的形成过程。伴随着手稿研究的热度，一批新的手稿抄本相继浮出水面。1982年，德萨佛编辑出版了《美林布罗希亚》（《远航》的初稿），苏珊·迪克转录了《到灯塔去》的手写稿。1983年，米歇尔·李斯卡出版了《波因茨宅：〈幕间〉的早期和晚期打印稿》。1985年，苏珊·迪克出版了她整理的《弗吉尼亚·伍尔夫短篇小说全集》（1989年重新修订并补录新的内容），其中收录了27篇未发表的伍尔夫的短篇小说。除了对伍尔夫作品手稿和未发表作品的深度挖掘之外，这一时期的伍尔夫研究还将目光转向了伍尔夫夫妇合办的霍加斯出版社。80年代中期，霍华德·沃尔默（Howard Woolmer）和玛丽·盖瑟（Mary Gaither）发表了《霍加斯出版社清单》，唐娜·莱恩（Donna Rhein）出版了《伦纳德与弗吉尼亚·伍尔夫在霍加斯出版社的手动印刷书籍》（1917—1932年）。③

---

① 1932年伍尔夫开始写作一部"小说—随笔"，她计划让随笔和解说性的小说场景相互交替，后者被安排在一个名为帕吉特的家族中，随笔部分被弃用，小说部分继续写下去成为了之后的长篇小说《岁月》。

② 参见 Anna Snaith, *Palgrave Advances in Virginia Woolf Studies*, New York, NY: Palgrave Macmillan, 2007, pp. 125-126.

③ 参见 Anna Snaith, *Palgrave Advances in Virginia Woolf Studies*, New York, NY: Palgrave Macmillan, 2007, p. 126.

这一时期还有一本值得关注的集大成的文献研究之作，即由布伦达·西尔弗编写的《弗吉尼亚·伍尔夫的阅读笔记》。这部发表于1983年的著作不仅是对伍尔夫阅读笔记的一次简单誊写，也是对伍尔夫现存档案一丝不苟的列举和描述。伍尔夫在阅读时所做的笔记散见于她的各类文献中，西尔弗充分考虑到了读者的阅读需求，对其进行了耐心的整理并使之形成相互参照的体系，为之后的学者了解伍尔夫的阅读状况及心得提供了便利。西尔弗在引言部分的介绍（"不普通的读者"）① 和对每一条阅读笔记的描述都展现了她基于伍尔夫书信、日记和其他文献基础上对伍尔夫仔细深入的探究，为读者提供了伍尔夫工作和思考的侧面，体现了女性主义批评与文本研究交叉所取得的丰硕成果。这部综合性的文献研究已经成为女性主义研究的经典之作。②

20世纪70—80年代见证了伍尔夫的作品如何成为构建女性主义理论的核心文本。马克思主义和唯物主义的女性主义批评围绕伍尔夫作品的论争以及雌雄同体理论的浮现，都成为这一阶段学术界争论的焦点。这些争论都将《一间自己的房间》作为主要援引对象，促进了伍尔夫女权主义文本的迅速经典化。《一间自己的房间》中对女性需要拥有物质基础来从事艺术创作的唯物主义思考，以及伍尔夫从柯勒律治那里发展而来的雌雄同体的创作设想，为女性主义批评提供了不竭的思想源泉。这一时期伍尔夫的现代主义理论和形式美学也成为批评家关注的对象，伍尔夫的作品成了现代主义批评和理论建构的重要文本。她的散文《现代小说》《本内特先生与布朗夫人》成为现代主义批评理论的评价标准，而伍尔夫的小说类作品则成为形式主义研究仔细审视的目标。将伍尔夫小说作品中的美学观与布鲁姆斯伯里集团克莱夫·贝尔和罗杰·弗莱所提出的视觉艺术结合起来进行分析成为热点。这一时期的伍尔夫研究主要可以分为现代主义（或是形式主义）与女性主义批评两大阵营，这些批评研究与早期的伍尔夫研究最大的不同之处就是：不再试图从伍尔夫的作品中发现一种整体的创作观，研究者们意识到了伍尔夫作品中所存在的一种二元的、对抗的冲突，开始对伍尔夫小说中所展现的张力进行深入的分析。

---

① Brenda R. Silver, *Virginia Woolf's Reading Notebooks*, NJ: Princeton University Press, 1983, pp. 3–31.
② 国内有一本名为《伍尔夫读书笔记》的作品，于2016年由译林出版社推出，该作主要选自伍尔夫两卷《普通读者》中所写的读书心得与感想，与西尔弗的《阅读笔记》无关。

20世纪70年代，女性主义研究在英语世界迅速崛起。1970年，美国学者凯特·米利特发表了《性政治》；1977年，伊莱恩·肖瓦尔特出版了《她们自己的文学：从勃朗特到莱辛的英国妇女小说家》；1979年，桑德拉·吉尔伯特与苏珊·古芭合作完成了《阁楼上的疯女人：妇女作家与19世纪文学想象》。这些作品都关注到了伍尔夫的女性主义思想（既有正面的肯定，亦有质疑的争鸣），在这些作品和一批女性批评家的影响之下，英语世界的伍尔夫研究取得了重大的进展。当国内的伍尔夫研究终于拉开序幕，开始重拾中断于20世纪40年代末的伍尔夫意识流小说技巧研究之时，英语世界的伍尔夫研究早已突破了形式研究的藩篱，在不断问世的文献资料的辅助下展开了更为深入的研究。

第二节　多元发展的女性主义批评

20世纪50、60年代在英美兴起的女权主义①的"第二次浪潮"（与20世纪初以争取女性选举权为核心的"第一次浪潮"相区分）是由一些政治斗争发展而来的。在英国，对性别问题的关注与阶级矛盾分析并行，在美国，性别问题则伴随着对种族问题的日益关注而发展。但当时的阶级和种族分析并没有考虑到女性的问题。20世纪70年代的女权运动则将政治斗争与争取妇女的权利结合起来，宣称个人的就是政治的，强调要发出属于女性自己的声音。在50—60年代逐渐淡出公众视野的伍尔夫被70年代的女权主义者们重新发现，伍尔夫的《一间自己的房间》也重新得到了重视，作为女权主义的经典文本进入了学院派的视野。《一间自己的房间》被认为是对女性文学传统的重大发现，研究者认为这部作品通过经济的角度分析了文学的历史，强调了物质环境的重要性。更难能可贵的是，伍尔夫将关注的重心放在那些缄默的女性个体上，充分肯定了无名女性默默无闻的工作为女性文学的发展壮大所做出的贡献。这部作品引发了20世纪下半叶关于雌雄同体、女同性恋、妇女权利的探讨，其对创造力和经济环境之间的关系、文学中的女性形象和女性现实状况的区分以及主体问

---

① "feminism"在国内向来有"女权主义"和"女性主义"两种译法，1992年张京媛主编的《当代女性主义文学批评》梳理了关于该词中文译法的历史渊源及其背后的文化心理。20世纪90年代后"女性主义"逐渐取代了"女权主义"的译法，减弱了其政治性的意味。因其在英文中本属一词，本书未做严格区分。

题的思考依然是当前女性主义批评家争论不休的话题。《一间自己的房间》在学术界内外激起了广泛的影响，启发了一大批西方的女性作家，为蒂莉·奥尔森、珍妮特·温特森、托妮·莫里森、玛格丽特·德拉布尔、米歇尔·克里夫、南希·梅尔斯、艾利斯·沃克等人的生活和创作指引了方向，伍尔夫本人也成为女性主义者心目中的灯塔。①

一 "政治性"伍尔夫的诞生

除了几乎被神圣化的文本《一间自己的房间》外，另一部在伍尔夫生前曾饱受诟病的作品《三枚旧金币》也成为女性主义批评家极为关注的文本。简·马库斯等人从这部作品中发现了伍尔夫毫无畏惧地表达出的愤怒，并赋予了这种女性愤怒合法的地位。更重要的是，批评家们从这部作品中找到了伍尔夫对女性主义自身核心悖论的阐发：要想获得平等，女性必须要进入男性的世界。然而这样做就要冒着失去局外人观点的危险，可是女性作为局外人才能够改变这个由男性主宰的社会。面对这样的两难境地，伍尔夫提出既要身处其中又要置身事外（保持局外人的态度），在最大限度上保持女性作为个体的独立性和完整性的策略。这种在战争期间被看作不合时宜的态度，在女性主义批评家的眼中重新恢复了魅力并被看作伍尔夫超越时代的前瞻性的表现。

对伍尔夫女性主义观点的认知并不是从70年代开始的，早在伍尔夫在世时，霍尔特比就在英语世界第一部伍尔夫研究专著中讨论了她的女性主义思想。福斯特在里德讲座上也特意强调了伍尔夫的女权思想（主要是批评这种思想的狭隘）。然而这样的研究却始终没有将伍尔夫的作品与她的女性主义思想完全结合起来。1968年赫伯特·马德的《女性主义与艺术：弗吉尼亚·伍尔夫研究》则为70年代伍尔夫的女性主义研究开创了一片新的领域，首次将女性主义与伍尔夫的作品紧密地联系了起来。在大量与伍尔夫相关的文献资料（书信、日记、回忆录等）还没有问世，可以引证的女性主义批评理论又极其有限的情况下，马德凭借对伍尔夫作品深入细致的阅读，提出伍尔夫的艺术与女性主义相互交织的观点，将伍尔夫的女性主义与追求完整性的欲望结合起来。马德看到了伍尔夫渴望创造一个更好的世界的愿景，指出"她的关注始于一种个人不满的情绪，终于

---

① 参见 Anna Snaith, *Palgrave Advances in Virginia Woolf Studies*, New York, NY: Palgrave Macmillan, 2007, pp.100-101。

一种公共责任感的意识"①。早期伍尔夫研究中对伍尔夫远离实际生活的疏离态度进行了严厉批判,而马德则开始重新认识伍尔夫作品中个人与社会之间的关系,他将伍尔夫的女性主义与政治联系起来,赋予伍尔夫的作品以新的力量。尽管他仍认为《三枚旧金币》作为一种政治宣传是一次失败的艺术尝试(之后更正了这一观点),但他却一反当时普遍盛行的对伍尔夫缺乏道德感和社会意识的偏见,通过对伍尔夫文本的细读,将女性主义视作伍尔夫艺术创作中不可或缺的一部分,而非一种次要的和有害的因素,为70年代的女性主义批评奠定了基础。

马克思主义与唯物主义的女性批评在伍尔夫的作品中得到了印证。1979年米歇尔·巴雷特编辑整理了伍尔夫的部分散文作品,出版了《妇女与写作》一书。这本重要的作品集首先将伍尔夫有关妇女与文学的散文集合起来,又将伍尔夫写作的关于独立女性作家的散文并置在一起。通过这种整合,巴雷特力图修正伦纳德·伍尔夫、E. M. 福斯特、昆汀·贝尔等人对伍尔夫女性主义思想否定和冷漠的态度,使读者意识到伍尔夫的女性主义思想不止蕴含在《一间自己的房间》《三枚旧金币》这样的女权作品中,而是遍布在伍尔夫的作品之中。巴雷特的这部选集从更为宽广的视角考察了伍尔夫的女性主义思想,同时也将伍尔夫形塑成一个力图恢复女性文学传统的散文家形象。作为一位受过社会学训练的作者,巴雷特在这部作品的引言部分讨论了伍尔夫是如何坚持将女性作家放置在她们的历史语境中进行考察的努力,这也成为新一代的女性主义批评家们关注的重心之一。这一引言和巴雷特1978年发表的论文《走向弗吉尼亚·伍尔夫的文学批评》一道,向读者展示了伍尔夫阶级态度的复杂性和她的作品中性别与阶级的交互作用。同时巴雷特将伍尔夫文学批评上升到理论高度的努力也成为女性主义批评家所致力推进的方向。巴雷特在其著作《理论想象》一书中谈及1979年编写这部作品时曾经出现的一个难点:当时她在这部选集上加上了一个副标题:"弗吉尼亚·伍尔夫的文学理论",而负责这一项目的出版社主管则坚持要求她删除这一副标题。因为在他看来"伍尔夫的写作中并没有什么'理论'"②。20年后巴雷特已不必受这种

---

① Herbert Marder, *Feminism and Art: A Study of Virginia Woolf*, Chicago, IL: University of Chicago Press, 1968, p. 30.
② Michèle Barrett, *Imagination Theory: Cultural, Writing, Words, and Things*, Washington Square, NY: New York University Press, 1999, p. 15.

问题的困扰，因为伍尔夫的散文作品在女性主义批评家的重新解读中成了反抗父权制理论体系的一种新理论的代表。

简·马库斯的女性主义批评在20世纪80年代的伍尔夫研究中占据了重要的地位。马库斯为重新定义伍尔夫的形象做出了不懈的努力。基于对伍尔夫周围的男性和女性的语境研究，她将伍尔夫定义为一个具有强烈政治意识的女作家。马库斯坚持认为伍尔夫是一个激进的作家，并对她的文本进行了饱含政治意识的解读。她挑战了伍尔夫的男性亲属和家庭成员对伍尔夫的习惯印象，并将研究的触角伸及无人关注的角落——被摒弃的小说、模糊的指涉和文本的策略。她编辑了三部有关伍尔夫的论文集：《关于弗吉尼亚·伍尔夫的新女性主义随笔》（1981年）、《弗吉尼亚·伍尔夫：女性主义观点》（1983年）和《弗吉尼亚·伍尔夫与布鲁姆斯伯里》（1987年），为80年代伍尔夫的女性主义研究做出了巨大的贡献，推翻了之前的研究者所塑造的不关心政治、缺乏活力、虚弱的伍尔夫形象。马库斯自己所写的关于伍尔夫的论文集《弗吉尼亚·伍尔夫与父权制的语言》（1987年）和《艺术与愤怒：像女人一样阅读》（1988年）则进一步巩固了对伍尔夫作品的唯物主义女性主义批评。马库斯对伍尔夫富有争议的政治性阅读引发了80年代对伍尔夫地位的重新考证，也为批评家从截然不同的角度看待伍尔夫的作品和生平指明了方向。[1] 她和玛德琳·摩尔（Madeline Moore）[2] 以及其他批评家一起强化了伍尔夫作品中政治性的一面，为伍尔夫形象的多元化发展奠定了基础。

1986年亚历克斯·兹沃德林（Alex Zwerdling）颇具影响力的著作《弗吉尼亚·伍尔夫与现实世界》也致力于将伍尔夫的写作放置在历史和政治环境中进行考察。兹沃德林认为伍尔夫本人对社会权力结构和运作都抱有极大的兴趣，并怀有改革社会权力关系的愿望，当属一位社会批评家与改革者。不仅伍尔夫的女权主义文章具有强烈的革命性，她的小说作品中也处处流露出社会性的一面。兹沃德林对伍尔夫的小说进行了认真的考察，在他看来《雅各布的房间》是一部反战小说，伍尔夫在这部小说中

---

[1] 参见 Anna Snaith, *Palgrave Advances in Virginia Woolf Studies*, New York, NY: Palgrave Macmillan, 2007, p.107。

[2] 1984年玛德琳·摩尔发表了《两次寂静间的短暂季节：弗吉尼亚·伍尔夫小说中的神秘主义与政治性》（*The Short Season Between Two Silences: The Mystical and the Political in the Novels of Virginia Woolf*）。

抨击了将年轻人变为战争牺牲品的社会和教育制度,而《达洛卫夫人》则表现了1932年英国统治阶级的愚昧、粗暴和势利。兹沃德林非常中肯地分析了伍尔夫对待阶级和财富的态度,他指出伍尔夫认为作为知识精英的责任在于推进社会文明、对美保持敏感、重视精神享受和友情,然而第一次世界大战后工人运动的大规模爆发和中产阶级务实观念的流行极大地"冲击了知识贵族们的理念和自负,造成伍尔夫精神上的不安、混乱和绝望"[①],这种悲观的情绪在伍尔夫最后一部小说《幕间》中得到了体现。然而这种将政治历史密切结合起来的研究却在国内遭到了冷遇,伍尔夫在作品中表达的愤怒似乎成了国内许多研究者刻意回避的话题,简·马库斯等重要批评家也很少被提及。基于这种状况,本书将在第四章第二节展开对这一批评研究的介绍。

二 雌雄同体观的系统解读

1963年,卡罗琳·海尔布伦(Carolyn Heilbrun)的《走向雌雄同体:文学中的男性与女性侧面》开创了雌雄同体理论研究的先河。1973年海尔布伦发表的《走向对雌雄同体的认识》,从神话、历史和文学的角度对雌雄同体的理论进行了综合的研究。海尔布伦认为伍尔夫的雌雄同体理论为人类指出了一条摆脱社会性别角色、自由选择行为模式的道路,所谓的"雌雄同体"不是要实现两性之间的平衡,而是不承认社会强加给个体的性别角色,并从这一固定的社会性别中解脱出来。按照这种思路,海尔布伦对《到灯塔去》进行了新的解读。小说中的拉姆齐夫人不再是众多批评家眼中完美的理想女性,而是因太过具有女性气质成了与她的丈夫相同的、对生命的否定力量。同年,南希·托平·贝津(Nancy Topping Bazin)出版的《弗吉尼亚·伍尔夫与雌雄同体观》一书为读者重新认识伍尔夫的创作实践提供了新的视角。贝津考察了医学、精神分析和受荣格影响的文学作品,首先提出伍尔夫受到躁郁症的困扰,认为她作品中的双面性正是从这种精神状态中生发出来的。贝津摆脱了弗洛伊德对性别(和女性)的刻板认识,提出了一个更具流动性的性别定义,她将对伍尔夫小说的阐释与她的生平背景交织起来,把伍尔夫塑造成一个积极寻求健康和平衡的世界观的代表,而不是受疯狂所支配的被动接受刺激的无力形象。

[①] 王家湘:《二十世纪的吴尔夫评论》,《外国文学》1999年第5期。

这种用雌雄同体来阐释伍尔夫创作的方式被许多女性主义批评家所接受。① 然而贝津在伍尔夫的理论中所发现的这种神秘的综合却遭到了伊莱恩·肖瓦尔特的攻击。肖瓦尔特认为所谓的雌雄同体观恰恰反映了伍尔夫的非女性主义的态度,是对女性气质的刻意逃避。1977 年她发表了一部影响甚广的著作《她们自己的文学:从勃朗特到莱辛的英国女性小说家》后简称《她们自己的文学》。其中一章名为"弗吉尼亚·伍尔夫:遁入双性同体",肖瓦尔特在文中驳斥了海尔布伦的观点——认为伍尔夫"不受约束地发展了她天性的两个方面,即男性和女性的方面,并创作出合适的小说,表现她的双性同体视像"②。在肖瓦尔特看来,伍尔夫的双性同体论是一个神话,"帮助她逃避使自己感到痛苦的女性本质,不与之正面碰撞,并且使她能堵住自己的愤怒和雄心,把它们压抑下去"③。这一观点在 80 年代遭到了来自挪威的女性主义批评家陶丽·莫伊的激烈反对。1985 年,陶丽·莫伊出版了著名的《性与文本的政治》一书,书中将伍尔夫的文本作为论证的焦点,一反肖瓦尔特对雌雄同体观的批评,将雌雄同体观和文本实验看作理解伍尔夫激进的性别和文本政治的基础。这场争论引发了当时学术界极大的关注,莫伊对肖瓦尔特的批评也使后者饱受困扰,在之后的文章中声称莫伊的著作使许多人误解了她在《她们自己的文学》中想要表达的真正意图。这次围绕雌雄同体观的争论也对伍尔夫雌雄同体的思想阐发产生了深远的影响。遗憾的是,虽然陶丽·莫伊《性与文本的政治》早在 1992 年就已经由林建法和赵拓译成中文,肖瓦尔特的《她们自己的文学》2012 年也有了中文译本,却没有引起国内伍尔夫研究者的广泛重视。对陶丽·莫伊的研究知网能够搜索到的资料只有 2013 年李芳发表在《西南大学学报》上的一篇介绍性的论文《从政治性到身体性:陶丽·莫伊的女性主义思想》,对肖瓦尔特的研究也大多局限于对她的女性主义批评的整体观照。而引发肖瓦尔特与莫伊之间论争的关键人物伍尔夫,却被国内的研究者所忽视。为了弥补这一不足,这一争论将在本章第四节得到详述。

---

① Beth Rigel Daugherty, "Feminist Approaches", in *Palgrave Advances in Virginia Woolf Studies*, ed. Anna Snaith, New York, NY: Palgrave Macmillan, 2007, p. 104.
② 伊莱恩肖·瓦尔特:《她们自己的文学》,韩敏中译,浙江大学出版社 2012 年版,第 245 页。
③ 伊莱恩肖·瓦尔特:《她们自己的文学》,韩敏中译,浙江大学出版社 2012 年版,第 246 页。

陶丽·莫伊在《性与文本的政治》中对法国女性主义理论家克里斯蒂娃、西苏和伊利格瑞的思想进行了详尽的阐发。1987年,梅基科·米诺—平克尼在其著作《弗吉尼亚·伍尔夫与主体问题》一书中首度将伍尔夫的作品与法国女性主义的理论完全结合起来。平克尼在该书的前言部分指出了80年代伍尔夫研究中出现的诸多问题,认为由于昆汀·贝尔的传记和许多未发表的文献资料公之于世,批评家们将太多的注意力投入到对伍尔夫个人生活的考察中,在一定程度了忽略了伍尔夫的小说作品。此外肖瓦尔特等人对伍尔夫女性主义的否定延续了30年代《细铎》门下的批评家对伍尔夫无法直面现实的指摘,而简·马库斯等学者在力图纠正这一观点并赋予伍尔夫的作品以政治性时,只关注了伍尔夫的散文作品,却忽视了她的小说作品本身所包含的政治性。平克尼借助法国女性主义批评的理论,通过对《雅各布的房间》《达洛卫夫人》《到灯塔去》《奥兰多》《海浪》五部作品的分析,力图证实"伍尔夫的实验性小说就是对深层形式规则进行女性主义颠覆的最佳例证——它们颠覆了对叙述、书写和主体的定义,也颠覆了父权制的社会秩序"①。1988年,雷切尔·鲍尔比(Rachel Bowlby)的专著《弗吉尼亚·伍尔夫:女性主义的目的地》推动了对伍尔夫女性主义的精神分析式阅读,为伍尔夫作品的解读指明了更为开放、多元和灵活的路径,成为伍尔夫研究和女性主义批评的经典之作。

三 姐妹情谊的萌芽

这一时期的女性主义批评研究也将伍尔夫与其周围女性暧昧不清的关系,以及这种关系对伍尔夫创作所产生的影响纳入了考察范围。1972年昆汀·贝尔的传记中提到了伍尔夫在婚前与维奥莱特·迪金森、玛奇·沃恩(Madge Vaughan)、基蒂·马克西(Kitty Maxse)几位女性之间的同性爱恋,以及婚后与维塔·萨克维尔—韦斯特之间充满激情的"友谊"。但贝尔并不认为这种同性恋爱对伍尔夫的生活和创作造成了任何实质性的影响,并一再强调伍尔夫的纯洁无瑕。一年之后,乔安妮·陶德曼(Joanne Trautmann)在《杰瑟米的新娘:弗吉尼亚·伍尔夫与维塔·萨克维尔—韦斯特的友谊》一书中附和了昆汀对伍尔夫性冷淡的看法,认为伍尔夫和女性之间的感情是纯精神性的,伍尔夫本人一直是超凡的、无瑕的处女。

---

① Makiko Minow-Pinkney, *Virginia Woolf and the Problem of the Subject: Feminine Writing in the Major Novels*, Brighton: Harvester, 1987, p. 10.

她区分了伍尔夫对肉体上亲密和精神上亲密的不同态度,前者在伍尔夫看来是脆弱贫乏的,后者则代表了雌雄同体的完美境界。不过,陶德曼认为伍尔夫和女性(尤其是与维塔)之间的情谊催生了她的艺术创作,最典型的代表就是伍尔夫的传记体小说《奥兰多》。在她看来,维塔和弗吉尼亚的个性一同融入了小说主人公奥兰多的身上。①

布兰奇·维森·库克1979年发表的论文《"女性独自激发了我的想象"——女同性恋与文化传统》,对昆汀、陶德曼等人关于伍尔夫形象的描述提出了质疑。库克在文中批评了昆汀将伍尔夫塑造成一位冷淡的、精英式的政治绝缘体的做法。得益于70年代问世的大量文献资料,库克借助日记和书信发现了一个与昆汀的描述并不相符的伍尔夫。她第一次分析了伍尔夫与埃塞尔·史密斯之间萨福式的友谊,以及埃塞尔对伍尔夫的政治与写作所起到的形塑作用。② 库克指责昆汀刻意忽略了伍尔夫与埃塞尔之间亲密的关系,并认为这是由于埃塞尔本人是一位激进的社会改革家和女权主义者造成的。她犀利地指出:"我们被告知……她(伍尔夫)是一位疯狂的、纯洁的老处女般的妻子,矫揉造作又自诩精英。因此我们就无从了解这位20世纪早期最雄辩的、热爱女性的社会主义女性主义的先驱。"③

1982年路易斯·德萨佛的论文《点亮洞穴:维塔·萨克维尔—韦斯特与弗吉尼亚·伍尔夫之间的关系》,重拾伍尔夫与维塔之间的旧话题。但这一次,德萨佛将维塔对伍尔夫单方面的影响拓展到双方对彼此创作的影响,并将维塔与伍尔夫之间的关系描述的更具有肉欲性。她认为这两位小说家之间持续了十年之久(1923—1933年)的最亲密的友谊是两人写作生涯中最高产、最具创造性的时段。在伍尔夫的影响下,维塔开始更加严肃地看待自己的创作并讲求精益求精的效果,而维塔也使伍尔夫走出了她的家庭成员对她的负面评价,变得更为坚强、多产、健康且充满能量,让伍尔夫觉得自己是有能力、有成就的女性。这种对自我价值的认识,帮助伍尔夫克服了许多焦虑的情绪。在德萨佛看来,伍尔夫在《奥兰多》中将诺尔庄园归还给了维塔(由于维塔是位女性,所以无权继承这个庄

---

① 参见 Anna Snaith, *Palgrave Advances in Virginia Woolf Studies*, New York, NY: Palgrave Macmillan, 2007, p.185。
② 库克这篇论文的题目就源自于伍尔夫写给埃塞尔的一封信中的内容。
③ Blanche Wiesen Cook, "'Women Alone Stir My Imagination': Lesbianism and the Cultural Tradition", *Signs* 4, 4 (1979), p.730.

园),而维塔则在她的作品《家庭历史》中让伍尔夫通过主人公维奥拉·安奎蒂尔(Viola Anquetil)拥有了孩子(维奥拉嫁给了伦纳德·安奎蒂尔)。德萨佛和库克关于伍尔夫的女同性恋问题的探讨和20世纪70—80年代激进的女性主义研究的观点相一致,马库斯提到的伍尔夫所接受的女性"滋养"在这些研究中得到了具体的展现。[1]

雪伦·克诺甫(Sherron Knopp)1988年发表的论文《"如果我看见你你会吻我吗?":萨福之风与弗吉尼亚·伍尔夫〈奥兰多〉中的颠覆》,则进一步发展了对伍尔夫的同性恋情的研究。在她看来,伍尔夫和维塔一样都有着肉体上亲密的需求,伍尔夫的小说《奥兰多》并不是一部关于雌雄同体的著作,而是一个人展现出男性化的女性形象。奥兰多在君士坦丁堡改换了性别并没有改变他的身份认同。伍尔夫用虚构的故事展现出的是维塔自己所声明的充满活力和肉欲的双重人格。和克诺甫类似,艾伦·巴域克·罗森曼(Ellen Bayuk Rosenman)相信20世纪20年代的性别概念和理论是了解伍尔夫性取向的关键因素。罗森曼摆脱了关于伍尔夫是否有同性恋倾向的争论,转而去考察伍尔夫如何看待自己的性取向。她认为在20年代女同性恋这个词进入伍尔夫所在的社会中时,是由男性定义的。在当时的性学家看来,女同性恋是一个男人的灵魂困在了女人的身体中,这种对女同性恋的定义正是对女性认同的贬抑,与伍尔夫所倡导的女性独特的经验、传统、价值背道而驰。因此她提醒女性主义批评者们注意,表达一种女同性恋的身份认同并不一定就是一种女性主义的姿态。[2]

当一些学者从传记研究的角度来考察伍尔夫的性取向以及她与女性朋友之间超乎友谊的情愫时,这一时期也出现了一些研究者从伍尔夫的作品出发,探究她的作品中表达出的同性恋爱的主题。其中最受批评家喜爱的文本就是她的小说《达洛卫夫人》和女性主义的代表作《一间自己的房间》。在苏赛特·亨克1981年的《〈达洛卫夫人〉:圣徒相通》一文中,亨克称小说中的达洛卫夫人和塞普蒂莫斯都是"被压抑的同性恋角色,他们拒绝顺从归属于他们性别的陈旧模式"[3]。1983年,艾米丽·詹森

---

[1] 参见 Anna Snaith, *Palgrave Advances in Virginia Woolf Studies*, New York, NY: Palgrave Macmillan, 2007, p.187。

[2] 参见 Ellen Bayuk Rosenman, "Sexual Identity and A Room of One's Own: 'Secret Economies' in Virginia Woolf's Feminist Discourse", *Signs* 14.3 (1989), p.635。

[3] Suzette Henke, "Mrs Dalloway: The Communion of Saints", in *New Feminist Essays on Virginia Woolf*, ed. Jane Marcus, Lincoln: University of Nebraska Press, 1981, p.134.

(Emily Jensen)则在其文《克拉丽莎·达洛卫可敬的自杀》中将克拉丽莎放弃彼得,选择理查德作为自己丈夫从而获得社会尊敬的行为与塞普蒂莫斯的自杀行为等同起来。因为囿于异性恋的社会习俗,克拉丽莎不得不选择这样一种体面的"自杀"方式来终结自己对塞丽的感情。

简·马库斯不仅将伍尔夫视作社会主义者、和平主义者,也在伍尔夫的同性恋研究领域做出了自己的贡献。在她编撰的《弗吉尼亚·伍尔夫与父权制的语言》一书中收录了自己名为《萨福主义:〈一间自己的房间〉中女同性恋诱惑的叙述》文章。这篇论文被戴安娜·斯万森称为伍尔夫的同性恋研究中"最具影响力"[1]的作品。在这篇文章中,马库斯将伍尔夫的女同性恋倾向和她的女性主义思想扣合在一起。马库斯提醒读者注意,《一间自己的房间》原为伍尔夫1928年在剑桥大学女子学院所做的演讲,而在那一年,霍尔的女同性恋小说《寂寞之井》正面临审判。伍尔夫在文中介绍玛丽·卡迈克尔的新小说时突然中断了叙述,询问是不是有男人在场,提到了这样两个名字:沙特尔·拜伦爵士、阿奇博尔德·鲍特金爵士,而这两个名字恰恰是主持审判《寂寞之井》这部小说的地方法官和检察官的名字。[2]马库斯认为,伍尔夫正是通过这种方式诱使她的女性听众与她一起站在了审查制度的对立面。伍尔夫在叙述时突然中断并插入一段当时女作家的遭遇,并在转回正题后这样讲述接下来的故事:"克洛伊喜欢奥利维亚,她们分享了一个……"[3],这里的省略号中隐含着没有被讲出的女性故事。通过这样的方式,伍尔夫表达了对女性之间相爱的支持,这个意味深长的中断将女作家受到阻碍的创作环境转化为了一种"积极的女性形式"[4]。

---

[1] Diana L. Swanson, "Lesbian Approaches", in *Palgrave Advances in Virginia Woolf Studies*, ed. Anna Snaith, New York, NY: Palgrave Macmillan, 2007, p.192.

[2]《一间自己的房间》中文译本的内容是:"因而我翻到了一页,读着……对不起,我这么突兀地中断了。是不是没有男人在场?你们能向我保证,在那边那个红帷幔的后面并没有藏着查特里斯·拜伦爵士的身影吗?你们能向我担保我们都是女人吗?那么我就可以告诉你们,我下面读到的话就是——'克洛伊喜欢奥利维亚……'不要吃惊,不要脸红。容我们在私下的社交圈子里承认,这些事情有时是会发生的。有时女人确实喜欢女人。"(《伍尔芙随笔全集》Ⅱ,第562页)

[3] Jane Marcus, "Sapphistry: Narration as Lesbian Seduction in A Room of One's Own", in *Virginia Woolf and the Language of Patriarchy*, Bloomington, IN: Indiana University Press, 1987, p.169.

[4] Jane Marcus, "Sapphistry: Narration as Lesbian Seduction in A Room of One's Own", in *Virginia Woolf and the Language of Patriarchy*, Bloomington, IN: Indiana University Press, 1987, p.187.

第三节　不断涌现的批评理论

一　现代主义与视觉艺术的争锋

20世纪70—80年代，针对伍尔夫作品的形式主义和现代主义批评也在迅速发展，马尔科姆·布拉德伯里（Malcolm Bradbury）与詹姆斯·麦克法兰（James McFarlane）1976年编写的《现代主义：1890—1930》，彼得·福克纳（Peter Faulkner）1977年的读本《现代主义》以及大卫·洛奇的现代主义读本与注释巩固了伍尔夫作为现代主义美学关键人物的权威。1989年，布拉德伯里撰著的《现代世界：十位伟大的作家》中，伍尔夫作为唯一的女作家名列其中。通过援引伍尔夫《现代小说》的观点，尤其是和"明亮的光环"（luminous halo）相关的叙述，大卫·洛奇在他影响深远的著作《现代写作的模式》中总结出了在英美学界占主导地位的经久不衰的形式主义现代主义的关键信条：

> 现代主义小说是一种形式上的实验或创新，与之前存在的话语、文学和非文学模式有着显著的差异。现代主义小说关注意识，同时也关注人类头脑中的潜意识和无意识。因而对传统叙事艺术至关重要的外部"客观"事实的结构在范围和规模上都有所缩减，或是用一种极富选择性和倾斜性的方式表现出来，或是几乎完全消解。为的是给内省、分析、反思和幻想留下足够的空间。一部现代主义小说没有真正意义上的"开始"，因为它将我们投入到一段经历的流动之溪中，我们只有通过一段推理和联想才能使自己逐渐适应这一环境；它的结尾通常也是"开放的"或模糊不清……为了补偿叙事结构和整体性的缩减，一种替换性的美学组织方式就显得尤为重要。通过暗示或模仿某种文学范式或神话原型，通过重复变化的主题、意象、象征——一种被描述成"韵律""主旨""空间形式"的技巧，现代主义小说避开了对叙述材料直观的、时序性的组织，和对可靠的、全知全能的侵入性的叙述者的使用。取而代之的或是一种单一的有限视角，或是一种多叙述视角，而其中的每个视角都有或多或少的局限性和不可靠性。现代主义小说倾向于用一种流动的或复杂的方式处理时

间问题，在按时间顺序发展的行动中卷入许多相互对照的对往昔的回顾和对未来的描述。①

洛奇所谓的"流动之溪"为伍尔夫作品中意识流现象研究提供了标准的柏格森式阅读方法。伍尔夫关于现代小说的散文不仅帮助批评家构筑了现代主义小说的标准，她的小说作品《达洛卫夫人》《到灯塔去》《海浪》也为现代主义批评提供了绝好的范本。赫米奥尼·李就在她的专题论文集《弗吉尼亚·伍尔夫的小说》中通过文本细读，全面展现了伍尔夫小说的现代性。

这一时期对伍尔夫作品中视觉艺术的研究也引发了批评界的兴趣。同属布鲁姆斯伯里集团的成员罗杰·弗莱和克莱夫·贝尔的形式主义美学理论对伍尔夫产生的影响得到了批评家们进一步的关注。杰克·斯图尔特（Jack F. Stewart）发表了一系列重要的论文探讨伍尔夫作品中对光线、形式和颜色的运用。（1972 年《〈海浪〉中的存在与象征》、1977 年《〈到灯塔去〉中的光线》、1982 年《〈海浪〉中的形式与色彩》、1985 年《〈到灯塔去〉中的色彩》）艾伦·麦克劳林（Allen McLaurin）在其 1973 年的著作《弗吉尼亚·伍尔夫：被禁锢的回声》中就依据罗杰·弗莱和 G. E. 摩尔的美学理论来观照伍尔夫的作品。1985 年，玛利亚·托戈尼克（Maria Torgovnick）在《视觉艺术、画意摄影与小说：詹姆斯、劳伦斯与伍尔夫》一书中将伍尔夫的写作与弗莱的形式主义观念结合了起来。1988 年，戴安·吉莱斯皮（Diane Gillespie）发表了一部里程碑式的作品《姐妹们的艺术：弗吉尼亚·伍尔夫和瓦妮莎·贝尔的写作与绘画》，这部作品确立了伍尔夫的姐姐——艺术家瓦妮莎·贝尔对伍尔夫的职业写作所产生的重要影响。②

吉莱斯皮鼓励读者越过弗莱和克莱夫·贝尔的美学理论对伍尔夫创作的影响，认真审视瓦妮莎·贝尔的艺术实践，用更加严肃的态度去认识她们姐妹二人在艺术创作中的合作。吉莱斯皮还与伊丽莎白·斯蒂尔（Elizabeth Steele）一起探究伍尔夫的母亲对其写作的影响。1987 年两人合著的《茱莉娅·达科沃斯·斯蒂芬：为孩子所写的故事、为成人所作的散文》，

---

① David Lodge, *The Modes of Modern Writing*, London: Edward Arnold, 1977, pp. 45-46.
② 参见 Jane Goldman, *The Cambridge Introduction to Virginia Woolf*, Shanghai: Shanghai Foreign Language Education Press, 2008, pp. 131-132。

为伍尔夫的研究者们提供了一些新的重要的参考文献。她们转录了茱莉娅·斯蒂芬写给自己孩子的九篇故事和她为成年人所写的五篇文章。在她们两人的助力下,作为伍尔夫母亲的茱莉娅不再是如同拉姆齐夫人一样的家庭主妇,而是一位为自己而思考、阅读、写作的女性。这些被发现的作品烛照了伍尔夫自己的写作和成长,显示出伍尔夫的创造力、幽默和激情源自父母双方的影响。① 20 世纪 30 年代,霍尔特比在写作第一部英语世界的伍尔夫批评专著时就特意去寻找伍尔夫母亲所留下的作品,在大英博物馆中发现了茱莉娅 1883 年写的一本小说《病房笔记》。霍尔特比阅读了这本小册子,指出伍尔夫与她母亲写作风格的相似,伍尔夫因霍尔特比提及自己的母亲而对她表示感谢。半个世纪后,女性主义批评家们又开始基于构建女性文学传统的目的而重新寻找茱莉娅影响伍尔夫的证据。霍尔特比当年的实践性批评在女性主义理论的映照下呈现出了更具学理性的意蕴。除此之外,吉莱斯皮还在此书的前言("难懂的茱莉娅·斯蒂芬")中用 27 页的篇幅仔细地考察了在当时的历史和文化语境中茱莉娅·斯蒂芬对妇女和女权主义的态度。②

当一些批评家专注于寻求伍尔夫身边的女性对其写作产生的影响之时,伍尔夫创作中接受的男性影响也没有被忽视。除了探究布鲁姆斯伯里集团的男性成员对伍尔夫的影响,吉莉安·比尔还将目光转向了伍尔夫的父亲莱斯利·斯蒂芬。在她 1984 年发表的颇具影响力的论文《〈到灯塔去〉中的休姆、斯蒂芬与挽歌》中,比尔探究了伍尔夫的父亲莱斯利·斯蒂芬留给她的哲学遗产。比尔对伍尔夫所获得的知识起源的研究产生了广泛的影响,她的作品中关于伍尔夫对挽歌这一文类的借鉴和伍尔夫作品中普遍存在的哀悼情绪的研究被许多批评家所引用。1989 年比尔发表了《与过往争论:从伍尔夫到西德尼的叙述散文》,其中包含了四篇关于伍尔夫的重要文章。1996 年,这些作品和之后发表的论文一起集结在比尔的专题论文集《弗吉尼亚·伍尔夫:共同基础》中,为伍尔夫研究提供

---

① 参见 Beth Rigel Daugherty, "Feminist Approaches", in *Palgrave Advances in Virginia Woolf Studies*, ed. Anna Snaith, New York, NY: Palgrave Macmillan, 2007, p. 106。
② 杨莉馨教授的专著《伍尔夫小说美学与视觉艺术》(中国社会科学出版社 2015 年版) 从理论与观念的层面详尽地考察了布鲁姆斯伯里集团的成员罗杰·弗莱、克莱夫·贝尔及其姐姐瓦妮莎与伍尔夫小说美学的具体互动,其中引证了大量英语世界有关伍尔夫美学与视觉艺术的论著,故不在此展开。

了重要的参照。①

二 地理空间的探索与解构主义批评的尝试

伴随着大量文献资料的出现，批评家们对伍尔夫家庭环境及其影响的研究也有了新的突破。1989年，路易斯·德萨佛在其开创性的著作《弗吉尼亚·伍尔夫：幼年时期的性虐待对其生活和写作的影响》中，将研究中心转向了斯蒂芬家族及其父权制影响的承续，考察了包括几位家谱上先辈在内的斯蒂芬家族所有家庭成员的情况。德萨佛运用当时关于性虐待的研究和实证性的资料提出伍尔夫遭受了来自同母异父兄长的性虐待。这种悲惨的经历和伍尔夫家庭中弥漫的致命的父权制氛围交织在一起，对她的性取向、精神状态和写作产生了深远的影响。德萨佛从儿时的性侵害中寻找伍尔夫精神状态和行为习惯的原因，为解释伍尔夫精神问题的成因提供了新的思路。肖瓦尔特认为精神崩溃击垮了伍尔夫的写作实践，让她遁入了雌雄同体的保护区，而德萨佛的文本则将伍尔夫塑造成一位女性英雄的形象。她认为伍尔夫并没有逃避和命运的抗争，而是直面这种由心理创伤造成的精神问题，积极地构筑了自己多产的写作生活。②

研究者不仅关注身体对精神和写作的影响，还将视角扩展到对伍尔夫周围的物质世界的考察。1985年，苏珊·斯奎尔在《弗吉尼亚·伍尔夫与伦敦：城市的性政治》一书中描绘了伍尔夫早期对伦敦的矛盾感情。斯奎尔将这一时期较少被关注的小说《夜与日》《弗拉希》《岁月》与《达洛卫夫人》的研究结合起来，并把伍尔夫的散文作品，尤其是她关于伦敦的六篇散文纳入考察的范围。斯奎尔阐明了伦敦这座城市是怎样使伍尔夫"将个人历史与文化相联结并共同结合在文学传统中"，给伍尔夫的创造性想象和政治分析提供了一个"放置之处"③。在斯奎尔的研究中，伦敦充满了活力并为伍尔夫提供了无穷的灵感。她仔细考察了伍尔夫对伦敦这座城市态度的变化，指出伍尔夫对城市风景日益成熟的看法帮助她发展了对男性权力的批判和对女性力量的憧憬。第二次世界大战中伦敦遭到轰

---

① 参见 Jane Goldman, *The Cambridge Introduction to Virginia Woolf*, Shanghai: Shanghai Foreign Language Education Press, 2008, p.132。
② 参见 Anna Snaith, *Palgrave Advances in Virginia Woolf Studies*, New York, NY: Palgrave Macmillan, 2007, p.113。
③ Susan Merrill Squier, *Virginia Woolf and London: The Sexual Politics of the City*, Chapel Hill: University of North Carolina Press, 1985, p.12.

炸,这次袭击不仅摧毁了这座城市和伍尔夫的住所,也毁掉了"对她的写作至关重要的坚强有力的伦敦形象"①。1987年,珍·默克罗夫特·威尔逊(Jean Moorcroft Wilson)在其撰著的《弗吉尼亚·伍尔夫,生活与伦敦:一部地理传记》中,对伍尔夫生前所居住的所有地点(从海德公园门22号到梅克伦堡广场)进行了详细的介绍并配以丰富的插图。威尔逊还考察了伦敦这座城市在伍尔夫的写作中所扮演的重要角色,并对伍尔夫在伦敦经常光顾的地点进行了描绘。威尔逊注意到伍尔夫对伦敦漫步的热爱,为读者呈现了7条伦敦漫步的路线,其中3条基于对伍尔夫实际生活的考察:布鲁姆斯伯里漫步、汉普斯特德漫步(玛格丽特·卢埃林·戴维斯、珍妮特·凯斯、凯瑟琳·曼斯菲尔德等人曾居住在这一地区)与伍尔夫的城市漫步。另外4条是根据伍尔夫的小说人物所绘制的:达洛卫夫人的漫步(《达洛卫夫人》)、马丁与萨利·帕吉特的漫步(《岁月》)、拉尔夫·德纳姆的漫步(《夜与日》)以及安布罗斯夫妇的漫步(《远航》)。威尔逊通过生动的笔触和大量的地图、插画帮助读者从更为直观的角度"发现"伍尔夫的生活与写作。这些从伍尔夫亲友、家庭环境、活动范围等方面进行研究的批评作品为90年代之后伍尔夫研究领域的拓展开辟了道路。

批评家佩里·迈泽尔(Perry Meisel)则一反当时依据文献资料对伍尔夫进行研究的批评趋势,转而去考察伍尔夫的文学前辈瓦尔特·佩特的美学观对她产生的巨大影响。1980年,迈泽尔发表了《缺席的父亲:弗吉尼亚·伍尔夫与瓦尔特·佩特》一书,不仅对伍尔夫的作品进行了唯美主义式的解读,也为伍尔夫作品的解构性阅读打开了大门。②

同年佳亚特里·斯皮瓦克的论文《〈到灯塔去〉的破坏与建构》开创了对伍尔夫作品进行解构主义阅读的先河。斯皮瓦克开篇就表示自己所做的并不是阐释《到灯塔去》这部小说,而是尝试为这本书添加上语法和性别的双重寓意,并将其作为一部自传进行阅读。③ 在对《到灯塔去》的分析中,斯皮瓦克将伍尔夫的生活嵌入了文本,取消了作品和传记之间对

---

① Susan Merrill Squier, *Virginia Woolf and London: The Sexual Politics of the City*, Chapel Hill: University of North Carolina Press, 1985, p. 188.

② 参见 Jane Goldman, *The Cambridge Introduction to Virginia Woolf*, Shanghai: Shanghai Foreign Language Education Press, 2008, p. 132。

③ 参见 Gayatri Chakravorti Spivak, "Unmaking and Making in To the Lighthouse", in *In Other Worlds*, New York: Routledge Classics, 2006, p. 41。

立的关系,将两者视为互为对方的"写作情境"①。斯皮瓦克认为《到灯塔去》中"岁月流逝"一章将伍尔夫的生活与作品混合在了一起,压缩了伍尔夫1894—1918年的生活经历。这段从伍尔夫母亲去世到第一次世界大战结束的时光以疯狂为主要标志,"岁月流逝"一章通过一种自传性的纪实小说的形式"叙述了疯癫话语的产生"②。斯皮瓦克提出了关于小说的一种语法寓言,认为我们可以通过"主语(拉姆齐夫人)——系词——表语(绘画)"③的语法结构,解释对拉姆齐夫人本质的理解和掌握。在小说第一部分,拉姆齐夫人在语法意义上是主语,在第三部分绘画则成为她的表语,而小说中间部分则是一、三部分的接点和枢纽。对拉姆齐夫人本质的追寻寓于系词的部分,按照第一部分的发展,拉姆齐夫人所对应的系词部分应该是掌管富有逻辑性的理智与婚姻的结合,然而由于中间环节的分裂,系词部分被第三部分中的莉丽置换成了艺术。斯皮瓦克构想出一种交替性的女性主义话语模式,这一模式"不是一种简单的无足轻重的歇斯底里的文本"④,不需要通过取消系词(小说的中间部分)来维持文本的完整性,而是通过由莉丽的艺术所预示的不同的系词——斯皮瓦克将其称作"子宫孕育"(Womb-ing)⑤——来明确地表达"女人对女人的憧憬(vision)"⑥。斯皮瓦克提出的颇具原创性的"子宫妒忌"(womb-envy)的主题虽然并没有得到进一步的阐释,但她的这篇先驱性的批评文章却成为许多批评家参照的对象。莉丽·布里斯科在幻觉中看见

---

① Gayatri Chakravorti Spivak, "Three Women's Texts and a Critique of Imperialism", *Critical Inquiry* 12, 1985, p. 244.

② Gayatri Chakravorti Spivak, "Unmaking and Making in To the Lighthouse", in *Women and Language in Literature and Society*, eds. Sally McConnell-Ginet, Ruth Borker, and Nelly Furman, New York: Praeger Publishers, 1980, p. 316.

③ Gayatri Chakravorti Spivak, "Unmaking and Making in To the Lighthouse", in *Women and Language in Literature and Society*, eds. Sally McConnell-Ginet, Ruth Borker, and Nelly Furman, New York: Praeger Publishers, 1980, p. 311.

④ Gayatri Chakravorti Spivak, "Unmaking and Making in To the Lighthouse", in *Women and Language in Literature and Society*, eds. Sally McConnell-Ginet, Ruth Borker, and Nelly Furman, New York: Praeger Publishers, 1980, p. 326.

⑤ Gayatri Chakravorti Spivak, "Unmaking and Making in To the Lighthouse", in *Women and Language in Literature and Society*, eds. Sally McConnell-Ginet, Ruth Borker, and Nelly Furman, New York: Praeger Publishers, 1980, p. 325.

⑥ Gayatri Chakravorti Spivak, "Unmaking and Making in To the Lighthouse", in *Women and Language in Literature and Society*, eds. Sally McConnell-Ginet, Ruth Borker, and Nelly Furman, New York: Praeger Publishers, 1980, p. 326.

的拉姆齐夫人的形象以及她画作的最终完成吸引了评论界的注意。斯皮瓦克在"岁月流逝"一章所发现的一种替换性的、女性表达模式为伍尔夫的小说解读提供了新的思路。1985年陶丽·莫伊在《性与文本的政治》中呼吁的从伍尔夫文本结构的内部去发现其对既定的父权制文学规则的颠覆和突破,在斯皮瓦克的文章中就已经初现端倪。

这一时期伍尔夫作品和生活中的政治性被重新发掘出来,女性主义批评家不再用霍尔特比的艺术性、诗性作家的借口为伍尔夫小说中疏离的艺术形式开脱,而是直接从伍尔夫的作品,尤其是之前未受过多关注的散文作品中发现伍尔夫被忽略的政治性;或是承继法国女性主义的理论,从伍尔夫的文本结构和语言中寻找其未被发现的颠覆性。

第四节 20世纪70—80年代英语世界的两次论争

70年代末期开始重新接受现代主义文学的中国文坛,对伍尔夫这位现代主义代表作家给予了极大关注,伍尔夫的女性主义思想也成为中国女性作家效仿的样本。然而正如杨莉馨所指出的:"新时期以来中国作家对西方现代主义的借鉴是内部需求和外来影响双重作用的产物"[①],这一时期的研究更多地表现出了伍尔夫对突破压抑氛围、追求自由的自我抒发的渴望。伍尔夫的意识流技巧所体现出的现代性成为当时学者最热衷讨论的话题,伍尔夫几乎成为意识流小说的代言人,成为单纯的除旧布新、锐意改革的文学实践者。而伍尔夫思想中传统和继承的一面则被遮蔽了。这一时期的译作和研究始终围绕着伍尔夫几部最著名的意识流小说展开,而她的其他作品依旧不为人知。此外,尽管伍尔夫的女权主义文学理论在80年代末也开始进入了中国研究者的视野,但仅仅停留在十分粗浅的感性认识之上,无论是介绍还是影响的范围都十分有限。同一时期英语世界有关伍尔夫的政治性和女性主义观念的两次重要论争不仅在当时没能得到国内学界的关注,伍尔夫政治性的一面在21世纪的今天依然是中国读者感到陌生的领域。对于伍尔夫女性主义思想,大部分读者仍旧停留在只知其然不知其所以然的阶段。基于这种状况,本节将对英语世界的这两次争论及其对伍尔夫研究产生的影响进行详尽的考察。

---

① 杨莉馨:《20世纪文坛上的英伦百合——弗吉尼亚·伍尔夫在中国》,人民出版社2009年版,第172页。

一　马克思主义者之争：简·马库斯与昆汀·贝尔的论战

1977年，简·马库斯在《妇女研究》上发表了一篇文章：《"没有更多的马"：弗吉尼亚·伍尔夫论艺术与宣传》，探讨伍尔夫在《三枚旧金币》中对待政治的态度。但《伍尔夫传》的作者、伍尔夫喜爱的外甥昆汀·贝尔却对马库斯所发现的伍尔夫的政治性感到愤怒，并一再作文批驳马库斯的观点。在马库斯致力于编撰有关伍尔夫女权主义的文集时，1983年，昆汀·贝尔在《弗吉尼亚·伍尔夫杂集》上发表了一篇名为《弗吉尼亚·伍尔夫，她的政治观》的文章。文章的开篇承认与瓦妮莎和其他家庭成员相比，伍尔夫的确更具有"左"倾的思想。她同情那些从事政治运动的工人们，她和伦纳德都对妇女合作运动感兴趣。1913年，在她最严重的一次精神崩溃之前，还参加了费边党的会议。当她恢复健康后，她成了当地妇女合作工会的秘书，之后又成了罗德梅尔工党的秘书。[1] 简单铺垫之后，昆汀·贝尔旋即指出了伍尔夫的丈夫伦纳德对她的评价：伍尔夫是"活着的人中最不具有政治性的动物"但却极力想要摧毁"居住在象牙塔中体弱多病的淑女"这一传说，并为"工党的基层组织"工作。[2] 这种既不具有政治意识，同时又为政治团体工作的矛盾，在昆汀·贝尔看来自有其合理性。他认为伍尔夫与一些政治家会面并不是因为她对政治本身感兴趣，而是因为她对他们的个性和品格感兴趣。她发现那些与她同性的政治家虽然值得尊敬但却枯燥乏味，而这是作为一个艺术家来说不能容忍的缺陷。伍尔夫十分诚实地意识到了她和工人阶级之间的隔阂，并认为这一屏障是无法消除的。

在1930年写给妇女协会前任官员的文章中，伍尔夫就描述了她参加妇女会议时的感受："不管我多么使劲地鼓掌或跺脚，我的声音里却空洞无物，这使我原形毕露，我只是个慈善的观众。我与演员们的联系被切断了，无法挽救。我虚伪地坐在这里，鼓鼓掌，跺跺脚，是被排斥在群体之

---

[1] 参见 Quentin Bell, "Virginia Woolf, Her Politics", *Virginia Woolf Miscellany*, 20, Spring 1983, p. 2.

[2] Leonard Woolf, *Down Hill All the Way: An Autobiography of the Years 1919–1939*, London: Hogarth Press, 1967, p. 27. 转引自 Quentin Bell, "Virginia Woolf, Her Politics", *Virginia Woolf Miscellany*, 20, Spring 1983, p. 2.

外的个体。"[1] 伍尔夫清楚地意识到:"贵妇人不仅需要金钱与热水管道,而且需要莫扎特、塞尚与莎士比亚的作品"[2],而工人阶级的妇女却对这种需求大加嘲弄,认为中产阶级的夫人们对现实知之甚少,因而她明确地表示"障碍是无法逾越的"[3]。昆汀·贝尔同样将伍尔夫的日记作为印证自己观点的证据,伍尔夫1929年5月31日的日记中这样写道:"'我们胜利啦!'奈莉说(1929年的大选)……意识到我们都希望工党获胜时我感到震惊——为什么?部分原因是我可不想被奈莉统治。"[4] 伍尔夫虽然支持工党,可当她意识到自己支持的是和仆人奈莉相同的阶级时,内心深处却是拒绝的。昆汀·贝尔指出,从某种程度上讲,伍尔夫是一个费边主义者,"她希望从上层进行变革,而不是由奈莉开始"[5]。

伍尔夫真如马库斯所说,是一位马克思主义者吗?昆汀·贝尔的回答是否定的。虽然他曾在关于伍尔夫的传记中指出,伍尔夫的文章《斜塔》令人想到了马克思主义的理论,[6] 但他并不会将她称作马克思主义者。马库斯认为伍尔夫不是"粗俗"的而是"文雅的马克思主义者",并"深沉地致力于革命事业"[7]。昆汀·贝尔则力主这样的表述需要充足的证据来证明。伍尔夫有大量已经出版的作品、书信、日记、回忆录和她友人的信件,想要找到证据并非难事:

> 我们无疑应该追踪到她观念转变的过程,找到她对马克思主义文学的研究、对1917年革命和新经济政策的反应、对斯大林和大罢工的态度、她和对手或同志们之间的讨论,但是这些全都找不到,它们并不存在。存在的一些证据只是指向其他方面。她为《工人日报》

---

① [英]弗吉尼亚·伍尔夫:《回忆劳动妇女协会》,杨羽译,引自《伍尔芙随笔全集》Ⅱ,中国社会科学出版社2001年版,第1006页。
② [英]弗吉尼亚·伍尔夫:《回忆劳动妇女协会》,杨羽译,引自《伍尔芙随笔全集》Ⅱ,中国社会科学出版社2001年版,第1011页。
③ [英]弗吉尼亚·伍尔夫:《回忆劳动妇女协会》,杨羽译,引自《伍尔芙随笔全集》Ⅱ,中国社会科学出版社2001年版,第1013页。
④ Quentin Bell, "Virginia Woolf, Her Politics", *Virginia Woolf Miscellany*, 20, Spring 1983, p. 2.
⑤ Quentin Bell, "Virginia Woolf, Her Politics", *Virginia Woolf Miscellany*, 20, Spring 1983, p. 2.
⑥ 参见 Quentin Bell, *Virginia Woolf: A Biography* Ⅱ, London: Hogarth Press, 1972, p. 219.
⑦ Jane Marcus, *No More Horses*, pp. 269 and 266, 转引自 Quentin Bell, "Virginia Woolf, Her Politics", *Virginia Woolf Miscellany*, 20, Spring 1983, p. 2.

撰写的文章中所发表的看法很可能会激怒一个马克思主义者。①

至于《三枚旧金币》中伍尔夫称女性也可以和她们的兄弟一样在积聚资本上竞争，昆汀·贝尔认为这完全可以解读为"富人家的女儿们通过剥削穷人家的女儿来解放自己"②。在他看来，伍尔夫在《三枚旧金币》中所提出的一系列观念都与马克思主义者的思想相距甚远。因而他非常确定地给出了自己的证言："我太了解伍尔夫了，她不可能是一个马克思主义者。"③ 而马库斯作为一个天资聪慧的学者居然会得出如此"愚蠢"的结论，只能令昆汀·贝尔感到失望和悲哀。④

一年之后，昆汀·贝尔又在《批评研究》上发表了《一段"光辉"的友谊》一文，回应马库斯在1979年《马克思主义观点》上发表的《铃声》和1981年为《弗吉尼亚·伍尔夫新女性主义论文集》所作序言中的论点。昆汀在文中开宗明义地表示自己的目的就是要揭露并纠正某些批评家在考证伍尔夫的生活时所犯的"流行的错误"⑤。他援引了马库斯在《铃声》一文中的表述：

> 第一卷（伍尔夫《书信集》）中罕见地保存了一位尚在形成之中的女性艺术家的形象。她的喜好、工作与那些鼓励她写作、阅读和思考，并用女性情谊和文学批评滋养她的诸多女性紧密地交织在一起，她终其一生都在女性友谊中寻找并发现这种关系。布鲁姆斯伯里集团对伍尔夫的所谓"影响"在伍尔夫与这些女性之间关系的光辉下变得无足轻重。这些女性包括劳动妇女协会的负责人玛格丽特·卢埃林·戴维斯，她的希腊语教师珍妮特·凯斯，维奥莱特·迪金森，玛奇·沃恩和她的姑姑卡罗琳·斯蒂芬，被伍尔夫称作"修女"的

---

① Quentin Bell, "Virginia Woolf, Her Politics", *Virginia Woolf Miscellany*, 20, Spring 1983, p. 2. 注：伍尔夫为《工人日报》撰写的文章是《艺术家与政治》（"The Artist and Politics"）。

② Quentin Bell, "Virginia Woolf, Her Politics", *Virginia Woolf Miscellany*, 20, Spring 1983, p. 2.

③ Quentin Bell, "Virginia Woolf, Her Politics", *Virginia Woolf Miscellany*, 20, Spring 1983, p. 2.

④ 参见 Eleanor McNees ed, *Virginia Woolf: Critical Assessments*, Vol. 2, Sussex: Helm Information Ltd., 1994, p. 317。

⑤ Quentin Bell, "A 'Radiant' Friendship", *Critical Inquiry*, Vol. 10, No. 4 (Jun., 1984), p. 557.

贵格会教徒。[1]

昆汀将马库斯文中的"光辉"(radiance)一词用于自己的题目，且意味深长地加上了引号，表示对马库斯所强调的这种女性友谊重要性的质疑。在他看来，拥有"巨大魅力和能力"[2] 的马库斯教授从来不掩饰对作为传记家的昆汀·贝尔的蔑视，但他决不能认同伍尔夫的丈夫、姐姐和密友们对伍尔夫的影响相较于伍尔夫和卡罗琳·斯蒂芬小姐、沃恩夫人等人的关系居然会显得毫无意义。昆汀认为马库斯之所以能做出如此大胆的断言，是因为"她坚定地认为伍尔夫不仅仅是一个女权主义者——的确她是的——还是一个神秘主义者（对此我颇感怀疑），并且首先是一位马克思主义者，且'深沉地致力于革命事业'"[3]。对于伍尔夫女性主义者的身份，昆汀表示认同；对神秘主义者的说法，他认为尚存在讨论的余地。然而对于马库斯认定伍尔夫是一位马克思主义者的说法，昆汀则依然坚决地表示反对。

80年代问世的大量书信材料为简·马库斯和昆汀·贝尔的争论提供了足够的依据，不同的批评家都能站在自己的立场上找到为自己的论断辩护的文献。如果说马库斯更多地运用了伍尔夫的散文作品进行解读的话，掌握伍尔夫文献版权的昆汀·贝尔则更容易从书信和日记中找到反驳马库斯的证据。对马库斯在《铃声》中提到的那些深刻影响了伍尔夫的女性们，昆汀采取了各个击破的方式来证明所谓"光辉"友谊之巨大影响的不堪一击。在昆汀看来，如果伍尔夫如马库斯所言是一位马克思主义者的话，那么那些鼓励了她写作、阅读和思考的女性中必定有一个人自己就是马克思主义者。维奥莱特·迪金森和玛奇·沃恩在伍尔夫生命中的一段时间内的确是亲密的朋友，但她们绝无可能是马克思主义者。在伍尔夫与维奥莱特·迪金森大量的通信中，昆汀看到的是两人在信中似乎避免谈论任何种类的政治和公共事件。而伍尔夫的姑姑卡罗琳·艾米莉亚·斯蒂芬则更像是一个灵性导师的角色。她写过《光的产生：对中央光辉的思

---

[1] Jane Marcus, "Tintinnabulations", *Marxist Perspectives 2*, Spring, 1979, p. 151.
[2] Quentin Bell, "A 'Radiant' Friendship", *Critical Inquiry*, Vol. 10, No. 4 (Jun., 1984), p. 558.
[3] Quentin Bell, "A 'Radiant' Friendship", *Critical Inquiry*, Vol. 10, No. 4 (Jun., 1984), p. 558.

考》一书，并送给了伍尔夫一本。伍尔夫在写给维奥莱特的信中曾提到这本书："我知道这是本阴郁的书，全是灰色的抽象概念和震颤的狂喜，并且展现了一个美丽的灵魂。"① 然而昆汀却怀疑伍尔夫是否真的读过这本书，即使她读过此书，她又能否接受这种坚定的有神论的观点。在昆汀的眼中，伍尔夫认为自己的姑妈卡罗琳是一个"令人害怕的讨厌的人"，是"恼怒的不竭源泉"，有时又是"一个被怜悯的对象"②。因而不可能是马库斯所说的"滋养"伍尔夫的女性。1907年伍尔夫在写给维奥莱特的信中曾表示"她（卡罗琳·艾米莉亚）希望从我这里吸取血液和面包"③。如果硬要说"滋养"的话，伍尔夫信中所透露出的却是姑妈对自己的索求。

伍尔夫的希腊语老师珍妮特·凯斯看上去更像是给予伍尔夫"滋养"的人，在关于妇女权利和英国帝国主义的问题上，她无疑持有更为进步的观点。正是在她的劝说下，伍尔夫参加了几周女性选举运动。但在昆汀看来，珍妮特鼓励了伍尔夫去思考却没有鼓励她写作。事实上伍尔夫因珍妮特"对《远航》含蓄的批评，并暗示她最好写点别的东西而不是小说"感到沮丧。她不喜欢珍妮特那种"陈腐的道德的味道"，因为珍妮特认为"所有的文学"都应该"进入布道坛……（她）使其全都变得有价值、可靠且值得尊敬"（1918年11月3日日记）。④ 她们之间的友谊持续了终生，在珍妮特去世后，伍尔夫为她撰写了悼词。然而昆汀认为仅凭伍尔夫的书信和日记中少数几篇与珍妮特相关的内容，并不能证明这是一段多么重要的关系。⑤

---

① Virginia Woolf to Violet Dickinson, 13 May 1908 (No. 412), *The Letters of Virginia Woolf*, Vol. 1, ed. Nigel Nicolson and Joanne Trautmann, New York, NY: Harcourt Brace Jovanovich, 1975–1980, p. 331. 转引自 Quentin Bell, "A 'Radiant' Friendship", *Critical Inquiry*, Vol. 10, No. 4 (Jun., 1984), p. 558。

② Quentin Bell, "A 'Radiant' Friendship", *Critical Inquiry*, Vol. 10, No. 4 (Jun., 1984), p. 558.

③ Virginia Woolf to Violet Dickinson, Dec. 1907 (No. 397), *The Letters of Virginia Woolf*, Vol. 1, ed. Nigel Nicolson and Joanne Trautmann, New York, NY: Harcourt Brace Jovanovich, 1975–1980, p. 320. 转引自 Quentin Bell, "A 'Radiant' Friendship", *Critical Inquiry*, Vol. 10, No. 4 (Jun., 1984), p. 558。

④ Virginia Woolf, *The Diary of Virginia Woolf*, Vol. 1, 1915–1919, ed. Anne Olivier Bell, New York, NY: Harcourt Brace Jovanovich, 1977, p. 213.

⑤ 参见 Quentin Bell, "A 'Radiant' Friendship", *Critical Inquiry*, Vol. 10, No. 4 (Jun., 1984), p. 559。

伍尔夫与玛格丽特·卢埃林·戴维斯之间的关系是昆汀在这篇文章中考察的重点。玛格丽特出生知识精英阶层,与基督教社会党人和剑桥使徒社过从甚密。玛格丽特是一个聪慧、顽强而端庄的女性,伦纳德将她描述成一个充满爱意的人,她将自己的天赋和精力致力于劳动妇女协会的工作,并成为该协会的秘书长和精神象征。伍尔夫很早就认识了玛格丽特,但直到伍尔夫1910年(日期不明)的信中才出现了她的身影。马库斯抓住了这封信作为证明伍尔夫具有马克思主义思想的论据,她在《铃声》一文中谈道:"在《书信集》的第一卷,伍尔夫给维奥莱特·迪金森写信说:'我看到卢埃林·戴维斯小姐在巴顿街一扇明亮的窗户前被一群支持者们所环绕,我小声地诅咒着。'伍尔夫的诅咒是因为自己被排除在她们富有远见的女性选举权和合作的社会主义政治工作之外。"①

伍尔夫是怎样被排除、又是被谁排除在这些政治工作之外的呢?昆汀认为马库斯并没有给读者提供这些具体内容,并且利用了伍尔夫信中的某一句话断章取义,得出自己想要的结论。昆汀将这封信的全文抄录下来,让读者做出自己的判断:

亲爱的凯斯小姐:

　　星期二我要外出用餐,所以我想我们可能直到5月或6月才能再见面,但我们总要怀着希望。你是否曾经考虑过政治的那一面——残忍的一面,它是怎样使所有最好的感受都变得皱缩干瘪的呢?慈善事业也是如此,这也就是为什么它会吸引那么多不关注自己人际交往的、了无生气的女性的原因。艾姆菲·凯斯小姐会了解我的看法的。我认识两个公爵夫人,所以我还是胜出了——如果一个继承亡夫爵位的遗孀也算上的话。你认识的那个来自萨瑟兰郡还是拉特兰郡还是都不是呢?我看到卢埃林·戴维斯小姐在巴顿街一扇明亮的窗户前被一群支持者们所环绕,我小声地诅咒着。

　　你诚挚的,
　　弗吉尼亚·伍尔夫②

---

① Jane Marcus, "Tintinnabulations", *Marxist Perspectives 2*, Spring, 1979, p. 151.
② Virginia Woolf to Janet Case, [Dec?] 1910 (No. 545), *The Letters of Virginia Woolf*, Vol. 1, ed. Nigel Nicolson and Joanne Trautmann, New York, NY: Harcourt Brace Jovanovich, 1975–1980, pp. 441–442.

当这封信的全貌展示出来之后，结合伍尔夫在上文谈到的政治和慈善事业残忍无情的一面，信中的最后一句话显然具有了不同的意义。昆汀·贝尔略带讽刺地表示，很难想象这些话居然出自一个渴望在街垒战斗的、崭露头角的马克思主义者之口。在昆汀·贝尔的观念中，一个人被称作马克思主义者必定要在行动上有所展示、要表现出激进的革命性。而纵观伍尔夫的人生和写作生涯，这样的时刻从未出现过。尽管她短暂地参加过争取选举权的运动，且为劳动妇女协会工作过，但她并不认同这个协会负责人的许多观念，她参与这些社会活动时表现出的态度也称不上一个马克思主义者的表现。

1911 年，伦纳德·伍尔夫从锡兰回到英国，在珍妮特·凯斯的引荐下认识了玛格丽特。伦纳德对妇女合作协会的工作非常感兴趣，并为这个协会做了大量的工作。他和玛格丽特持续保持着通信，这些信件中的大部分都保存在苏克塞斯大学。令昆汀·贝尔感到不解的是，为什么这些重要的档案文件基本没有得到关注，在他看来如果要想全面地了解伍尔夫与玛格丽特和妇女合作协会的关系，伦纳德是一个很好的突破口。伦纳德不仅帮助玛格丽特主持协会的日常工作，还帮助她领导了一场指向社会主义政治方向的非政治性运动。昆汀认为"几乎可以说伦纳德是通过女权主义而走向社会主义的，他受到韦伯和费边主义者的影响都是之后的事情"①。但他坚持认为，玛格丽特本人也不是一位马克思主义者，在苏克塞斯大学图书馆保存的档案中可以证明这一点。如果说玛格丽特和更具政治性的伦纳德之间的通信没有涉及马克思主义的内容，那么玛格丽特写给伍尔夫的信中更与马克思主义毫无关系。这些信数量不多且相对比较沉闷。1913年到 1915 年伍尔夫持续出现精神崩溃的症状时，玛格丽特在写给伦纳德的信中透露出了对她深切的关怀，伍尔夫在恢复之后则对玛格丽特表示了感激，在 1916 年 1 月 23 日伍尔夫写给玛格丽特的信中，她这样说道：

> 我变成一个越来越坚定的女权主义者了。这归功于我每天在吃早饭时阅读《泰晤士报》，我想知道这场男性主宰的荒谬谎言（这次战争）怎么能再持续一天——如果没有一些精力充沛的年轻女性把我们凝聚在一起并向其进军的话——你从中看到任何意义了吗？我感到自

---

① Quentin Bell, "A 'Radiant' Friendship", *Critical Inquiry*, Vol. 10, No. 4 (Jun., 1984), p. 560.

己就像正在阅读中非的一些奇怪部落的事迹——现在他们给予了我们选票,你说——你,卢埃林·戴维斯小姐,会怎么说呢?我希望一周之内能有三天时间借用一下你的头脑。①

这样的一封信在马库斯的解读中也许会成为证明伍尔夫坚定的女权倾向并受到女性"滋养"的实例。但在昆汀看来,这封信与切实可行的政治主张相距甚远,并没有透露出伍尔夫的政治性。在玛格丽特的激励下,伍尔夫还是参加了妇女合作协会里奇蒙分会的工作,然而昆汀却从伍尔夫看上去热心的努力工作中发现了她对玛格丽特醉心政治的不耐烦。1917年10月伍尔夫的一则日记为昆汀提供了证据:

> 我们散了步,做了一会儿印刷工作,玛格丽特来喝茶。这些年老的女人变得多么苍白啊!蟾蜍般粗糙而黯淡的皮肤,真不幸:玛格丽特特别轻易地就失去了她美丽的那一瞬。这次我们的谈话又淹没在协会的革命中,被金先生、梅女士的特点和各种可能性所覆盖。这种不时的抽打提醒我意识到自己在这个重要的世界里是多么的无足轻重。我感到有些沮丧,因发现了错误而不安——我们处在一种错误的氛围中……疲惫和寒冷总是突然出现——部分可能是因为未婚的状态,部分是因为感到自己是所在世界的中心,玛格丽特很自然的这样认为。当然她的友善和勇猛总是能够征服我,尽管我的虚荣心受到了伤害。②

在昆汀·贝尔的解读中,伍尔夫在日记中感到的沮丧与不悦混合了她对玛格丽特的喜爱、感激和恼怒。毕竟一个女人发现自己的丈夫和一个朋友之间分享一些私有的兴趣时总是会激起妻子这样的反应,他们所谈论的政治正是伍尔夫既插不上话也无意参与的。那么伍尔夫和玛格丽特真的喜欢对方吗?昆汀认为她们希望能够互相喜欢对方,也有足够的理由这样

---

① Virginia Woolf to Llewelyn Davies, 23 Jan. 1916 (No. 740), *The Letters of Virginia Woolf*, Vol. 2, ed. Nigel Nicolson and Joanne Trautmann, New York, NY: Harcourt Brace Jovanovich, 1975-1980, p. 76.

② Virginia Woolf, *The Diary of Virginia Woolf*, Vol. 1, 1915–1919, ed. Anne Olivier Bell, New York, NY: Harcourt Brace Jovanovich, 1977, p. 65.

做。但在战时岁月中,她们两人的通信"相当的单调乏味"。① 面对玛格丽特对自己姐夫克莱夫·贝尔的批评,伍尔夫甚至在信中说:"人性中最主要的危害就源自于对政治的兴趣——但我不指望你能够看到此言所蕴含的深厚的真理。"② 这一时期伍尔夫的日记中同样表现出她对玛格丽特依然作为丈夫伦纳德的朋友和合作伙伴的不屑。昆汀·贝尔表示自己在读到玛格丽特为伍尔夫提供了文学批评上的"滋养"时(简·马库斯的说法)感到怀疑,玛格丽特的确对伍尔夫的作品进行过评论,但昆汀怀疑她一定为此感到后悔,因为"除了极少的几个朋友之外,弗吉尼亚对赞扬无动于衷,而玛格丽特并不是这几个朋友之一,然而几乎任何人对她的责难都会使她极其恼怒"③。伍尔夫的日记中是这样回应玛格丽特对自己作品的评论的:

> 如果我还有精力的话,我会写出我和玛格丽特之间(关于我的作品)揭露和解释的情景。因为在这30分钟内我们之间穿过的路(详细讨论的事情)比过去3年间的还要多。她尝试性地开了头——珍妮特和她是怎样地感到——也许她们可能是搞错了,但这仍是她们的观点——简而言之比起我的小说,我写的关于夏洛蒂·勃朗特的文章让她们喜欢的太多了。我的感觉中人性一面的某些东西——某些狭隘的——某些缺乏感情的——在这篇文章中燃烧并放飞了。那你就继续宣扬人性吧,这就是我回应的主旨,当你们退缩并仅仅保留这些传统的观念的话。但是这是你们自己的狭隘!……她自己作为一个强硬的、紧张兮兮的女人,将人类心灵中令她震惊的更伟大的一半排除在外,她受到了足够的打击,就像一个人突然拉开了窗帘一样。她必须好好想想并写信告诉我她要说的。④(1919年11月15日)

---

① Quentin Bell, "A 'Radiant' Friendship", *Critical Inquiry*, Vol. 10, No. 4 (Jun., 1984), p. 562.
② Virginia Woolf to Llewelyn Davies, 31 Dec. 1918 (No. 1001), *The Letters of Virginia Woolf*, Vol. 2, ed. Nigel Nicolson and Joanne Trautmann, New York, NY: Harcourt Brace Jovanovich, 1975-1980, p. 313.
③ Quentin Bell, "A 'Radiant' Friendship", *Critical Inquiry*, Vol. 10, No. 4 (Jun., 1984), p. 563.
④ Virginia Woolf, *The Diary of Virginia Woolf*, Vol. 1, 1915-1919, ed. Anne Olivier Bell, New York, NY: Harcourt Brace Jovanovich, 1977, pp. 312-313.

在写下这段日记的第二天,伍尔夫就给玛格丽特寄去了一封信,信中说:

你自带气场,这一点无可置疑,但所有清廉而专横的人物都带有这种气场,他们的一只眼睛拥有远见而另一只却是看不见的,但这并不会成为友谊的障碍(于我而言),事实上还是一种激励。你永远也不会喜欢我的书,但我是否曾理解过你的协会呢?恐怕也没有。①

马库斯所提到的文学批评的滋养在昆汀看来显然是靠不住的假设。在昆汀的文献追溯中,三年后玛格丽特从协会退休,伦纳德和她不再有工作上的交集,他们之间的信件往来也逐渐稀少。1930年,当玛格丽特和她的助手莉莉安一起出现在伍尔夫夫妇的僧舍时,伍尔夫从心底深处替衣衫褴褛、乏味沉闷的玛格丽特感到悲哀:"一个悲剧,玛格丽特无论如何也值得更好的生活,而不是这样衣冠不整、平凡无奇的结局"②(1930年5月11日)。昆汀·贝尔通过翻阅伍尔夫的书信和日记中与玛格丽特相关的内容作为有力的论据,反驳马库斯所认为的巨大的女性影响,将玛格丽特与伍尔夫之间的关系归结为一种以伦纳德为纽带而联结起来的友谊。在这段友谊的后期,玛格丽特本人在伍尔夫看来不过是一个值得同情的可悲的女性。

至于马库斯所提到的伦纳德在编写伍尔夫的散文集时,选择了伍尔夫为《我们所知的生活》所写序言的早期版本,昆汀·贝尔也给出了自己的解释。马库斯在《铃声》中指责伦纳德故意选用了一个"轻率的早期《耶鲁评论》的版本"③。昆汀则给出了这样的事实:当玛格丽特请求伍尔夫为《我们所知的生活》撰写序言时,恰好《耶鲁评论》也向伍尔夫约稿,伍尔夫给《耶鲁评论》寄去了这篇序言,但是寄去的版本经过了修订,以便顺应大众的阅读需求。因而这一版本和主要关注英国妇女合作运动的那个版本的侧重点有所不同。伍尔夫曾在信中向玛格丽特表示自己不

---

① Virginia Woolf to Llewelyn Davies, 16 Nov. 1919 (No. 1094), *The Letters of Virginia Woolf*, Vol. 2, ed. Nigel Nicolson and Joanne Trautmann, New York, NY: Harcourt Brace Jovanovich, 1975-1980, p. 399.
② Virginia Woolf, *The Diary of Virginia Woolf*, Vol. 3, 1925-1930, ed. Anne Olivier Bell and Andrew McNeillie, New York, NY: Harcourt Brace Jovanovich, 1980, pp. 296-297.
③ Jane Marcus, "Tintinnabulations", *Marxist Perspectives 2*, Spring, 1979, p. 157.

能胜任,"至于说要我写序言,这事我没把握——这方面我可是一点儿也不在行——并且我想也不需要写什么序言"①。在 1930 年 8 月 28 日写给埃塞尔·史密斯的信中,伍尔夫向她抱怨自己"还要考虑去对付协作活动引起的那些令人难以容忍的搪塞与推诿"②。1930 年 9 月,伍尔夫显然已经被这项任务折磨得精疲力竭了,她在写给玛格丽特的信中说:"如果我全部按照你的要求进行替换的话,序言的观点就在很大程度上改变了,它就再也不能表达我自己的意思了。"③昆汀·贝尔认为伍尔夫显然对写作序言这件事没有兴趣,玛格丽特让她按照自己观点来写的强硬做法也让伍尔夫感到无奈。然而正如伍尔夫在写给罗伯特·塞西尔夫人的信中曾表达过的那样,玛格丽特"能够迫使一台压路机去跳华尔兹"④,伍尔夫不得不根据玛格丽特的要求作出调整。因为"玛格丽特想要伍尔夫的序言,并且很显然,并不在意这序言缺乏伍尔夫自己想要表达的意义"⑤。

在对两个版本做出比较之后,昆汀得出了与马库斯截然相反的结论:"玛格丽特在文本中注入了强烈的政治因素"⑥,而伍尔夫本人似乎成了傀儡。玛格丽特和伍尔夫的分歧还体现在对这些妇女合作协会成员形象的描述上。伍尔夫希望实事求是地描写她们在日常生活中的状态,而玛格丽特却认为这些显得不够淑女而要求伍尔夫删改。⑦马库斯所引用的那个文本是玛格丽特认为的更合适的淑女的版本,而伦纳德更清楚哪个版本才是伍

---

① [英]弗吉尼亚·伍尔夫:《维吉尼亚·吴尔夫文学书简》,王正文、王开玉等译,安徽文艺出版社 1996 年版,第 145 页。
② [英]弗吉尼亚·伍尔夫:《维吉尼亚·吴尔夫文学书简》,王正文、王开玉等译,安徽文艺出版社 1996 年版,第 167 页。
③ Virginia Woolf to Llewelyn Davies, 14 Sept. 1930 (No. 2236), *The Letters of Virginia Woolf*, Vol. 4, ed. Nigel Nicolson and Joanne Trautmann, New York, NY: Harcourt Brace Jovanovich, 1975–1980, p. 212.
④ Virginia Woolf to Lady Robert Cecil, [28?] May 1913 (No. 672), *The Letters of Virginia Woolf*, Vol. 2, ed. Nigel Nicolson and Joanne Trautmann, New York, NY: Harcourt Brace Jovanovich, 1975–1980, p. 30.
⑤ Quentin Bell, "A 'Radiant' Friendship", *Critical Inquiry*, Vol. 10, No. 4 (Jun., 1984), p. 565.
⑥ Quentin Bell, "A 'Radiant' Friendship", *Critical Inquiry*, Vol. 10, No. 4 (Jun., 1984), p. 565.
⑦ 参见 Quentin Bell, "A 'Radiant' Friendship", *Critical Inquiry*, Vol. 10, No. 4 (Jun., 1984), p. 565。

尔夫按照自己意愿写作的。① 因而在版本问题上，伦纳德的选择无疑是正确而明智的，毕竟还有谁能比伦纳德更了解伍尔夫在写作时所经历的一切呢？马库斯的指责在昆汀看来，所依据的不过是没有经过检验的凭空猜测，马库斯只是为了将伍尔夫塑造成一个马克思主义者而强行赋予她政治性。

马库斯和昆汀·贝尔的这场横跨大西洋的论战在1985年到达了顶峰，当年3月，美国著名的《批评研究》杂志在同一期上刊登了简·马库斯和昆汀·贝尔的论文。在"批评回应"一栏中马库斯发表了《昆汀的幽灵》一文，回击昆汀1984年在《一段"光辉"的友谊》中对她的批评，而昆汀则在同一栏中以《对简·马库斯的回应》为题直接反击马库斯的指责。

《昆汀的幽灵》借用了伍尔夫在《一间自己的房间》中的意象"弥尔顿的幽灵"作为题目，在开篇就指出昆汀在《一段"光辉"的友谊》中将她称作"要人"（personage）和伍尔夫将上帝称作"绅士"（gentleman）所蕴含的语气是相同的。这种明褒实贬的做法让她十分不快。② 在直接回应昆汀对她的质疑前，马库斯求诸《阁楼上的疯女人：女性作家与19世纪文学想象》的作者桑德拉·吉尔伯特和苏珊·古芭对"弥尔顿的幽灵"这一形象的阐释，以及克里斯汀·芙洛拉（Christine Froula）对"幽灵"一词的重新解读，来说明昆汀·贝尔眼中的伍尔夫和女性主义批评家眼中的伍尔夫是多么的不同。"他（昆汀）的伍尔夫是一个令美国女性读者惊恐的幽灵，我们的伍尔夫是一个令英国男性读者害怕的幽灵。"③ 马库斯所言"他的伍尔夫"和"我们的伍尔夫"恰恰构成了英国批评家和美国批评家之间对伍尔夫截然不同的认识。在昆汀·贝尔所代表的英国男性批评家的眼中，伍尔夫是一个政治绝缘体，一个虽然参加了政治活动但是不具有任何政治觉悟和激进思想的精英集团的成员。而以马库斯为代表的美国女性主义批评家则认为，正是伍尔夫周围的男性成员刻意掩盖了伍尔夫政治性的一面。伍尔夫本人不仅热心参与女权运动，在自己的作品中传达女权主义的思想，还在一群女性的影响之下开始逐渐自觉而勇敢地表达自己的愤怒。

马库斯分析了由昆汀·贝尔在他1972年的《伍尔夫传》中确立的女

---

① 参见 Quentin Bell, "A 'Radiant' Friendship", *Critical Inquiry*, Vol. 10, No. 4 (Jun., 1984), p. 566。
② 参见 Jane Marcus, "Quentin's Bogey", *Critical Inquiry*, Vol. 11, No. 3 (Mar., 1985), p. 486。
③ Jane Marcus, "Quentin's Bogey", *Critical Inquiry*, Vol. 11, No. 3 (Mar., 1985), p. 488.

性形象，一个"阁楼上的现代疯女人，一位脆弱的、易变的、歇斯底里的自杀者，一位二流的英国小说家，作为小说家成就在E. M. 福斯特之下，之所以具有重要的历史性是因为她是莱斯利·斯蒂芬的女儿和布鲁姆斯伯里集团的成员"①。昆汀所塑造的这个幽灵形象在马库斯看来就像伍尔夫在《一间自己的房间》中所提到的莎士比亚的妹妹朱迪斯那样"被女人的躯体所拘囚、所纠缠"②，或者像伍尔夫在此书中提到的纽卡索公爵夫人一般"在草率涂写废话中消耗自己的时间，并愈来愈深陷于昏迷和愚行之中"，最终成为"一个用来吓唬聪明女孩子的怪物"③。马库斯认为，伍尔夫在昆汀的笔下成了一个"疯狂的、缺乏女人味的、使女性读者惊恐"的"幽灵"④。正如她在《铃声》一文中所说的那样，昆汀通过强调伍尔夫女性特征的缺失，弱化或反对伍尔夫卷入政治活动的生平经历，使文学批评家们对伍尔夫的认识陷入了两种误区：一种导致了"女性崇拜的产生，随后则遭到新一代的利维斯们的谴责"；另一种则使伍尔夫"被逐出文学/历史的经典序列，因为她'超然离群'或'心中没有伟大的目标'"⑤。

的确，昆汀·贝尔的传记使读者得以窥见除布鲁姆斯伯里集团之外伍尔夫的家庭背景和构成，但在马库斯看来，昆汀笔下的伍尔夫失去了伍尔夫的特质，"那个孤独的、奇怪的、不善交际的女人，那个如此珍视隐私并将其作为自己艺术创作第一准则的女人在哪儿呢？"⑥ 读者在传记中看到的只是伍尔夫所有的住所，他们家具样式的细节，而那个写作小说的伍尔夫却淹没在这些无足轻重的细节中。昆汀所看到并展示出的伍尔夫形象，是存在于整个家族中的一个粒子，成了家族历史的附属品。可伍尔夫本人最好的作品却都在"抨击私有财产和家庭，并且她认为自己是这一切的局外人"⑦。作为伍尔夫研究者，马库斯表示很羡慕研究乔伊斯的专家们，因为乔伊斯的传记作者理查德·埃尔曼（Richard Ellmann）真正将作

---

① Jane Marcus, "Quentin's Bogey", *Critical Inquiry*, Vol. 11, No. 3 (Mar., 1985), p. 488.
② [英] 弗吉尼亚·伍尔夫：《自己的一间屋》，王义国译，引自《伍尔芙随笔全集》Ⅱ，中国社会科学出版社2001年版，第532页。
③ [英] 弗吉尼亚·伍尔夫：《自己的一间屋》，王义国译，引自《伍尔芙随笔全集》Ⅱ，中国社会科学出版社2001年版，第544—545页。
④ Jane Marcus, "Quentin's Bogey", *Critical Inquiry*, Vol. 11, No. 3 (Mar., 1985), p. 489.
⑤ Jane Marcus, "Quentin's Bogey", *Critical Inquiry*, Vol. 11, No. 3 (Mar., 1985), p. 489.
⑥ Jane Marcus, "Quentin's Bogey", *Critical Inquiry*, Vol. 11, No. 3 (Mar., 1985), p. 489.
⑦ Jane Marcus, "Tintinnabulations", *Marxist Perspectives 2*, Spring, 1979, p. 148.

为一个艺术家和一位思想者的乔伊斯密不可分地交织在传记描写中。与此相较,作为一个儿子、丈夫和父亲的乔伊斯是否得到了充分描绘则无关紧要。如果说埃尔曼使乔伊斯的形象更为鲜明的话,昆汀的《伍尔夫传》则起到了适得其反的效果。马库斯指出从"近年来美国批评家所撰写的论文和书籍中可以发现一个聪慧的、更具有政治性的伍尔夫"[①],布伦达·西尔弗编辑整理的伍尔夫阅读笔记就试图帮助研究者们重塑作为一个思考者的伍尔夫形象,以代替昆汀笔下那个幽灵般的女人。

20世纪30年代,当伍尔夫遭到左翼成员的攻击,并被纳入精英集团的小圈子时,伍尔夫曾写信给昆汀,要求他将自己塑造成一个"伟大的燃烧的女神"(great flaming goddess),马库斯认为这半开玩笑半严肃的说法说明伍尔夫希望自己社会主义、女性主义与和平主义的一面能够在她今后的传记中得到强调;希望她的小说中对资本主义和帝国主义的猛烈批判能够得到传记者的重视;希望自己的形象能够同德米特里·米尔斯基(Dmitri Mirsky)所抨击的那种上层阶级的、精英主义的布鲁姆斯伯里圈子分离开来。而昆汀在他的传记中却将伍尔夫描绘成一个冷淡的势利者、羸弱的夫人、疯狂的女巫,他用拒绝将伍尔夫塑造成一个政治性作家的方式表达了自己的政治立场。[②]而对昆汀所塑造出的这种"幽灵",美国的批评家们并不满意,因此马库斯们眼中的"幽灵"应运而生了——这是一个马克思主义的、神秘的、女权主义的伍尔夫——这一形象显然令昆汀大惊失色,"就像他用冰雪雕刻出的形象吓坏了我们(美国批评家)一样"[③]。

马库斯认为,昆汀非常清楚她用来描绘伍尔夫的"马克思主义者"一词并不是指伍尔夫是某一党派的成员。她所提到的"马克思主义"是想要体现伍尔夫思考的三重性,将她和瓦尔特·本雅明进行比较也仅仅针对她的思想和小说,而不是想要将其固定在某一社会政党的范围内。至于"神秘性",马库斯坚持认为年轻的弗吉尼亚受到了她的姑姑、贵格派教徒卡罗琳·斯蒂芬的影响。这一笔源于女性的精神遗产,对伍尔夫的创作产生了持久的作用,《到灯塔去》中灯塔的意象就脱胎于她姑妈的一篇随

---

① Jane Marcus, "Quentin's Bogey", *Critical Inquiry*, Vol. 11, No. 3 (Mar., 1985), p. 490.
② 参见 Jane Marcus, "Quentin's Bogey", *Critical Inquiry*, Vol. 11, No. 3 (Mar., 1985), p. 490。
③ Jane Marcus, "Quentin's Bogey", *Critical Inquiry*, Vol. 11, No. 3 (Mar., 1985), p. 490.

笔。① 在马库斯看来，昆汀·贝尔之所以拒斥她的这种女性主义解读，就是因为她将女性放置在伍尔夫生命的中心。对马库斯来说，《一间自己的房间》就是"第一部现代的社会主义女权主义批评"②，在这部作品中，伍尔夫表达了一个女性艺术家所具有的社会责任感。为什么这样的解读让昆汀感到不安呢？

马库斯给出了这样的回答：昆汀不喜欢这种与他所描述的形象相悖的阐释。事实上，昆汀不仅是一位单纯的传记作者，还与他的妹妹一道掌握了伍尔夫毕生文学成果的版权，出版什么和何时出版都是由他控制的。所以在一定程度上，他也能够掌控文学批评的风向，因为这些批评家们在引用伍尔夫的作品时需要得到他的允许。马库斯认为这种所有权对学术研究所具有的影响是不可否认的。桑德拉·吉尔伯特和苏珊·古芭在编撰《诺顿女性文学选》时，希望能够将伍尔夫《一间自己的房间》收入其中却遭到了他的拒绝，这一文学选集对伍尔夫作品传播具有不可估量的影响。因而马库斯将这一拒绝行为和否认《一间自己的房间》的经典地位等同起来。她认为今后一代代的大学生们都会将这一选集作为课本，如果选集中只收录了伍尔夫的一两篇短篇故事的话，那么伍尔夫作为一个女性主义思想家的身份就会被遮蔽和忽视。也许这正是拥有版权的昆汀所希望达到的效果。③ 此外，马库斯认为一部分伍尔夫的文献仍旧没有公开，伍尔夫早期日记还是研究者们无法涉足的领域，这些文献将在多大程度上改变对伍尔夫的现行认识依然成谜。昆汀·贝尔能够信手拈来伍尔夫的文献资料作为反驳的证据，面对这种劣势，马库斯则以信息的不公开、不对称作为回击。

昆汀·贝尔对马库斯文章的驳斥，在她看来是企图将引发愤怒的天然两极之间的争论个人化。他们两者所代表的对立被马库斯归纳为："男性—女性，年老—年轻，英国人—美国人，传记作家—文学批评家，英国的'精英贵族'—美国的左派"④ 之间的对立冲突。然而值得庆幸

---

① 参见 Jane Marcus, "Quentin's Bogey", *Critical Inquiry*, Vol. 11, No. 3 (Mar., 1985), pp. 490-491。
② Jane Marcus, "Quentin's Bogey", *Critical Inquiry*, Vol. 11, No. 3 (Mar., 1985), p. 491.
③ 参见 Jane Marcus, "Quentin's Bogey", *Critical Inquiry*, Vol. 11, No. 3 (Mar., 1985), pp. 491-492。注：当马库斯这篇文章发表之际，吉尔伯特和古芭已经得到允许转载《一间自己的房间》中"莎士比亚的妹妹"相关段落。
④ Jane Marcus, "Quentin's Bogey", *Critical Inquiry*, Vol. 11, No. 3 (Mar., 1985), p. 492.

的是，马库斯发现在美国女权主义研究者的不懈努力下，昆汀已经松口承认伍尔夫是一位女权主义者，而在此之前昆汀曾多次否认伍尔夫与女权主义的关系。在美国，"伍尔夫的声誉很大程度上基于《一间自己的房间》"①，但马库斯提醒读者注意，伍尔夫在英国的研究状况与美国大不相同。1982年，昆汀和他的妻子奥利维尔（伍尔夫日记编撰者之一）在接受《卫报》的采访时表示"她（伍尔夫）不是一个女权主义者也不具有政治性"②。而在1984年的文章《一段"光辉"的友谊》中，昆汀已经承认"伍尔夫不仅是一位女权主义者——的确她是的……"③ 在马库斯看来，这就是美国伍尔夫研究影响力的体现。

马库斯认为昆汀虽然言不由衷地称她是一位"拥有巨大魅力和能力的人物"④，但实际上昆汀并不觉得她是一位公认的伍尔夫研究者，而只是一个女性闯入者，"创造"了一个与昆汀的"真实的"伍尔夫形象相抵触的人物，这种态度让她感到不满。至于昆汀针对玛格丽特对伍尔夫的影响所做的一番评论，她建议昆汀好好读一读自己在《纽约公共图书馆公报》上所写的对《岁月》的重新评价，以及《粉饰帕吉特》一文，文中清楚地论证了玛格丽特对伍尔夫书写《岁月》这部作品产生的影响。至于《我们所知的生活》序言版本之争，马库斯坚持伦纳德不选择最终版本并不是出于艺术方面的考虑，而是由于政治的原因。在压抑的50年代，伦纳德认为剔除伍尔夫的政治性将更有利于她的声誉。⑤

马库斯强调，伍尔夫所具有的政治性并不是她一个人的发现，而是众多文学批评家的共识。贝蕾妮丝·卡罗尔（Berenice Carroll）、内奥米·布莱克、布伦达·西尔弗、劳拉·莫斯·戈特利布（Laura Moss Gottlieb）都在自己的文章中表现出对伍尔夫政治性的关注。在黛尔·斯彭德（Dale Spender）的著作《女性观点与男性态度》《女权主义理论家》中，伍尔夫作为一个政治思想家得到了严肃的对待。《三枚旧金币》已经日益成为

---

① Jane Marcus, "Quentin's Bogey", *Critical Inquiry*, Vol. 11, No. 3 (Mar., 1985), p. 492.
② Quentin Bell, *Guardian*, 21 Mar. 1982.
③ Quentin Bell, "A 'Radiant' Friendship", *Critical Inquiry*, Vol. 10, No. 4 (Jun., 1984), p. 558.
④ Quentin Bell, "A 'Radiant' Friendship", *Critical Inquiry*, Vol. 10, No. 4 (Jun., 1984), p. 558.
⑤ 参见 Jane Marcus, "Quentin's Bogey", *Critical Inquiry*, Vol. 11, No. 3 (Mar., 1985), p. 494。

妇女研究与和平主义研究的重要文本。

尤其值得注意的是,马库斯并没有将伍尔夫政治性的一面作为牢不可破的形象树立起来。尽管她不认同昆汀对伍尔夫远离政治的精英式的描绘,她也不认为阐释伍尔夫的政治性就能够更为公正客观地展示伍尔夫的全貌。于她而言,"马库斯的幽灵,作为现代的社会主义女性主义'伟大的燃烧女神'而存在的伍尔夫,因为历史的必要性也许会在几年之内笼罩学术的天空。但当她作为女性作家隐形同伴的目的达成后,她将会自行消失"[1]。在马库斯看来,昆汀的传记中所塑造的伍尔夫使伍尔夫作为政治绝缘体的形象更加深入人心。为了纠正这一根深蒂固的普遍看法,本着不破不立的原则,美国的批评家们不得不用一种较为激进的方式向世人展示伍尔夫不为人知的政治性的一面,让下一代的研究者们无须被一种单一的观念所束缚,能够用更为锐利的批判性视角"剥开面纱,还我们一个真正的弗吉尼亚·伍尔夫"[2]。而在80年代,破除伍尔夫僵化形象的任务还远没有完成,因而美国的批评家们将会继续挖掘逐年公开的伍尔夫文献中未得到注视的角落。

面对昆汀对神秘性的、政治性的伍尔夫形象的质疑,马库斯以伍尔夫1918年写给《泰晤士报文学增刊》的三篇评论作为回应。在为莫利尔·布坎南所著的《彼得格勒:动乱之城》所写的书评中,伍尔夫表现出对俄国革命历史细节的精通和兴趣,而这并不是一个不具有政治性的作家应有的状态。至少,马库斯认为,"《泰晤士报文学增刊》的编辑显然觉得伍尔夫是具有政治意识的"[3]。伍尔夫在这篇文章中写道:"政治并不能总是由布坎南小姐在她纯描述性的章节中所熟练掌握的机智的直觉来阐明。"[4] 在伍尔夫看来,布坎南的这本书充斥着小道传闻,并未完成作者在导言中承诺的描绘普通人的生活的目的。在书评《维多利亚时代的社会主义者》一文中,伍尔夫这样评价作者欧内斯特·贝尔福·巴克斯:"他盼望有一天这个世界上的工人阶级能够以一种国际合作的方式联合起来,

---

[1] Jane Marcus, "Quentin's Bogey", *Critical Inquiry*, Vol. 11, No. 3 (Mar., 1985), p. 494.
[2] Jane Marcus, "Quentin's Bogey", *Critical Inquiry*, Vol. 11, No. 3 (Mar., 1985), p. 488.
[3] Jane Marcus, "Quentin's Bogey", *Critical Inquiry*, Vol. 11, No. 3 (Mar., 1985), p. 494.
[4] Virginia Woolf, "A View of the Russian Revolution", review of *Petrograd: The City of Trouble, 1914-1918* by Meriel Buchanan, *TLS*, 20 Dec. 1918, p. 636.

种族之间的斗争将永远停息。"① 在马库斯看来，这是伍尔夫和巴克斯共同的信仰。另一篇书评《俄罗斯观点》中，伍尔夫指出英国人之间无法坦然地称呼对方"兄弟"，而俄国人却拥有"共同的幸福、成就抑或产生兄弟般关系意识的欲望"②。马库斯认为，昆汀是有意忽视了伍尔夫政治性的一面，在伍尔夫早期的作品中，她不仅钦佩俄国人关于兄弟情谊的信仰，也"渴望寻找到一种可以自我实践的方式"③，伍尔夫认为俄国小说家在创作中成功了：

> 因为他们如此强烈地相信灵魂的存在……并且其本身就是重要的：那个饱尝艰辛的生活的核心是我们所有人都拥有的。我们倾向于隐瞒或装饰它，但俄国人却相信它、寻找它、解释它，并追踪它所遭遇的极度苦痛和纷繁难懂之处，在此基础上创作出了最具精神性和最深刻的现代作品。④

正如伍尔夫在俄国人的作品中发现了激情的政治观一样，以马库斯为代表的女性批评家在伍尔夫的小说和散文中发现了"姐妹情谊和灵魂"⑤。马库斯和昆汀之间的争论已经超越了个人学术观点的争议，上升为男性与女性批评家、英国与美国批评家、精英团体与社会主义研究之间的矛盾冲突。马库斯援引伍尔夫自己的作品和一批女性批评家们的研究成果，力证伍尔夫的政治性、神秘性和女权主义倾向并非自己一厢情愿的解读或歪曲。

昆汀·贝尔对马库斯"愚蠢"解读的不满在马库斯的回击之后变得更为强烈。1985年3月的《批评研究》杂志上，紧随马库斯《昆汀的幽灵》一文之后刊登了昆汀·贝尔《对简·马库斯的回应》。马库斯不满昆汀·贝尔称其为名人，昆汀·贝尔则在此文中半带嘲讽地称其为"一位极

---

① Virginia Woolf, "A Victorian Socialist", review of *Reminiscences and Reflections of a Mid and Late Victorian* by Ernest Belfort Bax, *TLS*, 28 June 1918, p. 299.
② [英] 弗吉尼亚·伍尔夫：《俄罗斯观点》，石云龙译，引自《伍尔芙随笔全集》Ⅰ，中国社会科学出版社2001年版，第165页。
③ Jane Marcus, "Quentin's Bogey", *Critical Inquiry*, Vol. 11, No. 3 (Mar., 1985), p. 495.
④ Virginia Woolf, "The Russian View", review of *"The Village Priest" and Other Stories* by Elena Militsina and Mikhail Salikov, *TLS*, 20 Dec. 1918, p. 641.
⑤ Jane Marcus, "Quentin's Bogey", *Critical Inquiry*, Vol. 11, No. 3 (Mar., 1985), p. 495.

富想象力的女人",因为"想象显然在她的争论中发挥了重要的作用"①。在他看来,虽然马库斯在教授与伍尔夫有关的内容,却没有学到伍尔夫那种出色的散文风格,因而马库斯和她的同事们所写的数量繁多的文章让人难以卒读。1983年的文章中,昆汀·贝尔要求马库斯提供能够证明伍尔夫是马克思主义者的直接证据,这样的要求在贝尔看来并未得到解决,两人之间的争论在他看来没能取得任何实质性的进展——"我指责她的不准确;她则以断言我品位低下来回应。"②昆汀·贝尔强调马库斯不尊重事实,不去利用伍尔夫日记、书信来提供证据,当她从一封信中引证一些话时,却完全曲解了作者的本意。至于马库斯提到伦纳德在编辑伍尔夫的随笔集时,选择发表伍尔夫为《我们所知的生活》所作序言的早期版本,是为了让伍尔夫看上去更不具有政治性的说法,昆汀·贝尔也予以了反击。在他看来如果伍尔夫像她的朋友们所描述的那样对左翼怀有同情,但对政治缺乏兴趣的话,伦纳德的这种选择可以看作是一种刻意的回避。但是如果伍尔夫像马库斯所说的那样是一个坚定的马克思主义者,对革命事业矢志不渝且在小说中多有体现的话,伦纳德想要把伍尔夫塑造成一个不关心政治的作家也是不可能的。③昆汀·贝尔认为"如果一个人投入地致力于某一观念的话,她一定想要将其表达出来,但比我甚至比马库斯教授更具洞察力的批评家们都没有在伍尔夫的小说中发现这样的意图,那么我们能得出什么结论呢?要么就是除了马库斯教授之外,伍尔夫的小说没能向任何人传达出马克思主义的观点,要么就是她根本没有马克思主义的观点要表达,而我倾向于后者"④。

马库斯认为伍尔夫是一个神秘主义者的说法,在昆汀看来是选择了一个更为安全的地带。因为"实际上任何人都可以被称作一个神秘主义者,除了马克思主义者之外"⑤。但对于伍尔夫的姑妈、贵格派教徒卡罗琳·

---

① Quentin Bell, "Reply to Jane Marcus", *Critical Inquiry*, Vol. 11, No. 3 (Mar., 1985), p. 498.
② Quentin Bell, "Reply to Jane Marcus", *Critical Inquiry*, Vol. 11, No. 3 (Mar., 1985), p. 498.
③ Quentin Bell, "Reply to Jane Marcus", *Critical Inquiry*, Vol. 11, No. 3 (Mar., 1985), p. 499.
④ Quentin Bell, "Reply to Jane Marcus", *Critical Inquiry*, Vol. 11, No. 3 (Mar., 1985), pp. 499-500.
⑤ Quentin Bell, "Reply to Jane Marcus", *Critical Inquiry*, Vol. 11, No. 3 (Mar., 1985), p. 500.

斯蒂芬影响了伍尔夫艺术创作的说法，昆汀认为这只是建立在马库斯自己"想象的领域"① 内。没有任何具体的证据能够表明卡罗琳·斯蒂芬是伍尔夫文学道路上的启蒙者，而伍尔夫的一些信件中表达出的感情更接近于对这位姑妈的轻视。马库斯所提到的女性主义批评家的研究著作在昆汀看来也没有任何新的突破：她们花了十年时间来研究《三枚旧金币》和《一间自己的房间》中争论的细节，如果她们能够好好地读一读《伍尔夫传》中相关的内容，也许就不用这样大费周章地做些无用功了。② 从这样的表述中，我们能够清楚地感受到昆汀·贝尔对美国女性主义批评家所做的伍尔夫研究的轻蔑。

至于马库斯指责昆汀占据所有伍尔夫文献的版权，不愿让吉尔伯特和古芭主编的《诺顿女性文学选》转载伍尔夫的重要女权作品《一间自己的房间》，昆汀则表示自己根本没有权力去做这种"迫害观点相异学者"③ 的事情。他并不认识这两位女学者，版权事宜也是由出版社管理而非他能掌控。针对此事他还去信向霍加斯出版社询问情况，得到的回答是并没有这样的选集向他们征询版权许可。④ 如果说马库斯求助于伍尔夫的散文和小说作品来解读伍尔夫的政治思想的话，昆汀则从伍尔夫的日记和书信中寻求证据："如果有人怀疑我的诚实的话，我将会诉诸证据——弗吉尼亚的证据，尤其是日记和书信的证据，学者们已经可以获取这些资料，几乎所有的资料都已经出版，它们的数目十分庞大。"⑤ 昆汀自信地表示只要人们去研读这些材料，就会认可自己对伍尔夫的解读。

这两位研究者一位诉诸文献证据，一位诉诸文学文本。昆汀在伍尔夫的日记和书信中寻找伍尔夫非政治性的依据，马库斯则在文学作品中找到

---

① Quentin Bell, "Reply to Jane Marcus", *Critical Inquiry*, Vol. 11, No. 3 (Mar., 1985), p. 500.

② 参见 Quentin Bell, "Reply to Jane Marcus", *Critical Inquiry*, Vol. 11, No. 3 (Mar., 1985), p. 500。

③ 参见 Quentin Bell, "Reply to Jane Marcus", *Critical Inquiry*, Vol. 11, No. 3 (Mar., 1985), p. 500。

④ 1985年6月的《批评研究》编者按的部分刊登了桑德拉·吉尔伯特寄给编辑部的一封信，信中回应了简·马库斯在《昆汀的幽灵》中对昆汀的指责。吉尔伯特称诺顿是和哈考特出版社（Harcourt）商议版权事宜，而哈考特出于商业考虑只同意诺顿转载《一间自己的房间》中"莎士比亚妹妹"的相关章节，昆汀·贝尔与这次磋商毫无关系。在信中吉尔伯特还表达了对昆汀之慷慨的感谢，因为他曾两次允许自己引用伍尔夫未发表的手稿中存在争议的段落。

⑤ Quentin Bell, "Reply to Jane Marcus", *Critical Inquiry*, Vol. 11, No. 3 (Mar., 1985), p. 501.

了伍尔夫激进的证据。这场持续了近20年的论战虽然没有定论，却推动了对伍尔夫形象及作品的全新解读。无论之后的研究者同意或否定马库斯的观点，伍尔夫的女性主义思想和激进的政治性已然成为无法回避的话题。马库斯的努力不仅推动了关于伍尔夫的新历史主义和文化研究的发展，还将伍尔夫与其他的女性作家（如艾德里安·里奇、玛丽·戴莉、多丽丝·莱辛、托妮·莫里森）作为一个群体联系了起来。正如贝丝·多尔蒂所言："马库斯对身处知识混乱年代的伍尔夫所作出的有力而充满争议的论断为从更多的方面认识伍尔夫指明了道路。"[1]

马库斯有关伍尔夫政治性的解读激怒了昆汀·贝尔，为了维持伍尔夫的固有形象，昆汀紧紧抓住马克思主义者这一说法不放，要求马库斯提供伍尔夫是马克思主义者的证据。而马库斯关于伍尔夫是马克思主义者的论断更多地指向精神追求上的相似而非实践活动中的一致。如果说马库斯有关伍尔夫的解读是信口雌黄，昆汀大可不必担心她会对读者造成影响，而昆汀的认真回应本身就说明了马库斯的研究在当时得到了许多学者的认可，危及了自己在传记中所塑造的超然形象。昆汀言辞激烈的争辩并不能否认伍尔夫生前的政治活动和她作品中所展现出的政治性的一面。在他针对马库斯的反驳中，这些实实在在的证据都成为伍尔夫不情不愿的被动行为，以昆汀传记中对伍尔夫性格的描述，如果她对这些活动毫无兴趣，并不需要假装关心和同情。马库斯所发现的伍尔夫积极参与的女权活动和政治活动，恰恰说明了伍尔夫本人的政治关切。

至于马库斯关于女性"滋养"的问题，作为文学批评家，马库斯通过文本的比较发现了伍尔夫受到她周围女性的影响，而昆汀却根本没有阅读过她的批评文本就将其斥之为想象的无稽之谈。他对作为作家的伍尔夫的文学文本只字不提，只凭借卷帙浩繁的文献资料中有利于自己的论述得出自己的"事实"。恰如马库斯所说，昆汀关心的只是作为精英家族成员的伍尔夫，而非女作家伍尔夫。伍尔夫的文献资料固然重要，但是完全脱离了她的文学文本仅仅将其作为一个普通的个体进行分析，显然是不能概括伍尔夫的生平和成就的。在这场争论中，不论是马库斯还是昆汀都不认为伍尔夫是马克思主义的实践者。马库斯只是借用马克思主义批评的方法赋予伍尔夫以政治性，昆汀则借助马克思主义者应有的实践行动来维护伍

---

[1] Beth Rigel Daugherty, "Feminist Approaches", in *Palgrave Advances in Virginia Woolf Studies*, ed. Anna Snaith, New York, NY: Palgrave Macmillan, 2007, p. 108.

尔夫的非政治性。马库斯虽然没有从根本上改变昆汀对伍尔夫非政治性的坚持，却使他松口承认伍尔夫是一位女权主义者，对于美国的伍尔夫批评家来说，这也是一个不小的胜利。正是在一批美国女权主义批评家的努力之下，伍尔夫作为女权主义先驱人物的形象才在英语世界的研究者心目中牢固地树立起来。在第三章第三节中，笔者将继续考察马库斯立足伍尔夫小说《海浪》所进行的阐释，分析她是如何赋予伍尔夫女性愤怒以合法性，并在伍尔夫的文学文本中发现其政治性的一面，回击昆汀关于伍尔夫的小说没有政治解读可能性的断言。

二 雌雄同体——"走向"与"遁入"：陶丽·莫伊对伊莱恩·肖瓦尔特的挑战

20世纪70—80年代是伍尔夫的女性主义研究全面展开的时代。如果说马库斯和昆汀的论战是继阿诺德和伍尔夫笔战之后的第二次激烈交锋的话，另一场在学界引发广泛争论的论战也在这一时期出现，而争论的焦点依然与伍尔夫的女性主义直接相关。伍尔夫的作品中时常出现关于雌雄同体的相关论述，在《一间自己的房间》中，伍尔夫更是直接提出了这一概念并对其进行了阐释：

> 在我们每一个人当中都有两种力量在统辖着，一种是男性的，一种是女性的；在男人的头脑里，男人胜过女人，在女人的头脑里，女人胜过男人。正常而又舒适的存在状态，就是在这二者共同和谐地生活、从精神上进行合作之时。……柯勒律治说，伟大的脑子是雌雄同体的，他这话大概就是这个意思。只有在这种融合产生之时，头脑才能变得充分肥沃，并且使用其所有的功能。……雌雄同体的脑子是能引起共鸣的、可渗透的，它能没有障碍地转达情感，它天生是具有创造性的、光辉绚丽的、未被分开的。①

在伍尔夫看来，莎士比亚的头脑就完美地实现了雌雄同体的结合，因而他的作品才得到了最为充分的发展。对女性作家来说，在自己的作品中有意识地用女性的口吻说话对这部作品而言是十分不利的，因为：

---

① [英]弗吉尼亚·伍尔夫:《自己的一间屋》，王义国译，引自《伍尔芙随笔全集》Ⅱ，中国社会科学出版社2001年版，第578—579页。

任何一个从事写作的人，若是想到自己的性别那就是毁灭性的。对于一个不折不扣的男人或者女人来说，它是毁灭性的：人必须是具有女子气的男人或者具有男子气的女性。一个女人如果最低限度地强调任何不满，如果甚至公正地以任何事业作为口实，如果以任何方式有意思地以女人的身份来说话，那么对她来说，这就是毁灭性的。所谓"毁灭性的"绝非比喻之辞，因为带着那种有意识的偏见而写出的任何东西都注定要死亡。它不再是得到了营养。尽管它可能有那么一两天显得才华横溢而且具有影响，有力而精巧，它却一定会在夜幕降临时枯萎，它不能够在别人的头脑中成长。在头脑中首先须有女人和男人的某种合作，然后创造的艺术才能得以完成。①

关于伍尔夫雌雄同体观的研究，卡罗琳·海尔布伦和南希·托平·贝津在20世纪70年代初就已经进行了较为深入的解析。在她们看来，伍尔夫这种雌雄同体的创作观对伍尔夫保持精神和创作上的平衡起到了至关重要的作用。然而1977年美国文学批评家伊莱恩·肖瓦尔特却对这样的观点提出了质疑。在她的著作《她们自己的文学：英国女小说家：从勃朗特到莱辛》中，伊莱恩·肖瓦尔特独辟一章"弗吉尼亚·伍尔夫：遁入双性同体"来批判伍尔夫的这一设想。海尔布伦1973年发表的《走向对雌雄同体的认识》一书中指出，伍尔夫所在的布鲁姆斯伯里集团的成员正是一批践行双性同体的生活方式之人，这群人"都令人称奇地具有爱的能力，在他们的世界里色欲是令人愉悦的情感，嫉妒和控制在他们的生活中则极其罕见"②。海尔布伦认为伍尔夫在这种环境的熏陶下非常自然地发展了她的天性中的两个方面（男性与女性），并创作出了伟大的作品。然而在肖瓦尔特看来，让男性和女性因素在一个头脑中达到平衡的状态只是一个极具吸引力的"乌托邦理想"③。这种双性同体的状态不仅缺乏热情和能量，也根本没有实践的可能性，因为伍尔夫本人就在生命的最后时刻

---

① [英]弗吉尼亚·伍尔夫：《自己的一间屋》，王义国译，引自《伍尔芙随笔全集》Ⅱ，中国社会科学出版社2001年版，第584—585页。

② Caroline Heilbrun, *Toward a Recognition of Androgyny*, New York: Harper & Row, 1973, p. 123.

③ 伊莱恩·肖瓦尔特：《她们自己的文学：英国女小说家：从勃朗特到莱辛》，韩敏中译，浙江大学出版社2012年版，第246页。

重步温切尔西伯爵夫人和纽卡斯尔公爵夫人的后尘。①不仅酿成了她个人生活的悲剧,也扼杀了自己的文学天赋。

在肖瓦尔特看来,伍尔夫在《一间自己的房间》中所构筑的女性空间"既是避难所也是牢房"②,女性透过这间房间的窗户注视着更为残酷的男性世界,同时将自己隔离在一个安全的领域内。然而这样的叙事方式直接导致了伍尔夫小说创作的失败。从20世纪初到70年代,伍尔夫成为英国女小说家们效仿的对象,但正如伍尔夫自己所坦承的杀死房中天使的必要性,肖瓦尔特认为对所谓的伍尔夫传奇去神秘化的行动也是非常重要的。因为"对20世纪中期的小说家来说,天使就是弗吉尼亚·伍尔夫"③。肖瓦尔特抓住了伍尔夫有关雌雄同体的论述作为还原伍尔夫"真相"的突破口。在她看来,伍尔夫一直在找寻一种能够使自己感觉到自在的性别身份,她将母系和父系遗传的女性与男性特征看作自己个性中的两个极端,而后来的传记家和批评家也延续了这一说法。

肖瓦尔特回顾了批评家对伍尔夫生平经历的种种看法,指出了这些将伍尔夫生命历程抽象化、神秘化、浪漫化的种种不妥之处,认为"把伍尔夫的自杀视为出于信念的美丽行为,或是迎向双性同体的哲学姿态,都是无视她作为人所感受到的痛苦和愤怒;把她的自杀看作是女性精神错乱的证据则是在她死后再次把她打入生前一直禁锢她的刻板模式"④。在肖瓦尔特看来,伍尔夫所谓的雌雄同体的和谐状态并没有真正实现过,伍尔夫的一生中一直在与女性所特有的内疚、亏欠的感情作斗争,并常常被这种情感所压倒。伦纳德所做出的不要孩子的决定剥夺了她成为母亲的资格,尽管批评家们一直在赞赏伦纳德对伍尔夫做出了多么大的牺牲,然而对伍尔夫本人来说"有很多情形中爱的名义可以篡夺一个女人对自己人生的责任,削弱她,并毁灭她"⑤。被剥夺了身为女人的功能,而又无法获取男

---

① 这两位夫人是伍尔夫在《一间自己的房间》第四章中所提到的17世纪两位从事写作的女性,因创作而被认为疯癫。
② 伊莱恩·肖瓦尔特:《她们自己的文学:英国女小说家:从勃朗特到莱辛》,韩敏中译,浙江大学出版社2012年版,第246页。
③ 伊莱恩·肖瓦尔特:《她们自己的文学:英国女小说家:从勃朗特到莱辛》,韩敏中译,浙江大学出版社2012年版,第247页。
④ 伊莱恩·肖瓦尔特:《她们自己的文学:英国女小说家:从勃朗特到莱辛》,韩敏中译,浙江大学出版社2012年版,第259页。
⑤ 伊莱恩·肖瓦尔特:《她们自己的文学:英国女小说家:从勃朗特到莱辛》,韩敏中译,浙江大学出版社2012年版,第260页。

性的力量（在发病期间总是接受静养治疗，被周围的人定义为柔弱、疲软、依赖成性），因此伍尔夫只能去寻求所谓平静的、雌雄同体的整体，而这个看似永恒的整体实际上是无法在现实中获取的。在肖瓦尔特的眼中，追寻雌雄同体的完美状态是伍尔夫对她所面临的生存困境的解答，而她试图抓住的这一永恒正是死亡本身。

  肖瓦尔特从伍尔夫的作品中发现了大量涉及女作家所遇到的困难和障碍的描述。布鲁斯伯里集团的确是一群人自由地探讨艺术的问题，然而与其他成员不同，伍尔夫并没有"思想和体验的自由""即便在表现女权主义冲突的时刻也在想着超越冲突。"肖瓦尔特认为"她对体验的向往事实上是想忘却经历"[①]并恢复平静。伍尔夫最著名的女权论著《一间自己的房间》在肖瓦尔特的眼中是一部非个人化的、处处设防的作品。书中前两章中的叙述者与所叙述的事件全都飘忽不定、难以捉摸，而当从第三章开始终于提到妇女与小说的问题时，却又开始用她那迷人的、优雅的风格来谈起双性同体这一令人难以抗拒的话题（乌托邦式幻想的魅力）。肖瓦尔特没有从《一间自己的房间》中解读出任何严肃的、具有现实意义的构想，在她看来，这部作品不过是"女性唯美主义文学史上的一个文献"[②]，并且无论是雌雄同体的美妙构想也好，还是私密的、上锁的房间也好，都隐藏着一个黑暗面，一个属于"流亡者和阉人的地带"[③]。肖瓦尔特眼中的伍尔夫所获取的女性经验，都是使女性变得脆弱敏感的负面情绪，而对女性经验如何使女性自身变得强大起来，伍尔夫却鲜有提及。于她而言，伍尔夫在《一间自己的房间》中鼓励女性"稍微从普通的会客室里逃脱出来，并且不总是以人与人之间的关系来观察人，而是以人与现实之间的关系来观察人"[④]时，是在倡导"一种战略性的撤退，而不是胜利；是否定情感，而不是把握控制情感"[⑤]。伍尔夫所倡导的那种超然而平静的雌

[①] 伊莱恩·肖瓦尔特：《她们自己的文学：英国女小说家：从勃朗特到莱辛》，韩敏中译，浙江大学出版社2012年版，第262页。
[②] 伊莱恩·肖瓦尔特：《她们自己的文学：英国女小说家：从勃朗特到莱辛》，韩敏中译，浙江大学出版社2012年版，第265页。
[③] 伊莱恩·肖瓦尔特：《她们自己的文学：英国女小说家：从勃朗特到莱辛》，韩敏中译，浙江大学出版社2012年版，第265页。
[④] [英]弗吉尼亚·伍尔夫：《自己的一间屋》，王义国译，引自《伍尔芙随笔全集》Ⅱ，中国社会科学出版社2001年版，第594页。
[⑤] 伊莱恩·肖瓦尔特：《她们自己的文学：英国女小说家：从勃朗特到莱辛》，韩敏中译，浙江大学出版社2012年版，第265页。

雄同体观,在肖瓦尔特看来仅仅是不得已而为之的撤退。

肖瓦尔特认为,与其说伍尔夫是在推荐雌雄同体观,不如说她是在警告女性作家不要卷入女权主义的洪流中去。因为伍尔夫在《一间自己的房间》中明确地表示:"一个女人如果最低限度地强调任何不满,如果甚至公正地以任何事业作为口实,如果以任何方式有意识地以女人的身份来说话,那么对她来说,这就是毁灭性的。"① 作为"女性批评学"这一重要理论学说的开创者,肖瓦尔特对挖掘被湮没的女性文学作品、整理女性自己的文学传统并建立自己的文学批评体系怀有诚挚的热情。而若要建立起一套颠覆父权制文化传统的女性文学批评,女性文学必然需要具备自己独特的女性特征。伍尔夫的雌雄同体观中强调模糊性别界限的做法无疑是肖瓦尔特"缝制女性被褥"道路上的阻碍。与简·马库斯相同,肖瓦尔特主张女性应该表达自己的愤怒和不满。不同的是,马库斯从伍尔夫的女权文本中发现了她隐藏的愤怒,而肖瓦尔特却发现了逃避。在肖瓦尔特看来,伍尔夫认为女性不应在作品中刻意强调自己的女性特征,说到底就是在"表述有阶级倾向和布鲁姆斯伯里导向的理想——政治和艺术分离,时髦的双性恋"②。同样的文本,同样的作家,在不同批评家的阐释中发生了巨大的意义变化。马库斯所极力强调的政治性在肖瓦尔特的解读中荡然无存,雌雄同体观于肖瓦尔特而言,是故意"使愤怒和抗议成为艺术中的缺陷",是伍尔夫"把自己的担忧合理化"③的表现。伍尔夫所追求的完美的写作状态却是肖瓦尔特眼中可悲的逃避,"那种能够忘记自己从哪里来的完美艺术家更是个可悲的而不是英勇的人物。同样,认为女人想写有关女人生存状况的愿望很危险、不正统、应该超越的观念来自怯懦,而非坚强"④。

伍尔夫本人的确努力地试图挣脱个性,逃脱那种自我表现欲的控制,肖瓦尔特承认这一点。但同时她遗憾地发现伍尔夫本人"从未接近过她称

---

① [英]弗吉尼亚·伍尔夫:《自己的一间屋》,王义国译,引自《伍尔芙随笔全集》Ⅱ,中国社会科学出版社2001年版,第584页。
② 伊莱恩·肖瓦尔特:《她们自己的文学:英国女小说家:从勃朗特到莱辛》,韩敏中译,浙江大学出版社2012年版,第268页。
③ 伊莱恩·肖瓦尔特:《她们自己的文学:英国女小说家:从勃朗特到莱辛》,韩敏中译,浙江大学出版社2012年版,第268—269页。
④ 伊莱恩·肖瓦尔特:《她们自己的文学:英国女小说家:从勃朗特到莱辛》,韩敏中译,浙江大学出版社2012年版,第270页。

为双性同体的那种平静的不偏不倚"①。在伍尔夫生命的最后阶段,她写下了《三枚旧金币》,这本书是连她的丈夫伦纳德也不喜欢的。《三枚旧金币》将男性读者排除在外,想要组建一个属于女性的"局外人"的协会,完全脱离了那种血腥、控制欲极强的父权统治。在肖瓦尔特看来,这种"局外人"的态度是她又一次寻求逃避,遁入无性的表征。更为遗憾的是,伍尔夫对于她想启迪的女性的日常生活基本一无所知,这种隔膜使那些女性从这一文本中只能看出伍尔夫的阶级傲慢和政治幼稚。这部不乏激愤和勇气的作品让人感到虚假、空洞、刺耳与歇斯底里。伍尔夫所构想的"局外人"的圈子只是伍尔夫自己所属小圈子的缩影。伍尔夫在《现代小说》中对生活所做的一个著名的定义:"生活是一圈光晕,一个始终包围着我们意识的半透明层。"② 在肖瓦尔特的阐释下也成了"又一个退缩回子宫和抑制的隐喻"③。

不仅是随笔作品,肖瓦尔特在伍尔夫的小说中同样发现了这一逃避的本质。《到灯塔去》中拉姆齐夫人的女性本质被伍尔夫提炼得纯而又纯,抽走了肉体性和愤怒,同时也被剥夺了行动的能力。这种不依附于肉体因而显得毫无生气的女性本质在肖瓦尔特看来只能与死亡联系在一起。因此伍尔夫为女性所构筑的一间属于自己的房间,最终会成为女性的一座坟墓。伍尔夫的雌雄同体观在肖瓦尔特看来是一个完全不具有现实意义的虚无缥缈的乌托邦理想。双性同体这一文学理论不仅对于其倡导者而言从未得以实现,对之后的女性写作也不具有任何可行的指导意义。

1985年,来自挪威的女权主义批评家陶丽·莫伊在其著作《性与文本的政治》绪论部分就对肖瓦尔特的看法提出了质疑。在"谁害怕弗吉尼亚·伍尔夫"④的标题下,莫伊猛烈批判了肖瓦尔特所持的统一自我观。在《她们自己的文学》中,肖瓦尔特对伍尔夫《一间自己的房间》

---

① 伊莱恩·肖瓦尔特:《她们自己的文学:英国女小说家:从勃朗特到莱辛》,韩敏中译,浙江大学出版社2012年版,第270页。
② [英] 弗吉尼亚·伍尔夫:《现代小说》,赵少伟译,引自《伍尔芙随笔全集》Ⅰ,中国社会科学出版社2001年版,第137页。
③ 伊莱恩·肖瓦尔特:《她们自己的文学:英国女小说家:从勃朗特到莱辛》,韩敏中译,浙江大学出版社2012年版,第275页。
④ [挪威] 陶丽·莫伊:《性与文本的政治:女权主义文学理论》,林建法、赵拓译,时代文艺出版社1992年版,第1页。

中建立起的不断变换的多重复合透视十分不满,① 这种躲躲闪闪的做法被肖瓦尔特看作是对真正的女权主义心态的否定,这种回避使伍尔夫无法创作出真正意义上的有责任感的女权主义作品。② 但在莫伊看来,肖瓦尔特在阅读伍尔夫《一间自己的房间》时表露出的不耐烦情绪,更多的是源于伍尔夫作品的形式和风格特征不符合肖瓦尔特的风格,而不是她在其中表达出的思想理念触怒了她。肖瓦尔特之所以带着赞许的感情引用了Q. D. 利维斯对《三枚旧金币》的批评,③ 也是因为利维斯夫人的观点恰恰迎合了肖瓦尔特对女性批评的期许。那么肖瓦尔特所认为的合格的女性批评应该是什么样的呢?莫伊给出了这样的答案:

> 她认为一个文本应该反映作者的经验,而且对这种经验读者感受得愈深切,这个文本就愈有价值。伍尔夫的论文没能将任何直接经验传递给读者,按肖瓦尔特的观点来看,这多半是因为伍尔夫作为一位上流社会的女性,是很缺乏必要的消极经验的,所以她还算不上一名优秀的女权主义作家。④

Q. D. 利维斯"残忍却又准确"⑤ 的评论得到了肖瓦尔特的赞同,是因为她清楚明白地论述了女性经验,而身处上层社会的伍尔夫却对这些实际问题一无所知。莫伊认为这恰恰反映了肖瓦尔特自身过强的政治倾向性,站在一般人所熟知的"批判现实主义或资产阶级现实主义的写作形式立场上"⑥,对伍尔夫的现代主义价值视而不见。在"弗吉尼亚·伍尔夫:遁入双性同体论"一章中,肖瓦尔特提到的唯一文艺理论大家是乔治·卢

---

① 伍尔夫在《一间自己的房间》中虚构的叙述者"我"不断变换着名字与身份,叫作玛丽·贝顿、玛丽·塞顿或是玛丽·卡迈尔,拒绝被固定在一个视角上。
② 参见陶丽·莫伊《性与文本的政治:女权主义文学理论》,林建法、赵拓译,时代文艺出版社1992年版,第4页。
③ Q. D. 利维斯的这篇文章即第一章详细讨论过的《全国的毛毛虫团结起来!》,刊登在1938年9月《细铎》第7卷上。
④ [挪威]陶丽·莫伊:《性与文本的政治:女权主义文学理论》,林建法、赵拓译,时代文艺出版社1992年版,第5页。
⑤ 伊莱恩·肖瓦尔特:《她们自己的文学:英国女小说家:从勃朗特到莱辛》,韩敏中译,浙江大学出版社2012年版,第274页。
⑥ [挪威]陶丽·莫伊:《性与文本的政治:女权主义文学理论》,林建法、赵拓译,时代文艺出版社1992年版,第6页。

卡契，在莫伊看来，这并非巧合。卢卡契认为"真正伟大的现实主义是胜过一切其他艺术形式的"①，而现代主义只不过是代表了一种主观主义、个人主义的残缺心理。卢卡契强调全面化的人道主义美学，认为"艺术只有通过强烈、执着地相信人道主义的价值观念，才能成为反法西斯的斗争中强有力的武器"②。虽然肖瓦尔特并不是无产阶级人道主义者，但在莫伊眼中，她属于秉承了自由个人主义传统的资产阶级人道主义的一分子，卢卡契的美学观显然对肖瓦尔特造成了影响。她和另一位批评家帕特里西亚·斯塔布斯（Patricia Stubbs）一道反对伍尔夫的创作倾向，是因为伍尔夫在创作的过程中总是习惯于把内容蕴含在混沌的主观意识感觉之中，"在具有现代主义'反动'本质的创作过程中发出危险的回音。"③肖瓦尔特在《她们自己的文学》一书中先是否定伍尔夫"消极"的雌雄同体观，接着又指责多丽丝·莱辛的后期作品用集体意识吞没女性自我，莫伊认为这正是因为两位女性作家用不同的方式摒弃了肖瓦尔特最为珍视的"完整统一的自我特征"，"激烈地撼动了统一自我观的基石"。然而这种自我观正是"西方男性人道主义的核心观点"④。肖瓦尔特的女权主义的基点就是男性主导的人道主义观点，而这一观念本身就不属于女性。

　　斯塔布斯批评伍尔夫，因为她的女性画像画得不真实，描绘女性，应该刻画出她们公共生活和私人生活的全貌；肖瓦尔特批评伍尔夫，则是由于伍尔夫的女性经验放大了女性生活中负面的情绪，没有展现出女性强大的一面。在莫伊看来，两者的批评所蕴含的观点是：好的女权主义作品应该表现出女性强大的、坚韧的真实形象，而读者也应该根据这一点对一部作品的优劣进行评定。伍尔夫的作品因为缺乏这份完整性所以遭到了肖瓦尔特的攻击。在法国女性主义批评熏陶下的陶丽·莫伊提出了与美国女性主义批评家截然不同的看法，像肖瓦尔特这样的女权主义者希望女性作家

---

① ［挪威］陶丽·莫伊：《性与文本的政治：女权主义文学理论》，林建法、赵拓译，时代文艺出版社1992年版，第6页。
② ［挪威］陶丽·莫伊：《性与文本的政治：女权主义文学理论》，林建法、赵拓译，时代文艺出版社1992年版，第8页。
③ ［挪威］陶丽·莫伊：《性与文本的政治：女权主义文学理论》，林建法、赵拓译，时代文艺出版社1992年版，第7页。
④ ［挪威］陶丽·莫伊：《性与文本的政治：女权主义文学理论》，林建法、赵拓译，时代文艺出版社1992年版，第9页。

表现的传统人道主义，在她看来"实际上仍是男性思想体系的一部分"①。法国女性主义批评家露丝·伊利加瑞和埃莱娜·西苏认为所谓完整统一的自我正是建立在"威力无比自给自足的男性生殖器模式上的男性自我"②，拥有着排斥矛盾冲突、维持自身完整性的绝对权力。对这个毋庸置疑的完整的"男性"自我，女性作家的跟随和认同只是一种消极的反射，而不是反映真实的女性情状。伍尔夫的女性主义思想在法国女性主义批评的观照下具有了新的意义，伍尔夫的政治性不再单纯地反映在马库斯所阐释的文本表层的"愤怒"上，而是深入文本叙述和文本结构的内部，从伍尔夫突破完整统一自我的叙述方式上发现她颠覆父权制社会的努力。

陶丽·莫伊对伍尔夫的论述并未止于对肖瓦尔特的批判，在对肖瓦尔特的整体透视观剖析之余，莫伊提出了"为女权主义政治而援救伍尔夫"③的主张。她认为卢卡契式的文学批评方式无法将20世纪最伟大的英国女作家的作品研究运用到女权主义上来，无论是20世纪30年代的Q. D. 利维斯还是70年代的肖瓦尔特，她们眼中的真实性与完整性都是父权制社会规约下的产物。要想走出这一迷雾，就需要一种不同的理论方法来"援救"伍尔夫，而这一理论方法正是由法国的哲学家和女性主义批评家提供的。伍尔夫在文学实践中所做出的努力，在莫伊看来打破了肖瓦尔特等人所希望的令人产生安全感的文学文本，在她的作品中找不到一种"坚定的判断世界的观察力"，然而伍尔夫却引领并践行了在20世纪80年代被称作"解构"的创作形式，"一种反对并揭露话语两重性（表里不一的本质）的写作形式"，并在自己的文本中揭示出语言的一条规律："语言是不愿被死死钉在一种潜在的基本意义上的"④。德里达的解构理论质疑了西方哲学传统中的逻各斯中心主义，在他看来语言是作为意义的无限迁延而构筑起来的，因而寻求一种基本的、绝对的、稳定的意义只是一种

---

① ［挪威］陶丽·莫伊：《性与文本的政治：女权主义文学理论》，林建法、赵拓译，时代文艺出版社1992年版，第10页。
② ［挪威］陶丽·莫伊：《性与文本的政治：女权主义文学理论》，林建法、赵拓译，时代文艺出版社1992年版，第10页。
③ ［挪威］陶丽·莫伊：《性与文本的政治：女权主义文学理论》，林建法、赵拓译，时代文艺出版社1992年版，第11页。
④ ［挪威］陶丽·莫伊：《性与文本的政治：女权主义文学理论》，林建法、赵拓译，时代文艺出版社1992年版，第12页。

形而上的一厢情愿。① 由于语言不可能建构出终极的、统一的意义，那么伍尔夫的小说以及她的《一间自己的房间》中视角的转换和变化就可以解读为一种"摒弃了突出强调男性思维体系的形而上学本质主义"②的努力；一种有意识地探究语言的游戏性和感觉性的尝试。不仅如此，作为弗洛伊德首批英译本作品的出版商，伍尔夫显然对弗洛伊德的理论有所耳闻。莫伊认为，她的文本实验不是单纯地想要实践一种非本质主义的写作形式，更揭示了自己对于人道主义观念本身（由男性所确立）的悲观态度。与弗洛伊德相同，伍尔夫也意识到了作为主体的人是一个复杂的实体，而在这一实体中意识活动仅占了很小的一部分。无意识和欲望常常左右着人类的意识思维和行动，因此人类所感知到的愿望和情感并不是从一个统一的自我中产生的。如果从这样的角度来重新阐释伍尔夫的作品的话，那么她的文本叙述技巧中被肖瓦尔特所指责的众多干扰之处就获得了新的意义。

此外法国的女权主义哲学家朱丽亚·克里斯蒂娃曾论证现代主义诗歌在创作过程中通过身体和无意识的节奏突破传统社会意义上的严格的理性防线，破坏了既定的象征语言，因而其本身就具有革命性。莫伊认为，伍尔夫在其作品中对理性化、逻辑化的写作形式的拒斥，对传统小说技术的违背正是一种突破象征语言的革命。③ 根据克里斯蒂娃对女性前俄狄浦斯情结的理论分析，莫伊将伍尔夫本人周期性发作的精神疾病与她的文本技巧和女权主义联系了起来。在她看来，伍尔夫力图冲破男性象征秩序的统治必然招致男性统治的压迫，因而伍尔夫只有在违抗和妥协之间痛苦地挣扎。她的小说《达洛卫夫人》中所涉及的塞普蒂莫斯和达洛卫夫人这两条平行发展的线索恰恰揭示了"侵犯无意识冲动的种种危险"和"主体藉以成功地保持其理智清醒所付出的代价"④。莫伊归纳了克里斯蒂娃女

---

① 参见 Pamela L. Caughie, "Postmodernist and Poststructuralist Approaches", in *Palgrave Advances in Virginia Woolf Studies*, ed. Anna Snaith, New York, NY: Palgrave Macmillan, 2007, pp. 146-147。

② ［挪威］陶丽·莫伊：《性与文本的政治：女权主义文学理论》，林建法、赵拓译，时代文艺出版社1992年版，第12页。

③ 参见［挪威］陶丽·莫伊《性与文本的政治：女权主义文学理论》，林建法、赵拓译，时代文艺出版社1992年版，第14—15页。

④ 参见［挪威］陶丽·莫伊《性与文本的政治：女权主义文学理论》，林建法、赵拓译，时代文艺出版社1992年版，第16页。

权斗争的三个阶段:

    1. 女人要求在象征秩序中享有平等权益。女权主义。平等。
    2. 女人以差别的名义摒弃男性象征秩序。激进女权主义。颂扬女性。
    3. 女人摒弃作为形而上学的男性和女性二分法。(此条是克里斯蒂娃自己的立场)①

在她看来,克里斯蒂娃的女权主义思想是在重复伍尔夫60年前所坚持的立场,在《三枚旧金币》中,伍尔夫已经非常清醒而超前地意识到自由女权和激进女权主义的危险性,开始为第三层次的女权主义立场辩护。伍尔夫具有重大意义的雌雄同体观,正是在解构男性和女性二元对立的立场,将社会要求其服从的性别特征的界定置之度外。在这样的语境下考察伍尔夫的双性同体的思想,莫伊得出了截然不同的结论:伍尔夫的双性同体观不是肖瓦尔特所谓的逃避固定性别特征的懦弱之举,而是在"识别那些特征的故弄玄虚的形而上学的本质。伍尔夫远不是因为害怕而逃避这些性别特征,恰恰相反她正是因为对它们的本来面目看得太清才摒弃了它们。她深知女权主义斗争的目标恰恰就是要解构男女性别间那种水火不容的二元对立"②。海尔布伦在其1973年出版的《走向对雌雄同体的认识》一书中试图区别双性同体和女权主义,以断定伍尔夫并非女权主义者。但莫伊则认同克里斯蒂娃的观点,认为伍尔夫解构性别特征的双性同体的理论才是"地地道道、货真价实的女权主义"③。

莫伊将德里达和克里斯蒂娃的理论结合在一起,作为伍尔夫女权主义研究的基点。在这样的理论观照下,不仅肖瓦尔特的逃避说成为莫伊批判的对象,马库斯对伍尔夫社会主义女权主义的激进解读也成为站不住脚的说法。在《以我们母亲的眼光来看》一文中,马库斯声称:"对弗吉尼亚·伍尔夫来说,写作是一种革命举止。她如此急切地脱离了英国男性文

---

    ① 参见[挪威]陶丽·莫伊《性与文本的政治:女权主义文学理论》,林建法、赵拓译,时代文艺出版社1992年版,第16页。
    ② [挪威]陶丽·莫伊:《性与文本的政治:女权主义文学理论》,林建法、赵拓译,时代文艺出版社1992年版,第18页。
    ③ [挪威]陶丽·莫伊:《性与文本的政治:女权主义文学理论》,林建法、赵拓译,时代文艺出版社1992年版,第18页。

化和资本主义、帝国主义的形式和价值观念,以致于她在写作时,自己的内心也充满了恐怖和决断。这位身着维多利亚旧裙子的游击队员在准备向敌人发起进攻袭击时,浑身吓得直抖。"① 莫伊认为马库斯所擅长的不过是摆出某些传记性的事实,来论证她关于伍尔夫写作的论点。但伍尔夫在写作时是否有颤抖的习惯并不重要,重要的是她到底写下了什么。马库斯运用传记材料的类推法是一次转向传记式批评的倒退,这种批评模式只是在 20 世纪 30 年代新批评时代在美国还没有到来之前才流行的。莫伊强调,她所提倡的是反人道主义的研究方法,是结合后结构主义理论对伍尔夫进行分析的。在这方面的研究中,她认为做得最好的是一位男性批评家派利·梅塞尔(Perry Meisel),梅塞尔 1980 年出版的专著《缺席的父亲:弗吉尼亚·伍尔夫与瓦尔特·佩特》洞悉了伍尔夫作品中的差异原则,这一原则使研究者不可能从伍尔夫的全部作品中选出一部最具代表性的、最伍尔夫式的作品。梅塞尔从伍尔夫的作品中发现了自我和作者之间中心偏离或位置错乱的话语,发现了一种打破正常说话参照系的话语,在伍尔夫的话语中坚持自我和作者的连贯性在梅塞尔看来无疑是痴人说梦。②

20 世纪 70—80 年代中期女权主义者对伍尔夫的研究在莫伊看来存在着自相矛盾之处。伍尔夫或是作为一位发展得不够充分的女权主义者而遭到英美女性主义批评家的拒绝(如肖瓦尔特),或是在排除掉她的小说作品(还包括那些从表面上看与女性主义并不直接相关的随笔作品)的前提下受到赞扬,但这种拒斥或赞扬是有条件、有选择地接受。于莫伊而言这一拒一迎恰恰反映了英美女性主义批评对"传统的男性学术统治的人道主义美学范畴是无意识地表示着认同"③。在这样的传统中,伍尔夫是否是一个女权主义者完全依赖于政治上、表面形式上的观察,而伍尔夫的文本内部所蕴含的颠覆性的力量,以及她的雌雄同体观中体现出的对同时代的女权斗争的超越都无法得到真正的理解。莫伊呼吁从后结构主义的角度出发,重新认识伍尔夫的文学创作观,对这位"当之无愧的进步的女权主

---

① 简·马库斯:《以我们母亲的眼光来看》,转引自陶丽·莫依《性与文本的政治:女权主义文学理论》,林建法、赵拓译,时代文艺出版社 1992 年版,第 21 页。

② 参见陶丽·莫伊《性与文本的政治:女权主义文学理论》,林建法、赵拓译,时代文艺出版社 1992 年版,第 23 页。

③ 参见陶丽·莫伊《性与文本的政治:女权主义文学理论》,林建法、赵拓译,时代文艺出版社 1992 年版,第 24 页。

义天才作家"① 做出公正的评判。

  这一时期英语世界的两次重要论争极大地促进了伍尔夫在英语世界形象的变化以及伍尔夫研究方法的转变。昆汀·贝尔和简·马库斯之间围绕着伍尔夫是不是一位马克思主义者的论战,重点并不在于确定伍尔夫归属于哪一个政治团体,而是在于论证伍尔夫其人其作是否具有政治性。马库斯将伍尔夫从之前远离政治的刻板印象中拯救出来,并将其在女权主义文论中所表达的愤怒阐释为一种合理合法的表达女性意见的途径,切断了男性对愤怒的独断的话语权,将伍尔夫塑造成为一位"愤怒女神"。马库斯影响了20世纪后期一大批女性主义批评家,伍尔夫作为女权主义代表人物的地位也在她们的推动下得以确立。肖瓦尔特和陶丽·莫伊之间有关雌雄同体的争论使法国女性主义批评和后结构主义的批评方法介入到了伍尔夫研究的领域,对伍尔夫女权主义批评的解读一改英美经验主义批评注重社会政治历史与文本结合的特点,开始从文本结构内部发现伍尔夫作品的革命性与颠覆性。莫伊所倡导的借助法国批评理论的阐释模式来解构伍尔夫文本的做法,在之后英语世界的伍尔夫研究中得到了广泛的认可和应用。

---

  ① 参见陶丽·莫伊《性与文本的政治:女权主义文学理论》,林建法、赵拓译,时代文艺出版社1992年版,第24页。

第三章

20世纪90年代至今英语世界的伍尔夫研究

时间推移至20世纪末，中国的伍尔夫研究在70年代末期重新展开之后，历经十余年的发展终于初成规模。90年代国内的伍尔夫研究开始关注女性主义的议题，并开始尝试运用西方的理论话语，从叙事角度、话语模式、双性同体等视角考察伍尔夫的作品。2000年至今的伍尔夫研究在女性主义方面取得了长足的发展，同时从跨学科的角度和比较文学的立场出发的研究也日益增加。随着一些国外参考资料引入，中国的伍尔夫研究在今日展现出较为多元的视角和较富原创性的眼光，[①] 但仍存在着一些问题。

当文献研究已经深刻地改变了英语世界伍尔夫研究发展的面貌时，国内伍尔夫研究者还局限于80年代就已经展开研究的几部意识流小说，少数尝试运用西方理论来研究伍尔夫的论文也存在着囫囵吞枣和人云亦云的状况。尽管新时期中国的伍尔夫译介是从她的随笔起步，且在世纪之交就出现了较为完整的伍尔夫随笔的译本，但至今依然没有研究者对伍尔夫的非小说类作品进行系统的研究。90年代展开的伍尔夫日记和书信的译介在21世纪依然止步于单薄的选本。一些传记作品的出现也没有改变国内对伍尔夫纯净、柔弱的天使形象的固定认知。伍尔夫被带入林黛玉式的人物设定中，在中国研究者的心目中成了"美艳明敏"（徐志摩语）而又遗世独立的女神般的人物，这样的认知并不是个别的现象。在今日国内的研究中，伍尔夫并没有从其意识流小说家的单一身份中完全走出，展现出立体的面貌。

---

① 参见高奋《新中国六十年伍尔夫小说研究之考察与分析》，《浙江大学学报》2011年第5期，第89—90页。

在世纪之交的中国,伍尔夫与女性主义之间已经建立了牢不可破的联系,随着西方女性主义批评理论逐渐进入中国学界的视野,伍尔夫的女性主义思想与理论成为越来越多的中国学者研究的对象,伍尔夫的女性创作观也滋养了一批新兴的女性作家。由于国内大部分研究者采用了横向移植的方式引进伍尔夫的女性主义理论,并未对伍尔夫女性主义思想在英语世界的演变过程进行考察,因而在众多的评论文章中,我们看到的大部分是一边倒的溢美之词,有些文章中还留下了生硬套用理论的痕迹,对伍尔夫女性主义思想冷静、客观的批判性思考则较为缺乏。

与中国集中于女性主义研究的趋势不同,90 年代至今英语世界的伍尔夫研究呈现出更加多元的发展态势。一方面作为女性主义研究的"缪斯",从女性主义批评的视角审视伍尔夫及其作品依然是主流的趋势,但与 70—80 年代不同的是,伍尔夫的女性主义开始集中地与女同性恋研究联系起来,伍尔夫与她周围来往密切的女性之间超乎正常友谊的关系成为研究者关注的热点;另一方面伍尔夫研究呈现出"千面"发展的态势,传统的伍尔夫研究领域依然充满生机,后现代、后结构主义理论视域下的伍尔夫研究也取得了长足的发展。在大众文化兴起的浪潮下,伍尔夫走出了象牙塔,成为文化批评关注的对象。伍尔夫与时尚、城市、大众空间、商品经济之间的关系得到了更多的关注,伍尔夫与大众文化之间的联系也变得越来越紧密。在这一时期,关于伍尔夫的传记研究依然在如火如荼的展开,更多手稿文献的问世为传记写作的突破提供了大量可资参照的一手资料。一些研究者开始专注于扩充伍尔夫研究的电子资源和网络资源,为更广泛的读者群了解伍尔夫的作品提供便利。本章将首先介绍 90 年代以来英语世界伍尔夫研究在文献资料挖掘、散文随笔与短篇小说分析等方面取得的成果,接着将英语世界在该阶段所关注的热点问题分为六个部分进行解读,借助英语世界的研究成果展现伍尔夫研究在后现代与后结构、文化研究、现代主义研究、后殖民批评、地理分析与新历史主义研究、女同性恋批评领域取得的成就。力图为国内的伍尔夫研究提供更多可供切入的角度和更加丰富的材料。

第一节 文献资料的发掘与研究焦点的转移

20 世纪 90 年代伍尔夫更多未发表的文献涌现出来,为伍尔夫研究的发展提供了新的材料。1990年，米切尔·李斯卡整理出版了《热忱的学徒：1897—1909年的早期日记》，补充了五卷本的伍尔夫日记所缺失的部分。接着一系列的手写稿相继问世：1992年，S.P.罗森鲍姆（S. P. Rosenbaum）发表了《妇女与小说》，向世人展示了《一间自己的房间》的最初版本；1993年，斯图尔特·尼尔森·克拉克（Stuart Nelson Clarke）编辑出版了《〈奥兰多〉：最初的手稿》；1994年，艾莉森·司各特（Alison M. Scott）发表了《"诱人的片段"：弗吉尼亚·伍尔夫〈奥兰多〉的校稿》一文，补充了伍尔夫未发表的小说片段。1997年，海伦·伍索（Helen M. Wussow）编辑出版了《时时刻刻》，展示了大英博物馆中《达洛卫夫人》手稿的全貌。1998年，著名的伍尔夫文献研究专家爱德华·毕晓普（Edward L. Bishop）则向公众展示了伍尔夫《雅各布的房间》的手稿本。这一时期研究者对霍加斯出版社的兴趣依然不减，1992年，J. H. 威利斯（J. H. Willis）发表了《作为出版商的伦纳德和弗吉尼亚·伍尔夫：霍加斯出版社1917—1941》一书，使伍尔夫的作品开始以新的形式进行展现。1997年，马克·赫希（Mark Hussey）将伍尔夫所有出版过的作品，包括她的日记、书信、一系列未发表的手写稿和打印稿，伍尔夫在BBC的演讲《技艺》的录音以及赫希自己1995年所写的著作《弗吉尼亚·伍尔夫A-Z》全部刻录在光盘上，实现了伍尔夫研究中一次技术的革新，推进了伍尔夫作品的传播。时间推移至21世纪，网络资源以迅猛的态势发展，伍尔夫的许多文献资料也拥有了网络的版本：斯图尔特·克拉克的《弗吉尼亚·伍尔夫与布鲁姆斯伯里：参考文献》就提供了网络资源，赫希和西尔弗等学者正在探索如何运用网络资源，通过不同的电子形式使更多人掌握有关伍尔夫的文献资料。[①] 同时新的文献也在不断被发现，2003年6月14日，约翰·埃扎德在《卫报》撰文宣布发现了弗吉尼亚·伍尔夫一个早期的笔记本，该笔记共有60页，时间跨度从1909年2月到11月。7月15日，笔记本中的内容以《卡莱尔的房子和其他素描》为名由大卫·布拉德肖（David Bradshaw）编辑出版，女作家多丽斯·莱辛为其撰写前言。

90年代以来，英语世界的批评家所关注的作品也发生了变化。早期研究中，伍尔夫20年代的作品得到了最多的关注，《雅各布的房间》《达洛卫夫人》和《到灯塔去》都是研究者聚焦的中心；70年代后伍尔夫的晚期作品《岁月》《三枚旧金币》《幕间》更受瞩目；90年代后伍尔夫小

[①] 参见Anna Snaith, *Palgrave Advances in Virginia Woolf Studies*, New York, NY: Palgrave Macmillan, 2007, pp. 126-127。

说作品研究占据主导地位的现象开始有所松动,对伍尔夫的随笔和短篇小说的研究在这一时期较为集中地出现,伍尔夫作为一位文学批评家、报刊作家和文学史家的地位在这一时期逐渐确立起来。1995年贝斯·卡罗尔·罗森伯格(Beth Carole Rosenberg)出版了《弗吉尼亚·伍尔夫与塞缪尔·约翰逊:普通读者》一书,并开始尝试着探究伍尔夫与其他作家之间的关系。利拉·布洛斯南(Leila Brosnan)1997年的著作《阅读弗吉尼亚·伍尔夫的随笔与报刊写作》,是英语世界第一部伍尔夫随笔总体研究的专著。该作将伍尔夫报刊写作的源头追溯至伍尔夫幼年时期在家庭中创办的"海德公园门新闻",布洛斯南认为报刊写作中存在的种种约束成为伍尔夫突破局限、寻求更为自由灵活的批评方式的契机,而这样的写作也使伍尔夫成为一位极富个人色彩的随笔作家。贝斯·卡罗尔·罗森伯格和珍妮·杜比诺(Jeanne Dubino)1997年编辑出版的《弗吉尼亚·伍尔夫与随笔》是英语世界第一部专门研究伍尔夫随笔的论文集,该集分为"伍尔夫与历史""伍尔夫与文学史""伍尔夫与阅读""伍尔夫与文类""随笔与女性主义"五个部分,收录了伍尔夫散文研究的重要论文。

2000年埃琳娜·瓜尔蒂耶里(Elena Gualtieri)的作品《弗吉尼亚·伍尔夫的随笔:往事素描》深入分析了伍尔夫随笔写作的特征及其成因,将伍尔夫的两卷本《普通读者》看作伍尔夫试图修复现代作家与读者之间分离关系的努力。瓜尔蒂耶里认为伍尔夫随笔写作的特征是"虚构与分析的混合"。这一特征的产生是基于伍尔夫对父亲莱斯利·斯蒂芬代表的男性分析式的、缺乏想象成分的写作模式的对抗。[1] 2012年,兰迪·贝斯·萨洛曼(Randi Beth Saloman)发表了专著《弗吉尼亚·伍尔夫的随笔主义》,萨洛曼认为近20年来兴起的伍尔夫随笔研究通常着力于从两个方面来考察她的作品,或是将伍尔夫的随笔写作看作性别与写作两难困境的表现,抑或是完善自己独特的小说创作的练笔。在萨洛曼看来,这样的认识都不能涵盖伍尔夫全部散文作品的特征。[2] 在这部作品中,作者首先对比了伍尔夫的随笔《街头漫步》和小说《达洛卫夫人》之间在表现手

---

[1] Elena Gualtieri, *Virginia Woolf's Essays: Sketching the Past*, Houndmills and London: Macmillan Press Ltd., 2000, 转引自张友燕《弗吉尼亚·伍尔夫随笔国外研究综述》,《南京师范大学文学院学报》2017年第2期,第119页。

[2] 参见 Randi Beth Saloman, *Virginia Woolf's Essayism*, Edinburgh: Edinburgh University Press, 2012, p. 6。

法上的差异，随即将注意力转向对伍尔夫两卷本《普通读者》中作者、读者、批评家之间交叠身份的考察。书中的第三章对《一间自己的房间》和《三枚旧金币》这两部作品进行了分析，萨洛曼认为，这两部作品表面上是在讨论女性解放和战争的话题，但实际上它们首先关注的是文学与形式，以及文学生涯自身的问题，这两部引发论辩的作品本身并不是想要在政治性的层面上争论出对错。文中第四部分则从伍尔夫的小说作品入手，探究伍尔夫如何在这些小说中运用随笔的技巧。最后一部分萨洛曼将目光移向伍尔夫曾构想过的随笔—小说的新形式（《帕吉特家族》），分析伍尔夫这种新型构想所具有的重要意义。

除了这些对伍尔夫的随笔进行总体研究的著作和论文集之外，还有两部对伍尔夫的部分随笔作品进行研究的专著在 2009 年问世：罗伯塔·鲁本斯坦（Roberta Rubenstein）的《弗吉尼亚·伍尔夫的俄国观点》和凯特琳娜·科特森托尼（Katerina Koutsantoni）的《弗吉尼亚伍尔夫的〈普通读者〉》。伍尔夫曾在随笔作品中屡次提到俄国小说创作中对"灵魂"的关注以及俄国小说家的特别与伟大之处，鲁本斯坦的作品探讨了俄国小说家陀思妥耶夫斯基、契诃夫、托尔斯泰等人对伍尔夫小说理论与创作所产生的深远影响。科特森托尼则重新解读了常被研究者提及的伍尔夫随笔中的非个性化写作，在她看来，伍尔夫《普通读者》中的非个性化写作非但没有掩盖作者的个性，反而帮助作者抒发自我并成功地构建了作者与读者的对话。[①]

英语世界伍尔夫短篇小说研究起步于 80 年代后期，1985 年苏珊·迪克将伍尔夫创作的全部短篇小说汇集出版，1989 年迪恩·鲍德温（Dean Baldwin）出版了首部短篇小说研究的专著《弗吉尼亚·伍尔夫短篇小说研究》，作为一本入门读物，鲍德温对伍尔夫的短篇小说进行了概述，他在作品中称伍尔夫作为短篇小说家的声誉尚未在英语世界建立起来。15年后，凯瑟琳·本泽尔（Katherine Benzel）和露丝·霍伯曼（Ruth Hoberman）共同主编的论文集《跨越疆界：弗吉尼亚·伍尔夫的短篇小说》问世，在这部论文集中，既有对伍尔夫短篇小说长期被评论界忽视的思考（贝丝·多赫梯），也有对伍尔夫短篇小说中的性别、阶级、同性恋欲望的考察。妮娜·斯格贝克（Nena Skrbic）2004 年的著作《自由肆意奔涌：

---

① 参见张友燕《弗吉尼亚·伍尔夫随笔国外研究综述》，《南京师范大学文学院学报》2017年第 2 期。

阅读弗吉尼亚·伍尔夫的短篇小说》则探讨了伍尔夫短篇小说的创作观,分析了爱伦·坡、乔伊斯、契诃夫、陀思妥耶夫斯基等人对伍尔夫创作的影响。2010年希瑟·利维(Heather Levy)在其著作《弗吉尼亚·伍尔夫短篇小说中欲望的仆人》中,将伍尔夫的短篇小说创作划分为5个时期:1917年之前、1917—1921年、1922—1926年、1929—1941年、僧舍遗稿,并分析了在不同时期内伍尔夫的短篇小说中对劳动妇女的描绘所呈现出的不同特征。英语世界对伍尔夫的随笔和短篇小说研究起步较晚,但在近30年内取得了很大推进。学者们从主题、形式、后殖民等角度出发,对伍尔夫的作品进行了较为深入的阐发。值得注意的是,虽然伍尔夫的大部分作品和逐渐涌现出的手稿文献等都得到了学界的关注,伍尔夫的传记体小说《弗拉希》却依然是一个较冷门的研究对象。

第二节　英语世界关注的热点问题(一)

一　后现代与后结构理论观照下的伍尔夫

1991年,帕梅拉·考依在其重要著作《弗吉尼亚·伍尔夫与后现代主义》的开篇这样写道:"1985年12月左右,弗吉尼亚·伍尔夫批评改变了。"1985年,陶丽·莫伊发表了《性与文本的政治》一书,首次明确地申明了法国女性主义理论与英美女性主义批评之间的对立。莫伊在她的著作中将目光转向伍尔夫的语言内部的政治性,而不再寻求伍尔夫语言中所表达的政治观点。考依认为从这时起,后现代和后结构的理论就开始改变英语世界阅读伍尔夫的方式,那些"刺激我们阅读的疑问,指引我们分析的目标和我们放置其作品的背景"[1] 都发生了变化。

考依对后结构主义和后现代主义进行了定义,她认为不同于结构主义"括起"(bracket)社会实践而专注于系统本身的运作,后结构主义者们关注的"不再是意义的问题而是生产的力量"[2],罗兰·巴特就将作品与消费,文本与生产联系起来。后结构主义者最爱使用的"话语"

---

[1] Pamela L. Caughie, "Postmodernist and Poststructuralist Approaches", in *Palgrave Advances in Virginia Woolf Studies*, ed. Anna Snaith, New York, NY: Palgrave Macmillan, 2007, p.143.

[2] Pamela L. Caughie, "Postmodernist and Poststructuralist Approaches", in *Palgrave Advances in Virginia Woolf Studies*, ed. Anna Snaith, New York, NY: Palgrave Macmillan, 2007, p.147.

(discourse)一词"蕴涵着权力关系,将权力与知识、制度和惩罚结合起来"①。后结构主义者不再提出"这是什么意思?"的疑问,而是考虑"它在一个制造意义的系统中是如何运行的"问题。② 因此后结构主义的理论不再以揭示意义或真理为己任,而是以指出阅读者所认为的源头或原因不过是特定的社会历史、物质环境和组织机构影响下的产物。至于缺乏明确定义的后现代主义的概念,考依认为在文学研究中,这一名词可以作为一个阶段的概念,用来定义现代主义(大致从19世纪90年代到20世纪40年代)之后的一段时期;也可以看作一种写作模式,它保留了现代主义的一些特质(如实验性、反讽、自我反思),同时扬弃了现代主义的其他方面(艺术家自主性的概念、相信个体的主体性、对大众文化的假意反抗)。③ 考依指出后现代主义一个重要的特点就是"美与真(理)的概念变得无关紧要——或者说,它们被认为是强加的价值观念,而不是文本自身的特质"④。20世纪30年代霍尔特比在第一部伍尔夫批评专著中反复强调的美与真理的判定标准,在90年代已经不再成为通行的标准,美与真自身的客观性遭到了前所未有的质疑。在这样的语境下,考依宣称伍尔夫研究发生了转向无疑是有一定道理的。

考依的《弗吉尼亚·伍尔夫与后现代主义》将后结构主义和后现代主义的理论引入伍尔夫研究,在这部作品中的每一章中,考依都提出伍尔夫批评中的一个特定的问题,并以伍尔夫的几部作品(或关于她的研究资料)为蓝本,阐释后结构主义关于语言的理论和后现代主义关于叙述的理论如何使我们摆脱习惯的思维模式重新审视伍尔夫的作品。不过考依并不像斯皮瓦克那样利用后结构主义的理论来进行文本细读,而是想要向读者展示怎样在后结构主义的观照下用不同的方式来阅读文本。书中的第一章指出,当我们将真实性、自主性、永久性和独特性作为我们评价艺术作品

---

① Pamela L. Caughie, "Postmodernist and Poststructuralist Approaches", in *Palgrave Advances in Virginia Woolf Studies*, ed. Anna Snaith, New York, NY: Palgrave Macmillan, 2007, p. 148.

② Pamela L. Caughie, "Postmodernist and Poststructuralist Approaches", in *Palgrave Advances in Virginia Woolf Studies*, ed. Anna Snaith, New York, NY: Palgrave Macmillan, 2007, p. 148.

③ 参见 Pamela L. Caughie, "Postmodernist and Poststructuralist Approaches", in *Palgrave Advances in Virginia Woolf Studies*, ed. Anna Snaith, New York, NY: Palgrave Macmillan, 2007, p. 154。

④ Pamela L. Caughie, "Postmodernist and Poststructuralist Approaches", in *Palgrave Advances in Virginia Woolf Studies*, ed. Anna Snaith, New York, NY: Palgrave Macmillan, 2007, p. 156.

的标准时，我们会将一部碎片化的、矛盾的或是模仿性的小说视为一种失败的尝试或是对生活本身混乱和平庸的准确反映，但是在后现代主义的理论视域下，像伍尔夫的《幕间》（曾被认为反映了伍尔夫的怀疑和困境）这样的作品就获得了新的阐释可能。《幕间》中的停顿、中断和反复出现的陈词滥调本身成为一种结构原则，这些结构是一部小说逻辑性的产物，它们将错误、不确定性、挫折和不连贯性作为文学阅读和写作的基本元素。因而读者从伍尔夫小说中特别的表现技巧中发现的不再是她关于艺术、父权制或是性别的观点，在她不断变换的文本策略中，研究者可以发现她关于理论、政治和美学的暗示。

值得注意的是，在《弗吉尼亚·伍尔夫与后现代主义》的第五章，考依在重新审视审美价值的问题时，选择了学术界最为忽视同时也是评价最低的小说《弗拉希》。伍尔夫在这部小说中从伊丽莎白·巴莱特·勃朗宁的宠物狗弗拉希的视角出发，用轻松诙谐的语调讲述了它的主人勃朗宁夫人的生平经历。这部小说在英国和美国都成了畅销书，然而在研究界，这部传记小说向来被看作是一种商业投资而非严肃的艺术作品。后现代主义对严肃与商业、高雅艺术与大众文化之间泾渭分明的界限提出了质疑，从后现代艺术的角度重读《弗拉希》这部小说，高雅与低俗、经典与边缘、严肃与欺骗这种势不两立的价值判断便不再具有绝对的权威。《弗拉希》可以被看作是被经典化的经济遗弃的产物，是伍尔夫的现代主义经典作品中的弃儿。这部小说恰恰展示了审美价值（被认为是本质的、固有的）和经济价值（由交换价值决定的）之间互相依赖的关系，更进一步来说，读物、文本、经典从来都不是纯粹的，他们永远是不同的价值体系的产物。作为一个废弃品，《弗拉希》向我们揭露了承载一种经典化经济（canonical economy）的所谓纯粹、声誉和共识不过是一种幻觉。[1]

梅基科·米诺—平克尼1987年发表的作品《弗吉尼亚·伍尔夫与主体问题》首度将伍尔夫研究放置在后结构主义的理论视域中进行全面的考察。文中大量吸收了拉康、克里斯蒂娃、西苏及其他法国女性主义者的观念，强调差异原则在伍尔夫的美学创新和女性主义信念中占据的重要位置。1999年，米歇尔·巴雷特在其著作《理论中的想象：文化、书写、

---

[1] 参见 Pamela L. Caughie, "Postmodernist and Poststructuralist Approaches", in *Palgrave Advances in Virginia Woolf Studies*, ed. Anna Snaith, New York, NY: Palgrave Macmillan, 2007, p. 159。

词语和事物》中指出，从后结构主义的角度阅读伍尔夫的作品，我们会发现对伍尔夫来说女性主义的问题植根于一种无意识的层面而不是在社会习俗中产生的。同时伍尔夫作品中的很多方面也指向了一种后结构主义的阅读方式，这表现在伍尔夫对单一性假设和无矛盾性身份的质疑，以及她对多重的、分裂的意识的探索。在"弗吉尼亚·伍尔夫遇见米歇尔·福柯"一章中，巴雷特分析了福柯对理性与疯癫史的划分是如何帮助批评家们阐释伍尔夫的疯癫问题，这两位作家都对"文字、语言、说了什么和什么能够被言说抱有极大的兴趣"①，但巴雷特特别指出，伍尔夫仍然存在着神秘的一面，因为伍尔夫仍旧相信启蒙时期那些关于自由、真理和梦想的价值观，后结构主义中的某些理论可以用来阐释伍尔夫的作品，但伍尔夫本人并不是一个后结构主义者。米诺—平克尼和巴雷特都提倡用后结构主义的方法来阐释伍尔夫的作品，她们认为这样的理论能更好地阐释伍尔夫的女性主义信念、不断变换的叙事策略以及她作品中的政治意蕴。

2015年莫妮卡·莱瑟姆从伍尔夫的小说《达洛卫夫人》入手，讨论了对这部小说的改写所蕴含的后现代与新现代诗学理论。在《后现代主义与新现代主义诗学——重写〈达洛卫夫人〉》的前言中，莱瑟姆表示：如今学术界对伍尔夫的研究已经不仅仅局限在她的作品之内，而是延续到伍尔夫对当代作家的辐射和影响之上。莱瑟姆援引西尔弗在《偶像弗吉尼亚·伍尔夫》中的说法，当代社会对弗吉尼亚·伍尔夫的扩散和表现"已经使作者转变为一位强大的、富有竞争力的文化偶像，她的名字、脸庞和权威在有关她的艺术、政治、性别、性向、阶级、'经典'、时尚、女性主义、种族和愤怒的持续争论中被认可或否定"②。伍尔夫已然成为极具竞争力的文化偶像，她本人亦拥有了坚实的声誉。她的作品和思想已经影响了一批作家或模拟，或戏仿，在自己的作品中或明或暗地沿用她的写作方式和技巧。莱瑟姆认为，改写从根本上说是"后现代诗学的一个重要组成部分"③，她在这本书中所列举和分析的诸多对伍尔夫《达洛卫夫人》的改写，都是对伍尔夫所代表的传统的继承、挑战或对话。伍尔夫在

---

① Michèle Barrett, *Imagination in Theory: Culture, Writing, Words, and Things*, New York Square, NY: New York University Press, 1999, p. 187.
② Brenda Silver, *Virginia Woolf*, Chicago and London: The University of Chicago Press, 1999, p. 3.
③ Monica Latham, *A Poetics of Postmodernism and Neomodernism—Rewriting Mrs Dalloway*, London: Palgrave Macmillan, 2015, p. 2.

《一间自己的房间》中表达了传统是延续的观点，伍尔夫最负盛名的继承者之一珍妮特·温特森在《守望灯塔》中就继承了她的思想。①

如果新的文本只是建立在旧的、循环使用的材料基础上，怎样才能获得原创性呢？艺术家的创作不就没有增添任何新的文化价值了吗？后现代的改写被认为是对前人的重复和模仿，不具有新的价值，莱瑟姆在书中反驳了这样悲观的观点。她认为改写是对过去的"更新、重述和重新解释"②，是具有自己独特的价值的。这种重写也证明了《达洛卫夫人》本身在西方文学经典行列所占有的确定无疑的位置。莱瑟姆在这本书中把伍尔夫的遗产继承者们划分为后现代与新现代两个阵营：后现代的继承人和伍尔夫的文本之间形成了一种幽默的嬉戏关系，而新现代主义的后代们则继续更新伍尔夫的遗产，接过了现代主义创新的接力棒。不同于后现代主义者将作品建立在对现代主义修辞的回收利用上，新现代主义者重访了现代主义者的文化源头、创新规则、实验、创造力和艺术成就。③ 在书中第二章与第三章中，莱瑟姆通过对《达洛卫夫人》的改写作品的分析，发现其对源文本的复制、模仿、转换和移位，并由此廓清后现代主义特殊的诗学旨归。在第四、五章中，莱瑟姆则分析了新现代主义的改写中日益增加的作者自主性以及改写本与范本之间日渐松散的联结关系。她指出新现代主义的作品利用了现代主义的审美方式和形式策略，并对其进行了重新加工，运用这些经过改良的方法来描绘当代社会的关注点。按照莱瑟姆的观点，后现代主义的文本采取了对源文本进行戏仿的策略，而新现代主义的文本则重拾现代主义的技巧，并对其进行改良，这种改写的文本更注重的是技巧的传承而非文本表层的形似。

二 伍尔夫批评中的文化研究转向

西方理论的更迭在不断催生新的理论的同时，也在不断质疑原有理论的缺陷和适用性。写作了《弗吉尼亚·伍尔夫与后现代主义》的考依也表示，现在没人会称自己是结构主义批评家，认为自己是一个后结构主义

---

① 伍尔夫在《一间自己的房间》中称"书籍是延续的，尽管我们习惯于分开来评判它们"，温特森则在《守望灯塔》中表示："一些书会和其他的书讲话，它们之间总是保持着对话。"

② Monica Latham, *A Poetics of Postmodernism and Neomodernism—Rewriting Mrs Dalloway*, London: Palgrave Macmillan, 2015, p. 2.

③ 参见 Monica Latham, *A Poetics of Postmodernism and Neomodernism—Rewriting Mrs Dalloway*, London: Palgrave Macmillan, 2015, pp. 6-8。

者、解构主义者或是后现代主义者也逐渐成为过时之举。① 当今英语世界的学者更加热衷于文化研究、性别研究等领域,而后现代和后结构主义惯常使用的术语和思辨模式则为这些新兴的研究领域奠定了基础。对传统话语边界的质疑使文学研究与大众文化之间的界限日渐模糊,英语世界的伍尔夫研究也在这种理论转型的过程中衍生出了新的研究领域。布伦达·西尔弗、詹妮弗·威克、简·加里蒂等研究者就把目光转向了伍尔夫在流行与大众文化中占据的位置。威克1994年发表的论文《达洛卫夫人到市场去:伍尔夫,凯恩斯与现代市场》超越了对克拉丽莎购物这一单一行为的关注,转而去分析作为一种"圈内人消费实验"的现代主义和布鲁姆斯伯里的"市场"②。加里蒂的文章《向"文明人"出售文化:布鲁姆斯伯里、英国〈时尚〉杂志与民族认同的营销》,通过阐释《时尚》杂志上的伍尔夫形象,不仅分析了大众文化与高雅文化之间的关系,也阐释了作为"大众市场现象"③的布鲁姆斯伯里集团和民族认同形成之间的内在联系。

1999年,西尔弗发表了《偶像弗吉尼亚·伍尔夫》一书,详细考察了伍尔夫形象在学术界和流行文化中不断扩散的过程与表征。西尔弗坚持将伍尔夫的文本放置在她的声誉的背景之下进行解读,这种背景在伍尔夫研究中经常被忽略或否认,然而却一直渗透在每个研究者和读者的意识中。西尔弗认为爱德华·阿尔比1962年的剧作《谁害怕弗吉尼亚·伍尔夫?》,特别是1966年由伊丽莎白·泰勒和理查德·伯顿领衔主演的同名电影使伍尔夫的名字家喻户晓。④ 至此难懂的现代主义文本和对女性主义的恐惧开始和这个短语"谁害怕……"联系了起来,而伍尔夫也因之获得了一个独立于她的学术地位或文学声誉之外的形象。⑤ 在昆汀·贝尔

---

① 参见 Pamela L. Caughie, "Postmodernist and Poststructuralist Approaches", in *Palgrave Advances in Virginia Woolf Studies*, ed. Anna Snaith, New York, NY: Palgrave Macmillan, 2007, p. 164。

② Jennifer Wicke, "Mrs. Dalloway Goes to Market: Woolf, Keynes, and Modern Markets", *Novel: A Forum on Fiction*, 28 (1994), p. 6。

③ Jane Garrity, "Selling Culture to the 'Civilized': Bloomsbury, British *Vogue*, and the Marketing of National Identity", *Modernism/Modernity*, 6 (1999), p. 29。

④ *Who is Afraid of Virginia Woolf?* 这部电影在中国大陆被译为《灵欲春宵》,该影片获得了第39届奥斯卡金像奖的13项提名,并斩获五项大奖。不过这部剧作和电影除题目之外,与伍尔夫的生平和作品毫无关系。

⑤ 参见 Brenda R. Silver, *Virginia Woolf Icon*, Chicago and London: The University of Chicago Press, 1999, p. 9。

1972年的传记出现前的十年内,读者们,尤其是北美的读者,在听到伍尔夫的名字时总是会联想到阿尔比剧本的题目。

凯瑟琳·辛普森2008年出版的著作《弗吉尼亚·伍尔夫作品中的礼物、市场和欲望经济》以伍尔夫的随笔为第一章的突破口,认为伍尔夫在随笔中关注了市场的作用和影响,并讨论了父权制文化中关于女性经验、机会、个性和艺术完整性的政治,[1] 这些内容都是至关重要的。伍尔夫的《街头漫步:一次伦敦冒险》《一间自己的房间》和《三枚旧金币》以及她的一些短篇随笔《牛津街的潮流》《评论》《空袭时对和平的断想》等,都被用来阐释作为一位女性作家的伍尔夫与商业社会的谈判。《评论》中伍尔夫提出保持书评者和批评家之间的区别,在辛普森看来,这正是一种解决她本人关于文学与市场之间两难困境的尝试。尽管伍尔夫在随笔作品中流露出对资本主义价值观念和活动的抵制,但在她的文章中也充溢着消费文化所带来的令人兴奋的感官刺激,她笔下的购物行为是一种自由的、令人鼓舞的,甚至是性别颠覆性的体验。[2] 书中后三章辛普森以伍尔夫的长篇小说和若干篇短篇小说为研究对象,探究了礼物经济和商品文化作为实现女性同性恋欲望的途径。艾丽萨·卡尔(Alissa G. Karl)2009年的作品《现代主义与市场》一书,则以伍尔夫的小说《远航》和《达洛卫夫人》中体现的消费主义和帝国主义欲望为研究对象,改变了研究者通常所认为的现代主义艺术家与大众市场和通俗文化之间对立关系的看法。同年R. S. 考本(R. S. Koppen)的《弗吉尼亚·伍尔夫,时尚与文学现代性》则通过新颖的视角考察了伍尔夫对时尚与现代性的把握,为伍尔夫与现代主义研究提供了新的切入点。考本在其著作中探索了现代主义文学中表现服饰和裁剪时尚的文本所具有的重要意义,将服饰、时尚、现代物质主义等方面与伍尔夫研究结合起来。

三 现代主义研究的重新崛起

根据简·戈德曼的梳理,关于伍尔夫的现代主义和形式主义研究在20世纪70—80年代迅速发展起来,与此同时,在现代主义研究中也孕育

---

[1] 参见 Kathryn Simpson, *Gifts, Markets and Economies of Desire in Virginia Woolf*, London: Palgrave Macmillan, 2009, p. 13。

[2] 参见 Kathryn Simpson, *Gifts, Markets and Economies of Desire in Virginia Woolf*, London: Palgrave Macmillan, 2009, p. 15。

着后现代主义的萌芽。1980年斯皮瓦克就对伍尔夫的《到灯塔去》进行了解构主义分析;1985年陶丽·莫伊的著作《性与文本的政治》引入法国女性主义理论批评,极大地推动了伍尔夫的后现代主义研究。90年代以来,后现代主义研究一直呈现着蓬勃发展的态势。近年来,随着西方现代主义文学研究的再次复兴,有关伍尔夫及其作品的现代主义研究重新成为热门话题。与前期的现代主义研究主要关注文学创作的形式、技巧不同,当今的现代主义研究更囊括了科技、战争、女性研究等多个方面的内容。

关于伍尔夫与现代性和科技之间的关系成为这一时期研究者感兴趣的话题,2000年,帕梅拉·考依编辑出版了论文集《机械复制时代的弗吉尼亚·伍尔夫》,2001年迈克尔·惠特沃斯发表的专著《爱因斯坦的觉醒:相对论、隐喻与现代主义文学》,霍利·亨利(Holly Henry)2003年的作品《弗吉尼亚·伍尔夫与科学话语》,都从科技的角度来重新考察伍尔夫的作品与生平。[1] 2004年,罗伊斯·库库鲁(Lois Cucullu)在其著作《专家现代主义者,弑母与现代文化:伍尔夫,福斯特,乔伊斯》中指出,技术革新推动了大众文化和大众消费的形成,作为作家和出版商的伍尔夫不仅敏锐地意识到新技术的优越性,且巧妙地运用这些技术为自己服务。戈登2006年发表的作品《文学现代主义、生物科学与20世纪早期英国社会》,考察了伍尔夫作品中蕴含的生物科学、医学与心理学写作。戈登在书中运用了其丰富的文学批评和文化研究的知识,结合一些后结构主义者的理论向读者证实了文学与生物科学之间的合作对深入理解现代主义时期的集体与民族前景的重要性。2015年秋季和2016年冬季的《弗吉尼亚·伍尔夫杂集》也推出了现代机器时代的伍尔夫研究专号。

2012年艾莉森·皮斯发表了《现代主义、女性主义与厌倦的文化》一书,皮斯将厌倦(无聊)塑造为一种批评类别,认为这是一种针对女性生活种种约束的反抗方式,指出这种批评在现代小说中是以一种确凿无疑的性别的方式体现出来的。她解释了厌倦的意义,改变如何重塑了我们对现代叙事技巧的理解,也考察了女性主义者试图把女性定义为独立个体的努力,以及男性现代主义者对女性性征的关注。皮斯在序言中给出了自己对厌倦的定义:"厌倦就是无力找到兴趣和意义……厌倦这个词有时可

---

[1] 参见 Jane Goldman, *The Cambridge Introduction to Virginia Woolf*, Shanghai: Shanghai Foreign Language Education Press, 2008, p. 135。

以和一些其他描述心灵、精神、道德、心理状态的词互换，它表现为个体在获得真实性、生产力和欲望时存在的困难——所有这些品质都是个体成功所需要的。"① 在皮斯看来，女性主义的现代文本面临的厌倦问题是源自处身于由男性决定的个人主义的环境中。厌倦不仅在女性生活经验中充当历时的描述符号，也反映了女性在获得主体性时没有先前的定义而造成的困境。（女性想要获得主体性，却没有任何可以参照的标准，因为之前的个人主义的标准是男性制定的。）皮斯在这本书中，分析了阿诺德·本内特、梅·辛克莱、多罗茜·理查森和弗吉尼亚·伍尔夫的作品，指出厌倦都出现在他们的叙述中，然而却没有得到满意的解决。

在书中第五章，皮斯探讨了伍尔夫的小说《远航》中的厌倦和个人主义，她认为《远航》探讨的是一位女性能否在习俗和父权制社会中成为自主的个体，通过小说中的女主人公雷切尔的失败尝试，伍尔夫给出了响亮的否定回答。② 在这部小说问世之时，批评家将其称作令人困惑的小说，徒留一头雾水的读者猜测这部小说想要表达的意义。小说中的雷切尔是沉默的、模糊的，更像是缺席的而非在场的人物，正是这部作品让皮斯看到了厌倦在文学表达中的运用。她将这部小说中的厌倦看作多层次的叠加，在一个层面上，伍尔夫抗议女性在男性模式的社会中获取意义的困难，通过展现厌倦，通常是幽默性的厌倦，作为这种对抗的副作用；在另一个层面上，伍尔夫则把厌倦展示为一种不确定的情绪，它消解了所有的兴趣和可能性，并使深陷其中的时间成为空虚的、打着哈欠的区域。这种形式的厌倦使所有创造意义的可能性都被消解，人类的行为因而变得无关紧要。③

皮斯从伍尔夫早期的日记中发现了对厌倦的各种记载，可见伍尔夫本人对于这种感受并不陌生。伍尔夫将厌倦和其持续时间更长的形式——抑郁，定义为"她的时代被窒息的年轻女性的病症"④。1905年她的日记中

---

① Allison Pease, *Modernism, Feminism, and the Culture of Boredom*, Cambridge: Cambridge University Press, 2012, p. vii.
② 参见 Allison Pease, *Modernism, Feminism, and the Culture of Boredom*, Cambridge: Cambridge University Press, 2012, p. 100。
③ 参见 Allison Pease, *Modernism, Feminism, and the Culture of Boredom*, Cambridge: Cambridge University Press, 2012, p. 101。
④ 参见 Allison Pease, *Modernism, Feminism, and the Culture of Boredom*, Cambridge: Cambridge University Press, 2012, p. 102。

对姐姐瓦妮莎的好友玛杰里·斯诺登低落情状的描述,她的回忆录《爱德华时代的女士》中对她儿时好友苏珊·格罗夫娜的女性沉默生活的强化,都表明了伍尔夫对这种情绪的关注。正如格罗夫娜所言,年轻女性想要反抗的是强加给她们的闲散,这种强迫的闲散是一种世代的折磨,它被伍尔夫和她的同代人所注observed并反抗。显然这种强迫的闲散隐含着一种奖励闲散的社会制度,无聊被视为一种内部状态,是从内部被强加的。

如果厌倦是对欲望的渴求,那雷切尔自我实现的诉求就是克服厌倦、了解自我欲望的诉求。在小说中,雷切尔的表达常常是不完整的、是欲言又止的,她无法表达自己的欲望,因为在她生活的社会系统中,她没有作为个体而存在的条件。她的欲望只能是无法言说的,但是她的无法言说还有一个原因(更重要的原因):"这些欲望有些令人心酸地未被雷切尔自己探索过、察觉到。"① 皮斯观察到伍尔夫的作品中总有一些这样的女性,她不得不和男性社交,并鼓励他们谈话,由于对他们说了什么并不感兴趣,她只得坐在那里试图想一些其他的事情。对 20 世纪初期的女性来说,了解自己的欲望是与作为一个女性所受到的训练相悖的,她们被塑造成自我牺牲、默默奉献、不出风头的形象,这是与欲望毫不相干的品质,女性在那个时期表达自己的偏好是会受到惩罚的。皮斯展示了伍尔夫 1903 年 7 月 15 日的日记,在一段题目为"关于社交成功的思考"② 中,伍尔夫记录了在社交场合她所感到的奇怪和心不在焉,一种身为局外人的感受。皮斯认为正是因为她们意识到了自己的欲望所以才感到厌倦,然而当时的女性同时感到有必要否定这种欲望来获得社交的成功。20 世纪早期文学作品中对这种厌倦的、百无聊赖的女性形象的展现,揭示了女性意识到这种欲望缺失的集体觉醒。

在皮斯看来,通过描绘雷切尔这个人物,伍尔夫概括出了年轻女性与社会异化的经历,这种异化既源于社会也源于自身:欲望和愤怒被压制,只有空虚的感觉留了下来。皮斯引用了伍尔夫《远航》的早期版本《美林布罗希亚》与正式出版的版本进行比较,对同一个情节——海伦鼓励雷切尔追寻自身主体性的桥段,未发表的版本《美林布罗希亚》中,雷切

---

① Allison Pease, *Modernism, Feminism, and the Culture of Boredom*, Cambridge: Cambridge University Press, 2012, p. 104.

② Allison Pease, *Modernism, Feminism, and the Culture of Boredom*, Cambridge: Cambridge University Press, 2012, p. 108.

尔的追问是严肃的："我能做我自己而不顾你、不顾达洛卫、不顾威廉、不顾我父亲和达尔文的感受吗？"海伦回答道："你可以，但你不见得会想要这样。"然而在 1915 年正式发表的版本中，雷切尔面对海伦的鼓励，却陷入了对自己个体性的空想，伍尔夫用这种夸张的方式描绘的幻想，证明了这种追寻本身缺乏真实性，只是错误的幻想。雷切尔提出的问题是结结巴巴的："我可以做，做，我，我自己，而不顾你们的感受吗？"海伦严肃地说："谁都不用考虑。"① 雷切尔无法完整地言说自己，而且对这种鼓励提出质疑，雷切尔的幻想和疑问看上去像一个悲伤的喜剧，而海伦沉重的回答则暗示了这种对自我的追寻终将以死亡告终。②

　　女性无法获得自身的主体性是这部小说中无聊与愤怒最根本的原因。当理查德·达洛卫问雷切尔她的兴趣和职业是什么时，雷切尔目瞪口呆，简单地答道："你看，我不过是个女人。"③ 言下之意做女人是与拥有兴趣和职业互相冲突的。海伦想知道雷切尔一个人的时候做些什么，却发现她坐在房间里什么也没有做。雷切尔的无聊，和她那无法用语言表达的音乐一道，使她成了一个无足轻重的人。这种无足轻重的女性，正是世纪之交时一个典型的类别，在黑韦特的想象中，女性就是这样斜倚着沙发，盯着天花板无事可做的。而在这一时期的绘画中，也总是有一些神经衰弱的女性两眼空洞地望向虚空。皮斯认为伍尔夫通过《远航》揭示了关于个人主义争论的谬误，雷切尔不能成为独立的个体，是因为她没有被训练成为这样的主体。个体性只存在于那些主要是由受过教育的男性组成的特权集团。

　　通过《美林布罗希亚》和《远航》的对比，皮斯发现伍尔夫对其小说初稿进行的修改表明了她对自己直言相告的自我审查，这种审查也许是当时的女性作家共同的特点。她们删掉自己作品中坦率的部分，使整部小说在行动的层面上什么都没有真正发生，只有一些零星迸发出的、修饰过的愤怒暗示了其他地方发生的重大破坏。"这个无聊的文本用其本身被压

---

① Allison Pease, *Modernism, Feminism, and the Culture of Boredom*, Cambridge: Cambridge University Press, 2012, p. 110.
② 皮斯在这部作品中大量使用了伍尔夫的日记和手稿，这得益于 20 世纪 70 年代后伍尔夫文献研究的兴起，这些丰富的资料推动了伍尔夫研究的深入和多样化，这种材料优势也是国内的伍尔夫研究所不具备的。
③ [英] 弗吉尼亚·吴尔夫：《远航》，黄宜思译，人民文学出版社 2003 年版，第 81 页。

抑的形式确立了自己的无聊和厌倦。"[1] 皮斯强调女性无聊状态的特殊性,她指出自现代主义者开始表达女性无聊、厌倦的 50 年后,这种问题依然存在。即使今日,女性获得了她们认为自己缺失的政治地位和个体性后,她们还是感到无聊。作者在书中时常引用海德格尔的哲学来探讨女性探寻并获得自身主体性,摆脱被抑制的无聊状态的问题。皮斯也注意到了这样的问题:当这些旧的无聊的原因解除后,新的无聊又会找上门来。如果说 20 世纪初伍尔夫笔下的女性是因为不了解自己的欲望而感到空虚无聊,现在欲望被了解地越来越充分,空虚和厌倦却依然存在。所以仅仅将男权社会的压制作为女性厌倦的根源,片面强调女性经验的特殊性也有其局限性的一面。皮斯将现代主义与女性问题结合起来进行考察时,显然受到了女性主义批评的影响。从她的研究中我们能够看出伍尔夫的女性主义批评大量引证文献材料的特点,同时她的阐释也暴露了女性主义批评(主要是英美女性主义批评)将女性问题的根源归结为表面的父权社会压制所存在的不足。

第三节 英语世界关注的热点问题(二)

将伍尔夫放置在文学历史和后殖民语境中进行考察,也成为这一时期研究的特点之一。《伍尔夫研究年鉴》推出了伍尔夫与文学历史研究的两期专刊(第9卷、第10卷)。一些重要的著作也在不断出现:艾伦·特伦普(Ellen Tremper)1998 年的作品《"谁住在爱尔福克斯顿?":弗吉尼亚·伍尔夫与英国浪漫主义》致力于研究伍尔夫与浪漫主义之间的纠葛;朱丽叶·狄森伯莉(Juliet Dusinberre)1997 年的著作《弗吉尼亚·伍尔夫的文艺复兴:女性读者还是普通读者?》关注伊丽莎白时代对伍尔夫的影响;[2] 2003 年卡迪—基恩的《弗吉尼亚·伍尔夫,知识分子与公共空间》考察了在伍尔夫当时所处的公共空间中知识分子、高雅之士等词所蕴含的真正意义。在后殖民理论兴起的热潮下,将伍尔夫放置在帝国的背景下来考察,研究伍尔夫如何通过性别、种族、阶级和国家的视角审视英国

---

[1] Allison Pease, *Modernism, Feminism, and the Culture of Boredom*, Cambridge: Cambridge University Press, 2012, p. 112.

[2] 参见 Jane Goldman, *The Cambridge Introduction to Virginia Woolf*, Shanghai: Shanghai Foreign Language Education Press, 2008, p. 135。

殖民主义及其帝国遗产也是这一时期研究者最感兴趣的话题。本节将从后殖民研究、新历史主义研究、女同性恋研究的角度展现伍尔夫研究的新成果。

一 帝国批判与后殖民的呼唤

后殖民理论在 20 世纪 90 年代建立了自己在学术界的地位，伍尔夫的作品中关于帝国和殖民的叙述也引发了一批伍尔夫研究者的关注。英国殖民主义及其帝国遗产和现代主义文化生产的交叉扩展了伍尔夫研究的领域，学者们开始考察伍尔夫是如何通过性别、种族、阶级和民族的视角展现殖民与帝国的问题。后殖民研究将伍尔夫的作品放置在 20 世纪初的历史语境中，将其文本作为帝国主义衰退、法西斯兴起、消费资本主义发展的见证，证明这种种社会情形的出现是如何替代了殖民经济并带来了女性角色和权力的转变。同时后殖民研究也力邀读者去探索众多的审美维度与这一复杂的社会环境之间的关系，为当代读者和伍尔夫所处的历史瞬间提供了一条批评的桥梁。这一研究展现了伍尔夫对当时的社会制度所持的复杂的批评态度，揭示了她对殖民统治严加批判的同时，又因种种局限性而深陷其中，并对某些臭名昭著的行为一无所知的矛盾。英国的殖民主义和现代主义文学中遗留下来的帝国主义遗产交织在一起的状况引起了研究者的兴趣，他们纷纷将目光投向伍尔夫的作品，关注伍尔夫在自己的作品中是如何表达这种特殊状况下的性别、种族、阶级和民族关系。[1]

曾经引领了 20 世纪 80 年代美国伍尔夫研究的专家简·马库斯在 90 年代继续大放异彩。1992 年，马库斯发表了著名论文《大英帝国统治下的〈海浪〉》，《海浪》这部历来被批评家认定为最"纯粹"的诗性小说，在马库斯的解读中迸发了新意。这篇论文和 1994 年凯西·菲利普斯（Kathy J. Phillips）的著作《弗吉尼亚·伍尔夫反抗帝国》一道，确立了伍尔夫研究中以帝国和种族为核心的新的研究增长点。

简·马库斯在《大英帝国统治下的〈海浪〉》的开篇就指明了自己对小说《海浪》的看法："《海浪》是一部关于帝国沉睡记忆的故事。用库切（Coetzee）的术语来说，伍尔夫将她这部实验性的反传统小说设置在'涨落的交错的时间'之中，明确地在表达人类创造生命史的文本中

---

[1] 参见 Anna Snaith, *Palgrave Advances in Virginia Woolf Studies*, New York, NY: Palgrave Macmillan, 2007, p. 210。

重复了'升起、跌落再升起'的意象。"①《海浪》中每一部分开头用斜体字印刷的序曲,在马库斯看来采取的是印度教面向太阳祷告的仪式,这一形式被称作"加亚特里纳"(Gayatri),②标志着一天之内的进程。《海浪》的序曲代表东方,正文叙述代表西方,所以《海浪》就是对大英帝国衰落的描述。帝国的历史被划分成章节,被命名为"××的上升","××的落下"。她认为《海浪》探索了歌颂英雄的方式,运用的是伊顿/剑桥精英们生产民族史诗和挽歌的文化叙述方式。伍尔夫在《海浪》中所运用的诗性语言和实验性结构是反帝国主义、反正统经典的、激进的政治诉求的载体。③而权威解读中将《海浪》作为一个诗性文本来看待,把伍尔夫视作代表文雅的英国文化上层阶级名流的看法,于马库斯而言则是一种流传甚广的误读。

马库斯认为读者们在五十多年来都把珀西瓦尔和伯纳德看作英雄和诗人,却没有意识到伍尔夫对这些人物的法西斯特征的预言。《海浪》引用雪莱不是为了赞扬他,而是为了埋葬他。伍尔夫在后殖民时代初期就把她关于英国的东方主义的文本注入雪莱的东方主义,揭露英国人对自我和自我定义的浪漫追求中隐含的种族与性别问题,展现他们对种族和性别他者的排斥。在她看来,伍尔夫运用雪莱的诗歌,特别是他的《印度女郎之歌》,正是为了创造一种与西方女性相疏离的话语,《海浪》中罗达英勇的死亡则类似印度寡妇的殉死之举。④罗达悲惨的自杀通过映射雪莱笔下印度少女的举动而具有了政治性,罗达的沉默也唤起了人们对印度女性沉默的回想(在马库斯看来,这与葛兰西和斯皮瓦克的"属下阶层"有着某种联系)。雪莱在诗歌中对殉死这一举动的浪漫化是英国殖民统治下骑士精神的回响,殖民统治宣称要将印度妇女从野蛮的制度中拯救出来,而这不过是一种父权制的统治代替了另一种父权制的压迫而已。⑤

---

① Jane Marcus, "Britannia Rules *The Waves*", *Virginia Woolf: Critical Assessments*, Vol. 4, ed. Eleanor McNees, Sussex: Helm Information Ltd., 1994, pp. 75-76.
② Gayatri 由 gaya 和 trayate 两个字组成,gaya 的字义是"歌、赞颂词、能量",trayate 的字义是"解脱、救赎、保护",Gayatri 是《吠陀经》中最古老的真言之一。
③ 参见 Jane Marcus, "Britannia Rules *The Waves*", *Virginia Woolf: Critical Assessments*, Vol. 4, ed. Eleanor McNees, Sussex: Helm Information Ltd., 1994, p. 76.
④ 参见 Jane Marcus, "Britannia Rules *The Waves*", *Virginia Woolf: Critical Assessments*, Vol. 4, ed. Eleanor McNees, Sussex: Helm Information Ltd., 1994, p. 76.
⑤ 参见 Jane Marcus, "Britannia Rules *The Waves*", *Virginia Woolf: Critical Assessments*, Vol. 4, ed. Eleanor McNees, Sussex: Helm Information Ltd., 1994, p. 77。

《海浪》被左翼的批评家所拒绝,在马库斯看来,这恰恰反映了他们笨拙的性别与阶级偏见。从利维斯到威廉姆斯的英国左翼批评家秉承着家长式统治的父权制思想,他们无法忍受一部马克思主义小说不是现实主义作家所写出的,也不能接受一部反帝国主义的小说不是由男性书写。在这些男性批评家的误导之下,伍尔夫的这部作品没有被目标读者所阅读,它被误认为是难以理解的,或者仅仅为了精英所写的,所以除了形式主义者和哲学术语的爱好者之外,《海浪》被贬谪于不被阅读的状态。并且这种认识成为一种文化迫力,使伍尔夫丧失了其他肤色和工人阶级的读者。左翼批评家为了使读者继承他们的道德和政治遗产而操纵读者们去阅读劳伦斯和奥威尔的作品,而拒斥伍尔夫的激进作品。[1]

在这样的表述中,我们清楚地看到了马库斯运用后殖民主义的理论来扩大伍尔夫读者群的努力。马库斯告诫我们,读者阅读谁的作品,并不真的代表读者自己的意愿,而是被批评家操控的结果。那些代表了正统男性社会价值观的批评家们一再贬斥伍尔夫的作品,将其归为小众的范畴,使读者在阅读之前就对她的作品产生了一定的抵触情绪,而伍尔夫的作品本身就具有独特性,所以更加验证了批评家的说法,导致读者寥寥。

一些非常机敏的批评家无法接受伍尔夫对与她自己如此相似的伯纳德的讽刺,在马库斯看来,他们忽视了伍尔夫的文本中对爱国主义和帝国主义的反对,因为这与他们基于伍尔夫的性别和阶级而赋予她的应有的政治观相违背。对一位社会主义女性主义的批评家而言,解读《海浪》在很大程度上就成为了一个消极的负担,尽管在《海浪》的文本中含有对法西斯、战争、帝国主义兴起的描述。但在 20 世纪 30 年代,《海浪》依然是逆历史潮流而动的产物。如今,能够对伍尔夫的这一文本进行全新的解读,要得益于激进的文化转向,随着文化研究的合法化和女性主义、马克思主义、修正的东方主义这些方法论的结合,以及对一些现代主义者文本中后现代特征的认识,这样的转变才得以成为可能。马库斯认为自己是在援救伍尔夫的文本,打破利维斯之流所灌输的关于伍尔夫的神秘形象。利维斯们创造了一个代表了精英阶层和即将消亡的旧式文化的伍尔夫形象,

---

[1] 参见 Jane Marcus, "Britannia Rules *The Waves*", *Virginia Woolf: Critical Assessments*, Vol. 4, ed. Eleanor McNees, Sussex: Helm Information Ltd., 1994, p. 77。

并把她塑造成一个不懈反抗民主社会的保守派。[1]

马库斯对30—40年代的批评家仅仅因伍尔夫的阶级成分就将其定义为"淑女"（lady）的做法感到愤慨，这些人通过坚称伍尔夫无力与工人阶级结成同盟，从而拒绝了女性主义在现代主义和英国左翼批评中的基础地位。这一做法剥夺了社会主义女性作为批评模范和开创者的权利，阻止了性别和种族插入这种主要以阶级为中心的对抗叙述。也就是说，通过强调阶级不同，这些批评者巧妙地回避了性别和种族的问题。伍尔夫的确与广大劳动女性不属于同一个阶级，但是她们同为女性的这一最大的共同点却被忽视了。

马库斯认为在这种批评理念的影响下，其他的文化叙述也是围绕着这种主导的淑女叙述展开的：昆汀·贝尔的传记建立在伍尔夫自杀的基础上，制造出一个疯女人和受害者的版本；女性主义者则把伍尔夫塑造成受虐儿童中的幸存者。在马库斯看来，左翼批评家对劳伦斯的英雄化和对伍尔夫的妖魔化都是有问题的。伍尔夫在她的小说中，残酷地将帝国主义和父权制联系起来，例如，《三枚旧金币》中就坚称法西斯的源头存在于父权制家庭，而不是意大利或德国的民族主义，这在当时激起了左翼批评家的愤慨，尽管伍尔夫的这种说法在20世纪70年代得到一些女性主义者的辩护，但显然英国左翼的批评家并不承认《三枚旧金币》中的政治性。

在后殖民主义的理论体系中，文本到底意味着什么已不再是最重要的问题，研究者们最关注的是制造意义的系统是如何运作的。因而阅读活动被认为是与权威和权力密切相关的。对一部作品的解读不再是为了揭示意义或真理，而是为了指出这样一个事实：我们所认为的源头或原因不过是特定历史、物质、权力和组织机构影响下的产物。在谈到自己重新阐释《海浪》的目的时，马库斯称自己并不认为对《海浪》的政治性阅读是对丢失了的原文本的恢复，而是《海浪》本身就为读者提供了摆脱其所代表的文化遗产的策略。伍尔夫所创造出的这个人物伯纳德[2]就是文学霸权

---

[1] 参见 Jane Marcus, "Britannia Rules *The Waves*", *Virginia Woolf: Critical Assessments*, Vol. 4, ed. Eleanor McNees, Sussex: Helm Information Ltd., 1994, p. 78.

[2] 马库斯认为伯纳德是对作者身份的一种戏仿，他的语言是对英国文学主体的一种后现代谐仿。伯纳德的原型是戴斯蒙德·麦卡锡，他认为不存在所谓"伟大"的女性艺术家。伍尔夫曾就这一观点与他争论，但麦卡锡始终不曾动摇他的看法。

的代表,他需要其他人的眼睛去读懂他,用其他人的自我,他们的生活和自身来装扮他的故事。《海浪》中的园丁和当地人都是无声的,他们是伯纳德想象性的西方之眼下的图像。五十多年来我们认为这部文本是没有政治意义的,这也反映了我们是站在谁的立场上在审视这个文本。《海浪》这一文本不仅仅可以从一个希腊文明或传统继承者的角度去解读,也可以以一个野蛮人或局外人的身份来阐释。马库斯宣称《海浪》这本20世纪30年代的小说意在关注种族、阶级、殖民主义和经典本身的文化政治。因此《海浪》可以被称作《等待野蛮人》,"因为它从情感上唤起了白种人对殖民、阶级压迫的恐惧与内疚,这个民族梦想像'白羊'一样被他们的野蛮敌人用长矛袭击"①。而要想对该文本进行后殖民式的阅读,一个人必须乐意读出其中的戏剧性和反讽性,甚至对它确立起的作者已死保持轻松的态度。

从后殖民主义的角度剖析伍尔夫的《海浪》,马库斯从中发现了英国文化原始的帝国叙事的需求。伯纳德和他的朋友们崇拜珀西瓦尔,而珀西瓦尔正是"大英帝国主义者的最后一个暴力象征"②。他在印度的生活和死亡成为他们一代人的传奇。珀西瓦尔代表了他们的历史,而伯纳德作为一个作家,通过他的挽歌确保了有关珀西瓦尔在印度的传奇能够被现代英国所铭记。所以,马库斯反对种种认为《海浪》与历史无关,纯属抽象的纯文学作品的说法。她坚称《海浪》记录了一个非常明确的历史时刻——"后殖民的狂欢","通过对珀西瓦尔唐吉诃德般地骑着红色斑点的母马和他摔下驴子的叙述,来反射大英帝国荣光的衰落,上层阶级对知识分子的焦虑,他们对来自臣服者的反抗的原始恐惧,他们在与大众和上层社会联系时的苦恼,这些人用鲜血和污垢威胁了他们白人的秩序"③。《海浪》中珀西瓦尔由骑马到骑驴的转变则预示了逐渐衰落的英国殖民地的滑稽结局。在马库斯看来,《海浪》蕴含着英国的殖民主义意识形态和其背后的浪漫主义文学,伍尔夫对雪莱的误引、对浪漫主义诗歌的挪用都使其更能在后殖民的语境中得到充分地阐释,而不是像现代主义那样,通

---

① Jane Marcus, "Britannia Rules *The Waves*", *Virginia Woolf*: *Critical Assessments*, Vol. 4, ed. Eleanor McNees, Sussex: Helm Information Ltd., 1994, p. 80.
② Jane Marcus, "Britannia Rules *The Waves*", *Virginia Woolf*: *Critical Assessments*, Vol. 4, ed. Eleanor McNees, Sussex: Helm Information Ltd., 1994, p. 82.
③ Jane Marcus, "Britannia Rules *The Waves*", *Virginia Woolf*: *Critical Assessments*, Vol. 4, ed. Eleanor McNees, Sussex: Helm Information Ltd., 1994, p. 83.

过对其技巧的复杂性和表面上的反现实主义进行分析,将其作为意识流的代表列入经典行列。《海浪》不仅暗中破坏了个体作为一个统一主体的人文主义信仰,同时也揭露了写作在加固民族主体性上扮演的角色。《海浪》审视了童年友谊的作用,观察了教育在个体、群体和民族认同中所起的作用,以及在巩固文化霸权的基础上,群体中所产生的英雄与诗人的形象。《海浪》中的每一个人物都参与进了珀西瓦尔跨马迎战敌人长矛的戏剧中,通过神话珀西瓦尔,将他塑造成英雄,他们获得了民族认同。而英雄落驴则被伯纳德神话成基督骑士寻找圣杯的悲壮赴死。

马库斯认为,哈罗德·布鲁姆在阐释《海浪》时,完全没有注意到文化批评的一面,而是把《海浪》看作迟来的浪漫主义作品,把伯纳德最后的讲话称作一种"女性化唯美主义的立场"①。这一举动否认了伍尔夫对英国文化生产机制(一个天才接着另一个天才)的戏仿。《海浪》可以看作描绘西方白人男性作家的绝笔,这些男性作家秉持着自己对个人天才的浪漫观念和他们对统一自我的笛卡尔式的自信。同时,在这部作品中,伍尔夫揭示了白人女性也被牵涉进帝国主义的计划之中而不是被排除在外的事实。虽然女性主义研究习惯于把罗达的沉默归咎于伯纳德顺畅叙述的压制,但是作为受害者和沉默者,她们也参与了帝国主义的实践。因为她们接受了相同的霸权主义倾向的教育,同样把殖民地看作卑劣蛮荒之境。女性在英国虽然处于受害者的位置上,被传统的男权社会所压榨,但殖民地的人民则同时被帝国的所有白人所歧视,处于比白人女性更为底下的位置。如果从后殖民的角度来看待这个文本,就能够跳脱出英国、白人等固定的视角和范畴,从那片只作为模糊背景的殖民地(在《海浪》中是印度)的角度来重新审视文本中的诸多意象和人物,新的阐释自然也就出现了。视角的转换对文本解读的重要性在马库斯的论文中得到了充分体现。

不满足于仅仅利用后殖民主义的理论来分析伍尔夫的文本,马库斯还在之后的篇幅中探寻了伍尔夫的家族与这种殖民观念的渊源。在"印度与意识形态的制造者"②一节中,马库斯追溯了伍尔夫的家史,指出伍尔夫

---

① Jane Marcus, "Britannia Rules *The Waves*", *Virginia Woolf: Critical Assessments*, Vol. 4, ed. Eleanor McNees, Sussex: Helm Information Ltd., 1994, p. 83.

② Jane Marcus, "Britannia Rules *The Waves*", *Virginia Woolf: Critical Assessments*, Vol. 4, ed. Eleanor McNees, Sussex: Helm Information Ltd., 1994, p. 84.

所属的斯蒂芬家族从曾祖父起，就在形塑英国的意识形态，特别是与印度的殖民政策的关系。她指出在斯蒂芬们制造意识形态的幕后有一种可称为"母亲式国家的隐喻"①，这种隐喻对塑造殖民地英国的形象产生了巨大影响。它把殖民地的居民塑造成孩子的形象，用家长式的形象置换了殖民的概念，并将自己伪装成更不具威胁性的女性形象。

马库斯认为，斯蒂芬们把父权制的家长体系注入帝国主义的殖民体系中，并且给予与他们同谋的妇女们管理仆人的权利，这正是一种对主仆关系的复制。正如其中一个斯蒂芬（James Fitzjames Stephen）②所表明的："政治哲学就是男性与他妻儿之间关系的模型……通常殖民地可被作为实践场所，为之后在家庭中实施的政策进行预演。"③ 在马库斯看来，伍尔夫之所以在她的作品中坚持指认父权制与帝国主义、阶级、法西斯主义的关系，是源自于她对自己家族遗赠的考察，和她因充当被贿赂的同谋者而心生愧疚并拒绝这一角色的举动（与生俱来的阶级特权和对仆人的控制权，是这些妇女服从父权体系和殖民主义而得到的好处）。她观察到伍尔夫的每部小说中都出现了女佣的形象，这显示了伍尔夫对阶级的关注，而伍尔夫对印度和其他殖民地讽刺的提及则显示了她对种族的关注。马库斯反复强调，英国的中产阶级白人妇女出卖了自己的自由去换取对仆人或原住民的控制权，这是对夫妻之间主人—奴仆关系的复制。④（白人男性压迫白人女性，白人女性压迫殖民地的人民）

在《一间自己的房间》中，伍尔夫明确地指出：中产阶级白人女性作家的文学自由是以成为殖民主义的共犯为代价的。伍尔夫希望与她的家族和阶层的种族主义分割开来，在这部女权作品中，她这样说道："而女人甚至能够走过一个非常优良（very fine Negress）的女黑人却并不希望把

---

① Jane Marcus, "Britannia Rules *The Waves*", *Virginia Woolf: Critical Assessments*, Vol. 4, ed. Eleanor McNees, Sussex: Helm Information Ltd., 1994, p. 85.
② 菲茨詹姆斯·斯蒂芬（1829—1894）是伍尔夫的父亲莱斯利·斯蒂芬的哥哥。他是英国法律史专家，英属印度的行政官、法官以及著名的刑法改革倡议的发起人。昆汀·贝尔在《隐秘的火焰：布鲁姆斯伯里文化圈》一书中也提到：菲茨詹姆斯认为社会使命得到履行的最好途径就是一个专制的体系，"男人对女人的统治，王权对臣民的统治，只能是绝对的。战争是必需的，事实上政府本身就是战争的一种形式"（p. 23）。
③ Jane Marcus, "Britannia Rules *The Waves*", *Virginia Woolf: Critical Assessments*, Vol. 4, ed. Eleanor McNees, Sussex: Helm Information Ltd., 1994, p. 85.
④ 参见 Jane Marcus, "Britannia Rules *The Waves*", *Virginia Woolf: Critical Assessments*, Vol. 4, ed. Eleanor McNees, Sussex: Helm Information Ltd., 1994, p. 86。

她变成英国人,这是做女人的一个巨大的优势。"①正是这句看似不经意的话引起了马库斯的注意,她认为伍尔夫也许不会参与她的家族所从事的教化殖民地人民的社会责任,但她所使用的这个词——"优良"(fine),本身就说明了伍尔夫的思想并不是完全自由的,因为这个词是用来描述一个客体,而不是一个与她相同的主体(a fellow subject)。女黑人之于伍尔夫就像被展览的异域风情艺术品之于收藏者。虽然伍尔夫的曾祖父致力于解放奴隶,但她的祖父则通过建立管理帝国的官僚机构来引进不同的剥削体系。②伍尔夫虽然极力想摆脱自己被强加的殖民身份,而她的先辈所参与构筑的殖民体系已经内化到了她意识深处难以被察觉的角落。

批评家认为珀西瓦尔的死是伍尔夫对哥哥索比的纪念之笔,但马库斯认为,珀西瓦尔更像伍尔夫的表兄 J. K. 斯蒂芬。J. K. 斯蒂芬本人是个暴力的、歧视女性的诗人,且离奇早死。他的剑桥同伴们把他塑造成一位英雄,戴斯蒙德把他称为"我们真正的桂冠诗人",把他的特质附着于文化之上,正如伯纳德通过缅怀珀西瓦尔而重塑英国形象。伯纳德对珀西瓦尔的回忆重复着振荡的形象(上升、落下、落下、再上升……),文化传统的力量就像海浪一样湮没了不同的声音。珀西瓦尔的衰落和他赶起牛车将他的西方价值观强加给懒散而无能的当地人成恰成对照。③在马库斯看来,伍尔夫在《海浪》中通过她表兄的例子解释了英国男性文化脚本中对暴力和诗情这两种互不相容的元素的信奉。她对珀西瓦尔跌落的刻画和诗人将暴力神话化的描绘,既批评了家族历史、也批评了文化历史。

在《海浪》这部文本中,马库斯还发现了除帝国殖民外的另一个隐藏的暗涌,那就是阶级问题。这部作品中的人物不仅通过把亚洲和非洲幻想成自己的假想敌来增强自己的种族优越感,还通过仇恨和鄙视工人阶级来建立自己的阶级优越感。《海浪》中的路易对其身份不稳定性的惶恐使他需要通过在贫民窟散步来不断巩固他的阶级地位。她认为如果读者能够放下之前的批评中对伍尔夫阶级忠诚和趋炎附势的成见,就会发现伍尔夫的作品解构了文化精英的概念,并告知读者这些文化精英所谓的性别、阶

---

① [英]弗吉尼亚·伍尔夫:《自己的一间屋》,王义国译,引自《伍尔芙随笔全集》Ⅱ,中国社会科学出版社 2001 年版,第 534 页。注:笔者所使用的译本根据伍尔夫的原文稍有改动。

② 参见 Jane Marcus, "Britannia Rules *The Waves*", *Virginia Woolf*: *Critical Assessments*, Vol. 4, ed. Eleanor McNees, Sussex: Helm Information Ltd., 1994, p. 86。

③ 参见 Jane Marcus, "Britannia Rules *The Waves*", *Virginia Woolf*: *Critical Assessments*, Vol. 4, ed. Eleanor McNees, Sussex: Helm Information Ltd., 1994, p. 88。

级、种族的优势已经被剥夺。①

在马库斯眼中,《海浪》是文学经典的"尸体",是以白人男性为主体的英国文化的陵墓之书。②《海浪》开头的段落中对黎明的赞美让她想到了另一部印度文本《梨俱吠陀》(*Rig Veda*),伍尔夫的表亲多萝西娅·斯蒂芬在《早期印度思想研究》一书中总结印度哲学时,称印度人非常强调天体和宇宙的无常,在茫茫宇宙中人类只不过是沧海一粟。而这恰恰也是《海浪》中一个重要的主题。马库斯留下了这样的问题给读者思考:伍尔夫是不是借用了印度的宗教文本来描绘一种特殊形式的白人西方文化的灭亡呢?当她称《海浪》是一部"神秘"的作品时,她是否指的是一种东方的神秘主义呢?③马库斯从《海浪》诗意而神秘的语言中发现了与雪莱、济慈相同的浪漫抒情的语调,也发现了其与印度宗教文本异曲同工之处。她认为伍尔夫在《海浪》中将西方文明的衰落与瓦解和东方文明中随机的自然循环联系了起来。④马库斯试图将伍尔夫的文本与印度宗教经典联系起来的努力,既体现了她在后殖民理论的影响下求道东方文明来阐释西方文本的尝试,也反映出她对伍尔夫的写作深受女性"滋养"的不懈坚持(继伍尔夫的姑妈之后,伍尔夫的另一位女性亲属的作品又得到了马库斯的关注)。

马库斯认为《海浪》中的主人公们正是通过想象英国殖民地的野蛮和残酷来构建自己文明开化的形象。在这部书中有19处直接提到了印度,还有一些地方间接指涉印度。在书中人物的臆想中,印度是一个黑暗、肮脏、混乱之地,直接威胁着他们的生命。他们想象中的珀西瓦尔在印度的情形是全然的种族主义和殖民主义的产物。⑤伍尔夫笔下的白种英国人将被殖民者视作食人族,在文中"英雄"珀西瓦尔扶正牛车的举动被神话化(马库斯认为这一片段是对吉卜林《吉姆爷》中一个经典场景的改

---

① 参见 Jane Marcus, "Britannia Rules *The Waves*", *Virginia Woolf: Critical Assessments*, Vol. 4, ed. Eleanor McNees, Sussex: Helm Information Ltd., 1994, p. 89。
② 参见 Jane Marcus, "Britannia Rules *The Waves*", *Virginia Woolf: Critical Assessments*, Vol. 4, ed. Eleanor McNees, Sussex: Helm Information Ltd., 1994, p. 90。
③ 参见 Jane Marcus, "Britannia Rules *The Waves*", *Virginia Woolf: Critical Assessments*, Vol. 4, ed. Eleanor McNees, Sussex: Helm Information Ltd., 1994, p. 90。
④ 参见 Jane Marcus, "Britannia Rules *The Waves*", *Virginia Woolf: Critical Assessments*, Vol. 4, ed. Eleanor McNees, Sussex: Helm Information Ltd., 1994, p. 91。
⑤ 参见 Jane Marcus, "Britannia Rules *The Waves*", *Virginia Woolf: Critical Assessments*, Vol. 4, ed. Eleanor McNees, Sussex: Helm Information Ltd., 1994, p. 92。

写)。这种对珀西瓦尔事迹的夸大与神秘化,恰恰揭示出伯纳德与帝国主义之间的共谋关系,他创造神话的能力对于维持控制与臣服、主人与仆人之间的关系是十分必要的。

"我看到了印度,"伯纳德说。……"我看到了一对阉牛拉着低矮的货车走在阳光炙烤的道路上。"……通过运用西方的标准,通过使用对他来说十分自然的暴力的语言,牛车不到五分钟就恢复了正轨。东方的问题解决了。他跨坐在上面,当地人环绕着他,把他看作好似——他也的确是——神一样。①

这一幕正是种族主义的主人公情节的狂欢化展现,这种类似的场景——白人男性像神一样为当地人带来秩序和理性——一再出现在电影和小说中。伯纳德的殖民主义者幻想,在马库斯看来,满足了对种族主义、帝国主义、殖民主义运作进行文本研究的所有因素。安德里亚斯·胡塞恩(Andreas Huyssen)认为现代主义的标志就是对玷污的恐惧。《海浪》中源自亲吻和阶级的玷污,对肮脏、无序、死亡的恐惧,对非洲和印度的担忧构成了说话者独白中反复出现的主题。马库斯在文章末尾风趣地说:"如果说《海浪》中的说话者焦虑地等待着野蛮人的话,后殖民读者也许正是伍尔夫的文本所等待的野蛮人。"②

马库斯的确给读者带来了一个审视伍尔夫的新视角,迫使90年代的读者跳出所谓的精英圈子和没落阶级的神话,更加社会化、政治化地看待伍尔夫其人其作。虽然略有偏激,但破除旧观念,也许正需此举。马库斯促使研究者们开始思考这样的问题:我们对伍尔夫的固有看法是不是受到了利维斯等人的影响?在对伍尔夫作出评价时,我们是否仅仅把她局限于精英阶层和一个非常狭窄的阶级中?近50年来批评家们所持的貌似公正的看法真的就中肯中立吗?马库斯认为正是后殖民和文化研究使我们得以把《海浪》看作一个有关文化形成的叙述。在文本和其产生的历史中探索种族、阶级、性别的关系,也能使我们看到那些在批评中起到推动作用的力量。《海浪》从一部唯美遁世的抒情文本,一首散文诗般的作品,摇身成为政治和文化隐喻,饱含着对帝国主义和殖民主义的嘲弄和反思,成为一部具有高度现实意义的作品。马库斯由此向我们证明,一个政治性的

---

① Virginia Woolf, *The Waves*, New York: Harcourt Brace Jovanovich, 1959, pp.135-136.
② Jane Marcus, "Britannia Rules *The Waves*", *Virginia Woolf: Critical Assessments*, Vol.4, ed. Eleanor McNees, Sussex: Helm Information Ltd., 1994, p.94.

文本不一定是现实主义的作品,也不一定要由男性来写就。这种观点不仅是对利维斯所代表的左翼男性批评家的反拨,也为世纪末的研究者从性别、历史和后殖民的角度重新审视伍尔夫的文本提供了绝佳的范例。

奈杰尔·里格比在回顾关于伍尔夫研究中后殖民转向的节点时称:

> 简·马库斯在她最近关于《海浪》的研究中指出即使是伍尔夫,一个被认为是"高度现代主义者"中顶尖之流的作家,在看过1935年好莱坞的帝国史诗《抗敌英雄》之后也忍不住热泪盈眶。……她(马库斯)的观点是,无论一个人的社会阶级、习惯或政治观多么不同,帝国已经成为了两次世界大战期间英国人生活的一部分,每一位作家(英国的)都不可避免地被卷入了那个时期所制造的帝国叙述中。《海浪》将现代主义的形式推至极点——从很多方面来看都是一部反现实主义文本的终极表达——但马库斯却宣称《海浪》中富有挑战性的结构事实上是对帝国主义的一种持续且明确地攻击。……马库斯的论点所蕴含的更广泛的含义,就是伍尔夫代表了一种更为普遍的现代主义者对帝国主义的关注,我同意,比那种住在奥林匹斯山上远离"世俗"事务的现代主义艺术家的形象更令人信服。[①]

珍妮特·麦克维克尔也认为,即使是伍尔夫也在《海浪》这样的小说中批判了帝国主义,马库斯的这种解读"标志着由形式主义者占据的现代主义力图排除所有政治讨论的重要终结"[②]。

1992年帕特里克·麦吉发表了《现代主义形式的政治,或谁统治着的〈海浪〉》一文,麦吉认为伍尔夫对待帝国的态度比马库斯所分析的情形要复杂得多。他指出现代主义者的作品中揭露了欧洲文化的局限性,并不必然意味着他们的文本中为他者的声音提供了空间。"被驱逐出现代话语之外的他者正是确定其权威性的基础之一。帝国主义的谎言依旧存在,即使在诸如《海浪》和《芬尼根的觉醒》这样最为激进的西方文化

---

① Nigel Rigby, "'Not a Good Place for Deacons': the South Seas, Sexuality and Modernism in Sylvia Townsend Warner's *Mr. Fortune's Maggot*", in *Modernism and Empire*, eds. Howard J. Booth and Nigel Rigby, Manchester and New York: Manchester University Press, 2000, p. 225.
② Jeanette Mcvicker, "Postcolonial Approaches", in *Palgrave Advances in Virginia Woolf Studies*, ed. Anna Snaith, New York, NY: Palgrave Macmillan, 2007, p. 223.

的建构中，依然留存着西方文明可以从外部了解自身的信念，相信不必依赖被排除的他者仍然可以进行自我批判。"① 而这些被排斥的他者则成了西方主体性建构的牺牲品。麦吉指出了身处帝国主义范围内的伍尔夫在创作时表现出的不自觉的西方中心主义的思想，马库斯从《海浪》中观察到的清晰的批判态度在麦吉看来并不是那么的彻底和单纯。但正如麦克维克尔所言，尽管麦吉表达了对马库斯部分看法的质疑，但马库斯的这部文本依然是任何想要在后殖民的批评框架中阅读伍尔夫作品的一个"锚定点"②，正是在马库斯的推动下，从帝国、历史和后殖民的角度重读伍尔夫的作品才获得了学术界的关注。

马库斯和麦吉关于伍尔夫的文本《海浪》中对待帝国主义的态度所产生的分歧也代表了后殖民研究对伍尔夫文本两种不同的认识：一种观点认为伍尔夫的作品清晰地体现了作家对帝国主义和殖民主义的批判；另一种观点则将注意力更多地转向了伍尔夫的帝国和殖民批判中的盲点，第二种观点在20世纪90年代后期和21世纪的伍尔夫研究中占据了主流。正如麦克维克尔所说："作为一位白人、英国人、中产阶级成员、女性主义者、双性恋、社会主义者、和平主义者、反法西斯主义者和反帝主义者的伍尔夫，无论是出于自愿还是无奈，都是英国文学传统的著名继承人，同时也是英国帝国实践的受益人和文明教化工作的促成者。"③ 卡伦·卡普兰（Caren Kaplan）在其1994年的论文《作为跨国女性主义实践的地理政治》和1996年的著作《旅行的问题：关于位移的后现代话语》中，都谈到了伍尔夫基于自己白人西方女性的经验，将女性处境普遍化所存在的问题。

1994年凯西·菲利普斯发表的作品《弗吉尼亚·伍尔夫反抗帝国》是第一部研究伍尔夫与帝国主义的专著。批评家认为，菲利普斯在这部书中塑造了一个与"布鲁姆斯伯里的文明守护者"④ 相距甚远的伍尔夫形

---

① Patrick McGee, "The Politics of Modernist Form: or, Who Rules The Waves?", *Modern Fiction Studies*, 38.3, 1992, p.648.

② Jeanette Mcvicker, "Postcolonial Approaches", in *Palgrave Advances in Virginia Woolf Studies*, ed. Anna Snaith, New York, NY: Palgrave Macmillan, 2007, p.223.

③ Jeanette Mcvicker, "Postcolonial Approaches", in *Palgrave Advances in Virginia Woolf Studies*, ed. Anna Snaith, New York, NY: Palgrave Macmillan, 2007, p.211.

④ Mark Gaipa, "When All Roads Lead to Empire", Review of Kathy J. Phillips' *Virginia Woolf Against Empire*, *English Literature in Transition*, 39.1, 1996, p.220.

象。菲利普斯认为"从她的第一部到最后一部作品,弗吉尼亚·伍尔夫一直在持续地讽刺社会制度。她通过在小说中使用不协调的并置和暗示的、具体的细节来实现这种批评"①。尽管菲利普斯在书中所使用的"帝国形象"的方法被一些研究者看作对女性主义批评中妇女形象的模仿,认为这种方法限制了她从更为宏观的角度来处理她丰富的材料,②但瑕不掩瑜,这部作品依然不失为伍尔夫的后殖民研究中开创性的成果。

进入新千年之后,关于伍尔夫的后殖民研究在理论深度和批评交叉方面都有了新的发展,研究者不仅关注伍尔夫对英国帝国主义统治的抨击,伍尔夫在作品中表现出的西方中心主义的思想,和她在女权文本中局限于受过教育的西方白人女性的视角也得到了研究者的重新审视。2003年,简·加里蒂对伍尔夫的《海浪》进行了新的解读,在《英格兰的养女:英国女性现代主义者和民族想象》一书中,加里蒂展开了与马库斯1992年论文的对话。和麦吉相同,加里蒂也认为《海浪》并没有始终如一地坚持反帝批评的立场。通过阅读马库斯的论文和西蒙·吉坎第(Simon Gikandi)关于英国性的概括和批评,加里蒂指出《海浪》这部小说反映了伍尔夫批判帝国主义主导叙事的努力,同时也为女性提供了一种进入这一主导叙事的方法,这种话语本身曾经在历史上将女性排除在外并将她们边缘化。小说在试图完成这一艰巨的任务时"反射出伍尔夫对这一帝国结构意识形态的多变的质询"③。马库斯将伍尔夫在《海浪》中使用的形式策略看作对文化霸权影响的展现,而加里蒂则从这部作品中发现了"想要模糊自我与他者界限,以便重新想象这个民族被制造出的小说空间"④的迹象。

索尼塔·萨卡尔(Sonita Sarker)则将目光投向了伍尔夫1931年为《好管家》杂志撰写的伦敦风景系列散文,在《在弗吉尼亚·伍尔夫的〈伦敦风景〉中定位本土英国性》一文中,萨卡尔从伍尔夫这些短小的关

---

① Kathy J. Phillips, *Virginia Woolf Against Empire*, Knoxville, TN: University of Tennessee Press, 1994, p. vii.
② 参见 Jennifer Kennedy, Review of *Virginia Woolf Against Empire* by Kathy J. Phillips, *Modernism/Modernity*, 3.2, 1996, pp. 123-124。
③ Jane Garrity, *Step-Daughters of England: British Women Modernists and the National Imaginary*, Manchester: Manchester University Press and New York: Palgrave, 2003, p. 245.
④ Jane Garrity, *Step-Daughters of England: British Women Modernists and the National Imaginary*, Manchester: Manchester University Press and New York: Palgrave, 2003, p. 246.

于伦敦风景的散文中发现了一种特别的英国风格的概念,她认为当伍尔夫的女性主义思想表露出含混的民族主义观念时,伍尔夫英国性的一面则在她的其他随笔中得到了很好的证实。劳拉·多伊尔在《现代小说研究》2004 年的伍尔夫专刊引言中称:"伍尔夫毕竟是一位英国作家,她的两卷本的《普通读者》主要也是为英国读者提供的关于英国作家的沉思。……伍尔夫关于她的英国身份的自我意识以及她对英国帝国统治的批评态度,就像她对自己所属的阶级认知一样,并不能抹杀她属于英国人的帝国属性。"[1] 乌尔米拉·莎吉莉 2004 年发表的论文中也指出:"伍尔夫总是挑战父权制和英国帝国主义的主导叙事,但她从不因表现英国之外的世界而烦恼。由于伍尔夫的反帝思想并不通过种族或文化平等的主张来表现自己,伍尔夫的小说经常会繁殖一系列关于非白人的假设,同时将种族差异的比喻转移到英国白人身份之上。"[2] 2004 年,简·马库斯发表的《黑暗之心:白人女性书写种族》一书,收录了她 1992 年的论文《大英帝国统治下的〈海浪〉》和 1994 年的论文《一个非常优良的女黑人》。在 1994 年的论文中,马库斯将目光集中于她在 1992 年论文中提及的伍尔夫对黑人女性的偏见,分析了伍尔夫在《一间自己的房间》中不自觉地透露出的对黑人女性的歧视。尽管麦吉、卡普伦等人曾就马库斯对伍尔夫的后殖民解读缺乏批判性提出异议,但根据上文对马库斯论文的介绍,我们可以发现,关于伍尔夫的种族和民族观的复杂性,马库斯早已有所意识。作为一位身处帝国核心圈,同时又处在帝国衰落、法西斯兴起的特殊时期的作家,伍尔夫的作品中透露出的英国性和优越感成为 20 世纪 90 年代后的研究者颇感兴趣的话题。

二 地理分析与新历史主义研究

早在伍尔夫生前,关于她的阶级地位与其作品倾向间的争论就已经引发了大批研究者的唇枪舌剑,从利维斯等人对她无视现实的批判、到阿诺德称其高雅之士的嘲讽,再到马库斯关于女性愤怒合法性的辩驳,伍尔夫的阶级观与政治性在批评家眼中始终难有定论。20 世纪 90 年代的伍尔夫研究中依然不乏这样的批评作品,1999 年索尼娅·茹迪科夫(Sonya

---

[1] Laura Doyle, "Introduction: What's Between Us?", *Modern Fiction Studies*, 50.1, 2004, p.5.
[2] Urmila Seshagiri, "Orienting Virginia Woolf: Race, Aesthetics, and Politics in To the Lighthouse", *Modern Fiction Studies*, 50.1, 2004, p.60.

Rudikoff)《祖传的屋子：弗吉尼亚·伍尔夫与贵族》一书问世，在书中茹迪科夫指出伍尔夫的一生都与浪漫的贵族之间有着千丝万缕的联系，伍尔夫的这一面和她更为人所熟知的知识分子的、社会主义的一面非常不和谐地共存着。茹迪科夫在书中回溯了伍尔夫的家族中那些曾为贵族所居住过的房屋，试图通过这种对地理环境的考察来分析伍尔夫作品复杂性的成因。2001年，凯瑟琳·希尔—米勒（Katherine C. Hill-Miller）在她的作品《从灯塔到僧舍：弗吉尼亚·伍尔夫文学风景指南》中将文学批评与伍尔夫生活和作品中所有自然地理环境的详尽指南结合了起来。[1] 当有些研究者将目光投向历史的纵深处去追溯伍尔夫的贵族性时，另一批研究者也从地形学的视域出发，开始分析伍尔夫所处地理环境与她文学创作之间的关系。而这方面的奠基之作，当属苏珊·斯坦福·弗里德曼1998年的著作《绘图：女性主义与文化地理学的邂逅》。

　　针对学术界女性主义者和后殖民主义者关于伍尔夫是否是帝国主义拥护者的争论，弗里德曼认为这样的争议根本不可能有定论，"讨论伍尔夫与帝国之间关系的关键，是伍尔夫生活、工作的地理轴线……对一位生于大英帝国全盛时期，死于其日暮西山之时的英国作家来说，关于帝国的故事的确是关键的，但这并不是全部的地理政治的故事"[2]。弗里德曼关于地理政治考察的主张得到了马克·沃莱格尔、[3] 斯各特·科恩、[4] 索尼塔·萨卡尔等人的回应。萨卡尔认为，应该在伍尔夫研究中采取俯瞰的姿势，看到伍尔夫的艺术创作和其他现代主义者所处的更为广泛的背景。[5]

　　吉莉安·比尔和阿蒂米斯·尼尔科也从地形学阅读的视角对伍尔夫的作品进行了引人注目的解读，对伍尔夫有意或无意的英国特性的表达提供了一种新的观照方式。比尔在《岛屿与飞机》一文中通过对伍尔夫毕生之作的阅读，发现了她运用岛国故事使"作为自己的民族/帝国叙事的岛

---

[1]　参见 Jane Goldman, *The Cambridge Introduction to Virginia Woolf*, Shanghai: Shanghai Foreign Language Education Press, 2008, p. 135。

[2]　Susan Stanford Friedman, *Mappings: Feminism and the Cultural Geographies of Encounter*, Princeton, NJ: Princeton University Press, 1998, p. 119.

[3]　参见 Mark Wollaeger, "Woolf, Postcards, and the Elision of Race: Colonizing Women in The Voyage Out", *Modernism/Modernity*, 8.1, 2001, pp. 43-75。

[4]　参见 Scott Cohen, "The Empire from the Street: Virginia Woolf, Wembley, and Imperial Monuments", *Modern Fiction Studies*, 50.1, 2004, pp. 85-109。

[5]　参见 Jeanette Mcvicker, "Postcolonial Approaches", in *Palgrave Advances in Virginia Woolf Studies*, ed. Anna Snaith, New York, NY: Palgrave Macmillan, 2007, pp. 220-221。

国构建变得模糊,这一过程是通过飞机提供的地理角度所实现的。陆地上绵延不断的拼接版图(从空中俯瞰)破坏了依赖于文化意义上岛屿的民族概念,同时,也破坏了作为岛屿的书面概念。叙述不再局限于陆地空间的决定性轮廓中"①。尼尔科 1995 年发表的重要著作《希腊精神的地形学:图绘故乡》则将伍尔夫的早期短篇小说《潘泰里克斯山上的对话》作为考察对象,认为这篇小说反映了伍尔夫"对熟悉的旅行叙述讽刺的、复调的重写"。"它记录了一位英国现代主义者对希腊文化传统主题的重新评价。"② 在尼尔科看来,伍尔夫的这篇故事为其"对英国性价值的自省式怀疑和现代希腊人与真正希腊人之间的身份深思"③ 提供了证据。

与之相反,杰德·埃斯蒂在其 2004 年的研究著作《萎缩的岛屿:英国的现代主义与民族文化》中指出,在"以伦敦为基础的现代主义的末期"④,伍尔夫在维护一种特殊的民族文化时扮演了重要角色。埃斯蒂认为像 T. S. 艾略特、弗吉尼亚·伍尔夫、E. M. 福斯特这样的英国现代主义者并没有(像通常所认为的那样)抗拒人类学转向的浪潮,而是积极地参与提升一个以英格兰为中心的文化范式。由于艺术在 30—40 年代时因社会自主化的因素而从民族空间的领域内挣脱出来,因而这一时期他们的作品转而开始提倡文化的概念,而这个文化则是由民族或民族语言学的疆界所牢牢划定的。⑤ 从这些观点各异的论述中,我们可以看出,关于伍尔夫是否是一位维护英国特性的现代主义作家,不同的研究者会得出截然相反的结论,伍尔夫是一位保守的英国派还是一位跳脱了民族国家限制的"局外人"至今仍无定论。伍尔夫卷帙浩繁的文本为这两种相互冲突的看法均提供了丰富的佐证。

英语世界将小说家伍尔夫放置在她所生活的社会历史环境中进行考察的研究在 80 年代才刚刚起步,1986 年,美国批评家亚历克斯·兹沃德林

---

① Gillian Beer, "The Island and the Aeroplane: the Case of Virginia Woolf", in *Nation and Narration*, ed. Homi K. Bhabha, London and New York: Routledge, 1990, p. 266.

② Artemis Leontis, *Topographies of Hellenism: Mapping the Homeland*, Ithaca and London: Cornell University Press 1995, p. 107.

③ Artemis Leontis, *Topographies of Hellenism: Mapping the Homeland*, Ithaca and London: Cornell University Press 1995, p. 107.

④ Jed Esty, *A Shrinking Island: Modernism and National Culture in England*, Princeton, NJ: Princeton University Press, 2004, p. 3.

⑤ 参见 Jed Esty, *A Shrinking Island: Modernism and National Culture in England*, Princeton, NJ: Princeton University Press, 2004, pp. 2-3.

在《弗吉尼亚·伍尔夫与现实世界》中悲叹:"为什么伍尔夫对现实、历史和社会基型的清冽兴趣在很大程度上被忽视了呢?为什么我们花费了这么长的时间才理解她的作品中这些因素的重要性呢?"[1] 1994年,凯西·菲利普斯在《伍尔夫反抗帝国》一书中也指出:"只是在过去的大约15年,伍尔夫作为一个社会思想家的身份才得到认可,更别提作为一个对意识形态具有深刻理解力的人了。"[2] 伍尔夫本人对历史非常感兴趣,在她的作品中有许多与历史事件和历史问题有关的叙述和讨论。然而从她在世时起直到60年代,伍尔夫都因批评家关于其固有的冷漠、疏离的刻板印象而与社会、历史和政治脱节。正是70年代女性主义批评的强势进击,才使一个具有社会政治责任感的伍尔夫得以重新被发现,并如安娜·斯奈斯所说的那样"牢牢地回归到'真实'的世界中,回归到生活中"[3]。

20世纪80年代的历史批评致力于揭示伍尔夫对社会生活的兴趣,她为英国妇女争取选举权所做的工作、她在妇女合作协会里奇蒙分会担任的职务、她为罗德梅尔地区的工党所作出的贡献等,都成为研究者力证伍尔夫社会意识的依据。苏珊·斯奎尔认为伍尔夫自身所拥有的知识追求的天性鼓励她在自己的小说中探索生活的社会维度。[4] 兹沃德林称,正是布鲁姆斯伯里集团拓展了伍尔夫的政治意识与思考,她所从事的各种实践性的政治活动要比人们通常所了解到的更为丰富。[5] 到了90年代,对历史书写的兴趣更多地被审视历史本身的研究所取代,批评家们开始积极地将伍尔夫的小说文本作为历史的产物加以考察,并逐渐意识到历史叙述是一种重要的文化现象。得益于80年代新历史主义的批评观点,这一时期的研究者们倾向于将文化看作一种符号系统,将注意力从单一的作者身上转移到作者所身处的更大的规则和话语体系中。深受福柯影响的新历史主义批评从福柯处借鉴了两个重要的观念:其一,历史叙述不是单一的个体意识的

---

[1] Alex Zwerdling, *Virginia Woolf and the Real World*, London and Los Angeles: University of California Press, 1986, p. 15.

[2] Kathy Phillips, *Woolf Against Empire*, Knoxville, TN: University of Tennessee Press, 1994, p. xi.

[3] Anna Snaith, *Virginia Woolf: Public and Private Negotiations*, Basingstoke: Macmillan, 2000, p. 3.

[4] 参见 Susan Squier, *Virginia Woolf and London: The Sexual Politics of the City*, Chapel Hill: University of North Carolina Press, 1985, p. 92。

[5] 参见 Alex Zwerdling, *Virginia Woolf and the Real World*, London and Los Angeles: University of California Press, 1986, pp. 26–28。

产物，而是由个体所在的更广泛的离散系统所决定的；其二，历史叙述是与利益集团的权利要求交织在一起的。① 从这样的角度来考察伍尔夫的作品，伍尔夫所处的特定的历史时期以及那些相互抗衡的权力机制，都对伍尔夫作品的构成和阐释产生了重大的影响。

根据林登·皮奇的研究，亚历克斯·兹沃德林是第一位从根本上运用新历史主义的观点来解读伍尔夫的主要批评家。② 兹沃德林所言的"现实世界"指的是"那些可能会影响我们行为的外部力量的全部范围，诸如家庭观念、社会期待、组织要求、重大的历史事件或是影响我们生活的运动"③。他的这一观点间接地指明了90年代伍尔夫历史研究两个基本的主线，即将伍尔夫的全部作品纳入历史的角度进行阐释，同时在学术研究和伍尔夫作品本身的历史质询中寻求概念化的延伸。90年代的研究者们开始重新考察伍尔夫30年代之后的小说，并将这些作品恢复为重要的政治作品。《岁月》这部从诞生之初在批评界就不被看好的晚期作品，因其所体现出的复杂的历史定位而重新得到了研究者的关注。1991年帕特丽夏·克莱默在《"战争岁月的爱"：〈岁月〉中的战争意象》一文中开篇就指出：伍尔夫在《岁月》中"将英国人的日常生活作为社会文本展现了出来——这套象征网络按照主要的目标组织起了生活所有的层面"④。克莱默认为伍尔夫的这部作品从文化特权和文化边缘的叙述中向读者展现了历史，而她则从镌刻着文化意义的符号中寻求伍尔夫自己对历史进行阅读时的种种暗示。克莱默这样的方法需要研究者在阅读历史时求诸神话，在阅读神话时求诸心理学，然而她的研究却在探究神话时语焉不详，在叙述神话与历史的关系时也仅停留在感性认识的阶段。

新历史主义批评对主体地位的忽视，将所有的文本都看作权力系统运作的产物，这样的缺陷也引起了一些伍尔夫研究者的注意。吉莉安·比尔1996年的著作《弗吉尼亚·伍尔夫：共同基础》，就将伍尔夫本人也纳入

---

① 参见 Linden Peach, "Historical Approaches", in *Palgrave Advances in Virginia Woolf Studies*, ed. Anna Snaith, New York, NY: Palgrave Macmillan, 2007, p. 172。

② 参见 Linden Peach, "Historical Approaches", in *Palgrave Advances in Virginia Woolf Studies*, ed. Anna Snaith, New York, NY: Palgrave Macmillan, 2007, p. 173。

③ Alex Zwerdling, *Virginia Woolf and the Real World*, London and Los Angeles: University of California Press, 1986, p. 4.

④ Patricia Cramer, "'Loving in the War Years': The War of Images in *The Years*", in *Virginia Woolf and War: Fiction, Reality and Myth*, ed. Mark Hussey, Syracuse, NY: Syracuse University Press, 1991, p. 207.

了考察范围,指出伍尔夫自己就是维多利亚时代文化的产物。她对伍尔夫主体性的评价远远复杂于兹沃德林和克莱默的分析。比尔坚持认为维多利亚时代的人"不仅仅是展现(或再现)在她的小说中……维多利亚时代的人也深深注入到伍尔夫的血脉之中,他们已经内化成了不可分割的一部分,同时又保持着一定的距离"①。不过林登·皮奇发现比尔的观点依然基于90年代盛行的文化唯物主义批评之上,这种批评方式关注文化形态如何在日常生活中展开,强调物体和工艺品在携带特殊意义上所使用的方式。而《岁月》这部作品之所以在90年代成为文化唯物主义者所关注的文本,正是因为伍尔夫对日常生活的物品所具有的文化意义有着浓厚的兴趣。②90年代晚期伍尔夫的文化唯物主义批评则将作为文化客体的伍尔夫和她作品中具有文化意义的物体都纳入了考察的范围,我们在文化研究一节中所提到的布伦达·西尔弗的作品《偶像弗吉尼亚·伍尔夫》,正是站在文化唯物主义的立场上追溯并分析了在英美文化中作为偶像而存在的伍尔夫形象。西尔弗告诉我们,作为一位偶像,伍尔夫具有高度的破坏性,她"跨越了边界,搅乱了范畴,展现了它们具有怎样的文化特殊性和任意性"③。

作为文化的产物,伍尔夫又是她所在文化中的批评者,这样的身份引发了研究者们的兴趣。大卫·布拉德肖1999年的论文中就直言伍尔夫既是一个"被父权制、帝国主义、军国主义、恐同症、阶级偏见和仇外思想所破坏的文明"④的制造者,同时也是一个受害者。布拉德肖认为伍尔夫是一个对文化和历史持不同意见的读者,这也是梅里·帕夫洛夫斯基(Merry Pawlowski)在2001年的著作《抗拒独裁者的诱惑:弗吉尼亚·伍尔夫与法西斯主义》中所力主的观点。她强调伍尔夫对其所处时代的更广泛的政治意识做出的贡献就在于反抗欧洲法西斯主义的威胁,并将写作了《三枚旧金币》的伍尔夫看作第一位分析法西斯主义心理的作家。

---

① Gillian Beer, *Virginia Woolf*: *The Common Ground*, Edinburgh: Edinburgh University Press, 1996, p. 93.
② 参见 Linden Peach, "Historical Approaches", in *Palgrave Advances in Virginia Woolf Studies*, ed. Anna Snaith, New York, NY: Palgrave Macmillan, 2007, p. 179。
③ Brenda Silver, *Virginia Woolf*, Chicago and London: The University of Chicago Press, 1999, p. 74.
④ David Bradshaw, "Hyams Place, *The Years*, the Jews and the British Union of Fascists", in *Women Writers of the 1930s*: *Gender*, *Politics and History*, ed. Maroula Joannou, Edinburgh: Edinburgh University Press, 1999, pp. 179-180.

虽然历史研究与伍尔夫批评的结合是在近 30 年内展开的，但我们可以看出这一批评方法已经和后殖民、现代主义、文化研究等领域广泛地结合起来，为研究者从一个新的角度阐释伍尔夫的作品提供了理论方法。不过我们也需要看到在这一时期历史研究中常用的新历史主义和文化唯物主义批评中存在的问题。林登·皮奇在伍尔夫的历史研究中曾着重强调，文化唯物主义必须注意避免的一个危险就是抓住了伍尔夫小说中某个特别的主题，如战争新娘（《达洛卫夫人》中塞普蒂莫斯的妻子卢克莱西亚），或反犹主义等，却回避了伍尔夫对权力本质、历史和表现的更为深切的关注。而更大的危险则在于新历史主义倾向于认为事件是不断变化的，但是却忽视了不同的文化和人群在阐释同一事件时所存在的差异。如果说伍尔夫的作品中的某一方面从历史的角度无法得到完整的探究，那就说明这一文本需要被放置在不同的文化中进行考察。（这就与后殖民研究结合了起来）皮奇以《海浪》为例，指出这部作品被重新阐释为一部政治小说，批评了一个特定年代的英国性，然而这一阐释是与帝国的概念以及英国在印度所进行的帝国工程密切相关的。这样的阐释并没有从被殖民者的角度来审视印度和帝国的历史。[①] 英语世界的批评者们意识到，与伍尔夫相同，自己的历史观念正是建构在帝国概念的基础之上，因而想要从一个新的角度来重新看待伍尔夫的文本，就需要从不同的文化基础和立场出发来重新审视伍尔夫的文本。这也催生了将伍尔夫的作品与其他族裔和文化中的文本进行比较研究的新趋势。

三　克洛伊喜欢奥莉维亚：伍尔夫的女同性恋批评

"克洛伊喜欢奥莉维亚"……不要吃惊，不要脸红。容我们在私下的社交圈子里承认，这些事情有时是会发生的。有时女人确实喜欢女人。
　　　　　　　　　　——弗吉尼亚·伍尔夫《一间自己的房间》[②]

2006 年中国的学术期刊上第一次出现了有关伍尔夫女同性恋研究的论文。《福建工程学院学报》2006 年第 2 期刊登了王晓航的论文《强迫的

[①] 参见 Linden Peach, "Historical Approaches", in *Palgrave Advances in Virginia Woolf Studies*, ed. Anna Snaith, New York, NY: Palgrave Macmillan, 2007, p. 182。

[②] ［英］弗吉尼亚·伍尔夫：《自己的一间屋》，王义国译，引自《伍尔夫随笔全集》Ⅱ，中国社会科学出版社 2001 年版，第 562 页。

异性恋和压抑的女同性恋——从女性主义角度解读伍尔夫的〈达洛维夫人〉》,文中解读了伍尔夫小说《达洛卫夫人》中几位女性的同性恋倾向,并简要介绍了西方的女同性恋女性主义批评的特点。潘建在 2010 年、2011 年分别发表了论文:《女同性恋——主流文化夹缝中的呻吟者》《对强制异性恋文化的反叛——论伍尔夫的女同性恋文学叙事》,探讨伍尔夫作品中女同性恋者的问题。2012 年和 2013 年胡波莲也陆续发表了两篇论文考察伍尔夫在《一间自己的房间》中表现出的女同性恋思想,以及伍尔夫通过女同性恋文学书写解构父权制文化的策略。2014 年东北农业大学的刘乐在其硕士论文中分析了伍尔夫小说中体现的酷儿理论。与国内较为缺乏的女同性恋研究相比,英语世界的伍尔夫女同性恋批评研究在 90 年代得到了长足的发展。

70 年代就已经开始萌芽的关于伍尔夫个人和作品中同性恋倾向的研究在 90 年代后形成了规模,成为伍尔夫女性主义批评领域最为热门的话题之一。在 1990 年首届伍尔夫国际研讨年会上,帕特丽夏·克莱默沿着简·马库斯在《一间自己的房间》中对伍尔夫女同性恋问题的分析,探索伍尔夫是怎样创造了一种文学语言来表现同性恋的欲望和一种同性恋女性主义的社会批评。克莱默认为伍尔夫是女同性恋文学传统中的一员,这一传统致力于"规定一种女同性恋或以女性为中心的身份,色欲是其关注的一个中心"①。萨福、艾米丽·迪金森、艾米·洛威尔、格特鲁德·斯泰因都是其中的成员。对这些女作家来说,女同性恋的身份使得她们能够反对父权制的强制异性恋,并为她们提供重新想象自我和群体的机会。克莱默认为伍尔夫在《达洛卫夫人》这部小说中所叙述的出走故事与她和维塔的新关系有着密切的联系,她以这部小说为研究对象,分析了达洛卫夫人的出走所蕴含的自我认识的改变。(达洛卫夫人在伦敦街头的点滴回忆唤起了自己对曾经的同性爱人塞丽的感情。)

1992 年第二届伍尔夫国际研讨会上,托妮·麦克奈伦也将目光集中在《达洛卫夫人》这部小说上。在《"阿尔巴尼亚人还是阿美尼亚人?":弗吉尼亚·伍尔夫作为现代主义注释的女同性恋关系》一文中,麦克奈伦分析了达洛卫夫人作为一个女性所过的不断受到干扰的碎片化的生活。当

---

① Patricia Cramer, "Notes from Underground: Lesbian Ritual in the Writings of Virginia Woolf", in *Virginia Woolf Miscellanies: Proceedings of the First Annual Conference on Virginia Woolf*, eds. Mark Hussey and Vara Neverow-Turk, New York: Pace University Press, 1992, p. 177.

塞丽亲吻克拉丽莎并让她体会到了完满和生机不久，彼得·沃尔什的出现就打破了这种和谐。麦克奈伦认为伍尔夫和书中的主人公克拉丽莎一样默许异性恋的文化打断了女性之间的爱恋，克拉丽莎的内心充满了对同性恋的恐惧，因而她只能通过恪守社会习俗来打发和浪费自己的人生。而伍尔夫心中对同性恋的恐惧则因为现代主义的鼓励而得到了舒缓，因为伍尔夫发现"碎片化和去中心化是现代主义的信条……（它们）通常是兼容的且有益的"①。克莱默和麦克奈伦的文章是20世纪90年代迅速发展的针对伍尔夫女同性恋研究的一个缩影，在1993年编纂成册的《弗吉尼亚·伍尔夫：主题与变异》论文集中，有6篇论文都在探讨和女同性恋研究相关的主题。

1993年，苏珊娜·莱特在其《维塔与弗吉尼亚：维塔·萨克维尔—韦斯特与弗吉尼亚·伍尔夫的工作与友谊》一书中，将伍尔夫的女同性恋研究放置在历史与传记研究的背景下进行考察。莱特注意到伍尔夫和维塔都是拥有丈夫的女同性恋者，且她们两人之间的同性恋情并未对她们的婚姻产生影响。她指出在19世纪末和20世纪初的这段时期内，许多同性恋者都同时持有传统的婚姻观并和他人保持着同性之间的爱恋。莱曼在伍尔夫和维塔的关系中发现了一种怀旧的保守主义，而这种怀旧感源于"母性的温柔……这种观念将女同性恋者的能量追溯至过去的黄金时代，一个田园般的或是前俄狄浦斯的时期"②。莱曼称社会制度就像文本一样充满了沉默和缺口，因而伍尔夫和维塔之间的同性恋爱就如同婚姻制度中的裂缝和缺口，如果从这样的角度审视伍尔夫和维塔，她们两人既可以称作女同性恋者也不能被称作同性恋者（以现在的标准来衡量）。

赫米奥尼·李在其1996年发表的传记《弗吉尼亚·伍尔夫》中直言不讳地宣称：伍尔夫的性取向是指向女性的。赫米奥尼认为"弗吉尼亚偏爱和她相同的性别是自她年幼时就注定的事实"③，不过她并不认为伍尔夫会将自己定义为一个萨福主义者（女同性恋），因为伍尔夫无法忍受根据自己的性取向就将自己划归到某一群体中去的做法，"她想要避免任何

---

① Toni A. H. McNaron, "'The Albanians, or was it the Armenians?': Virginia Woolf's Lesbianism as Gloss on her Modernism", in *Virginia Woolf: Themes and Variations*, eds. Vara Neverow-Turk and Mark Hussey, New York: Pace University Press, 1993, p. 140.

② Suzanne Raitt, *Vita & Virginia: The Work and Friendship of Vita Sackville-West and Virginia Woolf*, Oxford: Oxford University Press, 1993, p. 16.

③ Hermione Lee, *Virginia Woolf*, New York: Random House and Vintage Books, 1996, p. 484.

的归类"①。马库斯将伍尔夫的创作与女性"滋养"紧密结合起来的研究，不仅对女性主义批评产生了巨大的影响，也对有关伍尔夫传记写作的材料选择提供了新的思路。在赫米奥尼的传记中，伍尔夫的写作生涯深受她周围女性的影响，维奥莱特·迪金森、维塔·萨克维尔—韦斯特、埃塞尔·史密斯等人与伍尔夫的暧昧情愫催生了伍尔夫丰富的文学创作。赫米奥尼强调，维奥莱特作为伍尔夫的第一个批评者和无条件的支持者，对伍尔夫作家生涯的初期发展起到了十分关键的作用。正是在维奥莱特无私的关怀和鼓励下，伍尔夫才坚定了自己创作的信念。维塔则给予了40多岁的伍尔夫一段至关重要的感情，伍尔夫的作品中对"生活、友谊、女性的性欲……传记、历史、阶级……自由与审查制度"②的关注都与维塔息息相关。1931年，埃塞尔·史密斯和伍尔夫共同参加了全国妇女服务协会的会议，在会上伍尔夫发表了名为《女性的职业》的演讲，而这次演讲的内容催生了伍尔夫晚期的重要作品《三枚旧金币》和《岁月》。在赫米奥尼·李这部重要传记的影响之下，伍尔夫的生活和创作与女同性恋之间的关系已经成为21世纪英语世界伍尔夫研究者的共识。

1997年，由艾琳·巴雷特和帕特丽夏·克莱默共同主编的第一部关于伍尔夫女同性恋研究的著作问世。这部名为《弗吉尼亚·伍尔夫：女同性恋读本》的作品，包含了13篇关于伍尔夫女同性恋研究的重要论文，凝结了70—90年代重要的研究成果。这些论文从文本、传记、文本间性、社会历史研究等方面考察了伍尔夫的作品中隐含的女同性恋的主题、伍尔夫本人的女同性恋倾向以及这一倾向对她创作的影响，堪称英语世界关于伍尔夫女同性恋研究的奠基之作。这部选集中收录了艾琳·巴雷特的文章《揭开女同性恋者的激情：〈达洛卫夫人〉中颠倒的世界》，巴雷特认为伍尔夫初次理解女性同性恋爱是通过观察并实践女性之间的浪漫友谊，争取妇女选举权的运动环境也为发展女性之间的伙伴关系提供了方便。伍尔夫对女同性恋的认识应该是"智性与肉欲，个体与政治"③混杂的产物，而不是当时性学家所认为的病态行为。在性学家看来，同性恋爱

---

① Hermione Lee, *Virginia Woolf*, New York: Random House and Vintage Books, 1996, p. 484.
② Hermione Lee, *Virginia Woolf*, New York: Random House and Vintage Books, 1996, p. 515.
③ Eileen Barrett, "Unmasking Lesbian Passion: The Inverted World of *Mrs Dalloway*", in *Virginia Woolf: Lesbian Readings*, eds. Eileen Barrett and Patricia Cramer, New York: New York University Press, 1997b, p. 151.

是一种缺陷,有些人还将其与犯罪和精神病联系起来,他们认为女性主义者和女同性恋都是于社会有害的。巴雷特追溯了《达洛卫夫人》中几组相互矛盾的话语:塞丽与克拉丽莎之间超越友情的关系标志着世纪之交时一种特殊的浪漫关系;塞普蒂莫斯的抗争与自杀揭示了视同性恋为异类所导致的毁灭性后果;多丽丝·基尔曼和其他次要角色代表了性学家眼中女同性恋倾向的女性主义者负面的特征。而这些冲突性的话语都汇聚于克拉丽莎对待女同性恋的模棱两可的态度中。

克拉丽莎拒斥那种认为同性之间的爱情是违反自然的犯罪的观念,但她在多丽丝·基尔曼的身上投射了所有关于女同性恋的消极、扭曲的刻板模式。克拉丽莎的性幻想反映出她关于浪漫友谊的理想,但是在她描绘多丽丝等其他女同性恋者对克拉丽莎之幻想的应和时,伍尔夫也阐述了性学家们是怎样利用自身的力量将浪漫关系中的情色语言扭曲成了恐同症和自我憎恨的语言。同时,反复出现的克拉丽莎的同性恋激情与灵魂之间的结合暗示了伍尔夫拥抱同性恋的哲学理念的努力,这种不充分的认识受到了性学家们关于被困灵魂说法多大的影响。……通过克拉丽莎与多丽丝之间的关系,伍尔夫不仅挑战了性学家和他们的陈腐之见,而且试图调和关于同性恋激情与身份的公共与私人表达。[1]

巴雷特并没有将当今对女同性恋者的认识投射到伍尔夫的身上,而是结合伍尔夫的文本和当时的社会历史环境解读伍尔夫对异性恋社会习俗的反抗与妥协,既充分肯定了伍尔夫所处时代中女性之间存在的同性恋爱,也注意到了当时的社会习俗对伍尔夫的影响,为研究者更加客观地、历史地看待伍尔夫的女同性恋问题提供了参照。

这本著作中的另一篇论文《中国墨水瓶的礼物:维奥莱特·迪金森、弗吉尼亚·伍尔夫、伊丽莎白·盖斯凯尔、夏洛蒂·勃朗特与作品中的女性爱情》,则将伍尔夫放置在女同性恋的文学传统中进行考察。作者简·利林菲尔德在文中考察了维奥莱特对伍尔夫的影响,特别是对伍尔夫理解夏洛蒂·勃朗特的生平和作品产生的影响。利林菲尔德认为伍尔夫的写作与夏洛蒂·勃朗特有着不解的渊源,伍尔夫早期发表的随笔作品中就有前往霍沃思牧师住所(勃朗蒂三姐妹的故居)旅行的见闻

---

[1] Eileen Barrett, "Unmasking Lesbian Passion: The Inverted World of *Mrs Dalloway*", in *Virginia Woolf: Lesbian Readings*, eds. Eileen Barrett and Patricia Cramer, New York: New York University Press, 1997b, p. 148.

(这篇作品是在维奥莱特的帮助下发表的)。在《一间自己的房间》中伍尔夫超越了对勃朗特之愤怒的排斥,在《三枚旧金币》这部作品中她甚至使用了勃朗特以火焰代表女性愤怒的意象。利林菲尔德注意到勃朗特和她的传记作者盖斯凯尔夫人均为伍尔夫父母的同代人,通过查阅原始档案和二手资料,作者将伍尔夫、维奥莱特和勃朗特联系了起来。利林菲尔德总结道:"只有和其他女性,如维奥莱特·迪金森、维塔·萨克维尔—韦斯特和埃塞尔·史密斯联合起来时,伍尔夫才能从伊丽莎白·盖斯凯尔关于夏洛蒂·勃朗特的官方传记中挣脱出来,这一行动象征着伍尔夫离开了她父亲的书房,以便帮助其他的女性挖掘并确立另一种文学传统。"①

珍妮特·温斯顿、图祖莱恩·吉塔·艾伦都在各自的章节中发展了利林菲尔德关于女同性恋文学传统的研究。温斯顿的文章将伍尔夫与凯瑟琳·曼斯菲尔德放在一起进行研究,认为两位女作家之间存在相互指导的关系。她将曼斯菲尔德对女同性恋的理解归结为奥斯卡·王尔德和颓废派的影响,将伍尔夫的女同性恋认识归功于她与其他女性之间的浪漫感情和女性主义思想。因而曼斯菲尔德倾向于将女同性恋者描绘成一种充满肉欲的、奇怪的、鲁莽而凶险的人物,而伍尔夫则更强调女性之间一种理想的、神圣的结合。② 艾伦则跨越了种族和国家的界限,在伍尔夫和内勒·拉森(Nella Larsen)③ 之间发现了相似之处。艾伦强调在这两位作家之间进行比较研究是非常重要的,从种族、民族和地位来看,她们两人看似来自不同的世界,然而掀开遮蔽在表面上的差异,"展现出了共同体验的内核,艺术与性别的敏感性通过《达洛卫夫人》和《冒充白人》的弦外之意揭示出来。两部小说以惊人相似的方式表达了对父权制主导的婚姻制度

---

① Jane Lilienfeld, "'The Gift of a China Inkpot': Violet Dickinson, Virginia Woolf, Elizabeth Gaskell, Charlotte Brontë, and the Love of Women in Writing", in *Virginia Woolf: Lesbian Readings*, eds. Eileen Barrett and Patricia Cramer, New York: New York University Press, 1997, p. 55.

② 参见 Janet Winston, "Reading Influences: Homoeroticism and Mentoring in Katherine Mansfield's 'Carnation' and Virginia Woolf's 'Moments of Being: Slater's Pins Have No Points'", in *Virginia Woolf: Lesbian Readings*, eds. Eileen Barrett and Patricia Cramer, New York: New York University Press, 1997, pp. 58-59。

③ 内勒·拉森(1891—1964)是美国哈莱姆文艺复兴时期的作家,是首位获得古根海姆奖的非裔女性。她的代表作《流沙》和《冒充白人》中关于性别和身份的探讨得到了当代学者的重视。

及其抑制妇女同性欲望的强烈的、灵魂拷问般的批评"①。艾伦特别注意到两部小说中灵魂之死的比喻都标志着对妇女生活中女同性恋欲望的压制,并表达了对这种压制的不满。

这一时期出现了多部探讨女同性恋问题的专著,1992年,伊丽莎白·米斯(Elizabeth A. Meese)的《好色之徒:建立女同性恋理论:写作》一书通过书信体的方式,将理论、文本和性结合了起来。在阅读经验、性经验和对一系列作家的阅读基础上,米斯开始给伍尔夫、格特鲁德·斯泰因、朱娜·巴恩斯(Djuna Barnes)、奥尔加·布罗马斯(Olga Broumas)以及自己的情人写信,并虚构了她们的回信。在这种书信式的对话中探讨女同性恋的理论问题。② 朱莉·亚伯拉罕(Julie Abraham)1996年出版的著作《女孩儿们是必需品吗:女同性恋阅读与现代历史》则提出了如何定义女同性恋文学的关键问题。亚伯拉罕认为一部被称作"女同性恋"式的作品并不一定要包含欲望的成分,鉴于文学作品中性向以各种复杂的方式表现出来,因而历史也不失为书写女同性恋的一种替代方式。在她举出的5位女作家的例证中,伍尔夫作为重要的一例来说明如何求助历史来赋予同性恋表达合法性。1997年帕特丽夏·朱莉安娜·史密斯(Patricia Juliana Smith)的作品《女同性恋恐慌:现代英国女性小说中的同性情欲》则表达了与亚伯拉罕截然不同的看法。在她看来,伍尔夫正是利用了传统小说中的浪漫情节设计出了表达女同性恋关系的新形式。③ 盖伊·瓦克曼(Gay Wachman)2001年发表的著作《女同性恋帝国:20世纪激进的交叉写作》则将伍尔夫和其他现代主义女同性恋作家放置在20世纪20年代的帝国主义政治环境中进行考察。这类把伍尔夫置于更大的女同性恋现代主义和后现代主义的环境中进行考察的作品,扩大了这一领域伍尔夫研究的范围和视野,推动了女同性恋批评研究与其他研

---

① Tuzyline Jita Allan, "The Death of Sex and the Soul in *Mrs. Dalloway* and Nella Larsen's *Passing*", in *Virginia Woolf: Lesbian Readings*, eds. Eileen Barrett and Patricia Cramer, New York: New York University Press, 1997, p. 96.

② 参见 Diana L. Swanson, "Lesbian Approaches", in *Palgrave Advances in Virginia Woolf Studies*, ed. Anna Snaith, New York, NY: Palgrave Macmillan, 2007, p. 197。

③ 参见 Diana L. Swanson, "Lesbian Approaches", in *Palgrave Advances in Virginia Woolf Studies*, ed. Anna Snaith, New York, NY: Palgrave Macmillan, 2007, p. 198。

究领域的交叉和结合。①

值得注意的是,这一时期关于伍尔夫的女同性恋女性主义批评大量运用了历史的、唯物主义的和激进的女性理论的成果,关注女同性恋者在强制异性恋的父权社会中所受到的压迫,以及那些使女同性恋群体弱化或噤声的政治策略是怎样影响了伍尔夫所处的时代和当今的社会。可以说女同性恋女性主义批评更为直接地指向积极的行动策略。尽管女同性恋女性主义批评借鉴了后结构主义批评中对历史、社会和霸权政治研究的相关理论,但后结构主义者始终质疑突破男性中心和父权制统治的可能性,而女同性恋女性主义批评则坚信通过积极的行动来创造自由主体并推动社会变革的可能性。

此外由同性恋研究衍生出的酷儿理论由特瑞莎·劳瑞蒂斯(Teresa de Lauretis)第一次在《差异》(1991年)杂志上提出时就饱含着对同质化的担忧,以及对淡化男性与女性同性恋之间差异性的警觉。当主流的社会制度无视劳瑞蒂斯创造该词的本意而大量运用时,她在三年后就放弃了使用这一术语,但这一术语却保留了下来并被引入到伍尔夫的女同性恋研究当中。以米歇尔·福柯、朱迪斯·巴特勒等人的理论为基础的酷儿研究不仅质疑了生理性别、社会性别和性欲之间的固定关系,也挑战了男性与女性的两分结构,向固定的女性身份的必要性提出疑问。然而英语世界伍尔夫的研究者们并没有全然拥抱这一理论。

1997年,莱斯利·汉金斯(Leslie Hankins)在巴雷特和克莱默主编的《弗吉尼亚·伍尔夫:女同性恋阅读》一书中就反思了酷儿理论对女同性恋女性主义者的忽视,认为这一理论忽视了伍尔夫在文本中所强调的女性经验的特殊性。在同一本书中,亚伯拉罕也指出在讨论性别与压迫时保持女性主义视角的重要性。1999年国际伍尔夫年会组织了一场名为"酷儿理论的新应用"的座谈,朱迪斯·鲁夫、巴雷特、克莱默、特洛伊·戈登等这一批评领域的研究专家参与了这次讨论。巴雷特反驳了鲁夫关于女同性恋研究局限性的说法,她通过对伍尔夫小说中的家庭教师多丽丝·基尔曼的解读表明:当今的许多读者已经认同女同性恋主义和女性主义之间的亲密关系。克莱默则强调无论是结构主义、后结构主义还是酷儿

---

① 参见 Diana L. Swanson, "Lesbian Approaches", in *Palgrave Advances in Virginia Woolf Studies*, ed. Anna Snaith, New York, NY: Palgrave Macmillan, 2007, p. 199。

理论都是源于男性的理论家（福柯、德里达等人），而女同性恋女性主义理论则是来自女同性恋者的生活经验以及女同和女性运动之间的相互作用。后结构主义的理论家们只是将他们的理论本身作为一种政治行动，而激进的女同性恋女性主义者的目的却是具体的社会行动。巴雷特和克莱默都强调保持女同性恋女性主义立场的重要性，正如伍尔夫在《三枚旧金币》中所表达的观点，女性制止战争的努力所具有的价值体现在她们为政治和公共事务带来了不同的观点和方法。[①]

---

① 参见 Diana L. Swanson, "Lesbian Approaches", in *Palgrave Advances in Virginia Woolf Studies*, ed. Anna Snaith, New York, NY: Palgrave Macmillan, 2007, pp. 204-205。

第四章

英语世界不同批评视角下的伍尔夫研究

> 弗吉尼亚·伍尔夫的故事被每一代人不断地再阐释。她是一心关注形式的令人费解的现代主义者；她是讲求礼仪的滑稽人物；她是神经质的高雅的艺术家；她是富有创造力的幻想家；她是有害的势利之人；她是马克思主义女性主义者，她是讲述女性生活的历史学家；她是性虐待的牺牲品；她是同性恋的女英雄；她也是文化分析者。对她的定位取决于谁来阅读她，在何时阅读，以及在何种背景之下。
> ——赫米奥尼·李《弗吉尼亚·伍尔夫》[1]

前三章对英语世界伍尔夫研究进行梳理的过程中，我们能够清晰地看到文学批评理论的涌现对伍尔夫研究的转向和发展提供了有力的理论武器，赫米奥尼·李在伍尔夫传记中的这段话也清楚地展现了伍尔夫研究与方法论之间密不可分的联系。伍尔夫作品的丰富性使大部分的文学批评理论都青睐于将她的文本和生平作为研究的对象。相较于中国研究者更为熟悉的形式主义、现代主义、女性主义、叙事学等切入角度，本章所选取的批评理论则是在国内较少被重视，然而却在英语世界的伍尔夫研究中发挥了重要作用的批评方法。

本章第一节所论述的精神分析理论在伍尔夫生前就已经广为人知，伍尔夫自身的疾病，以及疾病与创作之间的关系至今仍是英语世界研究者最感兴趣的话题之一。第二节社会历史批评是贯穿了英语世界伍尔夫研究全部阶段的重要批评方法，从阶级敌人到愤怒女神，再到今日的民主之士，

---

[1] Hermione Lee. *Virginia Woolf*, London: Chatto and Windus, 1996, p.769.

伍尔夫形象的不断转变得益于将其放置在不同的社会历史语境中进行考察和反思。第三节文献与传记研究则将英语世界的相关研究成果介绍给中国读者。日记、书信、手稿的不断问世和传记研究推动了英语世界伍尔夫研究的发展进程，却没有得到国内学界足够的关注。本章最后一节则选择了哈罗德·布鲁姆的"对抗式批评"进行分析，通过对"憎恨学派"的反思，笔者试图探究这两类批评方式的盲点，并将其与伍尔夫的文学批评观念进行比较。至于伍尔夫最为中国读者所熟知的女性主义批评，本书在研究史的梳理过程中已经充分介绍，且国内亦有相关的博士论文和大量的期刊论文谈论伍尔夫的女性主义，故在此章中不再展开。

第一节 弗吉尼亚·伍尔夫与精神分析

从未有一种文学研究像伍尔夫研究的情形那样将文学批评和心理传记的探寻如此紧密地结合起来。

——约翰·梅法姆《弗吉尼亚·伍尔夫：批评聚焦》[1]

科学的成就是极富于建设性的。但对小说家们来说，事情要复杂得多；如果他们也有良知，就像比尔斯福特一样，那么他们允许自己在多大程度上受心理学家们的发现的影响，这个问题绝不简单。

——弗吉尼亚·伍尔夫《精神分析式的小说》[2]

弗吉尼亚·伍尔夫与精神分析之间的关系是由多种因素共同构成的。首先，精神分析的产生和发展和伍尔夫所生活的时代是同步的，精神分析作为一种科学和临床实践源自于弗洛伊德对潜意识的发现，随着弗洛伊德1990年《梦的解析》的发表，精神分析在20世纪初的知识分子生活中产生了深远的影响。其次，伍尔夫与精神分析学派的创始人弗洛伊德之间有着很深的渊源。布鲁姆斯伯里集团在将弗洛伊德的思想引入英国时起到了关键的作用。利顿·斯特雷奇的弟弟詹姆斯·斯特雷奇及其妻子是在英国发起精神分析运动的中坚人物，伍尔夫的弟弟亚德里安和弟媳卡琳都是职

---

[1] John Mepham, *Virginia Woolf: Criticism in Focus*, London: Bristol Classical Press, 1992, p. 13.

[2] [英]弗吉尼亚·伍尔夫：《精神分析式的小说》，童未央译，引自《伍尔芙随笔全集》Ⅲ，中国社会科学出版社2001年版，第1534页。

业的精神分析学家。1924年，伍尔夫夫妇创办的霍加斯出版社成了弗洛伊德在英国的正式出版商，詹姆斯·斯特雷奇负责翻译和标准版本的编订。最后，伍尔夫自身就存在着精神问题，她的作品及其自身的精神状况也成为精神分析学派的批评家最感兴趣的话题。心理分析的概念是如何影响了伍尔夫的写作，伍尔夫的"疯狂"是否可以从精神分析中发现端倪，都成为伍尔夫研究中绕不开的话题。①

与英语世界对伍尔夫与精神分析的密切关注不同，国内的伍尔夫研究较少涉及这方面的内容，在谈到伍尔夫精神问题时草草带过，对用精神分析的方法解读伍尔夫的作品兴趣不大。本节将从伍尔夫、布鲁姆斯伯里与弗洛伊德的关系；精神分析与伍尔夫的"疯癫"以及英语世界运用精神分析理论对伍尔夫作品的解读三个层面来探讨这一问题。

一　伍尔夫、布鲁姆斯伯里与弗洛伊德

伍尔夫生活的年代、处身的环境及其周围的朋友，都使其与精神分析学说难解难分。伦纳德在1914年阅读了弗洛伊德的《梦的解析》并对《日常生活的精神病理学》进行评论。伍尔夫的弟弟、弟媳以及利顿·斯特雷奇的弟弟、弟媳都对精神分析的学说非常感兴趣，斯特雷奇夫妇正是英国历史上引进和传播精神分析学说的关键人物。伍尔夫1924年5月26日的一则日记记录了期待詹姆斯博士"前来讨论国际精神分析文库的出版问题"②。霍加斯出版社和斯特雷奇夫妇的合作促成了弗洛伊德的全部作品在英国的问世。然而伍尔夫本人对弗洛伊德及其理论的态度却始终是模棱两可的，面对当时充斥着弗洛伊德思想的文学环境，伍尔夫在很长一段时间内对提及和阅读弗洛伊德感到厌烦。在伍尔夫的日记中，她对斯特雷奇夫妇和亚德里安夫妇所接受的精神分析的训练表示不屑一顾，在布鲁姆斯伯里集团成员组织的第一次回忆俱乐部的聚会上，大家讨论起关于梦的问题，伍尔夫在日记中用一种疏远的口吻写道："上帝知道我根本没有听进去他们阅读的内容。"③ 在伍尔夫的随笔《精神分析式的小说》一文中，

---

① 参见 Makiko Minow-Pinkney, "Psychoanalytic Approaches", in *Palgrave Advances in Virginia Woolf Studies*, ed. Anna Snaith, New York, NY: Palgrave Macmillan, 2007, p.60。
② Virginia Woolf, *The Diary of Virginia Woolf*, Vol.2, ed. Anne Olivier Bell, London: Penguin, 1980, p.302.
③ Virginia Woolf, *The Diary of Virginia Woolf*, Vol.2, ed. Anne Olivier Bell, London: Penguin, 1980, p.23.

伍尔夫表达了对比尔福斯特先生的小说《一个有缺陷的母亲》中刻意迎合弗洛伊德心理分析理论的不满。在她看来"比尔福斯特先生扮演着继父的角色，他的孩子就是弗洛伊德博士为数众多的子孙中的几个"①。《一个有缺陷的母亲》在伍尔夫看来是一篇有趣的病态心理学的文献，但却是一部失败的长篇小说。因为它关注的是大脑与科学有关的方面，却忽视了大脑与艺术有关的一面："艺术家受到冷落，很沮丧，便退了出去。在该书结束前，医学人士独自占领了这一领地。"② 伍尔夫显然认为作为一种科学方法的精神分析是不适于运用到文学创作中的。直到晚年她才停止对这一理论的刻意疏远和回避。1939 年 1 月，伍尔夫夫妇在汉普斯特德的马斯菲尔花园见到了弗洛伊德本人，弗洛伊德在波拿巴公主的帮助和庇护下从维也纳逃往英国。他来到英国后邀请伍尔夫夫妇前去喝茶，在这次会面上，弗洛伊德送给伍尔夫一枝水仙花。伍尔夫似乎因这次碰面受到了某种触动，1939 年 7 月 15 日，她在写给约翰·莱曼的信中告诉他，她读了弗洛伊德的《摩西与一神教》。

作为一位长期研究伍尔夫与精神分析之间关系的批评家，伊丽莎白·阿贝尔（Elizabeth Abel）指出伍尔夫长期以来对弗洛伊德的负面态度部分原因来自一种并非刻意的竞争。弗洛伊德对人性心理中隐蔽角落的权威性解读所涉足的也正是伍尔夫想要探究的领域，这就引发了伍尔夫的焦虑。而英国的精神分析在布鲁姆斯伯里集团成员的推动下所取得的成果更加剧了这种不安。伍尔夫的现代主义实验和弗洛伊德的精神分析研究都想发掘人性深处的秘密，而弗洛伊德所使用的这种更为科学的方式，在伍尔夫看来是一种不可接受的将复杂问题简单化的方法。尼科尔·沃德·菇夫（Nicole Ward Jouve）则明确认定伍尔夫之所以对弗洛伊德的理论不屑一顾，正是因为"弗洛伊德所宣称的科学立场必定激怒了伍尔夫并使她感到了威胁"③。伍尔夫曾明确地表示过这种自认为能够解开人类精神之谜的钥匙"使人类的精神简单化，而不是使之复杂化，它贬低了人类精神，而

---

① 弗吉尼亚·伍尔芙：《伍尔芙随笔全集》第 3 卷，王斌等译，中国社会科学出版社 2001 年版，第 1533 页。
② 弗吉尼亚·伍尔芙：《伍尔芙随笔全集》第 3 卷，王斌等译，中国社会科学出版社 2001 年版，第 1535 页。
③ Sue Roe and Susan Sellers ed, *The Cambridge Companion to Virginia Woolf*, Shanghai: Shanghai Foreign Language Education Press, p. 256.

不是为之增美添色"①。

尽管弗洛伊德的精神分析疗法在1913年的伦敦已经得到应用,伍尔夫身边的亲友亦可以提供相关的帮助,但伍尔夫从未尝试通过接受心理分析的方法来治疗自己的精神疾病。简·埃伦·戈德斯坦（Jan Ellen Goldstein）认为伍尔夫之所以坚持选择更为保守的精神衰弱的诊断并接受静养疗法,是因为伍尔夫和伦纳德都相信艺术家的天分和疯癫之间有一种神秘的联系,他们担心这种科学的分析和治疗会影响她的创造力。从伍尔夫的日记中,我们能够感受到她对这种神奇时刻的态度："这些生命中有趣的间隔——我拥有很多——产生了丰硕的艺术成果——使一个人变得更加的茁壮——想想我在霍加斯的疯狂——和所有那些小的疾病——就像我写《灯塔》之前出现的那些状况。卧床六个星期,现在就产生了《飞蛾》这部杰作。"② 在伍尔夫看来,灵感的迸发与自己的疾病之间有一种微妙的关系,而一旦用科学的方式介入对自己的诊断和治疗,也许会使自己失去这种灵感。正是因为伍尔夫对待自己疾病略显神秘的态度引发了关于她精神状况的成因、发病与创作之间关系的持续争议。

二 精神分析与伍尔夫的"疯癫"

1900年,弗洛伊德发表了《梦的解析》,同年一个患歇斯底里症的女孩多拉接受了弗洛伊德的谈话疗法,此时的伍尔夫正处在与多拉相仿的年纪。1912年,当弗吉尼亚与伦纳德结婚时,弗洛伊德已经发表了大量作品,创建了心理分析协会,他的观念也产生了国际性的影响。弗洛伊德观察了沙赫特医生接诊的歇斯底里的病例,发现这些患者都是女性。1896年,弗洛伊德从他研究的歇斯底里的案例中总结出这样的观点：所有歇斯底里症状的最终原因都是不成熟的性经验引发的乱伦,常常是被父亲引诱,才会造成这样的恶果。然而很多德高望重的男性家庭中也出现了这样的病例,弗洛伊德最终放弃了他的引诱理论,转而用内驱力理论来解释这一症状。到了80年代,西方开始日益重视儿童遭受性虐待的状况,而这种性虐待的实施者通常是儿童的亲属。一些专家认为这样一种乱伦是年轻女性遭受心理困扰的核心所在,弗洛伊德则被追认为第一位发现这种现象

---

① 弗吉尼亚·伍尔芙:《伍尔芙随笔全集》第3卷,王斌等译,中国社会科学出版社2001年版,第1535页。

② Virginia Woolf, *A Writer's Diary*, ed. Leonard Woolf, London: Hogarth Press, 1953, p. 146.

的学者。伍尔夫在回忆俱乐部上提及幼年时期遭受同母异父哥哥性骚扰的问题，成为一批研究者追踪伍尔夫精神问题源头的重要线索。

对伍尔夫精神问题的考证历来有多种说法，有些专家认为这种症状属于躁郁症；有人认为这属于循环性精神病（周期性精神崩溃与较长时段的精神稳定相交替）；有人认为这只是歇斯底里症；有些则认为这属于精神分裂。一些伍尔夫的研究者认为用"疯癫"或"精神错乱"来描述伍尔夫是非常残忍和不恰当的。赫米奥尼·李就强调："弗吉尼亚·伍尔夫是一位患有疾病的神智正常的女性……她的疾病源自于基因、环境和生物学的因素，这种疾病周期发作且经常复发。"[1] 尽管中国的伍尔夫研究者对她的精神问题常常隐而不谈，但无法否认的是，疾病是伍尔夫生命中一个重要的组成部分。伍尔夫在她母亲去世后第一次出现精神错乱的现象，1904年父亲去世后，她又一次精神崩溃，1910年在一系列家庭变故之后她再次犯病，在她写作第一部长篇小说《远航》时和嫁给伦纳德一年后，这样的状况反复发生。后续的几次精神问题常常和她紧张的工作有关，而工作也不完全是她出现精神问题的唯一原因。赫米奥尼·李称伍尔夫的疾病"是沉淀下来的，但并不是确定无疑地由发生在她身上的事情造成的"[2]。这一说法和斯蒂芬家族精神障碍的历史以及斯蒂芬家的孩子们所遭受的各种压力和痛苦结合起来，成为赫米奥尼·李解释伍尔夫精神疾病来源的因素。

另一位批评家路易斯·德萨佛则追溯伍尔夫在幼年期间所遭受的不幸，指出她早在6岁时就受到了同父异母哥哥的侵犯。80年代后期对儿童性虐待及其所造成的严重后果的关注、在美国由简·马库斯所引领的女权研究都为德萨佛的论证提供了支持。德萨佛运用精神分析的方法将伍尔夫的"疯癫"作为一个重要的研究课题，将伍尔夫的两个哥哥杰拉尔德·达科沃斯和乔治·达科沃斯对她的性侵犯作为解读伍尔夫疾病成因的关键因素。德萨佛非常反对早期伍尔夫研究中对斯蒂芬家庭浪漫而乐观的描述，她强调要正视这个家庭内部存在的压抑、忽视甚至是残忍对待孩子的态度。她提到这样一件事情：作为父亲，莱斯利·斯蒂芬将他第一次婚姻所生的孩子劳拉在家中锁了起来并最终送到了收容所，作为对她"乖张"行为的惩罚。第二任妻子离世后，他又开始利用大女儿斯特拉·达科

---

[1] Hermione Lee, *Virginia Woolf*, London: Chatto and Windus, 1996, p. 175.
[2] Hermione Lee, *Virginia Woolf*, London: Chatto and Windus, 1996, p. 175.

沃斯的善良，让她代替了母亲的位置。斯特拉死后，瓦妮莎又接替了这一任务，继续忍受莱斯利的情感剥削。

德萨佛还补充了伍尔夫一个精神失常的表亲 J. K. 斯蒂芬的事迹，他疯狂地追求斯特拉并被允许在她们家中晃来晃去。在德萨佛眼中，斯蒂芬一家的男性都对女性过度求索并不停地掠夺情感。她指出伍尔夫自己强调过她曾经遭受的虐待对她的重大影响，1920 年 11 月，在受弗洛伊德启发的回忆俱乐部中，伍尔夫朗读了一篇名为《海德公园门 22 号》的文章，其中就坦率地讲述了乔治·达科沃斯对她所犯下的罪行。在 1939 年伍尔夫着手开始写作的自传《往事杂记》的片段中，她将回忆的触角伸得更远，她开始将自己可怕的抑郁时刻和儿时的经历联系起来：在她六七岁时，杰拉德·达科沃斯将她放在一个堆放餐碟的平台上，用手去探索她的身体并触碰到了她的私处。德萨佛将伍尔夫的这次坦白与她和弗洛伊德的会面联系起来，认为是弗洛伊德的影响鼓励了她将自己再也无法忍受的负担倾倒出来，而弗洛伊德对引诱理论的否定加重了伍尔夫对自己精神状况进行合理反思的怀疑，加之纳粹对伍尔夫夫妇发出的恐怖威胁直接影响到了伍尔夫的身体安全，这才导致了她的自杀。然而尼科尔·沃德·菇夫却认为将伍尔夫的自杀归结为弗洛伊德的影响是没有根据的。1939 年伍尔夫所读的弗洛伊德的著作是《摩西与一神教》，而并不是《多拉案例》或是《歇斯底里研究》。①

德萨佛影响甚广的研究也招致了许多质疑，她的研究被认为是对伍尔夫生命中的男性片面且无情的解读。家庭伤害会影响每个孩子，伍尔夫并不是唯一的受害者，伍尔夫本人也不像德萨佛所描述的那样不堪一击。然而德萨佛的这种研究也具有不容置疑的价值，她不但纠正了其他版本的传记中对伍尔夫精神疾病的忽视，也启发了研究者对伍尔夫小说中隐喻的关注，将伍尔夫的小说人物与伍尔夫自身的经历联系了起来，从而影响了其他研究者对伍尔夫作品的阐释。

相较于赫米奥尼·李对伍尔夫的精神疾病较为客观的描述和德萨佛对伍尔夫童年经历的过分强调，还有一类批评的声音则倾向于美化伍尔夫的

---

① 参见 Nicole Ward Jouve, "Virginia Woolf and Psychoanalysis", in *The Cambridge Companion to Virginia Woolf*, eds. Sue Roe and Susan Sellers, Shanghai: Shanghai Foreign Language Education Press, pp. 248-249.

"疯癫"。1924年，伍尔夫在谈到斯蒂芬家族时曾补充道："我的疯癫拯救了我。"① 1930年她在日记中说："于我而言，我相信这些疾病——我该怎么表达呢？——有一部分是神秘的。"② 这样的表述令一些批评家将伍尔夫的"疯癫"浪漫化，认为这样的一种状态是伍尔夫能够写出这类作品的原因。爱德华兹（Lee R. Edwards）曾做过一个测试，他将《海浪》中罗达所说的一段话和一位精神分裂患者被记录下的话语以及法国超现实主义诗人阿尔托在精神崩溃期间所写下的片段并置在一起，让读者去猜测这三段话分别出自何人之口。爱德华兹指出伍尔夫和阿尔托笔下人物的表述"使得他们，尤其是置于这种语境中时，从字面意义上看与一个疯子别无二致"③。他认为没有必要为伍尔夫的"疯癫"做出辩护，也不必刻意强调伍尔夫是一个神智正常的作家，因为伍尔夫正是利用这种接近疯狂的状态创作出了她自己的作品。值得注意的是，精神疾病本身并不能使一个人成为作家，我们需要看到伍尔夫付出了怎样的艰辛和决心才将这种关于疯狂状态的材料转化为艺术作品。如果没有这样的努力，疯狂本身仅仅只能产生一些杂乱不堪的呓语。

三 伍尔夫作品的精神分析批评

虽然伍尔夫本人并不认同将弗洛伊德心理分析的科学方法运用到小说创作中去，她却无法阻止精神分析的批评家们运用这样的方式对她的作品进行解读。据梅基科·米诺—平克尼的考证，欧文·斯坦伯格应该是最早运用弗洛伊德的理论对伍尔夫的小说作品进行分析的批评家。1953年他在文章中称：伍尔夫在写《到灯塔去》时成功地化用了弗洛伊德的"阳具象征"。这样的说法激怒了伦纳德，他去信给斯坦伯格，申明自己的妻子从未读过弗洛伊德的《梦的解析》，也根本不了解弗洛伊德的那套象征体系。1956年约瑟夫·布洛特纳在《〈到灯塔去〉的神话模式》一文中也提到了俄狄浦斯情结和弗洛伊德的理论。70年代关于伍尔夫的文献资料大规模地涌现出来，昆汀·贝尔的传记、伍尔夫的自传《存在的瞬

---

① Sue Roe and Susan Sellers eds, *The Cambridge Companion to Virginia Woolf*, Shanghai: Shanghai Foreign Language Education Press, p. 252.
② Hermione Lee, *Virginia Woolf*, London: Chatto and Windus, 1996, p. 192.
③ Lee R. Edwards, "Schizophrenic Narrative", *Journal of Narrative Technique*, 19 (Winter 1989), p. 27.

间》、伍尔夫的书信和日记为伍尔夫研究者提供了大量一手资料，伴随着女性主义批评的蓬勃发展和对伍尔夫生平日益增长的兴趣，伍尔夫研究史上出现了一个特殊的现象——心理传记与文学批评密切交融在一起。[1] 因而约翰·梅法姆感叹道："从未有一种文学研究像伍尔夫研究的情形那样将文学批评和心理传记的探寻如此紧密地结合起来。"[2]

在伍尔夫的精神分析批评中起到关键推动作用的是后结构主义批评。70年代的女权主义批评通过对伍尔夫的重新认识和对她作品的全新阐释，深刻地改变了伍尔夫研究的方向。伍尔夫摇身一变成了一位政治性的、女权主义的思想家，她的现代主义艺术反而成了棘手的毫不相干的话题。后结构主义通过对女权主义政治的借用，对伍尔夫的叙述技巧进行了激进的阐释，将主体、性别和语言从理论上连接在一起，从而拯救了伍尔夫的现代主义特征。雅克·拉康的后结构主义精神分析改变了人们对于人类主体的理解，通过对弗洛伊德的重读，拉康宣称主体建构中语言的向心性使精神分析和文学批评具有了特殊的联系。茱莉娅·克里斯蒂娃对拉康理论的修正则使伍尔夫的现代主义艺术和她颠覆性的女权主义结合了起来。[3] 在克里斯蒂娃的理论建构中，主体被定义为象征和符号两种形态辩证发展的过程，她认为"象征秩序与父权制的社会文化秩序相联系，而符号学则产生于前俄狄浦斯阶段，与母亲、女性密切相关；符号学不是取代象征秩序，而是隐匿于象征语言内部，组成了语言的异质、分裂的层面，颠覆并超越象征秩序，这也正如同女性既处在男性社会内部又遭到其排斥，被逐至它的边缘，从而模糊了父权制男女二元对立的界限而产生颠覆父权制社会的作用"[4]。在她看来，19世纪末20世纪初的先锋诗学正是利用符号学中对语言的断裂来颠覆象征秩序。

在《女性书写和书写女性》（1979年）一书中，吉莉安·比尔和玛丽·雅各布斯首次尝试使用拉康和克里斯蒂娃的后结构主义精神分析的方法来解读伍尔夫的叙述技巧。她们认为伍尔夫的叙述策略是一种富有政治

---

[1] 参见 Makiko Minow-Pinkney, "Psychoanalytic Approaches", in *Palgrave Advances in Virginia Woolf Studies*, ed. Anna Snaith, New York, NY: Palgrave Macmillan, 2007, pp. 62–63。

[2] John Mepham, *Virginia Woolf: Criticism in Focus*, London: Bristol Classical Press, 1992, p. 13.

[3] 参见 Makiko Minow-Pinkney, "Psychoanalytic Approaches", in *Palgrave Advances in Virginia Woolf Studies*, ed. Anna Snaith, New York, NY: Palgrave Macmillan, 2007, p. 64。

[4] 朱立元：《当代西方文艺理论》，华东师范大学出版社2014年版，第295页。

意味的、颠覆性的女权主义,而不是一种唯美主义的逃避。伍尔夫的写作可以被看作对特殊的女性叙述语言的探索。陶丽·莫伊在其影响深远的《性与文本的政治》一书中指出伍尔夫激进的性别/文本的政治总是遭到英美女权主义批评家的误解,他们无法打破传统的(因而也是父权制的)人文主义意识形态模式的局限。如果能够从后结构主义的角度出发就能更好地认识伍尔夫的真实本性。梅基科·米诺—平克尼的《弗吉尼亚·伍尔夫与主体问题》也全面阐释了对伍尔夫实验性小说背后的美学进行理论性阅读的结论:伍尔夫的现代主义美学是对由父权制决定的叙事定义、书写和主体之根本形式规则的女权主义颠覆。这本书探究了伍尔夫的女权主义写作如何从符号与象征的分歧之间寻求一种平衡,在屈从于象征秩序和拒绝象征秩序之间保持一种困难而微妙的辩证关系,因为对象征秩序的颠覆要冒着被逐出意义与明智之域的危险。①

　　拉康和克里斯蒂娃的理论为女权主义提供了非常有益的词汇和概念。他们所提出的"象征秩序"(语言本身)成为男性或父权制所固有的,而"想象的(虚构的)"则成为乌托邦式女权主义的领域。弗洛伊德和拉康的精神分析理论成为女性主义理论研究(如主体建构、性别差异及其与语言的关系)中的基本概念,将精神分析和女权主义理论结合起来也成为伍尔夫研究中的显著倾向。这样的结合带来了另一个理论研究的转向——从俄狄浦斯情结和父子关系中心转向了前俄狄浦斯阶段的母女关系研究。克里斯蒂娃能够风靡女权主义研究领域在很大程度上归功于她对拉康精神分析理论的改造。正是她将注意力转向了前俄狄浦斯阶段的母婴关系研究,并将处在象征阶段之前的想象性的主观情感方面加以理论化。然而这种充满了乐观主义精神的颠覆同样也存在着危险:对象征秩序的全面抛弃将会招致女权主义和女性叙述本身再次沦为边缘和他者。美国的儿童心理学家梅兰妮·克莱因(Melanie Klein)就注意到了这种令人振奋的乌托邦式的母婴关系想象背后的危险。克莱因比克里斯蒂娃更早将母婴关系置于精神分析研究的核心领域,在克莱因的解析中,儿童在成长过程中存在着对母亲的破坏性攻击,所谓的母亲和孩子之间的完美关系事实上是不存在

---

① 参见 Makiko Minow-Pinkney, "Psychoanalytic Approaches", in *Palgrave Advances in Virginia Woolf Studies*, ed. Anna Snaith, New York, NY: Palgrave Macmillan, 2007, pp. 64-65。

的。① 1956年布洛特纳在论文中将拉姆齐夫人视为具有"女性力量"的、理想的母亲形象;是男性暴力的永恒的治愈者和缓和者;是维持一个家庭的爱、稳定和丰硕的不竭源泉。然而之后的研究则更倾向于去检验伍尔夫笔下的女性形象和她实际生活中的女性所具有的缺陷,认为不论是拉姆齐夫人还是伍尔夫的母亲茱莉娅都并不是完美的母亲。②

在梅基科·米诺—平克尼看来,80年代以来的女性主义精神分析研究具有一个显著的特点,那就是从内部观照伍尔夫的文本所具有的理论特点而不是用外在的理论对伍尔夫的作品进行批评。③ 理论本身不再仅仅是阐释作品的方便之计,作品也不再单纯是为了佐证理论而存在的例子。

伊丽莎白·阿贝尔《弗吉尼亚·伍尔夫与精神分析小说》(1989年)一书对伍尔夫和精神分析研究之间的历史语境进行了细致的爬梳,并揭示了伍尔夫的小说是如何回应并重写了由精神分析生发出的文本叙述。根据阿贝尔的说法,伍尔夫20世纪20年代的小说不仅通过否定弗洛伊德所强调的父权家长的谱系和19世纪的小说常规,质问了弗洛伊德的理论,而且关涉到之后由美国女权主义者发起的更为激进的改革。在阿贝尔看来,精神分析的批评方法不仅使读者成为伍尔夫所希望的眼光敏锐的观察者,伍尔夫的小说本身也通过阐明精神分析的叙述选择,揭示其虚构性从而削弱了精神分析的权威性。阿贝尔所提倡的精神分析研究并非用精神分析的方法来强制阐释伍尔夫的作品,而是通过理论和文本间的互动来解释两者之间互相解构和影响的动态进程。她将历史的维度引入文学与精神分析之中,历史在阿贝尔对伍尔夫与精神分析之间的叙述中扮演了重要的角色。她认为伍尔夫在《一间自己的房间》中仍然在支持母系故事的理论,她让一个同姓的姑母给予女性遗产,而当生物学上的母性在30年代成为纳粹所美化的形象时,伍尔夫就不再把母亲当作哺育和支撑家庭的力量,而将其视作被父权制征服并为父权制社会服务的无能的代理人。因此在《三枚旧金币》中的叙述者是"受教育的男人们的女儿"而不是母亲的女儿。伍尔夫也从基于母性的叙述转向了弗洛伊德的叙述方式。于是在

---

① 参见 Makiko Minow-Pinkney, "Psychoanalytic Approaches", in *Palgrave Advances in Virginia Woolf Studies*, ed. Anna Snaith, New York, NY: Palgrave Macmillan, 2007, p.65。
② 参见 Makiko Minow-Pinkney, "Psychoanalytic Approaches", in *Palgrave Advances in Virginia Woolf Studies*, ed. Anna Snaith, New York, NY: Palgrave Macmillan, 2007, p.67。
③ 参见 Makiko Minow-Pinkney, "Psychoanalytic Approaches", in *Palgrave Advances in Virginia Woolf Studies*, ed. Anna Snaith, New York, NY: Palgrave Macmillan, 2007, p.67。

1939年，伍尔夫终于开始诚恳地阅读弗洛伊德的作品。① 阿贝尔将伍尔夫对弗洛伊德精神分析的态度与历史环境结合起来，为伍尔夫的精神分析研究提供了新的思路。玛丽·雅各布斯构想出了伍尔夫的文本、精神分析与女权主义理论之间的复杂关系："克里斯蒂娃理论中的前俄狄浦斯结构将母亲重新确立为所有意义的源头，这不仅使伍尔夫的小说自身——被读作——对弗洛伊德理论的超越，同时对伍尔夫小说的阅读也修正并扩展了对前俄狄浦斯阶段的女权主义思考。"② 无论是阿贝尔还是雅各布斯都意识到了伍尔夫对弗洛伊德俄狄浦斯情结的超越。不同的是，阿贝尔认为历史环境的因素影响了伍尔夫对前俄狄浦斯阶段母亲与女儿之间亲密关系的信心，因此在后期越来越倾向于弗洛伊德的理论；而雅各布斯则认为伍尔夫的小说在不断超越父权制的禁锢同时也在反思前俄狄浦斯阶段的局限性。

与其他文学批评对待伍尔夫小说的态度不同，在对伍尔夫小说中的人物进行精神分析时，一些职业的精神分析学家往往选择将小说中的人物与真实的人物对号入座，忽视了小说人物的虚构性和文学作品的文本特点。在这样的批评中，拉姆齐夫人成了伍尔夫的母亲茱莉娅·斯蒂芬，《达洛卫夫人》中的疯子塞普蒂莫斯成为伍尔夫本人，而这些批评的终极兴趣就是伍尔夫自己的心理状况。欧内斯特·沃夫（Ernest S. Wolf）和艾娜·沃夫（Ina Wolf）在《我们独自死亡：对弗吉尼亚伍尔夫〈到灯塔去〉的精神分析评论》（1986年）中运用了海因茨·科胡特（Heinz Konut）的自体心理学理论分析《到灯塔去》中的拉姆齐夫人。在他们的分析中，拉姆齐夫人是一位自恋的易受伤害的女性，她需要通过过度的活动使她周围的每一个人都融入自己的个性中，以避免她不完美的自我。拉姆齐夫人或者说茱莉娅·斯蒂芬在他们看来远非理想且完美的形象，相反，她是一位不称职的母亲，自己就有心理上的问题，所以没有能力去爱护并养育她的女儿。③ 另一位心理分析学家约翰·梅兹（John R. Maze）则在《弗吉尼亚·伍尔夫：女权主义、创造力与潜意识》（1997年）一书中坚称弗洛伊

---

① 参见 Makiko Minow-Pinkney, "Psychoanalytic Approaches", in *Palgrave Advances in Virginia Woolf Studies*, ed. Anna Snaith, New York, NY: Palgrave Macmillan, 2007, p. 66。

② Mary Jacobus, "'The Third Stroke': Reading Woolf with Freud", in *Virginia Woolf*, ed. Rachel Bowlby, London and New York: Longman, 1992, p. 118.

③ 参见 Makiko Minow-Pinkney, "Psychoanalytic Approaches", in *Palgrave Advances in Virginia Woolf Studies*, ed. Anna Snaith, New York, NY: Palgrave Macmillan, 2007, p. 75。

德的象征系统揭示了伍尔夫被压抑的欲望,主要是对她的母亲和哥哥索比与性有关的矛盾欲望。① 梅兹简单而固执地运用弗洛伊德的性欲理论来解读伍尔夫的作品,恰恰与女权主义视角下的精神分析研究形成了反差。

与80年代女权主义独霸精神分析研究领域的状况不同,90年代的精神分析研究呈现出多元发展的态势。后结构主义、反后结构主义、文学历史学等与精神分析批评的结合日益密切。然而这些研究都没有像女权主义精神分析研究那样从文本内部发现伍尔夫与精神分析批评的契合与相异之处,而仅仅将精神分析批评作为一种理论工具来阐释伍尔夫的文本。值得注意的是,正是由于理论与文学之间严格的对立被打破之后,关于伍尔夫的精神分析研究才真正地得以发展。肖珊娜·费尔曼(Shoshana Felman)在《文学与心理分析》(1982年)一书中曾指出对文学与心理分析之间传统关系的解构改变了主(精神分析)与仆(文学)之间的等级地位,使主仆之间形成了一种新的对话关系。这样精神分析与文学文本之间就会产生一种良性的互动,而不再陷入一种被动地寻找或是提供证据的模式。费尔曼提醒我们注意文学并不是精神分析学说的注脚,我们可以从文学作品中发现一些心理分析的现象,却不能据此将文学作品简化为理论的展现。② 这与伍尔夫自己对待精神分析学说和小说之间关系的态度是相同的。女权主义精神分析研究发现了伍尔夫文学文本中所深藏的潜意识的暗流和性别的选择,这样的研究促成了理论和文本之间真正的对话。如果研究者仅仅着眼于一些表面的相似,将伍尔夫的小说随意扣上性暗示、阳具崇拜、阴茎妒忌的帽子,(如茹夫1998年的文章《弗吉尼亚·伍尔夫:阴茎妒忌与男性句式》所言)只能使伍尔夫作品的精神分析研究走向衰落。

第二节 弗吉尼亚·伍尔夫与社会历史批评

尽管弗吉尼亚·伍尔夫在中国常被视作一位不染尘世烟火的女性作家,并因此被尊奉为纯粹的艺术家,国内许多伍尔夫研究者即使发现了其

---

① 参见 Makiko Minow-Pinkney, "Psychoanalytic Approaches", in *Palgrave Advances in Virginia Woolf Studies*, ed. Anna Snaith, New York, NY: Palgrave Macmillan, 2007, p.76。
② 参见 Makiko Minow-Pinkney, "Psychoanalytic Approaches", in *Palgrave Advances in Virginia Woolf Studies*, ed. Anna Snaith, New York, NY: Palgrave Macmillan, 2007, pp.76-78。

政治性和社会性的一面也选择保持缄默。但在英语世界,自伍尔夫第一部作品问世以来,用社会历史批评的方法对伍尔夫作品进行分析的传统就没有中断过。20 世纪前半叶,社会历史批评常与批评家的阶级立场结合起来,伍尔夫的作品因缺乏道德感和社会责任感而饱受诟病。她的女权作品中体现出的生活实践的匮乏招致了 Q. D. 利维斯无情的批判,利维斯夫人《全国的毛毛虫团结起来!》一文对伍尔夫早期的声誉造成了严重的影响。20 世纪 70 年代后,英语世界的女权主义批评家为了扭转学界对伍尔夫作品缺乏政治和社会价值的刻板印象,开始了"援救"伍尔夫的行动。他们将社会历史批评与女权主义批评结合起来,不仅从伍尔夫的生活实践中,也从她的文本外部表达和内部结构中发现了她政治性、革命性的一面。随着伍尔夫作为女权主义代表人物的地位最终确立,英语世界的研究者们开始结合伍尔夫当时所处的社会和历史语境,将社会历史批评与文化研究相结合,重新考察伍尔夫的创作中所体现出的民主、包容的一面。本节笔者将结合这三个时期研究者具体的文本,分析伍尔夫是怎样从一位缺乏真实性、进步性和教育意义的"颓废"作家转变为一位代表了进步思想和民主观念的革命者和教育家。

一 "阶级敌人"伍尔夫

的确,她是高雅之士的王后,而我却是个缺少文化素养的人。

——阿诺德·本内特[1]

《一间自己的房间》就已经够令人讨厌了……《三枚旧金币》则不仅仅是愚蠢的和消息闭塞的,更包含了一些危险的设想,荒谬的主张和险恶的态度。

——Q. D. 利维斯[2]

阿诺德·本内特在 1929 年发表的《高雅之士的王后》中曾建议读者沿着亲王大道散步,从皇家音乐学院敞开的窗户中聆听年轻人练习乐器的声音,这些年轻人试图成为未来的职业音乐家,"十年之后,其中的姑娘们有十分之九将会由于爱情、家庭生活、(或许还有)摇篮而放弃了所有

---

[1] 瞿世镜编选:《伍尔夫研究》,上海文艺出版社 1988 年版,第 282 页。
[2] Q. D. Leavis, "Caterpillars of the Commonwealth Unite!", in *Virginia Woolf: Critical Assessments*, Vol. 2, ed. Eleanor McNees, Sussex: Helm Information Ltd., 1994, p. 273.

的擦弦声、叮咚声和颤声"①。这难道就能说明女性因家庭生活的重压而失去了应有的机会吗?本内特认为大部分女性的失败与生活环境并无关系,因为"伟大的歌剧演唱家们,孩子生了一个又一个,却仍然是伟大的歌剧演唱家"②。这些和男性享有同等优越条件的女性放弃音乐,只是因为她们并不具备成为伟大歌剧演员的天赋。伍尔夫所强调的那些外在的物质条件,根本就不是成功必要的基础。

为了拉开自己与伍尔夫的距离,本内特声明:"的确,她是高雅之士(high-brows)的王后,而我却是个缺少文化素养(low-brow)的人。但是,世界是由各种各样的人构成的,如果没有大量缺少文化素养的居民掺杂其间,布鲁姆斯伯里高级住宅区甚至也就会无法居住了。"③ 至此,本内特对伍尔夫进行批评时隐含的阶级偏见终于从幕后走到了台前。他放弃自己严肃艺术家的身份,将原本是两种文学观念的差异扩大为两个阶级之间的鸿沟。这种唯阶级论的批评在当时或许能够获得广泛的群众支持,却难以获得持久的生命力。伍尔夫并不是因为本内特缺乏文化修养,行为低俗而批判他的作品。本内特却主动将自己归入与大众相同的阶级,把伍尔夫推向公众的对立面。本内特攻讦的靶子已不再是作品本身的质量,而是社会阶层的差异。

20世纪30—40年代针对伍尔夫的一系列建立在阶级关系基础上的批评,以Q. D. 利维斯和F. R. 利维斯的观点为代表,以他们合作编辑的《细铎》为主要阵地。他们所攻击的关键问题就是伍尔夫的"褊狭"。伍尔夫的小说看上去只是为了那些"和她生活在同一个狭小世界中的人","一个拥有继承权、私人收入、安适生活和脆弱情感的阶级"④ 所写的。她的作品和"真实"的世界相距甚远,作品结构又缺乏必要的关联性。对F. R. 利维斯来说,伍尔夫的作品不具有"公共的重要性",因为它"缺乏道德兴趣和行动的兴趣"⑤。她的写作是以"极度的空虚和无意义"⑥ 为特点的。Q. D. 利维斯认为伍尔夫之所以决定采用一种没有情节、没有戏剧、没有悲剧、没有爱情、没有灾难的风格,是事出有因的:她没

---

① 瞿世镜编选:《伍尔夫研究》,上海文艺出版社1988年版,第284页。
② 瞿世镜编选:《伍尔夫研究》,上海文艺出版社1988年版,第284页。
③ 瞿世镜编选:《伍尔夫研究》,上海文艺出版社1988年版,第282页。
④ R. L. Chambers, *The Novels of Virginia Woolf*, London: Oliver and Boyd, 1947, p. 1.
⑤ F. R. Leavis, "After *To The Lighthouse*", *Scrutiny*, 10 January, 1942, pp. 297-298.
⑥ F. R. Leavis, "After *To The Lighthouse*", *Scrutiny*, 10 January, 1942, p. 295.

有丰富和积极的人生经验去验证她所反对的这一切,因而她的兴趣所在只能是提供一些替代品来补充她人生的缺憾。利维斯建议人们去看《细绎》1938年9月刊登的对伍尔夫的评论,这篇评论正出自他的妻子Q. D. 利维斯之手。

来自Q. D. 利维斯的《全国的毛毛虫团结起来!》(亦译为《英联邦的毛毛虫联合起来!》)可谓是伍尔夫生前遭受的最为猛烈的攻击之一。这篇攻击伍尔夫《三枚旧金币》的长文也成了英语世界伍尔夫研究者回顾早期研究时绕不过去的一段历史。Q. D. 利维斯的批评对伍尔夫研究的深远影响至今仍可寻觅到踪迹,2002年希奥多·达尔林普尔(Theodore Dalrymple)在《城市杂志》上发表的《弗吉尼亚·伍尔夫的愤怒》一文,[1] 依然在模仿利维斯的观点。

在《全国的毛毛虫团结起来!》开篇第一段中,Q. D. 利维斯就把"阶级"这个词足足重复了六遍,伍尔夫提到的"我们阶级的女性"在利维斯夫人看来是与普通大众毫不相干的——由伍尔夫和她的朋友们所构成的一个小圈子内的女性。利维斯夫人本人和英国广大受过教育的女性,都不在伍尔夫所提到的"阶级"范围内。伍尔夫对受过教育的女性构成一无所知,仍然认为受教育是她所在阶层的特权,这恰恰反映了伍尔夫对现实生活一无所知。因此伍尔夫的女权批判所立足的不过是约翰·穆勒的观点,她对男性专横敌对的印象来自二手的资料和传闻。在利维斯夫人看来,对《三枚旧金币》中的具体内容进行分析是没有必要的,因为伍尔夫的阶级立场与现实生活中受过教育的女性并不相同,整篇文章不过是伍尔夫对所在阶级女性是非曲直的一些饶舌重述,间或提及一些英国妇女所遭受的不公。

利维斯夫人将伍尔夫写作《三枚旧金币》看作一种令人不快的自我沉溺。作为批评家和伍尔夫所不了解的受过教育的女性阶层中的一员,她表示《三枚旧金币》是非常不受欢迎、不合时宜的:"我斗胆代表许多我所知的受过教育的女性发声,伍尔夫最近的这部作品让人们对我们的性别很失望。《一间自己的房间》就已经够令人讨厌了……《三枚旧金币》则不仅仅是愚蠢的和消息闭塞的,更包含了一些危险的设想,荒谬的主张和

---

[1] 详见Theodore Dalrymple, "The Rage of Virginia Woolf", *City Journal*, 10 August, 2002。

险恶的态度。"① 在她看来,伍尔夫的这部作品故意使用诉诸情感的方式来回避任何争论,把女性的矛盾作为武器,让人感到伍尔夫虽然没有纳粹的思想却有着纳粹的逻辑。这让她同情读了这本书的男性,因为只要男性一开口反驳就会被认为是在压迫女性。在这里利维斯夫人非常巧妙地将伍尔夫的文本与当时英国深恶痛绝的纳粹集团联系了起来,用一种她所指责的情感代替理性的方式来煽动人们对伍尔夫的不满情绪。

对于伍尔夫所谈到的男性虚荣的本质,利维斯夫人也感到无法理解。她指出伍尔夫在文中所提及的男性对穿着的注重之类的事情,让人感觉只是一些没有任何意义的片段被凑在了一起。爱美是人之天性,伍尔夫却独独强调男性在这方面的偏好,好像这种人类共有的缺点只属于男性一样。她举例说,伍尔夫认为维多利亚时代的父亲在智力和经济方面牢牢控制着自己的女儿,而她则认为,这种现象在母亲身上也存在,而且在之前的每个时代都是如此。劳伦斯小说中的母亲不也试图掌控自己儿子的生活吗?"母亲对自己孩子,尤其是儿子造成的道德和精神压力更甚于女儿和妻子对男性的经济依赖。"② 在利维斯夫人看来,伍尔夫的这种性别敌视只是一种自我放纵:

> 它为伍尔夫夫人提供了一束自以为是的光芒,把不值得同情的男性作为容易击中的目标,这样做造成的更为严重的后果是毁掉了女性唯一能够得到认同的机会。这个机会就是让智慧的男性接受女性拥有和他们相同的智力(并最终使那些机构和行业的运营者们承认这一点)从而遗忘她们的性别中许多像伍尔夫一样不完善的大脑。③

作为一位受过教育的女性,利维斯夫人同样感到了英国社会对女性进入职场与男性竞争的种种压制。对待这种不公正,她认为最好的办法是淡化性别差异,遵循男性社会的竞争规则以赢得尊重和平等。伍尔夫在《三枚旧金币》中对男性的抱怨,只能让男性更加确认女性头脑的不完善。伍

---

① Q. D. Leavis, "Caterpillars of the Commonwealth Unite!", in *Virginia Woolf*: *Critical Assessments*, Vol. 2, ed. Eleanor McNees, Sussex: Helm Information Ltd., 1994, p. 273.
② Q. D. Leavis, "Caterpillars of the Commonwealth Unite!", in *Virginia Woolf*: *Critical Assessments*, Vol. 2, ed. Eleanor McNees, Sussex: Helm Information Ltd., 1994, p. 274.
③ Q. D. Leavis, "Caterpillars of the Commonwealth Unite!", in *Virginia Woolf*: *Critical Assessments*, Vol. 2, ed. Eleanor McNees, Sussex: Helm Information Ltd., 1994, p. 274.

尔夫的所作所为让广大受过教育的女性尴尬,她自以为是的对父权社会的批判不仅帮了倒忙,还拉低了受教育女性的智性水平。

在这段指责伍尔夫对男性进行抱怨的句末,有一条利维斯夫人特意加上的补充注释,在注释中她更加详细地阐明了自己对女性进入男性所掌控的严肃事业的态度。乔德先生认为女性的在场毁了严肃的讨论,伍尔夫对此感到愤愤不平,而利维斯夫人则认为乔德先生的这种说法是可理解的。因为她经常听到受过教育的女性提及在参与一些讨论时感到的不安,因为这些严肃的讨论有时会因女性智力的局限性被无情地暴露而毁掉或是收效甚微,这种讨论经常以"我为自己的性别感到羞愧"而告终。而补救的方法,在利维斯夫人看来,是制定更为严格的学科规范,让女性依据这些准则来了解自己的不足,谦逊地认识自己。

利维斯夫人和伍尔夫对待父权制知识体系的不同态度非常直观地反映了女权主义者在对抗父权制体系时所面临的两难困境。尽管女权主义者一直倡导对父权制的话语体系的对抗,但她们也不得不承认父权制话语是掌握了话语权的一方,这一套由男性制定的话语体系拥有"制定规则、维护权威、决定真理、书写历史甚而压制他者"[①] 的权力。女性从语言、思维到行为无一不受这种话语体系潜移默化的影响,彻底颠覆这一套话语体系谈何容易。即使女性真的能够建立一套属于自己的独特的话语体系,男性与女性各执一词,又该如何进行沟通呢?利维斯要求和现存的话语体系合作,得到男性的认同,而伍尔夫则要另辟蹊径,用女性自己的方式说话。很显然从伍尔夫作品早期的接受状况来看,这样的方式在当时是无效的和不合理的,因为它并不被男权社会所规定的话语体系承认,男性也不会接受和运用这一套在他们看来缺乏科学性、系统性、理性的话语规则。对话语权的争夺从女权主义的发端之日就存在,如何在寻求平等和强调差异中达致平衡至今仍是女性主义的难解之题。

面对这一难解之题,面对不公正的教育体系,为改善受教育女性的地位,伍尔夫建议女性拒绝同男性合作,废除由男性控制的大学体系,这听起来似乎是一个有希望的出路,但利维斯夫人指出,伍尔夫并不了解大学生为了谋生要做完多少功课,付出何等艰辛。在伍尔夫的世界里,从18岁到21岁的成年人能够通过学习她所谓的生活的艺术来认识到生存是一

[①] 曹顺庆、郭明浩:《话语权与中国文学史研究》,《南京大学学报》2013年第5期,第76页。

个沉重的负担。而对大部分的人来说,最好的掌握生活的艺术的方法要么就是因残酷环境的逼迫而被迫自力更生,要么就是掌握一项专业技能,当时的教育家则认为能够把两者结合起来就能更好地提高一个人的能力。没有这些训练,所谓生活的艺术就成了可悲的事情。很显然,伍尔夫所指的生活的艺术仅仅局限于她所在的那个阶层内,欣赏服装的品位、鉴赏美食的能力、谈话的艺术等才是所谓的艺术。而在利维斯夫人看来,这群人正是社会的寄生虫。利维斯夫人认为如果高等教育机构想要捍卫人类的价值,就像伍尔夫在她的文中所渴望的那样,就必须保持最高的标准,执行最严格的智力训练。而要想达到这个目的,高等教育机构首要的责任是培养批评的态度,其次是发展学生辨别、评判和拒绝的能力。伍尔夫的抱怨只是对她那个阶层的女性所遭受的一些不公深感不平,她最珍视的计划是以一种纳粹的方式将批评本身连根拔起,彻底铲除。"她想为了业余爱好者的利益而处罚专家,所以她的大学尽管承诺可以为自己的喜好而学习,却只能成为闺房学识和纯文学主义的滋生地。"[1] 利维斯夫人认为伍尔夫的建议不会让任何人觉得能够提升现存的大学教育体制,这种所谓更高级的教育"使平庸的灵魂气馁,敌视思想的自由并且痛恨公正无私的评判"[2]。

  伍尔夫在反对现存的由男性控制的教育体系上无疑和女性的设想意气相投,但这种教育不正是之前的女性一直在努力争取的吗?《三枚旧金币》中举出的女性解放运动领导人的例子,只能让利维斯夫人推断出这些女性和自己一样,也和大部分男性一样,渴望进入大学,渴望继续进行系统的专业的学术训练,得到最好的导师的指导(利维斯夫人不得不承认,在大部分领域,这些佼佼者们都是男性),并且在与这些学生的一同努力下尽可能确立最高的学术标准,且能够和最成熟智慧的人一起工作(利维斯夫人指出这些人恰好也是男性,这也解释了为什么明智的女性从来不会想到要去效法伍尔夫的女权主义英雄)。不用去仔细探讨伍尔夫的这种推翻现行教育体制的想法是否可行,在利维斯夫人看来,这些提议根本就是不负责任的。她斩钉截铁地说:"我要向你保证,任何女性在写作中主张性别平等,都需要证明作者本人具有完善的品格和值得尊重的智力,要远

---

[1] Q. D. Leavis, "Caterpillars of the Commonwealth Unite!", in *Virginia Woolf*: *Critical Assessments*, Vol. 2, ed. Eleanor McNees, Sussex: Helm Information Ltd., 1994, p. 275.

[2] Q. D. Leavis, "Caterpillars of the Commonwealth Unite!", in *Virginia Woolf*: *Critical Assessments*, Vol. 2, ed. Eleanor McNees, Sussex: Helm Information Ltd., 1994, p. 275.

离单纯的性别敌视，至少也要具备男性的责任感和男性所具备的最好的特征——自我批评的能力。除此之外，这样的女性还需要具备能在任何一个阶层中生存的能力。"[1] 这样的女性似乎正是利维斯夫人自己的写照，伍尔夫显然是不具有这种生存能力的。

利维斯夫人认为，一个女性只有具备了和男性同样的能力，站在和男性同样的高度时，才能够宣扬男女平等而不至于陷入狭隘的性别敌视。可以看出，利维斯夫人对男性的诸多优点抱持着尊重甚至崇拜的态度，并且也希望自己能够像男性一样思考问题。利维斯夫人诘问：女性口口声声追求的平等，不就是想要进入大学，进入这个男性体制内部吗？女性不就是想获得系统的思维训练吗？伍尔夫怎么能把这种我们本来渴望的东西彻底推翻呢？这不是因为得不到就宣称自己不想要的不负责任的幼稚行为吗？女性想要寻求平等对话，想要不毁掉每一次严肃的讨论，就需要掌握这个学术体制的话语，训练自己的思辨能力，和最优秀的头脑（大部分是男性）进行对话，最好还能帮助他们建立起更为完善的学术机制。伍尔夫这个游手好闲之徒，站在她狭隘的阶级立场上说话，对大部分自力更生的女性来说简直是一派胡言。为了和伍尔夫幼稚的《三枚旧金币》形成对比，利维斯夫人提到了一些她认为有价值的女性的书籍，认为这些女性才达到了她所期望的高度。[2] 她喜爱这些女性的书籍，是因为它们从不同侧面展示了女性可以和男性拥有同样成熟的心理和性格，能够很好地从事一项专门的工作：农业、商业、教育、社会科学，这些女性所写的书，因专业的缘故，有时只适合男性阅读。

很显然，始终站在阶级立场上发言的 Q. D. 利维斯认为伍尔夫的写作不是一种严肃的工作，不过是有闲阶层的消磨之举。伍尔夫居然还想代表广大受过教育的女性来反对她们好不容易争取到的一点话语权，这无疑令她大为光火。利维斯夫人赞赏这些书籍，是因为它们是"令人印象深刻的证明文件，证明女性有权力分享那些经常被认为只适合于男性的兴趣和职

---

[1] Q. D. Leavis, "Caterpillars of the Commonwealth Unite!", in *Virginia Woolf*: *Critical Assessments*, Vol. 2, ed. Eleanor McNees, Sussex：Helm Information Ltd., 1994, p. 276.

[2] 这些作品是：*Highland Homespun*（Margaret M. Leigh），*Can I Help You*, *Madam*?（Ethyle Campbell），*I'ms Not Complaining*（Ruth Adam），*Sex and Temperament in Savage Society*（Margaret Mead）.

业"①。也许她自己也觉得女性只适合看一些不需要科学的智性活动和思考的书籍，这些具有科学性的书籍本身只是为男性准备的。但是《三枚旧金币》流传了下来，而那些被当作证明文档的书籍鲜有人问津。

在利维斯夫人看来，《三枚旧金币》体现了伍尔夫希望自己阶层的女性既享有女性的特权，又能接受和男性同样的教育，同时又不必像所有男性那样有义务替这种教育辩护。伍尔夫想要敦促的，是重新赠予她那个行将就木的阶级"闲散、迷人、有教养"的女性。这些女性就是为餐桌和客厅准备的，她们要在那里实践所谓的生活的艺术。因此她才会因为剑桥的女子学院中女性要自己铺床且忍受贫穷的生活而感到愤愤不平。利维斯夫人接着说道："一些有责任感的教育改革家现在已经开始建议进行大学的改革，甚至连男性都需要在更为朴素的环境中接受教育，不能再使用仆人了。"② 值得注意的是，利维斯夫人使用了"甚至"这个词，可见在她的观念中，男性享受舒适的教育环境是天经地义的，如果男性都可以放弃优越的学习环境，女性就更没必要拥有它们了。

《全国的毛毛虫团结起来!》以对伍尔夫非专业人士身份的嘲讽收尾，利维斯夫人这番针锋相对、毫不留情的攻击，表面上看是对《三枚旧金币》这部作品的批评，实际上反映了当时大部分站在对立的阶级立场上的批评家对伍尔夫的作品及其本人的态度。利维斯夫人对伍尔夫的不满主要体现在以下几个方面：

首先，伍尔夫是行将就木的特殊阶层的一员，决不能代表广大新兴的受教育的女性。伍尔夫所属阶层的女性高高在上，享受着餐桌旁、客厅中和剧院里"生活的艺术"，殊不知对广大需要自力更生的女性来说，生活的艺术是要靠生存的历练和专业的学习得到的。伍尔夫不能也不配为广大受过教育的女性群体代言，因为她本身就与这些女性身处不同的阶级，完全不了解她们的生活、思想与需求。虽然同为女性，但伍尔夫并不是盟友而是阶级敌人。

其次，伍尔夫怀着性别敌意，攻击男性社会的教育体制，而且攻击的缘由仅仅是为她自己阶层的女性鸣不平，希望她们得到的更多。伍尔夫所

---

① Q. D. Leavis, "Caterpillars of the Commonwealth Unite!", in *Virginia Woolf*: *Critical Assessments*, Vol. 2, ed. Eleanor McNees, Sussex: Helm Information Ltd., 1994, p.276.

② Q. D. Leavis, "Caterpillars of the Commonwealth Unite!", in *Virginia Woolf*: *Critical Assessments*, Vol. 2, ed. Eleanor McNees, Sussex: Helm Information Ltd., 1994, p.276.

攻击的现象也十分可笑，女儿听从父亲的安排并不新奇，毕竟儿子也会被母亲所控制。女性理应从事家务劳动，毕竟丈夫要忙于自己的事业，当然需要妻子成为贤内助。至于女性在大学中所受到的不公正对待，只是因为女性本来就没有男性学的好，自然进校的人数就少。女性在学习的时候吃苦是正常的，教育改革者都准备让男性吃点苦头了，女性自然也可以吃苦。如果她真要改革教育体制，那就从幼年时抓起，让女性从一开始就享有平等的教育机会，更早地接触男性系统和理性的思维模式。

最后，伍尔夫没有经过专业的学术训练，写不出具有专业素养的论文，她的所谓观点也不具备男性社会需要的逻辑和条理。性别问题被伍尔夫上升到政治高度，她这样嘟嘟囔囔地抱怨，只会让男性更加怀疑女性理性思维的能力，更加看不起女性的头脑，令受过教育的女性颜面尽失。所以利维斯夫人要代表职业女性和伍尔夫划清界限，她们要做的就是积极地向最优秀的男性头脑和智慧看齐，和他们一起共事，并创造出更加科学而理性的社会模式和思维模式。

《全国的毛毛虫团结起来！》这篇1938年发表的论文，可谓是对伍尔夫晚年一次沉重的打击。文中伍尔夫被置于广大受教育女性的对立面，成了既享受着阶级特权又不知餍足的社会"寄生虫"的代表。利维斯夫人的文章之所以能够对伍尔夫的声誉造成如戈德曼所说的持久而巨大的伤害，是因为她恰恰戳中了伍尔夫实际生活经验匮乏这个痛处，并成功地煽动了广大民众对其人及其所代表的阶级的愤怒。对伍尔夫《三枚旧金币》的批评被"你对我们一无所知"的主观偏见所代替，因此伍尔夫被彻底取消了为广大女性同胞发言的权利。此外，利维斯夫人字里行间透露出的，是对专家和科学的迷信，对男性思维模式和优越地位的崇拜。当伍尔夫指出女性在家庭中牺牲了一切却无暇丰富和完善自己的精神世界时，利维斯夫人则指责伍尔夫认为从事家务劳动是无意义的事情，无疑是看不起那些身处底层为上层阶级做家务的劳动女性；当伍尔夫呼吁改革严苛的入学标准，给予女性更多受教育的机会，利维斯夫人则声称女性之所以进不了高等学府，是因为多数女性本来就不具备这样的资格和天分；当伍尔夫主张女性采取不与男性合作的态度来抵制战争和男权社会对女性的压迫，利维斯夫人则果断地为她扣上了"纳粹"的帽子，并在文中不止一次地强调伍尔夫思维逻辑的可笑与荒谬。通篇不断出现的"阶级"一词，反映出的是利维斯夫人极力与伍尔夫所在阶层的女性划清界限，对作为"阶级敌人"的伍尔夫无情的批判。

然而这部批评之作并非毫无可取之处，隐藏在这种猛烈抨击下的，是利维斯夫人对当时英国女性命运的认真思考。同为女性，利维斯夫人和伍尔夫都意识到了女性与男性之间在接受教育和走向职场时面临的种种不公现象。利维斯夫人主张采用的是一种全盘接受男性社会游戏规则的方式：女性需要通过培养与男性相同的科学严密的思维逻辑来赢得男性的尊重与信任，通过掌握主流话语所规定的言说方式和话语机制来分享话语权。而伍尔夫所主张的则是一种彻底的颠覆态度：打破男权社会这套话语体制的束缚，建立一套更符合女性自身特点的话语体系。在当时的英国，这样决绝的不配合的态度的确是过于超前，但利维斯夫人认为她痴人说梦在彼时并非毫无道理。沟通的前提是双方站在平等的位置上用互相能够理解的方式来交流，利维斯夫人无疑看到了这一点。为了避免当时的女性陷入喃喃自语的尴尬境地，她对伍尔夫另起炉灶的设想进行了无情的批判，在当时的确是具有现实意义的。《三枚旧金币》自问世以来遭受的批评并不罕见，直到女权运动的再次兴起使女性掌握了足够的话语权，从片面强调政治层面的平等转向对差异的重视之时，这部作品才重获新生。伍尔夫这部颇具前瞻性的作品在今日又重新成为研究的热点，而利维斯夫人所力推的能被男性所认可的专业作品却湮没在历史的尘埃中，这也从侧面印证了一部经典作品所应具备的经受时间考验的特质。

值得注意的是，虽然本内特和利维斯夫人都曾利用阶级问题对伍尔夫展开攻击，但他们二人并不属于同一类型。本内特在嘲讽伍尔夫是高雅之士时，自动将自己归为文化程度较低的俗人，并借助大众的优势批判伍尔夫的那种阶级优越感。而 Q. D. 利维斯虽然与布鲁姆斯伯里集团格格不入，写文抨击伍尔夫女权主义观点的狭隘与不切实际，但她并不认为符合大众阅读期待的作品就是好作品。她在理查兹指导下写的《小说与阅读大众》就与伍尔夫丈夫伦纳德的《寻找高雅之士》(*Hunting the Highbrow*) 中的观点有颇多相似之处。她的这部作品可能是第一部严肃区分读者水平、进行读者群分类的专著。更重要的是她在文中表达了对高雅文化能否幸存的担忧。她认为所谓的畅销书是不利于读者思考的，畅销书迎合读者已经预先具有的信念，进一步助长、确立了"社会、民族和易受支配的民众"的偏见。利维斯夫人引用了当时广受欢迎的沃伦·迪平 (Warren Deeping) 小说中的一段话："那么，好的小说应该是真实的，它要比那些所谓高雅之士的东西重要多啦。"[1] 来表达对大众读者阅读期待的担忧。而本内特显然同意迪平的看法，认为小说的真实性高于一切。虽然利维斯夫妇对伍尔夫本人的阶级局限性有诸多不满之处，认为她的作品缺乏道德和行动力，她的女权主义观点不代表广大女性的需求，但对智性文化的维护方面，他们却与伍尔夫站在同一战线上。

二 "愤怒女神"伍尔夫

我们已经摆脱了利维斯们观点的控制，而他们的观点依然在许多英国读者脑海中回荡，这一观点就是，除了精英主义者和疯子之外，伍尔夫什么都不是。[2]

女性之间的阶级憎恨被挑起，于是新的一代又要把这些老的战斗重新再打一遍。[3]

——简·马库斯《艺术与愤怒》

我们要等待，我们要再等五十年……我会一直等到男人变得足够的开化，在女人谈论关于她身体的真相时不再感到震惊。小说的未来很大程度上取决于男性能够被教育的在多大程度上容忍女性的自由言论。

——弗吉尼亚·伍尔夫《女人的职业》初稿[4]

1972年，昆汀·贝尔发表了两卷本的伍尔夫传记，作为伍尔夫研究的重要文献，这部传记成为许多批评家援引的对象。然而昆汀·贝尔在这部传记中所展示的伍尔夫形象却引起了女性主义批评家的不满。贝尔认为"从一开始，她就让人感到她是难以捉摸的、怪癖的，而且容易出问题"[5]。并指出"弗吉尼亚和大多数较年轻的社会主义者的不同之处在于：她直率、毫不含糊地认可了阶级结构在文学中的重要性。别人试图跨越阶级的障碍甚至否认它们的存在，她坦率地承认这些，而且在这么做的时

---

[1] 参见 Melba Cuddy-Keane, *Virginia Woolf, the Intellectual and the Public Sphere*, Cambridge: Cambridge University Press, 2003, pp. 20–21.

[2] Jane Marcus, *Art and Anger: Reading Like a Woman*, Columbus: Ohio State University Press, 1988, p. 191.

[3] Jane Marcus, "Art and Anger", *Feminist Studies*, Vol. 4, No. 1, 1978, p. 73.

[4] Jane Marcus, "Art and Anger", *Feminist Studies*, Vol. 4, No. 1, 1978, p. 85.

[5] 昆汀·贝尔：《伍尔夫传》，萧易译，江苏教育出版社2005年版，第27页。

候,知道自己在一个分裂的社会里是地位孤独的"①。贝尔和伍尔夫的丈夫伦纳德一样,认为伍尔夫是对政治毫不敏感的人,这样的观点体现在他们对伍尔夫的政论性作品《三枚旧金币》的冷淡态度上。而美国的女性主义批评家简·马库斯则以这部文本为切入口,激烈地驳斥了伍尔夫尚在人世的亲属对她缺乏政治意识的认定。

1978年2月,简·马库斯在《女性主义研究》上发表了一篇名为《艺术与愤怒》的文章,在这篇文章中,马库斯着力于探讨女性隐藏和表达自己愤怒的技巧。她用伊丽莎白·罗宾斯(Elizabeth Robins)的最后一部匿名作品《女仆的份额:对性别对抗的控告》和伍尔夫从写作《一间自己的房间》到完成《三枚旧金币》的"愤怒"历程来谈女性的愤怒与艺术的关系。

在文章开篇,马库斯就指出,无权者表达的愤怒和正义的愤慨是两种会激起当权者最深敌意的感情。对女性来说,愤怒是一种不被允许表达的情感。当男性生气和愤怒时,他们看上去像神一样,而《圣经》告诉我们宁可居住在荒野中也不要和一个发怒的女人待在一起,因为男性的愤怒和女性的愤怒隔着天堂与地狱的距离。一个愤怒的女性艺术家会被认为是一个善辩者,她的写作将会归入一个特殊的种类中,仿佛因愤怒而激起的写作根本不配称为艺术。马库斯认为,许多女性作家在这种情形下学会了掩饰自己的愤怒,但是她们的抗争却从未止息。在妇女参政议政者的照片中,她们躺在血泊中,头发蓬松,帽子歪斜,挑起了公众对女性的愤怒而不是对她们的攻击者的愤怒。她们看上去一点也不淑女,而且总是在挑衅权威。这样的女性只能使大部分人感到不快。在她看来,愤怒这种感情,既象征着强者的力量也象征着弱者的无能。"一个愤怒的母亲会被人认为失去了控制,而一个愤怒的父亲则被认为是在运用自己正当的权威。"②

马库斯十分犀利地指出,男性对待女性违抗男性权威的一种办法就是宣称女性的愤怒是性别挫折和性别妒忌的产物。这种嘲弄的手段使女性所主张的正义被掩盖了起来,女性所有合理的诉求都被归结为性别差异所造成的心理失衡,女性的请求被视为不忠的、渎神的、不淑女的,而在20世纪70年代则被认为是不合理的、不切实际的。她引用弗洛伊

---

① 昆汀·贝尔:《伍尔夫传》,萧易译,江苏教育出版社2005年版,第436页。
② Jane Marcus, "Art and Anger", *Feminist Studies*, Vol. 4, No. 1, 1978, p. 70.

德的说法证明愤怒并不是和性欲相关联的性别挫折的产物，愤怒是一种原始自恋的形式，是自我保持自身完整性的第一次努力，是为了寻求区别于母体的个体性，因而自我保护才是愤怒的源泉。马库斯观察到自恋的男性艺术家常常被看作一个脆弱易碎的容器，承载了社会的愤怒和反叛，同时也承载了我们对自由与和平的梦想和希望。然而我们却普遍认为男性艺术家的自恋是健康的，即使形式夸张，也被看作深层次的自我表达所需要的。

然而自恋的女性艺术家却是很罕见的。当读者读到玛丽·巴什基尔采夫（Marie Bashkirtseff）的日记中"我是我自己的英雄"这样的句子时依然会为之一振。在马库斯看来，这样的自我力量是成为一个伟大艺术家所需要的，然而对女性来说这种无畏与凶猛却被男性认为是不自然、不淑女的。马库斯认为罗宾斯和伍尔夫作为女性艺术家都深刻意识到了自己的愤怒，她们试图抓住愤怒的力量来为自己的艺术服务，然而又不得不升华自己的愤怒以求生，因而在某种程度上成为受害者。（因为愤怒不应是女性表达的感情，所以她们不得不压制自己的愤怒，使自己不必在男权社会中招致太多的麻烦。）

马库斯选择伊丽莎白·罗宾斯与伍尔夫进行交互式的分析有着多重原因：罗宾斯和伍尔夫是朋友，伍尔夫居住在苏塞克斯时她们曾是邻居。罗宾斯晚年资助了很多女医学生，其中的一位女医生奥克塔薇娅·威尔伯福斯（Dr. Octavia Wilberforce）成了她的密友，奥克塔薇娅也是伍尔夫的最后一个医生。同时，伍尔夫也读过罗宾斯的作品，在1905年伍尔夫写给维奥莱特·迪金森的信中就表达了对罗宾斯的小说《暗灯》的欣赏，并在1905年5月24日的《卫报》上发表了对她这部小说的书评。罗宾斯是一个女权主义者，参加了许多女权活动，但就艺术创作来说，她的成就不如伍尔夫。马库斯认为这首先是因为她的小说运用的是传统的维多利亚小说的模式，而伍尔夫的小说在形式和内容上具有双重的革命性。1924年，罗宾斯发表了《女仆的份额：对性别对抗的控告》一书，这部作品并没有激起什么反响。马库斯将罗宾斯和伍尔夫进行对比，认为对1924年的罗宾斯来说，发展能够写出伟大小说所需要的艺术家的自恋已经太晚了。彼时罗宾斯已经把写作作为了谋生的手段，而伍尔夫有阶级、有家族传统，有支撑她免于艺术和道德、政治观点和自我意识之间抗争的金钱。当《泰晤士报文学增刊》标榜伍尔夫是

"英格兰最杰出的小册子作者"① 时,在它的左页就有评论家抨击罗宾斯的小说《女仆的份额:对性别对抗的控告》是一连串的幻想和诡辩术,并斥责罗宾斯笨拙而混乱的风格,斥责她吹毛求疵的怀疑男性所做的任何事情,并宣称女性在战后又恢复了自己的本性。评论家指责书中所体现出的女性对男性的反抗,认为"这部书本身就是一种明显的示威"②。作为杰出的小册子作者和之后较为轻松明快的《一间自己的房间》的作者,伍尔夫作品中体现出的女性主义的思想还在男性社会可以接受的范围之内。而1938年伍尔夫发表的《三枚旧金币》中抑制不住的怒火,则使这部作品成了众多批评家口中被愤怒淹没的失败之作。

尽管马库斯不确定伍尔夫是否欣赏罗宾斯的《女仆的份额》,但马库斯为伍尔夫萌发写作《三枚旧金币》的想法找到了一个可能的源头。她认为《三枚旧金币》中关于分配赞助的设想可能来自罗宾斯的这段话:"我们希望我们也许可以收到一英镑的资助为妇女学院所用……使每个女孩子都能品尝达致更高成就的狂喜,而不是在力图到达那里时遍尝苦涩。"③罗宾斯支持女性独立于政治团体,伍尔夫则在《三枚旧金币》中进一步提出女性作为局外人的看法。在《女仆的份额》中,有一个场景讲述了罗宾斯对大英博物馆的拜访,在伍尔夫《一间自己的房间》中也有相似的场景,并且伍尔夫使其成为不朽的一幕。大英博物馆的场景因冯·×教授的现身而使她的愤怒得到了戏剧化的表现。这位教授正在写一本名为《论妇女在心理上、道德上和身体上的低劣》的书,而伍尔夫则在想象中画出这位教授的素描。在她的图画中,这位教授显得非常愤怒和丑陋,伍尔夫意识到了自己的愤怒,她指出:

当我做梦的时候愤怒一把抓住了我的铅笔。可是愤怒在那儿做了些什么呢?……是不是愤怒这条黑游蛇潜伏在这些情感当中?是的,那幅素描说道,愤怒这条黑游蛇是潜伏在其中。它使我明白无误地注意到了那一本书,那一个短语,它把那个恶魔给激怒了,那就是教授有关女人在心理上、道德上和身体上的低劣的陈述。我的心怦怦乱

---

① Jane Marcus, "Art and Anger", *Feminist Studies*, Vol. 4, No. 1, 1978, p. 75.
② *Times Literary Supplement*, May 29, 1924, p. 343.
③ Elizabeth Robins, *Ancilla's Share: An Indictment of Sex Antagonism*, London: Hutchinson & Co., 1924, p. 175.

跳。我的面颊滚烫发烧。我气得满脸通红。我的生气尽管是件傻事，但却不足为奇。谁也不愿意被告知自己天生就比一个小个子男人逊上一筹……人总有某些愚蠢的虚荣心。那只不过是人性使然而已。①

在分析并消解了自己的愤怒后，伍尔夫感到好奇的则是教授们的愤怒。男性似乎控制了一切，但是他们为什么要愤怒呢？她翻着晚报，读着报上所描述的这个由男性所掌控的世界，思考着这个问题：

> 一个有这些权力的人竟会愤怒，未免有些荒诞无稽了。我纳闷，是否在某种程度上，愤怒是听凭权力驱使的一个为人所熟悉的幽灵？例如，有钱人经常生气，因为他们怀疑穷人想夺取他们的财富。……也许教授们在稍微过于强调地坚决认为女人低劣的时候，他所感兴趣的并不是妇女的低劣，而是他本人的优越感。这就是他相当暴躁而又过于强调地予以保护的东西……对于两个性别的人来说……生活是艰苦的、困难的，是一场永恒的斗争。它要求有巨大的勇气和力量。……若是没有自信，我们就是摇篮里的婴儿。然而我们又怎能最快地产生出这种无法估量而又极其可贵的自信呢？那就是仰赖于感到别人逊于自己。依赖于感到自己比别的人有某种天生的优势。②

伍尔夫从这些教授关于女性的论述中看到的不是作品本身的内容而是作者本人，他们对女性的贬低出自于对自己身份和地位的维护。因而她坦言："倘若他是冷静地写着女人，用无可争辩的论据来确立他的论证，并且无迹象表明他希望结果是此而非彼，那么我也就不会愤怒。我就会承认事实……可是我愤怒了，因为他愤怒了。"③ 在伍尔夫的眼中，女性一直在充当着放大男性形象的镜子，男性从女性身上看到更为高大和自信的自己，并带着这种幻觉来建造这个世界。如果女性停止扮演放大男性虚荣之镜的角色，也就能停止拿破仑和墨索里尼这类人的自我扩张。在 1928 年

---

① 弗吉尼亚·伍尔芙：《伍尔芙随笔全集》，王义国译，中国社会科学出版社 2001 年版，第 516—517 页。
② 弗吉尼亚·伍尔芙：《伍尔芙随笔全集》，王义国译，中国社会科学出版社 2001 年版，第 519—520 页。
③ 弗吉尼亚·伍尔芙：《伍尔芙随笔全集》，王义国译，中国社会科学出版社 2001 年版，第 519 页。

《一间自己的房间》中表达过愤怒之后,伍尔夫在接下来的几年中似乎并未强烈地抒发过自己的愤怒。但在马库斯看来,伍尔夫从来没有停止诅咒,十年后问世的《三枚旧金币》中的部分力量正是源于这种对资本主义、法西斯主义和帝国主义恶行的反复强调。伍尔夫宣称,是男性自己而且仅仅是男性制造了这样一个迫害的系统。她被愤怒所阻塞,所以她必须一吐为快。正如杰拉尔德·布雷南所说:"弗吉尼亚·伍尔夫无论走到哪里,都像拉普兰的女巫一样解开了绳结,放出了战争。"① 马库斯喜欢这个比喻,她认为伍尔夫杀死了自己的"房中天使",并且从灰烬中重生出复仇天使。

在马库斯看来,性别和阶级斗争是伍尔夫在她的小说、随笔和文学批评中关注的重心,但是她对自己所关注的问题的表达方式受到知识分子用语的限制。大部分的批评家认为伍尔夫对这些事情(现实的问题)漠不关心,因此把她逐出伟大的小说家之列,这是很不公平的。马库斯确信:为了保护妻子的名声,伦纳德悄悄压下了伍尔夫的一些女性主义和社会主义倾向的文章。她举出了伦纳德编辑妻子作品时的"保护"策略:对伍尔夫的散文《女人的职业》的修订。她发现这篇文章在纽约公共图书馆中的伯格收藏的版本比伦纳德在《飞蛾之死》和《随笔集》中呈现的版本涨了三倍,并且在表达的语气上也比伦纳德编辑的版本强硬的多。《女人的职业》原为"女性服务同盟"所做的报告,伍尔夫和她的好友埃塞尔·史密斯一道参加了这个会议,并被当时的与会者薇拉·布里顿(Vera Brittain)誉为他们那一代三位最伟大的女性之一。布里顿因伍尔夫在会上的报告而心神激荡,而在伦纳德的修订版本中,这样强烈的愤怒之情却减弱了许多。马库斯以《女人的职业》的草稿为切入点来分析伍尔夫被有意"抑制"的革命性,这篇文章的草稿的开头,伍尔夫将她与埃塞尔之间的关系比作"一叶懒散无聊的小船摇晃着跟随着一艘装甲舰",伍尔夫坦言埃塞尔是先驱者和领路人,她走在前面,一路披荆斩棘,炸石开桥,为她的后来者开辟了道路……当我读到她的书时,我总有一种烧掉自己的笔转而去从事音乐的冲动——因为如果她能够在没有接受任何写作训练的前提下一气呵成地写出这么优秀的作品,那么我为什么不能在不了解一个八分音符的基础上毫不费力地创

---

① Jane Marcus, "Art and Anger", *Feminist Studies*, Vol. 4, No. 1, 1978, p. 80.

作出一两首交响乐呢？——我们尊敬她因为她不仅是一位音乐家和作家，也是一位岩石爆破工和桥梁建造者。对一个只想从事音乐创作的女人来说，被逼着去架桥看上去似乎是一件憾事，然而这却成了她工作的一部分并且她完成了这项工作。①

在这篇草稿中，伍尔夫还将埃塞尔称为"一位破冰者，军火走私者和打碎玻璃的人，像装甲坦克一样碾过崎岖的地面，向着敌人开火"②。

这个最初的版本不仅表达了对埃塞尔·史密斯的敬佩和赞美，还陈述了女性批评家和男性完全不同的观点，并直接宣布了自己的愤怒。伍尔夫引用了当周《民族》杂志上的一篇评论，指出"克拉尔学院花了六千英镑来修缮学院的历史，这让我感到愤怒"。这一事件和愤怒的情绪在小说《岁月》中也有所表现。伍尔夫在这份草稿中说：

> 如果《民族》的编辑让我来写这个评论，我会受一种完全不同的价值观的驱使写下大相径庭的观点。哦，你们这些老骗子，我会这样开头。哦，许多世纪以来你们都享受着舒适与繁荣——哦，你们这些自称献身于克拉尔的夫人并喜爱学院中多愁善感者的人，与其把你们的六千英镑花在一本装帧精美的书上，不如把它花在一个女孩的身上，她无钱置装，并试着在做她的工作，如果你翻到《民族》杂志的下一页，你就能读到她的境况：生活在底层朝北的阴冷潮湿的卧室中，老鼠在房间里泛滥成灾。③

伍尔夫和薇拉·布里顿一样关注当时的女子学院中贫穷的状况，她希望女学生能够被给予更多的物质上的帮助。但同时她也提醒女性注意，即使自己获得了一份职业，也会在从事的过程中遇到阻碍。她将作家比作渔妇，想要提起想象之绳时总会遇到困难，于是不得不要求获取更多的经验，因为自己无法做完全部的工作。伍尔夫预料到了女性灰心沮丧的时刻，并回应道：

---

① Jane Marcus, "Art and Anger", *Feminist Studies*, Vol. 4, No. 1, 1978, pp. 82 – 83. 注：简·马库斯在文中援引的草稿均来自伯格收藏，纽约公共图书馆。1977年，对这篇草稿的引用得到了昆汀·贝尔的允许，出现在 M. 李斯卡整理的《帕吉特家族》一书中。

② Jane Marcus, "Art and Anger", *Feminist Studies*, Vol. 4, No. 1, 1978, p. 83.

③ Jane Marcus, "Art and Anger", *Feminist Studies*, Vol. 4, No. 1, 1978, p. 84.

> 亲爱的，你们走得太远了。男性会感到震惊的……冷静下来，我说，她坐在河岸气喘吁吁——因恼怒和失望而喘着粗气。我们不过要再等五十年而已。在这五十年里我将学会所有奇特的知识，但不是现在。①

伍尔夫在这份草稿中承认习俗的力量，但她认为这样的现状一定会得到改变，她继续说道：

> 很好，想象力说罢便重新套上了衬裙和裙子。我们要等待，我们要再等五十年……我会一直等到男人变得足够的开化，在女人谈论关于她身体的真相时不再感到震惊。小说的未来很大程度上取决于男性能够被教育的在多大程度上容忍女性的自由言论。②

这句话成为马库斯整篇文章的重点。伍尔夫关于小说未来的期许赋予了马库斯探究伍尔夫本人社会态度的权力，伍尔夫也在50年后等来了马库斯对她女性主义观念和激进观点的重新评估。伍尔夫初稿的发现为马库斯提供了非常重要的文件，"它向我们展现了不在自己房间而是和其他女性同在会议室里的弗吉尼亚·伍尔夫，作为一个公众人物，她和自己同辈之间的姐妹情谊使她能够在演讲中既表现女性主义的愤怒，也表达了女性主义的幽默"③。20世纪70年代大量作者手稿的发现在马库斯重新评估和认识伍尔夫的心路历程时发挥了重要的作用。伍尔夫在其初稿中所表现出的愤怒、机智和幽默扭转了批评家关于伍尔夫远离政治和生活的刻板印象，被伦纳德加以修订和弱化的"愤怒"在马库斯这里重新获得了自由。

从1928年在纽纳姆学院和格顿女子学院的演讲，到1931年在女性服务同盟上的报告再到1938年的《三枚旧金币》，马库斯抓住了伍尔夫这些文本中共同蕴含的源自女性的合理愤怒。正如马库斯在文中一再引用的这句话："小说的未来在很大程度上取决于男性能够被教育的在多大程度上容忍女性的自由言论。"④ 如果女性有权力表达自己的各种情感，那

---

① Jane Marcus, "Art and Anger", *Feminist Studies*, Vol. 4, No. 1, 1978, p. 85.
② Jane Marcus, "Art and Anger", *Feminist Studies*, Vol. 4, No. 1, 1978, p. 85.
③ Jane Marcus, "Art and Anger", *Feminist Studies*, Vol. 4, No. 1, 1978, p. 86.
④ Jane Marcus, "Art and Anger", *Feminist Studies*, Vol. 4, No. 1, 1978, p. 86.

么她理应有表达愤怒的自由。遗憾的是,马库斯注意到:当伍尔夫在《三枚旧金币》中写下"作为女人,我没有祖国。作为女人,我不需要祖国,作为女人,我的祖国是整个世界"[①]时,她在当时就失去了大部分的读者。在马库斯看来,《三枚旧金币》是从社会主义、女性主义和和平主义三个方面展开的富含哲学和政治性的严肃论述。然而她所拥有的持社会主义观点的朋友,是像福斯特那样公开地反对女权主义的男性。她的一个和平主义的同胞奥尔德斯·赫胥黎也是反女权主义的。她的女权主义的朋友埃塞尔·史密斯则和"一战"期间争取选举权的大部分女性一样,是一个强烈的爱国者。如果她们和伍尔夫一样反对法西斯主义,她们会选择通过积极地参与战争来阻止法西斯的扩散,而伍尔夫却坚称消灭法西斯的源头是解体英国的父权制度,这无疑让她的朋友们感到恼怒。对很多同时代的人来说,伍尔夫所持的态度则是十分可笑的。因为在那时,即使是社会主义者中最激进的国际主义者也在参加抗战。马库斯认为,伍尔夫虽然没有像激进的马克思主义者一样明说:"工人们,夺取生产资料吧!"[②],但实际上表达的正是这个意思。伍尔夫在《三枚旧金币》中号召女性保持局外人的身份,因为"耳中充满枪声的你们不曾允许我们来做这样的梦,你们也没有问过我们什么是和平;但你们却问我们怎样才能阻止战争"[③]。在马库斯的解读中,伍尔夫希望女性不要仿效男性的做法来支持战争,正是因为不希望那些本来就处于弱势的人替战争卖命。他们付出生命所维护的,正是法西斯式的父权统治本身,那么不如就让那些父权制的家长们和资本家们去自己保护自己的私有财产。

《三枚旧金币》激起了批评家大量愤怒的情绪,这种愤怒最好地体现在Q.D.利维斯在《细铎》上的评论文章《全国的毛毛虫团结起来!》。利维斯夫人认为伍尔夫的女权主义危险而愚蠢,马库斯总结了她驳斥伍尔夫观点的理由:首先,伍尔夫不是一位母亲,所以不是真正意义上的女人(利维斯夫人不乏讽刺地在文中说伍尔夫根本就不知道要从哪一头晃动摇篮);其次,伍尔夫不可能是真正的社会主义者,因为她不是工人阶级的

[①] 弗吉尼亚·伍尔芙:《伍尔芙随笔全集》,王斌、王保令译,中国社会科学出版社2001年版,第1141页。
[②] Jane Marcus, "Art and Anger", *Feminist Studies*, Vol. 4, No. 1, 1978, p. 88.
[③] 弗吉尼亚·伍尔芙:《伍尔芙随笔全集》,王斌、王保令译,中国社会科学出版社2001年版,第1182页。

一员；最后，牛津、剑桥排斥女学生是正当的做法，这些高校之所以没有接受众多的女学生是因为大多数女性资质平平，没有聪慧到配得上那样的高等教育。Q. D. 利维斯这种建立在阶级基础上的批评在马库斯看来已经失去了现实的土壤，而《三枚旧金币》却依然是一部保护并鼓励女性进行抗争的入门指南。伍尔夫在这部作品中表达了对男性统治的愤怒，她和罗宾斯一样都认为女性展开对自身的重新认识和研究才是当务之急。利维斯夫人之所以比大部分男性批评家表现得态度更为激烈，正是因为她成为了维护父权统治的传声筒并为自己处在这样的位置上感到欣慰。

《三枚旧金币》中对女性经济状况的关注也秉持了伍尔夫对女性争取自身权利所必需的物质基础的重视。马库斯称罗宾斯和伍尔夫都认识到了对女性压迫的源头来自经济。她们被指责对待资本主义的态度过于温和，而事实上她们为自己所在阶层写作是出于一种知识分子的承诺，她们最担心的是成为那种居高临下向大众传播观念的自鸣得意的传教士。伍尔夫和罗宾斯都看到了那些对女性礼貌友好的男性对女性争取自身权益的阻碍。"彬彬有礼的男人对热情地支持选举斗争的女人来说是无用的。"[1] 罗宾斯主张女性保持一种"可分离的怨恨"，因为"文明的开始建立在女性对男性枷锁的容忍之上，而文明的延续则取决于女性对这一枷锁的拒绝"[2]。马库斯认为这种"可分离的怨恨"也是伍尔夫在《三枚旧金币》中所呼吁的内容，这部书中对女性愤怒直抒胸臆地表达也使伍尔夫本人成了众矢之的。马库斯认为伍尔夫的勇敢正是因为明知这样的观点易受攻击却仍然选择表达自己的真实情感，并最终以自杀这种愤怒的行动来践行自己对现存秩序的反抗和复仇。

与当时流行的将伍尔夫自杀与精神疾病联系在一起的观点不同，在谈到伍尔夫自杀的原因时，马库斯不接受她的自杀是源于自身的疯狂或受虐倾向的说法，而是认为自杀是伍尔夫表达愤怒的方式，是她的复仇和胜利。马库斯再次找到了伍尔夫与罗宾斯之间的联系，伍尔夫曾在霍加斯出版社出版过罗宾斯的作品《易卜生与女演员》，这部作品将易卜生戏剧的女主人公海达·高布乐的自杀解读为愤怒和反叛的结果，同时也将自杀看作一种艺术创作。而易卜生本人也受到社会达尔文主义的熏陶，认为自杀

---

[1] Jane Marcus, "Art and Anger", *Feminist Studies*, Vol. 4, No. 1, 1978, p. 90.
[2] Elizabeth Robins, *Ancilla's Share: An Indictment of Sex Antagonism*, London: Hutchinson & Co., 1924, p. 275.

是一种合乎道德的、政治性的行动。马库斯梳理了伍尔夫能够接触到易卜生作品的种种途径，并指出伍尔夫在年轻时受到易卜生和瓦格纳的强烈影响，"伍尔夫的自杀是伦理上势在必行的结果，而不是疯狂或绝望的产物"①。她认为伍尔夫在自杀前写下那些使伦纳德免除负罪感的信时是清醒的，"她是愤怒的，对伦纳德、对德国轰炸英国、对那些挑起战争的男性都感到愤怒。……以一种庄严而从容的方式，她在口袋里装满石头回归了'母亲河'。"②

在文章结尾的注释部分，马库斯还不忘提醒读者注意昆汀·贝尔的妻子安妮·奥利维尔·贝尔整理的伍尔夫日记的第一卷（1977年由霍加斯出版社出版），在这本日记中记录了伍尔夫很多愤怒的情绪，然而这种愤怒却在编者防御性的脚注中得到了抑制和缓和。为了佐证自己对伍尔夫"愤怒"的解读并不是主观臆断，马库斯摘录了伍尔夫1918年8月的一则日记。彼时的伍尔夫正在阅读《厄勒克特拉》，伍尔夫在日记中写道：

> 希腊与英国英勇的女人有许多相似之处。她不是艾米莉·勃朗特的那种类型，克吕泰涅斯特拉和厄勒克特拉是母女关系，因此应该怀有些许的同情，不过也许同情误入歧途后就会产生最激烈的憎恨……厄勒克特拉生活在比维多利亚中期的女性更为封闭的环境中，但这并没有对她造成影响，除了使她变得严酷而优秀。③

厄勒克特拉愤怒的弑母行动在伍尔夫看来并没有不妥之处，由愤怒和复仇所主宰的厄勒克特拉在伍尔夫的心目中是一个杰出的女英雄。马库斯认为，这正反映了伍尔夫的心中早已埋下了愤怒的种子。

在马库斯看来，"愤怒不是艺术的天敌，而是创造性能量的原始动力，愤怒和狂暴烧灼着女性诗人和批评家的心灵，为什么她们不能像伍尔夫所说的那样一吐为快呢？"④ 马库斯在《艺术与愤怒》中对女性愤怒的表达进行了全新的阐释，力图使读者认同：女性表达自己的不满是合理且正常的行为，女性和男性一样有表达自己强烈感情的权利。女性不需要悄悄埋

---

① Jane Marcus, "Art and Anger", *Feminist Studies*, Vol. 4, No. 1, 1978, p. 92.
② Jane Marcus, "Art and Anger", *Feminist Studies*, Vol. 4, No. 1, 1978, p. 92.
③ Jane Marcus, "Art and Anger", *Feminist Studies*, Vol. 4, No. 1, 1978, p. 98.
④ Jane Marcus, "Art and Anger", *Feminist Studies*, Vol. 4, No. 1, 1978, p. 94.

葬自己的愤怒,不需要道德上的自戕,不需要文学上的和平主义,"我们必须使文学这个职业既适合女人(women)又适合淑女(ladies)"①。马库斯认为"我们必须铸成一个巨大的金碗来向弗吉尼亚·伍尔夫表达敬意,并在上面刻上伍尔夫自己的话:'小说的未来在很大程度上取决于男性能够被教育的在多大程度上容忍女性的自由言论。'"②这句源自伍尔夫《女人的职业》初稿中的话,成了马库斯在文中一再强调的观点和她本人立论的基础,同时也成了反击批评者的极为有力的武器。

如果批评家们指责马库斯怀着一腔怒火捏造了伍尔夫的愤怒,将伍尔夫歪曲成一个女斗士的形象,那么作为女性,马库斯则可以用伍尔夫自己的原话来回应:"小说的未来在很大程度上取决于男性能够被教育的在多大程度上容忍女性的自由言论。"女性应当享有自由表达的权力,也许你不同意我说的每一个字,但你不能剥夺我说话的权利,所有对表达女性愤怒持异议的男性都成为阻碍女性成长的帮凶。伍尔夫的女性主义思想不仅成了马库斯解读的文本,也成为马库斯的理论源泉。于是不仅伍尔夫的"愤怒"成为自然,马库斯自己的愤怒也获得了合法性。而这恰恰也暴露了当时英美女性主义一个致命的弱点,那就是片面强调自我的表达,把所有异于己见的观点视为对女性自身的压迫,从而使男性和女性之间的有效沟通失去了一个公正的平台,女性主义批评在一定程度上被贴上了政治正确的标签,成为无法被证伪的命题。

三 伍尔夫——"民主的高雅之士"

夜晚,空气中发出这样的声响,白天,报界夸大这样的事实,田间的驴子和街上的恶狗除了嘟嘟,汪汪地叫着这句话,一无所能:"雅人厌恶俗人,俗人憎恨雅人。"当雅人和俗人彼此需要,当他们无法分开而独立存在,当他们相互弥补时,这样的谎话是如何得以存在的呢?是谁让这样恶毒的流言蜚语传开的呢?

——弗吉尼亚·伍尔夫《平庸之人》③

---

① Jane Marcus, "Art and Anger", *Feminist Studies*, Vol. 4, No. 1, 1978, p. 94.
② Jane Marcus, "Art and Anger", *Feminist Studies*, Vol. 4, No. 1, 1978, p. 95.
③ [英]弗吉尼亚·伍尔夫:《平庸之人——致〈新政治家〉编辑》,肖宇译,引自《伍尔芙随笔全集》Ⅲ,中国社会科学出版社2001年版,第1321—1322页。

随着 90 年代以来文化批评的不断发展,文化因素也逐渐渗入到社会历史批评的研究中,批评家们开始用一种更为宏观的眼光来把握文学活动与文学现象,使社会历史研究超越了阶级和时代的限制,将文化与历史有机地结合了起来。这样的转向也使伍尔夫的形象在 21 世纪得以重塑,伍尔夫不再是 30 年代的"阶级敌人",或是 70—80 年代的"愤怒女神",抛开了阶级和女性角色束缚的伍尔夫作为一位民主的智性知识分子,获得了全新的阐释。

梅尔巴·古迪—基恩 2003 年发表了专著《弗吉尼亚·伍尔夫,知识分子与公共空间》。不同于以往的研究中将伍尔夫所属的知识分子阶层的"高雅之士"(highbrow)的价值观与普通大众群体的价值观对立起来的做法,基恩另辟蹊径,从伍尔夫 1904—1941 年所发表的超过 500 篇的散文随笔中发现了民主和大众的身影,将伍尔夫重新定义为一位"民主的包容性和智性教育的倡导者"[1]。基恩认为伍尔夫在其轻松随意的散文中倡导无阶级的、民主的、理智的读者群,将重铸高雅之士的群体视作激进的社会实践。在 70 年代之前的伍尔夫研究中,伍尔夫往往被塑造成冷漠的、不问世事的形象,之后的女性主义批评家第一次向世人展示了女权主义者伍尔夫的形象,而基恩所要做的,则是向 21 世纪的研究者展现一位"教育者伍尔夫"。这位教育者关注的是"使高雅之士的智性文化为所有人所拥有"[2]。基恩从伍尔夫的随笔作品中发现了一项社会性的工程:"她写作关于文学的内容来培育良好的阅读实践,她这样做的原因是源于自己相信受过教育的公众对民主社会的成功至关重要。"伍尔夫别具一格的随笔"通过问题而非陈述来引入理论,通过对具体文本的应用而非抽象化的概念,通过容易理解的而非深奥的语言"[3]与读者进行对话,这样的做法在基恩看来正是伍尔夫散文写作的中心理念。

从伍尔夫作品接受伊始,占据主流地位的观念就将作为高雅之士代表的伍尔夫与公共领域之间划分出了泾渭分明的界限。基恩列举了一系列将伍尔夫与公共空间区分开来的误读,这些误读不仅与政治指向的批评家们

---

[1] Melba Cuddy-Keane, *Virginia Woolf, the Intellectual and the Public Sphere*, Cambridge: Cambridge University Press, 2003, p. 1.

[2] Melba Cuddy-Keane, *Virginia Woolf, the Intellectual and the Public Sphere*, Cambridge: Cambridge University Press, 2003, p. 1.

[3] Melba Cuddy-Keane, *Virginia Woolf, the Intellectual and the Public Sphere*, Cambridge: Cambridge University Press, 2003, p. 2.

关于伍尔夫作品不真实的批判有关,也与将现代主义与大众文化之间的对立普遍化的做法息息相关。在约翰·凯里的《知识分子与大众:文学知识界的傲慢与偏见》一书中,凯里宣称"现代主义写作的目的就是将这些刚接受教育的(或'半文盲')的读者排除在外,这样才能保证知识分子从'大众'中隔离开来"[①]。而基恩则表示凯里混淆了数目庞大的普通读者和那些将普通读者视为无差别大众的话语。从伍尔夫的作品中,读者可以看出伍尔夫是绝对反对第二种话语模式,并且一直致力于维护普通读者的自主性和独立性的。然而却很少有人去反思凯里的这种误读。帕特里克·布兰特林格在《阅读课:十九世纪英国小说中大众文学的威胁》中将流行和大众不加区别地合并在一起,宣称现代小说维持上层的文学地位就必然要拒斥普通小说或将其贬低为商业的、大众文化的碎片。[②] 在基恩看来,这两类批评家都忽视了作为一个复杂的知识分子个体的伍尔夫的价值,以及她所工作的文化环境的复杂性。

另一位研究者乔纳森·罗斯虽然在其著作《英国工人阶级的精神生活》中通过大量翔实的史料证明,在伍尔夫所处的时代里,工人阶级拥有自己的精神生活,然而当他转而考察现代主义作家时,依然陷入了同上述两位研究者同样的误区中。罗斯认为现代主义者们蔑视下层阶级,刻意用具有难度的教养来确认自己的优越感,并以之与迅速入侵的大众拉开距离,维持他们自己的文化声望,他的书中充溢着对这种做法的愤怒和控诉。在罗斯的书中,他毫不迟疑地不断重复关于伍尔夫的假设:"在伍尔夫夫人平静的信念中,文学天才是不会从工人阶级中产生的。"[③] 却丝毫没有关注伍尔夫到底想要表达的是什么。在《一间自己的房间》中,伍尔夫曾表示无法想象在莎士比亚所处的时代中能诞生一位拥有莎士比亚之天赋的女性,而那样的天才在她所处时代中的工人阶级中也没有诞生。伍尔夫在此处想要表达的是精神的自由依赖于物质的保障,她关于天才无法诞生的说法,实际上是对父权社会强调先天能力的挑战,增强这个文本中关于女权主义和社会主义者对不公平的社会条件的控诉,而罗斯显然没有

---

① John Carey, *The Intellectuals and the Masses: Pride and Prejudice among the Literary Intelligentsia, 1880-1939*, London: Farber & Farber, 1992, preface.
② 参见 Melba Cuddy-Keane, *Virginia Woolf, the Intellectual and the Public Sphere*, Cambridge: Cambridge University Press, 2003, p.3。
③ Jonathan Rose, *The Intellectual Life of the British Working Class*, New Haven: Yale University Press, 2001, p.425.

注意到伍尔夫说这句话时的语境，而只是断章取义的误读。

然而这些将现代主义者和大众拉开距离的研究由来已久，且在大部分伍尔夫研究者的心目中产生了根深蒂固的影响，并在"高雅之士和民主关注之间制造了一条难以跨越的鸿沟"①。基恩认为将现代主义研究中存在的困难怪罪于现代主义者自命清高的做法是幼稚的。至少于伍尔夫而言，她的许多作品都致力于创造一个智性的读者群，而非使读者跟在批评家身后丧失自己的判断力。针对罗斯等人关于现代主义者故意用难懂的教化将那些缺乏教育优势的人挡在门外的说法，基恩给出了截然不同的答案。在她看来，伍尔夫所做的是"通过写作非现代主义的作品来灌注读者对阅读的喜爱，同时教育读者进行思维练习，以便更容易地阅读现代主义的文本"②。罗斯关于"文化素养"（brow）③的讨论所激起的对抗情绪也是基恩在这部著作中关注的重点。基恩不赞同罗斯将智育文化放置在阶级斗争的领域中进行考察，她主张跨越阶级的局限，重新认识多维度的智力兴趣，不再将普通读者的范围局限于工人阶级读者的范围内，而是将其定义为任何想要从阅读中获得精神愉悦的人。

在这部书中，基恩还详尽地考察了伍尔夫与读者的关系，以及她在公共领域的参与度。安娜·斯奈斯曾详尽地探究了伍尔夫对1926年成立的妇女服务图书馆所做出的支持性的贡献，这一机构成立的初衷就是帮助研究女性的生活和历史。伍尔夫曾写信给19个朋友，希望他们能够为这个图书馆捐书或是捐钱，她不仅积极地捐钱给该机构，而且她去世前的每一个月都会按照图书馆的要求买书送给他们。贝丝·多尔蒂也从伍尔夫准备莫利学院的课程中发现了她的从教生涯对其散文风格的形成所产生的影响。④ 由女性主义研究开启的关于伍尔夫写作的政治维度的考察在20世纪

---

① Melba Cuddy-Keane, *Virginia Woolf, the Intellectual and the Public Sphere*, Cambridge: Cambridge University Press, 2003, p.4.

② Melba Cuddy-Keane, *Virginia Woolf, the Intellectual and the Public Sphere*, Cambridge: Cambridge University Press, 2003, p.6.

③ 早在20世纪早期阿诺德·本内特针对伍尔夫的批评文章中，就有高雅之士（highbrow）和教养浅薄之人（lowbrow）的说法。本内特为了强调伍尔夫脱离群众、不问世事，故意将其标榜为"高雅之士的皇后"，而自谦为"教养浅薄之人"。这种关于教养的等级划分在21世纪英语世界的现代主义研究中依然泛起回响。"brow"一词原意为眉毛或前额，根据句意，本书权且译为"文化素养"。

④ 参见 Melba Cuddy-Keane, *Virginia Woolf, the Intellectual and the Public Sphere*, Cambridge: Cambridge University Press, 2003, p.6。

90年代之后扩大了研究的范围，批评家们开始探究伍尔夫在促进智性领域的发展中所发挥的积极作用。正如布伦达·西尔弗在《偶像弗吉尼亚·伍尔夫》中所展现的那样，作为偶像的伍尔夫所拥有的杰出的跨越疆界的能力，使限制或固定她的文化意义变得愈加困难。超越了布鲁姆斯伯里集团、高度现代主义和女性主义的藩篱，基恩将伍尔夫其人及其观点放置在一个不同的背景中进行考察，发现伍尔夫早已卷入了当时关于书籍、阅读和教育的公共争论，并进而参与进了她那个时代中观众与阅读实践变迁的构建中。因而基恩指出"有关读者和阅读的历史争议的背景对于理解'知识分子伍尔夫'至关重要"[①]。

由于这部作品大量倚重伍尔夫所处时代的史料，因此文化背景与批评分析在书中二分天下。在文化背景的部分，基恩首先讨论了作为文化关键词的"高雅之士"和"民主"（民主、大众、流行这些词之间的复杂关系使两者之间的紧张态势变得更为复杂），她并不否认伍尔夫是"高雅之士"，尽管"高雅之士"可以替代"知识分子"一词，但前者更倾向于一种情感态度，因而"高雅之士"表达的是一种态度而非属性。根据雷蒙德·威廉姆斯1976年列举的英国文化关键词（主要集中于20世纪之前），基恩认为威廉姆斯所提到的"精英"与"大众"二词对20世纪"文化素养"（brows）一词的意义形成具有重要的意义。威廉姆斯指出19世纪的"精英"一词的含义从早期上帝的选择或当选人（the elect）转变成一个具有政治意义的概念，与统治阶级和阶级特权联系了起来。而"大众"（masses）起初是将地位低下的属性和多数的概念结合在一起，之后生发出了第二层含义，意味着基础的大块材料或为公共财产而组织起来的物质身体。这两层含义结合在一起后，大众就成为无差别的个体的集合，无论是保守的还是革命的团体都倾向于将底层或工人阶级组织成一个统一的、同质的整体。尽管这一整体意味着缺乏思考能力的"暴民"和一致的"团结"这两种对立的形态。[②]

基恩认为，大众因而成了一个可供操纵的群体，他们既可以被利用来进行选举操控或市场消费，也可以被用来组织集体性的运动。而20世纪

[①] Melba Cuddy-Keane, *Virginia Woolf, the Intellectual and the Public Sphere*, Cambridge: Cambridge University Press, 2003, p. 8.

[②] 参见 Melba Cuddy-Keane, *Virginia Woolf, the Intellectual and the Public Sphere*, Cambridge: Cambridge University Press, 2003, p. 17。

初期"高雅之士"和"低俗之士"开始被使用时，就在很大程度上继承了19世纪"精英"与"大众"的概念。精英和大众之间所确立的对立关系也因而延续了下来。人们普遍认为智性文化就是上层阶级所特有的，而流行文化则属于底层阶级，这两种文化之间不可避免地相互对立，并且基于不同的原因，总是要宣称一方的优越性。① 在20世纪20年代中期，"高雅之士"与"低俗之士"之间的敌意已经一触即发，到了20世纪30年代，伍尔夫就成为首当其冲的攻击目标。弗兰克·斯温纳顿（Frank Swinnerton）、阿诺德·本内特都用"高雅之士"一词来讥讽伍尔夫，用轻蔑的态度暗示伍尔夫的作品既不合时宜又毫无逻辑。另一方面阿道斯·赫胥黎则站出来抨击那些夸张、自满的"低俗之士"故意做出反知识分子的姿态来彰显自己的优越。伍尔夫的丈夫伦纳德在《寻找高雅之士》的小册子中试图平息这两类群体之间的敌意并打破两者的界限，然而他的努力却被大众日益高涨的愤怒所湮没。

　　从文学品位的讨论和关于高雅之士特征的探寻中，基恩发现了隐藏在这种矛盾冲突下的更为深层的基础，那就是对"读者群的竞争"②。人们在写作或讨论关于"文化素养"的问题时所激起的敌对情绪，因担心权力分配的不均衡而加剧，对于那些捍卫"高雅文化"（high culture）的人士来说，他们所面临的困境是损失经济和交际资源的威胁，从日益萎缩的发行量上，他们看到了自己所珍视的文化已然变得缺乏经济效益和影响力。而对那些从事"中等或底层文化"（middle or low culture）工作的人们来说，最紧迫的危机就是自己被排除在文化声誉或文化资本的圈子之外，因为那些感到威胁的高雅之士们经常通过贬低非高雅之士的作品来维护自身权益。人们都在争论，但基恩认为他们所争论的并不是同一件事情。一方面，高雅之士们想要争夺读者群；另一方面，低俗之士则要争夺尊重和合法化。③ 精英和大众在19世纪所蕴含的政治概念输入到了20世纪的文化争论中，造成了不可避免的误解。误解之一就是伦纳德试图澄清的：如果高雅之士是质量的保证，而高雅之士又一定不流行的话，那么流

---

① 参见 Melba Cuddy-Keane, *Virginia Woolf, the Intellectual and the Public Sphere*, Cambridge: Cambridge University Press, 2003, pp. 17-18。

② Melba Cuddy-Keane, *Virginia Woolf, the Intellectual and the Public Sphere*, Cambridge: Cambridge University Press, 2003, p. 20.

③ 参见 Melba Cuddy-Keane, *Virginia Woolf, the Intellectual and the Public Sphere*, Cambridge: Cambridge University Press, 2003, p. 21。

行就不可能质量上乘。更为隐蔽的一个误解就是：如果知识分子不流行，那么知识分子就必定是精英。① 在基恩看来，这两种误解将流行、品质、精英置于水火不容的关系中，引发了不休的争议，而伍尔夫却用自己的创作证明了这种人为设置的屏障是可以跨越的。伍尔夫"多面的、互文性的散文本身就确立了她最重要的观点：高雅之士的写作，不是通过慷慨激昂的演说使读者臣服于自己，而是邀请读者去思考"②。

伍尔夫两卷本的随笔集《普通读者》在基恩看来既是为普通读者而写，也是伍尔夫以一位普通读者的身份进行写作的实践。1932年，在伍尔夫出版第二辑《普通读者》的同一个月，她给《新政治家与民族》杂志社的编辑写了一封信回应关于高雅与低俗之士的争议，在伦纳德的劝阻下这封信并未寄出，在伍尔夫去世后以《平庸之人》（"Middlebrow"）为名发表。基恩将伍尔夫撰写此信的原因追溯至1932年10月17日英国广播公司播出的J. B. 普里斯特列（J. B. Priestley）"致高雅之士"的演讲，以及同年10月24日哈罗德·尼科尔森"致低俗之士"的回击。普里斯特列在演讲中总结了"高雅之士"的特点："嘲笑流行，只欣赏小众的品位，脱离平常的生活，喜好矫揉造作。"他号召自己的听众"既不要做高雅之士，也不要做低俗之士，做一个人，做一个兴趣广泛的人（broad-brow）"③。在10月24日的回应演讲中，尼科尔森称除了英语语言之外，并没有一种语言中有对等的"高雅之士"（high-brow）、"低俗之人"（low-brow）的词汇，④ 而且盎格鲁—撒克逊这个种族是世界上唯一公开表达对知识分子不信任的群体。他强调低俗之人被"群居本能"和"褊狭态度"所驱使，这样只能使一个民族变得"像黄蜂一样，毫无主见"⑤。然而这两位批评家都认同了高雅之士与低俗之人的区别，并认为这两个派别之间是针锋相对的。可是伍尔夫加入这场争论时却从根本上否认了这种基于阶级的势不两立的区分，并引导她的读者去仔细审视这一

---

① 参见 Melba Cuddy-Keane, *Virginia Woolf, the Intellectual and the Public Sphere*, Cambridge: Cambridge University Press, 2003, p. 22。

② 参见 Melba Cuddy-Keane, *Virginia Woolf, the Intellectual and the Public Sphere*, Cambridge: Cambridge University Press, 2003, p. 22。

③ Melba Cuddy-Keane, *Virginia Woolf, the Intellectual and the Public Sphere*, Cambridge: Cambridge University Press, 2003, p. 24。

④ 因而将highbrow和lowbrow译作中文后，必定无法真正地表现出这两个词在英国文化中的全部语义。

⑤ Melba Cuddy-Keane, *Virginia Woolf, the Intellectual and the Public Sphere*, Cambridge: Cambridge University Press, 2003, p. 25。

习以为常的观念,即高雅、平庸和低俗之士分别对应着上层、中层和下层阶级是否是合理的。

在《平庸之人——致〈新政治家〉编辑》这篇文章中,伍尔夫给出了自己关于高雅之士和低俗之人的定义:所谓"雅士","具备相当高的聪明才智,任凭自己的思想在原野上纵横驰骋,追寻着思想"①。在她看来,莎士比亚、狄更斯、拜伦、雪莱、简·奥斯汀、哈代等人才是真正意义上的雅士,她特意强调自己的一些朋友可称作雅士,但绝不是所有的人都能归入这个行列。所谓"俗人",则"非常朝气蓬勃,全身心投入地驰骋在生活的跑马场上,为谋生而奔忙"②。而这一特点正是她敬佩、尊重俗人的原因。伍尔夫在文中表示:"我喜爱俗人,并研究他们。我经常坐在汽车司机身边,想听他讲一讲,当个司机是何感受。无论和什么样的人在一起,我都想问一问,当个司机,当十个孩子的母亲,每周只能挣35先令,做个股票经纪人,做个商船队长,银行职员,裁缝,公爵夫人,③ 矿工,厨师,妓女,到底是何感受。俗人所从事的所有工作都令我产生相当大的兴趣和好奇心。"④ 基恩认为将公爵夫人和妓女并置在一起,从极大程度上扩展了俗人的范围,伍尔夫重新摆放了公爵夫人的位置,从而"动摇了文化素养与社会地位之间一切稳固的关系"⑤。在接下来的篇幅中,伍尔夫还坦言:"我自己就认识几个可称为雅人的公爵夫人,还有清洁女工。"⑥ 基恩因而阐释道:"兴趣是一码事,经济则是另一码事。我们被警告不要将这两者混淆起来。"⑦

于伍尔夫而言,高雅之士与低俗之人的区别在于,一个追求理念一个

---

① [英] 弗吉尼亚·伍尔夫:《平庸之人——致〈新政治家〉编辑》,肖宇译,引自《伍尔芙随笔全集》Ⅲ,中国社会科学出版社2001年版,第1320页。
② [英] 弗吉尼亚·伍尔夫:《平庸之人——致〈新政治家〉编辑》,肖宇译,引自《伍尔芙随笔全集》Ⅲ,中国社会科学出版社2001年版,第1321页。
③ 在肖宇的中文译本中,这个词被译为"小贩老婆",该词英文原文为"duchess",的确既有"公爵夫人"亦有"小老板娘"之意,而根据基恩的阐释,这个词被译为公爵夫人似更合适。
④ [英] 弗吉尼亚·伍尔夫:《平庸之人——致〈新政治家〉编辑》,肖宇译,引自《伍尔芙随笔全集》Ⅲ,中国社会科学出版社2001年版,第1321页,据英文版本略有改动。
⑤ Melba Cuddy-Keane, *Virginia Woolf, the Intellectual and the Public Sphere*, Cambridge: Cambridge University Press, 2003, p.25.
⑥ [英] 弗吉尼亚·伍尔夫:《平庸之人——致〈新政治家〉编辑》,肖宇译,引自《伍尔芙随笔全集》Ⅲ,中国社会科学出版社2001年版,第1322页,据英文版本略有改动。
⑦ Melba Cuddy-Keane, *Virginia Woolf, the Intellectual and the Public Sphere*, Cambridge: Cambridge University Press, 2003, p.25.

追求生活,而这两类人是互相需要、互相尊敬的。高雅之士尊重俗人为生计所付出的高贵的努力,而俗人也想去剧院欣赏雅人们所观察到和展示出的生活。他们"相互弥补"且"无法分开而独立存在"①。鼓励他们相互憎恨的是第三类人,即伍尔夫所称的"平庸之人"。这类人"才智一般,一会儿在篱笆这边自由地漫步,一会儿又踱到那边。他们的追求不是单一的,既非单纯的艺术,也非单纯的生活,而是二者模糊部分的混合体。他们的追求卑鄙龌龊,为名为利,为权为势"②。低俗之人能够在写作时做到优美而自然,而这些平庸之人只能制造出一些老套的东西,并且要求公众接受而不是去思考他们的观点。

伍尔夫质问道:"平庸之人居然敢教你阅读诸如莎士比亚的作品?你们所要做的一切就是自己去读。"她告诉读者:"如果你们觉得哈姆莱特难缠,请他来喝杯茶。他是个雅人,让奥菲丽亚见见他。她是个俗人。像你们和我谈话一样,和他们聊天。这样,你们对莎士比亚的了解就会比全世界任何平庸之人教给你的都要多。"③ 与那些向读者兜售观点的平庸之人不同,伍尔夫一再强调读者自由阅读和思考的重要性(这也是伍尔夫所有的随笔作品中透露出的观念),高雅之士和低俗之人并不是相互对立的,她所在的布鲁姆斯伯里"是个俗人与雅士平等地和睦相处的地方"④,而他们唯一不欢迎的,就是平庸之人。这篇在她生前并未寄出的信讥讽了普里斯特列的说法,不过基恩认为,伍尔夫在这封信中所要回击的真正的敌手"不是一个人或一群人,而是整个散漫的系统"⑤。伍尔夫不赞成将阶级与精神追求挂钩的做法,按照她对"雅人"的定义,对于别人把她称作"高雅之士",她是非常乐意接受的,而"如果任何人,男人、女人、狗、猫或者被压得半碎的虫子敢称我'平庸之人',我会抄起钢笔,

---

① [英]弗吉尼亚·伍尔夫:《平庸之人——致〈新政治家〉编辑》,肖宇译,引自《伍尔芙随笔全集》Ⅲ,中国社会科学出版社2001年版,第1322页。
② [英]弗吉尼亚·伍尔夫:《平庸之人——致〈新政治家〉编辑》,肖宇译,引自《伍尔芙随笔全集》Ⅲ,中国社会科学出版社2001年版,第1324页。
③ [英]弗吉尼亚·伍尔夫:《平庸之人——致〈新政治家〉编辑》,肖宇译,引自《伍尔芙随笔全集》Ⅲ,中国社会科学出版社2001年版,第1324页。
④ [英]弗吉尼亚·伍尔夫:《平庸之人——致〈新政治家〉编辑》,肖宇译,引自《伍尔芙随笔全集》Ⅲ,中国社会科学出版社2001年版,第1326页。
⑤ Melba Cuddy-Keane, *Virginia Woolf, the Intellectual and the Public Sphere*, Cambridge: Cambridge University Press, 2003, p. 31.

刺死他"①。

基恩从伍尔夫的随笔作品中发现了她对"高雅之士"与"低俗之人"这一意义含混的、相互对立的语义系统和政治附着的颠覆。基恩之所以细致入微地考察伍尔夫所处时代的史料,并结合历史背景、时代语义来分析伍尔夫的作品,正是因为她意识到了许多批评家断章取义地运用伍尔夫的只言片语所造成的理解上的偏差。基恩认为:"伍尔夫所说的话不能脱离一种观念孕育的思维过程和特定时空的表述机制来加以考察。"② 还原历史语境和详尽的文本细读是理解伍尔夫作品和思想的关键。正是在这一理念的观照下,基恩通过史料与文本的结合,得出了伍尔夫是一位"民主的高雅之士"的结论,并对伍尔夫阅读理论的前瞻性和她为了培养读者良好的阅读实践所使用的修辞策略进行了详尽的论证。

第三节 文献与传记研究

一 手稿、作品版本的整理与研究

2017年秋,大英图书馆珍藏的伍尔夫小说《达洛卫夫人》的手稿《时时刻刻》在中国国家图书馆和木心美术馆展出,中国的伍尔夫爱好者终于得以一睹真迹。然而作为手稿,《时时刻刻》绝不仅仅只有收藏和展览的价值。这部手稿连同伍尔夫其他小说和随笔作品的手稿一道,早已成为英语世界伍尔夫研究的一个突破口,探究手稿和正式出版的作品之间的差异及其原因得到了众多研究者的重视。正如伍尔夫文献研究专家爱德华·毕晓普所言,从70年代延续至90年代的文献研究开启了伍尔夫的"另一项出版事业"③,这项事业关注的是正式出版前的材料。

20世纪70年代是伍尔夫的文献资料大量涌现的时期,除了不断出现的手稿和底本之外,尼科尔森和班克斯合作编辑的六卷本书信集以及安妮·贝尔和麦克内利主编的5卷本的伍尔夫日记极大地推动了70—80年

---

① [英]弗吉尼亚·伍尔夫:《平庸之人——致〈新政治家〉编辑》,肖宇译,引自《伍尔芙随笔全集》Ⅲ,中国社会科学出版社2001年版,第1327页。

② Melba Cuddy-Keane, *Virginia Woolf, the Intellectual and the Public Sphere*, Cambridge: Cambridge University Press, 2003, p. 8.

③ Edward L. Bishop, "Bibliographic Approaches", in *Palgrave Advances in Virginia Woolf Studies*, ed. Anna Snaith, New York, NY: Palgrave Macmillan, 2007, p. 125.

代的女性主义者重塑伍尔夫形象的进程。大量的研究者从伍尔夫的日记、书信、回忆录中追寻伍尔夫的心路历程，发现了与先前不问世事、沉溺于个人情感和抽象事物的形象截然不同的伍尔夫。1953年，伦纳德在选编伍尔夫的日记时指出："我认为弗吉尼亚是一位严肃的艺术家，她的所有著作都是严肃的艺术品。这些日记起码表明了她的非凡的精力和信念，她对于艺术创造的钟情独注，以及在其作品的创作反复修改中体现的坚持不懈的精神和认真谨慎的态度。"① 1990年，当米切尔·李斯卡整理并出版了伍尔夫早期日记后，伍尔夫的形象变得更为立体而生动。在本书第二章和第三章研究脉络的梳理中，读者能够深切地感受到这些文献对英语世界伍尔夫研究的走向产生了多么深远的影响。遗憾的是，大部分国内的伍尔夫研究者只能凭借极为有限的日记和翻译作品来窥探伍尔夫的创作历程。在对近年来国内伍尔夫研究状况的考察中，部分学者指出了国内偏向于整体研究和伍尔夫几部重要作品分析的特点。缺乏足够的文献资料的支撑，也是国内研究无法深入和细化的重要原因之一。

1970年，在现代语言协会的大会上第一次召开了关于伍尔夫的研讨会，这次研讨会由 J. J. 威尔逊（J. J. Wilson）组织，研讨的主题就是"弗吉尼亚·伍尔夫研究中手稿的运用"。1972年，J. A. 拉文（J. A. Lavin）在其文章《弗吉尼亚·伍尔夫〈到灯塔去〉的第一批版本》中驳斥了当时一些批评家认为手稿发掘只是"追逐标点"（comma hunting）② 的看法，认为标点和语句所在的不同的位置意味着很大的差异。拉文对《到灯塔去》英国和美国版本第一章中的一处不同进行了对比，在英国的版本中，该段是这样的：

"It's going to be wet tomorrow." She had not said it, but he knew it. And she looked at him smiling. For she had triumphed again.

拉文认为这一段是"情节夸张的，并且很不幸地给人一种拉姆齐夫人因超越了丈夫而沾沾自喜的印象"③。然而在美国出版的版本中，伍尔夫不仅做了一些补充，还重新调整了语序：

---

① ［英］弗吉尼亚·伍尔夫：《伍尔芙日记选》，戴红珍、宋炳辉译，百花文艺出版社2009年，"序言"第3页。
② J. A. Lavin, "The First Editions of Virginia Woolf's To the Lighthouse", Proof, 2, 1972, p. 189.
③ J. A. Lavin, "The First Editions of Virginia Woolf's To the Lighthouse", Proof, 2, 1972, p. 196.

"It's going to be wet tomorrow. You won't be able to go." And she looked at him smiling. For she had triumphed again. She had not said it: yet he knew.①

这样的调整"替代了那种沾沾自喜的情绪，预示了丈夫与妻子之间亲密的关系"②。拉姆齐夫人的性格在美国的版本中得到了柔化，这样的变化在拉文看来直接关系着伍尔夫对拉姆齐夫人这个人物形象的塑造，以及读者对他们夫妻之间情感关系的理解。在手稿研究中，同一作品不同版本中的每一个细枝末节都成为研究者关注的内容，正如 E. F. 施尔德（E. F. Shield）在其对《达洛卫夫人》美国版本考证中所说的那样："对《达洛卫夫人》美国和英国版本的校对中显示出大量的改动，许多改动是次要的……但有些却是实质性的。"③ 文献研究者们需要从各个版本的差异中剔除不重要的变化，发现有价值的差异。从文本差异中寻找作者在创作过程中人物塑造所发生的变化，这正是早期的伍尔夫作品版本研究者关心的内容。

1985 年，D. F. 麦肯齐（D. F. McKenzie）在帕尼兹演讲集《文献目录与社会学》中与沃尔特·格雷格（Sir Walter Greg）展开争论。格雷格认为文献目录只不过是一些手写或印刷符号，其意义与编撰者并无关系，而麦肯齐则试图将文献学定义为"文本的社会学研究"，他坚称"书籍的物质形式、排版中非言语的因素以及对空间的处理在传达意义上都有一种表现性的功能"④。麦肯齐认为文献与文本批评和文学批评与文学历史之间的界限并不存在，"在追寻历史意义时，我们转向了书籍物质形式的最微小的特征来质询作家、文学与社会的背景"⑤。将文本放置在其产生的更大的历史和社会背景中进行考察不仅是麦肯齐一人的看法，杰罗姆·麦甘

---

① 在瞿世镜翻译的中文版《到灯塔去》中，这一段被译为："'对，你说得对。明天会下雨的。你们去不成了。'她瞅着他微笑，因为她又胜利了。尽管她什么也没说，他还是明白了。"（上海译文出版社 2008 年版，第 152 页）

② J. A. Lavin, "The First Editions of Virginia Woolf's *To the Lighthouse*", *Proof*, 2, 1972, p. 197.

③ E. F. Shield, "The American Edition of *Mrs Dalloway*", *Studies in Bibliography*, 27, 1974, p. 158.

④ D. F. McKenzie, *Bibliography and the Sociology of Texts: The Panizzi Lectures*, 1985, London: British Library, 1986, p. 31.

⑤ D. F. McKenzie, *Bibliography and the Sociology of Texts: The Panizzi Lectures*, 1985, London: British Library, 1986, p. 34.

(Jerome McGann) 1985 年的著作《历史研究与文学批评》中就指出:"一本书的价格,它出版的地点,甚至是物质形态和它分发与接受的体制结构都对文学意义的生产施加了压力。"① 1991 年,在《文本环境》中,麦甘再次强调物质性与文本意义之间的关系:"一个文本的物质层面……书籍的物质形式与手稿(纸张、墨水、字体、图版)或是他们的价格、广告机制和分布地点。意义……是所有这些因素综合作用的产物,无论我们在创造意义时是否考虑到了上述因素。"②

伍尔夫的研究者显然从这些论述中获益良多,2000 年,安娜·斯奈斯在其作品《弗吉尼亚·伍尔夫:公共与私人谈判》中就以读者对《三枚旧金币》的态度为例,说明了作品价格对传播的影响。一位工人阶级的女性就明确地表示,如果这部作品不降价,她就绝不会购买。除了价格,传播的渠道也决定了一部作品影响的范围,一位公共汽车司机就曾给伍尔夫写过两封长信,其中就提到了获得她的作品所碰到的困难。一封信件中的读者则表示《三枚旧金币》应该用广播的形式播放给广大听众。斯奈斯认为这些信件说明了传播媒介的变化在一定程度上影响了伍尔夫作品的接受范围。③ 1985 年麦肯齐所倡导的文本的社会学研究在 21 世纪的伍尔夫研究中已经牢牢地确立了其位置。不仅文本的外部因素对文本意义传达造成的影响得到了关注,甚至连文本本身的稳固性都受到了质疑。

如果说麦肯齐探讨的是文本生产的问题,追问的是谁创造了作品的价值的话,路易斯·海(Louis Hay)在 1988 年质疑的则是"文本"真的存在吗?与传统看法中将文本视作一个闭合的纯粹的形式系统不同,路易斯扩大了文本的概念,将出版前的文件也包括在内。他认为手稿"促使我们去考虑那些不可预知的情况,它们不尊重线性序列的惯例,在页面之中向着多层空间发展,在页面上所展示出的文本有不同书写风格的边缘附注、有补充、有相互对照、也有删除和替换,它们和图画与符号一道勾勒出话语的结构,增加了意义且丰富了阅读的可能性"④。伍尔夫研究专家苏

---

① Jerome McGann, *Historical Studies and Literary Criticism*, Madison, WI: University of Wisconsin Press, 1985, p. 4.
② Jerome McGann, *The Textual Condition*, Princeton, NJ: Princeton University Press, 1991, p. 12.
③ 参见 Anna Snaith, *Virginia Woolf: Public and Private Negotiations*, Basingstoke: Macmillan, 2000, p. 126。
④ Louis Hay, "Does 'Text' Exist?", *Studies in Bibliography*, 41, 1988, p. 69.

珊·斯坦福·弗里德曼（Susan Stanford Friedman）认为路易斯关于文本的观念至关重要，因为作品的草稿实际上构成了最终版本的文本无意识。在弗里德曼看来作品的草稿包含了这样一些叙述成分，当作者在进行文本修订时，因语言机制的作用而被抑制或改变。"早期的文本可能会演变成晚期文本的缺口，就像文化和政治上的反叛打乱了社会秩序。"[1] 弗里德曼认为研究者们应该放弃将文本仅仅看成一个自主的实体，把最终版本看作阅读的终极目标的想法，与其去搜寻一个真正的、权威的版本，"将所有版本看作一个更大范围的复合性的重写文本的一部分"[2] 是更为明智的方法。

克里斯汀·弗洛拉（Christine Froula）1995 年发表的文章《现代主义，遗传文本和文学权威：作为观众的艺术家弗吉尼亚·伍尔夫的肖像》中也强调伍尔夫所展现的自画像和人物群像都是植根于社会环境之中，因而不可能脱离这一背景去寻求纯粹的文本。马克·赫希在《我们应当怎样阅读屏幕》这篇文章中讨论了超文本的问题，赫希指出伍尔夫不仅考虑用词时声音的和谐，也关注作品页面的视觉效果，她在文本中所使用的重复，以及她对页面空间的布局都是在阅读其作品时不可忽略的因素，然而在数字化的文本中，这些部分却无法保留下来。[3] 赫希在对伍尔夫的作品进行数字化编码以扩大传播范围的同时，也意识到了一部作品的物质实体是与文本的意义密切相关的部分。

1997 年由 B. J. 柯克帕特里克（B. J. Kirkpatrick）和斯图尔特·克拉克（Stuart N. Clarke）合作编写的第四版《弗吉尼亚·伍尔夫文献目录》就体现了这种对文本社会、历史环境和物质实体的重视。相较于第一版的文献目录，这版被学术界广泛征引的编目增加了对版本的描述、对出版历史的叙述、对用语索引的提示，以及一系列手稿上的文章。2002 年版，第一部针对伍尔夫作品编辑工作研究的合辑《编订弗吉尼亚·伍尔夫：诠释现代主义文本》问世，这部作品中的所有作者都参与了伍尔夫作品的莎士比亚领英版本（Shakespeare Head Edition of Woolf）的修订工作，但每位

---

[1] Susan Stanford Friedman, "The Return of the Repressed in Women's Narrative", *The Journal of Narrative Technique*, 19.1, (Winter 1989), p. 145.

[2] Susan Stanford Friedman, "The Return of the Repressed in Women's Narrative", *The Journal of Narrative Technique*, 19.1, (Winter 1989), p. 146.

[3] 参见 Mark Hussey, "How Should One Read a Screen", in *Virginia Woolf in the Age of Mechanical Reproduction*, ed. Pamela L. Caughie, New York: Garland, 2000, p. 253。

作者的关注点和方法则大不相同。五卷本伍尔夫日记的主编之一安妮·奥利维尔·贝尔提醒所有有志于从事文献整理工作的研究者:"其一,在你最终要阐明一个问题时,找到比其多十倍的问题总是很有必要的;其二,运气的因素或意外的发现在研究中是非常偶然的,但通常意义重大。"①

乔安妮·陶德曼·班克斯,伍尔夫书信集的主编则在《作为伦理学家的编辑》中提到了另一种和手稿经销商有关的"运气"。班克斯指出,研究者在今日能够得知如此之多的关于伍尔夫生活的细节,部分得益于两位芝加哥的女士哈米尔(Miss Hamill)和巴克尔(Miss Barker)。这两位手稿经销商日常的工作就是阅读讣告,了解哪些作家最近去世了,然后登门拜访,用低价购得这位作家的文学遗迹,随后高价出售给私人收藏家或公共藏馆。纽约公共图书馆伯格收藏的大部分伍尔夫的手稿都是来自这些女士们,这些经销商们是文化生产中的一个关键环节,只是几乎没有得到重视。② 与安妮·贝尔的观点相同,班克斯也提醒读者关注文本物质性的层面对文学意义的产生所起的作用。与传记家潘西亚·里德(Panthea Reid)关于伍尔夫自杀前所留下的便笺日期的争论中,班克斯所依据的就不是语言记录,而是"信纸、墨水和笔迹"以及"弄脏的程度"③。在这篇文章中,班克斯还讨论了伍尔夫研究中另一个有争议的问题——注释。她指出她和尼科尔森(伍尔夫书信集的合作编者)对待注释的态度要比奥利维尔·贝尔更加的"电报化"④,但她也坦承,她曾像一个"寻找松露的猪一样"去挖掘一些不为人知的角落,因为她觉得"我们所服务的公众有权了解我们能够发现的每一件事"⑤。然而当她看到书中记录的伍尔夫传播小道消息的一面所引发的不良后果,她认为今后即使发现了这些内容,并且不会担心发表后会被指责诽谤,她也会拒绝透露这些信息。因

---

① Anne Olivier Bell, "Editing Virginia Woolf's Diary", in *Editing Virginia Woolf: Interpreting the Modernist Text*, eds. James M. Haule and J. H. Stape, Basingstoke: Palgrave, 2002, p. 21.
② 参见 Joanne Trautmann Banks, "The Editor as Ethicist", in *Editing Virginia Woolf: Interpreting the Modernist Text*, eds. James M. Haule and J. H. Stape, Basingstoke: Palgrave, 2002, p. 35。
③ Joanne Trautmann Banks, "The Editor as Ethicist", in *Editing Virginia Woolf: Interpreting the Modernist Text*, eds. James M. Haule and J. H. Stape, Basingstoke: Palgrave, 2002, p. 39.
④ Joanne Trautmann Banks, "The Editor as Ethicist", in *Editing Virginia Woolf: Interpreting the Modernist Text*, eds. James M. Haule and J. H. Stape, Basingstoke: Palgrave, 2002, p. 31.
⑤ Joanne Trautmann Banks, "The Editor as Ethicist", in *Editing Virginia Woolf: Interpreting the Modernist Text*, eds. James M. Haule and J. H. Stape, Basingstoke: Palgrave, 2002, p. 44.

为于她而言,"法律许可和伦理选择已经不再一致了"①。

班克斯的陈述也引发了对纯粹客观的注释的质疑。马库斯在 80 年代就曾批评过奥利维尔·贝尔的注释,认为她是在引导读者弱化伍尔夫革命性的一面。21 世纪初班克斯的自述则使我们更加清楚地意识到注释的重要性。班克斯在编辑伍尔夫书信时认为自己所秉持的公开原则,也并不是完全不带个人偏见的"正解"。她在 20 年后的反思中承认自己今后将会根据伦理的原则来选择发表的材料,恰恰证明了注释本身的主观性。正如赫米奥尼·李所说,伍尔夫是谁,取决于阅读者、阅读背景和方法论指导。同样,伍尔夫作品不同版本的修订和注释也都与编者对待伍尔夫的态度息息相关。因为每一条注释与修订都蕴含着编者对伍尔夫的理解与重塑,以及其希望读者了解的内容。从这个角度来看,伍尔夫同一部作品的不同版本中所包含的导读、修订和注释对阅读者理解伍尔夫的文本都产生了潜移默化的影响,引导着读者去构筑一个不同的伍尔夫形象。

对伍尔夫作品的副文本(书籍之外的材料)进行最为广泛的考察的,当属布伦达·西尔弗 1999 年发表的著作《偶像弗吉尼亚·伍尔夫》。西尔弗将她的研究建立在编辑实践,特别是版本管理(versioning)② 的基础之上,她引用唐纳德·雷曼(Donald Reiman)的观点,认为这种版本管理能够给读者提供"足够多不同的原始文本书件和主要文本的状态",允许读者去探究它们之间"不同的意识形态、审美观点或修辞策略"③。不同于一些批评家认为有不止一种权威版本的观念,④ 西尔弗指出版本管理所要达到的更大的效果是"挑战一部作品任何一个版本的权威性,以及通过暗示得出的作者意图和编者权威性的结论。从这个角度来看,版本管理标志着文本研究专家对挑选出的单一'权威'文本的一次反叛,并预示着一批易变的、不固定的后现代作品的成熟,这些作品的意义源自于对多

---

① Joanne Trautmann Banks, "The Editor as Ethicist", in *Editing Virginia Woolf: Interpreting the Modernist Text*, eds. James M. Haule and J. H. Stape, Basingstoke: Palgrave, 2002, p. 44.

② 在文学研究中,"versioning"一词意味着出版一部作品所有不同的版本,包括正式出版前的版本(如手写稿、打字稿等)。

③ Brenda R. Silver, *Virginia Woolf Icon*, Chicago and London: The University of Chicago Press, 1999, p. 13.

④ 《编订弗吉尼亚·伍尔夫:诠释现代主义文本》的主编之一詹姆斯·豪勒在该书中的《弗吉尼亚·伍尔夫小说中的版本与意图》一文中表示"文本不是一种而是几种,不止一种编订版是权威性的"。(p. 187)

种版本的差异性阅读"①。

在英语世界不同版本的伍尔夫作品集中，哈考特·布雷斯（Harcourt Brace）出版社的版本既没有序言，也没有注释；牛津世界名著和企鹅出版社提供了引言和注释，其中企鹅出版社的文本中对伍尔夫的评论更倾向于女性主义的观点。霍加斯终定版（The Hogarth Definitive Collected）在毕晓普看来依然重复着一些印刷错误，在介绍新的材料时也仅仅提供了简略的介绍。②在版本编订上最为全面的一版当属莎士比亚领英出版社推出的伍尔夫全集。这套丛书中不仅包括了作品创作和接受的历史、翔实的注释，还有对每部作品版本选择依据的讨论。值得注意的是，莎士比亚领英版本在进行版本校对时，只是选择了伍尔夫自己看过的版本进行核对，而不是将所有的版本都作为校勘的依据。

对大多数国内的伍尔夫研究者而言，校勘和版本选择的问题与研究工作本身关系不大。由于语言和文化的差异，在作品译介的过程中难免会出现文化过滤和文本误读的情况，英国版本、美国版本，或手稿版本的差异在语言差异的障碍下变得更加难以跨越。目前国内的中译本也基本没有注明依据的是伍尔夫发表的哪一个版本。值得注意的是，珍妮·舒尔坎德1976年整理出版（1985年修订扩充）的伍尔夫自传作品集在2016年10月与中国读者见面了，译者刘春芳并没有忽略舒尔坎德在编辑完成后所附上的"编者的话"。据舒尔坎德所言："我们真诚地希望能够避免'编辑'过度的行为，防止'编辑的铁蹄'践踏读者的认知。我们在每篇文章前面都写了'编者的话'，这样做的初衷就是最大限度地避免编辑给原文带来的改动。"③伍尔芙早期的手写稿经常随心所欲地使用标点，在文本编辑中舒尔坎德始终强调"编者无意矫枉过正，抹煞伍尔芙特立独行的标点使用风格，减损她的标点表达力度，更无意使伍尔芙适应传统意义上的语文规范"④。并且指出了每一处编者进行修订的细节。由于伍尔夫的增删

---

① Brenda R. Silver, *Virginia Woolf Icon*, Chicago and London: The University of Chicago Press, 1999, p. 13.
② Edward L. Bishop, "Bibliographic Approaches", in *Palgrave Advances in Virginia Woolf Studies*, ed. Anna Snaith, New York, NY: Palgrave Macmillan, 2007, p. 141.
③ [英]弗吉尼亚·伍尔夫:《存在的瞬间》，刘春芳、倪爱霞译，花城出版社2016年版，"编者的话"第3页。
④ [英]弗吉尼亚·伍尔夫:《存在的瞬间》，刘春芳、倪爱霞译，花城出版社2016年版，第5页。

较多，在遇到文意不明、语义不通的情况时，则"根据全文需要忽略掉添加或修改的文字，同时将伍尔芙的修改原封不动地加以标注。……替换掉的原文在编辑时仍然做了批注，这样如果读者感兴趣的话可以适时选择参阅，也可以由读者自行判断如果伍尔芙依然在世，她会对文字作何选择"[①]。

手稿记录了一位作家与作品搏斗的过程，与其他的伍尔夫手稿整理者相同，舒尔坎德选择向读者展现这一场搏斗的全貌，并谨记伍尔夫的教导："一个人能给另一个人提出的关于阅读的唯一建议，就是不要听取任何建议，而只需依据自己的直觉，运用自己的理性，得出属于你自己的结论。"[②] 从这段叙述中，我们可以看出英语学界对伍尔夫创作风格的珍视和对其手稿作品的尊重。这部作品的中译本也使中国的读者看到了英语世界庞大的伍尔夫文献研究和修订工作的冰山一角。

我们需要意识到，与中国的《红楼梦》版本订正和校注在红学界引发的广泛争议相似，英语世界关于伍尔夫作品版本研究的工作也同样是学界关注的焦点。每一部新的文献的发现和问世都对伍尔夫研究产生了深远的影响，并在一定程度上左右了学界对伍尔夫的认识。由于文献资料天然的劣势，国内的伍尔夫研究者还无法直接跟进英语世界最新的文献研究进度，但我们依然有很多可以弥补的缺口：班克斯、奥利维尔·贝尔以及米切尔·李斯卡所整理的伍尔夫书信与日记在国内目前尚无完整的译本，从20世纪80年代就逐渐得到整理的伍尔夫的手稿也未能得到中国学术界的关注。2013年《存在的瞬间》的译者刘春芳赴美访学时遇见了这部伍尔夫自传遗作的修订本，这部作品才得以跨越了30年的时空与中国读者见面。那些直至今日依然深刻影响着英语世界伍尔夫研究的日记、书信等文献资料仍然在等待着机缘与中国读者相见。我们期待这些在英语世界已经出版的文献资料能够引起中国学界的重视，继21世纪初期的伍尔夫作品翻译浪潮之后，再一次掀起伍尔夫文献翻译的热潮，使昆汀·贝尔等人力赞的杰作为更多的中国读者所知所识，同时通过文献翻译与研究推进中国伍尔夫研究的纵深发展。

[①] ［英］弗吉尼亚·伍尔夫：《存在的瞬间》，刘春芳、倪爱霞译，花城出版社2016年版，第4页。

[②] ［英］弗吉尼亚·伍尔夫：《我们应当怎样读书?》，李寄译，引自《伍尔芙随笔全集》I，中国社会科学出版社2001年版，第466页。

二 传记中的伍尔夫

既然我们处于这样一个时代：来自各类报刊、信件和日记的千架摄像机都从各个角度瞄准同一个人，作者就要准备接受同一张面孔下掩盖的矛盾性格。传记文学会戴上眼镜将隐蔽的角落看个遍，以拓宽它的视野。而丰富多样的材料并非构成杂乱无章的乱摊子，而是一个更加血肉丰满的统一体。

——弗吉尼亚·伍尔夫《传记文学的艺术》①

1972年昆汀·贝尔两卷本的《伍尔夫传》燃起了英语世界学术界对伍尔夫生平经历的兴趣，并直接推动了伍尔夫传记研究持续不断地发展。事实上关于伍尔夫个人生活、交友经历以及这些因素对其创作所产生的影响的研究在伍尔夫生前就已经吸引了批评家的兴趣。在霍尔特比1932年《弗吉尼亚·伍尔夫：一部批评实录》的第一章就对伍尔夫的生平进行了介绍，并试图将伍尔夫艺术创作的过程与她的生活联系起来。霍尔特比在搜寻资料时"将隐蔽的角落看个遍"②，由此发现了伍尔夫母亲1883年所作的《病房笔记》，并将伍尔夫写作中轻快幽默的一面归功于她的母亲，而伍尔夫也因霍尔特比对其母亲作品的关注而向她表示感谢。

英语世界第一部伍尔夫传记诞生于1953年，艾琳·皮佩特（Aileen Pippett）所著的《飞蛾与星星：弗吉尼亚·伍尔夫传记》。这部传记第一次向读者全面地介绍了伍尔夫成长的环境、斯蒂芬家族的背景、布鲁姆斯伯里集团的成员，以及伍尔夫曾经居住过的宅邸，然而在昆汀"官方传记"的光芒之下，皮佩特的传记在英语世界也被长期遗忘了。昆汀·贝尔传记的最大特点在于其大量引用了一些从未被发表过的伍尔夫书信、日记和亲笔文件，凭借着自己独家的优势为伍尔夫研究专家们提供了一片可供开拓的处女地。在这部传记中，昆汀以家庭成员的身份入手，向研究者揭开了伍尔夫的身世和创作的细节。

《伍尔夫传》严格按照历时的叙述方式，在第一部中讲述了1882—

---

① ［英］弗吉尼亚·伍尔夫：《传记文学的艺术》，肖宇译，引自《伍尔芙随笔全集》Ⅲ，中国社会科学出版社2001年版，第1334页。
② ［英］弗吉尼亚·伍尔夫：《传记文学的艺术》，肖宇译，引自《伍尔芙随笔全集》Ⅲ，中国社会科学出版社2001年版，第1334页。

1912年6月伍尔夫的生活,第二部则从1912年一直叙述到伍尔夫自杀的1941年。第一部分第一章的叙述中,昆汀追溯了伍尔夫的家史,讲述了斯蒂芬家族自18世纪中叶从卑微的地位中崛起的过程。伍尔夫的曾祖父被克拉彭派的教徒所吸引,对于禁止奴隶贸易和废除奴隶制的事业甚为热心,她的祖父则在殖民部谋得了职位,在任内致力于保护黑人,而这些素材都成为后殖民研究者探讨伍尔夫对待殖民和帝国态度的参照。在对1882—1895年伍尔夫幼年时期生活的叙述中,昆汀向读者展示了保育室里的友谊和竞争,这种描述在苏珊·塞勒斯2008年的小说《文尼莎与弗吉尼亚》中得到了精彩的扩充。昆汀将伍尔夫的精神问题追溯到她的幼年时期,指出"从一开始,她就让人感到她是难以捉摸的、怪癖的,而且容易出问题"[1]。1895年5月5日,伍尔夫的母亲朱莉亚去世了,父亲莱斯利沉浸于悲痛之中无暇他顾,同母异父的哥哥乔治·达科沃斯则把他的友爱"从教室一直带进了晚间保育室"[2]。他超越正常限度的爱抚和拥抱加重了母亲之死所带给她的悲痛,因而昆汀认为乔治于伍尔夫而言,"代表着一种可怕、猥亵的东西,是一种已经很不幸的情形下的最后的邪恶的一击"。伍尔夫在还没有经历爱情之时就感受到了令人恶心的乱伦性欲,在自己的生活还没有真正开始之前就毁在了乔治手中,所以她"天生对跟性有关的事情感到害羞,从这个时候起,她因受到恐吓而缩成了一种冷淡、自卫的惊恐姿态"[3]。昆汀将伍尔夫在童年遭受猥亵的经历称作一种"心智毒瘤"[4],这一毒瘤在她13岁时袭击了她,并成为她余生的隐患和无法忍受的梦魇,当1941年一种错乱的声音又出现在她的耳际时,她选择了"所剩的唯一疗法,就是死亡疗法"[5]。昆汀所提供的材料为研究者探究伍尔夫的精神问题打开了新的大门,那些曾经被隐藏的秘密也随着这部传记的出现而逐渐被挖掘出来。至此,对伍尔夫精神状况和性虐待的考察在英语世界伍尔夫研究中占据了一席之地,直到今日也一直吸引着批评家的关注。1989年路易斯·德萨佛影响深远的著作《弗吉尼亚·伍尔夫:幼年时期的性虐待对其生活和写作的影响》,正是以昆汀和之后的传记研究者

---

[1] 昆汀·贝尔:《伍尔夫传》,萧易译,江苏教育出版社2005年版,第27页。
[2] 昆汀·贝尔:《伍尔夫传》,萧易译,江苏教育出版社2005年版,第27页。
[3] 昆汀·贝尔:《伍尔夫传》,萧易译,江苏教育出版社2005年版,第48页。
[4] 昆汀·贝尔:《伍尔夫传》,萧易译,江苏教育出版社2005年版,第48页。
[5] 昆汀·贝尔:《伍尔夫传》,萧易译,江苏教育出版社2005年版,第49页。

的考证为基础所撰写的。

另一个引起了研究者极大兴趣的关注点就是伍尔夫的婚姻以及她与姐姐瓦妮莎的关系。昆汀·贝尔认为伍尔夫嫁给伦纳德是她这一生中做过的最明智的决定之一,然而他同样也指出了两人婚姻生活中的缺憾——孩子。伦纳德因为伍尔夫的精神状况,曾多方咨询医生生育问题对她可能产生的影响,最终决定放弃要孩子的打算(这也成了一些女性主义批评家诟病伦纳德扼杀伍尔夫做母亲的权利的罪证)。昆汀摘录伍尔夫的部分日记披露了她对这一决定的失望:"我对自己说,永远别伴称你没得到的东西是不值得拥有的……譬如,永远别伴称其他东西能代替孩子。"① 昆汀认为伍尔夫和他的母亲瓦妮莎之间的姐妹情谊非常的深刻,"她不但爱她的姐姐,看来还爱着她们之间那种饱含深情的关系"②。而瓦妮莎结婚生子则破坏了这种专属的亲密关系,伍尔夫对她的姐姐产生了妒忌:"由于没有孩子而导致的无法治愈的永久遗憾,在这方面对瓦奈萨的本能的嫉妒,也嫉妒她——进一步让人羡慕的原因——比弗吉尼亚有能力过一种更自由、更冒险的生活,哪怕要承担母亲的责任……"③ 伍尔夫与她的姐姐之间亲密却复杂的关系,伍尔夫与伦纳德的夫妻生活,以及伦纳德的控制到底对伍尔夫的创作产生了怎样的影响,都成为之后的批评家十分感兴趣的话题。

除了生活,昆汀也谈到了伍尔夫的创作,他认为《本内特先生与布朗夫人》是伍尔夫的"私人宣言"④,在这篇文论中,伍尔夫描述了自己在未来十年内的写作计划,并且在某种程度上"概述了自己的毕生事业"⑤。他肯定伍尔夫的实验精神,和伦纳德一样对伍尔夫偏向现实主义的作品并不感冒。至于伍尔夫的女权思想,昆汀实际上部分赞同 E. M. 福斯特的观点,伍尔夫的女权思想令福斯特感到不安,有些"太尖锐、太富有批判性",因此福斯特始终认为"她(伍尔夫)不喜欢大多数人,她总是对我十分温和,可我不觉得她特别喜欢我"⑥。对于伍尔夫的女权作品,昆汀也秉持着保留态度,至于政治性,昆汀则继承了英国批评家对伍尔夫阶级

---

① 昆汀·贝尔:《伍尔夫传》,萧易译,江苏教育出版社2005年版,第295页。
② 昆汀·贝尔:《伍尔夫传》,萧易译,江苏教育出版社2005年版,第26页。
③ 昆汀·贝尔:《伍尔夫传》,萧易译,江苏教育出版社2005年版,第296页。
④ 昆汀·贝尔:《伍尔夫传》,萧易译,江苏教育出版社2005年版,第312页。
⑤ 昆汀·贝尔:《伍尔夫传》,萧易译,江苏教育出版社2005年版,第312页。
⑥ 昆汀·贝尔:《伍尔夫传》,萧易译,江苏教育出版社2005年版,第343页。

观的一贯态度,强调伍尔夫与马克思主义毫无瓜葛,并指出她与那些较年轻的社会主义者的不同之处在于:"她直率、毫不含糊地认可了阶级结构在文学中的重要性。别人试图跨越阶级的障碍甚至否定它们的存在,她坦率地承认这些,而且在这么做的时候,知道自己在一个分裂的社会里是地位孤独的。"①

相较于对伍尔夫生活的大量描绘,对伍尔夫作品的实际关注显得较为薄弱,这一点以及他对伍尔夫非政治性立场的坚持,成为美国伍尔夫研究者着力攻击的目标。马克·赫希指出昆汀的传记"忽略了所有对伍尔夫写作的考虑",并"对伍尔夫的政治活动保持缄默"②,因而很快引发了争议,在本书的第二章中笔者也详尽地梳理了这次争议的始末。但我们需要注意的是,正是因为这部传记的问世,才推动了伍尔夫研究在20世纪70年代的兴起以及伍尔夫文献资料的迅速传播,并且为批评家从不同角度切入伍尔夫的创作与生活提供了丰富的素材,直至今日依然是伍尔夫研究者无法忽视的重要参考资料。1994年詹姆斯·金(James King)的传记《弗吉尼亚·伍尔夫》;1996年潘西亚·里德(Panthea Reid)的著作《艺术与情感:弗吉尼亚·伍尔夫的生活》;1998年米切尔·李斯卡(Mitchell Leaska)的专著《花岗岩与彩虹:弗吉尼亚·伍尔夫隐匿的生活》,都沿用了昆汀·贝尔按年代顺序叙述的方式从不同的侧面展现伍尔夫的生活,并在传记研究中大量援引伍尔夫的相关档案和文献。

值得注意的是,对伍尔夫女权主义思想不屑一顾、对她写作和思想的非政治性的强调,以及对她偏向现实主义创作的不满,并非昆汀或伦纳德的个人之见,而是伍尔夫身边朋友和熟人的普遍看法。诗人、评论家约翰·莱曼(John Lehmann)是伍尔夫外甥朱利安·贝尔的好友,曾担任伍尔夫夫妇经营的霍加斯出版社的经理。在其1975年发表的关于伍尔夫的传记中,莱曼表达了对伍尔夫的女权作品《三枚旧金币》的厌恶之情。他先是援引伦纳德对《岁月》《夜与日》和《三枚旧金币》的评价:"三本'死'书"③,并指出这是伍尔夫朋友们的共同看法,接着便指责《三枚旧金币》读来"尖锐刺耳,内容多有重复,且写作手法有种笨拙不妥

---

① 昆汀·贝尔:《伍尔夫传》,萧易译,江苏教育出版社2005年版,第436页。
② Mark Hussey, "Biographical Approaches", in *Palgrave Advances in Virginia Woolf Studies*, ed. Anna Snaith, New York, NY: Palgrave Macmillan, 2007, p.86.
③ 约翰·雷门:《吴尔芙》,余光照译,百家出版社2004年版,第93页。

的轻浮,更添缺失"。伍尔夫所处的动荡的社会局势有理由让她感到悲痛,然而"对于这个多灾多难的世界,她所提出的解救方法,却是女性应该前进争取和男性在处理世事上拥有同等的分量,现在听起来这个论点几近天真"①。

直至 2000 年,尼科尔森在其传记《弗吉尼亚·伍尔夫》中依然不忘提醒读者,布鲁姆斯伯里集团的社会主义"就像是温吞水:资本主义体系的永久性和佣人阶层的从属性都是被肯定的"。因此"弗吉尼亚的女权思想并没有触及社会底层。她从未就绝大多数妇女待在家里为丈夫做晚饭的命运进行抗议,她所关注的仅仅是她这个阶层的妇女应该有更多机会成为医生、律师、教师、作家,而从不觉得有必要为以下情况呐喊:比如那些有才干的女秘书应该跻身管理阶层,清洁女工通过努力也可以改变自身的地位"②。对于《三枚旧金币》这部作品,尼科尔森认为其"充满了愤怒"③,他同意昆汀的说法:"在一个更加令人痛苦和更迫切的问题上介入女性权利的讨论是错误的:我们要做些什么来面对不断增长的法西斯主义和战争的威胁。这两个矛盾没有相同之处。女性在总体上比男性更和平也是不对的,从特洛伊战争的海伦到玛格丽特·撒切尔都可以看出,她们鼓动发起战争,作为一种政策手段,用来展现男性的刚毅和自尊。"④ 伍尔夫在她的小册子中表达出的对女性被压迫、被抑制的现状的不满,在尼科尔森看来是令人费解的。他强调伍尔夫不是一个政治家,然而在《三枚旧金币》中,她却"使用了政治谩骂的武器和大量引用的学术手段"⑤,《一间自己的房间》中伍尔夫提到的女性群体仅限于她所属的阶层和文化背景,而"这是最没有理由抱怨的一小部分人"⑥。1979 年,尼科尔森曾对伍尔夫的"抱怨"做出这样的评价:"她如此年轻,如此目空一切,如此成功地从这个世界赢得了自由,几乎就她一个人在想象这世界在根本上还是一成不变。"⑦ 21 年过去了,尼科尔森依然无法理解伍尔夫为何要写作

---

① 约翰·雷门:《吴尔芙》,余光照译,百家出版社 2004 年版,第 94 页。
② 奈杰尔·尼科尔森:《伍尔夫》,王璐译,生活·读书·新知三联书店 2014 年版,第 48 页。
③ 奈杰尔·尼科尔森:《伍尔夫》,王璐译,生活·读书·新知三联书店 2014 年版,第 212 页。
④ 奈杰尔·尼科尔森:《伍尔夫》,王璐译,生活·读书·新知三联书店 2014 年版,第 212 页。
⑤ 奈杰尔·尼科尔森:《伍尔夫》,王璐译,生活·读书·新知三联书店 2014 年版,第 213 页。
⑥ 奈杰尔·尼科尔森:《伍尔夫》,王璐译,生活·读书·新知三联书店 2014 年版,第 213 页。
⑦ 奈杰尔·尼科尔森:《伍尔夫》,王璐译,生活·读书·新知三联书店 2014 年版,第 214 页。

这些与她的身份和处境毫无瓜葛的小册子。在传记中，尼科尔森还向读者提供了布鲁姆斯伯里集团的成员对《三枚旧金币》的态度，凯恩斯称其为"一篇愚蠢的辩论，而且写得也不好"[1]，伦纳德在自己的回忆录中也对这部作品保持沉默。维塔·萨克维尔—韦斯特在写给伍尔夫的信中称其"用误导性的观点激怒了他们（读者）"[2]，这封信引发了两人之间唯一的一次争吵。

昆汀、尼科尔森、布鲁姆斯伯里集团的朋友们对伍尔夫女权作品的不解，成为70年代女性主义批评的突破口。与伍尔夫的朋友们所喜爱的象牙塔中的伍尔夫不同，女性主义批评家将关注点集中于昆汀等人无法解释的政治的、女权的一面，引导读者去发现一个更具社会责任感的女作家伍尔夫。

昆汀的传记在70—80年代占据的重要地位不断遭到其他传记作者的挑战。罗杰·普尔（Roger Poole）1978年的传记《不为人知的弗吉尼亚·伍尔夫》，以及德萨佛1989年的作品《弗吉尼亚·伍尔夫：幼年时期的性虐待对其生活和写作的影响》就提供了与昆汀的描绘截然不同的伍尔夫形象。普尔的著作自问世之后三易其文，每一次都在绪论部分跟进关于伍尔夫精神状况的争议，并试图恢复伍尔夫自己言说自身状况的主体性。伍尔夫婚姻中的紧张关系，她与其他朋友之间的重要友谊都成为普尔考察的对象。德萨佛则将关注点集中于创伤和虐待，否定了伦纳德、昆汀口中关于伍尔夫属于躁郁病患者的权威解释。1992年托马斯·卡拉曼诺（Thomas Caramagno）的传记《心灵的逃逸：弗吉尼亚·伍尔夫与躁郁症》，1996年帕特丽夏·莫兰（Patricia Moran）的著作《口头相传》，以及1999年艾丽·格兰尼（Allie Glenny）的专著《饥饿的身份》都专注于探讨伍尔夫的疾病及其成因。

1996年赫米奥尼·李的传记《弗吉尼亚·伍尔夫》横空出世，成为继昆汀传记之后另一部在英语世界产生巨大反响的传记作品。赫米奥尼·李在传记的开篇就指出：每一本伍尔夫传记其实都隐晦地传达了传记者自己的癖好，揭示了传记者自己感兴趣的事实，按照自己的观念去解读伍尔夫，所以这样的传记只能是部分真实的，即使是伍尔夫为自己作传，也不可能绝对客观，而只是把其想要示人的部分呈现给读者。赫米奥尼·李发

---

[1] 奈杰尔·尼科尔森：《伍尔夫》，王璐译，生活·读书·新知三联书店2014年版，第215页。
[2] 奈杰尔·尼科尔森：《伍尔夫》，王璐译，生活·读书·新知三联书店2014年版，第216页。

现,在伍尔夫传记写作的过程中总是被问及这样四个问题:"伍尔夫在童年时真的遭受了性虐待吗? 她的疯狂是怎么回事,她又为何自杀呢? 伦纳德是一位优秀的还是邪恶的丈夫呢? 她是最令人讨厌的势利之人吗?"① 可见在这一时期,将伍尔夫的精神问题与她生活中的方方面面联系起来已然成为许多研究者和普通读者十分关心的话题,而这些问题在她的传记中都得到了回答。

赫米奥尼将传记分为四个时间段来结构框架:1882—1904 年;1904—1919 年;1919—1929 年;1929—1941 年。在第一部分"传记"一节中,赫米奥尼·李提出伍尔夫的小说常常可以作为传记加以解读,她的作品反复提及自己的家庭、父母、姐姐、母亲以及哥哥的死亡。"她是有史以来最热衷于自我反思和自我沉醉的小说家之一,但同时也是最急于剥除小说中个性的小说家之一。"② 她也是一位"厌恶自我中心的自我主义者"③。赫米奥尼指出:即使在伍尔夫最为亲密的信件中依然存在有所保留的地方,因而在阅读并分析这些文献时,需要加以仔细考证。在"虐待"一节中,她纠正了将伍尔夫看作童年性虐待牺牲品的看法,认为乔治的侵犯并不是驱使伍尔夫疯癫的原因。尽管伍尔夫承认这一事件对她产生了破坏性的影响,但赫米奥尼认为并没有任何实证性的材料能够证明伍尔夫在多大程度上受到了侵犯,④ 并且"在某种程度上,她的生活只是她认为的她的生活的样子"⑤。而并不完全是事实。伍尔夫的矛盾之处就在于,她一方面将自己不稳定和脆弱的精神状态以及她的性冷淡归结为乔治的原因;另一方面却又激烈地反对弗洛伊德通过童年创伤来阐释一个人的生活的简单做法。伍尔夫本人决不能容忍将她的小说缩减为关于神经质症状隐晦表达的解读,因此德萨佛的解读于赫米奥尼而言,无疑是有些偏激了。"疯癫"一节则推翻了关于伍尔夫"精神错乱"的说法,认为她不过是一位患病的正常女性。她不仅不是精神疾病的受害者,而且并不脆弱无助,

---

① Hermione Lee, *Virginia Woolf*, New York: Alfred A. Knopf, 1997, p. 1.
② Hermione Lee, *Virginia Woolf*, New York: Alfred A. Knopf, 1997, p. 17.
③ Hermione Lee, *Virginia Woolf*, New York: Alfred A. Knopf, 1997, p. 4.
④ 奈杰尔·尼科尔森也认为德萨佛得出的乔治的行为导致伍尔夫精神崩溃的结论过于牵强。他在昆汀的传记出版不久后拜访了乔治的儿子亨利,并得到了亨利的允许出版了乔治与伍尔夫的五封来往信件。亨利否认自己的父亲曾诱奸过伍尔夫,昆汀也在之后的著作《我的长辈们》(*Elders and Betters*) 中更改了对达科沃斯兄弟的谴责之辞,指出猥亵之举的确存在,但他们并未真正地侵犯两个同母异父的妹妹。参见奈杰尔·尼科尔森《伍尔夫》,第 16—17 页。
⑤ Hermione Lee, *Virginia Woolf*, New York: Alfred A. Knopf, 1997, p. 156.

凭借着自己强大的毅力在其所能控制的范围内做到了最好。

在传记的第二部分中，赫米奥尼谈到了伦纳德以及他们的婚姻。她认为伦纳德对两者间婚姻关系的掌控和伍尔夫对照顾的需求，因为伍尔夫的疾病而形成了一种持续终生的模式。至于两人之间的夫妻生活，1967年，杰拉尔德·布雷南曾透露伦纳德发现性生活会使伍尔夫精神紧张，并有可能导致发病，因而他决定放弃肉体的享乐，"因为她是一个天才"[1]。两人承诺对对方保持忠诚，不过后来，布雷南被告知，伦纳德和客厅女侍之间有暧昧关系。对于这种说法，赫米奥尼提出了自己的异议，她认为这一陈述是不可靠、不准确的，关于两人婚姻不幸的论断是基于将性爱视为婚姻中关键因素的假设，而伍尔夫夫妇间的关系"很显然不是建立在这些标准之上"[2]。赫米奥尼在传记中展现了大量能够证明两人之间亲密关系的证据，然而她也指出，伍尔夫热爱孩子，喜欢和孩子们交谈，在她一生中的很多时刻，她都因自己没能成为母亲而感到失落，为伦纳德不能拥有一个儿子感到抱歉，然而不要孩子的决定，却是由伦纳德做出的。在伍尔夫1912年5月1日的信中，她非常明确地表示希望在婚后拥有自己的孩子，当维奥莱特·迪金森在他们的蜜月之后送给她一个摇篮时，她的回应虽窘迫但乐观："我的孩子可以睡在这个摇篮里。"[3] 然而这个愿望在伦纳德的多方考证之后被否定了。

赫米奥尼·李并不认为伦纳德如某些批评家所言，是一个扼杀了伍尔夫的坏人。她称赞伦纳德的诚实、慷慨和正义感，然而人性本身的复杂性也使赫米奥尼意识到：伦纳德对伍尔夫的精心照料与他的控制欲之间的界限是狭窄的。他为伍尔夫制定了详尽的日常规划，让她远离兴奋、聚会、熬夜和众多的拜访者，并尽可能地置身于伦敦之外，避免令她紧张的情境，这样的安排无疑是合理的。然而这种安排也为伦纳德将其不喜爱的拜访者拒之门外（如埃塞尔·史密斯）提供了借口。在很多年内，伦纳德都充当了监护人的角色，这让伍尔夫的一些女性朋友很是不满，但赫米奥尼指出，这样的安排也在一定程度上提供了有利于伍尔夫从事创作的环境。[4] 对于伦纳德和伍尔夫的婚姻，赫米奥尼提醒读者不要忽视两人相爱

---

[1] Hermione Lee, *Virginia Woolf*, New York: Alfred A. Knopf, 1997, p. 326.
[2] Hermione Lee, *Virginia Woolf*, New York: Alfred A. Knopf, 1997, p. 327.
[3] Hermione Lee, *Virginia Woolf*, New York: Alfred A. Knopf, 1997, p. 329.
[4] 参见 Hermione Lee, *Virginia Woolf*, New York: Alfred A. Knopf, 1997, pp. 331-332。

的事实,尽管她不否认伦纳德对伍尔夫的照顾在有些方面超越了限度,但她相信伦纳德本人善良的品质,并认为两人的结合是成功的。

在传记的最后一部分,赫米奥尼·李将目光投向伍尔夫早期的政治兴趣和活动,伍尔夫所参与的选举权运动、无畏战舰的骗局,以及后印象展的经历都显示了伍尔夫所具有的颠覆性。赫米奥尼反驳了关于伍尔夫反犹倾向的说法,并将伍尔夫20世纪30年代在伦纳德的影响下对左翼政治的关注纳入了考察的范围。与马库斯的意见一致,赫米奥尼同样认为伍尔夫政治性的写作总是招致误解,且没有得到应有的重视。在谈及伍尔夫的自杀问题时,赫米奥尼对伍尔夫当时所处的个人和政治环境进行了综合的分析,指出伍尔夫并不是屈服于战争的淫威或是担心自己再也无法从疯癫状态中恢复。她和伦纳德两人曾计划过如果德国成功入侵英国,该采用何种方式自杀的问题(两人都在盖世太保的黑名单上),因而她的自杀并不是毫无征兆的疯狂之举。[1] 在传记的尾声中,赫米奥尼反思了自己作为一位传记作家所持的立场及其成因,指出研究者关于伍尔夫的疯癫、现代主义、婚姻等问题的争论将一直持续下去,"由于这些重新解读,她看上去于我们而言,如今,既是一位同代人,又属于一位历史人物"[2]。

如果说昆汀·贝尔的传记展现的是亲人眼中的伍尔夫形象的话,赫米奥尼的传记则确认了伍尔夫作为一位女性主义作家的地位。在这部传记中,伍尔夫生命中重要的女性在"初恋""凯瑟琳""维塔""埃塞尔"等章节中得到了具体的阐述,女性主义批评的观点也深刻地影响了赫米奥尼传记中对伍尔夫的认识和评价。赫米奥尼·李关于伍尔夫研究争论的预测所言不虚,十年后,托马斯·斯查兹(Thomas Szasz)撰写的专著《我的疯狂拯救了我:弗吉尼亚·伍尔夫的疯癫与婚姻》,抛开了之前的伍尔夫传记中关于伍尔夫是否患有精神疾病的争议,通过对伍尔夫私人信件、日记和回忆录的细读,追踪了伍尔夫夫妇是如何利用了疯癫的概念和精神病学的职业来管理并操控自己和对方的生活。不同于以往的研究者将伍尔夫取得的成就归功于天才,将其失败之处归因于精神疾病的传统看法,斯

---

[1] 伍尔夫自传性文字《往事札记》中记录了她1940年6月8日的一段内心独白:"德国人的飞机每天晚上都在英格兰的上空盘旋,他们正在一步步逼近我们居住的地方。如果我们战败——当然我们会想方设法解决这个问题,但有一条显而易见的出路就是自杀(我们三天前在伦敦都商量好了)——写作就变得几乎不再可能。"(《存在的瞬间》,p.144)从中我们可以看出在伍尔夫生前,自杀是一种已经得到充分考虑的举动。

[2] Hermione Lee, *Virginia Woolf*, New York: Alfred A. Knopf, 1997, p.758.

查兹指出伍尔夫既非精神病人,也非精神病治疗的受害者,他将伍尔夫的生活与工作阐释为其个性的表达,而伍尔夫的个性则是她个人自由意志的产物。

以伍尔夫的生活为关注中心的传记通常把伍尔夫生命中发生的重大事件当作阐释伍尔夫创作和心理发展的动因,力图从伍尔夫的家庭背景、婚姻状况、疾病成因等角度挖掘她生活中每一个不为人知的角落。另一批传记作家则另辟蹊径,从写作艺术的角度出发,向读者展现作为作家的伍尔夫的一生。菲利斯·罗斯(Phyllis Rose)1978年的传记《女作家:弗吉尼亚·伍尔夫的生活》;1984年林德尔·戈登的传记《弗吉尼亚·伍尔夫——一个作家的生命历程》;茱莉娅·布里格斯2005年的著作《弗吉尼亚·伍尔夫的内心生活》,都以追溯伍尔夫的创作历程作为撰写传记的主线。

布里格斯在她的传记中刻画了伍尔夫在从事文学创作时的形象,介绍了伍尔夫每部作品的成书过程,并在每章中都提供了对该作品出版和接受历史的回顾。由于布里格斯是按照伍尔夫的作品成书时间来安排自己的传记编写,因而直至伍尔夫在晚年开始撰写自己回忆录的片段时,读者才得以一窥伍尔夫的童年经历。在论及伍尔夫的死亡这一重要事件时,布里格斯将伍尔夫自杀的举动放置在当时的社会环境中进行考察,指出在那一阶段,一些富有创造力的艺术家同样选择了自杀这一方式来结束自己的生命。例如伍尔夫的一位好友,画家马克·格特勒就在1939年自杀身亡。她在谈及这段历史时说道:"像那一时期的其他艺术家一样,格特勒似乎被一系列个人的问题所压垮了,他自身创造力的危机,即将来临的战争恐惧。老一辈的妇女参政论者和和平主义者海伦娜·斯万维克……同样在1939年选择了自杀,显然无法承受另一次欧洲战争爆发的打击。"[1] 那些被迫害和流放的德国作家,那些伍尔夫所知的或未曾知晓的欧洲知识分子:恩斯特·托勒尔、约瑟夫·罗斯、瓦尔特·本雅明、斯蒂芬·茨威格、西蒙娜·韦伊都相继离开了人世。[2] 通过对这种社会背景的强调,布里格斯提醒读者不要将伍尔夫的自杀看作一起孤立的事件,而是要看到当时欧洲的知识分子普遍面临的困境以及他们的不稳定情绪,这样的解读在某种程度上否定了之前的传记作者关于伍尔夫死亡原因的推测。布里格斯

---

[1] Julia Briggs, *Virginia Woolf: An Inner Life*, London: Penguin, 2005, p.398.
[2] 参见 Julia Briggs, *Virginia Woolf: An Inner Life*, London: Penguin, 2005, pp.398-399。

用这种方式鼓励读者"首先把伍尔夫看作一个作家"①,同时使伍尔夫摆脱了布鲁姆斯伯里集团的小圈子,置身于她所处时代的其他伟大作家、知识分子和艺术家的环境之中。

第四节 对抗式批评——"混乱时代"的弗吉尼亚·伍尔夫

他们打扮起来饰演各自的角色。一人开路;大众追随。此人是浪漫主义,那个是现实主义。此人先进,那人过时。这样做倒也无害。要是你仅仅把它当作一个玩笑,但一旦你信以为真,一旦你开始当真自居为一名开路人或是一个追随者,一名现代派或是一名保守派,那你就变成了一只自命不凡、连撕带咬的小兽,它的工作对任何人都毫无价值和重要可言。还是把你当成一个较此远为卑微、远为平淡,但在我看来有趣得多的人物——一名在他身上生活着往昔全部诗人的诗人,一名在他身上孕(育)着未来全部诗人的诗人。你身上有一抹乔叟的留痕,某些莎士比亚的成分;德莱顿、蒲伯、丁尼生——在你的先驱中只提这可敬的几位——都在你的血脉中涌动,时时使得你的笔锋向右一移,朝左一偏。简言之,你是个无比古老、复杂、身世绵长的人物,为了这个,请你自重。

——弗吉尼亚·伍尔夫《致青年诗人的一封信》②

笔者在本节开头援引伍尔夫的这段劝告之语,是希望读者从层出不穷的文学理论之海中跃出,呼吸一些来自伍尔夫自己的文学批评的清新空气。当一个作家去世之后,她就再也不能指责某位批评家对她作品的阐释是一种歪曲,也无法控告某位传记家对她生平和心理活动的陈述纯属子虚乌有。事实上,当一部作品出版问世之际,它的命运就不再牢牢掌控在作家手中。于是自伍尔夫生前至今,英语世界每一股文学理论思潮的兴起都在伍尔夫的作品和生平研究中刻下了印记。本章引言中赫米奥尼·李的评价恰好说明了在不同方法论视角下的伍尔夫如何展露出了不同的形象。然

---

① Jane Goldman, *The Cambridge Introduction to Virginia Woolf*, Shanghai: Shanghai Foreign Language Education Press, 2008, p. 32.
② [英]弗吉尼亚·伍尔夫:《致青年诗人的一封信》,宁欣译,引自《伍尔芙随笔全集》Ⅲ,中国社会科学出版社2001年版,第1347—1348页。

而在现代主义、新批评、女性主义、后现代、后殖民、文化研究的浪潮此起彼伏地影响着伍尔夫研究的进程之时，在世纪之交，也有一位批评家开始重新审视伍尔夫在传统经典序列中的位置，并将其放置在以莎士比亚为中心的西方经典中进行考察。这位批评家正是写作了《影响的焦虑》《误读之图》《西方正典》等文学批评巨著，以诗歌误读和影响的焦虑理论更新了批评界对文学传统认知的哈罗德·布鲁姆。

一 "对抗式批评"与"憎恨学派"

国内学术界对哈罗德·布鲁姆的归类倾向于将其纳入解构主义或读者反应论的范畴，不过虽然布鲁姆与保罗·德曼、杰弗里·哈特曼和希利斯·米勒并称耶鲁四大批评家，实际上布鲁姆与解构主义始终保持着距离。解构主义者强调语言意义的不稳定性，但布鲁姆却主张想象力独立于语言之外。而读者反应批评对读者和阅读过程的强调，也不是布鲁姆关注的焦点。他的误读理论考察的是作家对前辈作品的误读、改造和创新，而"误读"的根源"在于父辈诗人的成就和影响所造成的焦虑"[1]。因而布鲁姆认为自己的诗学影响理论应该被称为"对抗式批评"。和伍尔夫一样，布鲁姆看到了往昔的文学传统和经典作家对一位后辈诗人所产生的巨大影响，与伍尔夫不同的是，布鲁姆更关注在这种伟大传统辐射下的后辈们所感到的焦虑，以及渴望冲破前辈影响的有意误读和创新。

和伍尔夫相同，布鲁姆同样认为莎士比亚是西方经典的绝对中心："莎士比亚在他身上改变了创造文学人物的全部意义。"[2] "莎士比亚也在证实多变的心理上超越了所有人。"[3] "莎士比亚无可取代。"[4] 伍尔夫则在自己的随笔作品中反复赞叹莎士比亚的作品，认为他具有最为完美的雌雄同体的头脑、具有不偏不倚的公正和非功利性。面对着令人高山仰止的先辈，影响的焦虑同样在伍尔夫的身上产生了作用。她在自己的文学宣言中想要打破物质主义的束缚，描写那些很少被人关注的意识的幽暗角落，正是一种另辟蹊径的创新之路。然而在伍尔夫的创作生涯中，我们能够明显感受到在某些时刻她对传统发自内心的尊重与喜爱，这种眷恋之情让一些

---

[1] 张龙海：《哈罗德·布鲁姆与对抗式批评》，《国外理论动态》2005年第1期。
[2] 哈罗德·布鲁姆：《西方正典》，江宁康译，译林出版社2011年版，第36页。
[3] 哈罗德·布鲁姆：《西方正典》，江宁康译，译林出版社2011年版，第37页。
[4] 哈罗德·布鲁姆：《西方正典》，江宁康译，译林出版社2011年版，第41页。

极力想要确定伍尔夫现代性地位的批评家头痛不已。而布鲁姆的"误读"一说则为伍尔夫面对传统时摇摆不定的态度提供了一个合理的阐释途径。

  伍尔夫所提到的雌雄同体的创作观在布鲁姆的诗学理论中同样引发了共鸣,他认为作为作家的惠特曼、莎士比亚或亨利·詹姆斯都超越了性别的局限,"莎士比亚是双性化的,詹姆斯是女性化的,惠特曼则是自欲的"①。这与伍尔夫《一间自己的房间》中的观点极其相似,他们同样肯定的是伟大作家的头脑不必拘泥于自己身体的性别。当肖瓦尔特站在女性主义批评的角度批判伍尔夫的双性同体理论是对残酷现实的逃避时,显然是将伍尔夫的作品作为女性主义文本来阅读的。她所要求的更具女性主义的特点在伍尔夫的文本中没有得到体现,因而引发了肖瓦尔特的不满。布鲁姆则对这种批评理论提出了质疑,认为这正是对原创性艺术家的禁锢和歪曲。

  面对形形色色的批评理论,布鲁姆为他们取了一个共同的名称"憎恨学派"。这一学派有六个分支:"女性主义者、马克思主义者、拉康派、新历史主义者、解构主义者、符号学派"②,无独有偶,这些"憎恨学派"的许多成员都对伍尔夫的文本青睐有加。在布鲁姆看来,"憎恨学派"宣扬一种"超越一切个人审美经验的政治美德"③,而他则坚定地认为"个体的自我是理解审美价值的唯一方法和全部标准"④,而"审美与认知标准的最大敌人是那些对我们唠叨文学的政治和道德价值的所谓卫道者"⑤。按照布鲁姆的标准,从利维斯夫妇、阿诺德·本内特,再到马库斯、西尔弗等女性主义批评家都是在曲解伍尔夫的作品,而肖瓦尔特重建女性文学史的努力显然也是一种失败之举,因为"阿姆赫斯特的狄金森小姐没有去帮助伊丽莎白·B. 勃朗宁太太完成一床被褥。相反,狄金森把布朗宁太太远远抛在身后尘土之中"⑥。以此类推,作为《西方正典》中为数不多的女性成员之一,伍尔夫显然也脱离了合力缝制被褥的女性作家群,而应当从非政治、非功利性的角度加以审视。

  布鲁姆口中的"憎恨学派"恰恰是当今英语世界学术界文学批评的主流,正如笔者在第二章和第三章中英语世界伍尔夫研究状况中所陈述的

---

① 哈罗德·布鲁姆:《西方正典》,江宁康译,译林出版社 2011 年版,第 225 页。
② 哈罗德·布鲁姆:《西方正典》,江宁康译,译林出版社 2011 年版,第 436 页。
③ 哈罗德·布鲁姆:《西方正典》,江宁康译,译林出版社 2011 年版,第 28 页。
④ 哈罗德·布鲁姆:《西方正典》,江宁康译,译林出版社 2011 年版,第 19 页。
⑤ 哈罗德·布鲁姆:《西方正典》,江宁康译,译林出版社 2011 年版,第 31 页。
⑥ 哈罗德·布鲁姆:《西方正典》,江宁康译,译林出版社 2011 年版,第 27 页。

那样，女性主义批评为了将伍尔夫推上先驱者的位置，将政治性确立为评价伍尔夫的最重要的标准，拉康派的精神分析则将伍尔夫的精神问题无限放大，试图用精神分析的方式来揭开伍尔夫创作和生活中的全部真相。这些研究模式与新历史主义、解构主义、符号学派的共同特点就是忽略了文学作品的审美特质，而将社会、历史、政治、权力等观念作为考察文学文本的试金石，这也是布鲁姆与主流文学批评对抗的关键因素。面对解构经典的浪潮，布鲁姆在世纪之交发出了自己的声音：经典无法颠覆，审美是衡量经典作品的唯一标准，这无疑是对各种"主义"泛滥的批评界一次强有力的反拨。不过布鲁姆在批判"憎恨学派"的基础上对伍尔夫的研究也存在着一定的问题。

二 "混乱时代"的唯美主义作家

在以维科的《新科学》一书中提出的三阶段循环论为基础的《西方正典》中，伍尔夫隶属于第二个神权时代到来之前的"混乱时代"，并和简·奥斯汀、艾米莉·狄金森及乔治·艾略特三位女性作家一道并列于布鲁姆所列出的26位经典作家的行列。在布鲁姆看来，伍尔夫最值得瞩目的五部小说是《达洛卫夫人》《到灯塔去》《奥兰多》《海浪》和《幕间》，至于作为女性主义文学批评奠基人的伍尔夫，布鲁姆则选择保持沉默，而将目光转向她"对阅读超乎寻常的热爱与捍卫"[①]。《奥兰多》的序言部分伍尔夫提到了使自己受益的文学前辈，其中一个人的名字引起了布鲁姆的兴趣：沃尔特·佩特。在他眼中，《奥兰多》这部小说是"我们这个时代中最具有佩特风格的叙事"[②]。布鲁姆指出佩特是对伍尔夫产生深刻影响的作家，然而正是因为这种影响引发的焦虑令她很少提到佩特，也从未将自己关于"存在的瞬间"的说法归功于佩特所提出的"受恩时刻"。令布鲁姆感到啼笑皆非的是，"伍尔夫的许多公开追随者都试图抵制以审美标准来评判作品，而伍尔夫本人却将她的女性主义政治学建立在佩特式的唯美主义之上"[③]。

伍尔夫在《三枚旧金币》中所体现出的对男权社会的愤怒与她在《海浪》和《幕间》中将天赋与环境完美结合的功力，让布鲁姆也不禁自

---

① 哈罗德·布鲁姆：《西方正典》，江宁康译，译林出版社2011年版，第358页。
② 哈罗德·布鲁姆：《西方正典》，江宁康译，译林出版社2011年版，第358页。
③ 哈罗德·布鲁姆：《西方正典》，江宁康译，译林出版社2011年版，第359页。

问是否存在两个伍尔夫？一个是"我们当前文学批评狂人们的先行者"，另一个则是"自她之后女作家中无人可比其盛名的小说家"①？然而布鲁姆随即否定了自己的想法，并将伍尔夫看作与尼采、佩特比肩的"天启式的审美家"②。在他看来，伍尔夫既不是女性主义者，也不是马克思主义者，而是一位"伊壁鸠鲁式唯物主义者"③。她的女性主义（英语语言中没有更为合适的词语，布鲁姆只有暂用此词）④ 并不是某一种思想或几种思想的混合，而是一种"领悟与感知"⑤，这种由敏锐的洞察力所支配的雄辩文辞和精当比喻令布鲁姆本人在阅读《三枚旧金币》时即使不同意她的观点，也找不到辩驳的切入点。伍尔夫的滔滔雄辩在他看来并非要确认某种思想，而是站在感知的角度来表达自己的切身感受。因而布鲁姆不能认同将《三枚旧金币》解读为政治文本，将伍尔夫视作激进的社会理论家的看法。而另一部被封为女性主义批评圣典的作品《一间自己的房间》于布鲁姆而言，也更像是一首散文诗，或一部乌托邦的幻想曲。⑥

　　遗憾的是，布鲁姆在指责其他批评家缺乏细读的耐心之时，却没有提及《三枚旧金币》中的只言片语，而只是用不容置疑的口吻确定这部作品的非政治性，以及伍尔夫本人的审美兴趣。他指出："伍尔夫的宗教是佩特式的唯美主义：对艺术的崇拜。"⑦ 伍尔夫的那些女性主义追随者们则曲解了她们的先知，贬低了伍尔夫作品的审美价值。他悲叹作为"最后一个高雅审美家"的伍尔夫"被无情的清教徒吞噬"，而对这些人而言，"文学中的美感不过是美容业的又一变体"⑧。伍尔夫单纯的文学文化被她的信徒们转变成为政治性的"文化战争"⑨，掺杂了意识形态的种种变体，这种举动在布鲁姆看来正是对超越功利性的阅读和美学追求的玷污和亵渎。

---

① 哈罗德·布鲁姆：《西方正典》，江宁康译，译林出版社2011年版，第360页。
② 哈罗德·布鲁姆：《西方正典》，江宁康译，译林出版社2011年版，第360页。
③ 哈罗德·布鲁姆：《西方正典》，江宁康译，译林出版社2011年版，第361页。
④ 布鲁姆并不认为伍尔夫有某种"主义"的倾向，在他看来《一间自己的房间》《三枚旧金币》这类作品只是伍尔夫个人情感的抒发，而并不具有任何社会和政治倾向，而英语词汇中并没有一个相应的词来表达这种既谈论女性问题又秉持中立态度的概念。
⑤ 哈罗德·布鲁姆：《西方正典》，江宁康译，译林出版社2011年版，第361页。
⑥ 参见哈罗德·布鲁姆《西方正典》，江宁康译，译林出版社2011年版，第362页。
⑦ 参见哈罗德·布鲁姆《西方正典》，江宁康译，译林出版社2011年版，第363页。
⑧ 参见哈罗德·布鲁姆《西方正典》，江宁康译，译林出版社2011年版，第363页。
⑨ 参见哈罗德·布鲁姆《西方正典》，江宁康译，译林出版社2011年版，第364页。

在布鲁姆不掺杂利害关系的审美观照中，《奥兰多》成了伍尔夫写给自己的"文学史上最长的情书""隐含了对伍尔夫作为读者和作家所拥有的超人伟力的赞颂"[①]。而奥兰多本人既不是伍尔夫，也不是维塔，而是"唯美立场的化身"，"意味着读者将要陷入文学的情网"[②]。布鲁姆并不是第一个将伍尔夫视作唯美主义作家的学者，早在伍尔夫生前就有批评家尝试将伍尔夫与沃尔特·佩特的艺术观进行对照。然而布鲁姆也许是最激烈的反对从审美价值之外的其他角度来阐释伍尔夫作品的批评家。面对关注政治的、社会的或个人道德价值的所谓"憎恨学派"，布鲁姆提出了消解这些不纯粹的文学批评的误读理论，提倡一种无功利的阅读模式，并将"战胜传统并使之屈从于己"[③]视为检验经典性的最高标准。然而布鲁姆却没有向读者说明，个体是如何在真空的环境中完成了不掺杂社会、历史和阶级因素的创作，而读者又该怎样摈弃一切先见来进行纯粹的审美观照。如果说"憎恨学派"的弊端在于忽略了伍尔夫文本的美学特征的话，布鲁姆看似"对抗"的文学理论背后同样也隐藏着他自己"影响的焦虑"。这一焦虑并不来自已经确立了经典地位的前辈作家，而是源于社会、历史、政治对一位作家写作可能产生影响而引发的焦虑。为了杜绝这种现象在文学批评中干扰研究者的视线，布鲁姆选择了最为简洁的方式：无视这些因素的存在。

我们并不否认布鲁姆在2004年《西方正典》的中文版序言中所提到的问题："现今世界上的大学里文学教学已经被政治化了：我们不再有大学，只有政治正确的庙堂。文学批评如今已被'文化批评'所取代：这是一种由伪马克思主义、伪女性主义以及各种法国/海德格尔式的时髦东西所组成的奇观。"[④]而布鲁姆所给出的对抗性策略则是将莎士比亚和但丁确立为西方经典的中心和文学本身，并开列出一套经典书单，以便读者去欣赏这些文学竞争胜利者的作品。在将其他的文学批评策略视为异端的同时，将自己的文学批评推上了绝对真理的位置。布鲁姆对伍尔夫的文学评论赞赏有加，认为其"所带入的新鲜气息远远超出了她的论辩"[⑤]，他

---

① 参见哈罗德·布鲁姆《西方正典》，江宁康译，译林出版社2011年版，第367页。
② 参见哈罗德·布鲁姆《西方正典》，江宁康译，译林出版社2011年版，第368页。
③ 参见哈罗德·布鲁姆《西方正典》，江宁康译，译林出版社2011年版，第23页。
④ 哈罗德·布鲁姆：《西方正典》，江宁康译，译林出版社2011年版，第2页。
⑤ 哈罗德·布鲁姆：《西方正典》，江宁康译，译林出版社2011年版，第358页。

赞叹伍尔夫对阅读的痴迷,却没有注意到伍尔夫所读的很多作品远远称不上布鲁姆所言的经典之作,也没有回想到伍尔夫在评论亨利·詹姆斯时提出的观点:"接受任何法则或加入任何圈子在某种意义上意味着钝化自己的批评锋芒。"① 布鲁姆在指责"憎恨学派"把伍尔夫的作品硬套进某种理论中时,也许没有意识到唯美主义于伍尔夫而言也是一个过于窄小的圈子,并不能涵盖她的所有作品的特征。②

伍尔夫文学批评观点的混杂曾让布鲁姆感到疑惑,然而这正是伍尔夫的文学批评所具有的独特魅力。布鲁姆试图用误读理论来代替之前的文学批评,而伍尔夫在批判某一批评理论(如精神分析)的狭隘性时,充分意识到了理论本身的局限性,并从最开始就放弃了构建理论的意愿,真正地把阅读权利交给了普通读者,而不是逼迫读者去接受自己的观点。无论读者从这部作品中读出了怎样的含义,伍尔夫都给予了充分的肯定。相较于布鲁姆义愤填膺地推荐给读者的经典文库,伍尔夫则是用更为宽容和开放的态度鼓励普通读者开卷有益。在下一章对伍尔夫文学批评的比较分析中,笔者将进一步展开对这一问题的探讨。

文学批评理论的更迭不断推动着伍尔夫研究的发展,从霍尔特比第一次对真与美的美学追求的关注;到早期对伍尔夫小说中的写作技巧、形式组织的关注;再到今日布鲁姆试图恢复伍尔夫唯美主义本质的努力,从伍尔夫生前批评家对其阶级立场的抨击;到女性主义批评和后殖民理论对伍尔夫社会政治观念的重塑;再到近年来对伍尔夫现代性民主观念的挖掘,我们可以看出英语世界对伍尔夫文本的关注一直沿着审美价值和社会历史价值两条路径发展,并时常出现交叉和碰撞。伍尔夫卷帙浩繁的作品和遗稿为不同方法论指导下的批评者们提供了丰富的阐释的可能性。也许最为明智的方法就是不要用理论来硬套伍尔夫的作品,或是用她的作品来佐证某一理论,同时谨记本节引言中伍尔夫对普通读者的告诫:不轻信任何一位批评家的判断,也不将任何一种理论奉为圭臬,而是在阅读伍尔夫作品的基础上去发现不同的批评策略如何为伍尔夫研究增添了新的色彩。

---

① [英]弗吉尼亚·伍尔夫:《亨利·詹姆斯》,李光荣、陈晓霜译,引自《伍尔夫随笔全集》Ⅲ,中国社会科学出版社 2001 年版,第 1289 页。
② 尽管布鲁姆提到了《三枚旧金币》这部论辩作品,但他所欣赏的只是伍尔夫论辩的语言和气势,而非内容本身。言辞激烈的《三枚旧金币》显然不能硬挤进唯美主义的范畴,因而布鲁姆回避了这部分女权作品,并对伍尔夫论辩性的文本评价不高。

第五章

比较视野下的伍尔夫研究

早在1931年,哈罗德·尼科尔森就在《听众》杂志上呼吁英国读者给予伍尔夫更多的关注,因为彼时伍尔夫在欧洲已经获得了很高的评价,"在德国甚至是法国(一个最为孤立的国家),他们一直在写作与她有关的内容"[①]。1928年,中国作家徐志摩也给苏州女子中学的女学生们带来了伍尔夫女性主义的先声。在伍尔夫生前,她的影响力已经跨越了英国的国界,向北美和欧洲大陆拓展,同时也跨越了语言和文明的界限,成为中国学术界关注的现代派作家。90年代末,关于伍尔夫欧洲接受的研究在英语世界悄然兴起,同时伍尔夫与中国之间的比较研究也得到了部分英语世界研究者的关注。然而中国学界对英语世界关于同一文明圈内比较研究的关注还十分有限,也较少提及伍尔夫在中国接受过程中因文化过滤和文学误读而引起的变异现象,以及这种变异对国内伍尔夫研究产生的影响。伍尔夫的文学批评在中国接受的过程中遭遇的理解和误解,以及她的批评理论与中国传统文学批评的天然亲近之处,亦没有得到国内研究者的重视。在本章中,笔者将首先向读者展现英语世界伍尔夫比较研究(欧洲、中国)的成果,接着从跨文明的视角出发,探究伍尔夫的中国接受过程中所发生的形象的变异及其背后的成因。并在反思英语世界对伍尔夫文学批评的态度中反观中国传统文学批评与伍尔夫式文学批评的同与异。

---

① Harold Nicolson, "The Writing of Virginia Woolf", *The Listener*, 18 November 1931, 转引自 Eleanor McNees ed., *Virginia Woolf: Critical Assessments*, Vol. 1, Sussex: Helm Information Ltd., 1994, p. 194。

第一节　英语世界的伍尔夫比较研究

弗吉尼亚·伍尔夫的作品在她生前就已经被译介到世界上的多个国家。在中国,最早的一篇中译本作品出现在 1932 年 9 月,译者叶公超翻译了伍尔夫的短篇小说《墙上的一点痕迹》。在欧洲,伍尔夫的第一个译本来自法国,罗杰·弗莱的密友,法国作家查尔斯·莫龙(Charles Mauron)在 1926 年将伍尔夫《到灯塔去》中的"岁月流逝"一章译成了法语,这一版本比霍加斯出版社推出的《到灯塔去》的英国版本还早了近六个月。不过英语世界对伍尔夫欧洲接受和中国接受的研究都是在 21 世纪才刚刚起步,作为一个新兴的研究领域,翻译和文化的差异使这种比较研究成为英语世界的学者和译入国的专家们通力合作的项目,翻译的问题与文化的碰撞使这一研究从一开始就摆脱了"英国性"的局限,而展现出更为广阔的世界视野。

一　伍尔夫的欧洲接受研究

安娜·斯奈斯 2007 年主编的《伍尔夫研究》一书中专辟一章介绍伍尔夫的欧洲接受问题,该章作者尼古拉·卢克赫斯特和爱丽丝·斯丹夫利开篇就提到了 1996 年在美国南卡罗来纳州的克莱姆森举办的伍尔夫年会。会上简·马库斯风趣地猜测了世纪末的伍尔夫将如何看待来自大西洋彼岸的呼唤:

> 她是不是终于松了一口气?在异域的土地上被俘虏了太久,如今我们将这位确定无疑的英国人裹在星条旗内,满载着反战的荣誉,归还给一个刚刚开始声称伍尔夫属于自己的国度。[1]

这一次由美国向英国的"归还",使马库斯心中充满了焦虑。她最担心的是伍尔夫一旦重新踏上英国的土地,被英国人视作自己的文化财产后,那个缺乏活力、冷淡厌世的伍尔夫又重新成为研究界认知的主流。美国批评家在近三十年来奋力塑造的那个具有复杂政治性的伍尔夫将会毁于

---

[1] Jane Marcus, "Wrapped in the Stars and Stripes: Virginia Woolf in the U.S.A.", *The South Carolina Review*, 29.1, 1996, p. 15.

一旦。马库斯的担忧也让我们认识到：即使使用同一种语言，在不同的国家和社会环境中，伍尔夫的作品和形象也常常是相互对立的。马库斯希望伍尔夫作为社会思想家的身份能够在世界范围内得到认可，然而这样的努力在离开了美国批评界的语境后就在一定程度上被削弱了。

在朱莉亚·布里格斯看来，英国人将伍尔夫视作"内部成员"的看法与美国人宣称伍尔夫为"局外人"的说法相互抗衡，[1] 语言的相通性并没有改变跨国传播中所发生的变异。正如卢克赫斯特和斯丹夫利所言："我们也许在同一种语言的伪装下与伍尔夫相遇了，但是在法律规定的通用语之外，我们更多的还是根据自己的语言文化地形来解释她。"[2] 如果处于同一语言内部的不同国家内就存在着极大的研究差异，那么当伍尔夫的作品跨越了语言的疆界之后，这样的差异则体现出更为多元和复杂的特征。伍尔夫的欧洲接受早在1926年就拉开了帷幕，直至2002年，英语世界才出现了第一部相关的论文集：尼古拉·卢克赫斯特和玛丽·安·考斯合作主编的《弗吉尼亚·伍尔夫的欧洲接受》。莱因霍尔德·娜塔莉亚（Reinhold Natalya）2004年主编的《跨文化的伍尔夫》则进一步推动了伍尔夫欧洲接受的研究，并将所收录的研究范围扩大到日本和韩国。

在尼古拉·卢克赫斯特和爱丽丝·斯丹夫利对伍尔夫欧洲接受的梳理中，接受史的研究最先得到了两位学者的关注，在欧洲大陆，伍尔夫接受的历程由法国的译介拉开序幕，莫龙在1926年翻译了《到灯塔去》的第二部分，第二年夏天，莫龙又将《邱园》译成了法语，1929年，《达洛卫夫人》和《到灯塔去》的全译本在法国问世。而瑞典则是欧洲第一个拥有完整小说译本的国家，1927年《雅各布的房间》的瑞典语译本作为"新小说"系列之一推出，这部丛书旨在推动世界范围内的新的实验性写作的发展，伍尔夫的小说位列其中说明了瑞典出版商已经将伍尔夫视作"欧洲年轻作者中的精英之一"[3]。在译介活动的推动下，卢克赫斯特和斯丹夫利认为一种可确定的欧洲接受在30年代早期就开始浮现了。1932年，欧洲大陆出现了两部伍尔夫研究的专著，一部是法国批评家弗洛里斯·德拉特（Floris DeLattre）的作品《弗

---

[1] 参见 Julia Briggs, ed. *Virginia Woolf: Introduction to the Major Works*, London: Virago, 1994, p. xxiii.

[2] Nicola Luckhurst and Alice Staveley, "European Reception Studies", in *Palgrave Advances in Virginia Woolf Studies*, ed. Anna Snaith, New York, NY: Palgrave Macmillan, 2007, p. 228.

[3] Nicola Luckhurst and Alice Staveley, "European Reception Studies", in *Palgrave Advances in Virginia Woolf Studies*, ed. Anna Snaith, New York, NY: Palgrave Macmillan, 2007, p. 230.

吉尼亚·伍尔夫的心理学小说》，另一部则是德国研究者英格伯格·巴登豪森（Ingeborg Badenhausen）的著作《弗吉尼亚·伍尔夫的语言：对现代英语小说文体学的贡献》。

30年代末爆发的第二次世界大战对战时和战后欧洲的伍尔夫接受产生了深远的影响。在英国和美国，伍尔夫并没有面临审查制度的刁难，但在欧洲，作为现代主义者和女性主义者，又有一个犹太人丈夫的女作家，许多出版商则直接拒绝出版伍尔夫的作品，或是对她的文本进行大肆的删减，抑或更为巧妙地选择伍尔夫更具社会现实主义特征的文本。卢克赫斯特和斯丹夫利指出：当时在欧洲，《岁月》这部作品要比《海浪》更受出版商青睐的原因，就与这一时期欧洲大陆的政治局势密切相关。他们认为伍尔夫作品在欧洲的翻译史为研究者们重新审视国家政治和政治审美之间的联系提供了一个新的切入点。① 在《弗吉尼亚·伍尔夫的欧洲接受》一书中，伍尔夫在加泰罗尼亚、丹麦、法国、加利西亚、德国、希腊、意大利、波兰、西班牙和瑞典的接受状况都得到了考察，一个不同于英美研究者传统认知的"欧洲伍尔夫"逐渐浮出水面。这部书中，伍尔夫的作品在进入欧洲时所遭遇的或隐或显的审查机制得到了关注，伍尔夫本人"乌托邦女性主义"② 的诉求也在欧洲大陆的背景下得到了重新的审视。

在《三枚旧金币》中，伍尔夫声称"实际上，作为女人，我没有祖国。作为女人，我不需要祖国，作为女人，我的祖国是整个世界"③。这些遭到与伍尔夫同时代的英国批评家抨击、被视为用一种激进的方式宣扬取消边界的叛国言论，在欧洲研究者眼中却与民族的自我发现产生了联系。对"欧洲的伍尔夫"来说，女性主义和民族主义并不是两个相互矛盾的术语，而是并存于伍尔夫的文本和思想中。在《倾斜之塔》的结尾处，伍尔夫激情澎湃地宣称：

文学不是谁的私人领地；文学是公共领域。它并没有给划分成不

---

① 参见 Nicola Luckhurst and Alice Staveley, "European Reception Studies", in *Palgrave Advances in Virginia Woolf Studies*, ed. Anna Snaith, New York, NY: Palgrave Macmillan, 2007, pp. 230 – 231。
② 参见 Nicola Luckhurst and Alice Staveley, "European Reception Studies", in *Palgrave Advances in Virginia Woolf Studies*, ed. Anna Snaith, New York, NY: Palgrave Macmillan, 2007, p. 231。
③ [英] 弗吉尼亚·伍尔夫：《三枚旧金币》，王斌、王保令译，引自《伍尔芙随笔全集》Ⅲ，中国社会科学出版社2001年版，第1141页。

同的国度;那儿也没有战争。让我们自由自在、勇敢无畏地进入这块领地,从中找出我们自己的道路来。只有这样英国文学才能从这场战争中幸存下来,并跨越这道鸿沟——如果像我们这样的普通读者、外行人都能把这个领域变成我们自己的领域;如果我们自己能教会自己怎样阅读,怎样写作,怎样保持传统,怎样创新的话。①

对英国之外的欧洲研究者而言,伍尔夫在倡导文学无国界时并不是一个纯粹意义上的世界主义者,因为伍尔夫所关注的是英国文学的发展和未来,而不是欧洲的或是世界的。在战争期间,伍尔夫被自己本国的批评家们指责为不爱国的叛徒,而在同样敏感的欧洲研究者看来,伍尔夫所宣称的世界仅仅是英国的缩影。正如桑德巴奇·达尔斯特伦(Sandbach-Dahlström)所言:"来自不同国家的读者总是天然地处于一种局外人的状态中,因而他们的理解具有民族阐释共同体的特征。"②

正如卢克赫斯特和斯丹夫利所言:"比较性的研究植根于不同文化阅读传统的特性之中。"③ 在美国批评家玛丽·安·考斯的论文《法国变形下的弗吉尼亚·伍尔夫》中,考斯考察了1974年在欧洲举行的首届关于伍尔夫的重要会议的主题是怎样被"法国人想要将事情确定下来的热望"④ 所左右的,法国人花费了大量的精力试图去厘清伍尔夫与布鲁姆斯伯里集团的关系,并且悲叹这个由如此智慧的知识分子组成的小团体为何不像法国新小说派那样将自身的群体认同形式化,而只是停留在一个松散团体的阶段。然而法国人这种将事物系统化、术语化、特殊化的欲望在考斯看来是"非英国式的",也是完全"非伍尔夫式的"⑤。塞尔吉奥·佩罗萨(Sergio Perosa)梳理伍尔夫在意大利的接受史时发现,1959年《一位

---

① [英]弗吉尼亚·伍尔夫:《倾斜之塔》,张学军、邹枚译,引自《伍尔芙随笔全集》Ⅱ,中国社会科学出版社2001年版,第733页。

② Catherine Sandbach-Dahlström, "'Literature is No One's Private Ground': The Critical and Political Reception of Virginia Woolf in Sweden", in *The European Reception of Virginia Woolf*, eds. Mary Ann Caws and Nicola Luckhurst, London: Continuum, 2002, p. 148.

③ Nicola Luckhurst and Alice Staveley, "European Reception Studies", in *Palgrave Advances in Virginia Woolf Studies*, ed. Anna Snaith, New York, NY: Palgrave Macmillan, 2007, p. 234.

④ Mary Ann Caws, "A Virginia Woolf with a French Twist", in *The European Reception of Virginia Woolf*, eds. Mary Ann Caws and Nicola Luckhurst, London: Continuum, 2002, p. 62.

⑤ Mary Ann Caws, "A Virginia Woolf with a French Twist", in *The European Reception of Virginia Woolf*, eds. Mary Ann Caws and Nicola Luckhurst, London: Continuum, 2002, p. 62.

作家的日记》在意大利的出版,激起了研究者对"作者痛苦负担"[1] 这一文化情结的认同,这部译作因而也得到了严肃的政治分析。尽管伦纳德编辑的这部日记选本在英美学界饱受诟病,但在意大利这个版本却广受好评。佩罗萨认为战后伍尔夫的作品因不符合新现实主义的需要而在意大利黯然失色,而这本日记恰恰符合意大利左翼的胃口,因而才能得到广泛的传播。在德国,伍尔夫的接受则更多地从叙述学和文本批评的角度入手,而甚少关注女性主义和社会历史方面的研究,奥斯佳·伦宁(Ausgar Nünning)和薇拉·伦宁(Vera Nünning)认为奥尔巴赫将伍尔夫从战后德国的泥潭中拯救了出来。他将伍尔夫视为欧洲主要作家的努力,也使欧洲的批评家们在一开始就将目光聚焦于伍尔夫的小说技巧之上。在德国,尤其是在弗兰茨·斯坦泽尔的影响下,关于伍尔夫的叙述学和形式主义研究得到了长足的发展,而这些研究成果也在近年来得到了英美批评家的重视。[2]

一部文学作品在走出国门的同时,就面临着不同语言和文化的冲击。在伍尔夫作品的欧洲接受过程中,翻译是传播过程中面临的首要挑战。伍尔夫不仅是一位英国作家,也是一位译者。她能够阅读法语、俄语、希腊语和拉丁语,20 年代初,伍尔夫曾为霍加斯出版社翻译了一些俄国作品。劳拉·马库斯(Laura Marcus)认为伍尔夫的翻译实践在某种程度上帮助了她将现代主义诗学理论化。[3] 作为一位从事过翻译工作的作家,伍尔夫十分清楚将一种语言转变为另一种语言时所要承担的风险以及可能获得的创造性机会。在她的随笔《论不懂希腊文》中,伍尔夫指出造成英国读者对希腊文误解的主要根源是语言:"我们永远不能指望像领会英语那样完全领会一句希腊文的含义。我们听不到它是怎样忽而刺耳忽而和谐地在书页上从一行跳跃到另一行。我们不能百分之百地指出使一个句子暗示、转折和生动的所有细微的讯号。"[4] 因此伍尔夫认为:"通过翻译阅读希腊

---

[1] Sergio Perosa, "The Reception of Virginia Woolf in Italy", in *The European Reception of Virginia Woolf*, eds. Mary Ann Caws and Nicola Luckhurst, London: Continuum, 2002, p. 210.
[2] 参见 Nicola Luckhurst and Alice Staveley, "European Reception Studies", in *Palgrave Advances in Virginia Woolf Studies*, ed. Anna Snaith, New York, NY: Palgrave Macmillan, 2007, pp. 235-236。
[3] 参见 Nicola Luckhurst and Alice Staveley, "European Reception Studies", in *Palgrave Advances in Virginia Woolf Studies*, ed. Anna Snaith, New York, NY: Palgrave Macmillan, 2007, p. 237。
[4] [英] 弗吉尼亚·伍尔夫:《论不懂希腊文》,孙亮译,引自《伍尔芙随笔全集》I,中国社会科学出版社 2001 年版,第 37 页。

文是徒然的。译文只能给我们一种似是而非的替代品；它们的语言不得不充满了反复和联系。"① 源语言的微妙与精细之处在另一种语言中几乎无法捕捉，并且属于一个民族特有的幽默在翻译中也泯灭了。

作为作家的伍尔夫，一方面希望自己的作品拥有更广泛的读者群，获得更多的关注；另一方面又担心翻译中的问题会导致他国读者对其人其作的误解。在与西班牙译者维多利亚·奥坎波（Victoria Ocampo）的通信中，伍尔夫热切地向奥坎波提供了她的三部作品：《一间自己的房间》《奥兰多》和《到灯塔去》，可见对于自己的作品被翻译成其他语言，伍尔夫乐见其成。但由于翻译中面临的种种问题，对依靠译本来了解作品的异国读者来说，无疑很难窥见伍尔夫作品的真正面貌。在伍尔夫作品欧洲译介的初期，许多译者就因伍尔夫复杂的随笔风格而感到为难，劳拉·马库斯发现了莫里斯·拉诺瑞（Maurice Lanoire）在准备翻译《到灯塔去》的过程中写给伍尔夫的未发表的信件，信中拉诺瑞称赞伍尔夫的写作灵动："你的句子和段落有着令人称羡的灵动。" 同时也表达了自己的苦恼："法语并不具有英语的那种可塑性，因而它们的起伏并不能总是拥有相同的长度。"② 玛丽·安·考斯也指出法语词汇倾向于抽象的特征为翻译设置了障碍。

除了伍尔夫所意识到的种族、语言和传统的差异对翻译语言的影响，卢克赫斯特和斯丹夫利指出，审查制度、对现代主义的普遍反映、市场需求、译者的喜好等都影响了伍尔夫在欧洲译介的进程。1927年，瑞典第一次出现了伍尔夫先锋作品《雅各布的房间》的译本，然而瑞典译者在1942年推出的第二个译本《岁月》显然是一个更为保守的选择。这样的选择与当时的社会背景息息相关。无独有偶，在丹麦和波兰，《岁月》都成了第一部得到翻译的作品，甚至在使用同一语言的美国，《岁月》也成了1937年畅销书榜单上的作品。在卢克赫斯特看来，这是因为《岁月》中更具现实基础的语言成为翻译者看重的因素，它不仅更容易翻译，且与当时的政治环境十分契合，因而成为译者钟情的目标。③ 而当东欧的一些国家摆脱了苏联控制，重建自己的政权之后，《奥兰多》则成为译者最为

---

① ［英］弗吉尼亚·伍尔夫：《论不懂希腊文》，孙亮译，引自《伍尔芙随笔全集》Ⅰ，中国社会科学出版社2001年版，第37页。

② Laura Marcus, "The European Dimensions of the Hogarth Press", in *The European Reception of Virginia Woolf*, eds. Mary Ann Caws and Nicola Luckhurst, London: Continuum, 2002, p. 331.

③ 参见 Nicola Luckhurst and Alice Staveley, "European Reception Studies", in *Palgrave Advances in Virginia Woolf Studies*, ed. Anna Snaith, New York, NY: Palgrave Macmillan, 2007, p. 241.

喜爱的作品之一。葡萄牙的萨拉查独裁政权统治期间，伍尔夫在葡萄牙最为积极的女性主义捍卫者曼努埃拉·波尔图（Manuela Porto）借翻译和引言写作之机，表达在她所处的社会环境中不被允许发表的言论和真实的想法，而翻译在此时则充当了"保护性的政治掩护"①。

在政治和文化习俗双重影响下的"欧洲伍尔夫"，因国外市场的需求而变得越来越被他国所化。塞尔吉奥·佩罗萨考察了20世纪30—40年代伍尔夫在意大利的翻译状况后发现，伍尔夫的作品在翻译的过程中总是在向意大利小说的传统模式靠拢，而在她的创作中革命性的一面则被刻意地隐藏了。即使是在70年代推出的意大利语的权威版本中，这些使伍尔夫更像一个现实主义而非现代主义小说家的误译依然没有得到纠正。② 现代主义创作在语言运用上的创新在意大利语的译本中被淡化，伍尔夫独特的自由间接引语变成了直接引语，第三人称代词被插入到句子中用以阐明对象。③ 而伍尔夫特殊的语言风格则在这种归化的过程中被消解了。

欧洲接受中另一个令伍尔夫感到焦虑的因素则来自译者对其形象的包装。在布伦达·西尔弗的著作《偶像弗吉尼亚·伍尔夫》中，我们看到在英美语境中伍尔夫怎样蜕变为一位可以与其创作相脱离的文化偶像。在伍尔夫的欧洲接受过程中，这样的情形同样存在。1927年，当伍尔夫在法国接受布兰奇（Blanche）的访谈时，她一直在极力回避布兰奇将其塑造为文化名人的热望，面对布兰奇对她美貌的强调、对《到灯塔去》中家庭传记成分的追问，伍尔夫不得不一再表示他们最好还是聊聊普鲁斯特。④ 尽管伍尔夫能够理解一部作品在翻译的过程中必然会发生变异，甚至将"这些缺失视作她自己写作中一种创造性的优势"⑤，但伍尔夫是否愿意将自己的美貌作为弥补这一缺失的方式呢？在关于伍尔夫的欧洲接受研究中，许多批评家都发现了这种将伍尔夫的容貌和她的作品糅合在一起捆绑接受的情

---

① Nicola Luckhurst and Alice Staveley, "European Reception Studies", in *Palgrave Advances in Virginia Woolf Studies*, ed. Anna Snaith, New York, NY: Palgrave Macmillan, 2007, p. 243.
② Nicola Luckhurst and Alice Staveley, "European Reception Studies", in *Palgrave Advances in Virginia Woolf Studies*, ed. Anna Snaith, New York, NY: Palgrave Macmillan, 2007, p. 244.
③ Nicola Luckhurst and Alice Staveley, "European Reception Studies", in *Palgrave Advances in Virginia Woolf Studies*, ed. Anna Snaith, New York, NY: Palgrave Macmillan, 2007, p. 252.
④ Nicola Luckhurst and Alice Staveley, "European Reception Studies", in *Palgrave Advances in Virginia Woolf Studies*, ed. Anna Snaith, New York, NY: Palgrave Macmillan, 2007, p. 238.
⑤ Nicola Luckhurst and Alice Staveley, "European Reception Studies", in *Palgrave Advances in Virginia Woolf Studies*, ed. Anna Snaith, New York, NY: Palgrave Macmillan, 2007, p. 239.

形。语言有国界,但美貌无国界。维尔纳夫(Villeneuve)探讨了西蒙·德·波伏娃是如何痴迷于伍尔夫的容貌,乌苏拉·特伦托维茨—弗特亚(Urszula Terentowicz-Fotyga)观察到:在波兰,出版商们利用伍尔夫的"容貌……作为一种引诱的手段"①。奥斯佳·伦宁和薇拉·伦宁也指出,乔治·贝雷斯福德(George Beresford)摄于伍尔夫20岁时的照片"比任何人或任何事件……在推动伍尔夫在德国的流行起到的作用都要大"②。

英美学界在现阶段探讨伍尔夫的形象问题时,致力于将其与一种后结构主义的研究方法联系起来,分析伍尔夫的形象(iconicity)是如何跨越了高雅和大众文化的界限,并将伍尔夫的形象与商业力量结合起来。而欧洲的研究者对于将伍尔夫形象与大众文化结合起来的做法则更为谨慎,因为他们担心这种结合将再次强化那种因伍尔夫的论辩性文章而确立起来的、流行的女权主义者的形象。因容貌和女性主义评论而流行起来的伍尔夫,在公众接受的程度上走得多远,就在多大程度上威胁了伍尔夫作为严肃作家的地位。在欧洲的批评家看来,伍尔夫需要得到更为精练、文雅的批评欣赏。卢克赫斯特和斯丹夫利指出,美国批评家在80年代掀起的"文化战争"使传媒研究、流行文化、妇女研究等领域都纳入了学术研究的范畴,而那些"写作伍尔夫欧洲接受的批评家们则对学术界这些领域的交叉更多地持反对的态度"③。奥斯佳·伦宁和薇拉·伦宁等欧洲学者依然将伍尔夫视作高雅文化的代表,并致力于维护伍尔夫作为严肃作家的经典地位,因此在对伍尔夫的形象及其女性主义思想的阐释上都显得更为保守,而这种态度不但影响了伍尔夫的作品在欧洲的翻译,也影响了欧洲读者对伍尔夫及其作品的认识。④

在欧洲接受的过程中另一个十分重要的因素就是审查制度。伍尔夫夫妇共同经营的霍加斯出版社保证了伍尔夫创作上的自主性,让她骄傲地宣

---

① Urszula Terentowicz-Fotyga, "From Silence to a Polyphony of Voices: Virginia Woolf's Reception in Poland", in *The European Reception of Virginia Woolf*, eds. Mary Ann Caws and Nicola Luckhurst, London: Continuum, 2002, p. 147.
② Ausgar Nünning and Vera Nünning, "The German Reception and Criticism of Virginia Woolf: A Survey of Phases and Trends in the Twentieth Century", in *The European Reception of Virginia Woolf*, eds. Mary Ann Caws and Nicola Luckhurst, London: Continuum, 2002, p. 84.
③ Nicola Luckhurst and Alice Staveley, "European Reception Studies", in *Palgrave Advances in Virginia Woolf Studies*, ed. Anna Snaith, New York, NY: Palgrave Macmillan, 2007, p. 240.
④ 参见 Nicola Luckhurst and Alice Staveley, "European Reception Studies", in *Palgrave Advances in Virginia Woolf Studies*, ed. Anna Snaith, New York, NY: Palgrave Macmillan, 2007, p. 240。

称自己是全英国唯一想些什么就写什么的作家。然而在欧洲,这样的自由则受到了极大的限制。在卢克赫斯特和斯丹夫利的梳理中,法国作为一个能够接纳和欣赏现代主义作品的国家,非常容易地就吸收了伍尔夫高度现代主义的作品,法国的斯托克出版社急切地推出了《到灯塔去》和《达洛卫夫人》的法语译本,却拒绝了《奥兰多》《一间自己的房间》《三枚旧金币》等作品。正如劳拉·马库斯所言:"伍尔夫最为显著的女性主义文本被斯托克出版社视作在文化术语上不可译的(作品)。"① 劳拉发现了在英国雷丁大学霍加斯出版社的档案馆中一位法国女性的抗议,她曾反复建议斯托克出版社推出伍尔夫女性主义文学的译本,但最后却遗憾地悲叹:"对这里的男人来说,女性的权利是他们最不关心的问题。"②

在葡萄牙,当曼努埃拉·波尔图在1947年1月的女性作家书展上将修改过的《一间自己的房间》作为演讲的一部分介绍给听众时,审查者正在等待着时机反扑。不仅展览会被查封,1947年6月葡萄牙政府宣布书展正式取消。在接下来的30年中,萨拉查政权取缔了葡萄牙境内所有独立的女性小组,伍尔夫的女性主义作品在葡萄牙的境遇就可想而知了。而曾为葡属殖民地的巴西却在20世纪贡献了伍尔夫几部重要作品的葡萄牙语译本。在西班牙本土,审查机构允许翻译《弗拉希》《岁月》《夜与日》《远航》和《雅各布的房间》这几部作品,而南美洲的另一个国家,曾是西班牙殖民地的阿根廷则成为伍尔夫西班牙语译本一个主要的发源地。从阿根廷引进的西班牙语译本《达洛卫夫人》和《到灯塔去》流入了西班牙本土,并得到了审查机构的出版许可。③

1953年,西班牙政府的审查报告显示《海浪》中提及"身体、上帝、十字架和西班牙语"④ 的内容需要被删改,1957年,审查者则要求删除《海浪》中29页的内容,认为这部作品"无疑具有文学价值,但是……

---

① Laura Marcus, "The European Dimensions of the Hogarth Press", in *The European Reception of Virginia Woolf*, eds. Mary Ann Caws and Nicola Luckhurst, London: Continuum, 2002, p. 331.

② Laura Marcus, "The European Dimensions of the Hogarth Press", in *The European Reception of Virginia Woolf*, eds. Mary Ann Caws and Nicola Luckhurst, London: Continuum, 2002, p. 331.

③ 参见 Nicola Luckhurst and Alice Staveley, "European Reception Studies", in *Palgrave Advances in Virginia Woolf Studies*, ed. Anna Snaith, New York, NY: Palgrave Macmillan, 2007, pp. 245-246。

④ Alberto Lázaro, "The Emerging Voice: A Review of Spanish Scholarship on Virginia Woolf", in *The European Reception of Virginia Woolf*, eds. Mary Ann Caws and Nicola Luckhurst, London: Continuum, 2002, p. 251.

畸形而可怕的部分不能得到认可"①。直至1972年《海浪》才被解禁。在波兰，刚刚从战争中恢复过来的文艺界要求将社会责任作为文学创作的最高要求，而"弗吉尼亚·伍尔夫对于重压下的波兰社会来说显得过于超凡脱俗与不受约束"②。1983年，《海浪》在波兰终于成为一部经典性的作品，对波兰的批评家来说，这意味着经过了军事管控的严峻岁月之后，现代主义终于在波兰迎来了自己的春天。对丹麦的读者而言，70年代伍尔夫的女性主义批评家形象深入人心，《一间自己的房间》成为丹麦人所熟知的伍尔夫的代表作，1994年丹麦语的《海浪》则使伍尔夫终于摆脱了单纯的女性主义先驱的形象，她作为一位现代主义主要作家的地位才重新得以确立。③ 欧洲各国不同的政治局势和审查制度，使伍尔夫在每个欧洲国家的接受过程都存在着显著的差异。

欧洲学者关于伍尔夫接受的研究得到了英语世界研究者的关注。21世纪初英语学界的研究者们不仅开始集结这些比较研究的成果，也积极地参与和推动英美与欧洲伍尔夫比较研究的进程。正如卢克赫斯特和斯丹夫利所言，"未来的伍尔夫研究将需要更多的翻译者，同时也需要具备更为敏锐的比较批评研究的目光"④。欧洲学者的研究为英美学界从另一个角度反观伍尔夫批评提供了新的道路和方法，从比较研究的视野出发，探究伍尔夫在欧洲接受过程中的变异也成为英语世界伍尔夫研究中一个新的学术增长点。与此同时，英语世界关于伍尔夫的中国接受研究也在20世纪末姗姗来迟。

二 丽莉·布瑞斯珂的"中国眼睛"

莉丽那双斜嵌在苍白而有皱纹的小脸蛋上的中国式眼睛挺秀气，不过

---

① Alberto Lázaro, "The Emerging Voice: A Review of Spanish Scholarship on Virginia Woolf", in *The European Reception of Virginia Woolf*, eds. Mary Ann Caws and Nicola Luckhurst, London: Continuum, 2002, pp. 251-252.

② Urszula Terentowicz-Fotyga, "From Silence to a Polyphony of Voices: Virginia Woolf's Reception in Poland", in *The European Reception of Virginia Woolf*, eds. Mary Ann Caws and Nicola Luckhurst, London: Continuum, 2002, p. 128.

③ 参见 Nicola Luckhurst and Alice Staveley, "European Reception Studies", in *Palgrave Advances in Virginia Woolf Studies*, ed. Anna Snaith, New York, NY: Palgrave Macmillan, 2007, p. 246。

④ 参见 Nicola Luckhurst and Alice Staveley, "European Reception Studies", in *Palgrave Advances in Virginia Woolf Studies*, ed. Anna Snaith, New York, NY: Palgrave Macmillan, 2007, p. 248。

要一个聪明的男人才会发现。

——弗吉尼亚·伍尔夫《到灯塔去》①

  如果说英语世界关注同属于欧洲文明圈的伍尔夫欧洲接受研究仅仅是跨越了语言和民族文化的藩篱,那么英语世界的中国接受研究则进一步跨越了文明的屏障,不仅碰撞更为强烈,难度也明显提升。据笔者掌握的现有资料,20世纪绝大部分英语世界的伍尔夫研究者并没有将目光投向中国,在20世纪末,这样的情况得到了改变。1996年,梅尔巴·古迪—基恩和凯·基(Kay Ki)共同撰写的论文《中国之行:东方与西方的伍尔夫》关注到了伍尔夫研究在中国的新动向。这两位学者认为1976年之后,中国学界重新恢复了对西方作家和弗吉尼亚·伍尔夫的研究兴趣,他们呼吁英语世界的学者关注中国不同时期的伍尔夫研究呈现出的不同特点,指出"中国的外国文学研究不能脱离它的文化政治历史以及学术史的影响。"②同时他们也指出20世纪90年代许多中国的伍尔夫研究者只将目光集中于她的创作形式和风格,而对伍尔夫作品中的具体内容和女权主义思想缺乏学术兴趣。梅尔巴和凯·基对伍尔夫中国接受研究的呼唤在21世纪初产生了回音。2003年美国纽约市立大学英文系教授帕特丽卡·劳伦斯发表了著作《丽莉·布瑞斯珂的中国眼睛》,第一次从英语世界研究者的角度系统地探讨了伍尔夫在中国的早期接受。这部题目直接取自伍尔夫小说《到灯塔去》的比较之作,为英语世界的研究者提供了关于中国和英国文学、文化团体在20世纪上半叶的相互关系与影响的实证考察。劳伦斯将"现代主义作为一种现代性的文化运动"③加以观照,并将"中国置于由各种艺术主张所组成的网络之中"④,力图重建一种世界性的现代主义。劳伦斯通过对中国的实地走访收集了大量珍贵的资料,借助丰富的日记、信札、书画和文学作品,第一次详尽地梳理了布鲁姆斯伯里集团与

---

  ① [英]弗吉尼亚·伍尔夫:《到灯塔去》,瞿世镜译,上海译文出版社2008年版,第29页。
  ② Melba Cuddy-Keane and Kay Ki, "Passage to China: East and West Woolf", *The South Carolina Review*, 29.1 (Fall 1996), p.137.
  ③ 帕特丽卡·劳伦斯:《丽莉·布瑞斯珂的中国眼睛》,万江波、韦晓保、陈荣枝译,上海书店出版社2008年版,"前言"第1页。
  ④ 帕特丽卡·劳伦斯:《丽莉·布瑞斯珂的中国眼睛》,万江波、韦晓保、陈荣枝译,上海书店出版社2008年版,第55页。

中国新月派成员之间的密切关系，并探究了中英两种文明之间的相互影响如何促进了两国现代主义的发展。作为布鲁姆斯伯里集团重要成员之一，伍尔夫自然也被纳入了考察的范围。

《丽莉·布瑞斯珂的中国眼睛》一书由伍尔夫的外甥朱利安·贝尔和中国女作家凌叔华之间的关系考证和文化冲突拉开序幕。在中英文学团体比较的一章中，劳伦斯分析了同处于政治变迁和战争困扰下的布鲁姆斯伯里集团和新月派所遭受的责难。在劳伦斯看来，新月派的代表人物徐志摩由于其所处的阶级地位，在西方的游学经历，以及对西方文学的浓厚兴趣，在20年代末到30年代初被认为是政治错误的，他的文学观点和立场也遭到了批判。而在这一时期，伍尔夫在英国国内的境遇也和徐志摩等人有相似之处。笔者曾在第一章中提到徐志摩在1928年首次将伍尔夫《一间自己的房间》中的观点介绍给中国女学生，尽管徐志摩在演讲中过滤掉了伍尔夫的女性诉求，然而仍不失为对当时女性的一种激励。但徐志摩更为看重的个性化的浪漫主义和个人表达使其在国内遭到了批判，他所推崇的作家自然也成为"反动"的代表。因而伍尔夫在其女权作品中所体现出的革命性的一面，并没有机会在后继者的研究中得到更充分的认识。另一方面徐志摩更感兴趣的是作为意识流小说家超凡脱俗的伍尔夫，一旦嗅到了伍尔夫作品中的女权气息，徐志摩就转向了伍尔夫的小说作品，再也没有提及《一间自己的房间》。

劳伦斯指出："在民族危难、全民同仇敌忾的时期，以看似不顾政治的姿态搞文学创作是一件极危险的事情。"① 政治与艺术的问题在伍尔夫所属的布鲁姆斯伯里集团和徐志摩等人所属的新月派中有着不同的体现。劳伦斯从徐志摩和伍尔夫的所作所为中发现了一种以文学发展为基础的政治责任感，徐志摩在《"新月"的态度》一文中表达了"对当时中国的混乱状态、价值标准缺失的担忧，提出了用理性来制约热情的重要性"②。而伍尔夫则在1937年4月20日走进BBC，发表了广播演讲《言不尽意》(*How Words Fail*)，③ 参与大众媒体的语言使用问题的讨论。伍尔夫反对当

---

① 帕特丽卡·劳伦斯：《丽莉·布瑞斯珂的中国眼睛》，万江波、韦晓保、陈荣枝译，上海书店出版社2008年版，第171页。
② 帕特丽卡·劳伦斯：《丽莉·布瑞斯珂的中国眼睛》，万江波、韦晓保、陈荣枝译，上海书店出版社2008年版，第169页。
③ 《言不尽意》为当时BBC推出的广播演讲系列的题目，伍尔夫所发表的这篇演讲后以《技巧》(*Craftsmanship*) 为名收录在她的随笔集中。

时英国的实用主义者对待英国语言的态度，抗议禁锢大众语言的做法，并一再强调语言具有暗示性，必须保证它的自由度与审美功能。然而这样的努力都因他们对政治和战争本身所持的否定态度而无法得到承认。

在"东西方的文学对话"一章中，劳伦斯向西方读者介绍中国人眼中的英国现代主义，并将伍尔夫作为研究的对象。E. M. 福斯特的中国好友萧乾成为另一双观察英国现代主义的中国眼睛。与徐志摩渴望通过罗杰·弗莱拜访伍尔夫的热切不同，与徐志摩成长在完全不同的家庭环境中的萧乾对伍尔夫的态度显得较为消极。1942年5月5日，福斯特邀请萧乾参加自己在剑桥大学"里德讲座"上关于伍尔夫的演讲，这次演讲让萧乾对伍尔夫有了初步的认识。在萧乾看来，伍尔夫不过是个"象牙塔"中的人物，劳伦斯引用萧乾自传中的陈述："我钦佩伍尔夫高居于象牙塔之顶，而福斯特则将整个世界都收入他的小说中。对他我简直是五体投地。"[①] 对于和伍尔夫一样同属"象牙塔"中的徐志摩来说，伍尔夫有一种天然的亲近感；而对萧乾来说，[②] 高高在上的伍尔夫从一开始就是难以企及的冰山。萧乾1943年写给福斯特的好友斯普劳德的信中提到自己打算"明年春天为中国写一本关于E. M. 福斯特和弗吉尼亚·伍尔夫的书"。并略带嘲讽地说："如果你认为在那里能够找到足够多的一小撮人的话，我很乐意以弗吉尼亚·伍尔夫的狂热爱好者的姿态出现在他们面前，激起他们的强烈反感，而后就可以有个大丰收了。"[③]

1943年10月，在伍尔夫去世两年后，萧乾和伍尔夫的丈夫伦纳德一起度过了一个周末，萧乾也成为中国第一位接触伍尔夫亲笔文献的研究者。据他在《未带地图的旅人》中的自述，那个晚上，伦纳德"抱出一大叠弗吉尼亚的日记，供我抄录"[④]，第二天清晨，他们二人一起站在乌斯河畔，缅怀随水而逝的伍尔夫。不过萧乾并没有为中国读者写下关于福斯特和伍尔夫的书，当他在40年代末回到中国时，解放战争正如火如荼。

---

① 萧乾：《未带地图的旅人》，转引自帕特丽卡·劳伦斯《丽莉·布瑞斯珂的中国眼睛》，万江波、韦晓保、陈荣枝译，上海书店出版社2008年版，第318页。

② 劳伦斯在她的著作中反复提及萧乾对自己幼年时贫困经历的回忆，并以英国作家对这种极度贫困的态度来说明两国之间的巨大差异。

③ 帕特丽卡·劳伦斯：《丽莉·布瑞斯珂的中国眼睛》，万江波、韦晓保、陈荣枝译，上海书店出版社2008年版，第319页。

④ 萧乾：《未带地图的旅人》，转引自帕特丽卡·劳伦斯《丽莉·布瑞斯珂的中国眼睛》，万江波、韦晓保、陈荣枝译，上海书店出版社2008年版，第321页。

萧乾在1994年6月2日写给劳伦斯的信中提到："1949年之后，尤其是在五六十年代，甚至连《简·爱》和《约翰·克利斯朵夫》都被列为'毒草'。要翻译伍尔夫的作品——想都不要想。"[①] 如果萧乾能够将其抄录的伍尔夫日记中的内容展现给中国读者，如果中国的批评家在20世纪40年代就能意识到日后这些只能在展览馆见到的文献对伍尔夫研究有多么重要的作用，中国的伍尔夫研究会发生什么样的改变呢？劳伦斯将萧乾这个戛然而止的写作计划看作"中国被打断的现代主义"[②]的例证，而将20世纪80年代西方现代主义文学在中国的兴起，看作20世纪上半叶被中断的文学进程的接续。

在对80年代以来中国批评家的介绍中，劳伦斯提到了伍尔夫在中国大陆的归类方式：意识流小说家，通常和乔伊斯、普鲁斯特、福克纳并列在一起。她向英语世界的研究者们介绍了20世纪90年代中国伍尔夫作品的译本，以及中国伍尔夫研究的推动者袁可嘉和瞿世镜。值得注意的是，在80年代首开伍尔夫研究先河的袁可嘉先生在40年代曾是I. A. 理查兹和燕卜逊的中国学生。他们在中国推广新批评的文学理论，鼓励中国学生采用更为规范的理论来实践文学批评，而不要依靠直觉来判断作品的优劣。朱利安·贝尔在中国的得意门生叶君健也为文学翻译和外国文学研究做出了巨大的贡献。正是这一批来华教学的国外学者激发了中国学生对西方文学的兴趣，使他们能够在30年的沉寂之后成为外国文学研究的主力军。有趣的是，理查兹和燕卜逊所提倡的文学批评理论与伍尔夫的文学批评实践背道而驰，80年代中国学界对待伍尔夫意识流作品和其文学批评的热与冷是否与这些早期研究者所接受的文学训练有关，是一个值得我们去探究的问题。

三 "走出去"的伍尔夫中国接受研究

劳伦斯在《丽莉·布瑞斯珂的中国眼睛》中表示"我们拭目以待新批评观点的诞生：可能有人会从今天中国的角度来关注她对妇女问题或女

[①] 帕特丽卡·劳伦斯：《丽莉·布瑞斯珂的中国眼睛》，万江波、韦晓保、陈荣枝译，上海书店出版社2008年版，第320页。
[②] 帕特丽卡·劳伦斯：《丽莉·布瑞斯珂的中国眼睛》，万江波、韦晓保、陈荣枝译，上海书店出版社2008年版，第320页。

权主义的兴趣,抑或有人会把伍尔夫的叙述风格和中国女作家相比较"[1]。劳伦斯的预测在目前国内的伍尔夫研究中早已成了批评家,尤其是女性批评家关注的焦点,只不过与伍尔夫欧洲接受的成果大量涌入英语世界的情况不同,这些研究成果并没有得到英语世界研究者充分的关注。可喜的是,在国际伍尔夫协会每年推出的参考文献目录上,我们开始看到了中国学者的名字。南京师范大学吕洪灵2002年的英文论文《〈奥兰多〉中的时代精神与双性同体思想》和2007年出版的英文著作《情感与理性——论弗吉尼亚·伍尔夫的妇女写作观》分别列入了2004年和2007年国际伍尔夫协会的参考文献中,吕洪灵的这部英文专著是由国内学者撰写的第一部伍尔夫研究的英文专著。

近年来有一批国内学者开始尝试用英文撰写伍尔夫研究的作品,希望能够跨越语言的障碍,实现和英语世界研究者的对话。隋晓荻2010年完成的博士论文《弗吉尼亚·伍尔夫小说与传记中的事实与虚构》就用英文探讨伍尔夫的小说与传记在形式上的特征与实质,分析伍尔夫关于事实与虚构关系构建的文学实验。谷婷婷2015年用英文发表的著作《弗吉尼亚·伍尔夫的空间政治与空间诗学》选取了一个切口——伍尔夫小说中的聚会场景——来剖析伍尔夫的社会政治视野,独辟蹊径地将社会空间理论引入到伍尔夫的研究中。2016年魏小梅的专著《伍尔夫现代主义小说的综合艺术研究》则以伍尔夫的小说《到灯塔去》《海浪》和《幕间》为例,深入地探究了伍尔夫现代主义小说中对诗歌、戏剧、绘画等其他艺术形式的运用。同年王林的著作《句法文体视角下的伍尔夫意识流小说汉译研究》则从翻译学、文体学、语言学的视角入手,分析了伍尔夫两部重要的小说作品《达洛卫夫人》和《到灯塔去》的汉语译本,对这两部作品的几个汉译本在句法文体方面的变形与失落及其背后的成因进行了系统的考察。这几部由中国大陆研究者撰写的英文作品,反映了当代中国伍尔夫研究者希望与英语世界的伍尔夫研究展开交流与对话的期盼,这些作品的选题本身也体现了中国伍尔夫研究对意识流小说和伍尔夫作品整体观照的浓厚兴趣。而朱海峰2017年发表的英文专著《弗吉尼亚·伍尔夫历史观研究》则对伍尔夫现代主义作品中植根于现代性的历史真实的一面进行了

---

[1] 帕特丽卡·劳伦斯:《丽莉·布瑞斯珂的中国眼睛》,万江波、韦晓保、陈荣枝译,上海书店出版社2008年版,第331页。

考察，反映了中国学者开始逐渐重视伍尔夫作品中社会性、政治性一面。

海外的华人研究者也在近年来开始关注伍尔夫的中国接受研究，2010年，美国马里兰大学的博士生李桂仑（Kwee-len Lee，音译）提交了自己的博士学位论文：《中国大陆与中国台湾的弗吉尼亚·伍尔夫：接受与影响》，介绍了20世纪20年代至今伍尔夫在中国的接受状况及影响。李桂仑指出伍尔夫在欧洲的接受研究得到了英语世界广泛的关注，而伍尔夫在中国的接受历程却没有得到重视，因此她希望用自己的研究来填补这一空白。除结论外，李桂仑的论文共分为五章，第一章介绍了伍尔夫在国际上（主要是欧洲）的接受状况，第二章介绍了20—40年代中国的伍尔夫接受状况，第三章和第四章则分别考察了50年代至21世纪初中国台湾和中国大陆的伍尔夫接受与研究的情况。在第五章中，李桂仑表示要分析伍尔夫对20世纪末21世纪初大陆和台湾文化产生的影响。她指出在伍尔夫多面性的形象中，中国接受者普遍认同的是作为女性主义者和文学作家的伍尔夫。《一间自己的房间》是中国读者最为熟知的伍尔夫女性主义的作品，中国现在已经有7个不同的译本。这部作品中伍尔夫对女性写作所需的物质条件的呼吁，成为众多作家笔下的意象。中国台湾诗人零雨在诗作《吴尔芙与她的房间》中就运用了房间的意象表现了女性在艺术创造和家庭职责之间的挣扎。[①] 诗中写道：

    我们总是在隔壁
    建立家庭
    与夫对坐，与子女一起
    做功课
    ……
    我们有自己的房间
    ——时间也不住在里面
    我们总是，在隔壁
    尴尬地

[①] Kwee-len Lee, *Virginia Woolf in China and Taiwan: Reception and Influence*, Dissertation of the University of Maryland for the degree of Doctor of Philosophy, 2010, p. 143.

与他对看①

在零雨看来,房间并不是唯一的必需品,当代中国女性缺乏的是属于自己的时间。此外,中国台湾作家李黎、何裕芬都有以《自己的房间》为题的散文,谈论她们关于女性创作的感悟。李桂芬还举出台湾装置艺术家吴玛俐的例子,指出吴女士的先锋艺术活动体现了对父权制压迫下台湾女性的关注,并分析她是如何从伍尔夫的女性主义思想中汲取了灵感。而舞台指导与剧作家魏瑛娟在 1995 年创办的"莎士比亚妹妹们的剧团"②则来源于《一间自己的房间》中伍尔夫虚构出的莎士比亚的妹妹朱迪斯这个形象。1997 年,这个剧院推出了自己的第二部戏剧作品,并于当年 3 月 27 日在香港艺术中心的麦高利小剧场上演了自己的首秀,剧名就是《一间自己的房间》。魏瑛娟在这出长达 112 分钟的剧作中表达了自己与伍尔夫对房间这一物质实体的不同理解,在魏瑛娟看来,"物质的房间不重要,重要的是对自我的肯定"③。

在男性诗人张错的眼中,伍尔夫不再是一位女性主义的理论家,而是成为一位社会活动家。2005 年张错在《致吴尔芙夫人两首》的第二首诗中,将伍尔夫比作 20 世纪 30 年代在上海秘密从事革命活动的地下党头目"靳"④。在诗中,伍尔夫站在演讲台上呼吁关注女性创作权益的画面、靳向他的革命同志们发表慷慨激昂的演说,与张国荣 4 月 1 日的纵身一跃交织在了一起:

  你演讲时故作的幽默
  无法掩饰内心愤慨激昂
  瘦削的左手,握拳挥向半空

---

① Kwee-len Lee, *Virginia Woolf in China and Taiwan: Reception and Influence*, Dissertation of the University of Maryland, 2010, p. 144.
② Kwee-len Lee, *Virginia Woolf in China and Taiwan: Reception and Influence*, Dissertation of the University of Maryland, 2010, p. 151.
③ Kwee-len Lee, *Virginia Woolf in China and Taiwan: Reception and Influence*, Dissertation of the University of Maryland, 2010, p. 153.
④ "靳"这个人物出自叶大鹰执导的电影《红色恋人》,该影片以 20 世纪 30 年代的上海租借地为背景,从美国人佩恩的视角刻画了靳和秋秋这两位共产党员之间的凄美爱情,以及他们为新中国的诞生而奋斗的故事。张国荣饰演靳,梅婷饰演秋秋。

像舞动一面鲜明旗帜
令人想起四月一日的他
自神的使命中光芒万丈坠楼
死在春天的木棉红里
……
他穿着长袍演讲
像你一样挥着拳头
抨击烂苹果的大学或政党
微带南方腔调的磁性嗓音
……
一如你的风韵媚力
然而不久就被处决了①

张国荣饰演的靳不仅和伍尔夫一样具有非凡的魅力，也同样遭受着间歇性狂躁症的折磨。张国荣和伍尔夫一样不仅有着绝高的天赋，也同样有同性恋的倾向，更为巧合的是，他也因抑郁症而选择了自杀。靳的疾病和张国荣的自杀引发了读者关于疯癫与死亡的联想，在李桂仑看来，这正是伍尔夫一生中不断复现的主题。张错《致吴尔芙夫人两首》的第一首诗中就向伍尔夫的自杀发出了这样的疑问：

夫人，缓慢走入水深处感觉是什么？
水的冰冷，裙裾逐渐沉重
移动越加困难？②

伍尔夫女性主义思想的影响不仅体现在诗作、随笔、剧作、艺术展览方面，还在音乐创作方面留下了印记。李桂仑发现，中国台湾独立音乐人史辰兰2002年发表的唱片专辑《自己的房间》就受到了伍尔夫的影响，其英文版的专辑名称与伍尔夫《一间自己的房间》同名，其中的一首歌

---

① Kwee-len Lee, *Virginia Woolf in China and Taiwan: Reception and Influence*, Dissertation of the University of Maryland, 2010, p. 155.

② Kwee-len Lee, *Virginia Woolf in China and Taiwan: Reception and Influence*, Dissertation of the University of Maryland, 2010, p. 156.

《在自己的房间里》这样唱到：

> 在自己的房间里
> 感觉到非常舒适
> 它曾陪着我游戏
> 也曾陪着我哭泣①

在伍尔夫的女性主义文论中，李桂仑认为在中国最受欢迎的是《一间自己的房间》，而谈到伍尔夫的文学作品时，李则认为《奥兰多》《达洛卫夫人》和《一间自己的房间》对中国文艺界的影响最大。《一间自己的房间》不仅作为女权批评得到了广泛认可，同时也被视为文学批评得到了接受。伍尔夫在作品中所提出的雌雄同体的思想在中国获得了大力的提倡和推动。她再次援引张错写给伍尔夫的诗作：

> 你一生最惬意的景象
> 应该是在窗下窥看穿皮靴女孩
> 及披褐色大衣年轻男子
> 在街头碰面，一同坐进计程车。
> 默然心头的一阵悸动，然后顿悟：
> 女人身心被割裂的世界里
> 所有心灵契合皆需雌雄同体。②

诗中巧妙化用了伍尔夫在《一间自己的房间》中描绘的男女两人钻进出租车的景象，用诗歌的形式抓住了这个片段的实质。在其抒情散文集《静静的萤河》中，张错指出："诗与散文，犹如维琴妮亚·吴尔芙说的雌雄同体，一个男人里面都会有一些女人，反之亦是。也就是说，诗中定有文，文中亦有诗。"③ 李桂仑指出，张错在献给伍尔夫的诗中提及张国

---

① Kwee-len Lee, *Virginia Woolf in China and Taiwan: Reception and Influence*, Dissertation of the University of Maryland, 2010, p. 157.

② Kwee-len Lee, *Virginia Woolf in China and Taiwan: Reception and Influence*, Dissertation of the University of Maryland, 2010, p. 161.

③ 张错：《静静的萤河》，三民出版社 2004 年版，第 201 页。

荣，而张国荣本人也是一位具有雌雄同体特征的艺术家，张错将一位中国的流行偶像揉进自己的诗歌中时，也强调了伍尔夫雌雄同体的艺术观。[1]

莎莉·波特1992年的电影《奥兰多》引发了中国译者对这部小说的兴趣，1993年中国台湾出现了《奥兰多》的中文译本，1994年，陈玉慧就将这部作品改编为剧场版在台北上演，由陶馥兰出演奥兰多一角。陈玉慧指出，正是对伍尔夫的歆慕才促使她对这部小说进行改编，同陶馥兰相同，两人都拒绝被贴上"女权主义"的标签。在她们看来，中国台湾当时的妇女运动所争取的不过是社会和生理层面的平等权利，陈玉慧指出自己所关心的是在男性主导的文学和艺术传统中发现女性的声音，相比于政治，她更关注文学。[2] 陶馥兰则认为自己的舞蹈创作并不局限于某一性别的观点，她的最终关心是人本身。[3] 从这一点来看，中国台湾当时的女性艺术家与新时期大陆的部分女性作家对待"女权主义"一词的态度有相似之处。王安忆曾明确表示拒绝被定义为"女权主义作家"，张抗抗、林白等人也表达出不愿因性别立场而被归类的愿望。[4] 杨莉馨认为她们对这种称谓的拒绝，并不是在拒绝女性主义意识，而是"反感某些批评家将其作为例释女性主义观点与立场的样本，而忽视了其艺术上的独创性的做法"[5]。

虽然李桂仑强调要在论文中全面考察伍尔夫在大陆和台湾地区的影响状况并作出比较，但在行文过程中我们发现，她所关注的主要还是伍尔夫对中国台湾地区文化与文学发展的影响。或许是因为资料获取的渠道有限，伍尔夫对中国大陆文艺界的影响几乎没有体现，至于海峡两岸在影响上的对比也显得不够充分。《一间自己的房间》的确是中国大陆新时期女性作家最为推崇的伍尔夫的文本，不过大陆作家对伍尔夫的小说类作品的喜好与台湾作家的选择是否相同，还值得进一步商榷。尽管第一部用英文

---

[1] 参见Kwee-len Lee, *Virginia Woolf in China and Taiwan: Reception and Influence*, Dissertation of the University of Maryland, 2010, p. 162。

[2] 参见Kwee-len Lee, *Virginia Woolf in China and Taiwan: Reception and Influence*, Dissertation of the University of Maryland, 2010, p. 164。

[3] 参见Kwee-len Lee, *Virginia Woolf in China and Taiwan: Reception and Influence*, Dissertation of the University of Maryland, 2010, p. 165。

[4] 参见杨莉馨《异域性与本土化：女性主义诗学在中国的流变与影响》，北京大学出版社2005年版，第262页。

[5] 杨莉馨：《异域性与本土化：女性主义诗学在中国的流变与影响》，北京大学出版社2005年版，第262页。

写就的对伍尔夫中国接受史的考察还有很多值得补充和完善的部分，但我们非常欣喜地看到，越来越多的华人研究者已经意识到在文学研究中交流与比较的重要性，希望能够与国际伍尔夫研究进行对话与合作，并将中国的伍尔夫接受融入更为广阔的世界性研究的视野之内。目前中国大陆的伍尔夫研究者在梳理伍尔夫中国接受与影响的历史时，主要集中在大陆范围之内，而对中国台湾地区的状况不甚了解，从李桂仑的论文中，笔者发现海外华人学者对中国大陆的接受状况了解得也不够充分。奇妙的是，笔者通过一本用英文写作的论著了解了自己国家的部分接受状况，这种文化旅行的现象也从侧面证明了文学研究在世界性视野下所具有的发展潜力。如果中国大陆的伍尔夫接受研究能够走出国门，与世界其他国家的研究进行交流和对话，也许能够碰撞出更多精彩的火花。

第二节　中国与英语世界的伍尔夫形象比较

一　隐士、斗士、偶像：不断颠覆的伍尔夫形象

在前三章对英语世界伍尔夫研究进行梳理的过程中，我们发现随着社会环境、研究方法和新资料的问世，英语世界的伍尔夫形象也在不断发生革命性转变。20世纪初至60年代，作为"斜塔"中的高雅之士和布鲁姆斯伯里集团的王后，伍尔夫在批评家的眼中始终是一个脱离现实生活的女作家。Q. D. 利维斯和阿诺德·本内特等批评家强调伍尔夫的小说技巧丢掉了人物刻画，且批评文论中缺乏必要的社会常识，她的创作和"真实"相距甚远。温德姆·刘易斯则在《没有艺术的人》（1934年）中直接表明："伍尔夫夫人极其无关紧要——她仅仅是一种女权主义的现象——今日没有人会认真地看待她，也许除了利维斯夫妇之外——毕竟女权主义已经是一个过时的问题。"[1] 而伍尔夫之所以还具有一定的影响力，很大程度上是因为她的朋友们夸大了她在文学创作上取得的成就。刘易斯对伍尔夫的小说不感兴趣，对她女权主义的"小册子"更是十分反感。像伍尔夫这样一位生活在狭小天地里的女性，在刘易斯看来是没有可能青史留名的，她和本内特之间关于"精神"与"物质"的争议只不过是一种过于

---

[1] Wyndham Lewis, "Virginia Woolf", in *Virginia Woolf: Critical Assessments*, Vol.1, ed. Eleanor McNees, Sussex: Helm Information Ltd., 1994, p. 214.

简单化的幼稚游戏。而那些对伍尔夫进行赞扬的作家们所强调的也是她的单纯和诗意，强调的是她对文学创作本身的热忱和对外部评论的不屑一顾。无论是批评还是赞扬，60年代前英语世界伍尔夫研究的主流观念是将她认定为一位远离社会政治生活、一心关注内部心理活动和文学创新的"隐士"。

伍尔夫形象的改变得益于美国女性主义批评家对伍尔夫的重新发现，在前文提到的简·马库斯与昆汀·贝尔横跨大洋两岸隔空争论的影响下，更多的批评家开始关注伍尔夫现实性和革命性的一面。自70年代开始，大量伍尔夫的文献资料、日记书信问世，为批评者们揭示一个全新的伍尔夫提供了丰富的实证材料。伍尔夫不再是一位远离喧嚣、遁世归隐的艺术家，开始与政治生活产生了密切的联系。她生命中众多女性对其产生的影响成为研究者感兴趣的话题，伍尔夫因而也成了"身着维多利亚旧裙子的游击队员"[①]，通过实际参与和暗地帮助来支持女权事业的发展。受法国女权主义批评影响的新一代女权主义者则在80年代对伍尔夫的女权主义思想进行了进一步的剖析，透过解构主义的视角分析伍尔夫的文本是如何运用父权制话语体系不认同的表达方式，从内部颠覆并解构了由男性主导的话语体系本身。女性主义第二次浪潮掀起的对伍尔夫的重新解读，深刻地改变了伍尔夫在英语世界批评家和读者心目中的形象，伍尔夫不再是一个深陷于个人世界中的唯美主义者，而是从外在行动和内在文本两个方面颠覆了父权制体系架构的"革命家"。这一转变的跨度之大、影响之深不仅体现在英语世界的范围内，还波及世界其他地区的伍尔夫研究。在女性主义批评家的努力下重新得到关注的女权文本《一间自己的房间》和《三枚旧金币》，也成为除伍尔夫的生命三部曲之外最广为人知的代表作。

1991年，布伦达·西尔弗在《愤怒的权威：作为个案研究的〈三枚旧金币〉》中将《三枚旧金币》的接受过程划分为三个阶段：第一阶段是1938年这部作品问世和出版之时。这一时期伍尔夫在读者和评论家的心目中是一位小说家，她所建立起的文学声誉使人们并不将她的文本放在社会历史的领域进行考察，而是放在艺术的领域进行评判。批评家们认为伍尔夫的创作格调应该是私人的、内向的、女性化的，对伍尔夫风格和语

[①] 简·马库斯：《以我们母亲的眼光来看》，转引自陶丽·莫伊《性与文本的政治：女权主义文学理论》，林建法、赵拓译，时代文艺出版社1992年版，第21页。

调的强调削弱了伍尔夫辩论的权威性。而关于战争的话题往往掌控在男性手中,因而这部作品中的具体论点常常被忽视。第二阶段则从1941年持续到1968年。这段时期内《三枚旧金币》几乎从公众视野中消失,20世纪40—50年代的文学批评中主张艺术与政治分离的观点成为主流,英国的利维斯主义和美国的新批评主宰了学术界的批评研究。新批评使文本与其历史语境分离,将文本抽象化为一个独立自主的艺术品,"文学文本成为对抗文化中的病态和歧义的一种方式,而其所使用的方式正是从这种文化中退出"①。因此,不论是《三枚旧金币》,还是作为文化批评家身份的伍尔夫都不会引起这一时期批评家的兴趣。由F. R. 利维斯和《细铎》杂志的一批人确立的正统,使伍尔夫沦为英国小说伟大现实主义传统的注脚,阻止了大多数批评家认识到伍尔夫的社会和文化批评,将人们对她的接受局限在她的实验主义小说上。此外把伍尔夫归入当时已不再时兴的布鲁姆斯伯里集团同样也助长了对这个文本的忽视。作为布鲁姆斯伯里集团中高雅之士的王后,伍尔夫在人们的心目中应该是与社会和政治批评无缘,躲在自己的象牙塔里无病呻吟的新时代的弃儿。这两个阶段恰恰和笔者所提到的"隐士"伍尔夫形象所处的时期一致。

西尔弗所提到的第三阶段肇始于1968年,J. B. 巴特勒和赫伯特·马德通过构建他们心目中的女性主义者伍尔夫,开始重新恢复伍尔夫作为文化批评家的身份。伴随着政治气候和文学批评的变化,女性主义者"开始重新定义愤怒,将其作为一种修正的话语和合理的批评策略,愤怒的权力日益成为一个有竞争性的话题"②。不过作为开启伍尔夫文化批评之旅的巴特勒和马德,女性主义批评家也表达了自己的异议。西尔弗在谈到这两位批评家的语义选择时指出,巴特勒反复使用了"不满"或"抱怨"(grievance or complaint),并将其标注为伍尔夫神经质的语气。这里的"complain"只含有否定的意味,而失去了公共基础的"grievance"也不再是对所有女性争取自由的申诉,而是成为一种纯粹的个人化的表达。在英国批评家巴特勒的笔下,伍尔夫的文化批评依然被逐出了公共领域,弱化

---

① Brenda R. Silver, "The Authority of Anger, *Three Guineas* as Case Study", in *Virginia Woolf: Critical Assessments*, Vol. 2, ed. Eleanor McNees, Sussex: Helm Information Ltd., 1994, p. 341.

② Brenda R. Silver, "The Authority of Anger, *Three Guineas* as Case Study", in *Virginia Woolf: Critical Assessments*, Vol. 2, ed. Eleanor McNees, Sussex: Helm Information Ltd., 1994, p. 342.

成为个人怨恨和不满的表达。① 美国批评家马德则对使用"病态"（morbid）和"神经过敏"（neurotic）这两个词来描述《三枚旧金币》情有独钟。通过对这两个明显负面的评价词汇的使用，马德不仅暗示了艺术作品中有一个公认的健康或正常的标准，而且也遵循了当时流行的将文本中的语气与作者作品的完美程度联系起来的做法。

到底什么样的声音才是自然的，什么样的语气才是合适恰当的呢？西尔弗接续了马库斯关于女性"愤怒"一词的探讨，援引沃尔特·翁（Walter Ong）的观点，指出由传统的公众演说演化而来的这种好斗的、仅限于男性的知识与学术话语本来就是不允许女性涉足的，一旦女性表现出这种好争辩的特点就被认为是不正常、不自然的。"辩论者"（polemic）一词源于希腊词语"战争"，它属于男性正式战斗的领域，根植于男性的基因构造中，组成了男性的性别认同和修辞方式（同样适用于学术结构），但不属于女性。女性则被认为应该展现出一种"劝导性的修辞"，它更自然地适用于"私人的情景对话"而不是公共的辩论。② 西尔弗认为，"女性一旦站在受害者的位置，她能要求的就仅仅是保护而非权利。"③ 到底什么样的话语，什么样的语言才适合女性用来在公共场合控诉呢？她们话语的效力又是由谁来评判的呢？当批评家评估对"自然"（natural）和"合适"（appropriate）的定义时，需要质疑其范畴以及这个术语本身。

如果说60年代的男性批评家注意听取和强调的是语气而非声音，并且把语气定义为神经质的话，那么自我分裂就被定义为一种失败的叙述方式，而不是对矛盾冲突的表达。他们将自己看作批评的立法者，把伍尔夫的这种风格视作瑕疵。70年代的女性批评家们则开始挑战这种规则和传统，恢复了愤怒及其权利。她们将伍尔夫的女性主义从雌雄同体中区分出

---

① 参见 Brenda R. Silver, "The Authority of Anger, Three Guineas as Case Study", in *Virginia Woolf: Critical Assessments*, Vol. 2, ed. Eleanor McNees, Sussex: Helm Information Ltd., 1994, p. 344。

② 参见 Brenda R. Silver, "The Authority of Anger: Three Guineas as Case Study", in *Virginia Woolf: Critical Assessments*, Vol. 2, ed. Eleanor McNees, Sussex: Helm Information Ltd., 1994, p. 345。

③ 参见 Brenda R. Silver, "The Authority of Anger: Three Guineas as Case Study", in *Virginia Woolf: Critical Assessments*, Vol. 2, ed. Eleanor McNees, Sussex: Helm Information Ltd., 1994, p. 346。

来，并将其确认为一种政治立场，这种政治立场将愤怒作为其权威的一部分。以这种观点来看，伍尔夫的《三枚旧金币》中表达的愤怒就成为有意为之的叙述策略，而不是不受控制的语气。西尔弗的论证中最重要的就是"愤怒"这个词，愤怒明确地卷入了辩论，从之前的憎恨、不满、抱怨转化成了一个与社会和政治变革相联系的集体的、公众的概念。在愤怒的语境下，伍尔夫的语气不再是神经质的、病态的或尖锐的，而变成了一种伦理或道德立场的表达。1977年马库斯赞扬伍尔夫革命性地运用了"愤怒"来宣扬政治观点，并将《三枚旧金币》放置在与弥尔顿的《论出版自由》和斯威夫特的《一个谦虚的建议》相同的文学传统中，认为这是"一种被拥有创新性技巧的天才所提升的充满激情的论辩"①。贝弗利·施拉克（Beverly Schlack）也在同年将伍尔夫的愤怒描述成一种可与雪莱比肩的"轻蔑的策略"。对这些批评家来说，伍尔夫的愤怒不仅没有损伤，反而提升了《三枚旧金币》的艺术价值。它使伍尔夫的视野更加锐化，且赋予了她的声音以权威。这场由女性主义者引发的论战占领了文化批评的领域，论战关注的焦点也由《三枚旧金币》及其"愤怒"的合法性，逐渐转移到对伍尔夫"愤怒"的女性主义批评的全面考察。

在一个人能够说出他的愤怒之前，他需要为这种愤怒命名。这一行为本身就是政治性的，它从集体的社会和政治意识出发并依赖于这种意识。内奥米·谢曼（Naomi Scheman）指出，对愤怒进行评判需要一种相信自己具有批评和评价能力的自信，评价的行为本身对处于附属和依赖地位的人来说就具有一种心理上的困难。它带有一种反抗和改变的潜力，通过变得愤怒，通过评判这种感情，我们使自己和我们所评判的人形成了平等的关系，并且维护了我们自己的标准和观点的合理性。②超凡脱俗的伍尔夫转变成了愤怒的伍尔夫，对女性"愤怒"合法性的捍卫也确立了伍尔夫作为女权"斗士"的权威和声誉。这一新形象至今依然在伍尔夫研究的各个领域发挥着作用。

1982年，海伦·杜达在《周六评论》上发表了《弗吉尼亚·伍尔夫

---

① Brenda R. Silver, "The Authority of Anger: *Three Guineas* as Case Study", in *Virginia Woolf: Critical Assessments*, Vol. 2, ed. Eleanor McNees, Sussex: Helm Information Ltd., 1994, p. 347.

② Brenda R. Silver, "The Authority of Anger: *Three Guineas* as Case Study", in *Virginia Woolf: Critical Assessments*, Vol. 2, ed. Eleanor McNees, Sussex: Helm Information Ltd., 1994, p. 348.

崇拜》一文,文中称伍尔夫"已经成为学术界的玛丽莲·梦露"[①]。伍尔夫在英语世界受欢迎的程度可见一斑。将伍尔夫与玛丽莲·梦露的类比也暗示了伍尔夫所具有的偶像特质。布伦达·西尔弗则在1999年推出了《偶像弗吉尼亚·伍尔夫》,开始推动学术界从更加多元的角度来审视伍尔夫的形象。伍尔夫不再单纯的是一位小说的革新者或是女权主义的先驱人物,而是成了一位文化偶像。西尔弗在这部著作中全面地展示了伍尔夫转变为一位偶像的历程:1953年《一位作家的日记》问世;1962年爱德华·阿尔比的戏剧《谁害怕弗吉尼亚·伍尔夫》诞生;1972年昆汀·贝尔两卷本的《伍尔夫传》面世,这些作品一步步地扩大了伍尔夫的接受范围。随后流行文化催生了第一件印有伍尔夫头像的T恤出现(1973年),1983—1990年,美国著名的《纽约书评》使用了大卫·莱文绘制的伍尔夫和莎士比亚的漫画形象,伍尔夫成为知识分子的代名词。根据伍尔夫的小说改编的电影也成为西尔弗考察的对象。布伦达·西尔弗将伍尔夫放置在文化批评的视角下进行审视的研究在21世纪得到了更多的回应。伍尔夫与时尚、服装、现代性、市场经济等方面的联系成为近年来伍尔夫研究中的热点话题。当女性主义逐渐从政治和文学批评中的标出项变为一种学院派的文学批评之时,从女性主义的角度看待伍尔夫显然已经不具有更大的吸引力。随着大众传媒的兴起,伍尔夫的作品比以往得到了更为广泛的传播,伍尔夫的作品本身以及她的生平经历中所包含的自带热点的话题性质,使英语世界的伍尔夫研究在近20年来朝着更加多元、包容的方向发展。伍尔夫本人也走下了高雅文化和精英之士的神坛,成为家喻户晓的"偶像"作家。

事实上在20世纪30年代《岁月》一书就在美国成为畅销书,伍尔夫还因此登上了《时代》杂志的封面。伍尔夫生前也数次去BBC参加广播节目的录制,在1956年7月10日下午2:45—4:15的BBC广播节目中就会聚了伍尔夫的部分亲友,以乔治·赖兰兹为串讲人,瓦妮莎、安吉莉卡、昆汀、玛杰里、邓肯、大卫·加内特、拉尔夫、约翰·莱曼、内莉、洛蒂、伦纳德、维塔等人依次讲述了他们对伍尔夫的回忆。广播的最后以伍尔夫1937年11月的BBC演讲作结,在这段广播中伍尔夫谈论的是与当时英国普遍关注的英语纯洁化息息相关的内容,演

[①] Helen Dudar, "The Virginia Woolf Cult", in *Saturday Review*, Feb., 1982, p. 32.

讲的题目是《言不尽意》。在这场广播谈话中,赖兰兹大量的使用了伍尔夫日记中的内容,使伍尔夫离大众更近了一步。正是在这些私人资料的广泛传播中,伍尔夫逐渐走出了象牙塔,并终于在世纪末成为大众偶像。与英语世界伍尔夫形象的多样化发展趋势不同,中国的伍尔夫形象呈现出极为不同的特点。

二 "美艳明敏"伍尔夫:深入人心的中国"天使"

"我在念惠傅妮亚的《到灯塔去》,这真是精彩之至的作品。来义呀,请你看看是否可以带我见见这一位美艳明敏的女作家,找机会在她宝座前焚香顶礼。"[①] 1928年重返伦敦的徐志摩在写给自己的英国好友罗杰·弗莱的信中表达了渴望一睹伍尔夫芳容的热切愿望。尽管这一请求未能如愿,但徐志摩对伍尔夫文学创作的持续关注却促成了伍尔夫在1928年第一次进入国人的视野,也奠定了伍尔夫日后在中国深入人心的"美艳明敏"的形象。伍尔夫是英国布鲁姆斯伯里集团的"王后",在30年代的北平,也有一位"美艳明敏"的女性林徽因将自己的家作为"太太的客厅",会聚了当时中国最优秀的一批知识分子谈艺术、谈文学。1935年朱利安·贝尔写给伍尔夫的信中就提道:"叔华告诉我,在北平也有个中国的布鲁姆斯伯里。就我所了解,确实和伦敦的很相似。"[②] 而林徽因就如同东方版本的伍尔夫一样,是"太太的客厅"中的核心人物。

30年代中国的"新月派"成员拥有中西双重的知识背景,同时又崇尚优雅的美学品格,[③] 他们中的主要成员徐志摩、陈源、凌叔华等人与伍尔夫所结下的不解之缘,也使伍尔夫在中国接受的初期就被蒙上了与现实脱节的阴影。尽管伍尔夫的意识流小说给中国学者带来了新鲜感,但饱受创伤的中华大地与这种小说间的隔阂依然清晰可见。对于当时通称的"心理小说",萧乾曾做过这样的评论:"其可贵之处是把小说这一散文创作抬到诗的境界,其可遗憾处,是因此而使小说脱离了血肉的人生,而变为抽象、形式化,纯智巧的文字游戏了。这里,没有勃朗特的热情,没有乔

[①] 徐志摩:《徐志摩全集》第5卷,广西民族出版社1991年版,第303页。
[②] 陈学勇编:《中国儿女——凌叔华佚作·年谱》,上海书店出版社2008年版,第235—236页。
[③] 参见杨莉馨《20世纪文坛上的英伦百合——弗吉尼亚·伍尔夫在中国》,人民出版社2009年版,第45页。

治·艾略特的善感，更不会有狄更斯的悲怆谐谑的杂烩；一切都逻辑，透明，高雅，精致得有如胆瓶中的芝兰，缺乏的是土气。"而这一流派的代表人物伍尔夫本人所推崇的小说创作模式在当时的中国也是一种"奢侈的艺术"[①]。尽管在伍尔夫中国接受的初期，伍尔夫本人和她的作品并没有遭遇到其在英国国内的猛烈批判，但对当时能够接触到伍尔夫文本的批评家来说，伍尔夫代表了居于英国精英文学象牙塔之内的一类人物，她如芝兰般芬芳且超凡脱俗的形象，是当时的人们虽心向往之，却因实际国情而身不能至的遥远冰山。

50年代戛然而止的伍尔夫研究，切断了国内与英语世界伍尔夫研究的交流渠道，现实主义社会主义的话语占据了主流，"美艳明敏"的伍尔夫显然不符合当时的女性审美和社会主义的要求。然而正是在这一被切断的文化交流阶段中，英语世界的伍尔夫形象发生了翻天覆地的变化，伍尔夫成为一位主张妇女解放、热心社会活动、关注女性发展的"女斗士"。如果没有政治层面上对现代主义文学的全面批判，如果70年代初期中国学者能够跟进英语世界伍尔夫研究的最新成果，那么伍尔夫是否会因其"政治性"的一面而得到些许青睐呢？伍尔夫会不会被70年代的中国研究者改造成穿着维多利亚时代旧裙子、举起半边天的新型劳动妇女呢？如果没有这30年的研究空白，中国的伍尔夫形象接受在今日将会发生怎样的改变呢？我们不得而知。不过80年代开始复兴的伍尔夫研究显然没有接受伍尔夫"革命性"的一面，而是继续将她看作现代小说的主将和意识流小说的大师。在这一时期伍尔夫的小说《达洛卫夫人》《到灯塔去》《海浪》吸引了绝大多数研究者的目光。

新时期最重要的伍尔夫译介和研究专家之一瞿世镜在《意识流小说家伍尔夫》的序言（1986年12月）中告诉读者，他之所以选择伍尔夫作为意识流的重点研究对象，一方面是因为伍尔夫不仅是小说家，还是意识流小说理论的主要阐述者；另一方面则是因为"她的小说中没有色情、暴力、虚无主义等消极因素，也没有潜意识层面混乱不堪的梦魇，对于我国的作家来说，她的技巧比较容易借鉴，对于我国的读者来说，她的作品比

---

① 杨莉馨：《20世纪文坛上的英伦百合——弗吉尼亚·伍尔夫在中国》，人民出版社2009年版，第45页。

较容易理解。"① 伍尔夫得到研究者青睐的一个关键因素就是她的纯洁性。在《意识流小说家》伍尔夫的上编中,瞿世镜在提及伍尔夫的精神疾病与童年经历的关系时,隐晦地说道:"弗吉尼亚后来精神失常,与她那两位同父异母兄长在她少年时期对她所倾注的不正常的热情有关。"② 关于伦纳德与伍尔夫的婚姻问题,他则作出了这样的介绍:"弗吉尼亚在少女时期曾因同母异父兄长的越轨行为而蒙受严重的心灵创伤,因此非常厌恶甚至完全弃绝性生活,也不愿生儿育女。伦纳德在这方面充分尊重弗吉尼亚的意见。弗吉尼亚是一位独立不羁的女性,她不仅不和丈夫同房,她的工作也是独立自主的,她有她自己独特的审美观念和判断标准。"③

杜绝了两性生活的伍尔夫在研究者们看来充分体现了她颇具现代性的"独立不羁",而与性绝缘的生活也从另一方面体现了伍尔夫的纯洁。该书中编谈到伍尔夫的第一部小说《远航》时,瞿先生表明了自己对待小说中男女两性之间关系描写的态度:"我认为,在小说中过分露骨地描写性爱是不恰当的。但是,对于女主人公爱情的合乎逻辑的发展和一定的气氛渲染,还是必要的。否则作品就会显得缺乏某种连贯性。"④《远航》中止于拥抱的爱情描写显然符合瞿先生对爱情描写的要求。在谈到《奥兰多》这部献给维塔·萨克维尔—韦斯特的作品时,瞿先生这样说道:"维塔是一位外交官的夫人,她喜欢和女人搞同性恋,这是众所周知的事实。读者们或许会感到惊奇:弗吉尼亚这位高雅之士的皇后,如何会染上同性恋爱的恶习?"⑤ 为了撇清两人之间的暧昧关系,为了保持伍尔夫纯洁的形象,他特意强调:"伍尔夫厌恶任何形式的性行为。她和伦纳德·伍尔夫是精神上的夫妻。她和维塔的同性恋爱,也是一种柏拉图式的精神恋爱。她追求的是一种精神上的平衡和满足。"⑥ 一位远离色情和肉欲、一心追求高雅的精神生活、如天使般纯洁的女性作家的定位,奠定了新时期伍尔夫接受的主基调。

作为中国新时期伍尔夫研究的领路人,瞿世镜在 80 年代国内伍尔夫

---

① 瞿世镜:《意识流小说家伍尔夫》,上海译文出版社 2015 年版,"对于研究方法的思考(代序)"第 14 页。
② 瞿世镜:《意识流小说家伍尔夫》,上海译文出版社 2015 年版,第 11 页。
③ 瞿世镜:《意识流小说家伍尔夫》,上海译文出版社 2015 年版,第 28 页。
④ 瞿世镜:《意识流小说家伍尔夫》,上海译文出版社 2015 年版,第 83 页。
⑤ 瞿世镜:《意识流小说家伍尔夫》,上海译文出版社 2015 年版,第 154 页。
⑥ 瞿世镜:《意识流小说家伍尔夫》,上海译文出版社 2015 年版,第 155 页。

研究资料极为匮乏的情况下，凭借自己刻苦钻研的精神为国内伍尔夫研究贡献了大量宝贵的资料，也因文化习俗与个人因素的缘故，在某种程度上过滤掉了伍尔夫与女权主义相关的一面。那么当伍尔夫的女权主义思想在中国成为人尽皆知的话题后，伍尔夫毫无攻击性的"天使"形象是否得到了根本的改观呢？我们发现有关伍尔夫女性主义批评的研究在20世纪90年代中期之后才逐渐形成了一定规模，最快引起研究者重视和阐发的是《一间自己的房间》中有关"雌雄同体"的话题。与肖瓦尔特和莫伊关于雌雄同体说的争议截然不同，中国的批评家们从伍尔夫这一写作理念中看到了中国传统中"强调阴阳合一"的道家学说，以及"强调阴阳互渗"①的中医学说的影子，进而用这种辩证的思想来分析伍尔夫作品中的"中和"之美。女作家陈染则在伍尔夫雌雄同体的艺术观的基础上提出了"超性别意识"的说法，指出伍尔夫关于双性同体的认识还有另外一层意思："一个具有伟大人格力量的人，往往首先是脱离了性别来看待他人的本质的。欣赏一个人的时候，往往是无性的。单纯地只看到那是一个女性或那是一个男性，未免肤浅。"② 在中国文学界，"雌雄同体"的概念超越了单纯的文学创作的局限，上升为了一种普遍性的性别超越与兼容的意识，强调的是男性与女性之间的和睦共存。从这样的角度来反观伍尔夫的女性主义观念，我们看到更多的是一种调和两性关系的温和努力，伍尔夫女性主义批评的锋芒在一定程度上被弱化了。

在对新时期研究成果的考察中，我们发现70—90年代英语世界炙手可热的女权批评文本《三枚旧金币》在中国的接受和研究程度远不如《一间自己的房间》。相较于《三枚旧金币》中对男女合作的拒绝："让以读写为生的、受过教育的人的女儿来签署您的宣言对保护文化和学术自由这项事业毫无价值，因为她们一签完了就得马上回到桌边写那些使文化堕落，使学术不自由的书、演讲稿和文章"③；对父权制社会体制中一切荣誉的拒绝："不要不知不觉地受拉别人出卖头脑的皮条客的蛊惑而陷入出卖头脑的各种形式中，也不要接受宣传和证明头脑价值的小玩意儿

---

① 杨莉馨：《20世纪文坛上的英伦百合——弗吉尼亚·伍尔夫在中国》，人民出版社2009年版，第300页。
② 陈染：《陈染文集·女人没有岸》，江苏文艺出版社1997年版，第80—81页。
③ [英]弗吉尼亚·伍尔夫：《三枚旧金币》，王斌、王保令译，中国社会科学出版社2001年版，第1122页。

和字眼儿——奖章、荣誉、学位——我们请您一定要断然拒绝这些东西，因为它们都是文化被出卖、学术自由被囚禁的标志。"① 《一间自己的房间》中更为谦逊的语调和建议的语气显然更符合中国读者的阅读期待，符合他们对高雅的女性作家伍尔夫温婉可人的想象。因为中国的女性批评家和女作家更为担心的是"被来自性别处境的'愤怒'所压倒和支配"②。崔卫平提醒中国的女性作家注意："我们不能以为我们曾经受到不公正的对待就变得不需要任何限制，曾经遭到过多的约束就变得不需要任何约束，尤其是自我约束。"③ 当西方的女性批评家在极力论证女性"愤怒"的合法性时，中国的研究者则在思考如何更为有效地压制愤怒，并争取与占主导地位的男性们合作。尽管也有部分批评家从法国女性主义的角度出发，分析伍尔夫对父权制理论和话语体系的解构与颠覆，然而这样的研究几乎完全局限于少数精英知识分子在学术圈内的理论探讨和阐发，倾向于审慎而客观的比较分析，并没有将这一理论与中国女性主义批评的发展有机结合起来。"颠覆父权制"这个词组本身更多地成为一种理论姿态和空洞的口号，却并没有形成真正有价值的实践。伍尔夫纯洁而温和的"天使"形象并没有因女性主义批评的介入而发生本质性的改变。

　　对于中国的女性作家来说，伍尔夫敏感、脆弱、优雅的一面常常是她们接受伍尔夫其人其作最直接的动力。女作家赵玫谈到自己对伍尔夫的印象时说道："我最初热衷的就是那个美丽的、跳进河里自杀的伍尔夫。我至今保存着她年轻时和老了以后的那几幅美丽的肖像。有些人认为我们有某些部位彼此相像。我们都是长脸长鼻子，一样的嘴唇和一样深陷的眼睛。伍尔夫在极度的焦虑中死去，她把她的英国式雨伞和她的精神遗留在河的岸边。这一点至今使我伤痛。"④ 这种伤痛并不是赵玫一人所独有的，伍尔夫的美貌与文学成就使她的疾病和自杀脱离了个人的苦难而上升为一种传奇。出身名门、风华绝代、亲友离世、精神崩溃、跳河自杀……伍尔夫生平经历中的种种特征都符合中国读者的阅读期待；符合那种将美好的

---

　　① [英]弗吉尼亚·伍尔夫：《三枚旧金币》，王斌、王保令译，中国社会科学出版社2001年版，第1124页。
　　② 杨莉馨：《20世纪文坛上的英伦百合——弗吉尼亚·伍尔夫在中国》，人民出版社2009年版，第331页。
　　③ 崔卫平：《看不见的声音》，浙江人民出版社2000年版，第188页。
　　④ 赵玫：《在他们中穿行》，《外国文学评论》1990年第4期。

事物毁灭给人看所带来的精神"净化";符合中国读者对红颜薄命和天妒英才这类主题的天然好感;符合中国读者对伟大人物神秘化的叙述要求。于是伍尔夫生活中的这些侧面成为21世纪以来出版商们宣传的噱头,伍尔夫成为新时期文艺女青年和"小资"们追捧的对象。远离政治、超凡脱俗的中国"天使"伍尔夫形象深入人心。

2001年中国社会科学出版社推出的四卷本《伍尔芙随笔全集》的代序中称"为了文学,弗吉尼亚·伍尔芙把她的天才燃烧尽了。弗吉尼亚·伍尔芙的一生,是'一位语言雅致精妙的艺术家在一个粗野的、物质主义的时代维护着美和精神的价值'的一生。"[1] 2016年伍尔夫自传中文译本《存在的瞬间》的译者则称:

> 她从一粒水滴中看阳光,从一缕花香中品味人生,从一抹鹅黄中寻到美丽。可以说,伍尔芙天生就是一个超然绝世的作家……你可以羡慕她、嫉妒她,但就是无法模仿她。她是一株风中摇曳的绛珠草……无论你怎样伤害她,她都执着地要过滤掉这些凡俗的东西,只凝神与那些美妙的、倏忽即逝的动人瞬间。这株小草就是这样独特,这样绝世……她不仅放纵自己的感性,用全部的心去爱这个世界,甚至包括这个世界带给她的伤痛。正是她深刻的苦痛和细腻的心灵,使她饱受了神经狂乱的折磨……[2]

伍尔夫仿佛跌入凡间的精灵,用全部的人生书写优雅的精神。与这种纯洁形象相映照的则是伍尔夫与伦纳德之间的"旷世绝恋"。夫妻二人29年的无性婚姻被蒙上了一层柏拉图式的浪漫色彩,在伍尔夫大部分日记、书信和手稿文献尚无译本的情况下,国内搜索引擎能十分便捷地查找到伍尔夫写给伦纳德的绝笔信,以及伦纳德写给伍尔夫的情书。大众传媒的兴起使读者能够沉浸在"你已经给了我最大可能的幸福"温情中,并将两人之间的感情上升到"20世纪最伟大的一段恋情"的高度,将伦纳德喻

---

[1] [英] 弗吉尼亚·伍尔夫:《伍尔芙随笔全集》,乔继堂等主编,中国社会科学出版社2001年版,"代序"第6页。
[2] [英] 弗吉尼亚·伍尔夫:《存在的瞬间》,刘春芳、倪爱霞译,花城出版社2016年版,"译者序"第7页。

为伍尔夫身边的"暗星"①。

曾让徐志摩魂牵梦萦的"美艳明敏"的伍尔夫形象在 21 世纪的中国成为了出版商们最为看重的特质之一,2000 年至今国内推出的所有以伍尔夫肖像为封面的作品和研究专著中,贝斯弗雷德 1902 年拍摄的伍尔夫 20 岁时的照片是使用频率最高的(见图 5-1)。②

图 5-1　20 岁的弗吉尼亚·斯蒂芬,乔治·贝雷斯福德(George Beresford)(摄于 1902 年)

这张照片中的伍尔夫优雅、美丽又略带忧愁,甚至不需要任何语言的

---

① 参见 http：//www.infzm.com/content/123619("见信如晤/伍尔夫：你已经给了我最大可能的幸福",据 2017 年 12 月 21 日搜索结果);http：//book.hexun.com/2016-05-22/183991755.html("伍尔夫身边的暗星伦纳德",据 2017 年 12 月 21 日搜索结果)等。

② 以这幅图片作为封面的书籍有：《到灯塔去》(上海译文出版社 2008 年版);《走向生命诗学：弗吉尼亚·伍尔夫小说理论研究》(人民出版社 2016 年版);《20 世纪文坛上的英伦百合——弗吉尼亚·伍尔夫在中国》(人民出版社 2009 年版);《存在的瞬间》(花城出版社 2016 年版);《伍尔夫小说美学与视觉艺术》(中国社会科学出版社 2015 年版);《伍尔夫传》(时代文艺出版社 2016 年版);《伍尔夫读书随想录》(文汇出版社 2017 年版);《书和画像》(译林出版社 2008 年版);《普通读者(英文版)》(世界图书出版公司 2010 年版);《达洛维夫人》(外语教学与研究出版社 2012 年版);《奥兰多》(人民文学出版社 2015 年版)。

说明和封套上的专家推荐，这一形象本身就成为最佳的宣传招牌。尽管20岁的伍尔夫尚未发表过一部重要作品，但在中国读者心目中，那些饱含才情的小说与20岁的弗吉尼亚·伍尔夫融合在一起，成为一道亮丽的风景。纵观新时期以来中国研究者在谈及伍尔夫时所使用的词汇：诗意、灵魂、柔弱、优雅等几乎贯穿了30余年来新中国伍尔夫接受的全过程。相较于英语世界的"女斗士"和千面缪斯的形象，中国的伍尔夫接受始终没有摆脱对"美艳明敏"的执念和对伍尔夫"纯洁天使"形象的维护。面对伍尔夫一生中复杂的情感纠葛，研究者们用精神恋爱来使其摆脱世俗的纠缠；面对伍尔夫无法回避的女权主义思想，研究者们发现了雌雄同体观中的和谐与互补；面对伍尔夫的女权文本，研究者们找到了献给"家庭天使"的礼物；面对伍尔夫的精神问题，研究者们挖掘出了疯癫与优雅之间的神秘联系。在中国接受者眼中的伍尔夫有很多面，但每一面都指向纯洁与诗意，而政治性、革命性的伍尔夫则是从未深入涉足的领域。

三 文学误读与文化过滤：伍尔夫形象的中国接受

如果说20世纪初期中国伍尔夫接受受到了英语学界的影响，仅仅关注到了伍尔夫小说中的技术革新，80年代后的中国伍尔夫研究并没有接受同一时期英语世界对伍尔夫形象的革命性颠覆，那么伴随着第二次女权主义浪潮兴起的对伍尔夫的重新定位与评价为什么在中国没有引发强烈的回响呢？如今依然优雅、纯洁的伍尔夫形象是经过了怎样的文化过滤而形成的呢？我们可以从杨莉馨指出的女性主义诗学初入中国的双重落差谈起。在杨教授看来"欧美女性主义文学批评实践与理论建构的繁荣与中国内地滞后15年之久的沉寂状态"[1] 形成了一重鲜明的落差，而在80年代中期"新方法热"的浪潮中"对女性主义的盲视甚至有意漠视，与借他山之石以攻玉背景下的众声喧哗"[2] 构成了第二重明显的落差。这双重落差在中国伍尔夫研究中同样存在，从杨莉馨关于双重落差的文化学阐释中，我们找到了造成这种过滤和缄默的原因。[3]

---

[1] 杨莉馨：《异域性与本土化：女性主义诗学在中国的流变与影响》，北京大学出版社2005年版，第32页。

[2] 杨莉馨：《异域性与本土化：女性主义诗学在中国的流变与影响》，北京大学出版社2005年版，第33页。

[3] 参见杨莉馨《异域性与本土化：女性主义诗学在中国的流变与影响》，北京大学出版社2005年版，第39—44页。下文四点成因分析均借鉴杨教授的观点。

首先，是接受群体的心理障碍，在中国，从普通读者到知识精英长期以来对"女权主义"这一概念存在着深刻的偏见和抗拒，戴锦华指出在女权主义思潮进入中国之初引发的是排斥、反感、惧怕与厌恶，"作为一种大众想象，女性主义/女权主义的形象是一些丑陋不堪而又张牙舞爪的女人"①。"权"字本身所带有的"寻求霸权而向男性发难"②的倾向不仅引发了男性知识分子的戒备和反感，也让一些希望在男性占主体的学术圈中生存的女性知识分子感到尴尬和不适。90年代之后中国学者普遍用更加温和的"女性主义"一词取代了"女权主义"的称呼，避免引发男性与女性研究者之间的激烈对抗和斗争，杨莉馨将这种术语的替换称为一种在学术圈内争取获得"生存权"③的策略。伍尔夫在其女性主义的小册子中所倾泻的愤怒显然不符合她"美艳明敏"的文学精英形象，为了调和这两者之间的矛盾，中国学者们开始致力于寻找伍尔夫的女权批评中能够中和男性与女性之间冲突的叙述，于是"雌雄同体"的文学观在中国研究者的阐释中不仅仅局限于文学创作的领域，更延伸至两性融合的平衡状态。研究者们用一种更易为中国读者所接受的方式来阐释伍尔夫的女性主义思想，弱化并过滤掉了她的论文中激进的成分，以免引发负面想象。

其次，中国知识界对女性主义本身存在着两种不同的误读，或是认为西方这种超前的女性意识（尤其是法国的女性主义）对20世纪末的中国社会来说是一种不合时宜的奢侈品，或是认为女性主义就等同于妇女解放，而这一问题早在新中国成立之初就在政治层面上得到了认可，因而中国并不存在女性主义的问题。第一种误读认为对于拨乱反正后面临着一系列更为重要的社会问题的中国来说，女性权益在这种社会语境中显得渺小而不值一提。五四时期男女合作、共赴国难的传统在新时期演变成为男女合作、共建小康社会的目标。90年代前许多女作家不愿因为自己的女性身份而被认为作品缺乏力度和深度，因而主张超越性别，希望在参与主流话语建构的过程中得到平等的对待。这群作家接受并喜爱伍尔夫的主要原因之一，就是她的女性批评文本从表面上看没有法国女性主义批评的颠覆态

---

① 戴锦华：《犹在镜中》，知识出版社1999年版，第136页。
② 杨莉馨：《异域性与本土化：女性主义诗学在中国的流变与影响》，北京大学出版社2005年版，第39页。
③ 杨莉馨：《异域性与本土化：女性主义诗学在中国的流变与影响》，北京大学出版社2005年版，第40页。

度，她对女性职业的思考体现出了一种更为积极的入世态度。在《女人的职业中》伍尔夫指出女性拥有自己的房间和足够的金钱只是自由的开始，"屋子是你们的，但它仍然空空如也，需要给它布置家具，装修一新；还需要有人共同分享。你们如何布置家具？怎样装修？和谁分享？条件是什么？这些问题我认为是最重要，最有意义的"[1]。中国的女性作家和研究者们选择了与男性分享，而条件则是获得主流价值体系的认可。在这一选择的过程中，伍尔夫的形象也被放置在更符合阅读期待的合作者的位置。

另一种误读则盲目乐观地认为妇女解放在中国早已实现，女性主义在中国是一个伪命题。瞿世镜在《论小说与小说家》的增补本前言中说："我觉得新中国成立之后，整个社会发生了翻天覆地的变化。人民政府封闭了所有的妓院，帮助那些受迫害的阶级姊妹们治好了性病，学会了劳动技能，组织了幸福家庭。我们无比自豪地宣称：旧社会把人变成鬼，新社会把鬼又变成了人！女性进大学，当干部，人们都习以为常。在我们这片土地上，性别歧视似乎不复存在。"[2] 既然新社会已经从制度上保证了女性的权力，那么再去争取权力似乎成为无稽之谈。而瞿先生在改革开放后的中国社会发现的一些"次要的支流"[3]，时常见诸报端的"拐卖妇女、逼良为娼、包养二奶的新闻"[4] 坚定了他翻译《一间自己的房间》的决心。这种现象正如同旧社会的沉渣泛起，需要男性批评家们再次义愤填膺地解放女性，拯救她们于水火之中。

再次，中国的妇女解放运动和西方女权主义运动之间存在着显著差异。杨莉馨指出，西方女权运动建立在个人主义的传统之下，是在"女性群体自觉反思父权文化对自身的压迫"[5] 中产生的，两性之间二元对立的冲突形式是其基本的学术架构，而中国的传统文化中并不将性别作为区分的标准，无论是男性还是女性都被纳入到人伦关系的系统之中，"以关系而不是个体为本位"，因而"性别难以构成社会身份的中心"[6]。由此可见

---

[1] ［英］弗吉尼亚·伍尔夫：《女人的职业》，肖宇译，引自《伍尔芙随笔全集》Ⅲ，中国社会科学出版社2001年版，第1371页。

[2] 伍尔夫：《论小说与小说家》，瞿世镜译，上海译文出版社2000年版，第393页。

[3] 伍尔夫：《论小说与小说家》，瞿世镜译，上海译文出版社2000年版，第393页。

[4] 伍尔夫：《论小说与小说家》，瞿世镜译，上海译文出版社2000年版，第393页。

[5] 杨莉馨：《异域性与本土化：女性主义诗学在中国的流变与影响》，北京大学出版社2005年版，第41页。

[6] 杨莉馨：《异域性与本土化：女性主义诗学在中国的流变与影响》，北京大学出版社2005年版，第41页。

在中国传统文化中个人主义精神始终是缺席的。此外在中国近代以来的精神文化领域中,"男性启蒙者与女性被启蒙者的既定关系模式"[①] 始终存在。在五四时期,女性解放作为"人的解放"的一部分被提出,在新中国成立初期,中国妇女就在一系列政策方针的规定下获得了解放,而在新时期女性面临着被物化的危险时,依然有男性来推进解放的进程。杨教授指出:刘思谦认为"中国有史以来从未发生过自发的、独立的妇女解放运动,妇女的解放从来都是从属于民族的、阶级的、文化的社会革命运动"[②]。性别对抗意识的模糊、女性自我意识的弱化乃至消解,男女结盟的近代传统都使中国女性不能毅然决然地标榜性别的差异,被恩赐的解放超越了女性自身觉醒的速度,因而中国女性也止步于物质层面解放的表象,并对女权主义的称呼敬而远之。[③] 在《女人的职业》中,伍尔夫指出:"异性及其传统的眼光给她们设置了极大的障碍,我相信这是女作家们的普遍经历。因为虽然男人明智地允许自己在这些方面享有巨大自由,但在女人享有同样的自由时却严加挞伐,这样的态度我怀疑他们根本意识不到,控制不了。"[④] 如果说中国一些男性研究者对伍尔夫的批评并不能摆脱男性价值立场的主导观念,中国的大部分女性研究者自己也意识不到、控制不住地去使用男性主导的话语体系来重塑伍尔夫的形象。那么纯洁、空灵、优雅这些符合男性期待的女性特质也成为女性研究者们所认可的标准。

最后,还有一个非常重要的因素深刻地影响了中国研究者对伍尔夫形象的接受,那就是在"文化大革命"结束初期人们对"带有政治色彩的事件与理论怀有一种本能的抗拒与疏离"[⑤]。1988年瞿世镜编选的国外伍尔夫研究的译介成果,兼收了国外批评家从20世纪20年代到80年代有关伍尔夫的评论文章,却并未收录自70年代起就在英语世界掀起了广泛争议的、探讨伍尔夫女权主义思想的论文。在中国译介者的眼中,更为重要的是伍尔夫不掺杂任何政治因素的小说作品,而不是可能与政治性挂钩

---

① 杨莉馨:《异域性与本土化:女性主义诗学在中国的流变与影响》,北京大学出版社2005年版,第41页。
② 刘思谦:《关于中国女性文学》,《文学评论》1993年第2期,第67页。
③ 参见杨莉馨《异域性与本土化:女性主义诗学在中国的流变与影响》,北京大学出版社2005年版,第44页。
④ [英]弗吉尼亚·伍尔夫:《女人的职业》,肖宇译,引自《伍尔芙随笔全集》Ⅲ,中国社会科学出版社2001年版,第1370页。
⑤ 杨莉馨:《异域性与本土化:女性主义诗学在中国的流变与影响》,北京大学出版社2005年版,第44页。

的女权文本，因而在选择译介的作品时过滤掉了不符合伍尔夫高雅形象的研究成果。

中国学术界在80年代重新开始对现代主义的作品展开研究，不仅是为了接续起20世纪上半叶被中断的外国文学研究，在很大程度上也是因为西方现代主义文学重视个体心理感受，远离政治性的纷扰，而以意识流小说在中国闻名的伍尔夫，更是不食人间烟火的政治绝缘体。新时期中国研究者对伍尔夫的喜爱与她曾经被认定的远离政治的形象密切相关，因此研究者们在接受伍尔夫的作品和观念时，也自觉地维护着伍尔夫"纯洁"的天使形象。这种对伍尔夫精神与灵魂的强调至今依然影响着国内伍尔夫研究和译介的方向。尽管女性主义者伍尔夫在国内已经得到了越来越多的阐发，但我们发现这一研究领域依然局限于理论探讨的层面，伍尔夫的女性作品并没有影响她作为非政治性作家的地位和声誉，女性主义在中国接受者的过滤、误读中和伍尔夫高雅迷人的一面完美地结合在了一起。目前已经被翻译成中文的五部伍尔夫传记的共同特点就是将伍尔夫视为一位富有魅力的、脱离政治纷扰的女性作家，而赫米奥尼·李等女性传记家的作品却未能获得国内学界的关注。这些站在女性主义角度阐释伍尔夫生平及作品的传记在英语世界享有很高的声誉，然而她们的研究都在不同程度上打破了国内学术界对伍尔夫的定位和期待，因而始终处于寂寂无闻的境地。

伍尔夫的女性主义思想在中国的接受与英语世界的伍尔夫女性主义研究在时间和关注点上的双重落差，是中国民众对"女权主义"一词的警惕与反感、中国知识界对女权主义的误读、中国的妇女解放运动与西方女权运动的天然差异以及新时期研究者拒斥"政治性"，拥抱"科学性"的理论倾向共同作用下的产物。[①] 在传统的、历史的、社会的和个人的文化过滤与文学误读共同影响下，一位"美艳明敏"的纯洁天使——中国版弗吉尼亚·伍尔夫诞生了。

第三节　中国与英语世界的伍尔夫文学批评研究

写作艺术很难，不涉及个人、无私心的批评家的评价在任何时候都会

[①] 参见杨莉馨《异域性与本土化：女性主义诗学在中国的流变与影响》，北京大学出版社2005年版，第47页。

是最有价值的。谁不愿把家里的茶壶典押出去以便跟济慈谈一小时的写诗法或跟简·奥斯汀谈一小时的小说艺术呢？

——弗吉尼亚·伍尔夫《评论》①

　　伍尔夫不仅是一位多产的批评家，她对批评的本质和目的也有大量独到的思考。正如霍尔特比1932年指出的，伍尔夫是以一位批评家和散文家的身份开始自己的写作生涯的。1904年，她在《卫报》上发表了自己的第一篇评论文章，并在次年开始为《泰晤士报文学增刊》撰稿。当她向威廉姆斯博士的图书馆申请读者入场券时，她将自己的身份描述为一名新闻工作者。伍尔夫的非小说类作品绝不是一种简单的利益驱动的产物或是一种次等的写作消遣，她的一生都保持着对评论、批评、阅读和散文写作的热爱。伍尔夫的批评文本自身不仅可以用来反思某些文学理论模式的缺陷，她的批评理念也为近年来英语世界新的文学批评方法论的产生和完善做出了贡献。正如迈克尔·考夫曼所言："尽管批评家们过去总是漠视伍尔夫的批评贡献，认为她的文学批评是肤浅的和老派的印象主义式的，如果对她的批评作品加以正视，就会发现伍尔夫的批评观点和态度实际上是富于革命性的。她将批评的权力交到读者手中，废除了文学新闻学的需求，并在数十年前就了预示了读者反应批评的出现。"②

　　在早期英美批评家看来，伍尔夫的文学批评没有任何理论建树。不过伍尔夫在其文学批评中的诸多主张却和中国传统的文学批评有暗合之处。但在西方文学批评理论影响下的国内学界，对伍尔夫不成体系的文学批评并没有较多的关注。伍尔夫的大量批评作品作为随笔被翻译成中文后获得了读者的喜爱，可是并没有批评家真正严肃地将伍尔夫的这些批评之作视为文学批评来看待，只是认为她的随笔中不乏真知灼见和智慧闪光。相较于对伍尔夫小说作品的密切关注，中国研究者对待伍尔夫的文学批评缺乏更为深入的思考。在众多伍尔夫非小说类作品的中译本中，我们只能看到"读书笔记""散文精选""随笔全集"这样的版本，却没有一部选本对伍尔夫的文学批评作品进行系统的整理。中国学界和早期英语世界对伍尔夫

---

① [英]弗吉尼亚·伍尔夫：《评论》，张禹九译，引自《伍尔芙随笔全集》Ⅱ，中国社会科学出版社2001年版，第935页。

② Michael Kaufmann, "VW's *TLS Reviews* and Eliotic Modernism", in *Virginia Woolf and the Essay*, eds. Beth Carole Rosenberg and Jeanne Dubino, Basingstoke: Macmillan, 1997, p.149.

文学批评的漠视都基于这样的因素：缺乏体系和理论建构。本节笔者将对英语世界关于伍尔夫文学批评的两种不同态度进行阐述，同时对中国伍尔夫文学批评的接受进行考察，并在此基础上分析伍尔夫式文学批评与中国传统文学批评在对待语言和理论建构问题上的相契之处，探究这两种文学批评背后存在的深层差异。

一 印象式批评与"中庸之道"

1932年，霍尔特比在谈到伍尔夫的文学批评时就指出：作为一个写过许多文学批评作品的评论家，伍尔夫并没有建立自己的批评体系，没能为文学批评今后的发展走向下定论、做引导，也缺乏与任何正统批评学派之间的联系。她的随笔书评轻快随意，结集后又充满了琐细的矛盾。[1] 因而在她看来，伍尔夫远称不上文学批评家，而不过是写过一些批评性散文的小说家。霍尔特比的这一观点代表了30—50年代英语世界对伍尔夫文学批评的主流态度。在英美新批评影响下的英语学界，伍尔夫缺乏理论建构的主观印象式批评无疑不具有深入研究的价值。

1942年，路易斯·克罗南伯杰在《作为批评家的弗吉尼亚·伍尔夫》一文中列举了当时的评论界对伍尔夫文学批评普遍的冷淡态度：E. M. 福斯特在里德讲座上谈到伍尔夫的批评作品时就说了两三句话，戴希斯在他长达157页的伍尔夫研究中只花了12页的篇幅简略地提到了伍尔夫的文学批评。之所以批评家对她的文学批评态度冷淡，是因为"弗吉尼亚·伍尔夫没有从任何方面改变批评的面貌，没有拓展批评的疆界，也无法吸引能够继承其批评的信徒"[2]。在克罗南伯杰看来，伍尔夫既不是一个批评的革新者，也不是一位真正的批评家。伍尔夫所擅长的并不是系统的、理性的批评，她本人也不具备非凡的思想力量。除了极少数的批评文章《现代小说》、《本内特先生与布朗夫人》之外，伍尔夫的文学批评都不具有太大价值，而这些少数的作品看上去也仅局限在捍卫自己写作中的创新观点。"伍尔夫更像是一个暗示性的评论者，而不是一个系统性的批评家。"克罗南伯杰认为伍尔夫"很少用一种纯粹批评性的方式来对待文学作品，

---

[1] 参见 Winifred Holtby, *Virginia Woolf: A Critical Memoir*, London: Continuum UK, 2007, pp. 37-38。

[2] Louis Kronenberger, "Virginia Woolf as Critic", in *Virginia Woolf: Critical Assessments*, Vol. 2, ed. Eleanor McNees, Sussex: Helm Information Ltd., 1994, p. 101.

对她同时期产生的文学作品,她的回应像一个作家,而对于过去的作品,她的反应在很多情况下都像一个读者"①。因而对当时的文学批评家而言,伍尔夫只是一个天生的好读者,而不是一个合格的批评家。徒具写作风格而不具备理论素养的伍尔夫在 20 世纪上半叶的英语世界,从未被认真地看作文学批评家。

这种被忽视的状况在 60 年代得到了改观,1965 年,马克·戈德曼在《美国现代语言学协会会刊》上发表了一篇重要论文《弗吉尼亚·伍尔夫与作为读者的批评家》。文中第一部分"读者与批评家"中,戈德曼用实例回顾了伍尔夫的文学批评在学术界的研究境况:贺拉斯·格雷戈里认为伍尔夫是一位正义的、讨人喜爱的随笔作家,然而他却忽视了伍尔夫作为一位文学批评家的真正价值。在格雷戈里看来:"只有当她的批评伴随着对文学形象的描绘同时出现时,才让人有如在目前的信服感。而当这种描绘不复存在时,当她的批评采取论辩的形式时,那种启发就消失了,我们只听到了一些小钟的回响。"②戴安娜·特里林同样也对伍尔夫随笔中体现出的唯美主义和主观性的倾向提出了自己的质疑,"艺术,伍尔夫夫人觉得,必须要脱离对物质事实的依赖,也绝不能被普通人的共同命运所束缚。它必须创造并赞美一种高于'现实'的美"。而这样一位片面追求美的艺术家,在特里林看来是"一个文学评论员而不是一个批评家,更像是一位古文物研究者而非文学分析者"③。伍尔夫的才能不过局限于根据只言片语再现一位鲜为人知的人物的阶段,却显然没有完整理解一位伟大作家的能力。无论之前的研究者对伍尔夫其他作品所持态度如何,从未有人真正严肃地看待伍尔夫的文学批评。戈德曼指出:"印象主义的幽灵,对帕特—王尔德主观性污点的继承,始终萦绕在现代批评家的想象中,而隐藏在科学的客观性现代批评理念背后的,是对印象主义和主观性的恐惧。"④

---

① Louis Kronenberger, "Virginia Woolf as Critic", in *Virginia Woolf: Critical Assessments*, Vol. 2, ed. Eleanor McNees, Sussex: Helm Information Ltd., 1994, p. 102.
② Mark Goldman, "Virginia Woolf and the Critic as Reader", in *Virginia Woolf: Critical Assessments*, Vol. 2, ed. Eleanor McNees, Sussex: Helm Information Ltd., 1994, p. 106.
③ Mark Goldman, "Virginia Woolf and the Critic as Reader", in *Virginia Woolf: Critical Assessments*, Vol. 2, ed. Eleanor McNees, Sussex: Helm Information Ltd., 1994, p. 106.
④ Mark Goldman, "Virginia Woolf and the Critic as Reader", in *Virginia Woolf: Critical Assessments*, Vol. 2, ed. Eleanor McNees, Sussex: Helm Information Ltd., 1994, pp. 106-107.

为了驳斥这些雷同的观点，戈德曼回顾了英美新批评的先驱 T. S. 艾略特的现代批评杰作《圣林》，指出艾略特本人在这本书中并不是一味地反对艺术审美或是印象主义批评，而是试图"中和印象主义或'艺术鉴赏'和所谓的'智性'批评"①。在《圣林》中，艾略特否定了将思维与情感分裂的做法，他所持的态度和伍尔夫关于批评功能融合的观点在戈德曼看来是十分接近的。在伍尔夫的文学批评中，戈德曼发现了相似的"中庸之道"（via media），这条取中之路希望能够在理智与情感、理性与感性、个体批评和非个人化批评中寻求一种创造性的平衡。戈德曼认为，"在否认所谓客观与主观的文学批评两分法的同时，伍尔夫式的印象主义批评获得了一种批判的客观性，甚至是一种结构"②。为了证明新批评与伍尔夫的文学批评并非水火不容，戈德曼又搬出了新批评的另一领军人物艾伦·泰特，指出泰特在他新论文集的前言部分也强调"维护批评家观点的重要性，这种观点自身就能产生出最优秀、最诚挚的文学批评"③。泰特意识到自然科学对文学批评的影响导致人们认为如果一个文学观点没有必要的理论支撑的话，就必然落入了印象主义的窠臼，这是他并不愿意看到的现象。在理论没有产生之前，文学批评活动一直在进行，泰特希望，批评家的个人观点能够得到认可，那种已经延续数百年的批评实践能够再一次获得其应有的地位。

在戈德曼看来，伍尔夫正是在实践艾略特和泰特所提倡的那种融主观与客观于一体的文学批评。他引用伍尔夫关于父亲的回忆："读书是因为你喜欢所读之书，永远不要假装欣赏你所不欣赏的东西——这就是在阅读艺术上他给我上的唯一一课。用尽可能少的词汇，尽可能清晰地精确表达你的意思——这是关于写作艺术他给我上的唯一一课。"④ 这一课让伍尔夫终身受益。在她的批评作品《我们应当怎样读书？》中，伍尔夫鼓励读者"不要听取任何建议，而只需依据自己的直觉，运用自己的理性，得出

---

① Mark Goldman, "Virginia Woolf and the Critic as Reader", in *Virginia Woolf: Critical Assessments*, Vol. 2, ed. Eleanor McNees, Sussex: Helm Information Ltd., 1994, p. 107.

② Mark Goldman, "Virginia Woolf and the Critic as Reader", in *Virginia Woolf: Critical Assessments*, Vol. 2, ed. Eleanor McNees, Sussex: Helm Information Ltd., 1994, p. 107.

③ Mark Goldman, "Virginia Woolf and the Critic as Reader", in *Virginia Woolf: Critical Assessments*, Vol. 2, ed. Eleanor McNees, Sussex: Helm Information Ltd., 1994, p. 107.

④ Mark Goldman, "Virginia Woolf and the Critic as Reader", in *Virginia Woolf: Critical Assessments*, Vol. 2, ed. Eleanor McNees, Sussex: Helm Information Ltd., 1994, p. 107.

属于自己的结论"①。戈德曼将伍尔夫的文学批评与她父亲莱斯利·斯蒂芬关于批评功能的看法进行对比，发现即使像斯蒂芬那样实证性的头脑，也为批评家的情感反应保留了一席之地。在《一位批评家对批评的思考》中，斯蒂芬指出一位批评家应该具备的首要素质就是生动和原创性的情感，如果没有这种感受力，那么这个人的评判就不值一读。戈德曼认为，伍尔夫在她的文学批评中所树立起的理念在"情感反应、印象、创作经验和理性阐释与评价中形成了一种创造性的张力"②，而这一张力又建立在形式的基础和传统的标准之上。

之前的研究者认为伍尔夫的印象式批评是一种缺乏理性和判断力的体现，在戈德曼看来，对读者来说最困难的任务就是比较和判断。要想确认一本书的质量，决定其最终的价值，一个人必须要"培养他的品位，不仅仅要带着洞察力和想象力进行创造性的阅读，还要批判性的阅读，要依据其内在的法则和伟大的传统来评估一部作品"③。戈德曼认为，这一融创造性和批判性阅读为一体的模式，正是伍尔夫最终的评价标准。在第二部分"有意味的形式"中，戈德曼提到了伍尔夫另一篇文学批评《论小说的重读》。在这篇文章中，伍尔夫对珀西·卢鲍克的作品《小说的技巧》提出了自己的质疑，伍尔夫并没有否定卢鲍克对形式的强调，但伍尔夫反对他对形式的粗浅定义，认为形式问题"不仅仅是一个有关词语的问题，其深度超过了词语，而直抵阅读过程的本身"④。在伍尔夫看来，"形式"不是一种视觉模式，而是一种情感模式，"'书的本身'并不是你所看到的形式，而是你所感觉到的激情，作者的感觉越强烈，它用文字表达出来的东西就会因为没有瑕疵或缺陷而更加精确"⑤。戈德曼引入了伍尔夫两位布鲁姆斯伯里集团的老友罗杰·弗莱和克莱夫·贝尔共同确立的美学观念来阐释伍尔夫对"形式"问题的理解。在弗莱的推动下，克莱夫·贝

---

① [英] 弗吉尼亚·伍尔夫:《我们应当怎样读书?》，李寄译，引自《伍尔芙随笔全集》I，中国社会科学出版社 2001 年版，第 466 页。

② Mark Goldman, "Virginia Woolf and the Critic as Reader", in *Virginia Woolf: Critical Assessments*, Vol. 2, ed. Eleanor McNees, Sussex: Helm Information Ltd., 1994, p. 109.

③ Mark Goldman, "Virginia Woolf and the Critic as Reader", in *Virginia Woolf: Critical Assessments*, Vol. 2, ed. Eleanor McNees, Sussex: Helm Information Ltd., 1994, p. 110.

④ [英] 弗吉尼亚·伍尔夫:《论小说的重读》，张军学、邹枚译，引自《伍尔芙随笔全集》II，中国社会科学出版社 2001 年版，第 737 页。

⑤ [英] 弗吉尼亚·伍尔夫:《论小说的重读》，张军学、邹枚译，引自《伍尔芙随笔全集》II，中国社会科学出版社 2001 年版，第 738 页。

尔在1914年的《艺术》一书中提出了"有意味的形式"这一概念，（1909年，弗莱在《美学随笔》一文中也提出了类似的观点）。两位艺术批评家将他们"有意味的形式"这一概念建立在艺术作品能够表达"审美情绪"的基础之上，由于这种情绪是对一种有意味的关系模式和作品形式的反应，反过来这样的形式也是对一种理念或情绪的完美的整体表达。戈德曼指出，伍尔夫和贝尔一样，一方面试图避免"情感谬误"；另一方面也努力避免"意图谬误"[1]。因而在伍尔夫的文学批评中，她坚持强调形式所具有的情感意义，并反对形式与内容的两分法。伍尔夫对卢鲍克视觉形式的质疑正是因为她认为小说应该具备情感结构，应该在形式与情感之间寻求平衡。

如果伍尔夫既反对主观与客观的两分法，又反对形式与内容的两分法，那么伍尔夫想要确立的是一种怎样的文学批评呢？戈德曼给出了自己的回答：中庸之道。为了更好地理解伍尔夫的这种文学批评理念，戈德曼梳理了20世纪上半叶英语世界现代批评理论中几次主要的逻辑思辨。他认为现代批评中一次重要的论争最早源于T. E. 休姆和T. S. 艾略特之间的冲突。两人中一位坚定地信仰浪漫想象，一位则极力推崇古典的非个人化艺术。戈德曼认为，艾略特早期对非个人化、客体和传统的强调是为了解决柯勒律治式的主客体间的困境，"假装忽视关于表现的浪漫化理论，支持经典的传统论"[2]。而休姆和艾略特围绕浪漫想象和客观模仿的争论其实都是一种"传统的障眼法"[3]，他们真正想要回避的是以佩特、王尔德、西蒙斯为代表的印象主义（唯美主义）学派。与艾略特站在同一阵营的批评家们所面对的强劲敌手是来自意大利的美学家贝奈戴托·克罗齐，克罗齐的表现主义理论对形式主义者或新批评的学者所进行的文本分析发起了挑战，克罗奇的直觉说消解了形式与内容的二分法，捍卫了艺术家的直觉想象，同时也拒绝了现代批评中必不可少的分析模式。另一位批评家I. R. 理查兹强调对文学作品进行语言分析，为新批评派奠定了理论基础，但理查兹的文学心理学却为形式主义批评设置了路障。作为一个心

---

[1] 参见 Mark Goldman, "Virginia Woolf and the Critic as Reader", in *Virginia Woolf: Critical Assessments*, Vol. 2, ed. Eleanor McNees, Sussex: Helm Information Ltd., 1994, p. 112。

[2] Mark Goldman, "Virginia Woolf and the Critic as Reader", in *Virginia Woolf: Critical Assessments*, Vol. 2, ed. Eleanor McNees, Sussex: Helm Information Ltd., 1994, p. 116.

[3] Mark Goldman, "Virginia Woolf and the Critic as Reader", in *Virginia Woolf: Critical Assessments*, Vol. 2, ed. Eleanor McNees, Sussex: Helm Information Ltd., 1994, p. 116.

理学家，理查兹在其早期作品中关注文学的治疗价值，将文学视作一种感知的方式而非了解的途径。在戈德曼看来，理查兹将关注艺术的情感价值和读者反应批评结合起来，把文学接受看得比文学作品本身还要重要，这样就在一定程度上破坏了艺术作品接近现实的自主性。[1] 而兰塞姆虽然指责理查兹的文学心理主义对客观作品的忽视，但是他自己对结构和文本的区分不仅没有解决形式与内容的两难困境，事实上还支持了它的存在。

有关现代批评的数次争论并没有逃脱或解决承自 19 世纪的模仿——表达、主观——客观之间的困境，即使是印象主义批评的模范瓦尔特·佩特也面临着同样的问题。戈德曼认为，作为佩特的现代追随者伍尔夫，就在通过自己的文学批评实践，试图寻找一条中庸之道来化解这一困境。佩特曾提出过一个著名的论断："所有艺术都不断渴望达到音乐的境界"[2]，这句话常常被视作唯美主义的极端例证。但在戈德曼看来，这个论断只是有机形式或表现形式观的另一个变体。佩特之所以诉诸音乐，是因为音乐是艺术中最抽象的表达方式，同时又为整体性，或者说是形式与内容的融合提供了最佳例证。从这个角度来看，佩特的艺术观预示了艾略特和伍尔夫的文学批评观，并预见了他们对思考与感受、理性与情感相结合的关注。只不过佩特的观点在唯美主义的大旗下很难得到更为深入的剖析。伍尔夫作为一位严肃批评家被忽视，是因为她选择了个体、情感经验与分析、评价、公正评判之间的一条中间道路。在那个更为严格和死板的年代里，批评家们主要由教师和专家组成，他们并不是有实践经验的艺术家或评论家，无法站在一个普通读者的角度进行评判，而是创造一套学院派的理论，自说自话。而体制之外的伍尔夫则本能地反对所有规范的和实证主义的批评，认为这些批评都是那些枯燥无味的学院派院士们炮制出来的，她本人对这些知识分子的态度是怀疑和轻蔑的。[3]

对于过度依赖抽象规律和法则的学院派批评家以及他们的评论，伍尔夫的怀疑逐渐增加。作为"局外人"，她很敏锐地意识到了自己创作过程中的审美发现和她在大部分文学评论中看到的肤浅结论之间有一道鸿沟。

---

[1] Mark Goldman, "Virginia Woolf and the Critic as Reader", in *Virginia Woolf: Critical Assessments*, Vol. 2, ed. Eleanor McNees, Sussex: Helm Information Ltd., 1994, p.116.

[2] Mark Goldman, "Virginia Woolf and the Critic as Reader", in *Virginia Woolf: Critical Assessments*, Vol. 2, ed. Eleanor McNees, Sussex: Helm Information Ltd., 1994, p.117.

[3] 参见 Mark Goldman, "Virginia Woolf and the Critic as Reader", in *Virginia Woolf: Critical Assessments*, Vol. 2, ed. Eleanor McNees, Sussex: Helm Information Ltd., 1994, p.117.

在她1933年8月16日的日记中，伍尔夫在谈到屠格涅夫的风格时说道："评论的困难在于它往往比较肤浅，而作者实际上挖掘得更深刻。屠格涅夫为波扎诺夫记日记：用他的观点来折射每一件事，而我们却只有这短短的250页纸可看，我们的评论只是对冰山尖顶的概观，其余部分则在水底下。我或许可以试试下面这种做法：行文较以往更零散，更少平稳。"① 在1940年9月17日的日记中，伍尔夫表示："伦敦图书馆的气氛使我的情感得到了发泄，令我讨厌所有的文学评论。这些文章耍弄小聪明，显示出乏闷空洞的机灵劲儿，企图证明——比如说吧，证明T.S.艾略特的评论没有×来得高明。难道文学评论全被那种空洞的氛围包围住了吗？"② 伍尔夫感到当时所流行的那种文学批评和学术兴趣只会导致专业群体和阅读大众之间致命的分离，而艺术家本人则夹在中间，既不信服专业评论者的观点，又得不到普通读者的正确认识。因而有着艺术家和批评家双重身份的伍尔夫就在她的批评中融进了对普通读者和文学普遍状态的广泛关注。

戈德曼指出："伍尔夫在她最好的批评作品中达到了极端抽象的科学主义和浪漫的印象主义之间的一种创造性平衡。正是这一点，让我们可以拒绝这种对伍尔夫的陈旧印象，即把她作为印象式批评的象征，作为颓废灵魂的最后一个苍白折射，这些意象都是由文学史家们杜撰出来的。"③ 戈德曼认为，T.S.艾略特在他的论文《批评前沿》中一改对印象主义强烈反对的态度，开始强调他所描述的"理解"以及"享受与理解"的关系，期望通过批评功能实现两者的融合，在兜兜转转一圈后绕回了伍尔夫式文学批评最重要的特点：在批评中实现主观与客观、形式与内容的创造性平衡或融合。④

马克·戈德曼从以往的批评家对伍尔夫批评理论的轻视谈起，这些陈旧观点认为伍尔夫的印象主义批评是不成体系、没有系统的，纯粹是一种

---

① ［英］弗吉尼亚·伍尔夫：《伍尔芙日记选》，戴红珍、宋炳辉译，百花文艺出版社2009年版，第167页。
② ［英］弗吉尼亚·伍尔夫：《伍尔芙日记选》，戴红珍、宋炳辉译，百花文艺出版社2009年版，第167页。
③ Mark Goldman, "Virginia Woolf and the Critic as Reader", in Virginia Woolf: Critical Assessments, Vol. 2, ed. Eleanor McNees, Sussex: Helm Information Ltd., 1994, p. 118.
④ 参见 Mark Goldman, "Virginia Woolf and the Critic as Reader", in Virginia Woolf: Critical Assessments, Vol. 2, ed. Eleanor McNees, Sussex: Helm Information Ltd., 1994, p. 119.

鉴赏而达不到文学批评的高度。而当时蔚然成风的新批评，斩断了作者意图（意图谬误）和读者情感（感受谬误）与作品文本之间的联系，秉承着作品本体论，把科学的评判作为文学批评的标准，而对印象式批评不屑一顾。英美新批评在 50 年代后期开始衰落，作者则在这一契机之下于 60 年代中期开始反思并重新评估伍尔夫的批评理论。

在文章中，我们看到了新批评的思想先驱艾略特的反思，同为新批评的代表人物休姆、理查兹、兰瑟姆、韦勒克等诸多批评家一一现身，或是表达其跳脱新批评的见解，或是质疑其对文学经典问题的解决方法。通过大量例证，戈德曼想向读者证明：即使新批评内部也有各种不同的声音，他们自身也意识到了用全然理性的方式来分析作品的弊端。通过对当时美学思潮，尤其是"有意味的形式"的解读，作者巧妙地让伍尔夫的批评作品具有了合理性。伍尔夫想要把握的正是一种形式与内容、主观与客观的中和，想通过这样一种融合来达到一种创造性的平衡。戈德曼要替伍尔夫正名，让英语世界的读者和批评家重新认识她的随笔批评。伍尔夫并不是一个不会思考、没有科学系统的批评能力的鉴赏家，而是清楚地意识到了学院派批评和真正的文学创作之间巨大的鸿沟，看到了这种貌似科学的批评实践的肤浅之处。文学作品不可能是自给自足的，它需要达到作家、作品、读者之间的互动和交流，而这正是新批评所极力避免的。伍尔夫的这种批评理论是对当时盛行的以客观理性为最高标准的文学批评的一种反拨。她通过建立与普通读者之间的联系，消弭学院派批评那种高高在上、自说自话的封闭的批评系统。

戈德曼的这篇论文以及他在 1976 年发表的专著《读者的艺术：作为文学批评家的弗吉尼亚·伍尔夫》，引起了英语世界对伍尔夫式文学批评的关注。1977 年，维佳·L. 萨尔玛（Vijay L. Sharma）也发表了专著《重新评价作为文学批评家的弗吉尼亚·伍尔夫》。英语世界的批评家们开始逐渐改变对伍尔夫文学批评的轻视态度，随着新的批评理论不断问世，伍尔夫的文学批评中对普通读者的重视被视作读者反应批评的先导，她对建构理论体系的排斥也成为女性主义批评家口中颠覆父权制话语体系、开创女性批评话语的壮举。在文化批评转向的当下，伍尔夫文学批评中的民主观念则得到了更多的关注。值得玩味的是，主张不要建立一套文学理论来禁锢文学批评实践的伍尔夫，却无法阻止不同文学理论对她的文学批评进行归类，她的文学批评本身的包容性也使这些阐释言之成理。尽管距戈德曼提出伍尔夫的"中庸之道"已有50余年，戈德曼对西方现代批评中主观与客观、形式与内容两难困境的思考依然具有现实意义，他在伍尔夫的文学批评中发现的中庸之道，依然值得我们深思。

二 伍尔夫批评随笔的中国接受

伍尔夫随笔作品在中国的接受可以追溯到1934年9月1日范存忠在《文艺月刊》第6卷第3期中刊登的译述文章《班乃脱先生与白朗夫人》，同年卞之琳翻译了《论俄国小说》，1943年冯亦代翻译了《论现代英国小说——"材料主义"的倾向与前途》（今译为《现代小说》）。这些译作是20世纪上半叶伍尔夫随笔译介成果的总和。关于伍尔夫现代小说理论的研究并没有出现。80年代初当伍尔夫研究在中国重新起航时，首先得到关注的依然是她的意识流小说。1986年瞿世镜翻译的论文集《论小说与小说家》是国内第一部伍尔夫随笔集，这部作品给当时的中国学者和作家带来了极大的冲击。陈思和1987年发表在《读书》上的文章《颤抖在时代的边缘上》就讲述了自己阅读这部作品集后的感受。女作家赵玫1990年的文章《在他们中穿行》中也提到自己读《论小说与小说家》之后意识到了撰写批评文章的重要性，在对自己未来的写作规划中提出了这样的要求："我第一应当超越女人的概念；第二就是我不仅仅应是写小说的，而且应当是写批评的。"[①] 然而无论是陈思和还是赵玫对伍尔夫的欣赏，都仅仅停留在对她的随笔作品的感性认识上，并没有将伍尔夫看作一位严肃的文学批评家。

1994年由刘炳善翻译的伍尔夫散文集《书和画像》是90年代较有代表性的一部随笔译作。在译序部分，刘炳善指出自己编译这部作品的目的是为了让读者"通过译本稍稍领略吴尔夫的散文之美"，她的散文语言"比她的小说更为平易、流畅、好懂"，"更富有自然之趣"，是"'印象主义'的散文"[②]。伍尔夫随笔的另一个特点就是"当她写到某一个作家，她总是把有关这个作家的传记材料连同自己读作品获得的印象融化在一起，为这位作家渲染、烘托出一幅生动的形象，读者看这种评论文章好像

[①] 赵玫：《在他们中穿行》，《外国文学评论》1990年第4期，第122页。
[②] [英] 弗吉尼亚·伍尔夫：《书和画像》，刘炳善译，生活·读书·新知三联书店1994年版，"译序"第12—13页。

是看着用印象派笔意所描绘的作家生平连续画"①。面对文学批评日益专业化、理论化的趋势,刘炳善呼吁中国的文学批评能够向伍尔夫借鉴,写的更为通俗易懂,更易被读者理解和接受。然而译者的建议仅仅停留在书中译序部分,没有得到国内文学批评界的重视,文学批评发展依然将理论性和系统性看作评价批评作品优劣的最高标准。

2001年伍尔夫去世60周年之际,中国社会科学出版社一举推出了4卷本的《伍尔芙随笔全集》,几乎囊括了伍尔夫所有的散文随笔作品。在这部译作的序言部分,编者告诉读者阅读伍尔夫的散文,"领略她飘荡飞逸的思绪、超凡脱俗的风华,是一次赏美之旅,一次智慧之旅"②。强调的依然是伍尔夫评论作品中的优美文风,并不认为伍尔夫的文学批评有更高的学术价值。与伍尔夫小说和女性主义批评研究经久不衰的热度相比,对伍尔夫的文学批评展开系统研究的著作至今在国内尚未出现。伍尔夫的普通读者观、现代小说观、小说理论、女性主义文学批评等是近年来研究者最常涉足的领域,却没有研究者将伍尔夫视作一位严肃的文学批评家,细致地考察她为数众多的批评作品。除高奋在《批评,从观到悟的审美体验——论弗吉尼亚·伍尔夫的批评思想》中对伍尔夫的文学批评从整体上进行了较为中肯的界定之外,国内有分量的伍尔夫文学批评研究的论文并不多见。

在《普通读者与大批评家》一文中,胡艺珊分析了国内学术界对伍尔夫文学批评保持冷漠的原因:"其一,在文体上,伍尔夫的文学批评文章是随笔或批评随笔,应归于散文之列。在文学体裁……中,散文是最不容易讨论的文体。其二,在批评方法上,伍尔夫的文学批评是印象批评,不成体系。在文学批评越来越'流派'和'主义'的批评话语中,印象批评不受理论的束缚,无章法和招式可依。……其三,面对着伍尔夫一百多万字的批评随笔,面对其批评随笔中所涉及的作家作品,我们在由衷地感慨伍尔夫知识之广博、视野之开阔的同时……有不着边际之感。"③胡艺珊的分析揭示了中国研究者对待伍尔夫文学批评的矛盾态度:喜爱、赞

---

① [英]弗吉尼亚·伍尔夫:《书和画像》,刘炳善译,生活·读书·新知三联书店1994年版,"译序"第13页。
② [英]弗吉尼亚·伍尔夫:《伍尔芙随笔全集》,乔继堂等主编,中国社会科学出版社2001年版,"代序"第6页。
③ 胡艺珊:《普通读者与大批评家——论伍尔夫文学批评随笔的印象性特征》,《东方论坛》2015年第6期。

美却不知所措。仿佛一块烫手山芋，让理论研究者无从下手，无法归纳为任何一种单一的批评模式。伍尔夫的文学批评让中国的研究者感到既亲切又陌生，在读到她的批评作品时常常有相见恨晚之感，在评论时却找不到合适的词汇来总结，只能"悠然心会，妙处难与君说"（张孝祥《念奴娇·过洞庭》）。为什么中国的研究者和读者对伍尔夫的文学批评感到熟悉而亲切，却又让她的文学批评在80余年的接受过程中始终处于十分冷清的境地呢？这就是笔者在以下两节试图探究的问题。

三　伍尔夫式文学批评与中国传统文学批评的同与异

要等到阅读的尘埃落定；等到印象间的冲突和疑问化解；散散步，聊聊天，摘去玫瑰上枯萎的花瓣，或者去睡上一觉。然后，突然在不经意间——大自然就是以这种方式转折过渡的——先前读过的书就会重新浮现在眼前。但书已不同于前，这一次，读过的书会以一个整体浮现脑际。
——弗吉尼亚·伍尔夫《我们应当怎样读书？》①

俯拾即是，不取诸邻。俱道适往，著手成春。如逢花开，如瞻岁新。真予不夺，强得易贫。幽人空山，过水采蘋。薄言情晤，悠悠天钧。
——司空图《二十四诗品·自然》②

请记住，我们至多只是在构建一套很可能一两年之内就被他本人推翻的理论。
——弗吉尼亚·伍尔夫《福斯特的小说》③

1937年4月12日，伍尔夫在BBC发表了一篇演说，演说的总题目叫"言不尽意"，这篇稿件后以《技艺》（或译为《工艺》）为名发表。伍尔夫的文学批评理论与中国传统文学批评的相契之处，就要从"言不尽意"这个词谈起。曹顺庆先生在谈到中国文论话语规则时，提到了一条重要的"以'道'为核心的意义生成和话语言说方式"④，其中的主要规则之一就是"言不尽意"。曹先生指出："意义的传达有不同的层面。我们

---

① [英]弗吉尼亚·伍尔夫：《我们应当怎样读书？》，李寄译，引自《伍尔芙随笔全集》Ⅰ，中国社会科学出版社2001年版，第475页。
② 司空图：《二十四诗品》，罗仲鼎、蔡乃中注，浙江古籍出版社2013年版，第39页。
③ [英]弗吉尼亚·伍尔夫：《福斯特的小说》，肖宇译，引自《伍尔芙随笔全集》Ⅲ，中国社会科学出版社2001年版，第1308页。
④ 曹顺庆、王庆：《中国文学理论的话语重建》，《文史哲》2008年第5期。

的语言可以满足日常生活的交流,但当上升到宇宙本原的'道'的层面的时候,它却是如此的苍白。"[1] 而伍尔夫在《工艺》一文中反对的恰恰是当时的英语语言协会想要将英语纯洁化、实用化,并将词语意义固定下来的做法。在伍尔夫看来语言有表达有用陈述的一面,但语言更重要的则是其"无用"的一面,"词语的本质就是表达多重意义","一旦我们像现在这样将它们一一分开,逐个强调含义,它们就不真实了;我们也不再真实,变成了专家、词语贩子、词组学究,而不是读者。我们阅读时必须让那些隐含的意义深藏不露,只去意会,不去言传"[2]。伍尔夫认为暗示性是词语最神秘的特性之一,一旦"词语被固定后,就敛翼而亡了"[3]。她心目中的词语是"所有事物中最放任、最自由、最不负责任、最教不得的"[4]。词语可以按照字母顺序排列并放进字典中,然而词语的意义却不能机械地从字典中获取,因为"词语并不生活在字典中,而是在人们心中。……想想我们不是经常在需要表达感情时,却发现词不达意吗?"[5]

如果意义不可言说,不可准确传达,那么怎样才能表达自己的观点呢?中国传统的话语言说方式中既有从"无"出发的"无中生有"的途径,也有从"有"出发的"立象尽意"的方法。《周易·系辞上》有言:"子曰:书不尽言,言不尽意,然则圣人之意其不可见乎?子曰:圣人立象以尽意。"[6] 中国传统诗词和文学批评中不乏立象尽意的实例,当作者的情感和看法无法用语言直白地传达时,他们往往会借助具体的意象来表达自己的心境,同时留给读者无尽的想象空间。贺铸的《青玉案》写闲愁,是"一川烟草,满城风絮,梅子黄时雨"[7],无一字写惆怅,满腹情绪却尽在意象之中。刘勰的《文心雕龙·风骨》中谈到"气之清浊有体"

---

[1] 曹顺庆、王庆:《中国文学理论的话语重建》,《文史哲》2008年第5期。
[2] [英]弗吉尼亚·伍尔夫:《工艺》,肖宇译,引自《伍尔芙随笔全集》Ⅲ,中国社会科学出版社2001年版,第1339页。
[3] [英]弗吉尼亚·伍尔夫:《工艺》,肖宇译,引自《伍尔芙随笔全集》Ⅲ,中国社会科学出版社2001年版,第1343页。
[4] [英]弗吉尼亚·伍尔夫:《工艺》,肖宇译,引自《伍尔芙随笔全集》Ⅲ,中国社会科学出版社2001年版,第1341页。
[5] [英]弗吉尼亚·伍尔夫:《工艺》,肖宇译,引自《伍尔芙随笔全集》Ⅲ,中国社会科学出版社2001年版,第1341页。
[6] 曹顺庆主编:《中华文化原典读本》,北京师范大学出版社2014年版,第27页。
[7] 谭新红、王兆鹏:《唐宋词名篇导读》,长江文艺出版社2005年版,第169页。

时，就用翚翟和鹰隼的意象来帮助读者理解"文气"："夫翚翟备色，而翾翥百步，肌丰而力沉也；鹰隼乏采，而翰飞戾天，骨劲而气猛也。"① 中国传统文学批评讲求寻象以观意，伍尔夫的文学批评则在评判某部作品或某位作家时，运用印象式描绘的方式，让读者仿佛身临其境地看见并触摸到了作者和作品本身。

在评论德·昆西时，伍尔夫说："他的长处在于他善于隐晦地描写阔大而笼统的幻象——看不到细节的景致，分不清五官的脸庞，午夜或夏日的清幽，奔逃人群的骚动和凄惶，时起时伏的伤痛——绝望中伸向天空的手臂。"② 谈到梅瑞狄斯的长篇小说时，伍尔夫描述道："整页整页都是挣扎和痛苦，整句整句晦暗无光。然而，正当我们要放下书本的时候，突然间火箭轰然升上天空，整个场景照得通亮。许多年之后，人们想起这本书，想到的便是这突如其来的辉煌的一刻。"③ 至于皮尔索尔·史密斯先生精选集中爱默生的散文，在伍尔夫看来则"像熟透了的果子一样落到我们手中，对整棵树丝毫没有损害。……它是什么呢？某种光秃、空洞、熠熠闪光的东西——某种缺乏分量、不堪一击的东西"④。当我们合上书页时，还能想起德·昆西伸向天空的手臂，梅瑞狄斯火箭般灵光一现的段落和爱默生熟透了的果子般的散文。伍尔夫用各种意象让读者迅速领会了某部作品和某位作家的精髓。这种印象式的批评方式，在当时力图排除感受谬误和意图谬误的英美批评界成为诟病的对象。

中国传统文学理论中以"道"为核心的表意方式，"从言说者来讲是'言不尽意'，从表达方式来讲是'无中生有'与'立象尽意'，从接受者来讲就是'得意忘言'"⑤。"得意忘言"对中国读者来讲是一种十分亲切的审美感受，陶渊明《饮酒》（其五）"此中有真意，欲辨已忘言"的境界与许多阅读者产生了共鸣。无独有偶，伍尔夫在《言不尽意》中也请求读者停一停，"暂时陷入无意识状态"，因为在人类无意识时，语言

---

① 刘勰：《文心雕龙》，王志斌译注，中华书局2012年版，第524—526页。
② [英] 弗吉尼亚·伍尔夫：《德·昆西的自传》，李寄译，引自《伍尔芙随笔全集》Ⅰ，中国社会科学出版社2001年版，第349页。
③ [英] 弗吉尼亚·伍尔夫：《乔治·梅瑞狄斯的长篇小说》，李寄译，引自《伍尔芙随笔全集》Ⅰ，中国社会科学出版社2001年版，第441页。
④ [英] 弗吉尼亚·伍尔夫：《英语散文》，江远、戚小伦译，引自《伍尔芙随笔全集》Ⅳ，中国社会科学出版社2001年版，第1818页。
⑤ 曹顺庆、王庆：《中国文学理论的话语重建》，《文史哲》2008年第5期，第9页。

就有了隐私,"我们的黑暗就是它们的光明……有了暂停,有了黑色面纱,词语就能凝集起来,很快地缔结连理,去创造完美的意象和永恒的美"①。伍尔夫指出:"试图用语言对第一印象进行归纳是徒劳的,就如同解释一种身体的感觉——浪的冲刷、风的吹拂、豆田的气味一样,徒劳无益。第一印象的传达靠的是在耳之言,靠的是速度,靠的是静止。"② 伍尔夫所强调的无意识状态下的审美观照,正是排除了逻辑语言的干扰而沉浸于完美意象与永恒之美中的体验。

曹顺庆先生指出,由言、象、意向"道"逼近的领悟过程是中国传统话语理论的重要基础之一。在"立象尽意"的言说方式中,言与意之间有"象"作为中介,就产生了"弹性的诗意空间"。而西方"逻各斯"则只包含了理性与言说两层含义,并没有给"象"以生存的空间,而是将刚性的逻辑关系视为话语生成的基础。③ 在西方的逻辑思维体系中,伍尔夫这种印象式的批评方式显得缺乏逻辑和理性,因而自其问世之初就饱受争议。当女性主义批评家,尤其是受法国女性批评影响的研究者们声称伍尔夫的批评实践颠覆了逻各斯中心主义的父权制话语体系时,在某种程度上正是因为伍尔夫没有遵循西方公认的"科学"话语基础,才给"象"留下了位置。而当我们将法国女性主义批评追溯到波伏娃,再进一步追溯到存在主义、海德格尔时,我们恰恰发现了中国哲学,特别是道家思想的潜在影响。

诗意空间是伍尔夫在文学创作和文学批评中极力维护的领域。在英语世界早期的伍尔夫评论中,批评家们几乎无一例外地提到了伍尔夫全部作品中所透露出的诗性本质。E. M. 福斯特在里德讲座上称"她属于诗的世界……她不愿跃入日常生活的溪流,她本来也不应该跳进去"④。霍尔特比则紧紧抓住伍尔夫的诗性特征,用这一特点来回击30年代的批评家对伍尔夫小说的攻击。不过无论福斯特还是霍尔特比,都无法跳脱出逻各斯中心主义的思维方式,给予伍尔夫的文学批评足够的重视。伍尔夫的文学

---

① [英] 弗吉尼亚·伍尔夫:《工艺》,肖宇译,引自《伍尔芙随笔全集》III,中国社会科学出版社2001年版,第1343页。
② [英] 弗吉尼亚·伍尔夫:《康格里夫的喜剧》,张军学、邹枚译,引自《伍尔芙随笔全集》II,中国社会科学出版社2001年版,第625页。
③ 参见曹顺庆、王庆《中国文学理论的话语重建》,《文史哲》2008年第5期,第9页。
④ E. M. 福斯特:《弗吉尼亚·伍尔夫》,引自《伍尔夫研究》,瞿世镜编选,上海文艺出版社1988年版,第13页。

批评中不仅随处可见诗性的段落，伍尔夫也在谈到诗歌时表示："我们读诗读第一遍时使用的是感官功能，开启的是心灵之眼。"① 对那些站在某一理论立场上进行评论，并要求普通读者听从他们判断的批评家，伍尔夫这样说道：

> 政治家说，作家是他自己身处其间的那个社会的产物，如同螺丝钉是造螺钉的机器的产品一样；艺术家认为，作家是天上的精灵，从浩瀚太空中划过，掠过大地，倏忽便消失得无影无踪。对心理学家而言，作家是一枚珍珠贝，给他喂食沙砾，用丑陋的东西刺激他，而他，按照心理学家的话来说，作为一种代偿，将孕育出一颗珍珠。系谱学家说，某些血统，某些家族，繁衍作家就像无花果树结出果实一样——他们告诉我们说，德莱顿、斯威夫特和蒲伯，都是表兄弟。这么多不同的理论证明了我们对作家全然不知；任何人都可以发明出一套理论。一套理论的滥觞几乎总是源于一种期望：期望证实这套理论的发明者自己愿意相信的东西。②

而中国的批评家则用不同的语言表达了相似的观点：

> 夫篇章杂沓，质文交加，知多偏好，人莫圆该。慷慨者逆声而击节，蕴藉者见密而高蹈，浮慧者观绮而跃心，爱奇者闻诡而惊听。会己则嗟讽，异我则沮弃，各执一隅之解，欲拟万端之变，所谓"东向而望，不见西墙"也。③

中国传统的文学批评并没有西方现代理论家那种建构一套严谨的理论体系的愿望。伍尔夫嘲笑理论家们只看到自己想看到的东西，刘勰也认为鉴赏者不应固执"一隅之解"，并将其作为阐释所有作品的万能法宝。中国传统文学批评以诗论、词论见长，即使是体大虑周的批评专著《文心雕

---

① [英] 弗吉尼亚·伍尔夫：《仙后》，张军学、邹枚译，引自《伍尔芙随笔全集》Ⅱ，中国社会科学出版社2001年版，第617页。
② [英] 弗吉尼亚·伍尔夫：《倾斜之塔》，张军学、邹枚译，引自《伍尔芙随笔全集》Ⅱ，中国社会科学出版社2001年版，第708页。
③ 刘勰：《文心雕龙》，王志斌译注，中华书局2012年版，第553页。

龙》也绝非西方文学理论意义上的客观性、理论性的批评。刘勰的著作虽然有着完整的体系,以"文之枢纽""论文叙笔""剖情析采"三部分来阐述写作原则、文体论、创作论、鉴赏论,并在《序志》中总结全书的旨归。但《文心雕龙》中的篇章依然大量使用了立象尽意的言说方式,并没有西方近代文学理论中那种片面强调可操作性的机械成分,而是给读者留下了大量想象的空间。伍尔夫的"印象式批评"和中国传统批评的第二点契合之处就在于两者都没有构建体系的愿望,他们着眼于具体的作品或作家,用具象化的语言引导读者去体悟文学作品,而不是像专业的理论家那样将作品和作家当作佐证自己理论正确性的实例。

中国传统的文学批评家不仅仅从事文学批评,也从事创作,同时他们也对音乐、绘画颇有心得。中国古代诗画一体、诗画互释的传统使文学批评家们将文学作品看作一种综合性的艺术,能够从多种角度进行阐释,而诗论、词论的批评模式本身就对语言有着较高的要求。评论家们在实践创作的过程中更能准确地体会到作者的痛点和为难之处,也更能体会作者突出重围时的畅快,并为之击节赞叹。伍尔夫也意识到了创作和批评的结合对文学评论的重要性,指出"也许要理解一位小说家的创作过程,最好的方式不是阅读而是写作,亲自品尝一下遣词造句的危险与艰难。然后,你就能牢牢记住给你留下清晰印象的某个片段"[1]。在专业化分工越来越明晰的现代社会,伍尔夫怀念那些过去的批评家。在她看来最好的批评家(如德莱顿、兰姆、赫兹列特)都能"敏锐地觉察到各种因素是混合在一起的,他们写的是文学,但头脑里也装着音乐与绘画"。而"现今我们都如此专业化了,批评家不由得把目光只盯住了出版物,这情况足以说明我们时代里闹批评饥荒的原因,足以说明批评家对待他们课题的方式日益弱化和片面化的原因"[2]。伍尔夫关注到当代西方批评家们逐渐缺失了那种"博观"的视野,没有了"操千曲而后晓声,观千剑而后识器"[3]的文化积淀。既是作家、批评家,同时又对绘画和音乐有着浓厚兴趣的伍尔夫所崇尚的伟大批评家是那种同时具备深厚的传统文学功底、广泛的阅读量、

---

[1] [英]弗吉尼亚·伍尔夫:《我们应当怎样读书?》,李寄译,引自《伍尔芙随笔全集》I,中国社会科学出版社2001年版,第467—468页。
[2] [英]弗吉尼亚·伍尔夫:《沃尔特·西克特》,杨羽译,引自《伍尔芙随笔全集》II,中国社会科学出版社2001年版,第982页。
[3] 刘勰:《文心雕龙》,王志斌译注,中华书局2012年版,第554页。

开阔的整体视野、不同门类艺术素养的人物，而不是时髦理论的追逐者。因为"接受任何法则或加入任何圈子在某种意义上意味着钝化自己的批评锋芒"①。创作与批评相结合，并将批评视为一种综合性的艺术，这是伍尔夫的文学批评与中国传统文学批评的又一相契之处。

此外中国传统文学批评中对经典和传统的尊重在伍尔夫的文学批评中也占据了重要的位置。刘勰讲原道、征圣、宗经，伍尔夫谈回到希腊、回到莎士比亚。在中国伍尔夫接受初期，她被作为革新的代表和现代主义、意识流小说的代言人而受到欢迎。近年来中国的伍尔夫研究也逐渐意识到了伍尔夫对传统的尊重，对经典的向往，这些曾被认为是"保守性"的一面在伍尔夫的文学批评中得到了最充分的体现。《宗经》中谈经典时说道：

> 往者虽旧，余味日新，后进追取而非晚，前修久用而未先，可谓太山遍雨、河润千里者也。②

伍尔夫在谈论雪莱时则说：

> 某些故事每一代人都得重新复述一遍，倒不是我们能补充些新的材料，而是因为这些故事拥有的某种特异品质使它们不仅仅成为雪莱的故事，而且也成为了我们的故事。它们矗立在天际，高高耸立、经久不变。它们是我们航行时路过的航标，随着我们的移动而移动，然而却保持不变。③

那些矗立在天际的航标正是经典本身。在写给青年诗人的信中，她告诫青年人放弃追逐流行的"主义"，告诉他们"你身上有一抹乔叟的留痕，某些莎士比亚的成分；德莱顿、蒲伯、丁尼生……都在你的血脉中涌动……你是个无比古老、复杂、身世绵长的人物，为了这个，请你自

---

① [英] 弗吉尼亚·伍尔夫：《亨利·詹姆斯》，李光荣、陈晓霜译，引自《伍尔芙随笔全集》Ⅲ，中国社会科学出版社2001年版，第1289页。
② 刘勰：《文心雕龙》，王志斌译注，中华书局2012年版，第554页。
③ [英] 弗吉尼亚·伍尔夫：《非我辈中人》，胡龙彪译，引自《伍尔芙随笔全集》Ⅲ，中国社会科学出版社2001年版，第1276页。

重"。常常被局限于女性主义解读的《一间自己的房间》中也屡次提及莎士比亚完美无缺,指出"杰作是多年共同思考的产物,是一群人思考的产物,因而在一人的声音的背后有着群体的经验"①。莎士比亚是伍尔夫在自己的批评作品中时常提起的作家,当她要评判某位作家的作品时,她会拿莎士比亚与其对比,这不仅仅是因为莎士比亚有一个雌雄同体的完美大脑,更是因为和哈罗德·布鲁姆一样,伍尔夫也认为莎士比亚就是经典本身。

  70年代的女性主义批评家,特别是从文本表层结构出发的经验主义女性主义者,常常因伍尔夫批评作品中大量出现的对男性作家的赞叹和崇拜感到困惑和失望,因而在探讨伍尔夫的作品时下意识地回避这些文学批评,而将《一间自己的房间》和《三枚旧金币》奉为圭臬。可作为文学批评家的伍尔夫绝不是女性主义批评可以涵盖的,她所尊崇的传统也不是狭隘的女性文学的传统,而是将经典和文学传统看作无性别差异的整体加以继承。当女性主义者们还在为自己的传统缝制被褥时,伍尔夫早已越过了她们并将她们抛在脑后。肖瓦尔特批评伍尔夫雌雄同体的"逃避",正是因为伍尔夫在谈论经典和创作时看到的不仅仅是女性群体自身。作为文学批评家,伍尔夫对经典传承的态度也和中国传统文学理论有相似之处。

  在不同的文明体系之下,这些契合之处的下方潜藏的则是更深层次的差异。首先中国以"道"为核心的意义生成和话语言说方式中所采用的"立象尽意"的方法是因为"道"的不可言说性,所以只能用"象"来勉强阐释"道"。而"道"的根本则是"无"。所谓"道可道,非常道"②,所谓"天下万物生于有,有生于无"③。"道"本身是"迎之不见其首,随之不见其后"④的,而这种"无"要想让人能够理解,则不得不"强为之名",用有形之物来类比不可捉摸之"道"。而真正高明的境界则是"无中生有",是"不着一字,尽得风流"的超越语言的无言状态。⑤

  在伍尔夫所生活的西方文明的传统中,与"道"相对应的概念"逻

---

  ① [英]弗吉尼亚·伍尔夫:《自己的一间屋》,王义国译,引自《伍尔芙随笔全集》Ⅱ,中国社会科学出版社2001年版,第548页。
  ② 《老子道德经注》,王弼注,楼宇烈校释,中华书局2011年版,第2页。
  ③ 《老子道德经注》,王弼注,楼宇烈校释,中华书局2011年版,第113页。
  ④ 《老子道德经注》,王弼注,楼宇烈校释,中华书局2011年版,第35页。
  ⑤ 参见曹顺庆《道与逻各斯:中西文化与文论分道扬镳的起点》,《文艺研究》1997年第6期。

各斯"则深深影响了西方人的思维模式。尽管伍尔夫式的印象主义批评以其具象性来反抗全然的理性逻辑,但伍尔夫并不认为语言本身是无力的,也不相信什么隐秘的角落是语言所不能触及的。她在自己的实验性小说中实践的,正是如何表现那些流动的、难以把握的、意识深处的瞬间,并用语言传达给读者。她坚信"逻各斯"这一概念中对"有"的肯定,并通过"求知—观察—追问"[①] 这一典型的西方哲学话语规则来组织自己的文学批评。用英语世界早期批评家的话来说,伍尔夫相信美与真理,并认为自己能够找到一条不同的路径来表现他们。在谈到她所喜爱的英国批评家威廉·赫兹利特时,她提到了赫兹利特的两种理想:"究竟是做一个思想家,用最明白、最准确的语言把'种种事物的道理'表达出来呢,还是做一个画家,爱抚地看着一笔一笔蓝的、红的颜色,呼吸着新鲜的空气,在肉体感官的活动中讨生活呢?"[②] 伍尔夫所说的这两种理想不仅是赫兹利特的,也是她自己的。在马克·戈德曼看来这就是客观与主观之间的两难困境,而伍尔夫选择了一条中间道路,在这条道路上,伍尔夫意识到了主观感受和印象的重大意义,同时也没有放弃客观的,关于"有"的追求。她的文学作品和批评作品中空灵的一面并不能遮蔽她用语言淋漓尽致地表达真理的渴望。

伍尔夫尊重传统,在她看来"英国的传统建立在一片小小的国土之上,它的中心是一幢有许多房间的古老的住宅,每一个房间都塞满了东西,挤满了人,他们彼此熟悉,关系密切,他们的举止、思想、言论在不知不觉之间一直被过去的精神所统治"[③]。那么英国的传统又得益于哪种文明呢?伍尔夫在《雅各布的房间》中告诉我们:

> 希腊人——是的,这就是他们谈到的——说到底,当你在嘴巴里把世界上所有的文学,包括中国文学和俄罗斯文学在内,都过了一遍以后,只有希腊文学余味无穷。杜兰特引了埃斯库罗斯——雅各布引了索福克勒斯。……他们自负,扬扬得意,两个人似乎都觉得他们读

[①] 曹顺庆:《道与逻各斯:中西文化与文论分道扬镳的起点》,《文艺研究》1997年第6期。
[②] [英]弗吉尼亚·伍尔夫:《威廉·赫兹利特》,刘炳善译,引自《伍尔芙随笔全集》Ⅰ,中国社会科学出版社2001年版,第387页。
[③] [英]弗吉尼亚·伍尔夫:《论美国小说》,张军学、邹枚译,引自《伍尔芙随笔全集》Ⅱ,中国社会科学出版社2001年版,第705页。

过了世界上每一本书,熟悉每一种罪孽、激情和快乐。世界的文明就在他们的四周,像可供他们采摘的鲜花。岁月如适于航行的海水拍打着他们的双脚。他们环视着在雾中隐隐出现的这一切,灯光、影影绰绰的伦敦,这两个年轻人的决定是,他们喜欢希腊。①

伍尔夫和雅各布与杜兰特一样喜欢希腊,将希腊文明等同于世界文明。古希腊最重要的哲学家之一赫拉克利特提出了"逻各斯"的思想,他指出:"思想是最大的优点:智慧就在于说出真理,并且按照自然行事,听自然的话。"② 真理是可以用语言表达的,且真理存在于自然之中。用赫氏的话反观本节引言部分伍尔夫关于阅读方式和大自然运作方式的类比,也就更能理解"真理"浮现的过程。伍尔夫所探寻的是可以被言说的、孕育在自然中的"真理",而中国的传统批评则观照的是"无"的意境。

同时中国传统文学理论中还有另一条路径,那就是"儒家'依经立义'的意义建构方式和'解经'话语模式"③。刘勰在《宗经》中所说的"百家腾跃,终入环内"④之"环"指的便是这《易》《书》《诗》《礼》《春秋》五经。依经立义的话语言说方式由孔子建立,强调通过阐释经典文本来建构意义,使批评有的放矢、有理可宗。而伍尔夫尽管尊重经典,但并不需要将经典视作唯一的权威,在她15岁时就被允许阅读各类书籍,莱斯利·斯蒂芬教导她"爱读什么就读什么","切莫假装欣赏你并不喜欢的书"⑤。伍尔夫的文学批评有着更大的自由度,她在批评中表现出的对经典的崇敬态度更多的是阅读后所受到的强烈震撼,而不是因为必须要按照经典所规定的言说方式来发表自己的见解。

除了不同的文明和文化传统所造成的差异之外,时代背景、社会环境等因素也决定了伍尔夫的文学批评中许多现代的观念与中国传统文学批评

---

① [英]弗吉尼亚·伍尔夫:《雅各布之屋》,王家湘译,北京十月文艺出版社2015年版,第96—97页。
② 转引自曹顺庆《道与逻各斯:中西文化与文论分道扬镳的起点》,《文艺研究》1997年第6期,第58页。
③ 曹顺庆、王庆:《中国文学理论的话语重建》,《文史哲》2008年第5期。
④ 刘勰:《文心雕龙》,王志斌译注,中华书局2012年版,第28页。
⑤ [英]弗吉尼亚·伍尔夫:《莱斯利·斯蒂芬》,张禹九译,引自《伍尔芙随笔全集》Ⅱ,中国社会科学出版社2001年版,第882页。

的龃龉之处。然而不能否认的是,伍尔夫的印象式文学批评从文学接受上更符合中国读者的阅读期待,因而才能引发陈思和的"颤抖"和赵玫的惊叹。为什么在20世纪上半叶,伍尔夫的文学批评几乎没有获得学术界的关注,在80年代后的伍尔夫研究中依然不温不火呢?这就是笔者在下一节将要考察的问题。

四 伍尔夫式文学批评命运的再思考

伍尔夫的文学批评在中国的接受过程中有两次重要的契机,第一次出现在20世纪30年代,第二次则出现在80年代。伍尔夫的批评作品在这两个时期都得到了不同程度的译介,却并没有在学术界激起较大的反响。相较于对伍尔夫小说趋之若鹜的热情态度,中国学术界对伍尔夫文学批评的认识和接受程度至今亦十分有限,而这种一冷一热的态度并非偶然。伍尔夫在中国第一部得到翻译的作品是她的短篇小说《墙上一点痕迹》(叶公超,1932年),这部译作奠定了早期伍尔夫中国接受过程中对"意识流"这一现代性创作手法的强烈兴趣。她的批评作品中得到关注的也是《现代小说》《本内特先生与布朗夫人》等宣告一个新的小说时代诞生的论述。现代性是早期接受者对伍尔夫最感兴趣的方面,而伍尔夫众多的文学批评中倾向于传统性的一面则湮没在五四的余波之中。

五四以来的文化运动中,中国学者将更多的目光转向了西方,把科学和民主带进了中国人的视野,科学不仅仅体现在器物层面,还体现在精神层面。怎样能使文学批评具有科学性呢?留学海外的莘莘学子和不远万里来到中国的燕卜逊、理查兹等人都给出了同样的回答:系统性的理论。在这一时期,不仅中国传统文学遭到了前所未有的冲击,中国传统的文学批评理论也被斥为不科学、不系统、不具有理论性因而不适应新文学的发展。为了培养更多科学的、现代的中国批评家,新的可操作性强的文学理论有必要输入进国内。伍尔夫的印象式批评显然和中国的传统批评一样缺乏可操作性,求新的中国青年一代看不出其价值所在。

此外英语世界对伍尔夫文学批评的漠然态度也间接影响了中国接受者的认识,相较于伍尔夫在小说艺术上的革新,她的许多文学批评作品更多地体现了一种保守的态度。伍尔夫一再强调普通读者的阅读行为和观点的重要性,于她而言,文本与读者之间理应是民主、对话的关系。她认为读者应是文本积极的参与者、创造者和阐释者而不是被动的接受者,指出

"也许理解一位小说家工作原理最快捷的方式不是去阅读,而是去写作,去亲自体验处理词语的危险与困难"①。伍尔夫的批评模式建立在读者和作者形成坚固同盟的基础之上,她对于专家学者所追求的权威性、理论性的学院派批评方法并不感兴趣。她非常关注普通读者对其作品的态度,一直持续和自己的读者通信,并尽可能地回复读者的信件,有时还和一些不知名的读者通过书信建立起了友谊。而民主显然不是学院派的批评家们追求的目标,文学批评作为一种专业化的活动并不准备把评判的标准下放到读者手中,而更希望以居高临下的姿态告诉读者什么才是优秀的作品,哪些才是读者需要阅读的书籍。

这一态度对当时中国的批评界也产生了较大的影响,在对中国传统的儒家文化全盘否定的基础上,评判的价值标准也需要进行相应的调整。中国传统的诗话、词话的点评方式显然不符合强烈要求呼吸科学之风的新一代青年学者的需求,如何将中国的文学批评带入到西方的知识体系和话语模式中成为他们关注的重点。30年代的中国文坛因为有一批优秀的留学英美的知识分子的加入,对英语世界的学术动态十分敏感,这一时期对伍尔夫的接受几乎也复刻了当时英美学界对伍尔夫的普遍态度。伍尔夫更接近于中国传统文学点评形式的文学批评没有引起重视,伍尔夫颠覆了中国传统文学模式的革新的小说创作技巧得到了广泛认同。

如果说30年代中国的伍尔夫接受紧紧跟随着英语世界潮流的话,80年代中国复兴的伍尔夫研究与英语世界的研究已经拉开了不小的差距。为了继续未完成的现代性,中国学者再次拾起了意识流作为伍尔夫研究的突破口。中国人需要个人情感的宣泄和抒发,需要更多关注个体生存状态的作品来抚慰他们被冰封的感情,伍尔夫小说中强烈的个人意识显然满足了这一条件。"生命三部曲"成为除《一间自己的房间》之外最为热门的研究作品,这样的研究趋势至今没有得到大的改观。在这一时期,与现代主义小说家同时涌进中国的还有一大批西方的文艺理论,仿佛为了弥补30余年的理论缺失,形式主义、结构主义、解构主义、现象学、阐释学、女权批评、后现代主义、新历史主义、后殖民主义轮番占据着中国文学批评界的高地。学术前沿和热点总是与这些"主义"和理论有着密切的联系,而中国传统的理论话语却始终处于缺席和失语的状态。当理论之风吹遍中

---

① Virginia Woolf, *The Common Reader*, *Second Series*. ed. Andrew McNeillie, London: Vintage, 2003, p. 259.

华大地之时，也许研究者们最不愿听到的就是伍尔夫的警言："请记住，我们至多只是在构建一套很可能一两年之内就被他本人推翻的理论。"①

20世纪30年代的中国学者沉浸于现代主义的革新之举时，也许并没有意识到英美现代主义创作对中国诗歌的诸多借鉴之处，80年代后的研究者们在研读西方批评理论的专著时，也许也不曾深思中国自身文化传统的丰富性令多少西方知名的哲学家和理论家神往。与中国传统文学批评一样被忽视的，就是伍尔夫的文学批评。1990年，女作家赵玫谈到阅读《论小说与小说家》的感受时说道："我被伍尔夫锐敏的感知力、她的悟性以及她独到的见解所征服。那种在《海浪》中、在《到灯塔去》中连及她投水而死的生命中所显现的诗意在此已无影无踪。伍尔夫是智者。"② 然而智者伍尔夫显然并不是学界最感兴趣的方面，作为一位女性小说家，伍尔夫的定位在中国已根深蒂固，她的批评之作顶多只能被称作"随想录"或"读书笔记"，而称不上文学批评。当英语世界的伍尔夫研究者开始逐渐意识到伍尔夫文学批评的重要价值时，指出"伍尔夫的批评作品中理论与实践的结合，使她的文本能够接触现代主义和当代批评中最基本的问题：阐释的问题，意义的本源，读者的角色，文本与作者的关系，批评语言的本质，语言本身的妥善性"③。并强调在作为文学活动而非理论声明的文学批评中，伍尔夫在她的批评中所思考的是"所有的严肃批评家都必须面对的"④ 问题。但在中国学术界，缺乏现代西方理论术语的文学批评显然不具有更多的理论研究价值，因而伍尔夫的文学批评就和中国传统文学批评一道成了守旧的、过时的散漫作品，也许可以时时获得心灵契合的作家们的称赞，但无法进入学院派的视野。

英语世界在60年代对伍尔夫文学批评态度的转变并没有在伍尔夫中国接受的第二段旅程中引起中国学者的重视，对理论的着迷使新时期的研究者们努力想把所有的文学批评都纳入可以用一套标准加以评判的体系之

---

① [英] 弗吉尼亚·伍尔夫：《福斯特的小说》，肖宇译，引自《伍尔芙随笔全集》Ⅲ，中国社会科学出版社2001年版，第1308页。

② 赵玫：《在他们中穿行》，《外国文学评论》1990年第4期。

③ Thomas M. McLaughlin, "Virginia Woolf's Criticism: Interpretation as Theory and as Discourse", in *Virginia Woolf: Critical Assessments*, Vol. 2, ed. Eleanor McNees, Sussex: Helm Information Ltd., 1994, p. 132.

④ Thomas M. McLaughlin, "Virginia Woolf's Criticism: Interpretation as Theory and as Discourse", in *Virginia Woolf: Critical Assessments*, Vol. 2, ed. Eleanor McNees, Sussex: Helm Information Ltd., 1994, p. 132.

中。尽管哈罗德·布鲁姆声称自己不属于任何学派和理论体系，并用"对抗式批评"来反抗批评家们归类的愿望，布鲁姆在中国依然被定义为"耶鲁学派"或是"读者反应批评"。如果说布鲁姆关于误读和影响的焦虑的说法还能让研究者们勉强给予他一个固定的理论位置的话，伍尔夫包罗万象的文学批评显然令人无法将其纳入任何既定的体系之中。作为理论体系的"局外人"，伍尔夫的文学批评和中国传统文论一样在理论爆发的新时期处于出局的状态。当越来越多的中国学者开始反思中国传统文论在当代中国的失语，并呼吁重建中国文论话语之际，也许中国的伍尔夫研究者们也能够重新审视伍尔夫的文学批评在中国的接受和研究现状，接纳理论体系建构之外的文学批评。同时，笔者也希望在未来国内伍尔夫文学批评的研究中，不要把她的文学批评强行纳入某种理论体系之中，将其阐释为读者反应批评的先声或是生态批评的先驱，而是保留她的批评中"守旧"的一面，还原一个更为真实、尊重经典的批评家伍尔夫。

结　　语

当我们完成了对英语世界伍尔夫研究的梳理，并将这些研究成果与中国伍尔夫研究进行比较之后，我们反而更难用简短的结论回答绪论中提出的问题：谁是弗吉尼亚·伍尔夫？英国作家安格斯·威尔逊在《弗吉尼亚·伍尔夫永恒变化的影响》中谈到随着时间推移，自己对伍尔夫作品不断改变的看法。在他十六七岁初次阅读伍尔夫作品时，威尔逊感到"它是如此的优雅和巧妙，却不像凯瑟琳·曼斯菲尔德的作品那样机智、敏捷、切合实际……它缺乏平易近人的特性"[1]。曼斯菲尔德作品中能够看到贫穷、粗糙、激情等现实的影子，并且能够全然地表达出个人不稳定、不安全的情感，但在伍尔夫作品中展现出的光辉，使她的忧愁与恐惧都蒙上了一层纯洁的面纱，将她与肮脏而黯淡的世界隔绝开来。[2] 在牛津时，威尔逊读了《海浪》，在他看来这是一部纯粹的艺术作品，不过也仅限于此，伍尔夫在他心目中的地位依然不高。年青一代的诗人责备伍尔夫没有与反法西斯斗争的前线保持密切的联系，虽然厌恶纳粹却不参加抗议和游行。布鲁姆斯伯里集团对友谊和艺术的关注也显得脱离实际，这个团体普遍秉持的和平主义态度令人反感，伍尔夫也因为和平主义的立场而"丧失了我们这一代对她所有的同情"[3]。

1950年当威尔逊第一次接受BBC广播演讲的邀请时，他选择将伍尔

---

[1] Angus Wilson, "The Always Changing Impact of Virginia Woolf", in Eleanor McNees ed., *Virginia Woolf: Critical Assessments*, Vol. 1, Sussex: Helm Information Ltd., 1994, p. 154.

[2] 参见 Angus Wilson, "The Always Changing Impact of Virginia Woolf", in Eleanor McNees ed., *Virginia Woolf: Critical Assessments*, Vol. 1, Sussex: Helm Information Ltd., 1994, p. 155。

[3] Angus Wilson, "The Always Changing Impact of Virginia Woolf", in Eleanor McNees ed., *Virginia Woolf: Critical Assessments*, Vol. 1, Sussex: Helm Information Ltd., 1994, p. 157.

夫作为自己攻击的对象,在名为"理智与情感"的讲演中肆意地嘲讽了伍尔夫一番。他对伍尔夫的不满体现在两个方面:首先伍尔夫及其追随者那种扬扬自得的精英中产阶级的优越感将把英国拖向毁灭的边缘;其次伍尔夫的技巧瓦解了小说的形式。① 伦纳德·伍尔夫曾因这次演讲致信威尔逊,纠正他攻击中的不实情况,然而这次演讲却在当时大受欢迎。威尔逊认为自己当年的抨击没有提到伍尔夫的丝毫成就,显得非常的无礼和幼稚,然而这种态度却是当时的听众所喜爱的。可见当时英语世界对伍尔夫技巧创新的态度还十分暧昧,伍尔夫远离政治的精英式优越感还在很大程度上影响了读者对她的评判。这一时期的伍尔夫是"单纯"的,而正是因为脱离现实的"单纯"姿态,使她成为被嘲讽的对象。

70年代女权主义批评家对伍尔夫女权文本的重新解读,将伍尔夫的声誉由低谷推向了顶峰。简·马库斯极力强调伍尔夫的政治性,正是因为她意识到将伍尔夫视为政治绝缘体的"高雅之士"在多大程度上影响了伍尔夫的声誉和作品的传播。对伍尔夫的社会实践和姐妹情谊的关注不啻为一种争取扩大读者群的良策。在女权批评的推动下,这一时期围绕政治性和雌雄同体的两次论战极大地拓展了伍尔夫的知名度,也推动了伍尔夫研究的全面兴盛。作为女权批评先驱和小说家的伍尔夫终于在这一时期确立了自己经典作家的地位,丢掉了"纯洁性"的遮蔽。彼时60岁的威尔逊意识到了伍尔夫在小说创作的叙述模式、视角转换、情节架构等方面的杰出贡献,并将她与狄更斯、陀思妥耶夫斯基一道尊称为自己的老师。70—80年代是伍尔夫形象第一次发生根本性转变的时段,这一时期的伍尔夫走出了自己的象牙塔,融入了女权主义的第二次浪潮,并为自己赢得了愤怒的权力和颠覆父权制话语体系的资格。

相较于第一阶段的冷漠和第二阶段的激进,90年代后的伍尔夫形象变得更为温和而多元。不同的文学理论都从伍尔夫的文本中发现了自己需要的内容,于是帝国、殖民、空间、现代性等话题都与伍尔夫的文本产生了碰撞。在影视、剧本和流行文化的推动下,借助着大众传媒的东风,伍尔夫成为偶像光环加身的千面缪斯。这一时期的研究领域不只局限于伍尔夫本人的文学作品,她与伦纳德共同经营的霍加斯出版社、她的家庭成员和亲密朋友也都因伍尔夫的缘故成为研究对象。英语世界的研究者也开始将

---

① 参见 Angus Wilson, "The Always Changing Impact of Virginia Woolf", in Eleanor McNees ed., *Virginia Woolf: Critical Assessments*, Vol. 1, Sussex: Helm Information Ltd., 1994, p. 158。

目光转向其他国家和地区，将伍尔夫放置在世界性的疆域中进行考察。伍尔夫的欧洲接受、亚洲接受研究也在21世纪拉开了帷幕。在世界文学这一话题的推动下，伍尔夫逐渐走出了英美学界的小圈子，更多地被视为一位具有世界影响力的经典作家。

笔者希望通过对中国与英语世界伍尔夫研究的系统梳理，帮助国内学术界更为直观地看清不同文明体系和社会环境中伍尔夫研究的差异。同时为了使中国的伍尔夫研究走出国门，更好地与英语世界的研究者进行对话与沟通，我们也需要清楚地了解英语世界伍尔夫研究的发展历程和现状。通过对比笔者发现曾被认为研究"透"了的伍尔夫作品，实际上依旧局限于伍尔夫的几部重要小说，伍尔夫的文学批评理论尚未得到足够的重视。伍尔夫日记、书信、手稿等极大地推动了英语世界伍尔夫研究革新的重要文献还没有获得译介。即使有女权主义的标签加身，中国的伍尔夫形象依然"纯洁"，且与社会历史生活脱节。大量重要的传记作品和研究著作也亟待与中国读者见面。对今日国内伍尔夫研究来说，仍有许多尚未发掘的领域等待研究者的探索，许多文献资料期待翻译者的光顾。

此外，伍尔夫在中国接受过程中所发生的文化过滤、文学误读等变异现象依然有待研究者们去发现和分析。因本书篇幅有限，笔者只就伍尔夫的形象变异和文学批评的接受进行了考察，但仅这些方面就蕴含了许多更为深层的差异。中国民众对伍尔夫"美艳明敏"的"天使"形象的青睐，不仅反映了中国读者的审美期待，更揭示了中国研究者对女权主义一词的矛盾态度。同样伍尔夫缺乏理论建构的印象式文学批评在中国从未得到认真审视的原因，也与中国当代的研究者对西方文学批评理论性、系统性的深切认同有着密不可分的联系。通过这种考察，笔者希望能抛砖引玉，促进这种跨文明的比较研究在更广泛的维度上展开。由于学术能力和获取文献的途径有限，本人在研究史的梳理过程中难免挂一漏万，在引证和翻译材料时也不免出现错讹的情况，还请各位方家批评指正。

附　　录

附录 1：弗吉尼亚·伍尔夫著作目录及研究专著目录

弗吉尼亚·伍尔夫著作目录

Woolf, Virginia. *The Voyage Out*, London：Duckworth, 1915.

Woolf, Virginia and Leonard Woolf. *Two Stories*, London：Hogarth Press, 1917.

Woolf, Virginia. *Night and Day*, London：Duckworth, 1919.

Woolf, Virginia. *Monday and Tuesday*, London：Hogarth Press, 1921.

Woolf, Virginia. *Jacob's Room*, London：Hogarth Press, 1922.

Woolf, Virginia. *Mrs Dalloway*, London：Hogarth Press, 1925.

Woolf, Virginia. *The Common Reader*, London：Hogarth Press, 1925.

Woolf, Virginia. *To the Lighthouse*, London：Hogarth Press, 1927.

Woolf, Virginia. *Orlando：A Biography*, London：Hogarth Press, 1928.

Woolf, Virginia. *A Room of One's Own*, London：Hogarth Press, 1929.

Woolf, Virginia. *The Waves*, London：Hogarth Press, 1931.

Woolf, Virginia. *The Common Reader：Second Series*, London：Hogarth Press, 1932.

Woolf, Virginia. *Flush：A Biography*, London：Hogarth Press, 1933.

Woolf, Virginia. *The Years*, London：Hogarth Press, 1937.

Woolf, Virginia. *Three Guineas*, London：Hogarth Press, 1938.

Woolf, Virginia. *Roger Fry：A Biography*, London：Hogarth Press, 1940.

Woolf, Virginia. *Between the Acts*, London: Hogarth Press, 1941.

Woolf, Virginia. *The Death of the Moth and Other Essays*, New York, NY: Harcourt Brace Jovanovich, 1942.

Woolf, Virginia. *The Moment and Other Essays*, London: Hogarth, 1947.

Woolf, Virginia. *The Captain's Death Bed and Other Essays*, New York, NY: Harcourt Brace Jovanovich, 1950.

Woolf, Virginia. *A Writer's Diary—Selections*, ed. Leonard Woolf, London: Hogarth Press, 1953.

Woolf, Virginia. *Virginia Woolf and Lytton Strachey: Letters*, eds. Leonard Woolf and James Strachey, London: Hogarth Press, 1956.

Woolf, Virginia. *Granite and Rainbow*, New York, NY: Harcourt Brace Jovanovich, 1958.

Woolf, Virginia. *Nurse Lugton's Golden Thimble*, London: Hogarth Press, 1966.

Woolf, Virginia. *Collected Essays*, Vol. 4, London: Hogarth Press, 1966-1967.

Woolf, Virginia. *Mrs. Dalloway's Party: A Short Story Sequence*, ed. Stella McNichol, New York: Harcourt Brace Jovanovich, 1973.

Woolf, Virginia. *Moments of Being, Unpublished Autobiographical Writings*, ed. Jeanne Schulkind, London: Chatto & Windus, 1976.

Woolf, Virginia. *Freshwater: A Comedy*, ed. Lucio Ruotolo, London: Hogarth Press, 1976.

Woolf, Virginia. *The Waves: The Two Holograph Drafts*, transcribed and ed. J. W. Graham, Toronto: University of Toronto Press, 1976.

Woolf, Virginia. *Books and Portraits: Some Further Selections from the Literary and Biographical Writings of Virginia Woolf*, ed. Mary Lyon, London: Hogarth Press, 1977.

Woolf, Virginia. *The Pargiters: The Novel-Essay Portion of "The Years"*, ed. Mitchell A. Leaska, London: Hogarth Press, 1978.

Woolf, Virginia. *Women and Writing*, intro. Michele Barrett, London: The Women's Press, 1979.

Woolf, Virginia. *The Letters of Virginia Woolf* (1888-1941), 6 vols., ed.

Nigel Nicolson and Joanne Trautmann, London: Hogarth Press, 1975-1980.

Woolf, Virginia. *The Diary of Virginia Woolf* (1915-1941), 5 vols., ed. Anne Olivier Bell and Andrew McNeillie, London: Hogarth Press, 1977-1984.

Woolf, Virginia. *Melymbrosia. An Early Version of The Voyage Out*, ed. Louise A. DeSalvo, New York, NY: New York Public Library, 1982.

Woolf, Virginia. *Pointz Hall: The Earlier and Later Typescripts of "Between the Acts"*, ed. Mitchell A. Leaska, New York: J. Jay Press, 1982.

Woolf, Virginia. *To the Lighthouse: The Original Holograph Draft*, ed. Susan Dick, Toronto and London: University of Toronto Press, 1982.

Woolf, Virginia. *Virginia Woolf's Reading Notebooks*, ed. Brenda Silver, Princeton: Princeton University Press, 1983.

Woolf, Virginia. *The Virginia Woolf Manuscripts: From the Monks House Papers at the University of Sussex and Additional Manuscripts at the British Library*, London, Microfilm, 6 reels. Brighton: Harvester Press Microform, 1985.

Woolf, Virginia. *The Complete Shorter Fiction of Virginia Woolf*, ed. Susan Dick, London: Hogarth Press, 1985.

Woolf, Virginia. *The Essays of Virginia Woolf*, vols. 1-4(of 6), ed. Andrew McNeillie, London: Hogarth Press, 1986-1994.

Woolf, Virginia. *Complete Shorter Fiction of Virginia Woolf*, ed. Susan Dick, Boston: Mariner Books, 1989.

Woolf, Virginia. *A Passionate Apprentice: The Early Journals 1897-1909*, ed. Mitchell A. Leaska, London: Hogarth, 1990.

Woolf, Virginia. *Congenial spirits: the Selected Letters of Virginia Woolf*, ed. Joanne Trautmann Banks, San Diego, New York and London: Harcourt Brace Jovanovich, 1990.

Woolf, Virginia. *Women & Fiction: The Manuscript Versions of "A Room of One's Own"*, ed. S. P. Rosenbaum, Oxford: Shakespeare Head, Blackwell, 1992.

Woolf, Virginia. *The Virginia Woolf Manuscripts: From the Henry W. and Albert A. Berg Collection at The New York Public Library*, Microfilm, 21 reels. Woodbridge, CT: Research Publications, 1993.

Woolf, Virginia. *Orlando: The Holograph Draft*, ed. Stuart N. Clarke, London: S. N. Clarke, 1993.

Woolf, Virginia. "*The Hours*": *The British Museum Manuscript of Mrs. Dalloway*, transcribed and ed. Helen M. Wussow, New York: Pace University Press, 1997.

Woolf, Virginia. *Melymbrosia: An Early Version of "The Voyage Out"*, ed. Louise DeSalvo, San Francisco: Cleis Press, 2002.

Woolf, Virginia. *Carlyle's House and Other Sketches*, ed. David Bradshaw, London: Hesperus Press, 2003.

Woolf, Virginia. *The London Scene*, London: Snowflake, 2004.

Woolf, Virginia. *The Essays of Virginia Woolf*, Vol. 5, 1929 – 1932, ed. Stuart Nelson Clarke, London: Hogarth, 2009.

Woolf, Virginia. *The Essays of Virginia Woolf*, Vol. 6, *1933–1941 and Additional Essays 1906–1924*, ed. Stuart Nelson Clarke, London: Hogarth, 2011.

Woolf, Virginia. *Virginia Woolf: Complete Works*, Franfurt am Main: Oregan Publishing, 2018. (e-book)

英语世界弗吉尼亚·伍尔夫主要研究专著

Abel, Elizabeth. *Virginia Woolf and the Fiction of Psychoanalysis*, Chicago: University of Chicago Press, 1989.

Abraham, Julie. *Are Girls Necessary: Lesbian Writing and Modern Histories*, New York: Routledge, 1996.

Acheson, James. *Virginia Woolf*, London: Palgrave, Macmillan Education, 2017.

Adams, Maureen. *Shaggy Muses: The Dogs Who Inspired Virginia Woolf, Emily Dickinson, Elizabeth Barrett Browning, Edith Wharton and Emily Bronte*, New York: Ballantine, 2007.

Alexander, Jean. *The Venture of Form in the Novels of Virginia Woolf*, Port Washington: Kennikat Press, 1974.

Alkayat, Zena and Nina Cosford. *Virginia Woolf*, London: Frances Lincoln, 2015.

Allen, Judith. *Virginia Woolf and the Politics of Language*, Edinburgh: Edinburgh University Press, 2012.

Allen, Judith. *Virginia Woolf: Walking in the Footsteps of Michel de Mon-

taigne, London: Cecil Woolf, 2012.

Alt, Christina. *Virginia Woolf and the Study of Nature*, New York, NY: Cambridge University Press, 2010.

Ardis, Ann L. and Bonnie Kime Scott (eds.). *Virginia Woolf: Turning the Centuries Selected Papers from the Ninth Annual Conferenceon Virginia Woolf*, New York: Pace University Press, 2000.

Artuso, Kathryn Stelmach (ed.). *Critical Insights: Virginia Woolf and 20th-Century WomenWriters*, Pasadena, CA: Salem Press, 2015.

Artuso, Kathryn Stelmach. *Virginia Woolf & 20th Century Women Writers*, Hackensack, NJ: Salem Press, 2014.

Asbeem Sue. *Virginia Woolf*, Vero Beach, FL: Rourke, 1990.

Ashton, Rosemary. *Victorian Bloomsbury*, New Haven: Yale University Press, 2012.

Auerbach, Erich. *Mimesis: The Reception of Reality in Western Literature*, trans. Willard R. Trask. Princeton, NJ: Princeton University Press, 2003.

Avery, Todd. *Saxon Sydney-Turner: The Ghost of Bloomsbury*, Bloomsbury Heritage series, London: Cecil Woolf, 2015.

Bachner, Saskia. *"Burning in This Clumsy, This Ill-fitting Body": Corporeality in Virginia Woolf's Writing*, San Francisco: Grin Publishing, 2017.

Baldwin, Dean R.. *Virginia Woolf: A Study of the Short Fiction*, Boston: Twayne Publishers, 1989.

Balossi, Giuseppina. *A Corpus Linguistic Approach to Literary Language and Characterization: Virginia Woolf's The Waves*, Amsterdam: Benjamins, 2014.

Barrett, Eileen and Patricia Cramer (eds.). *Virginia Woolf: Lesbian Readings*, New York: New York University Press, 1997.

Barrett, Eileen, and Ruth O. Saxton (eds.). *Approaches to Teaching Woolf's Mrs. Dalloway*, New York: Modern Language Association of America, 2009.

Barrett, Michèle. *Virginia Woolf: Women & Writing*, London: The Women's Press, 1979.

Barrett, Michèle. *Imagination in Theory: Culture, Writing, Words, and Things*, New York Square, NY: New York University Press, 1999.

Banfield, Ann. *The Phantom Table: Woolf, Fry, Russell, and Epistemology of Modernism*, Cambridge: Cambridge University Press, 2000.

Bazin, N. T. *Virginia Woolf and the Androgynous Vision*, New Brunswick: Rutgers University Press, 1973.

Beer, Gillian. *Virginia Woolf: The Common Ground*, Edinburgh: Edinburgh University Press, 1996.

Beer, Gillian. *Wave, Atom Dinosaur: Woolf's Science* (The first Annual Virginia Woolf Birthday Lecture), London: VirginiaWoolf Society of Great Britain, 2000.

Beja, Morris (ed.). *Virginia Woolf: To the Lighthouse*, Hampshire and London: The Macmillan Press Ltd., 1970.

Bell, Quentin. *Bloomsbury*, London: Weidenfeld and Nicolson, 1968.

Bell, Quentin. *Virginia Woolf: A Biography*, London: Pimlico, 1996.

Bennett, Alan. *Me, I'ms Afraid of Virginia Woolf*, London: Faber, 2003.

Bennett, Joan. *Virginia Woolf: Her Art as a Novelist*, Cambridge: Cambridge University Press, 1945.

Bennett, Maxwell. *Virginia Woolf and Neuropsychiatry*, New York: Springer, 2013.

Benzel, Katherine and Ruth Hoberman (eds.). *Trespassing Boundaries: Virginia Woolf's Short Fiction*, Basingstoke: Palgrave, 2004.

Berman, Jessica Schiff. *A Companion to Virginia Woolf*, Hoboken, NJ: John Wiley & Sons, Inc., 2016.

Bernstein, Susan David. *Women Writers in the British Museum from George Eliot to Virginia Woolf*, Edinburgh: Edinburgh University Press, 2013.

Bishop, Edward. *A Virginia Woolf Chronology*, Boston: G. K. Hall, 1989.

Bishop, Edward. *Virginia Woolf*, Basingstoke: Palgrave Macmillan, 1991.

Black, Naomi. *Virginia Woolf as Feminist*, Ithaca, NY: Cornell University Press, 2004.

Blackstone, Bernard. *Virginia Woolf: A Commentary*. London: Hogarth Press, 1949.

Blair, Emily. *Virginia Woolf and the Nineteenth-Century Domestic Novel*, Albany: State University of New York Press, 2002.

Blair, Linda Nicole. *Virginia Woolf and the Power of Story*: *A Literary Darwinist Reading of Six Novels*, Jefferson, North Carolina: McFarland & Company, Inc., Publishers, 2017.

Bond, Alma Halbert. *Who Killed Virginia Woolf?* Chicago: Human Sciences Press, 1989.

Bosseaux, Charlotte. *How Does It Feel? Point of View in Translation*: *The Case of Virginia Woolf into French*, Amsterdam: Rodopi, 2007.

Booth, Alison. *Greatness Engendered*: *George Eliot and Virginia Woolf*, Ithaca, NY: Cornell University Press, 1992.

Bowlby, Rachel. *Virginia Woolf*: *Feminist Destinations*, Oxford: Basil Blackwell, 1988.

Bowlby, Rachel. *Still Crazy After All These Years*, London and New York: Routledge, 1992.

Bowlby, Rachel. *Feminist Destinations and Further Essays on Virginia Woolf*, Edinburgh: Edinburgh University Press, 1996.

Brackenbury, Rosalind. *Miss Stephen's Apprenticeship*: *How Virginia Stephen Became Virginia Woolf*, Iowa City: University of Iowa Press, 2018.

Bradbury, Malcolm and James McFarlane (eds.). *Modernism 1890 - 1930*, Harmondsworth: Penguin, 1976.

Brantlinger, Patrick. *The Reading Lesson*: *The Threat of Mass Literary in Nineteenth - Century British Fiction*, Bloomington: Indiana University Press, 1998.

Brewster, Dorothy. *Virginia Woolf*, New York: New York University Press, 1962.

Briggs, Julia (ed.). *Virginia Woolf*: *Introduction to the Major Works*, London: Virago, 1994.

Briggs, Julia. *Reading Virginia Woolf*, Edinburgh: Edinburgh University Press, 2006.

Briggs, Julia. *Virginia Woolf*: *An Inner Life*, London: Penguin, 2005.

Brosnan, Leila. *Reading Virginia Woolf's Essays and Journalism*, Edinburgh: Edinburgh University Press, 1997.

Burrells, Anna, Steve Ellis, Deborah L. Parsons, and Kathryn Simpson (eds.). *Woolfian Boundaries: Selected Papers from the Sixteenth Annual International Conference on Virginia Woolf*, Clemson: Clemson U Digital P, 2007.

Cafiero, Giuseppe. *Virginia Woolf: the Ambiguity of Feeling*, Bloomington: Authorhouse UK, 2018.

Caine, Barbara. *English Feminism: 1780 – 1980*, Oxford: Oxford University Press, 1997.

Canani, Marco, and Sara Sullam. *Parallaxes: Virginia Woolf Meets James Joyce*, Newcastle upon Tyne: Cambridge Scholars, 2014.

Caramagno, Thomas C. *The Flight of the Mind: Virginia Woolf's Art and Manic – Depressive Illness*, Berkeley, Los Angeles and London: University of California Press, 1992.

Carey, John. *The Intellectuals and the Masses: Pride and Prejudice among the Literary Intelligentsia, 1880–1939*, London: Farber & Farber, 1992.

Carpentier, Marta C. *Ritual, Myth, and the Modernist Text: The Influence of Jane Ellen Harrison on Joyce, Eliot, and Woolf*, Amsterdam: Gordon and Breach, 1998.

Caws, Mary Ann. *The Women of Bloomsbury*, NY: Routledge, 1990.

Caws, Mary Ann and Sarah Bird Wright. *Bloomsbury and France: Art and Friends*, Oxford: Oxford University Press, 2000.

Caws, Mary Ann and Nicola Luckhurst (eds.). *The Reception of Virginia Woolf in Europe*, London: Continuum, 2002.

Caws, Mary Ann. *Vita Sackville–West: Selected Writings*, Palgrave: Macmillan Publishers, 2002.

Caws, Mary Ann. *Virginia Woolf*, New York: The Overlook Press, 2002.

Caughie, Pamela. *Virginia Woolf and Postmodernism: Literature in Quest & Question of Itself*, Urbana and Chicago: University of Illinois Press, 1991.

Caughie, Pamela. (ed.). *Virginia Woolf in the Age of Mechanical Reproduction*, New York: Garland, 2000.

Caughie, Pamela L. and Diana L. Swanson (eds.). *Virginia Woolf: Writing the World: Selected Papers from the Twenty–fourth Annual International Conference on Virginia Woolf*, Clemson, SC: Clemson University Press, 2015.

Chambers, R. L.. *The Novels of Virginia Woolf*, New York: Russell &

Russell, 1971.

Chapman, Wayne and Janet Manson (eds.). *Women in the Milieu of Leonard and Virginia Woolf: Peace, Politics, and Education*, New York: Pace University Press, 1998.

Chan, Evelyn Tsz Yan. *Virginia Woolf and the Professions*, New York, NY: Cambridge University Press, 2014.

Coates, Irene. *Who's Afraid of Leonard Woolf? A Case for the Sanity of Virginia Woolf*, Soho P, 2002.

Collings, Robert G. *Virginia Woolf's Black Arrows of Sensation: The Waves*, Ilfracombe, England: Arthur H. Stockwell, 1962.

Connell, Jolyon, John Sutherland, and Susanna Hislop. *The Connell Guide to Virginia Woolf's Mrs. Dalloway*, London: Connell Guides, 2014.

Corbett, Mary Jean. *Family Likeness: Sex, Marriage and Incest from Jane Austen to Virginia Woolf*, Ithaca, NY: Cornell University Press, 2010.

Crapoulet, Emilie. *Virginia Woolf, a Musical Life*, London: Cecil Woolf, 2009.

Cremonesi, Claudia. *The Proper Writing of Lives: Biography and the Art of Virginia Woolf*, Rome: Aracne editrice, 2013.

Crossland, Rachel. *Modernist Physics: Waves, Particles, and Relativities in the Writings of Virginia Woolf … and D. H. Lawrence*, Oxford: Oxford University Press, 2018.

Cucullu, Lois. *Expert Modernist, Matricide, and Modern Culture: Woolf, Forster, Joyce*, Houndsmills, UK and NY: Palgrave Macmillan, 2004.

Cuda, Anthony. *The Passions of Modernism: Eliot, Yeats, Woolf, and Mann*, Columbia, SC: University of South Carolina Press, 2010.

Cuddy-Keane, Melba. *Virginia Woolf, the Intellectual and the Public Sphere*, Cambridge: Cambridge University Press, 2003.

Cunningham, Michael. *The hours*, New York: Picador, 1998.

Curtis, Anthony. *Virginia Woolf*, London: Haus Publishing Limited, 2008.

Curtis, Vanessa. *Stella and Virginia: An Unfinished Sisterhood*, London: Cecil Woolf, 2001. Bloomsbury Heritage Series No. 30.

Curtis, Vanessa. *Virginia Woolf's Women*, Madison: University of Wisconsin Press, 2002.

Curtis, Vanessa. *The Hidden Houses of Virginia Woolf and Vanessa Bell*, London: Robert Hale Ltd., 2005.

Czarnecki, Kristin. *Unravelling Nurse Lugton's Curtain: Virginia Woolf, Authorship, and Legacy*, Bloomsbury Heritage Series, London: Cecil Woolf Publishers, 2013.

Czarnecki, Kristin, and Carrie Rohman (eds.). *Virginia Woolf and the Natural World: Selected Papers of the Twentieth Annual International Conference on Virginia Woolf*, Clemson: Clemson University Digital Press, 2011.

Dabby, Benjamin. *Women as Public Moralists in Britain: From the Bluestockings to Virginia Woolf*, London: Royal Historical Society, 2017.

Daiches, David. *Virginia Woolf*, Norfolk: New Direction, 1942.

Daldry, Stephen. *The Hours*, Miramax/Paramount, 2002.

Dalgarno, Emily. *Virginia Woolf and the Visible World*, Cambridge: Cambridge University Press, 2001.

Dalgarno, Emily. *Virginia Woolf and the Migrations of Language*, Cambridge; New York: Cambridge University Press, 2012.

Dalsimer, Katherine. *Virginia Woolf: Becoming a Writer*, New Haven: Yale UP, 2001.

Daugherty, Beth Rigel and Mary Beth Pringle (eds.). *Approaches to Teaching Woolf's To the Lighthouse*, New York: The Modern Language Association of America, 2001.

Davison, Claire. *Translation as Collaboration: Virginia Woolf, Katherine Mansfield and S. S. Koteliansky*, Edinburgh: Edinburgh University Press, 2014.

de Gay, Jane and Marion Dell (eds.). *Voyages Out, Voyages Home: Selected Papers from the Eleventh Annual Conference on Virginia Woolf*, June 2001, Clemson, SC: Clemson University Digital Press, 2010.

Degen, Michael E. *Virginia Woolf's A Room of One's Own: A Contribution to the Essay Genre*, Garland, TX: Telemachos Publishing, 2014.

Dell, Marion and Marion Whybrow. Intro. Helen Dunmore. *Virginia Woolf and Vanessa Bell: Remembering St. Ives*, Padstow, UK: Tabb House, 2003.

Dell, Marion. *Virginia Woolf's Influential Forebears: Julia Margaret Camer-*

on, *Anny Thackeray Ritchie, and Julia Prinsep Stephen*, Basingstoke: Palgrave Macmillan, 2015.

Dennison, Matthew. *Behind the Mask: The Life of Vita Sackville-West*, London: Wm Collins, 2014.

DeSalvo, Louise A. *Virginia Woolf's First Voyage: A Novel in the Making*. Totowa: Rowman and Littlefield, 1980.

DeSalvo, Lousie. *Virginia Woolf: The Impact of Childhood Sexual Abuse on her Life and Work*, London: The Women's Press, 1989.

Detloff, Madelyn. *The Value of Virginia Woolf*, New York: Cambridge University Press, 2016.

DiBattista, Maria. *Imagining Virginia Woolf*, Princeton: Princeton University Press, 2009.

Dick, Susan. *Virginia Woolf*, London, NY: E. Arnold, 1989.

Diment, Galya. *The Autobiographical Novel of Co-Consciousness: Goncharov, Woolf, and Joyce*, Gainesville: University Press of Florida, 1994.

Dowling, David. *Bloomsbury Aesthetics and the Novels of Forster and Woolf*, Basingstoke: Macmillan, 1985.

Doyle, Laura. *Bordering on the Body: The Racial Matrix of Modern Fiction and Culture*, New York: Oxford University Press, 1994.

Drewery, Claire. *Modernist Short Fiction by Women: The Liminal in Katherine Mansfield, Dorothy Richardson, May Sinclair and Virginia Woolf*, Farnham, Surrey: Ashgate, 2011.

Dubino, Jeanne. *Virginia Woolf and the Literary Marketplace*, New York: Palgrave Macmillan, 2010.

Dubino, Jeanne, Gill Lowe, Vara Neverow, and Kathryn Simpson (eds.). *Virginia Woolf: TwentyFirst-Century Approaches*, Edinburgh: Edinburgh University Press, 2014.

Dunn, Jane. *A Very Close Conspiracy: Vanessa Bell and Virginia Woolf*, London: Bloomsbury, 1990.

Dusinberre, Juliet. *Virginia Woolf's Renaissance: Woman Reader or Common Reader?*, Iowa City: University of Iowa Press, 1997.

Eagleton, Mary (ed.). *Feminist Literary Theory: A Reader*, 2nd edn.

Oxpford: Blackwell, 1996.

Edel, Leon. *Bloomsbury: A House of Lions*, London: Hogarth Press, 1979.

Ellis, Steve. *Virginia Woolf and the Victorians*, Cambridge: Cambridge University Press, 2007.

Ellmann, Maud. *The Nets of Modernism: Henry James, Virginia Woolf, James Joyce, and Sigmund Freud*, New York, NY: Cambridge University Press, 2010.

Elsa, Högberg. *Virginia Woolf and the Ethics of Intimacy*, London: Bloomsbury Academic, 2018.

Elsmann, Nicole. *Virginia Woolf's London: The Character of a City and Its People*, San Francisco: Grin Publishing, 2016.

Esty, Jed. *A Shrinking Island: Modernism and National Culture in England*, Princeton, NJ: Princeton University Press, 2004.

Evans, Elizabeth F. and Sarah E. Cornish (eds.) *Woolf and the City: Selected Papers from the Nineteenth Annual Conference on Virginia Woolf, June 2009*, Clemson, SC: Clemson University Digital Press, 2010.

Fernald, Anne E. *Virginia Woolf: Feminism and the Reader*, New York: Palgrave Macmillan, 2006.

Ferrer, Daniel. *Virginia Woolf and the Madness of language*, trans. Geoffrey Bennington and Rachel Bowlby, New York: Routledge, 1990.

Fleishman, Avrom. *Virginia Woolf: A Critical Reading*, Baltimore and London: Johns Hopkins University Press, 1975.

Forrester, Viviane. *Virginia Woolf*, Paris: Albin Michel, 2009.

Forster, E. M. *Virginia Woolf*, New York: Harcourt Brace & Co., 1942.

Fox, Alice. *Virginia Woolf and the Literature of the English Renaissance*, Oxford: Larendon Press; NY: Oxford University Press, 1990.

Frank, A. O. *The Philosophy of Virginia Woolf: A Philosophical Reading of the Mature Novels*, Budapest: Akademiai Kiado, 2002.

Freedman, Ariela. *Death, Men, and Modernism: Trauma and Narrative in British Fiction from Hardy to Woolf*, NY: Routledge, 2003.

Freedman, Ralph. *The Lyrical Novel: Studies in Herman Hesse, Andre' Gide, and Virginia Woolf*, Princeton, New Jersey: Princeton University

Press, 1963.

Freedman, Ralph (ed.). *Virginia Woolf: Revaluation and Continuity*, Berkeley, Los Angeles: University of California Press, 1980.

Friedman, Susan Stanford. *Mappings: Feminism and the Cultural Geographies of Encounter*, Princeton, NJ: Princeton University Press, 1998.

Froula, Christine. *Virginia Woolf and the Bloomsbury Avant-Garde: War, Civilization, Modernity*, New York: Columbia University Press, 2005.

Fry, Roger. *Vision and Design*, London: Chatto & Windus, 1920.

Fuefi, John and Jo Francis (dirs.). *The War Within: A Portrait of Virginia Woolf* DVD, Flare Films, 1995.

Funke, Sarah, and William Beekman (eds.). *This Perpetual Fight: Love and Loss in Virginia Woolf's Intimate Circle*, New York: Grolier, 2008.

De Gay, Jane. *Virginia Woolf's Novels and the Literary Past*, Edinburgh: Edinburgh UP, 2006.

Gardner, Diana. *The Rodmell Papers: Reminiscences of Virginia and Leonard Woolf by a Sussex Neighbour*, Bloomsbury Heritage Series 52. London: Cecil Woolf, 2008.

Garrity, Jane. *Step-Daughters of England: British Women Modernists and the National Imaginary*, Manchester: Manchester University Press and New York: Palgrave, 2003.

Gattens, Marie-Luise. *Women Writers and Fascism: Reconstructing History*, Gainsville, FL: University Press of Florida, 1995.

Gay, Jane De. *Virginia Woolf and Christian Culture*, Edinburgh: Edinburgh University Press, 2018.

Gee, Maggie. *Virginia Woolf in Manhattan*, London: Telegram Books, 2014.

Gikandi, Simon. *Maps of Englishness: Writing Identity in the Culture of Colonialism*, New York: Columbia University Press, 1996.

Gilbert, Sandra M. and Susan Gubar. *The Madwoman in the Attic: The Woman Writer and the Nineteenth-Century Literary Imagination*, New Haven, CT: Yale University Press, 1979.

Gillespie, Diane Filby. *The Sisters' Arts. The Writing and Painting of Virginia Woolf and Vanessa Bell*, Syracuse: Syracuse University Press, 1988.

Gillespie, Diane F. and Elizabeth Steele (eds.). *Julia Duckworth Stephen: Stories for Children, Essays for Adults*, Syracuse, NY: Syracuse University Press, 1987.

Glendinning, Victoria. *Leonard Woolf*, London: Simon and Schuster, 2006.

Glenny, Allie. *Ravenous Identity: Eating and Eating Distress in the Life and Work of Virginia Woolf*, New York: St Martin's Press, 1999.

Golden, Amanda. *Annotating Modernism: Marginalia and Pedagogy from Virginia Woolf to the Confessional Poets*, Oxfordshire: Taylor & Francis, 2016.

Goldman, Jane. *The Cambridge Introduction to Virginia Woolf*, Shanghai: Shanghai Foreign Language Education Press, 2008.

Goldman, Jane (ed.). *The Icon Critical Guide to Virginia Woolf*, Cambridge: Icon Books, 1997.

Goldman, Jane (ed.). *Icon Critical Guide on To the Lighthouse and The Waves*, Cambridge: Icon Books, 1997.

Goldman, Jane. *The Feminist Aesthetics of Virginia Woolf: Modernism, Post-Impressionism and Politics of the Visual*, New York and Cambridge: Cambridge University Press, 1998.

Goldman, Jane. *Modernism, 1910-1945: Image to Apocalypse*, Basingstoke: Plagrave, 2003.

Goldman, Jane. *Burns Night/Woolf Supper: Birthday Thoughts on Virginia Woolf and Scotland*, Fourteenth Annual Virginia Woolf Birthday Lecture, London: Virginia Woolf Society of Great Britain, 2013.

Goldman, Jane. *With You in the Hebrides: Virginia Woolf and Scotland*, Bloomsbury Heritage Series, London: Cecil Woolf Publishers, 2013.

Goldman, Mark. *The Reader's Art: Virginia Woolf as Literary Critic*, The Hague: Mouton, 1976.

Goldstein, Bill. *The World Broke in Two: Virginia Woolf, T. S. Eliot, D. H. Lawrence, E. M. Forster and the Year That Changed Literature*, New York: Henry Holt and Company, 2017.

Gordon, Lyndall. *Virginia Woolf: A Writer's Life*, Oxford: Oxford University Press, 1984.

Gregg, Catherine. *Virginia Woolf and "Dress Mania"*, London: Cecil

Woolf, 2010.

Green-Lewis, Jennifer, and Margaret Soltan. *Teaching Beauty in Delillo, Woolf, and Merrill*, New York, NY: Palgrave Macmillan, 2008.

Greene, Sally (ed.). *Virginia Woolf: Reading the Renaissance*, Athens, OH: Ohio University Press, 1999.

Gruber, Ruth. *Virginia Woolf: The Will to Create as a Woman*, New York: Carroll & Graf Publishers, 2005. Reprint of *Virginia Woolf: A Study*, 1935.

Gualtieri, Elena. *Virginia Woolf's Essays: Sketching the past*, Houndmills and London: Macmillan Press Ltd., 2000.

Gudz, Nataliya. *Concepts of Time in Virginia Woolf*, Munich: GRIN Verlag, 2013.

Guiget, Jean. *Virginia Woof and Her Works*, New York: Harcourt, Brace and World, 1965.

Hackett, Robin. *Sapphic Primitivism: Productions of Race, Class, and Sexuality in Key Works of Modern Fiction*, New Brunswick, NJ: Rutgers University Press, 2004.

Hafley, James. *The Glass Roof: Virginia Woolf as Novelist*, New York: Russel and Russel, 1954, 1963.

Hall, Sarah M. *Before Leonard: The Early Suitors of Virginia Woolf*, Chester Springs, PA; London, England: Dufour; Owen, 2006.

Hall, Sarah M. *The Bedside, Bathtub and Armchair Companion to Virginia Woolf and Bloomsbury*, London: Continuum, 2007.

Hall, Sarah M., Mary Ellen Foley, Lindsay Martin, Claire Nicholson (eds.). *The Voyage Out: Centenary Perspectives*, Southport: Virginia Woolf Society of Great Britain, 2015.

Hancock, Nuala. *Charleston and Monk's House: The Intimate House Museums of Virginia Woolf and Vanessa Bell*, Edinburgh: Edinburgh University Press, 2012.

Hansen, Carol. *The Life and Death of Asham: Leonard and Virginia Woolf's Haunted House*, London: Cecil Woolf (Bloomsbury Heritage), 2000.

Hanson, Clare. *Virginia Woolf*, London: Macmillan, 1994.

Harris, Alexandra. *Romantic Moderns: English Writers, Artists and the Imagi-

nation from Virginia Woolf to John Piper, London: Thames & Hudson, 2010.

Harris, Alexandra. *Virginia Woolf*, London: Thames and Hudson, 2011.

Harris, Alexandra. Romantic Moderns: *English Writers, Artists and the Imagination from Virginia Woolf to John Piper*, London: Thames & Hudson, 2015.

Harris, Andrea L. *Other Sexes: Rewriting Difference fromWoolf to Winterson*, Albany: State University of New York Press, 2000.

Harrison, Suzan. *Eudora Welty and Virfinia Woolf: Gender, Genre, and Influence*, Louisiana: Louisiana State University Press, 1997.

Harrison, Suzan. *Woolf in Winter: The Sixteenth Annual Virginia Woolf Birthday Lecture*, Southport: Virginia Woolf Society of Great Britain, 2015.

Haule, James M. and Philip H. Smith Jr. *A Concordance to The Waves by Virginia Woolf*, Ann Arbor, Michigan University Microfilms International, 1988.

Haule, James M. and J. H. Stape (eds.). *Editing Virginia Woolf: Interpreting the Modernist Text*, Basingstoke: Palgrave, 2002.

Hawthorn, Jeremy. *Virginia Woolf's Mrs Dalloway: A Study in Alienation*, Brighton: Sussex University Press, 1975.

Heilbrun, Carolyn. *Toward a Recognition of Androgyny*, New York: Harper & Row, 1973.

Heine, Stefanie. *Visible Words and Chromatic Pulse: Virginia Woolf's Writing, Impressionist Painting, Maurice Blanchot's Image*, Vienna, Austria: Turia & Kant, 2014.

Heininge, Kathleen. *Reflections: Virginia Woolf and her Quaker Aunt, Caroline Stephen*, New York: Peter Lang, 2016.

Hellerstein, Marjorie H. *Virginia Woolf's Experiments with Consciousness, Time and Social Values*, Lewiston, NY: Edwin Mellen P, 2001.

Henke, Suzette, David Eberly, and Jane Lilienfeld (eds.). *Virginia Woolf and Trauma: Embodied Texts*, New York: Pace UP, 2007.

Henry, Holly. *Virginia Woolf and the Discourse of Science: The Aesthetics of Astronomy*, Cambridge: Cambridge University Press, 2003.

Hoff, Molly. *Virginia Woolf's Mrs. Dalloway: Invisible Presences*, Clemson, SC: Clemson University Digital, 2009.

Holmesland, Oddvar. *Form as Compensation for Life: Fictive Patterns in*

Virginia Woolf's Novels, Columbia: Camden House, 1998.

Holtby, Winifred. *Virginia Woolf: A Critical Memoir*, London: Continuum UK, 2007. First published in 1932.

Homans, Margaret (ed.). *Virginia Woolf: A Collection of Critical Essays*, Englewood Cliffs, NJ: Prentice Hall, 1993.

Humm, Maggie. *Modernist Women and Visual Cultures: Virginia Woolf, Vanessa Bell, Photography and Cinema*, Edinburgh: Edinburgh University Press, 2002.

Humm, Maggie. *Snapshots of Bloomsbury: The Private Lives of Virginia Woolf and Vanessa Bell*, New Brunswick, NJ: Rutgers University Press, 2005.

Humm, Maggie (ed.) *The Edinburgh Companion to Virginia Woolf and the Arts*, Edinburgh: Edinburgh University Press, 2010.

Humphrey, Robert. *Stream of Consciousness in the Modern Novel*, Berkeley, CA: University of California Press, 1954.

Hussey, Mark (ed.). *Virginia Woolf and War: Fiction, Reality, And Myth*, New York, NY: Syracuse University Press, 1991.

Hussey, Mark, etc. (ed.). *Woolf Studies Annual*, Volume 3, New York: Pace University Press, 1997.

Hussey, Mark, etc. (ed.). *Woolf Studies Annual*, Volume 2, New York: Pace University Press, 1996.

Hussey, Mark. *Virginia Woolf A-Z*, New York, NY: Oxford University Press, 1995.

Hussey, Mark. *Major Authors on CD-ROM: Virginia Woolf*, Woodbridge, CT: Primary Source Media, 1997.

Ingersoll, Earl G. *Screening Woolf: Virginia Woolf on / and / in Film*, Madison: Fairleigh Dickinson University Press; Lanham, Maryland : The Rowman & Littlefield Publishing Group, 2017.

Isaac, Alan. *Virginia Woolf, the Uncommon Bookbinder*, London: Cecil Woolf (Bloomsbury Heritage), 2000.

Iven, Mathias. *Virginia Woolf in Rodmell*, Berlin: Edition A. B. Fischer, 2014.

Jackson, E. Tony. *The Subject of Modernism: Narrative Alterations in the*

Fiction of Eliot, Conrad, Woolf, and Joyce, Ann Arbor: University of Michigan Press, 1994.

Jacobus, Mary (ed.). Women Writing and Writing about Women, London: Croom Helm, 1979.

Jones, Brandon. Capturing Life: Virginia Woolf and the Art of Biography, Amazon Digital, 2010. (Ebook)

Jones, Clara. Virginia Woolf: Ambivalent Activist. Edinburgh: Edinburgh University Press, 2015.

Johnston, Georgia. The Formation of 20th-Century Queer Autobiography: Reading Vita Sackville-West, Virginia Woolf, Hilda Doolittle, and Gertrude Stein, New York: Palgrave Macmillan, 2007.

Johnstone, J. K.. The Bloomsbury Group, New York, NY: Octagon Books, 1978.

Jones, Danell. Virginia Woolf Writers' Workshop: Seven Lessons to Inspire Great Writing, New York: Bantam, 2007.

Kahane, Claire. Passions of the Voice: Hysteria, Narrative, and the Figure of the Speaking Woman, 1850–1915, Baltimore and London: Johns Hopkins University Press, 1995.

Kaplan, Caren. Questions of Travel: Postmodern Discourses of Displacement, Durham, NC: Duke University Press, 1996.

Karl, Alissa. Modernism and the Marketplace: Literary Culture and Consumer Capitalism in Rhys, Woolf, Stein, and Nella Larson, London and New York: Routledge, 2008.

Kaye, Peter. Dostoevsky and English Modernism 1900–1930, Cambridge: Cambridge University Press, 1999.

King, James. Virginia Woolf, London: Hamish Hamilton, 1994.

King, Julia (Compiler), Laila Miletic-Vejzovic (Editor), Diane F. Gillespie (Introduction). The Library of Leonard and Virginia Woolf: A Short-Title Catalog, Pullman: Washington State University Press, 2003.

Kirkpatrick, B. J. and Stuart N. Clarke. A Bibliography of Virginia Woolf, 4th edn, Oxford and New York: Clarendon, 1997.

Koppen, Randi S. Virginia Woolf, Fashion and Literary Modernity, Edinburgh: Edinburgh University Press, 2009.

Kostkowska, Justyna. *Virginia Woolf's Experiment in Genre and Politics1926-1931: Visioning and Versioning The Waves*, Lewiston: Edwin Mellen, 2005.

Kostkowska, Justyna. *Ecocritism and Women Writers: Environmentalist Poetics of Virginia Woolf, Jeanette Winterson, and Ali Smith*, Hampshire: Palgrave Macmillan, 2013.

Koutsantoni, Katerina. *Virginia Woolf's Common Reader*, London: Ashgate Publishing, 2009.

Koulouris, Theodore. *Hellenism and Loss in the Work of Virginia Woolf*, Farnham, Surrey: Ashgate, 2011.

Kukil, Karen V. (ed.). *Woolf in the Real World: Selected Papers from the Thirteenth International Conference on Virginia Woolf*, Clemson SC: Clemson Digital Press, 2005.

Kuta Me'lanie. *Mrs. Dalloway by Virginia Woolf*, Primento Digital, 2016.

Landon, Lana Hartman, Laurel Smith, and Mary M. Brown. *Early Works by Modern Women Writers: Woolf, Bowen, Mansfield, Cather, and Stein*, Lewiston, N.Y.: Mellen, 2006.

Lanser, Susan Sniader. *Fictions of Authority: Women Writers and Narrative Voice*, Ithaca and London: Cornell University Press, 1992.

Larsson, Lisbeth. *Walking Virginia Woolf's London: An Investigation in Literary Geography*, Cham, Switzerland: Palgrave Macmillan, 2017.

Latham, Monica. *A Poetics of Postmodernism and Neomodernism: Rewriting Mrs Dalloway*, London: Palgrave Macmillan, 2015.

Latham, Jacgueline E.M. (ed.). *Critics on Virginia Woolf*, Coral Gables: University of Miam Press, 1970.

Laurence, Patricia Ondek. *The Reading of Silence: Virgnia Woolf in the English Tradition*, Stanford, CA: Stanford University Press, 1991.

Laurence, Patricia. *Lily Briscoe's Chinese Eyes: Bloomsbury, Modernism, and China*, Columbia, South Carolina: University of South Carolina Press, 2003.

Laurence, Patricia. *Julian Bell: The Violent Pacifist*, London: Cecil Woolf, 2006.

Lawrence, Karen R. (ed.). *Decolonizing Tradition: New Views of Twentieth-Century "British" Literary Canons, Urbana and Chicago: University of Illinois Press, 1992.

Lazenby, Donna J. *A Mystical Philosophy: Transcendence and Immanence in the Works of Virginia Woolf and Iris Murdoch*, New York, NY: Bloomsbury Academic, 2014.

Leaska, Mitchell A. *Virginia Woolf's Lighthouse: A Study in Critical Method*, London: Hogarth Press, 1970.

Leaska, Mitchell A. *The Novels of Virginia Woolf from Beginning to End*, West Sussex: Littlehampton Book Services Ltd., 1979.

Leaska, Mitchell. *Granite and Rainbow: The Hidden Life of Virginia Woolf*, New York: Farrar Straus Giroux, 1998.

Lee, Hermione. *The Novels of Virginia Woolf*, London: Methuen, 1977.

Lee, Hermione. *Virginia Woolf*, New York: Alfred A. Knopf, 1997; New York: Random House and Vintage Books, 1996.

Lee, Hermione. *Virginia Woolf's Nose: Essays on Biography*, Princeton: Princeton University press, 2005.

Lehmann, John. *Virginia Woolf and Her World*, New York: Harcourt Brace Jovanovich, 1976.

Leontis, Artemis. *Topographies of Hellenism: Mapping the Homeland*, Ithaca and London: Cornell University Press, 1995.

Levenback, Karen. *Virginia Woolf and the Great War*, New York, NY: Syracuse University Press, 1999.

Levy, Heather. *The Servants of Desire in Virginia Woolf's Short Fiction*, New York: Peter Lang Publishing Inc, 2010.

Lewis, Wyndham. *Men Without Art*, Santa Rosa: Black Sparrow Press, 1987.

License, Amy. *Living in Squares, Loving in Triangles: The Life and Loves of Virginia Woolf and the Bloomsbury Group*, Stroud, Gloucestershire: Amberley, 2015.

Light, Alison. *Mrs Woolf and the Servants*, London: Viking, 2007.

Lilienfeld, Jane. *Reading Alcoholisms: Theorizing Character and Narrative in Selected Novels of Thomas Hardy, James Joyce, and Virginia Woolf*, New York: St Martin's Press, 1999.

Lin, Tzu Yu Allison. *Mystic Virginia Woolf*, Taipei: Showwe, 2012.

Linett, Maren (ed.). *Virginia Woolf: An MFS Reader*, Baltimore, MD: Johns Hopkins UniversityPress, 2009.

Little, Judy. *Comedy and the Woman Writer: Woolf, Spark, and Feminism*, Lincoln: University of Nebraska Press, 1983.

Llewellyn Davies, Margaret. *Life As We Have Known It*, London: Hogarth Press, 1931.

Lodge, David. *The Modes of Modern Writing*, London: Edward Arnold, 1977.

London, Bette. *The Appropriated Voice: Narrative Authority in Conrad, Forster, and Woolf*, Ann Arbor: University of Michigan Press, 1990.

Lounsberry, Barbara. *Becoming Virginia Woolf: Her Early Diaries & the Diaries She Read*, Gainesville, FL: University Press of Florida, 2014.

Lounsberry, Barbara. *Virginia Woolf's Modernist Path: Her Middle Diaries & the Diaries She Read*, Gainesville: University Press of Florida, 2016.

Lounsberry, Barbara. *Virginia Woolf, the War Without, the War Within: Her Final Diaries and the Diaries She Read*, Gainesville: University Press of Florida, 2018.

Love, Jean O. *Worlds in Consciousness: Mythopoetic Thought in the Novels of Virginia Woolf*, Berkeley, Los Angeles and London: University of California Press, 1970.

Lowe, Alice. *Beyond the Icon: Virginia Woolf in Contemporary Fiction*, London: Cecil Woolf, 2010.

Lowe, Alice. *Virginia Woolf as Memoirist, "I am made and remade continually."* Bloomsbury Heritage Series, London: Cecil Woolf, 2015.

Luckhurst, Nicola and Martine Ravache. *Virginia Woolf in Camera*, London: Cecil Woolf, 2001.

Maggio, Paula. *Reading the Skies in Virginia Woolf: Woolf on Weather in her Essays, Diaries and Three of her Novels*, London: Cecil Woolf, 2009.

Maggio, Paula. *The Best of Blogging Woolf, Five Years On*, London: Cecil Woolf, 2012.

Maggio, Paula (ed.). *Virginia Woolf's Likes and Dislikes*, London: Cecil Woolf, 2012.

Maggio, Paula. *Virginia Woolf and Vanessa Bell, Seeing Peace Through an Open Window: Art, Domesticity and the Great War*, London: Cecil Woolf, 2016.

Majumdar, Robin and Allen Mclaurin (ed.). *Virginia Woolf: The Critical Heritage*, London: Routledge and Kegan Paul, 1975.

Majumdar, Robin. *Virginia Woolf*, New York: Routledge, 2009.

Marcus, Jane (ed.). *New Feminist Essays on Virginia Woolf*, Lincoln and London: University of Nebraska Press, 1981.

Marcus, Jane (ed.). *Virginia Woolf: A Feminist Slant*, Lincoln: University of Nebraska Press, 1983.

Marcus, Jane (ed.). *Virginia Woolf and Bloomsbury: A Centenary Celebration*, London: Macmillan, 1987.

Marcus, Jane. *Virginia Woolf and the language of Patriarchy*, Bloomington: Indiana University Press, 1987.

Marcus, Jane. *Art and Anger: Reading Like a Woman*, Columbus: Ohio State University Press, 1988.

Marcus, Jane. *Heart of Darkness: White Women Write Race*, New Brunswick, NJ: Rutgers University Press, 2004.

Marcus, Laura. *Writers and Their Work: Virginia Woolf*, 2nd edn, Plymouth: Northcote House, 2004.

Marcus, Laura. *Virginia Woolf and the Art of the Novel*, Southport: Virginia Woolf Society of Great Britain, 2015.

Marder, Herbert. *Feminism and Art: A Study of Virginia Woolf*, Chicago: University of Chicago Press, 1968.

Marder, Herbert. *The Measure of Life: Virginia Woolf's Last Years*, Ithaca, NY: Cornell University Press, 2000.

Marler, Regina. *Bloomsbury Pie*, New York: Henry Holt, 1997.

Marsh, Nicholas. *Virginia Woolf: The Novels*, Houndmills and London: Macmillan Press Ltd., 1998.

Martin, Ann, and Kathryn Holland (eds.). *Interdisciplinary / Multidisciplinary Woolf: Selected Papers from the Twenty-Second Annual International Conference on Virginia Woolf*, Clemson: Clemson University Digital Press, 2013.

Martin, Kirsty. *Modernism and the Rhythms of Sympathy: Vernon Lee, Vir-

ginia Woolf, *D. H. Lawrence*, New York: Oxford UP, 2013.

Martin, W. Todd. *Katherine Mansfield and the Bloomsbury Group*, London: Bloomsbury Academic, 2017.

Maze, John R. *Virginia Woolf: Feminism, Creativity, and the Unconscious*, Westport, Connecticut and London: Greenwood Press, 1997.

McGann, Jerome. *Historical Studies and Literary Criticism*, Madison, WI: University of Wisconsin Press, 1985.

McGann, Jerome. *The Textual Condition*, Princeton, NJ: Princeton University Press, 1991.

McGarry, Lisa Coughlin. *Orts, Scraps, and Fragments: The Elusive Search for Meaning in Virginia Woolf's Fiction*, Lanham, MD: UP of America, 2007.

McIntire, Gabrielle. *Modernism, Memory, and Desire: T. S. Eliot and Virginia Woolf*, Cambridge: Cambridge University Press, 2008.

McKenzie, D. F. *Bibliography and the Sociology of Texts: The Panizzi Lectures, 1985*, London: British Library, 1986.

Mclaurin, Allen. *Virginia Woolf: The Echoes Enslaved*, Cambridge: Cambridge University Press, 1973.

McNees, Eleanor (ed.). *Virginia Woolf: Critical Assessments*, Sussex: Helm Information Ltd., 1994.

McNees, Eleanor and Sara Veglahn (eds.). *Woolf Editing/Editing Woolf: Selected Papers from the Eighteenth Annual Conference on Virginia Woolf*, Clemson: Clemson University Digital Press, 2009.

McNeillie, Andrew (ed.). *The Essays of Virginia Woolf, Volume I. 1904–1912*, San Diego, New york and London: Harcourt Brace Jovanovich, 1986.

McNichol, Stella. *Virginia Woolf and the Poetry of Fiction*, London: Routledge, 1990.

Meese, Elizabeth. *(Sem) erotics: Theorizing Lesbian: Writing*, New York: New York University Press, 1992.

Meisel, Perry. *The Absent Father: Virginia Woolf and Walter Pater*, New Haven: Yale University Press, 1980.

Meitei, M. Mani. *Virginia Woolf: the Evolution of an Experimental Novelist*, New Delhi: Atlantic Publishers & Distributors Ltd., 2016.

Mepham, John. *Virginia Woolf: A Literary Life*, Houndmills and London: Macmillan Press Ltd. , 1991.

Mepham, John. *Criticism in Focus: Virginia Woolf*, Bristol: Bristol Classical Press, 1992.

Merli, Carol (ed.). *Illuminations: New Readings of Virginia Woolf*, New Delhi: Macmillan, 2004.

Meyers, Jeffrey. *Married to Genius*, Harpenden: Old Castle Books, 2005.

Meyerowitz, Selma. *Leonard Woolf*, Boston: Twayne, 1982.

Midorikawa, Emily and Emma Claire Sweeney. *A Secret Sisterhood: The Literary Friendships of Jane Austen, Charlotte Bronte, George Eliot & Virginia Woolf*, Boston: Houghton Mifflin Harcourt, 2017.

Mills, Jean. *Virginia Woolf, Jane Ellen Harrison, and the Spirit of Modernist Classicism*, Columbus: Ohio State University Press, 2014.

Minow-Pinkney, Makiko. *Virginia Woolf and the Problem of the Subject*, Edinburgh: Edinburgh University Press Ltd., 2010.

Minow-Pinkney, Makiko (ed.). *Virginia Woolf and December* 1910: *Studies in Rhetorica and Context*, Grosmont, S. : Illuminati Books, 2014.

Miracky, James. *Regenerating the Novel: Gender and Genre in Woolf, Forster, Sinclair, and Lawrence*. New York: Routledge, 2003.

Moi, Toril. *Sexual/Textual Politics: Feminist Literary Theory*, London: Routledge, 1985.

Monaco, Beatrice. *Machinic Modernism: The Deleuzian Literary Machines of Woolf, Lawrence and Joyce*, Basingstoke, UK; New York: Palgrave Macmillan, 2008.

Moore, G. E. *Principia Ethica*, Cambridge: Cambridge University Press, 1903.

Moran, Patricia. *Word of Mouth: Body Language in Katherine Mansfield & Virginia Woolf*, Charlottesville: University Press of Virginia, 1996.

Moran, Patricia. *Virginia Woolf, Jean Rhys, and the Aesthetics of Trauma*, New York, NY: Palgrave Macmillan, 2007.

Morris, Pam. *Jane Austen, Virginia Woolf and Worldly Realism*, Edinburgh: Edinburgh University Press Ltd, 2017.

Nadel, Ira B. *Virginia Woolf*, London: Reaktion Books, 2016.

Nalbantian, Suzanne. *Aesthetic Autobiography: From Life to Art in Marcel Proust, James Joyce, Virginia Woolf and Anais Nin*, New York: St Martin's Press, 1994.

Naremore, James. *The World without a Self: Virginia Woolf and the Novel*, New Haven: Yale University Press, 1973.

Nasu, Masako. *From Individual to Collective: Virginia Woolf's Developing Concept of Consciousness*, Bern: Peter Lang, 2017.

Neuhold, Birgit. *Measuring the Sadness: Conrad, Joyce, Woolf and European Epiphany*, Frankfurt am Main; New York: P. Lang, 2009.

Neverow, Vara. *Septimus Smith: Modernist and War Poet: A Closer Reading*, Bloomsbury Heritage series. London: Cecil Woolf, 2015.

Newton, Deborah. *Virginia Woolf*, Melbourne: Melbourne University Press, 1946.

Newman, Hillary. *Anne Thackeray Ritchie: Her Influence on the Work of Virginia Woolf*, Bloomsbury Heritage Series 49. London: Cecil Woolf, 2008.

Newman, Hillary. *James Kenneth Stephens: Virginia Woolf's Tragic Cousin*, Bloomsbury Heritage Series 47. London: Cecil Woolf, 2008.

Newman, Hilary. *"Eternally in yr. debt": The Personal and Professional Relationship Between Virginia Woolf & Elizabeth Robins*, Bloomsbury Heritage series. London: Cecil Woolf, 2015.

Newman, Hilary. *Bella Woolf, Leonard Woolf and Ceylon*, Bloomsbury Heritage Series, London: Cecil Woolf Publishers, 2013.

Nicolson, Nigel and Trautmann, Joanne (ed.). *The Letters of Virginia Woolf, Volume II: 1912–1922*, New York and London: Harcourt Brace Jovanovich, 1976.

Nicolson, Nigel. *Virginia Woolf*, New York: Penguin, 2000.

Nikolchina, Miglena. *Matricide in Language: Writing Theory in Kristeva and Woolf*, NY: Other Press, 2005.

Noble, Joan Russell (ed.). *Recollections of Virginia Woolf by Her Contemporaries*, London: Peter Owen Publishers, 2014.

Ockerstrom, Lolly. *Virginia Woolf and the Spanish Civil War: Texts, Con-

texts & Women's Narratives, London: Cecil Woolf, 2012. Print.

Oldfield, Sybil (ed.). *Afterwords: Letters on the Death of Virginia Woolf*, Edinburgh: Edinburgh University Press, 2005.

Oldfield, Sybil. *The Child of Two Atheists: Virginia Woolf's Humanism*, Southport, England: Virginia Woolf Society of Great Britain, 2006.

Olk, Claudia. *Virginia Woolf and the Aesthetics of Vision*, Berlin: De Gruyter Mouton, 2014.

Orr, Douglas W. *Virginia Woolf's Illnesses*, Clemson: Clemson U Digital Press, 2004.

Oser, Lee. *The Ethics of Modernism: Moral Ideas in Yeats, Eliot, Joyce, Woolf and Beckett*, Cambridge: Cambridge University Press, 2009.

O'Hara, Daniel T. *Sublime Woolf: On the Visionary Moment in Her Modernist Classics*, Basingstoke: Palgrave Macmillan, 2015.

O'Hara, Daniel T. *Virginia Woolf and the Modern Sublime: the Invisible Tribunal*, New York, NY: Palgrave Macmillan, 2015.

Palusci, Oriana (ed.). *Translating Virginia Woolf*, Bern: Peter Lang, 2012. Print.

Parker, Jo Alyson. *Narrative Form and Chaos Theory in Sterne, Proust, Woolf, and Faulkner*, New York: Palgrave Macmillan, 2007.

Parsons, Deborah. *Theorists of the Modernist Novel: James Joyce, Dorothy Richardson and Virginia Woolf*, London: Routledge, 2007.

Parmar, Priya. *Vanessa and Her Sister: A Novel*, New York: Random House, 2015.

Paulin, Tom. *J'Accuse: Virginia Woolf*, directed and produced by Jeff Morgan, Fulmar Productions for Channel Four, London, 29 January 1991.

Pawlowski, Merry (ed.). *Virginia Woolf and Facism: Resisting the Dictators' Seduction*, New York: Palgrave, 2001.

Pawlowski, Merry M. and Vara Neverow (eds.). *Reading Notes for Three Guineas: An Edition and Archive*, California State University–Bakersfield 〈http://www.csub.edu/woolf/tgs-home.html (by subscription)〉, 2002.

Peach, Linden. *Virginia Woolf*, London: Palgrave Macmillan, 2000.

Pearce, Brian Louis. *Virginia Woolf and the Bloomsbury Group in Twicken-

ham, Twickenham: Borough of Twickenham Local History Society, 2007.

Pearce, Richard. *The Politics of Narration: James Joyce, William Faulkner, and Virginia Woolf*, New Brunswick, NJ: Rutgers University Press, 1991.

Pease, Allison. *Modernism, Feminism, and the Culture of Boredom*, New York, NY: Cambridge University Press, 2012.

Pease, Allison, ed. *The Cambridge Companion to To the Lighthouse*, Cambridge: Cambridge University Press, 2014.

Penda, Petar. *Aesthetics and Ideology of D. H. Lawrence, Virginia Woolf, and T. S. Eliot*, Lanham, Maryland: Lexington Books, 2018.

Phillips, Kathy J. *Woolf Against Empire*, Knoxville, TN: University of Tennessee Press, 1994.

Phillips, Sarah Latham. *Virginia Woolf as a "Cubist" Writer*, London: Cecil Woolf, 2012. Print.

Pippett, Aileen. *The Moth and the Star: A Biography of Virginia Woolf*, New York: Viking, 1957.

Podnieks, Elizabeth. *Daily Modernism: The Literary Diaries of Virginia Woolf, Antonia White, Elizabeth Smart, and Anais Nin*, Montreal: McGill-Queen's University Press, 2000.

Polaschek, Bronwyn. *The Postfeminist Biopic: Narrating the Lives of Plath, Kahlo, Woolf, and Austen*, New York: Palgrave Macmillan, 2013.

Pool, Roger. *The Unknown Virginia Woolf*, London: Cambridge University Press, 1978.

Porter, David. *The Omega Workshops and the Hogarth Press: An Artful Fugue*, Bloomsbury Heritage Series 53. London: Cecil Woolf, 2008.

Potts, Gina and Lisa Shahriari. *Virginia Woolf's Bloomsbury, Volumes 1 and 2*, New York: Palgrave Macmillan, 2010.

Prose, Francine. *The Mrs. Dalloway Reader*, San Diego: Harcourt, 2003.

Prudente, Teresa. *An Specially Tender Piece of Eternity: Virginia Woolf and the Experience of Time*, Lanham, MD: Lexington Books, 2008.

Pryor, William. *Some Sign of a Path: The Relationship Between Virginia Woolf & Gwen and Jacques Raverat*, Bath, UK: Clear Press, 2003.

Putzel, Steven D. *Virginia Woolf and the Theater*, Hackensack: Fairleigh

Dickinson, 2013.

Rado, Lisa. *The Modern Androgynne Imagination: A Failed Subline*, Charlottesville and London: University Press of Virginia, 2000.

Radin, Grace. *Virginia Woolf's The Years: The Evolution of a Novel*, Knoxville, TN: University of Tennessee Press, 1981.

Raitt, Suzanne. *Vita & Virginia: The Work and Friendship of Vita Sackville-West and Virginia Woolf*, Oxford: Oxford University Press, 1993.

Ramulu, G. Sree. *Voyage into Consciousness, The Fictionof Anita Desai &Virginia Woolf*, New York: Sterling Publishers, 2000.

Randall, Bryony and Jane Goldman. *Virginia Woolf in Context*, Cambridge: Cambridge University Press, 2012.

Ratcliffe, Krista. *Anglo-American Feminist Challenges to the Rhetorical Traditions: Virginia Woolf, Mary Daly, Adrienne Rich*, Carbondale: Southern Illinois University Press, 1996.

Reed, Christopher. *Bloomsbury Rooms: Modernism, Subculture, and Domesticity*, New Haven: Yale University Press, 2004.

Reid, Panthea. *Art and Affection: A Life of Virginia Woolf*, New York: Oxford University Press, 1996.

Reinhold, Natalya (ed.). *Woolf Across Cultures*, New York: Pace University Press, 2004.

Reynier, Christine. *Virginia Woolf's Ethics of the Short Story*, New York: Palgrave Macmillan, 2009.

Rhein, Donna E. *The Handprinted Books of Leonard and Virginia Woolf at the Hogarth Press 1917-1932*, Ann Arbor: UMI Research Press, 1985.

Rice, Thomas Jackson. *Virginia Woolf: A Guide to Research*, New York, NY: Routledge, 2018.

Richards, Constance S. *Transnational Feminism and Literature: Studies in Woolf, Wicomb and Walker*, New York: Garland, 2000.

Richardson, Susan. *Virginia Woolf and Sylvia Plath—Twoof Me Now: a Poetic Drama*, London: Cecil Woolf (BloomsburyHeritage), 2000.

Richter, Harvena. *Virginia Woolf: The Inward Voyage*, Princeton, New Jersey: Princeton University Press, 1970.

Robbins, Dorothy Dodge (ed.) *Critical Insights*: *Mrs. Dalloway*, Pasadena, CA: Salem Press, 2011.

Robinson, Fiona and Tim Smith-Laing. *An Analysis of Virginia Woolf's A Room of One's Own*, London: Routledge, 2017.

Roe, Sue and Susan Sellers (eds.). *The Cambridge Companion to Virginia Woolf*, Shanghai: Shanghai Foreign Language Education Press, 2001.

Roe, Sue. *Twelfth Annual Virginia Woolf Birthday Lecture*, "Virginia Woolf and Friends: The Influence of T. S. Eliot and Katherine Mansfield.", Southport: Virginia Woolf Society of Great Britain, 2011.

Rolls, Jans Ondaatje. *The Bloomsbury Cookbook*: *Recipes for Life, Love and Art*, London: Thames & Hudson, 2014.

Rose, Jonathan. *The Intellectual Life of the British Working Class*, New Haven: Yale University Press, 2001.

Rose, Phyllis. *Woman of Letters*: *A Life of Virginia Woolf*, London and Henley: Routledge & Kegan Paul, 1978.

Rosenbaum, S. P. (ed.). *The Bloomsbury Group*, London: Croom Helm, 1975.

Rosenbaum, S. P.. *Women & Fiction*: *The Manuscript Versions of A Room of One's Own*, Oxford: Blackwell, 1992.

Rosenbaum, S. P. Georgian Bloomsbury: *The Early Literary History of the Bloomsbury Group, 1910-1914*, Volume 3, NY: St. Martin's, 2003.

Rosenbaum, S. P., and James M. Haule (ed.). *The Bloomsbury Group Memoir Club*, Basingstoke: Palgrave Macmillan, 2014.

Rosenberg, Beth Carole and Jeanne Dubino (eds.). *Virginia Woolf and the Essay*, Basingstoke: Macmillan, 1997.

Rosenfeld, Natalia. *Outsiders Together*: *Virginia and Leonard Woolf*, Princeton, NJ: Princeton University Press, 2000.

Rosenman, Ellen Bayuk. *The Invisible Presence*: *Virginia Woolf and the Mother-Daughter Relationship*, Baton Rouge: Louisiana State University Press, 1986.

Rosenman, Ellen Bayuk. *A Room of One's Own*: *Women Writers and the Politics of Creativity*, New York, NY: Twayne Schaefer, 1995.

Rosenthal, Edna. *Aristotle and Modernism: Aesthetic Affinities of T. S. Eliot, Wallace Stevens, and Virginia Woolf*, Brighton: Sussex Academic Press, 2008.

Rosenthal, Michael. *Virginia Woolf*, London: Routledge & Kegen, 1979.

Rosner, Victoria (ed.). *The Cambridge Companion to the Bloomsbury Group*, Cambridge: Cambridge University Press, 2014.

Rowbotham, Sheila. *A Century of Women: The History of Women in Britain and the United States in the Twentieth Century*, Harmondsworth: Penguin, 1997.

Royer, Diana and Madelyn Detloff (eds.). *Virginia Woolf: Art, Education, and Internationalism: Selected Papers from the Seventeenth Annual Conference on Virginia Woolf*, Clemson: Clemson U Digital Press, 2008.

Rubenstein, Roberta. *Virginia Woolf and the Russian Point of View*, New York: Palgrave Macmillan, 2009.

Rubio, Jesus. *Virginia Woolf*, Chicago: Independent Publishers Group (orig. Edimat Libros, S. A.), 2005.

Ruhl, Sarah. *Chekhov's Three Sisters and Woolf's Orlando: Two Renderings for the Stage*, New York: Theater Communications Group, 2013.

Ryan, Derek, and Stella Bolaki (eds.). *Contradictory Woolf: Selected Papers from the Twenty First Annual International Conference on Virginia Woolf*, Clemson: Clemson University Digital Press, 2012. Print.

Ryan, Derek. *Virginia Woolf and the Materiality of Theory: Sex, Animal, Life*, Edinburgh: Edinburgh University Press, 2013.

Sachdeva, Mansi. *Virginia Woolf: To the Lighthouse*, New Dehli: Anmol Publications Pvt Ltd., 2009.

Saloman, Randi. *Virginia Woolf's Essayism*, Edinburgh: Edinburgh University Press, 2012.

Sandberg, Eric. *Virginia Woolf: Experiments in Character*, Amherst: Cambria Press, 2014.

Savage, D. S. *The Withered Branch: Six Studies in the Modern Novel*, London: Eyre and Spottiswoode, 1950.

Saxton, Ruth and Jean Tobin (eds.). *Woolf and Lessing: Breaking the Mold*, New York: St Martin's Press, 1994.

Schmalfuss, Juliane. *Psychological Symbolism in the Works of Virginia Woolf and Sylvia Plath*, Marburg, Germany: Tectum-Verlag, 2008.

Scott, Bonnie Kime (ed.). *The Gender of Modernism: A Critical Anthology*, Bloomington, IN: Indiana University Press, 1990.

Scott, Bonnie Kime. *In the Hollow of the Wave: Virginia Woolf and Modernist Uses of Nature*, Charlottesville: University of Virginia Press, 2012.

Scott, Bonnie Kime. *Natural Connections: Virginia Woolf & Katherine Mansfield*, Bloomsbury Heritage Series. London: Cecil Woolf, 2015.

Sellers, Susan. *Vanessa and Virginia*, Ullapool, Scotland: Two Ravens Press, 2008.

Shannon, Drew Patrick. *How Should One Read a Marriage?: Private Writings, Public Readings, and Leonard and Virginia Woolf*, London: Cecil Woolf, 2012.

Sharma, Vijay L.. *Virginia Woolf as Literary Critic: A Revaluation*, New Delhi: Arnold-Heinemann Publishers (India) Private Limited, 1977.

Showalter, Elaine. *A Literature of Their Own: British Women Novelist from Brontë to Lessing*, Beijing: Foreign Language Teaching and Research Press, 2004.

Silver, Brenda R.. *Virginia Woolf Icon*, Chicago and London: The University of Chicago Press, 1999.

Silver, Brenda R.. *Virginia Woolf's Reading Notebooks*, Princeton, NJ: Princeton University Press, 1983.

Sim, Lorraine. *Virginia Woolf: The Patterns of Ordinary Experience*, Burlington: Ashgate Publishing Company, 2010.

Simone, Emma. *Virginia Woolf and Being-in-the-world: A Heideggerian Study*, Edinburgh: Edinburgh University Press, 2017.

Simons, Ilana R. *A Life of One's Own: A Guide to Original Living through the Work and Wisdom of Virginia Woolf*, New York: Penguin, 2007.

Simpson, Kathryn. *Gifts, Markets and Economies of Desire in Virginia Woolf*, London: Palgrave Macmillan, 2009.

Singleton, Julie. *A History of Monk's House and Village of Rodmell, Sussex Home of Leonard and Virginia Woolf*, Bloomsbury Heritage Series 51. London:

Cecil Woolf, 2008.

Skrbic, Nena. *Wild Outbursts of Freedom: Reading Virginia Woolf's Short Fiction*, Westport, CT: Praeger, 2004.

Smith, Angela. *Katherine Mansfield and Virginia Woolf: A Public of Two*, Oxford: Clarendon Press, 1999.

Smith, Patricia Juliana. *Lesbian Panic: Homoeroticism in Modern British Women's Fiction*, New York: Columbia University Press, 1997.

Snaith, Anna. *Palgrave Advances in Virginia Woolf Studies*, New York, NY: Plagrave Macmillan, 2007.

Snaith, Anna. *Virginia Woolf: Public and Private Negotiations*, Basingstoke: Macmillan, 2000.

Snaith, Anna and Michael H. Whitworth (eds.). *Locating Woolf: The Politics of Space and Place*, New York, NY: Palgrave Macmillan, 2007.

Snyder, Carrie. *British Fiction and Cross-Cultural Encounters: Ethnographic Modernism from Wells to Woolf*, New York, NY: Palgrave Macmillan, 2008.

Southworth, Helen, and Elisa Kay Sparks (eds.). *Woolf and the Art of Exploration: Selected Papers from the Fifteenth International Conference on Virginia Woolf*, Clemson, SC: Clemson U Digital P, 2006.

Southworth, Helen (ed.). *Leonard and Virginia Woolf: The Hogarth Press and the Networks of Modernism*, Edinburgh: Edinburgh University Press, 2010.

Spalding, Frances. *Virginia Woolf: Art, Life and Vision*, London: National Portrait Gallery, 2014.

Spalding, Frances. *The Illustrated Letters of Virginia Woolf*, London: National Trust Books, 2017.

Spalding, Frances. *Virginia Woolf and Tristram Shandy*, Southport: Virginia Woolf Society of Great Britain, 2016.

Spater, George and Ian Parsons. *A Marriage of True Minds: An Intimate Portrait of Leonard and Virginia Woolf*, New York: Harcourt Brace Jovanovich, 1977.

Spilka, Mark. *Virginia Woolf's Quarrel with Grieving*, Lincoln: University of Nebraska Press, 1980.

Spiropoulou, Angeliki. *Virginia Woolf, Modernity and History: Constellations with Walter Benjamin*, New York: Palgrave Macmillan, 2010.

Spivak, Gayatri Chakravorty. *In Other Worlds*, New York: Routledge Classics, 2006.

Sproles, Karyn Z. *Desiring Women: The Partnership of Virginia Woolf and Vita Sackville-West*, Toronto: U of Toronto P, 2006.

Squier, Susan Merrill. *Virginia Woolf and London: The Sexual Politics of the City*, Chapel Hill: University of North Carolina Press, 1985.

Stansky, Peter. *On or About December 1910: Early Bloomsbury and Its Intimate World*, Cambridge, Mass. and London: Harvard University Press, 1996.

Stansky, Peter, and William Abrahams. *Julian Bell: From Bloomsbury to the Spanish Civil War*, Stanford: Stanford University Press, 2012.

Stevanato, Savina. *Visuality and Spatiality in Virginia Woolf's Fiction*, Oxford: Peter Lang, 2012.

Strathern, Paul. *Virginia Woolf in 90 Minutes*, Chicago: Ivan R. Dee, 2005.

Summer, Rosemary. *A Route to Modernism: Hardy, Lawrence, Woolf*, NY: St. Martin's, 2000.

Sutton, Emma. *Virginia Woolf and Classical Music: Politics, Aesthetics, Form*, Edinburgh: Edinburgh University Press, 2013.

Swanson, Diana L. and Pamela L. Caughie (eds.). *Virginia Woolf Writing the World: Selected Papers from the Twenty-Fourth Annual International Conference on Virginia Woolf*, Liverpool: Liverpool University Press, 2017.

Szasz, Thomas. *My Madness Saved Me: The Madness and Marriage of Virginia Woolf*, Somerset, NJ: Transaction, 2006.

Taylor, Brian H. *Writing from Experience: from Louisa M. Alcott to Virginia Woolf*, London: Robert Hale, 2000.

Thakur, N. C. *The Symbolism of Virginia Woolf*, Oxford: Oxford University Press, 1965.

Thomas, Charles, and Jessica Mann. *Godrevy Light: Virginia Woolf's Lighthouse in history, literature and art*, Chacewater, UK: Twelveheads Press, 2009.

Tidwell, Joanne Campbell. *Politics and Aesthetics in the Diary of Virginia Woolf*, London: Routledge, 2007.

Torgovnick, Marianna. *The Visual Arts, Pictorialism, and the Novel: James, Lawrence, and Woolf*, Princeton, NJ: Princeton University Press, 1985.

Tolhurst, Peter. *Virginia Woolf's English Hours*, Norwich: Black Dog Books, 2015.

Tratner, Michael. *Modernism and Mass Politics: Joyce, Woolf, Eliot, Yeats*, Stanford, CA: Stanford University Press, 1995.

Trautmann, Joanne. *The Jessamy Brides: The Friendship of Virginia Woolf and V. Sackville-West*, University Park: Pennsylvania State University Press, 1973.

Tremper, Ellen. *"Who Lived at Alfoxton?": Virginia Woolf and English Romanticism*, Lewisburg: Bucknell University Press, 1998.

Trombley, Stephen. *All That Summer She Was Mad: Virginia Woolf, Female Victim of Male Medicine*, New York: Continuum, 1982.

Uhlmann, Anthony. *Thinking in Literature: Joyce, Woolf, Nabokov*, New York, NY: Continuum, 2011.

Van der Wiel, Reina. *Literary Aesthetics of Trauma: Virginia Woolf and Jeanette Winterson*, Basingstoke: Palgrave Macmillan, 2014.

Vandivere, Julie and Meghan M. Hicks. *Virginia Woolf and Her Female Contemporaries*, Celmson, South Carolina: Clemson University Digital Press at the Center for Electronic and Digital Publishing, 2017.

Varga, Adriana, and Mihály Szegedy-Maszák (eds.). *Virginia Woolf and Music*, Bloomington, IN: Indiana University Press, 2014.

Vincent, Norah. *Adeline: A Novel of Virginia Woolf*, Indianapolis, IN: Houghton Mifflin Harcourt, 2015.

Watney, Simon. *Bloomsbury in Sussex*, Lewes: Snake River P, 2007.

Webb, Ruth. *Virginia Woolf*, Shanghai: Shanghai Foreign Language Education Press, 2009.

Weil, Kari. *Androgyny and the Denial of Difference*, Charlottesville and London: University Press of Virginia, 1992.

Weinstein, Arnold. *Recovering Your Story: Proust, Joyce, Woolf, Faulkner, Morrison*, New York: Random House, 2006.

Weinman, Michael. *Language, Time, and Identity in Woolf's The Waves: The Subject in Empire's Shadow*, Lanham, MD: Lexington Books, 2012.

Welsh, Dave. *Underground Writing: The London Tube from George Gissing to Virginia Woolf*, Liverpool: Liverpool University Press, 2010.

Wheare, Jane. *Virginia Woolf*, NY: St Martin's Press, 1989.

Whitworth, Michael. *Einstein's Wake: Relativity, Metaphor and Modernist Literature*, Oxford: Oxford University Press, 2002.

Whitworth, Michael. *Authors in Context: Virginia Woolf*, Oxford: Oxford University Press, 2005.

Whitworth, Michael. *Virginia Woolf, Fame and "la gloire."*, London: Virginia Woolf Society of Great Britain, 2012.

Whitworth, Michael. *Readers' Guides to Essential Criticism: Virginia Woolf, Mrs. Dalloway*, Basingstoke: Palgrave Macmillan, 2015.

Whybrow, Marion. *Virginia Woolf & Vanessa Bell: A Childhood in St Ives*, Wellington, Somerset: Halstar, 2014.

Wiel, Reina Van Der. *Literary Aesthetics of Trauma: Virginia Woolf and Jeanette Winterson*, London: Palgrave Macmillan, 2014.

Williams, Lisa. *The Artist as Outsider in the Novels of Toni Morrison and Virginia Woolf*, Westport, CT: Greenwood Press, 2000.

Williams, Lisa. *Letters to Virginia Woolf*, Lanham, MD: Hamilton, 2005.

Willis, Jr., J. H. *Leonard and Virginia Woolf as Publishers: The Hogarth Press 1917–1941*, Charlottesville: University of Virginia Press, 1992.

Wilson, Jean Moorcraft. *Virginia Woolf, Life and London: A Biography of Place*, New York: W. W. Norton & Company, Inc., 1988.

Wilson, Peter. *The International Theory of Leonard Woolf*, Basingstoke: Palgrave, 2003.

Winston, Janet. *Woolf's To the Lighthouse: A Reader's Guide*, London; New York: Continuum, 2009.

Wisker, Gina, *Virginia Woolf*, New York: Trafalgar, 2001.

Wood, Alice. *Virginia Woolf's Late Cultural Criticism: The Genesis of The Years, Three Guineas, and Between the Acts*, New York: Bloomsbury Academic, 2013.

Wood, Jane M. (ed.). *The Theme of Peace and War in Virginia Woolf's Writings: Essays on Her Political Philosophy*, Ceredigion, UK; Lewiston, NY: Edwin Mellen Press, 2010.

Woodring, Carl. *Virginia Woolf*, New York: Columbia University Press, 1966.

Woolf, Leonard. *Empire and Commerce in Africa*, London: George Allen and Unwin, 1920.

Woolf, Leonard. *Imperialism and Civilization*, London: Hogarth Press, 1928.

Woolf, Leonard. *Sowing: An Autobiography of the Years 1880-1904*, London: Hogarth Press, 1960.

Woolf, Leonard. *Growing: An Autobiography of the Years 1904-1911*, London: Hogarth Press, 1961.

Woolf, Leonard. *Beginning Again: An Autobiography of the Years 1911-1918*, London: Hogarth Press, 1964.

Woolf, Leonard. *Down Hill All the Way: An Autobiography of the Years 1919-1939*, London: Hogarth Press, 1967.

Woolf, Leonard. *The Journey not the Arrival Matters: An Autobiography of the Years 1939-1969*, London: Hogarth Press, 1969.

Woolmer, Howard. *A Checklist of the Hogarth Press 1917-1946*, with a short history of the press by Mary E. Gaither. Revere, Renn. : Woolmer and Brotherson, 1986.

Worman, Nancy. *Virginia Woolf and Greek Aesthetics*, London: Bloomsbury Academic, 2018.

Wright, Elizabeth. *Brief Lives: Virginia Woolf*, London: Hesperus Press, 2011.

Wussow, Helen. *Virginia Woolf "The Hours": The British Museum Manuscript of Mrs Dalloway*, New York: Pace University Press, 2010.

Wussow, Helen, and Mary Ann Gillies (eds.). *Virginia Woolf and the Common (wealth) Reader: Selected Papers from the Twenty-third Annual International Conference on VirginiaWoolf*, Clemson: Clemson University Digital Press, 2014.

Young, Tory. *Michael Cunningham's The Hours*, London: Continuum, 2003.

Zink, Suzana. *Virginia Woolf's Rooms and the Spaces of Modernity*, Cham: Palgrave Macmillan US, 2018.

Zoob, Caroline. *Virginia Woolf's Garden*, London: Jacqui Small, LLP, 2013.

Zwerdling, Alex. *Virginia Woolf and the Real World*, Berkeley, CA: University of California Press, 1986.

附录2：弗吉尼亚·伍尔夫作品出版年表（中英对照）

英文原作	中文译作
1915 *The Voyage Out*, London：Duckworth	2003年《远航》：黄宜思译，人民文学出版社
1917 "The Mark on the Wall", London：Hogarth Press	1932年《墙上一点痕迹》：叶公超译，载《新月》第4卷第1期
1919 *Kew Gardens*, London：Hogarth Press	1981年《邱园记事》：舒心译，载《外国文艺》第3期
1919 *Night and Day*, London：Duckworth	1986年《黑夜与白天》：唐在龙、尹建新译，湖南人民出版社
1921 *Monday or Tuesday*, London：Hogarth Press	2003年《是星期一还是星期二》：范文美译，一方出版有限公司
1922 *Jacob's Room*, London：Hogarth Press	2001年《雅各布之屋》：王家湘译，译林出版社
1923 "Mr Bennett and Mrs Brown", *The Nation & The Athenaeum*, Vol. 34, Dec. 1	1934年《班乃脱先生与白朗夫人》：范存忠译述，载《文艺月刊》第6卷第3期
1925 *The Common Reader*, London：Hogarth Press	2001年《普通读者》（一辑）：石云龙、刘炳善等译，中国社会科学出版社
1925 *Mrs Dalloway*, London：Hogarth Press	1981年《达罗卫夫人》：郭旭（节译），引自《外国现代派作品选》，上海文艺出版社 1988年《达洛卫夫人》：孙梁、苏美译，上海译文出版社
1927 *To the Lighthouse*, London：Hogarth Press	1945年《到灯塔去》：谢庆尧（节译），商务印书馆 1988年《到灯塔去》：瞿世镜译，上海译文出版社
1928 *Orlando*, London：Hogarth Press	1993年《美丽佳人欧兰朵》：朱乃长译，幼狮文化事业公司 1994年《奥兰多：一部传记》：韦虹译，哈尔滨出版社
1929 *A Room of One's Own*, London：Hogarth Press	1947年《一间自己的屋子》：王还译，上海文化生活出版社
1931 *The Waves*, London：Hogarth Press	1982年《海浪》：吴钧燮译，载《外国文学季刊》第4期
1932 *Second Common Reader*, London：Hogarth Press	2001年《普通读者》（二辑）：李寄、黄梅等译，中国社会科学出版社
1933 *Flush*, London：Hogarth Press	1935年《狒拉西》：石璞译，上海商务印书馆
1937 *The Years*, London：Hogarth Press	1997年《岁月》：金光兰译，敦煌文艺出版社
1938 *Three Guineas*, London：Hogarth Press	2001年《三枚旧金币》：王斌、王保令译，中国社会科学出版社

续表

英文原作	中文译作
1940 *Roger Fry: A Biography*, London: Hogarth Press	暂无中译本
1941 *Between the Acts*, London: Hogarth Press	2003年《幕间》：谷启楠译，人民文学出版社
1942 *The Death of the Moth and Other Essays*, London: Hogarth Press	2001年《飞蛾之死》：胡龙彪、肖宇等译，中国社会科学出版社
1944 *A Haunted House and Other Essays*, London: Hogarth Press	1961年《鬼屋》：南度译，载台湾《现代文学》第6期 2003年《闹鬼的屋子及其他》：蒲隆译，人民文学出版社
1947 *The Moment and Other Essays*, London: Hogarth Press	2001年《瞬间集》：张学军、邹枚译，中国社会科学出版社
1950 *The Captain's Death Bed and Other Essays*, London: Hogarth Press	2001年《船长临终时》：张禹九、杨羽等译，中国社会科学出版社
1953 *A Writer's Diary*, London: Hogarth Press	1997年《伍尔芙日记选》：戴红珍、宋炳辉（节译），百花文艺出版社
1956 *Virginia Woolf and Lytton Strachey: Letters*, eds. Leonard Woolf and James Strachey, London: Hogarth Press	暂无中译本
1958 *Granite and Rainbow: Essays*, London: Hogarth Press	2001年《花岗岩与彩虹》：王义国、黄梅译，中国社会科学出版社
1965 *Contemporary Writers*, London: Hogarth Press	2001年《现代作家》：童未央译，中国社会科学出版社
1966 *Nurse Lugton's Golden Thimble*, London: Hogarth Press	暂无中译本
1966-1967 *Collected Essays*, vols 1-4, London: Hogarth Press	2001年《伍尔芙随笔全集》（1-4册）：乔继堂等主编，中国社会科学出版社
1967 *Stephen Versus Gladstone*, Headington Quarry, England: Rampant Lions Press	暂无中译本
1972 *A Cockney's Farming Experiences*, ed. Suzanne Henig, San Diego: San Diego State University Press	暂无中译本
1973 *Mrs Dalloway's Party: a Short Story Sequence*, ed. Stella McNichol, London: Hogarth Press	暂无中译本
1975 *The London Scene: Five Essays*, New York: Hallman	2010年《伦敦风景》：宋德利译，译林出版社
1975-1980 *The Letters of Virginia Woolf*, vols 1-6, eds. Nigel Nicolson and Joanne Trautmann, London: Hogarth Press	1988年《弗·伍尔夫至凌叔华的六封信》：杨静远译，载《中国之友》第1期 1996年《维吉尼亚·吴尔夫文学书简》（选本）：王正文等译，安徽文艺出版社

续表

英文原作	中文译作
1976 *Freshwater*: *A Comedy*, ed. Lucio P. Ruotolo, London: Hogarth Press	2000 年《淡水》：杨子宜译，唐山出版社
1976 *Virginia Woolf*, The Waves: *The Two Holograph Drafts*, transcribed and ed. J. W. Graham, Toronto: University of Toronto Press	暂无中译本
1976 *Moments of Being*: *Unpublished Autobiographical Writings*, ed. Jeanne Schulkind, London: Chatto & Windus	2016 年《存在的瞬间》：刘春芳、倪爱霞译，花城出版社
1977–1984 *The Diary of Virginia Woolf*, vols 1–5, ed. Anne Olivier Bell, London: Hogarth Press	暂无中译本
1977 *The Pargiters*: *the Novel-Essay Portion of The Years*, ed. Mitchell A. Leaska, London: Hogarth Press	暂无中译本
1979 "Anon" and "the Reader": Virginia Woolf's last essays, ed. Brenda R. Silver, in *Twentieth Century Literature* 25, 3/4	暂无中译本
1982 "*Melymbrosia*", an Early Version of The Voyage Out, ed. Louise A. DeSalvo, New York, NY: New York Public Library	暂无中译本
1982 *Virginia Woolf*, "Pointz Hall": *The Earlier and Later Typescripts of* Between the Acts, ed. Mitchell A. Leaska, New York: J. Jay Press	暂无中译本
1982 *Virginia Woolf*, To the Lighthouse: *The Original Holograph Draft*, ed. Susan Dick, Toronto and London: University of Toronto Press	暂无中译本
1983 *Virginia Woolf's Reading Notebooks*, ed. Brenda Silver, Princeton: Princeton University Press	暂无中译本
1985 *The Complete Shorter Fiction of Virginia Woolf*, ed. Susan Dick, London: Hogarth Press	暂无中译本
1986–1994 *The Essays of Virginia Woolf*, Vols: 1–4, ed. Andrew McNeillie, London: Hogarth Press	暂无中译本
1989 *Congenial Spirits*: *The Selected Letters of Virginia Woolf*, ed. Joanne Trautmann Banks, San Diego: Harcourt Brace Jovanovich	暂无中译本

续表

英文原作	中文译作
1990 *A Passionate Apprentice: The Early Journals 1897–1909*, ed. Mitchell A. Leaska, London: Hogarth Press	暂无中译本
1992 *Women and Fiction: The Manuscript Version of A Room of One's Own*, ed. S. P. Rosenbaum, Oxford: Shakespeare Head, Blackwell	暂无中译本
1993 *Orlando: The Holograph Draft*, ed. Stuart N. Clarke, London: S. N. Clarke	暂无中译本
1997 *"The Hours": The British Museum Manuscript of Mrs. Dalloway*, transcribed and ed. Helen M. Wussow, New York: Pace University Press	暂无 中译本
1998 *Jacob's Room: The Holograph Draft*, ed. Edward Bishop, New York: Pace University Press	暂无中译本
2003 *Carlyle's House and Other Sketches*, ed. David Bradshaw, London: Hesperus Press	暂无中译本

说明：表中所列译本的翻译时间均为首次译入中国的时间，大陆译本早于或与台湾译本同时出版时，仅列出大陆译本。列出两个时间点的译本，第一个为节译本，《奥兰多》的两个译本中，1993年版是台湾译本，1994年版是大陆译本。《淡水》和《星期一或星期二》这两部作品目前中国大陆尚无简体中文译本，故列出中国台湾的译本。六卷本《伍尔夫书信集》的两个译本均为选译。

该表格的英文书目参考了埃莉诺·麦克尼斯（Eleanor McNees）的著作《弗吉尼亚·伍尔夫：批评性评论》（*Virginia Woolf: Critical Assessments*）第一卷的内容和安娜·斯奈斯（Anna Snaith）《弗吉尼亚·伍尔夫研究》一书中附录部分的内容。表格中文部分的内容参照了杨莉馨《20世纪文坛上的英伦百合——弗吉尼亚·伍尔夫在中国》附录一、附录二的相关介绍。

附录3：弗吉尼亚·伍尔夫手稿分布地及主要英文传记

弗吉尼亚·伍尔夫手稿分布地点

伯格收藏，纽约公共图书馆（Berg Collection, New York Public Library）

大英图书馆，伦敦（British Library, London）

剑桥国王学院（Cambridge, King's College Library）

剑桥菲兹威廉姆博物馆（Cambridge, Fitzwilliam Museum）

哈佛大学霍顿图书馆（Harvard University, Houghton Library）

诺尔庄园，塞文欧克斯，肯特郡（Knole, Sevenoaks, Kent）

僧舍文件，苏塞克斯大学图书馆（Monk's House Papers, University of Sussex Library）

德克萨斯大学学术中心（University of Texas, Academic Center）

华盛顿州立大学，弗吉尼亚与伦纳德·伍尔夫的僧舍图书馆（Washington State University, Virginia and Leonard Woolf's Monk's House Library）

耶鲁大学图书馆（Yale University Library）

弗吉尼亚·伍尔夫传记与年表精选

1953年　艾琳·皮佩特：《飞蛾与星星：弗吉尼亚·伍尔夫传记》（Aileen Pippett, *The Moth and the Star: A Biography of Virginia Woolf*）

1972年　昆汀·贝尔：《伍尔夫传》（Quentin Bell, *Virginia Woolf: A Biography*）

琼·拉塞尔·诺布尔主编：《弗吉尼亚·伍尔夫同代人对她的回忆》（Joan Russell Noble, ed. *Recollections of Virginia Woolf By Her Contemporaries*）

1973年　乔安妮·陶德曼：《杰瑟米的新娘：弗吉尼亚·伍尔夫与维塔·萨克维尔—韦斯特的友谊》（Joanne Trautmann, *The Jessamy Brides: The Friendship of Virginia Woolf and V. Sackville-West*）

1974年　大卫·加德：《忠诚的朋友：布鲁姆斯伯里集团群像》（David Gadd, *The Loving Friends: A Portrait of Bloomsbury*）

1975年　约翰·莱曼：《弗吉尼亚·伍尔夫与她的世界》（John Lehmann, *Virginia Woolf and Her World*）

1977年　珍·洛夫：《弗吉尼亚·伍尔夫：疯狂与艺术的源起》（Jean O. Love, *Virginia Woolf: Sources of Madness and Art*）

乔治·斯佩特、伊恩·帕森斯：《真心的联姻》（George A. Spater and Ian Parsons, *A Marriage of True Minds*）

1978年　罗杰·普尔：《不为人知的弗吉尼亚·伍尔夫》（Roger Poole, *The Unknown Virginia Woolf*）

菲利斯·罗斯：《女作家：弗吉尼亚·伍尔夫的生活》（Phyllis Rose, *Woman of Letters: A Life of Virginia Woolf*）

1979年　迈克尔·罗森塔尔：《弗吉尼亚·伍尔夫》（Michael Rosenthal, *Virginia Woolf*）

1981年　斯蒂芬·托姆伯里：《"那个夏季她疯了"：弗吉尼亚·伍尔夫与她的医生》（Stephen Trombley, *"All That Summer She Was Mad": Virginia Woolf and Her Doctors*）

1984年　林德尔·戈登：《弗吉尼亚·伍尔夫：一个作家的生命历程》（Lyndall Gordon, *Virginia Woolf, A Writer's Life*）

安杰丽卡·加内特：《善意欺骗》（Angelica Garnett, *Deceived With Kindness*）

1987年　珍·默克罗夫特·威尔逊：《弗吉尼亚·伍尔夫：生活与伦敦：一部地理传记》（Jean Moorcroft Wilson, *Virginia Woolf: Life and London: A Biography of Place*）

1988年　戴安·菲尔比·吉莱斯皮：《姐妹们的艺术：弗吉尼亚·伍尔夫和瓦妮莎·贝尔的写作与绘画》（Diane Filby Gillespie, *The Sisters' Arts: The Writing and Painting of Virginia Woolf and Vanessa Bell*）

1989年　路易斯·德萨佛：《弗吉尼亚·伍尔夫：幼年时期的性虐待对其生活和写作的影响》（Louise DeSalvo, *Virginia Woolf: The Impact of Childhood Sexual Abuse on Her Life and Work*）

阿尔玛·哈尔伯特·邦德：《谁杀了弗吉尼亚·伍尔夫？一本心理传记》（Alma Halbert Bond, *Who Killed Virginia Woolf? A Psychobiography*）

爱德华·毕晓普：《弗吉尼亚·伍尔夫年表》（Edward Bishop, *A Virginia Woolf Chronology*）

苏珊·迪克：《弗吉尼亚·伍尔夫》（Susan Dick, *Virginia Woolf*）

简·惠尔：《弗吉尼亚·伍尔夫》（Jane Wheare, *Virginia Woolf*）

1990年　玛丽·安·考斯：《布鲁姆斯伯里的女性：弗吉尼亚、瓦妮莎和卡林顿》（Mary Ann Caws, Women of Bloomsbury: Virginia, Vanessa and Carrington）

简·邓肯：《亲密的同谋：瓦妮莎·贝尔和弗吉尼亚·伍尔夫》（Jane Dunn, A Very Close Conspiracy: Vanessa Bell and Virginia Woolf）

约翰·梅彭：《弗吉尼亚·伍尔夫：文学的一生》（John Mepham, Virginia Woolf: A Literary Life）

1991年　爱德华·毕晓普：《弗吉尼亚·伍尔夫》（Edward Bishop, Virginia Woolf）

1992年　托马斯·卡拉曼诺：《心灵的逃逸：弗吉尼亚·伍尔夫与躁郁症》（Thomas Caramagno, The Flight of the Mind: Virginia Woolf's Art and Manic-Depressive Illness）

1994年　詹姆斯·金：《弗吉尼亚·伍尔夫》（James King, Virginia Woolf）

1995年　马克·赫希：《弗吉尼亚·伍尔夫手册：生平与写作的基本参考》（Mark Hussey, Virginia Woolf A-Z: The Essential Reference to Her Life and Writings）

1996年　赫米奥尼·李：《弗吉尼亚·伍尔夫》（Hermione Lee, Virginia Woolf）

潘西亚·里德：《艺术与情感：弗吉尼亚·伍尔夫的生活》（Panthea Reid, Art and Affection: A Life of Virginia Woolf）

帕特丽夏·莫兰：《口头相传》（Patricia Moran, Word of Mouth）

1998年　米切尔·李斯卡：《花岗岩与彩虹：弗吉尼亚·伍尔夫隐匿的生活》（Mitchell Leaska, Granite and Rainbow: The Hidden Life of Virginia Woolf）

1999年　艾丽·格兰尼：《饥饿的身份：弗吉尼亚·伍尔夫生活与工作中的食物与进食障碍》（Allie Glenny, Ravenous Identity: Eating and Eating Distress in the Life and Work of Virginia Woolf）

2000年　林登·皮奇：《弗吉尼亚·伍尔夫》（Linden Peach, Virginia Woolf）

赫伯特·马德：《生活的衡量：弗吉尼亚·伍尔夫最后的岁月》（Herbert Marder, The Measure of Life: Virginia Woolf's Last Years）

娜塔莉亚·罗森菲尔德：《共同的局外人：弗吉尼亚与伦纳德·伍尔

夫》(Natalia Rosenfeld, *Outsiders Together: Virginia and Leonard Woolf*)

奈杰尔·尼科尔森:《弗吉尼亚·伍尔夫》(Nigel Nicolson, *Virginia Woolf*)

2002年 玛丽·安·考斯:《弗吉尼亚·伍尔夫》(Mary Ann Caws, *Virginia Woolf*)

2005年 茱莉娅·布里格斯:《弗吉尼亚·伍尔夫的内心生活》(Julia Briggs, *Virginia Woolf: An Inner Life*)

瓦妮莎·柯蒂斯:《弗吉尼亚·伍尔夫与瓦妮莎·贝尔隐藏的住宅》(Vanessa Curtis, *The Hidden Houses of Virginia Woolf and Vanessa Bell*)

迈克尔·惠特沃斯:《弗吉尼亚·伍尔夫》(Michael Whitworth, *Virginia Woolf*)

2006年 卡廷·斯普罗尔斯:《渴望女性:弗吉尼亚·伍尔夫与维塔·萨克维尔-韦斯特的伙伴关系》(Karyn Z. Sproles, *Desiring Women: The Partnership of Virginia Woolf and Vita Sackville West*)

托马斯·斯查兹:《我的疯狂拯救了我:弗吉尼亚·伍尔夫的疯癫与婚姻》(Thomas Szasz, *My Madness Saved Me: The Madness and Marriage of Virginia Woolf*)

2008年 安东尼·柯蒂斯:《弗吉尼亚·伍尔夫》(Anthony Curtis, *Virginia Woolf*)

2009年 艾米丽·克拉普莱:《弗吉尼亚·伍尔夫:音乐人生》(Emilie Crapoulet, *Virginia Woolf, a Musical Life*)

罗宾·马宗达:《弗吉尼亚·伍尔夫》(Robin Majumdar, *Virginia Woolf*)

2011年 亚里山德拉·哈里斯:《弗吉尼亚·伍尔夫》(Alexandra Harris, *Virginia Woolf*)

伊丽莎白·莱特:《生活概要:弗吉尼亚·伍尔夫》(Elizabeth Wright, *Brief Lives: Virginia Woolf*)

2013年 克劳迪娅·克雷默内西:《生活本身的写作:弗吉尼亚·伍尔夫的传记与艺术》(Claudia Cremonesi, *The Proper Writing of Lives: Biography and the Art of Virginia Woolf*)

克里斯汀·恰尔内茨基:《揭开鲁顿奶奶的窗帘:弗吉尼亚·伍尔夫,作者身份与遗产》(Kristin Czarnecki, *Unravelling Nurse Lugton's Curtain:*

Virginia Woolf, *Authorship*, *and Legacy*)

2014 年　弗朗西斯·斯波尔丁:《弗吉尼亚·伍尔夫:艺术、生活与幻想》(Frances Spalding, *Virginia Woolf*: *Art*, *Life and Vision*)

马里恩·怀布罗:《弗吉尼亚·伍尔夫与瓦妮莎·贝尔:圣艾夫斯的童年时代》(Marion Whybrow, *Virginia Woolf & Vanessa Bell*: *A Childhood in St. Ives*)

2015 年　泽娜·阿卡亚特、尼娜·科斯福德:《弗吉尼亚·伍尔夫》(Zena Alkayat and Nina Cosford, *Virginia Woolf*)

克拉拉·琼斯:《弗吉尼亚·伍尔夫:矛盾的活动家》(Clara Jones, *Virginia Woolf*: *Ambivalent Activist*)

艾米·莱森斯:《广场生活,三角恋爱:弗吉尼亚·伍尔夫与布鲁姆斯伯里集团的生活与爱情》(Amy License, *Living in Squares*, *Loving in Triangles*: *The Life and Loves of Virginia Woolf and the Bloomsbury Group*)

2016 年　艾拉·纳达尔:《弗吉尼亚·伍尔夫》(Ira B. Nadel, *Virginia Woolf*)

凯萨琳·海宁:《反思:弗吉尼亚·伍尔夫与她的贵格派姑妈卡罗琳·斯蒂芬》(Kathleen Heininge, *Reflections*: *Virginia Woolf and her Quaker Aunt*, *Caroline Stephen*)

附录4：弗吉尼亚·伍尔夫年谱

1882 年

1月25日，艾德琳·弗吉尼亚·伍尔夫（Adeline Virginia Stephen）出生在伦敦。她是莱斯利·斯蒂芬和茱莉娅·达科沃斯·斯蒂芬所生的四个孩子中的第三个（姐姐瓦妮莎生于1879年，哥哥索比生于1880年，弟弟艾德里安生于1883年）。和他们一起住在海德公园门22号的还有乔治·达科沃斯、杰拉尔德·达科沃斯和斯特拉·达科沃斯，他们是茱莉娅与第一任丈夫赫伯特·达科沃斯的孩子。莱斯利与前妻哈里特·萨克雷（英国小说家威廉·梅克比斯·萨克雷的女儿）所生的女儿劳拉也和他们住在一起。11月，莱斯利开始编撰《国家名人传记辞典》。直到1894年，斯蒂芬一家每年夏天都会到康沃尔郡圣艾夫斯的塔兰德屋度假，那里是《到灯塔去》真实的背景地。

1891 年

2月，斯蒂芬家的孩子开始每周编写《海德公园门新闻》，直到1895年4月止。莱斯利·斯蒂芬辞去《国家名人传记辞典》的编辑职位。

1895 年

5月5日，49岁的茱莉娅·达科沃斯·斯蒂芬因风湿热病逝。弗吉尼亚夏天第一次出现精神崩溃的问题。

1896 年

斯蒂芬姐妹一起去法国旅行。

1897 年

弗吉尼亚开始记日记，记录了在父亲图书馆内广泛的阅读（主要是传记和历史）情况。

4月10日，弗吉尼亚同母异父的姐姐斯特拉·达科沃斯与杰克·希尔斯结婚。7月19日，28岁的斯特拉去世。弗吉尼亚在伦敦的国王学院第一次接受了正规教育。

1898 年

2月，弗吉尼亚暂停记日记。开始跟从瓦尔特·佩特的妹妹克拉拉·佩特学习希腊语，之后跟随珍妮特·凯斯学习希腊语，同时在伦敦国王学院旁听历史课。

1899 年

索比进入剑桥大学圣三一学院学习,在剑桥遇见了克莱夫·贝尔、利顿·斯特雷奇、萨克逊·西德尼·特纳和伦纳德·伍尔夫。

1900 年

弗吉尼亚和瓦尼莎参加了在剑桥举办的圣三一学院舞会。

1902 年

莱斯利·斯蒂芬获封爵士。弗吉尼亚和维奥莱特·迪金森建立了亲密的友情。艾德里安·斯蒂芬进入剑桥大学圣三一学院就读。

1904 年

2月22日,71岁的莱斯利·斯蒂芬去世。

4月,弗吉尼亚和瓦妮莎、索比、艾德里安、杰拉尔德一起去意大利旅行。

5月10日,伍尔夫第二次精神崩溃,由萨维奇医生主治,在维奥莱特·迪金森家逐渐恢复,第一次企图自杀。

8月,斯蒂芬家的四个孩子迁居布鲁姆斯伯里区的戈登广场46号,终于和达科沃斯家的兄弟分开居住。

12月14日,弗吉尼亚在《卫报》上发表了一篇未署名的文章,内容是对 W. D. 豪威尔斯《罗威尔·朗格博斯之子》的评论。这是弗吉尼亚第一篇公开发表的文章。

12月21日,拜访了勃朗特姐妹在霍沃思的牧师宅邸后,在《卫报》上发表了《霍沃思,1904 年 11 月》。

乔治·达科沃斯和玛格丽特·赫伯特结婚。

1905 年

弗吉尼亚开始在莫利学院授课,直到1907年结束,继续为《卫报》撰写评论。3月10日在《泰晤士报文学增刊》上发表了第一篇评论《文学地理》。在《国家评论》上发表了《街头音乐》。

2月,索比开始在戈登广场举办周四之夜,布鲁姆斯伯里集团开始形成。之后加入该团体的还有印象派画家罗杰·弗莱、邓肯·格兰特、作家戴斯蒙德·麦卡锡和 E. M. 福斯特、经济学家约翰·梅纳德·凯恩斯、哲学家伯特兰·罗素等。

3月,弗吉尼亚和弟弟亚德里安去西班牙和葡萄牙旅行。

斯蒂芬家的孩子重访圣艾夫斯。

10月，瓦妮莎开始每周举办"星期五俱乐部"。
1906 年
弗吉尼亚匿名发表了《忆父亲》（Noteon Father）一文。夏季，伍尔夫写了《菲利斯和罗莎蒙德》《希腊见闻》《琼·马丁太太的日记》。与瓦妮莎、维奥莱特·迪金森一起去希腊旅游。9月与索比和亚德里安在希腊会合。

11月20日，26岁的索比因伤寒去世。
1907 年
2月7日，瓦妮莎·斯蒂芬和克莱夫·贝尔结婚。

3月，弗吉尼亚和弟弟亚德里安搬到菲茨罗伊广场29号居住。

弗吉尼亚和亚德里安、瓦妮莎、克莱夫一起去巴黎度假，遇见邓肯·格兰特。

8月，和亨利·詹姆斯一起喝茶。

10月，开始写作《远航》的初稿，最初命名为《美林布罗希亚》（*Melymbrosia*）。
1908 年
1月9日，瓦妮莎和克莱夫·贝尔的第一个孩子朱利安·贝尔出生。

4月，弗吉尼亚开始和克莱夫·贝尔调情。

5月，弗吉尼亚学习德语，参加了瓦格纳《诸神的黄昏》音乐会。

8月，阅读摩尔的《伦理学原理》。

弗吉尼亚和姐姐瓦妮莎、姐夫贝尔一起去意大利旅行。

10月，在《泰晤士报文学增刊》上发表对福斯特《看得见风景的房间》的评论。
1909 年
2月17日，利顿·斯特雷奇向弗吉尼亚求婚，弗吉尼亚接受了求婚，婚约很快被解除。

4月7日，姑妈卡罗琳·斯蒂芬去世，给伍尔夫留下了2500英镑的遗产。

弗吉尼亚和贝尔一起去意大利旅行，参加了德国拜罗伊特的瓦格纳音乐节，8月21日在《泰晤士报》上发表了《拜罗伊特印象》。
1910 年
2月10日，弗吉尼亚参与了亚德里安和他的朋友们组织的"无畏战舰的骗局"。他们化装成"阿比尼西亚亲王"及其随从，戏弄了英国的皇家海军。

6月到8月，弗吉尼亚因抑郁在特威克纳姆护士之家接受"静养疗法"。

8月19日，瓦妮莎和贝尔的第二个孩子昆汀·贝尔出生。

11月8日，罗杰·弗莱组织的第一次后印象主义展在伦敦格拉夫顿美术馆开幕。

12月，弗吉尼亚在苏塞克斯郡刘易斯区附近租下了小塔兰德屋。

1911年

4月，弗吉尼亚去土耳其旅行，并与瓦妮莎、贝尔和罗杰·弗莱会合。瓦妮莎生病，由罗杰·弗莱照顾。

11月20日，弗吉尼亚和亚德里安、约翰·梅纳德·凯恩斯、邓肯·格兰特一起搬进了布伦斯维克广场38号。

12月，伦纳德·伍尔夫也租住在这里。

1912年

1月11日，伦纳德·伍尔夫向弗吉尼亚求婚，弗吉尼亚犹豫不决。

2月，弗吉尼亚精神崩溃并静养。

8月10日，弗吉尼亚和伦纳德结婚。之后去法国、西班牙和意大利度过了六周的蜜月。弗吉尼亚阅读了《罪与罚》。

10月，伍尔夫夫妇搬进了克利福德旅馆的房间。

10月至次年1月，伦纳德担任第二次后印象主义展的秘书工作。

1913年

2月，弗吉尼亚完成《远航》。

4月12日，达科沃斯出版社同意发表《远航》。

7月24日到8月11日，弗吉尼亚住进了特威克纳姆护士之家。

9月9日，服下了过量的佛罗那（安眠药）试图自杀。

1914年

弗吉尼亚依然因病无法写作，主要在苏克塞斯的阿什汉姆缓慢恢复。

8月4日，英国加入第一次世界大战，布鲁姆斯伯里集团的成员都是和平主义者，无人报名参军。

10月，伍尔夫夫妇搬到里奇蒙的格林街17号。

1915 年

1 月，弗吉尼亚开始记日记。伍尔夫夫妇迁居至苏塞克斯郡罗德梅尔的霍加斯宅，决定成立霍加斯出版社。

春季弗吉尼亚出现精神崩溃的症状，直到当年冬季才恢复。

3 月 25 日，《远航》正式出版并获得好评。

1916 年

10 月 17 日，弗吉尼亚在"妇女合作协会"里奇蒙分会发表演讲，并为《泰晤士报文学增刊》定期匿名供稿。

瓦妮莎搬到阿什汉姆附近的查尔斯顿农舍居住。

1917 年

7 月，霍加斯出版社出版《两个故事》（弗吉尼亚的《墙上的斑点》和伦纳德的《三个犹太人》）。

弗吉尼亚阅读了乔伊斯的《一位青年艺术家的画像》。

7 月 29 日，和凯瑟琳·曼斯菲尔德共进晚餐。

10 月 8 日，弗吉尼亚开始有规律的记日记直到她去世。

11 月，阅读但丁的《炼狱篇》。

1918 年

4 月，弗吉尼亚开始阅读《尤利西斯》。

7 月，霍加斯出版社出版了凯瑟琳·曼斯菲尔德的短篇小说《序曲》。

10 月 9 日，结识了伊迪丝·西特维尔。

11 月 15 日，结识了 T.S. 艾略特，第二部长篇小说《夜与日》完稿。

12 月 25 日，瓦妮莎·贝尔和邓肯·格兰特的女儿安吉莉卡·贝尔出生。

1919 年

2 月 26 日，里奇夫人（安妮姨妈，莱斯利前妻的姐姐）去世。

3 月 6 日，弗吉尼亚为她写了讣告。

4 月 10 日，弗吉尼亚发表了《现代小说》。

5 月 12 日，霍加斯出版社出版了弗吉尼亚的短篇小说《邱园》。

5 月 29 日，霍加斯出版社出版了 T.S. 艾略特的《诗集》。

7 月，伍尔夫夫妇买下罗德梅尔一所 18 世纪的小屋——僧舍。

9 月 1 日，伍尔夫夫妇迁居僧舍。

10 月 20 日，《夜与日》由达科沃斯出版社出版。

1920 年

3 月 4 日，"回忆俱乐部"第一次会议。

8 月，弗吉尼亚阅读《堂·吉诃德》。

11 月 17 日，在"回忆俱乐部"读文章。

12 月，阅读罗杰·弗莱的《视觉与设计》。

1921 年

3 月，霍加斯出版社出版弗吉尼亚的短篇小说集《星期一或星期二》。

夏季，因病无法写作。

8 月到 9 月，阅读詹姆斯的《鸽翼》。

冬季，弗吉尼亚学习俄语。

1922 年

弗吉尼亚整个冬天被流感侵袭。感到自己和凯瑟琳·曼斯菲尔德是文学上的竞争对手。

5 月 18 日，T. S. 艾略特向伍尔夫夫妇朗读了《荒原》。

9 月，弗吉尼亚读完了《尤利西斯》，对其持保留态度。

10 月 27 日，霍加斯出版社出版《雅各布的房间》，此后伍尔夫生前的所有作品均由霍加斯出版社出版。

12 月 14 日，在克莱夫·贝尔的宴会上结识了维塔·萨克维尔—韦斯特。

12 月 19 日，在维塔·萨克维尔—韦斯特伦敦的家中用餐。

1923 年

1 月 9 日，凯瑟琳·曼斯菲尔德去世。

春天，伍尔夫夫妇去西班牙和法国旅行。弗吉尼亚开始写作《时刻》(*The Hours*)，即《达洛卫夫人》的早期版本。伍尔夫发现了一种隧道挖掘法（tunnelling process）来塑造人物，这一技巧在她今后的小说中均有体现。

9 月，霍加斯出版社出版了 T. S. 艾略特的长诗《荒原》。

11 月 17 日，弗吉尼亚在《纽约晚邮报文学评论》上发表了《本内特先生与布朗夫人》的第一个版本。

1924 年

伍尔夫夫妇与塔维斯托克广场 52 号签订了 10 年的租约，3 月中旬，二人与霍加斯出版社迁入该处。

1月末，弗吉尼亚遇见了阿诺德·本内特。

5月17日至19日，在剑桥的异教徒协会朗读《小说中的人物》("Character in Fiction")（《本内特先生与布朗夫人》的修订版本）。

7月5日，拜访维塔·萨克维尔—韦斯特在肯特郡的诺尔庄园。

9月，阅读弗莱的《艺术家与精神分析》。

10月9日，完成《达洛卫夫人》第一稿。

1925年

3月，在法国的卡西斯度假。

4月23日，散文集《普通读者》出版。

5月14日，《达洛卫夫人》出版。

6月，弗吉尼亚开始写作《到灯塔去》，阅读紫式部的《源氏物语》并在7月写下评论。

8月至12月，弗吉尼亚头痛发作。

11月7日，玛奇·沃恩去世。

12月阅读福斯特的小说《印度之行》。

12月17日至20日，和维塔·萨克维尔—韦斯特待在郎巴恩，开始与维塔发展恋情。

1926年

1月，弗吉尼亚患上风疹。

3月，结识小说家乔治·摩尔。

6月，拜访桂冠诗人罗伯特·布里奇斯，查阅了布里奇斯收藏的G. M. 霍普金斯的手稿。

7月23日，去多塞特拜访托马斯·哈代。

7月26日，去郎巴恩拜访维塔·萨克维尔—韦斯特，维塔送给弗吉尼亚一条西班牙猎犬（平克），它成了伍尔夫小说《弗拉希》中小狗的原型。阅读了理查森的《克拉丽莎》和斯特恩的《项狄传》。

1927年

1月14日，完成《到灯塔去》的写作。

1月17—19日，和维塔一起待在诺尔庄园。

3—4月，去法国和意大利旅行。

5月5日，《到灯塔去》出版。

7月15日，弗吉尼亚和伦纳德第一次参加BBC的广播节目。

10月，开始创作《奥兰多》，以维塔·萨克维尔—韦斯特为原型。
1928年
1月16日，弗吉尼亚参加了托马斯·哈代的葬礼。
3月17日，完成《奥兰多》的写作。
3月26日，伍尔夫夫妇去法国旅行。
4月19日，弗吉尼亚参加了简·哈里森的葬礼。
5月2日，因《到灯塔去》获得"妇女幸福生活奖"。
9月，阅读梅尔维尔的《白鲸》。
9月24日至10月1日，与维塔结伴游历勃艮第。
10月20日，弗吉尼亚在剑桥宣读论文《妇女与小说》（后据此修改为《一间自己的房间》出版）。
10月26日，在剑桥格顿学院给女学生做演讲。
11月9日，参加《寂寞之井》一书的审讯。
11月11日，《奥兰多》出版，被认为是传记文学的一场革命。
1929年
1月16日到21日，弗吉尼亚在柏林拜访了维塔和她的丈夫哈罗德。
3月，构思《飞蛾》，后更名为《海浪》。
4月13日，结识威廉·普洛迈尔。
6月4—14日，在法国卡西斯度假。
9月30日至10月初，参加了布莱顿的工党会议。
10月24日，《一间自己的房间》出版。
11月20日，参加BBC广播"博·布鲁梅尔"的录制。
年末阅读伊丽莎白时期的作品，为《普通读者》第二卷做准备。
1930年
2月20日，结识女性主义作曲家埃塞尔·史密斯。
2月21日，拜访乔治·达科沃斯。
4月29日，完成《海浪》初稿。和维塔一起参观了西辛赫斯特城堡。阅读但丁的作品。
11月7日，在奥托琳·莫瑞尔家拜访了叶芝。
1931年
1月22日，弗吉尼亚·伍尔夫与埃塞尔·史密斯参加了全国妇女服务协会的活动，并发表演讲。（这次演讲之后，伍尔夫考虑要将《一间自

己的房间》继续写下去，并于 1932 年开始写作一部"随笔—小说"，随笔部分被弃用，小说部分后发展为《岁月》）

3 月 27 日，阿诺德·本内特去世。

为《好管家》杂志撰写伦敦风景系列散文，拜访济慈、卡莱尔的宅邸、伦敦码头和英国下议院。

4 月 16 日至 30 日，伍尔夫夫妇在法国西部游玩。其间，伍尔夫阅读了《儿子与情人》。

10 月 8 日，《海浪》出版。

1932 年

1 月 22 日，利顿·斯特雷奇去世。

2 月，弗吉尼亚拒绝了剑桥大学克拉克讲座的邀请。

3 月 11 日，多拉·卡灵顿自杀。

3 月 26 日，弗吉尼亚在西辛赫斯特拜访了维塔·萨克维尔—韦斯特。

4 月 15 日至 5 月 12 日，伍尔夫夫妇和罗杰·弗莱及其妹妹一起游览了希腊。

7 月，发表文章《给一位青年诗人的信》。

10 月 3—5 日，伍尔夫夫妇参加了莱斯特举办的工党年会。

10 月 13 日，《普通读者》第二卷出版。

10 月，弗吉尼亚开始写作《帕吉特家族》(*The Partigers*)，后更名为《岁月》。

1933 年

3 月，弗吉尼亚拒绝曼彻斯特大学授予的荣誉博士学位。

4 月 27 日，结识了乔治·萧伯纳。

5 月 5—27 日，伍尔夫夫妇自驾去意大利旅行。

7 月，《弗拉希》开始在《大西洋月刊》连载。

8 月，阅读屠格涅夫的作品。

9 月 23 日，弗吉尼亚参加了回忆俱乐部在蒂尔顿（凯恩斯家）的会面。

10 月 3—4 日，弗吉尼亚参加了在黑斯廷斯举行的工党年会出席了第一天的会议。

10 月 5 日，《弗拉希》出版。

12 月 15 日，弗吉尼亚结识了画家华特·席格。

1934 年

4月26日至5月9日，伍尔夫夫妇去爱尔兰旅行，在那里拜访了伊丽莎白·鲍温。

4月，乔治·达科沃斯去世。

9月9日，罗杰·弗莱去世。

9月13日，弗吉尼亚参加了他的葬礼。夏秋之际阅读莎士比亚。

10月14日，弗吉尼亚因温德姆·刘易斯在《艺术之外的人》中针对她的批评文章而心神不宁。阅读《安提戈涅》。海伦·安瑞普请求弗吉尼亚为罗杰·弗莱编写传记。

11月25日，结识了维多利亚·奥坎波。

1935 年

1月18日，弗吉尼亚的三幕剧《淡水》在瓦妮莎的工作室上演。

3月10日，弗吉尼亚在西辛赫斯特拜访了维塔·萨克维尔—韦斯特，她认为她们的感情已经结束了。阅读但丁的作品。

5月1—31日，伍尔夫夫妇去荷兰、德国和意大利旅行。

6月，弗吉尼亚谢绝国际笔会主席的职位。在布里斯托尔举行的罗杰·弗莱纪念展会上致开幕词。

9月30日至10月1日，伍尔夫夫妇参加了工党在布莱顿的会议。

11月12日，弗吉尼亚参加了艾略特《大教堂谋杀案》在水星剧院的演出。

1936 年

1月，弗吉尼亚阅读弗莱的文稿为撰写传记做准备。继续修改《岁月》。

3月，观看易卜生戏剧的演出。弗吉尼亚将《岁月》付梓后身体有些不适。

5月，到康沃尔旅行。

6月23日至10月30日，弗吉尼亚中断日记写作。

11月23日，开始写作《三枚旧金币》。

12月1日，在"回忆俱乐部"朗读《我势利吗?》。

1937 年

3月11日，《岁月》出版。

4月27日，弗吉尼亚参加了"回忆俱乐部"的集会。

4月29日，在BBC发表名为《技艺》的广播演讲。

5月7—23日，伍尔夫夫妇去法国旅行，拜访了乔治·桑在诺昂的故居。

6月14日，弗吉尼亚结识了梅·萨顿。

7月15日，弗吉尼亚昔日的希腊语老师珍妮特·凯斯去世。

7月18日，瓦妮莎之子朱利安·贝尔因弹片伤死于西班牙战场。

9月16日，弗吉尼亚在西辛赫斯特拜访了维塔·萨克维尔—韦斯特。

9月28日，杰拉德·达科沃斯去世。

10月12日，完成《三枚旧金币》初稿。

1938年

2月23日，弗吉尼亚将霍加斯出版社的自有股份转让给经理约翰·莱曼。

4月，开始写作传记《罗杰·弗莱》和小说《波因茨宅》（*Pointz Hall*）（后更名为《幕间》）。

4月21日，奥托琳·莫瑞尔去世。

6月2日，《三枚旧金币》出版。

6月16日至7月2日，伍尔夫夫妇去苏格兰和英国湖区旅行。

9月11日，弗吉尼亚参加了"回忆俱乐部"的聚会。阅读赛维涅夫人的信件。

12月24日，杰克·希尔斯去世。

1939年

1月28日，伍尔夫夫妇在汉普斯特德拜访了西格蒙德·弗洛伊德。

3月3日，弗吉尼亚拒绝了利物浦大学授予的荣誉博士学位。

3月9日，英国对德国宣战。因伦纳德的犹太人身份，伍尔夫夫妇宣布，如果德国人入侵英国，他们将自杀。

3月23日，弗吉尼亚观看艾略特《家庭团聚》一剧的演出。

3月30日，参加"回忆俱乐部"的聚会。

4月18日，弗吉尼亚开始撰写自己的回忆录《往事札记》。

阅读狄更斯的作品，5月参观了狄更斯在伦敦的住宅。

6月5日至19日，伍尔夫夫妇去法国的诺曼底和布列塔尼旅行。

7月2日，伦纳德的母亲去世。

7月15日，弗吉尼亚开始阅读弗洛伊德（《摩西与一神教》），12月阅读了弗洛伊德其他一些作品。

8月，伍尔夫夫妇迁居至伦敦梅克伦堡广场37号，之后为躲避战祸主要住在僧舍。

1940年

1月，阅读J. S. 密尔的《自传》。

2月23日，将《罗杰·弗莱》的手稿寄给马乔里·弗莱。

4月23日，维塔·萨克维尔—韦斯特在僧舍过夜。

4月27日，弗吉尼亚在布莱顿的英国工人教育协会发表演讲（后以《倾斜之塔》为题发表）。

5月28日，弗吉尼亚参加了空袭会议。阅读柯勒律治和华兹华斯的书信。

6月14日和维塔·萨克维尔—韦斯特参观了彭斯赫斯特。

7月25日，《罗杰·弗莱》出版。弗吉尼亚参加了在查尔斯顿举行的"回忆俱乐部"聚会。

9月10日，梅克伦堡广场37号被德军轰炸，伍尔夫夫妇的住所和出版社均被炸毁。

9月18日，弗吉尼亚开始记笔记，标明为"随性的阅读/笔记"（"Reading at Random/Notes"）继续写作《往事札记》和《幕间》。

11月24日，开始写作小说《阿侬》（Anon）。伍尔夫夫妇将家具和书转移至僧舍。

1941年

2月17日至18日，维塔·萨克维尔—韦斯特拜访伍尔夫夫妇。

2月26日，伍尔夫完成《幕间》的初稿。为写作散文《阅读》而翻阅伊丽莎白时期的作品。

3月27日，伍尔夫夫妇去布莱顿找奥克塔薇娅·威尔伯福斯医生诊断弗吉尼亚的精神状况。

3月28日，弗吉尼亚在僧舍附近的乌斯河投水自尽，自杀前给丈夫伦纳德和姐姐瓦妮莎各留一封信说明缘由。

说明：该年表参照了国内学者潘建的著作《弗吉尼亚·伍尔夫：性别差异与女性写作研究》附录一"弗吉尼亚·伍尔夫生平简表"的模式，并结合埃莉诺·麦克尼斯的著作《弗吉尼亚·伍尔夫：批评性评论》第一卷中的伍尔夫年表、安娜·斯奈斯《弗吉尼亚·伍尔夫研究》一书中前言部分的年表，以及昆汀·贝尔《伍尔夫传》中的相关内容进行了系统的整理。

附录5：本书重点论述的英语世界伍尔夫研究者概况（1970—2017）

简·马库斯（Jane Marcus，1938—2015）

简·马库斯1938年生于美国佛蒙特州，1960年获拉德克里夫学院学士学位，1965年获布兰迪斯大学硕士学位，1973年获西北大学博士学位。1986年起执教于纽约城市大学，同时在德克萨斯大学任教，并帮助芝加哥伊利诺伊大学和德克萨斯大学建立了妇女研究项目。她是美国女性主义文学批评的先驱代表，主要研究现代主义时期的女性作家，尤其关注从社会和政治背景的角度考察女性作家的作品。她为伍尔夫研究做出了开创性的贡献，扭转了近半个世纪以来伍尔夫批评研究中对其女性主义者、和平主义者和社会主义者身份的忽视，引导批评界关注伍尔夫对帝国主义和资产阶级社会的批判，为20世纪70年代后的伍尔夫研究打开了新的局面。

马库斯关于伍尔夫研究的主要著作有2004年出版的《黑暗的心：白人女性书写种族》（*Heart of Darkness: White Women Write Race*），1988年出版的《艺术与愤怒：像女人一样阅读》（*Art and Anger: Reading Like a Woman*），以及1987年问世的《弗吉尼亚·伍尔夫与父权制的语言》（*Virginia Woolf and the language of Patriarchy*）。她还主编了三部与伍尔夫有关的论文集，分别是1981年出版的《弗吉尼亚·伍尔夫的新女性主义论文》（*New Feminist Essays on Virginia Woolf*），1983年问世的《弗吉尼亚·伍尔夫：女性主义的倾斜》（*Virginia Woolf: A Feminist Slant*）和1987年发表的《弗吉尼亚·伍尔夫与布鲁姆斯伯里：百年纪念》（*Virginia Woolf and Bloomsbury: A Centenary Celebration*）。她在1991年发表的论文《大英帝国统治下的〈海浪〉》（*Britannia Rules The Waves*）将伍尔夫与帝国和种族之间的研究确立为批评界研究的重心之一。

马库斯的所有作品至今尚无中译本。

布伦达·西尔弗（Brenda R. Silver）

布伦达·西尔弗是美国当代著名的伍尔夫研究专家，她于1964年获宾夕法尼亚大学文学学士学位，1973年获得哈佛大学英美文学博士学位。从1972年至今任教于达特茅斯学院。在伍尔夫的文献整理和研究方面做出了突出的贡献。1977年迄今，她已经发表了近40篇伍尔夫研究的论文和两部伍尔夫研究的专著。这两部重要的作品分别是 1983 年由普林斯顿大学出版社推出的《弗吉尼亚·伍尔夫的阅读笔记》(Virginia Woolf's Reading Notebooks) 和 1999 年芝加哥大学出版社出版的《偶像弗吉尼亚·伍尔夫》(Virginia Woolf Icon)。《弗吉尼亚·伍尔夫的阅读笔记》一书细致地整理了散见于各类文献中的伍尔夫的阅读笔记，并将其进行归类整理，使其成为一个相互关联的系统，便于读者更好地理解伍尔夫的作品。而《偶像弗吉尼亚·伍尔夫》一书则坚持将伍尔夫的文本放置在她的名声之下进行解读，从伍尔夫的社会接受度入手探讨大众文化对伍尔夫研究带来的影响。

此外西尔弗还对伍尔夫的部分手稿进行了整理和编订，1979 年，她在《20 世纪文学》上发表了《〈阿侬〉与〈读者〉：弗吉尼亚·伍尔夫最后的随笔》("Anon" and "The Reader": Virginia Woolf's Last Essays) 一文，向读者展示了这两篇未完成的手稿，并对其进行了介绍和评论。她曾在马库斯 1983 年主编的《弗吉尼亚·伍尔夫：女性主义的倾斜》一书中发表论文《〈三枚旧金币〉的前世今生：对通信者的进一步回答》(Three Guineas Before and After: Further Answers to Correspondents)。西尔弗赞同马库斯所提出的女性愤怒合理化的观点，在 1991 年的《符号：文化与社会中的女性期刊》(Signs: Journal of Women in Culture and Society) 冬季号上发表了《愤怒的权威：作为个案研究的〈三枚旧金币〉》(The Authority of Anger: Three Guineas as Case Study)，进一步探讨了女性愤怒的问题。

目前西尔弗的作品尚无中文译本。

赫米奥尼·李（Hermione Lee）

赫米奥尼·李 1948 年出生于英国汉普郡的温彻斯特。1968 年获牛津大学圣希尔达学院的英国文学学士学位，1970 年获牛津大学圣十字学院的哲学硕士学位。现为牛津大学沃尔夫森学院院长。是牛津大学罗瑟米尔美国研究所的终身名誉研究员，也是美国艺术与科学学院的外籍荣誉院士。1977 年，她发表了自己研究伍尔夫的第一部专著《弗吉尼亚·伍尔夫的小说》(The Novels of Virginia Woolf)，1996 年她撰写的一部传记《弗吉尼亚·伍尔夫》(Virginia Woolf) 获得了 1997 年英国国家学术院 (British Academy) 专为女性学者颁发的罗斯·玛丽·克劳塞奖 (Rose Mary Crawshay Prize)。这部传记没有以时间为纲，而是把伴随伍尔夫生平的重大问题归结为四个主题分别进行论述,是继昆汀·贝尔1972年传记之后最重要的伍尔夫传记之一。这部传记从女性的视角切入伍尔夫的生活,在文中作者直截了当地表明伍尔夫喜欢的是女人,但并不想把自己归入女同性恋者的范畴中。同时李也将伍尔夫生命中的女性视作其生活和写作的不竭动力。正是在这部传记广泛的影响力之下,伍尔夫的生平与文学创作和女同性恋之间的关系才成为21世纪大部分英美学者所承认和接受的事实。2005年,赫米奥尼·李出版了她的另一部著作《弗吉尼亚·伍尔夫的鼻子:传记随笔》(*Virginia Woolf's Nose: Essays on Biography*),在书中作者通过考察不同的传记版本中对伍尔夫生活和死亡的描述,来思考传记家们是如何利用一些往往被忽略的身体部位的特征、有争议的日期等等来填补一位传主生平中的不为人知的部分。

赫米奥尼·李的传记作品尚无中译本。

昆汀·贝尔(Quentin Bell, 1910—1996)

昆汀·贝尔是弗吉尼亚·伍尔夫的姐姐瓦妮莎·贝尔和克莱夫·贝尔的儿子,英国艺术史家、作家,曾执教于牛津大学、赫尔大学和苏塞克斯大学。1966年,他完成了《布鲁姆斯伯里》(*Bloomsbury*)一书,回忆了布鲁姆斯伯里文化圈的点滴事迹,为研究者重新认识这个诞生于20世纪初期的文化团体提供了较为详尽的资料。在伍尔夫的丈夫伦纳德的邀请下,昆汀·贝尔借助于家庭中得天独厚的文献优势写下了有关他姨妈的两卷本传记《弗吉尼亚·伍尔夫传》(*Virginia Woolf: A Biography*),1972年由霍加斯出版社推出。这本传记为20世纪70年代的伍尔夫研究提供了宝贵的参考文献,昆汀在此书中所塑造的冷漠优雅、缺乏政治热情的伍尔夫形象深入人心,曾获得布莱克传记文学奖、达夫·库珀奖和约克郡邮报年度最佳图书奖。但这部极负盛名的官方传记也遭到了女性主义批评家们猛烈的攻击。昆汀·贝尔的女儿弗吉尼亚·尼科尔森曾在访谈中表示自己的父亲很清楚他所写的是关于伍尔夫生活的传记,而不是她作为文学家的传记。赫米奥尼·李的传记则更突出了伍尔夫的作家身份,两本传记重点不同,相得益彰。

昆汀·贝尔的这两部作品均有中译本,2005年江苏教育出版社推出了萧易翻译的《伍尔夫传》,2006年江苏教育出版社出版了季进翻译的《隐秘的火焰:布鲁姆斯伯里文化圈》。

安妮·奥利维尔·贝尔（Anne Olivier Bell）

安妮·奥利维尔·贝尔生于1916年，她在英国的艺术委员会工作时结识了瓦妮莎·贝尔，并于1952年嫁给了瓦妮莎的第二个孩子昆汀·贝尔。为了纪念昆汀的哥哥，两人的大儿子取名为朱利安·贝尔。安妮协助昆汀整理了大量伍尔夫生前遗留下来的文献，并于1977—1984年整理出版了五卷本的《弗吉尼亚·伍尔夫日记》（The Diary of Virginia Woolf），按照时间顺序（1915—1919年；1920—1924年；1925—1930年；1931—1935年；1936—1941年）系统地梳理了伍尔夫保存下来的全部日记，为20世纪70年代的伍尔夫研究者提供了宝贵的一手文献，深刻地改变了英语世界伍尔夫研究的面貌。1990年，安妮·贝尔又推出了一个伍尔夫的日记选本《片刻自由：短篇日记》（A Moment's Liberty: The Shorter Diary）。

目前五卷本伍尔夫日记无中文译本。

苏珊·塞勒斯（Susan Sellers）

苏珊·塞勒斯是英国著名的伍尔夫研究专家，同时也是一位作家、翻译家和优秀的编辑。她是英国圣安德鲁斯大学英语文学教授，1992年在伦敦大学获得博士学位。2000年，她和苏·罗伊（Sue Roe）共同主编的"剑桥文学指南"之《弗吉尼亚·伍尔夫》一书由剑桥大学出版社推出。该书的英文版在2001年由上海外语教育出版社引进出版，是国内伍尔夫研究者重要的参考书籍。书中收录了13篇重量级的伍尔夫研究论文，从布鲁姆斯伯里集团、散文随笔、日记书信、现代主义、后印象主义、社会历史研究、女性主义等方面展现了伍尔夫研究的具体成果。2008年她创作的长篇小说《文尼莎与弗吉尼亚》（Vanessa and Virginia）问世，该书以伍尔夫及其姐姐文尼莎的情感生活，以及她们与布鲁姆斯伯里集团之间的复杂关联为主线，呈现出姐妹二人之间相互竞争、相互扶持的人生轨迹。2010年，苏珊·塞勒斯邀请南京师范大学的杨莉馨教授翻译这部小说，2012年这部小说的中文版问世。2010年，塞勒斯还与米歇尔·赫伯特（Michael Herbert）共同编写了《弗吉尼亚·伍尔夫的〈海浪〉》（Virginia Woolf's The Waves）一书，由剑桥大学出版社出版。

米歇尔·巴雷特（Michèle Barrett）

米歇尔·巴雷特是英国著名的伍尔夫研究专家，同时也是著名的社会理论家，主要关注一战时期的社会和文化历史。巴雷特在英国的杜伦大学取得了社会学的学士学位，并获得了苏克塞斯大学的艺术与文学社会学硕士学位，1976年，她完成了题为《战争期间现代主义与英国社会的理论，以弗吉尼亚·伍尔夫为例》（*A Theory of Modernism and English Society Between the Wars, with Special Reference to Virginia Woolf*）的博士论文，2000年至今任教于伦敦大学玛丽皇后学院。巴雷特是最早强调伍尔夫非小说类作品中唯物主义观点的学者之一。巴雷特在苏克塞斯大学读博期间曾做过奥利维尔·贝尔的研究助手，帮助她整理伍尔夫的日记。1979年，巴雷特主持编撰了《弗吉尼亚·伍尔夫：妇女与写作》（*Virginia Woolf: Women and Writing*）一书，被公认为伍尔夫女性主义批评史上的重要作品。

20世纪80年代，巴雷特转向研究马克思主义思想及其与女性主义之间纷繁纠葛的关系。她在1980年发表的专著《今日的女性压迫：马克思主义女性主义分析的问题》（*Women's Oppression Today: Problems in Marxist Feminist Analysis*）不断获得再版，并被译为多国文字。巴雷特对后结构主义理论亦有自己独到的见解，1999年她的著作《理论中的想象：文化、书写、词语和事物》（*Imagination in Theory: Culture, Writing, Words, and Things*）就从后结构主义的角度对伍尔夫的作品进行了考察。此外，巴雷特还从伦纳德的苏塞克斯大学文件中发现了伍尔夫的研究笔记，这些笔记是伍尔夫为丈夫1920年研究非洲的帝国与贸易而做的。伍尔夫对伦纳德的研究所做出的贡献从湮没的历史中被打捞出来，巴雷特就此写作了一篇文章发表在2013年的伍尔夫研究年鉴上。

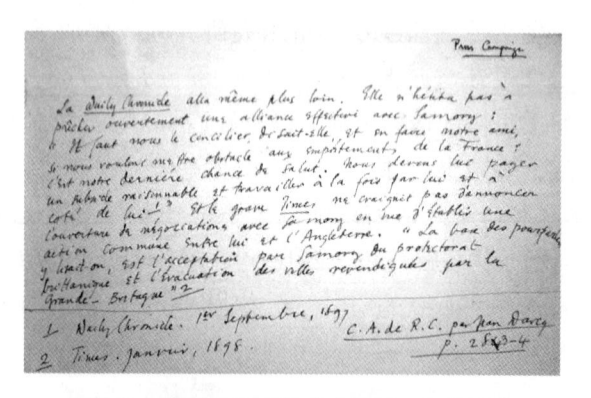

米歇尔·巴雷特发现的弗吉尼亚·伍尔夫有关非洲帝国与贸易的研究笔记片段

该图为伍尔夫研究笔记的样本。目前巴雷特的作品尚无中译本。

雷切尔·鲍尔比（Rachel Bowlby）

雷切尔·鲍尔比是著名的伍尔夫研究专家以及消费文化和弗洛伊德的研究者，2014—2016年曾执教于普林斯顿大学比较文学系，现任教于英国伦敦大学学院比较文学系。1988年，鲍尔比就发表了关于伍尔夫的著作：《弗吉尼亚·伍尔夫：女性主义的目的地》（*Virginia Woolf: Feminist Destinations*），1992年，《多年以来仍旧疯狂》（*Still Crazy After All These Years*）一书出版，书中鲍尔比运用了心理分析、批判理论、文化研究的成果重新审视女权主义运动在构造女性主义和确认现代文化中女性位置上所起到的作用，用德里达和弗洛伊德的思想来观照伍尔夫的作品。鲍尔比1996年发表的作品《女性主义的目的地和关于伍尔夫的其他文章》（*Feminist Destinations and Further Essays on Virginia Woolf*）则在1988年著作的基础上增加了五篇新的论文，从女性散文家、城市作家、现代文化批评家、爱情作家的角度对伍尔夫进行了新的解读。

安娜·斯奈斯（Anna Snaith）

安娜·斯奈斯曾就读于多伦多大学和英国伦敦大学学院，2003年至今任教于伦敦国王学院，是英国著名的伍尔夫研究专家。2000年，斯奈斯发表专著：《弗吉尼亚·伍尔夫：公众与私人谈判》（*Virginia Woolf: Public and Private Negotiations*），讨论了伍尔夫的女性主义和写作实践对她看待女性和出版的影响，同时还关注伍尔夫关于阅读大众的概念，她的空间政治的思想，以及她对公共和私人范畴的区分。2007年，斯奈斯主编的《帕尔格雷夫前沿：弗吉尼亚·伍尔夫研究》（*Palgrave Advances in Virginia Woolf Studies*）在帕尔格雷夫·麦克米兰出版社出版。书中汇聚了叙述学研究、现代主义研究、精神分析、传记研究、女性主义、文献研究、后现代与后结构、历史研究、女同研究、后殖民研究和欧洲接受研究共11个伍尔夫研究的热点，同年，斯奈斯还和迈克尔·惠特沃斯（Michael Whitworth）共同主编了《定位伍尔夫：空间与处所的政治》（*Locating Woolf: The Politics of Space and Place*）一书，书中挑选了11位国际上的伍尔夫研究者关于空间政治的研究成果，这些研究成果囊括了性别空间、城市与乡村、后殖民、科技和跨文化研究等多方面的内容。

2012年，斯奈斯完成了简·戈德曼和苏珊·塞勒斯主编的《弗吉尼亚·伍尔夫剑桥版本》(Cambridge Edition of Virginia Woolf) 中《岁月》这部小说学术版本的修订工作。2014年她的著作《现代主义者的航行：殖民地的女性作家在伦敦，1890-1945》(Modernist Voyages: Colonial Women Writers in London 1890-1945) 由剑桥大学出版社推出。2015年斯奈斯参与了牛津世界经典（Oxford World's Classics）系列的编撰工作，负责编辑伍尔夫的作品《一间自己的房间》和《三枚旧金币》。此外，2000年至今斯奈斯已经在《现代主义/现代性》(Modernism/Modernity)、《伍尔夫研究年鉴》(Woolf Studies Annual) 等期刊和书籍上发表了近20篇关于伍尔夫的论文。

简·戈德曼（Jane Goldman）

简·戈德曼任教于格拉斯哥大学，是英国著名的伍尔夫研究专家，同时也是剑桥大学出版社推出的《弗吉尼亚·伍尔夫作品集》(Edition of the Writings of Virginia Woolf) 的主编。1997年，戈德曼主持编写了《〈到灯塔去〉与〈海浪〉的偶像批评指南》(Icon Critical Guide on To the Lighthouse and The Waves) 一书，收录了伍尔夫这两部小说的重要批评成果，为从种族和帝国的角度研究伍尔夫的作品提供了参考。1998年，戈德曼发表了《弗吉尼亚·伍尔夫的女性主义美学：现代主义、后印象主义与视觉的政治》(The Feminist Aesthetics of Virginia Woolf: Modernism, Post-Impressionism, and the Politics of the Visual) 一书，从现代主义、后印象主义与视觉艺术的角度分析了伍尔夫的美学思想。2006年，戈德曼完成了《弗吉尼亚·伍尔夫剑桥入门》(The Cambridge Introduction to Virginia Woolf)，从作者生平、创作背景、文学作品和接受状况四个方面系统地介绍了伍尔夫的研究状况，2008年，上海外语教育出版社引进了该书的英文版，这本导读也成为国内学者广泛征引的对象。2013年，戈德曼相继推出了两部有关伍尔夫的书籍《和你在赫布里底群岛：弗吉尼亚·伍尔夫与苏格兰》(With you in the Hebrides: Virginia Woolf and Scotland) 和《伯恩斯的夜晚/伍尔夫的晚餐：关于弗吉尼亚·伍尔夫和苏格兰的生日随想》(Burns Night/Woolf Supper: Birthday Thoughts on Virginia Woolf and Scotland)，书中对伍尔夫与苏格兰这片土地的关系进行了考察。同年她还与兰德尔（Randall B.）合作主编了《语境中的弗吉尼亚·伍尔夫》(Virginia Woolf in Context)

一书。

梅尔巴·古迪-基恩（Melba Cuddy-Keane）

梅尔巴·古迪-基恩是多伦多大学英语系的教授，加拿大著名的伍尔夫研究专家。她的专著《弗吉尼亚·伍尔夫，知识分子与公共空间》（*Virginia Woolf, the Intellectual, and the Public Sphere*）2003年由剑桥大学出版社推出，这部作品聚焦伍尔夫的阅读理论与实践，从文化历史和文本阅读的角度入手，向读者展示了一个完全不同的伍尔夫形象。基恩在书中驳斥了研究者将伍尔夫定义为现代主义精英的惯例，改变了读者对伍尔夫、现代主义和脑力劳动的观念。2008年马克·赫希（Mark Hussey）主编的哈考特注释版本（Harcourt Annotated Editions）的伍尔夫文集中，基恩负责《幕间》的介绍和注释工作。2014年，基恩和亚当·哈蒙德（Adam Hammond）、亚历桑德拉·皮特（Alexandra Peat）合作撰写了《现代主义：关键词》（*Modernism: Keywords*）一书，进一步拓展了2003年书中和现代主义有关的关键词的阐发。2017年9月，她在简·格瑞斯多夫写作咨询系列中（Jane Griesdorf's Writing Consultants Series）发表了演说：《谁的生活？弗吉尼亚·伍尔夫、传记，与伊丽莎白·勃朗宁的狗》（*Whose Lives? Virginia Woolf, Biography, and Elizabeth Browning's Dog*）。此外，从1990年至今基恩已发表了几十篇关于伍尔夫的论文，从现代主义、叙事学、文学历史、阅读与读者等多重角度展开对伍尔夫的研究。

帕梅拉·考依（Pamela L. Caughie）

帕梅拉·考依1987年获得了弗吉尼亚大学的博士学位，现为芝加哥洛约拉大学英语系的教授和研究生项目主任，考依是一位在国际上广受赞誉的伍尔夫研究专家，1991年，她发表了专著《弗吉尼亚·伍尔夫与后现代主义》（*Virginia Woolf and Postmodernism*），将后结构主义和后现代主义的理论系统地引入到伍尔夫研究中。2000年，考依编撰了《机械复制时代的弗吉尼亚·伍尔夫：音乐、电影、摄影与大众文化》（*Virginia Woolf in the Age of Mechanical Reproduction: Music, Cinema, Photography, and Popular Culture*）一书，从多个角度考察了现代技术对伍尔夫创造性想象所产生的影响。2010年，她得到了美国国家人文基金会175000美元的拨款，用于继续从事伍尔夫作品《到灯塔去》电子版的研究工作。

马克·赫希（Mark Hussey）

马克·赫希是美国佩斯大学的教授，主要的研究方向是英语和女性与性别研究。1991 年，赫希主编了《弗吉尼亚·伍尔夫与战争：小说、现实与神话》(*Virginia Woolf and War: Fiction, Reality, And Myth*) 一书，从女性主义与和平主义、性别与战争、伦理与美学的角度对伍尔夫的战争观进行了剖析，揭示了伍尔夫对国家管理的现状、美学中的政治和伦理内涵以及前线战争的深切关注。1995 年，赫希发表了《弗吉尼亚·伍尔夫手册》(*Virginia Woolf A-Z*)，为学生、教师和普通读者了解伍尔夫的生平、作品和批评接受提供了一份综合性的参考。1997 年赫希完成了一项重要的任务，将伍尔夫的作品刻录到了光盘上。这张光盘不仅存储了伍尔夫所有（1997 年之前）发表过的作品，还包含了来自苏塞克斯大学僧舍文件（Sussex University's Monk's House Papers）和纽约公共图书馆伯格收藏（New York Public Library's Berg Collection）的许多手稿和信件的复制本，以及伍尔夫几部小说（《达洛卫夫人》《夜与日》《奥兰多》《到灯塔去》《远航》）的英国和美国版本的复制本。除此之外，赫希还将他的作品《弗吉尼亚·伍尔夫手册》以及目前仅存的一段伍尔夫的录音资料（1937 年伍尔夫在 BBC 广播的片段，后以《技艺》为名发表）放在了光盘中，为伍尔夫研究者提供了极大的便利。此外，赫希还是《伍尔夫研究年鉴》的创始主编，编辑出版了多辑伍尔夫研究的专刊。

迈克尔·惠特沃斯（Michael Whitworth）

迈克尔·惠特沃斯 1995—2005 年任教于威尔士大学，现执教于牛津大学和默顿大学。2001 年，惠特沃斯负责组织了第十一届弗吉尼亚伍尔夫年会："远航，归家"（"Voyages Out, Voyages Home"）。他是《爱因斯坦的觉醒：相对论、隐喻与现代文学》(*Einstein's Wake: Metaphor and Modernist Literature*, 2001 年) 和《弗吉尼亚·伍尔夫》（2005 年）的作者。2007 年，惠特沃斯主编了《现代主义》一书，并与苏珊·斯奈斯共同主编了《定位伍尔夫：空间与处所的政治》(*Locating Woolf: The Politics of Space and Place*)。2015 年，他完成了牛津世界经典系列中伍尔夫小说《奥兰多：一部传记》的编辑工作，此外他还在伍尔夫剑桥版本的编订中负责《夜与日》的修订工作。

朱莉亚·布里格斯（Julia Briggs，1943—2007）

朱莉亚·布里格斯生前曾任教于牛津大学赫特福德学院，是英国儿童文学研究和女性写作研究的开拓者。1994年，布里格斯完成了《弗吉尼亚·伍尔夫：主要作品入门》(*Virginia Woolf: Introduction to the Major Works*) 一书，1995年，布里格斯开始写作伍尔夫的传记，1999年布里格斯因乳腺癌中断研究，在与病魔抗争的过程中，于2005年完成了伍尔夫研究史上的一部重要传记：《弗吉尼亚·伍尔夫：内心生活》(*Virginia Woolf: An Inner Life*)。不同于昆汀·贝尔的传记中对伍尔夫生活经历的关注，布里格斯的这部传记将伍尔夫的创作作为她生活的中心加以考察，通过伍尔夫的作品来解读她的生活，还原了伍尔夫作为一位富有创造力的艺术家的形象。2006年，布里格斯发表了《阅读弗吉尼亚·伍尔夫》(*Reading Virginia Woolf*) 一书，继续探索伍尔夫的创作生活，然而该年她患上了脑部肿瘤，没能继续展开伍尔夫的研究工作。

路易斯·德萨佛（Louise A. DeSalvo）

路易斯·德萨佛是美国著名的伍尔夫研究专家，同时也是意大利—美国文学的研究者，执教于纽约市里大学亨特学院。1980年，德萨佛发表了一部伍尔夫研究的专著《弗吉尼亚·伍尔夫的第一次远航：一部酝酿中的小说》(*Virginia Woolf's First Voyage: A Novel in the Making*)，对伍尔夫的第一部小说进行了详尽的考察。1989年她的著作《弗吉尼亚·伍尔夫：童年性虐待对她生活与作品的影响》(*Virginia Woolf: The Impact of Childhood Sexual Abuse on her Life and Work*) 问世，迅速引发了学术界的热议，并深刻影响了90年代的伍尔夫研究。2001年，德萨佛还与米切尔·李斯卡一起编订了伍尔夫与维塔·萨克维尔—韦斯特之间的书信集 (*The Letters of Vita Sackville-West and Virginia Woolf*)，为研究者了解伍尔夫和维塔之间的关系及两位作家之间在生活和创作上的相互影响提供了大量可供参照的一手资料。2002年，她整理并出版了伍尔夫第一部小说的初稿《美林布罗希亚》(*Melymbrosia*)，为伍尔夫手稿研究提供了宝贵的素材。

米切尔·李斯卡（Mitchell A. Leaska）

米切尔·李斯卡是美国著名的伍尔夫研究专家，生前曾在纽约大学任教近40年，并将其遗产捐赠给母校，成立了米切尔·李斯卡论文研究奖，用以资助博士生的论文写作。1970 年，李斯卡发表了第一部关于伍尔夫的专著《弗吉尼亚·伍尔夫的灯塔：一部批评研究》(*Virginia Woolf's Lighthouse: A Study in Critical Method*)，1977 年《从始至终：弗吉尼亚·伍尔夫的小说》(*The Novels of Virginia Woolf from Beginning to End*) 问世。该年，李斯卡还编辑整理了伍尔夫的手稿《帕吉特家族》(*The Pargiters*)，成为了英语世界最早开始整理研究伍尔夫手稿的学者之一。1984 年，李斯卡编订了《弗吉尼亚·伍尔夫读本》(*Virginia Woolf Reader*)，书中收录了伍尔夫的 5 篇短篇小说，8 篇随笔，以及长篇小说和非小说类作品的选段。李斯卡还与路易斯·德萨佛一起编辑出版了伍尔夫与维塔·萨克维尔—韦斯特之间的书信集（1985 年），并于 1990 年整理并修订了伍尔夫早期的日记，以《炽烈的学徒：1897—1909 年的早期日记》(*A Passionate Apprentice: The Early Journals, 1897-1909*) 为名出版发行，为伍尔夫研究提供了珍贵的资料。1998 年，李斯卡撰写了一部关于伍尔夫的传记《花岗岩与彩虹：弗吉尼亚·伍尔夫隐匿的生活》(*Granite and Rainbow: The Hidden Life of Virginia Woolf*)，在这部传记中李斯卡第一次探究了伍尔夫父母之间陷入困境的生活，从伍尔夫抒情叙述的表面发现了因父母关系而产生的不和谐音，并分析了伍尔夫是如何从这种深刻的分歧中努力创造和谐的始末。

亚历克斯·兹沃德林（Alex Zwerdling）

亚历克斯·兹沃德林执教于加州大学伯克利分校，1986 年，兹沃德林发表了一部在英语世界引发了较大反响的著作《弗吉尼亚·伍尔夫与现实世界》(*Virginia Woolf and the Real World*)，这本书力图纠正将伍尔夫视作象牙塔内的精英分子，远离她的时代生活的刻板印象，强调伍尔夫对社会生活怀揣着极大的兴趣，并且社会生活本身也对伍尔夫产生了影响。兹沃德林在书中对阶级与财富、社会系统、家庭、女性主义、20 世纪 30 年代动荡的政局和和平主义等话题进行了深入的探讨，并向读者展示了伍尔夫是如何将她所处时代的社会政治局势转换成为精致而复杂的小说语言的。

伊莱恩·肖瓦尔特（Elaine Showalter）

伊莱恩·肖瓦尔特是美国著名的女性主义批评家，1964 年获布兰代斯大学硕士学位，1970年在加利福尼亚大学戴维斯分校获得博士学位。1984年起任教于美国普林斯顿大学。1977年，肖瓦尔特出版了女性主义文学批评史上的一部重要著作：《她们自己的文学：从勃朗特到莱辛的英国女性小说家》，书中的第10章"弗吉尼亚·伍尔夫：遁入双性同体"对伍尔夫的双性同体的创作理论提出了质疑和批评，认为这是伍尔夫逃避自身女性特质的失败尝试。1985年，肖瓦尔特发表了《女性疾病：妇女、疯癫与英国文化，1830—1980》(The Female Malady: Women, Madness, and English Culture, 1830-1980)一书，90年代初她又出版了两部与女性性属和美国女性写作有关的专著。她在1979年完成的论文《走向女性主义诗学》(Towards Feminist Criticism)和1981年发表的论文《荒野中的女性主义批评》(Feminist Criticism in the Wilderness)中系统地总结了女性主义批评的理论。此外她还是1985年的《新女性主义批评》(The New Feminist Criticism)和1993年的《堕落的女儿们：世纪末的女性作家》(Daughters of Decadence: Women Writers of the Fin de Siecle)等女性主义批评文集的主编。肖瓦尔特是英美学派"女性批评学"(gynocritics)的理论开创者，是当代英语世界女性主义批评中最具影响力的学者之一。

陶丽·莫伊（Toril Moi）

陶丽·莫伊1953年出生于挪威，曾在挪威卑尔根大学担任妇女研究中心主任，并在牛津大学主讲法国文学，现任教于美国杜克大学。莫伊的成名作是她在1985年发表的《性与文本的政治》，莫伊在书中对比了更倾向于经验主义的英美学派的"女性批评"(gynocriticism)和更具理论性的法国学派的"阴性书写"(Ecriture feminine)，并将雌雄同体的概念与法国学派反本质主义的理论联系起来。在该书的绪论部分，莫伊回击了肖瓦尔特对伍尔夫的批评，提出用法国哲学家和批评家的理论来"援救"伍尔夫的主张。在《她们自己的文学》一书1999年的增补版中，肖瓦尔特指出自己的研究遭到的"最重磅的抨击"是来自莫伊的《性与文本的政治》，在英国，许多学生直接略过肖瓦尔特的著作，直接从莫伊的"权威大学读本"中形成了自己对《她们自己的文学》的见解。由此可见，莫伊的这本书在英美学界具有极大的影响力。莫伊主编的《克里斯蒂娃读本》(The Kristeva Reader, 1986年)、《法国女性主义思想》(French Feminist Thought, 1987年)，以及1994年发表的专著《西蒙娜·德·波伏娃：一位知识分子女性的形成》(Simone de Beauvoir: The Making of an Intellectual Woman) 都旨在将法国女性主义批评的理论引入英语世界。

梅基科·米诺—平克尼（Makiko Minow-Pinkney）

梅基科·米诺—平克尼任教于英国博尔顿大学，是当代英语世界重要的伍尔夫研究者之一，1987年，平克尼发表了她的成名作《弗吉尼亚·伍尔夫与主体问题》(Virginia Woolf and the Problem of the Subject)，在这部作品中平克尼选择了伍尔夫五部主要的小说进行细致的阅读，向读者展现了伍尔夫最具实验性的小说中蕴含的对父权制社会秩序深层结构的女性主义颠覆。运用心理分析和解构主义的理论考察了伍尔夫是如何通过语言和形式的实验确立了自己在女性主义政治中的一席之地。此外，平克尼还发表了大量和伍尔夫有关的论文，2004年出版的《跨文化的伍尔夫》(Woolf Across Culture) 一书中就收录了她的文章：《"语言边缘的意义"：瓦尔特·本雅明的翻译理论与弗吉尼亚·伍尔夫的现代主义》("The Meaning on the far side of language": Walter Benjamin's Translation Theory and Virginia Woolf's Modernism)。

爱德华·毕晓普（Edward L. Bishop）

爱德华·毕晓普是英语世界重要的伍尔夫研究者之一，也是现代文学、印刷文化史等方面的研究专家。1989年，毕晓普整理并出版了《弗吉尼亚·伍尔夫年表》(A Virginia Woolf Chronology)，为英语世界的伍尔夫研究者提供了一份重要的参考资料。1991年，毕晓普发表了《弗吉尼亚·伍尔夫》一书，向读者介绍了伍尔夫的生平和职业生涯。1992年，他的著作《布鲁姆斯伯里集团》问世，对伍尔夫所处的文学团体进行了考察。1998年，毕晓普整理编订了伍尔夫小说《雅各布的房间》的手稿，进一步推进了伍尔夫的文献研究，2004年由他修订的《雅各布的房间》莎士比亚领英版本问世。他最近的一部著作是《与里尔克骑行：关于摩托车和书籍的思考》(Riding With Rilke: Reflections on Motorcycles and Books)。

吉莉安·比尔（Gillian Beer）

吉莉安·比尔教授曾在剑桥格顿学院任教30年，在1994—2002年间担任剑桥英国文学国王爱德华七世教授（King Edward Ⅶ Professor of English Literature，1994-2002），并于1994—2001年担任剑桥大学卡莱尔学院的主席。从1997年起，比尔就成为布克文学奖的评委会主席之一。作为英国著名的文学批评家和学者，比尔最为关注的文学批评领域是维多利亚时期的研究和伍尔夫研究。1996年，比尔发表了《弗吉尼亚·伍尔夫：共同的基础》（Virginia Woolf: The Common Ground）一书，书中展现了伍尔夫对历史和叙述的概念化是如何与她关于女性、写作、社会与性别关系的思考紧密联系起来的。2000年她完成了另一部关于伍尔夫的著作：《海浪，原子，恐龙：伍尔夫的科学》（Wave, Atom, Dinosaur: Woolf's Science）。

玛丽·安·考斯（Mary Ann Caws）

玛丽·安·考斯是美国作家、艺术史家和文学批评家，现任教于纽约市立大学，主要研究方向为超现实主义、现代英国与法国文学，曾为马塞尔·普鲁斯特、弗吉尼亚·伍尔夫和亨利·詹姆斯撰写过传记。1989—1991年曾担任美国比较文学协会的主席。2000年，考斯和萨拉·博德·莱特（Sarah Bird Wright）合著了《布鲁姆斯伯里与法国：艺术和友人》（Bloomsbury and France: Art and Friends）一书，2002年，她与尼古拉·卢克赫斯特（Nicola Luckhurst）合编了《弗吉尼亚·伍尔夫的欧洲接受》（The Reception of Virginia Woolf in Europe）一书，该书是英语世界首部研究伍尔夫欧洲接受的专著。同年考斯还完成了《维塔·萨克维尔—韦斯特作品选》（Vita Sackville-West: Selected Writings），并撰写了传记《弗吉尼亚·伍尔夫》。

埃莉诺·麦克尼斯（Eleanor McNees）

埃莉诺·麦克尼斯是美国丹佛大学的教授，主要研究方向为维多利亚与现代英国文学，同时她也是美国弗吉尼亚·伍尔夫的研究专家。1994年，麦克尼斯教授主编了一部影响深远的四卷本著作：《弗吉尼亚·伍尔夫：批评性评论》（Virginia Woolf: Critical Assessments），麦克尼斯这部总结性的评论文集中的第一卷包括"弗吉尼亚·伍尔夫回忆文章""讣告悼念""早期批评观点""伍尔夫与布鲁姆斯伯里""作家谈写作"五个部分；第二卷则囊括了有关伍尔夫短篇小说与随笔、女性主义论文和传记作品的评论;第三卷涵盖了从《远航》至《到灯塔去》五部小说的重要批评论文;第四卷则从伍尔夫的余下三篇小说(《海浪》《岁月》《幕间》)、现代评价(1970—1992年)和比较研究三个方面收录了重要的批评作品。这部批评文集为研究者全面地了解伍尔夫从20世纪初(1915年)至20世纪90年代初期(1992年)在英语世界批评界的接受状况提供了大量珍贵的参考资料。

参考文献

英文著作

Baldwin, Dean R.. *Virginia Woolf: A Study of the Short Fiction*, Boston: Twayne Publishers, 1989.

Beer, Gillian. *Virginia Woolf: The Common Ground*, Edinburgh: Edinburgh University Press, 1996.

Beer, Gillian. *Wave, Atom Dinosaur: Woolf's Science* (The first Annual Virginia Woolf Birthday Lecture), London: VirginiaWoolf Society of Great Britain, 2000.

Beja, Morris (ed.). *Virginia Woolf: To the Lighthouse*, Hampshire and London: The Macmillan Press Ltd., 1970.

Bell, Quentin. *Virginia Woolf: A Biography*, London: Pimlico, 1996.

Bennett, Joan. *Virginia Woolf: Her Art as a Novelist*, Cambridge: Cambridge University Press, 1945.

Bernstein, Susan David. *Women Writers in the British Museum from George Eliot to Virginia Woolf*, Edinburgh: Edinburgh University Press, 2013.

Brewster, Dorothy. *Virginia Woolf*, New York: New York University Press, 1962.

Briggs, Julia. *Reading Virginia Woolf*, Edinburgh: Edinburgh University Press, 2006.

Brosnan, Leila. *Reading Virginia Woolf's Essays and Journalism*, Edinburgh: Edinburgh University Press, 1997.

Caws, Mary Ann and Nicola Luckhurst (eds.). *The Reception of Virginia Woolf in Europe*, London: Continuum, 2002.

Chambers, R. L.. *The Novels of Virginia Woolf*, New York: Russell & Russell, 1971.

Chan, Evelyn Tsz Yan. *Virginia Woolf and the Professions*, New York, NY: Cambridge University Press, 2014.

Collings, Robert G. *Virginia Woolf's Black Arrows of Sensation: The Waves*, Ilfracombe, England: Arthur H. Stockwell, 1962.

Daiches, David. *Virginia Woolf*, Norfolk: New Direction, 1942.

Daldry, Stephen. *The Hours*, Miramax/Paramount, 2002.

DeSalvo, Lousie. *Virginia Woolf: The Impact of Childhood Sexual Abuse on her Life and Work*, London: The Women's Press, 1989.

DiBattista, Maria. *Imagining Virginia Woolf*, Princeton: Princeton University Press, 2009.

Freedman, Ralph. *The Lyrical Novel: Studies in Herman Hesse, Andre' Gide, and Virginia Woolf*, Princeton, New Jersey: Princeton University Press, 1963.

Freedman, Ralph (ed.). *Virginia Woolf: Revaluation and Continuity*, Berkeley, Los Angeles: University of California Press, 1980.

Fuefi, John and Jo Francis (dirs.). *The War Within: A Portrait of Virginia Woolf* DVD, Flare Films, 1995.

Gillespie, Diane Filby. *The Sisters' Arts. The Writing and Painting of Virginia Woolf and Vanessa Bell*, Syracuse: Syracuse University Press, 1988.

Gillespie, Diane F. and Elizabeth Steele (eds.). *Julia Duckworth Stephen: Stories for Children, Essays for Adults*, Syracuse, NY: Syracuse University Press, 1987.

Goldman, Jane. *The Cambridge Introduction to Virginia Woolf*, Shanghai: Shanghai Foreign Language Education Press, 2008.

Goldman, Jane (ed.). *The Icon Critical Guide to Virginia Woolf*, Cambridge: Icon Books, 1997.

Gordon, Lyndall. *Virginia Woolf: A Writer's Life*, Oxford: Oxford University Press, 1984.

Gruber, Ruth. *Virginia Woolf: The Will to Create as a Woman*, New York: Carroll & Graf Publishers, 2005. Reprint of *Virginia Woolf: A Study*, 1935.

Gualtieri, Elena. *Virginia Woolf's Essays: Sketching the Past*, Houndmills and London: Macmillan Press Ltd., 2000.

Guiget, Jean. *Vriginia Woof and Her Works*, New York: Harcourt, Brace and World, 1965.

Hafley, James. *The Glass Roof: Virginia Woolf as Novelist*, New York: Russel and Russel, 1954, 1963.

Hancock, Nuala. *Charleston and Monk's House: The Intimate House Museums of Virginia Woolf and Vanessa Bell*, Edinburgh: Edinburgh University Press, 2012.

Harrison, Suzan. *Eudora Welty and Virfinia Woolf: Gender, Genre, and Influence*, Louisiana: Louisiana State University Press, 1997.

Haule, James M. and J. H. Stape (eds.). *Editing Virginia Woolf: Interpreting the Modernist Text*, Basingstoke: Palgrave, 2002.

Heilbrun, Carolyn. *Toward a Recognition of Androgyny*, New York: Harper & Row, 1973.

Holtby, Winifred. *Virginia Woolf: A Critical Memoir*, London: Continuum UK, 2007. First Published in 1932.

Hussey, Mark, etc. (ed.). *Woolf Studies Annual, Volume 3*, New York: Pace University Press, 1997.

Hussey, Mark, etc. (ed.). *Woolf Studies Annual, Volume 2*, New York: Pace University Press, 1996.

Johnstone, J. K.. *The Bloomsbury Group*, New York, NY: Octagon Books, 1978.

Koppen, Randi S.. *Virginia Woolf, Fashion and Literary Modernity*, Edinburgh: Edinburgh University Press, 2009.

Kostkowska, Justyna. *Ecocritism and Women Writers: Environmentalist Poetics of Virginia Woolf, Jeanette Winterson, and Ali Smith*, Hampshire: Palgrave Macmillan, 2013.

Latham, Monica. *A Poetics of Postmodernism and Neomodernism: Rewriting*

Mrs Dalloway, London: Palgrave Macmillan, 2015.

Latham, Jacgueline E. M. (ed.). *Critics on Virginia Woolf*, Coral Gables: University of Miam Press, 1970.

Laurence, Patricia. *Lily Briscoe's Chinese Eyes: Bloomsbury, Modernism, and China*, Columbia, South Carolina: University of South Carolina Press, 2003.

Laurence, Patricia. *Julian Bell: The Violent Pacifist*, London: Cecil Woolf, 2006.

Lee, Hermione. *Virginia Woolf*, New York: Alfred A. Knopf, 1997; New York: Random House and Vintage Books, 1996.

Lehmann, John. *Virginia Woolf and Her World*, New York: Harcourt Brace Jovanovich, 1976.

Leontis, Artemis. *Topographies of Hellenism: Mapping the Homeland*, Ithaca and London: Cornell University Press, 1995.

Levy, Heather. *The Servants of Desire in Virginia Woolf's Short Fiction*, New York: Peter Lang Publishing Inc, 2010.

Llewellyn Davies, Margaret. *Life As We Have Known It*, London: Hogarth Press, 1931.

Majumdar, Robin and Allen Mclaurin (ed.). *Virginia Woolf: The Critical Heritage*, London: Routledge and Kegan Paul, 1975.

Marsh, Nicholas. *Virginia Woolf: The Novels*, Houndmills and London: Macmillan Press Ltd., 1998.

Mclaurin, Allen. *Virginia Woolf: The Echoes Enslaved*, Cambridge: Cambridge University Press, 1973.

McNees, Eleanor (ed.). *Virginia Woolf: Critical Assessments*, Sussex: Helm Information Ltd., 1994.

McNeillie, Andrew (ed.). *The Essays of Virginia Woolf, Volume I. 1904-1912*, San Diego, New york and London: Harcourt Brace Jovanovich, 1986.

McNichol, Stella. *Virginia Woolf and the Poetry of Fiction*, London: Routledge, 1990.

Meisel, Perry. *The Absent Father: Virginia Woolf and Walter Pater*, New Haven: Yale University Press, 1980.

Mepham, John. *Virginia Woolf: A Literary Life*, Houndmills and London:

Macmillan Press Ltd., 1991.

Minow-Pinkney, Makiko. *Virginia Woolf and the Problem of the Subject*, Edinburgh: Edinburgh University Press Ltd., 2010.

Nicolson, Nigel and Trautmann, Joanne (ed.). *The Letters of Virginia Woolf, Volume II: 1912-1922*, New York and London: Harcourt Brace Jovanovich, 1976.

Paulin, Tom. *J' Accuse: Virginia Woolf*, directed and produced by Jeff Morgan, Fulmar Productions for Channel Four, London, 29 January 1991.

Pease, Allison. *Modernism, Feminism, and the Culture of Boredom*, New York, NY: Cambridge University Press, 2012.

Phillips, Kathy J. *Woolf Against Empire*, Knoxville, TN: University of Tennessee Press, 1994.

Pippett, Aileen. *The Moth and the Star: A Biography of Virginia Woolf*, New York: Viking, 1957.

Pool, Roger. *The Unknown Virginia Woolf*, London: Cambridge University Press, 1978.

Reid, Panthea. *Art and Affection: A Life of Virginia Woolf*, New York: Oxford University Press, 1996.

Richter, Harvena. *Virginia Woolf: The Inward Voyage*, Princeton, New Jersey: Princeton University Press, 1970.

Roe, Sue and Susan Sellers (eds.). *The Cambridge Companion to Virginia Woolf*, Shanghai: Shanghai Foreign Language Education Press, 2001.

Saloman, Randi. *Virginia Woolf's Essayism*, Edinburgh: Edinburgh University Press, 2012.

Savage, D. S. *The Withered Branch: Six Studies in the Modern Novel*, London: Eyre and Spottiswoode, 1950.

Showalter, Elaine. *A Literature of Their Own: British Women Novelist from Brontë to Lessing*, Beijing: Foreign Language Teaching and Research Press, 2004.

Sim, Lorraine. *Virginia Woolf: The Patterns of Ordinary Experience*, Burlington: Ashgate Publishing Company, 2010.

Simpson, Kathryn. *Gifts, Markets and Economies of Desire in Virginia Woolf*, London: Palgrave Macmillan, 2009.

Snaith, Anna. *Palgrave Advances in Virginia Woolf Studies*, New York, NY: Plagrave Macmillan, 2007.

Spivak, Gayatri Chakravorty. *In Other Worlds*, New York: Routledge Classics, 2006.

Stansky, Peter. *On or About December 1910: Early Bloomsbury and Its Intimate World*, Cambridge, Mass. and London: Harvard University Press, 1996.

Webb, Ruth. *Virginia Woolf*, Shanghai: Shanghai Foreign Language Education Press, 2009.

Wiel, Reina Van Der. *Literary Aesthetics of Trauma: Virginia Woolf and Jeanette Winterson*, London: Palgrave Macmillan, 2014.

Willis, Jr., J. H. *Leonard and Virginia Woolf as Publishers: The Hogarth Press 1917-1941*, Charlottesville: University of Virginia Press, 1992.

Wilson, Jean Moorcraft. *Virginia Woolf, Life and London: A Biography of Place*, New York: W. W. Norton & Company, Inc., 1988.

Woolf, Leonard. *Sowing: An Autobiography of the Years 1880 - 1904*, London: Hogarth Press, 1960.

Woolf, Virginia. *Congenial spirits: the selected letters of Virginia Woolf*, ed. Joanne Trautmann Banks, San Diego, New York and London: Harcourt Brace Jovanovich, 1990.

Woolf, Virginia. *The Common Reader*, Shanghai: Shanghai World Publishing Corporation, 2010.

Lee, Kwee-len. *Virginia Woolf in China and Taiwan: Reception and Influence*, Dissertation of the University of Maryland, 2010.

中文译作与专著

［英］弗吉尼亚·伍尔夫:《伍尔芙随笔集》, 孔小炯、黄梅译, 海天出版社1996年版。

［英］弗吉尼亚·伍尔夫:《维吉尼亚·吴尔夫文学书简》, 王正文、王开玉译, 安徽文艺出版社1996年版。

［英］弗吉尼亚·伍尔夫:《伍尔夫随笔》, 伍厚恺、王晓路译, 四川人民出版社1998年版。

［英］弗吉尼亚·伍尔夫:《伍尔夫批评散文》, 瞿世镜编选, 上海文

艺出版社1999年版。

　　［英］弗吉尼亚·伍尔夫：《论小说与小说家》，瞿世镜译，上海译文出版社2000年版。

　　［英］弗吉尼亚·吴尔夫：《远航》，黄宜思译，人民文学出版社2003年版。

　　［英］弗吉尼亚·吴尔夫：《夜与日》，唐伊译，人民文学出版社2003年版。

　　［英］弗吉尼亚·吴尔夫：《岁月》，蒲隆译，人民文学出版社2003年版。

　　［英］弗吉尼亚·伍尔夫：《达洛卫夫人》，孙梁、苏美译，上海译文出版社2007年版。

　　［英］弗吉尼亚·伍尔夫：《到灯塔去》，瞿世镜译，上海译文出版社2008年版。

　　［英］弗吉尼亚·伍尔夫：《伍尔芙日记选》，戴红珍、宋炳辉译，百花文艺出版社2009年版。

　　［英］弗吉尼亚·吴尔芙：《淡水》，杨子宜译，唐山出版社2000年版。

　　［英］弗吉尼亚·伍尔芙：《阿弗小传》，周丽华译，南京大学出版社2011年版。

　　［英］弗吉尼亚·伍尔夫：《海浪》，曹元勇译，上海译文出版社2012年版。

　　［英］弗吉尼亚·吴尔夫：《幕间》，谷启楠译，人民文学出版社2013年版。

　　［英］弗吉尼亚·伍尔夫：《伍尔夫读书随笔》，刘文荣译，文汇出版社2014年版。

　　［英］弗吉尼亚·伍尔夫：《奥兰多》，任一鸣译，上海译文出版社2014年版。

　　［英］弗吉尼亚·吴尔夫：《奥兰多》，林燕译，人民文学出版社2015年版。

　　［英］弗吉尼亚·伍尔夫：《雅各布之屋》，王家湘译，北京十月文艺出版社2015年版。

　　［英］弗吉尼亚·伍尔夫：《时时刻刻》，玟靖译，北京首都师范大学

出版社 2015 年版。

［英］弗吉尼亚·伍尔芙：《存在的瞬间》，刘春芳、倪爱霞译，花城出版社 2016 年版。

［英］弗吉尼亚·伍尔夫：《太阳和鱼》，孔小炅、黄梅译，上海文艺出版社 2016 年版。

《老子道德经注》，王弼注，楼宇烈校释，中华书局 2011 年版。

曹顺庆：《比较文学教程》，高等教育出版社 2006 年版。

曹顺庆主编：《中华文化原典读本》，北京师范大学出版社 2014 年版。

程锡麟、方亚中：《什么是女性主义批评》，上海外语教育出版社 2011 年版。

谷婷婷：《弗吉尼亚·伍尔夫的空间政治与空间诗学》，安徽大学出版社 2015 年版。

哈里斯：《伍尔夫传》，高正哲、田慧译，时代文艺出版社 2016 年版。

哈罗德·布鲁姆：《西方正典》，江宁康译，译林出版社 2011 年版。

郝琳：《唯美与纪实 性别与叙事——弗吉尼亚·伍尔夫创作研究》，科学出版社 2012 年版。

佳亚特里·斯皮瓦克：《后殖民理性批判：正在消失的当下历史》，严蓓雯译，译林出版社 2014 年版。

昆汀·贝尔：《隐秘的火焰：布鲁姆斯伯里文化圈》，季进译，江苏教育出版社 2006 年版。

昆汀·贝尔：《伍尔夫传》，萧易译，江苏教育出版社 2005 年版。

李维屏：《英国女性小说史》，上海外语教育出版社 2011 年版。

林德尔·戈登：《弗吉尼亚·伍尔夫——一个作家的生命历程》，伍厚恺译，四川人民出版社 2000 年版。

凌叔华：《中国儿女——凌叔华佚作·年谱》，陈学勇编撰，上海书店出版社 2008 年版。

刘勰：《文心雕龙》，王志斌译注，中华书局 2012 年版。

刘岩等：《女性书写与书写女性：20 世纪英美女性文学研究》，上海外语教育出版社 2012 年版。

吕洪灵：《走进弗吉尼亚·伍尔夫的经典创作空间》，人民出版社

2013 年版。

毛继红：《寻找有意味的形式——弗吉尼亚·伍尔夫的小说创作与绘画艺术》，外语教学与研究出版社 2014 年版。

奈杰尔·尼科尔森：《伍尔夫》，王璐译，生活·读书·新知三联书店 2014 年版。

帕特里卡·劳伦斯：《丽莉·布瑞斯珂的中国眼睛》，万江波、韦晓保、陈荣枝译，上海书店出版社 2008 年版。

潘建：《弗吉尼亚·伍尔夫：性别差异与女性写作研究》，人民文学出版社 2012 年版。

乔继堂等主编：《伍尔夫随笔全集》，中国社会科学出版社 2001 年版。

瞿世镜：《伍尔夫研究》，上海文艺出版社 1988 年版。

瞿世镜：《意识流小说家伍尔夫》，上海译文出版社 2015 年版。

瞿世镜：《音乐·美术·文学：意识流小说比较研究》，学林出版社 1991 年版。

桑德拉·吉尔伯特、苏珊·古芭：《阁楼上的疯女人：女性作家与 19 世纪文学想象》，杨莉馨译，上海人民出版社 2014 年版。

申富英：《伍尔夫生态思想研究》，山东大学出版社 2011 年版。

司空图：《二十四诗品》，罗仲鼎、蔡乃中注，浙江古籍出版社 2013 年版。

隋晓荻：《弗吉尼亚·伍尔夫与传记中的事实与虚构》，厦门大学出版社 2013 年版。

孙致礼：《1949—1966：我国英美文学翻译概论》，译林出版社 1996 年版。

谭新红、王兆鹏：《唐宋词名篇导读》，武汉：长江文艺出版社 2005 年版。

陶丽·莫伊：《性与文本的政治：女权主义文学理论》，林建法、赵拓译，时代文艺出版社 1992 年版。

汪介之：《回望与沉思：俄苏文论在 20 世纪中国文坛》，北京大学出版社 2005 年版。

王林：《句法文体视角下的伍尔夫意识流小说汉译研究》，国防工业出版社 2016 年版。

魏小梅：《伍尔夫现代主义小说的综合艺术研究》，科学出版社2016年版。

吴庆宏：《弗吉尼亚·伍尔夫与女权主义》，中国社会科学出版社2005年版。

伍厚恺：《弗吉尼亚·伍尔夫：存在的瞬间》，四川人民出版社1999年版。

徐志摩：《徐志摩全集》，广西民族出版社1991年版。

杨莉馨：《20世纪文坛上的英伦百合——弗吉尼亚·伍尔夫在中国》，人民出版社2009年版。

杨莉馨：《伍尔夫小说美学与视觉艺术》，中国社会科学出版社2015年版。

杨莉馨：《异域性与本土化：女性主义诗学在中国的流变与影响》，北京大学出版社2005年版。

伊莱恩·肖瓦尔特：《她们自己的文学：英国女小说家：从勃朗特到莱辛》，韩敏中译，浙江大学出版社2012年版。

易晓明：《优美与疯癫：弗吉尼亚·伍尔夫传》，中国文联出版社2002年版。

尹星：《女性城市书写：20世纪英国女性小说中的现代性经验研究》，清华大学出版社2015年版。

约翰·雷门：《吴尔芙》，余光照译，百家出版社2004年版。

张错：《静静的萤河》，三民出版社2004年版。

朱海峰：《弗吉尼亚·伍尔夫历史观研究》，中国社会科学出版社2017年版。

博士学位论文

崔海妍：《弗吉尼亚·伍尔夫在中国》，四川大学，2010年。

高奋：《弗吉尼亚·伍尔夫生命诗学研究》，浙江大学，2009年。

谷婷婷：《空间政治与空间诗学——弗吉尼亚·伍尔夫小说中聚会场景的空间研究》，南京大学，2012年。

管淑红：《〈达洛卫夫人〉的系统功能文体分析》，上海外国语大学，2009年。

郭骅：《意识流小说中的直接引语——〈到灯塔去〉的认知文体学分

析》,复旦大学,2012 年。

李红梅:《伍尔夫小说的叙事艺术》,苏州大学,2006 年。

吕洪灵:《情感与理性——论弗吉尼亚·伍尔夫的妇女写作观》,华东师范大学,2003 年。

毛继红:《寻找有意味的形式——费吉尼亚·伍尔夫的小说创作与绘画艺术》,河南大学,2002 年。

牛宏宇:《空间理论视域下的弗吉尼亚·伍尔夫研究》,天津师范大学,2014 年。

潘建:《弗吉尼亚·伍尔夫:性别差异与女性写作研究》,北京语言大学,2007 年。

綦亮:《弗·伍尔夫小说中的民族身份认同主题研究》,华东师范大学,2013 年。

隋晓荻:《弗吉尼亚·伍尔夫小说与传记中的事实与虚构》,上海外国语大学,2010 年。

魏小梅:《绘画、诗歌、戏剧:伍尔夫现代主义小说的综合艺术》,上海外国语大学,2012 年。

吴庆宏:《弗吉尼亚·伍尔夫与女权主义》,南京大学,2002 年。

俞晓霞:《精神契合与文化对话——布鲁姆斯伯里集团在中国》,复旦大学,2012 年。

张昕:《对弗吉尼亚·伍尔夫小说"双性同体"的探索》,上海外国语大学,2006 年。

朱海峰:《弗吉尼亚·伍尔夫小说中的历史真实与历史撰述》,山东大学,2015 年。

英文期刊

Allan, Tuzyline. "Civilization, Its Pretexts, and Virginia Woolf's Imagini-ation", in *Virginia Woolf and Communities*, *Selected Papers from the Eighth Annual Conference on Virginia Woolf*, ed. Jeanette Mcvicker and Laura Davis, New York, NY: Pace University Press, 1999, pp. 117-127.

Allan, Tuzyline Jita. "The Death of Sex and the Soul in Mrs. Dalloway and Nella Larsen's Passing", in *Virginia Woolf: Lesbian Readings*, eds. Eileen Barrett and Patricia Cramer, New York: New York University Press, 1997, pp. 95-113.

Allen, Judith. "The Rhetoric of Performance in *A Room of One's Own*", in *Virginia Woolf and Communities*, *Selected Papers from the Eighth Annual Conference on Virginia Woolf*, ed. Jeanette Mcvicker and Laura Davis, New York, NY: Pace University Press, 1999, pp. 289-296.

Barrett, Eileen. "Unmasking Lesbian Passion: The Inverted World of *Mrs Dalloway*", in *Virginia Woolf: Lesbian Readings*, eds. Eileen Barrett and Patricia Cramer, New York: New York University Press, 1997b, pp. 146-164.

Beer, Gillian. "The Island and the Aeroplane: the Case of Virginia Woolf", in *Nation and Narration*, ed. Homi K. Bhabha, London and New York: Routledge, 1990, pp. 265-290.

Bishop, Edward L. "Metaphor and the Subversive Process of Virginia Woolf's Essays", *Style*, 21 (4) (Winter), 1987, pp. 573-588.

Bishop, E. "Pursuing 'it' Through 'Kew Gardens'", *Studies in Short Fiction*, 19 (3), 1982, pp. 269-275.

Bradshaw, David. "'Vanished Like Leaves': The Military, Elegy and Italy in *Mrs Dalloway*", *WSA* 8, 2002, pp. 107-125.

Bradshaw, David. "Hyams Place: *The Years*, the Jews and the British Union of Fascists", in *Women Writers of the 1930s: Gender, Politics and History*, ed. Maroula Joannou, Edinburgh: Edinburgh University Press, 1999, pp. 179-191.

Bell, Quentin. "Reply to Jane Marcus", *Critical Inquiry*, Vol. 11, No. 3, 1985, pp. 498-501.

Cohen, Scott. "The Empire from the Street: Virginia Woolf, Wembley, and Imperial Monuments", *Modern Fiction Studies*, 50.1, 2004, pp. 85-109.

Cook, Blanche Wiesen. "'Women Alone Stir My Imagination': Lesbianism and the Cultural Tradition", *Signs*, 4.4 (1979), pp. 718-739.

Corbett, Mary Jean. "Virginia Woolf and 'The Third Generation'", *Twentieth Century Literature*, 60.1, 2014, pp. 27-58.

Cramer, Patricia. "Notes from Underground: Lesbian Ritual in the Writings of Virginia Woolf", in *Virginia Woolf Miscellanies: Proceedings of the First Annual*

Conference on Virginia Woolf, eds. Mark Hussey and Vara Neverow-Turk, New York: Pace University Press, 1992, pp. 177-188.

Cramer, Patricia. " 'Loving in the War Years': The War of Images in The Years", in *Virginia Woolf and War: Fiction, Reality and Myth*, ed. Mark Hussey, Syracuse, NY: Syracuse University Press, 1991, pp. 203-224.

Cuddy-Keane, Melba and Kay Ki. "Passage to China: East and West Woolf", *The South Carolina Review*, 29.1 (Fall 1996), pp. 132-149.

DeSalvo, Louise A. "Lighting the Cave: The Relationship between Vita Sackville-West and Virginia Woolf", *Signs*, 8.2 (1982), pp. 195-214.

Doyle, Laura. "Introduction: What's Between Us?", *Modern Fiction Studies*, 50.1, 2004, pp. 1-7.

Dusinberre, Juliette. "Virginia Woolf and Montaigne", *Textual Practice*, 5 (7), 1991, pp. 219-241.

Fisher, Jane. "The Seduction of the Father: Virginia Woolf and Leslie Stephen", *Women's Studies*, 18, 1990, pp. 31-48.

Flint, Kate. "Reading Uncommonly: Virginia Woolf and the Practice of Reading", *The Yearbook of English Studies*, 26, 1996, pp. 187-198.

Fowler, Regina. "Virginia Woolf: Lexicographer", *English Language Notes*, 39, 2002, pp. 54-70.

Frattarola, A. "Developing an Ear for the Modernist Novel: Virginia Woolf, Dorothy Richardson and James Joyce", *Journal of Modern Literature*, 2009, 136: pp. 132-153.

Friedman, Susan Stanford. "The Return of the Repressed in Women's Narrative", *The Journal of Narrative Technique*, 19.1, (Winter 1989), pp. 141-156.

Gaipa Mark. "When All Roads Lead to Empire". Review of Kathy J. Phillips' *Virginia Woolf Against Empire*, *English Literature in Transition*, 39.1, 1996, pp. 199-223.

Garrity, Jane. "Selling Culture to the 'Civilized': Bloomsbury, British Vogue, and the Marketing of National Identity", *Modernism/Modernity*, 6 (1999), pp. 29-58.

Garvey, J. X. K. "Difference and Continuity: The Voices of Mrs. Dalloway",

College English, 53 (1), 1991, pp. 59-76.

Graham, John. "Time in the Novels of Virginia Woolf", *University of Toronto Quarterly*, 18 January 1949, pp. 186-201.

Haller, Evelyn. "Virginia Woolf and the Katherine Mansfield: Or, the Case of the Déclassé Wild Child", *Virginia Woolf Miscellanies*, ed. Mark Hussey and Vara Neverow-Turk, 1992, pp. 96-104.

Hardy, Barbara. "Feminism and Art. A Study of Virginia Woolf", *The Review of English Studies*, Vol. 21, No. 83, 1970, pp. 377-379.

Hartman, Geoffrey. "Virginia's Web", *Chicago Review*, 14 (Spring 1961): pp. 20-32.

Hay, Louis. "Does 'Text' Exist?", *Studies in Bibliography*, 41, 1988, pp. 64-76.

Henke, Suzette. "Mrs Dalloway: The Communion of Saints", in *New Feminist Essays on Virginia Woolf*, ed Jane Marcus, Lincoln: University of Nebraska Press, 1981, pp. 125-147.

Kaplan, Caren. "The Politics of Location as Transnational Feminist Practice", in *Scattered Hegemonies: Postmodernity and Transnational Feminist Practices*, eds. Inderpal Grewel and Caren Kaplan, Minneapolis: University of Minnesota Press, 1994, pp. 117-152.

Klaus, Carl H. "On Virginia Woolf and the Essay", *Iowa Review*, 20 (2) (Spring/Summer), 1990, pp. 28-34.

Knopp, Sherron E. "'If I Saw You Would You Kiss Me?': Sapphism and the Subversiveness of Virginia Woolf's *Orlando*", *PMLA*, 103 (1988), pp. 24-34.

Lavin, J. A. "The First Editions of Virginia Woolf's To the Lighthouse", *Proof*, 2, 1972, pp. 185-211.

Lilienfeld, Jane. "'The Gift of a China Inkpot': Violet Dickinson, Virginia Woolf, Elizabeth Gaskell, Charlotte Brontë, and the Love of Women in Writing", in *Virginia Woolf: Lesbian Readings*, eds. Eileen Barrett and Patricia Cramer, New York: New York University Press, 1997, pp. 37-56.

Marshik, Celia. "Publication and 'Public Women': Prostitution and Censorship in Three Novels by Virginia Woolf", *MFS*, 45 (4) (Winter), 1999, pp. 853-886.

Marcus, Jane. "'No More Horses': Virginia Woolf on Art and Propaganda", *Women's Studies*, Vol. 4, 1977, pp. 265-290.

Marcus, Jane. "Middlebrow Feminism", *Tulsa Studies in Women's Literature*, Vol. 27, No. 1, (Spring), 2008, pp. 159-165.

Marcus, Jane. "Art and Anger", *Feminist Studies*, Vol. 4, No. 1 (Feb., 1978), pp. 68-98.

Marcus, Jane. "Britannia Rules *The Waves*", *Decolonizing Tradition: New Views of Twentieth Century "British" Literary Canons*, ed. Karen R. Lawrence, 136-162, Urbana: University of Illinois Press. 1992.

Marcus, Jane. "Sapphistry: Narration as Lesbian Seduction in A Room of One's Own", in *Virginia Woolf and the Language of Patriarchy*, Bloomington, IN: Indiana University Press, 1987, pp. 163-187.

Marcus, Jane. "Wrapped in the Stars and Stripes: Virginia Woolf in the U.S.A.", *The South Carolina Review*, 29.1, 1996, pp. 17-23.

McGee, Patrick. "The Politics of Modernist Form: or, Who Rules The Waves?", *Modern Fiction Studies*, 38.3, 1992, pp. 631-650.

McNaron, Toni A. H. "'The Albanians, or was it the Armenians?': Virginia Woolf's Lesbianism as Gloss on her Modernism", in *Virginia Woolf: Themes and Variations*, eds. Vara Neverow-Turk and Mark Hussey, New York: Pace University Press, 1993, pp. 134-141.

McNeillie, Andrew. "Virginia Woolf's America", *Dublin Review*, 5 (2000-01), pp. 41-55.

Rigby, Nigel. "'Not a Good Place for Deacons': the South Seas, Sexuality and Modernism in Sylvia Townsend Warner's *Mr. Fortune's Maggot*", in *Modernism and Empire*, eds. Howard J. Booth and Nigel Rigby, Manchester and New York: Manchester University Press, 2000, pp. 224-248.

Rosenman, Ellen Bayuk. "Sexual Identity and *A Room of One's Own*: 'Secret Economies' in Virginia Woolf's Feminist Discourse", *Signs*, 14.3 (1989), pp. 634-650.

Sarker, Sonita. "Locating a Native Englishness in Virginia Woolf's *The London Scene*", *NWSA Journal*, 13.2, 2001, pp. 1-30.

Sears, Sallie. "Theater of War: Virginia Woolf's Between the Acts", in *Virginia Woolf: A Feminist Slant*, ed. Jane Marcus, Lincoln, NB: University of Nebraska, 1983.

Seshagiri, Urmila. "Orienting Virginia Woolf: Race, Aesthetics, and Politics in To the Lighthouse", *Modern Fiction Studies*, 50.1, 2004, pp. 58-83.

Shield, E. F. "The American Edition of Mrs Dalloway", *Studies in Bibliography*, 27, 1974, pp. 157-175.

Silver, Brenda R. "Cultural Critique", *The Gender of Modernism*, ed. Bonnie K. Scott, Bloomington, IN: Indiana University Press, 1990, pp. 646-658.

Silver, Brenda R (ed.). " 'Anon' and 'The Reader': Virginia Woolf's Last Essays", *Twentieth-Century Literature*, 25.3, 1979, pp. 356-441.

Silver, Brenda R. "What's Woolf Got to Do with It? Or, The Perils of Popularity", *Modern Fiction Studies*, 38, 1 (Spring), 1992, pp. 21-60.

Silver, Brenda R. "Outsiders Together: Virginia and Leonard Woolf by Natania Rosenfeld", *Criticism*, Vol. 43, No. 2 (Spring), 2001, pp. 217-221.

Silver, Brenda R. "Mothers, Daughters, Mrs Ramsay: Reflections", *Women's Studies Quarterly*, Vol. 37, No. 3 & 4, (Fall/Winter), 2009, pp. 259-274.

Snaith, Anna. "Leonard and Virginia Woolf: Writing against empire", *The Journal of Commonwealth Literature*, Vol. 50 (1), 2015, pp. 19-32.

Southworth, Helen. " 'Mixed Virginia': Reconciling the 'Stigma of Nationality' and the Sting of Nostalgia in Virginia Woolf's Later Fiction", *Woolf Studies Annual*, 11, 2005, pp. 99-132.

Wicke, Jennifer. "Mrs. Dalloway Goes to Market: Woolf, Keynes, and Modern Markets", *Novel: A Forum on Fiction*, 28 (1994), pp. 5-23.

Winston, Janet. "Reading Influences: Homoeroticism and Mentoring in Katherine Mansfield's 'Carnation' and Virginia Woolf's 'Moments of Being: Slater's Pins Have No Points' ", in *Virginia Woolf: Lesbian Readings*, eds. Eileen Barrett and Patricia Cramer, New York: New York University Press, 1997, pp. 57-77.

Wilson, Edmund. "Virginia Woolf and the American Language", in *The Shores of Light*, London: W. H. Allen & Co., 1952, pp. 421-428.

Wollaeger, Mark. "Woolf, Postcards, and the Elision of Race: Colonizing Women in The Voyage Out", *Modernism/Modernity*, 8.1, 2001, pp. 43-75.

Woolf, Virginia. "Letters to Humphrey Milford", *Virginia Woolf Bulletin*, 10 (May 2002), pp. 4-9.

Woolf, Virginia. "Letters to Leigh Ashton", *Virginia Woolf Bulletin*, 11 (September 2002), pp. 4-7.

Woolf, Virginia. "Letters to Helen MacAfee", *Virginia Woolf Bulletin*, 9 (January 2002), pp. 4-9.

中文期刊

曹顺庆、郭明浩：《话语权与中国文学史研究》，《南京大学学报》2013年第5期。

曹顺庆、王庆：《中国文学理论的话语重建》，《文史哲》2008年第5期。

曹顺庆：《道与逻各斯：中西文化与文论分道扬镳的起点》，《文艺研究》1997年第6期。

陈为艳：《当文学逢遇视觉艺术——评杨莉馨〈伍尔夫小说美学与视觉艺术〉》，《中国比较文学》2017年第1期。

段艳丽：《在文学理想与现实利益之间——伍尔夫夫妇的霍加斯出版社》，《出版科学》2015年第4期。

段艳丽：《蠡壳中的沧海——弗吉尼亚·伍尔夫短篇小说研究》，《河北师范大学学报》2015年第3期。

段艳丽：《弗吉尼亚·伍尔夫日记：给岁月一个坚实的基石》，《世界文化》2016年第1期。

高奋、鲁彦：《近20年国内弗吉尼亚·伍尔夫研究述评》，《外国文学研究》2004年第5期。

高奋：《弗吉尼亚·伍尔夫的"中国眼睛"》，《广东社会科学》2016年第1期。

高奋：《弗吉尼亚·伍尔夫短篇小说研究综述》，《外国文学动态》2012年第2期。

高奋：《弗吉尼亚·伍尔夫论美国文学》，《江西社会科学》2013年第11期。

高奋：《弗吉尼亚·伍尔夫论古希腊文学》，《外国文学》2013 年第 5 期。

高奋：《弗吉尼亚·伍尔夫小说理论近百年研究述评》，《浙江大学学报》（人文社会科学版）2016 年第 1 期。

高奋：《霍加斯出版社与英国现代主义形成和发展》，《中国出版》2012 年第 13 期。

高奋：《小说：记录生命的艺术形式——论弗吉尼亚·伍尔夫的小说理论》，《外国文学评论》2008 年第 2 期。

高奋：《新中国六十年伍尔夫小说研究之考察与分析》，《浙江大学学报》2011 年第 5 期。

高奋：《记忆：生命的根基——论伍尔夫〈海浪〉中的生命写作》，《外国文学》2008 年第 5 期。

高奋：《论弗吉尼亚·伍尔夫对英国文学疆界的有机建构》，《外国文学》2015 年第 5 期。

高奋：《中西诗学观照下的伍尔夫"现实观"》，《外国文学》2009 年第 5 期。

高奋：《批评，从观到悟的审美体验——论弗吉尼亚·伍尔夫的批评思想》，《外国文学评论》2009 年第 3 期。

葛桂录：《边缘对中心的解构——伍尔夫〈到灯塔去〉的另一种阐释视角》，《当代外国文学》1997 年第 2 期。

韩世轶：《弗·伍尔夫小说叙事角度与话语模式初探》，《外国文学研究》1994 年第 1 期。

胡波莲：《伍尔夫〈一间自己的房间〉中的女同性恋思想》，《湖北工业大学学报》2012 年第 3 期。

胡波莲：《伍尔夫女同性恋书写的解构策略》，《湖北工业大学学报》2013 年第 6 期。

胡艺珊：《普通读者与大批评家——论伍尔夫文学批评随笔的印象性特征》，《东方论坛》2015 年第 6 期。

胡艺珊：《她提醒了我们感觉的重要性——弗吉尼亚·伍尔夫文学批评随笔的阅读经验》，《名作欣赏》2016 年第 16 期。

姜云飞：《"双性同体"与创造力问题——弗吉尼亚·伍尔夫女性主义诗学理论批评》，《文艺理论研究》1999 年第 3 期。

贾明：《文化转向：大众文化时代的来临》，《上海师范大学学报》2005 年第 1 期。

李芳：《从政治性到身体性：陶丽·莫伊的女性主义思想》，《西南大学学报》（社会科学版）2013 年第 6 期。

李森：《评弗·伍尔夫〈到灯塔去〉的意识流技巧》，《外国文学评论》2000 年第 1 期。

李乃坤：《沃尔芙的〈到灯塔去〉》，《外国文学研究》1986 年第 1 期。

李儒寿：《弗吉尼亚·伍尔夫与剑桥学术传统》，《外国文学研究》2004 年第 6 期。

李红梅：《"形式"的智慧言说：〈海浪〉的叙事艺术》，《安徽师范大学学报》2007 年第 1 期。

林树明：《战争阴影下挣扎的弗·伍尔夫》，《外国文学评论》1996 年第 3 期。

刘思谦：《关于中国女性文学》，《文学评论》1993 年第 2 期。

刘静：《弗吉尼亚·伍尔夫的马克思主义女性主义》，《北华大学学报》2012 年第 5 期。

刘文婷：《从〈到灯塔去〉看伍尔夫的马克思主义女性观》，《赤峰学院学报》2011 年第 4 期。

柳鸣九：《现当代资产阶级文学评价的几个问题》，《外国文学研究》1979 年第 1 期。

陆扬：《利维斯主义与文化批判》，《外国文学研究》2002 年第 1 期。

吕洪灵：《〈奥兰多〉中的时代精神及其双性同体思想》，《外国文学研究》2002 年第 1 期。

吕洪灵：《走出"愤怒"的困扰——从情感的角度看伍尔夫的妇女写作观》，《外国文学研究》2004 年第 3 期。

吕洪灵：《双性同体的重新认识：批评·理论·方法》，《南京师大学报》2003 年第 3 期。

马睿：《从伍尔夫到西苏的女性主义批评》，《外国文学研究》1999 年第 3 期。

倪婷婷：《凌叔华与布鲁姆斯伯里团体的文化遇合——以〈古韵〉为

考察中心》,《江苏社会科学》2017年第4期。

聂珍钊:《剑桥学术传统与研究方法：从利维斯谈起》,《外国文学研究》2004年第6期。

宁静:《彰显复杂性的诠释——评谷婷婷〈弗吉尼亚·伍尔夫的空间政治与空间诗学〉》,《文艺研究》2017年第3期。

牛宏宇:《伍尔夫与列斐弗尔的"1910年左右"》,《外国文学评论》2014年第1期。

潘建:《对强制异性恋文化的反叛——论伍尔夫的女同性恋文学叙事》,《外国文学研究》2011年第2期。

潘建:《国外近五年弗吉尼亚·伍尔夫研究述评》,《当代外国文学》2010年第1期。

潘建:《女同性恋——主流文化夹缝中的呻吟者》,《国外文学》2010年第1期。

綦亮:《民族身份的建构与解构——论伍尔夫的文化帝国主义》,《国外文学》2012年第2期。

邱高、罗婷:《从马克思主义视角阐释伍尔夫的"天使"复归之路》,《湘潭大学学报》2017年第6期。

瞿世镜:《〈达罗威夫人〉的人物、主题、结构》,《外国文学研究》1986年第1期。

瞿世镜:《〈意识流小说家伍尔夫〉再版后记》,《当代外语研究》2015年第2期。

瞿世镜:《伍尔夫·意识流·综合艺术》,《当代文艺思潮》1987年第5期。

瞿世镜:《音乐与意识流》,《音乐爱好者》1990年第5期。

盛宁:《关于伍尔夫的"1910年的12月"》,《外国文学评论》2003年第3期。

束永珍:《区别于整合:〈到灯塔去〉的女性主义解读》,《外国文学研究》2001年第1期。

童燕萍:《路在何方——读弗吉尼亚·吴尔夫的〈一个自己的房间〉》,《外国文学评论》1995年第2期。

王家湘:《二十世纪的吴尔夫评论》,《外国文学》1999年第5期。

王家湘:《维吉尼亚·吴尔夫独特的现实观与小说技巧之创新》,《外国文学》1986 年第 7 期。

王晓航：《强迫的异性恋和压抑的女同性恋——从女性主义角度解读伍尔夫的〈达洛维夫人〉》，《福建工程学院学报》2006 年第 2 期。

王丽丽：《时间的追问：重读〈到灯塔去〉》，《外国文学研究》2003 年第 4 期。

王丽莉：《解读迈克尔·坎宁安的〈时时刻刻〉》，《外国文学研究》2004 年第 6 期。

王建香：《论弗吉尼亚·伍尔夫的女性立场》，《四川外语学院学报》2000 年第 2 期。

王素英：《伍尔夫的"疯狂"：本真、阈限、恐惑、卑贱》，《社会科学论坛》2017 年第 9 期。

王喆、马新：《国内外西方女性主义理论中"双性同体"观念的研究述评》，《妇女研究论丛》2017 年第 3 期。

武术、刘静：《伍尔夫的马克思主义女性主义——以〈一间自己的屋子〉为例》，《枣庄学院学报》2011 年第 1 期。

吴庆宏：《霍加斯出版社对英国传记文学传播的贡献》，《长春理工大学学报》2016 年第 5 期。

吴庆宏：《弗吉尼亚·伍尔夫的女性主义》，《解放军外国语学院学报》2003 年第 6 期。

吴庆宏：《论伍尔夫的自传叙事艺术》，《江苏科技大学学报》2016 年第 3 期。

萧莎：《布卢姆斯伯里最后的秘密》，《外国文学评论》2006 年第 4 期。

谢江南：《弗吉尼亚·伍尔夫小说中的大英帝国形象》，《外国文学研究》2008 年第 2 期。

杨莉馨：《"讲出所有的真理，但以倾斜的方式"》，《中国妇女报》2015 年 7 月 21 日。

杨莉馨：《〈远航〉：向无限可能开放的旅程》，《外国文学评论》2010 年第 4 期。

杨莉馨：《20 世纪以来伍尔夫汉译与研究述评》，《南京师范大学文学院学报》2011 年第 2 期。

杨莉馨：《父权文化对女性的期待——试论西方文学中的"家庭天

使"》,《南京师大学报》1996 年第 2 期。

杨莉馨:《关于弗吉尼亚·伍尔夫的"存在的瞬间"》,《解放军外国语学院学报》2013 年第 3 期。

杨莉馨:《伍尔夫小说作为"有意味的形式"》,《解放军外国语学院学报》2015 年第 1 期。

杨莉馨、王苇:《"布鲁姆斯伯里"元素与伍尔夫的"双性同体"》,《妇女研究论丛》2016 年第 5 期。

尹星:《作为城市漫步者的伍尔夫——街道、商品与现代性》,《外国文学》2012 年第 6 期。

殷企平:《伍尔夫小说观补论》,《杭州师范学院学报》2000 年第 4 期。

乐黛云:《生态文明与后现代主义》,《中国比较文学》2010 年第 4 期。

张烽:《吴尔夫〈黛洛维夫人〉的艺术整体感与意识流小说结构》,《外国文学评论》1988 年第 1 期。

张龙海:《哈罗德·布鲁姆与对抗式批评》,《国外理论动态》2005 年第 1 期。

张友燕:《弗吉尼亚·伍尔夫随笔国外研究综述》,《南京师范大学文学院学报》2017 年第 2 期。

张舒予:《论伍尔夫与勃朗特的心灵与创作之关联》,《安徽师范大学学报》2003 年第 3 期。

张昕:《完美和谐人格的追求——弗吉尼亚·伍尔夫的双性同体思想》,《西南民族大学学报》2006 年第 12 期。

赵景深:《二十年来的英国小说》,《小说月报》1929 年第 20 卷第 8 号。

赵景深:《英美小说之现在及其未来》,《现代文学评论》1931 年第 1 卷第 3 期。

赵玫:《在他们中穿行》,《外国文学评论》1990 年第 4 期。

钟吉娅:《并非远离尘嚣——我看弗吉尼亚·伍尔夫》,《西安外国语学院学报》1999 年第 3 期。

周乐诗:《"双性同体"的神话思维及其现代意义》,《文艺研究》1996 年第 5 期。

朱海峰：《优生学与帝国政治——伍尔夫作品中的优生叙事》，《外国文学评论》2017年第3期。

朱海峰、申富英：《论弗吉尼亚·伍尔夫作品中的反暴力思想》，《外语教学》2014年第2期。